I0785109

Emile Gaboriau

Der Strick um den Hals

OK Publishing 2021

*Emile Gaboriau*

# Der Strick um den Hals

**Kriminalroman**

*Übersetzer: Eduard Hallberger*

# MUSAICUM
Books

- Innovative digitale Lösungen & Optimale Formatierung -
musaicumbooks@okpublishing.info

2021 OK Publishing

ISBN 978-80-272-4943-5

# Inhaltsverzeichnis

# Erstes Buch

## Kapitel 1

Es war am 22. Juni 1871, etwa gegen ein Uhr nachts, als die Pariser Vorstadt, die bevölkertste Gegend der guten Stadt Sauveterre, plötzlich in Bewegung gesetzt wurde durch den rasenden, auf dem holperigen Pflaster laut widerhallenden Galopp eines Pferdes.

Alsbald sah man eine Menge Bürgersleute an die Fenster stürzen.

Bei der Dunkelheit der Nacht ließ sich nur undeutlich ein Bauer in Hemdsärmeln erkennen, der eine weiße Stute, die er ohne Sattel ritt, mit wütenden Hieben antrieb. Der Bauer wandte sich, nachdem er die Vorstadt durcheilt, in die Rue nationale, ehemals Rue impériale, ritt über den Neumarkt, lenkte dann zur Rue Mautrec ein und hielt vor dem schönen Hause an, das die Ecke der Rue du Château bildet.

Es war dies die Wohnung Herrn Sénéchals, des Bürgermeisters von Sauveterre, früher Staatsanwalt und Mitglied des Generalrats. Noch ehe er abgestiegen war, ergriff der Bauer die Klingel und begann so heftig zu läuten, daß augenblicklich das ganze Haus in Bewegung kam.

Einige Minuten später öffnete die große, wohlbeleibte Gestalt eines Bedienten die Türe und rief, die Augen noch voller Schlaf, in verdrießlichem Ton: »Wer seid Ihr, Mann? Was wollt Ihr? Wißt Ihr nicht, bei wem Ihr die Klingel zerreißt?«

»Ich will den Herrn Bürgermeister sprechen«, antwortete der Bauer, »weckt ihn auf, und zwar sofort!«

Herr Sénéchal aber war schon völlig munter. In einen weiten Schlafrock aus weichem Wollstoff gehüllt, ein Nachtlicht in der Hand, war er, seine Unruhe schlecht verbergend, eben im Vorzimmer erschienen und hatte alles angehört.

»Hier ist der Bürgermeister«, sprach er in mißvergnügtem Ton. »Was wollt Ihr von mir zu einer Stunde, wo alle anständigen Leute zu Bette sind?«

Den Bedienten zur Seite schiebend, trat der Bauer vor und antwortete, ohne die geringste Höflichkeitsform zu beobachten:

»Ich komme, Ihnen zu sagen, daß Sie uns die Feuerwehr schicken mögen!«

»Die Feuerwehr?«

»Ja, sogleich – beeilen Sie sich!«

Der Bürgermeister schüttelte den Kopf.

»Hm«, machte er, was bei ihm die Kundgebung der äußersten Verblüfftheit war. »Hm, hm.« Und wer wäre nicht an seiner Stelle verblüfft gewesen?

Um die Feuerwehrleute zu rufen, mußte notwendig Alarm geschlagen werden. Mitten in der Nacht Alarm schlagen, hieß aber die ganze Stadt in Verwirrung setzen, die guten Bürger von Sauveterre aus ihrer Nachtruhe aufschrecken.

»Handelt es sich um eine ernstliche Feuersbrunst?« fragte Herr Sénéchal.

»Wie sollte es anders sein?« rief der Bauer, »bei einem Winde, der die Ziegel von den Dächern jagt.«

»Hm«, machte nochmals der Bürgermeister, »hm, hm!«

War es doch nicht das erste Mal, seit er Sauveterre verwaltete, daß er so ohne weiteres durch einen Bauernburschen aus dem Schlaf geweckt wurde, der in Nacht und Nebel mit dem Geschrei: »Zu Hilfe! Es brennt!« unter seine Fenster kam. – Durch die vernommenen Reden leicht zum Mitleid bewegt, entschloß er sich damals, die Feuerwehrleute zu versammeln; er stellte sich an ihre Spitze, und man eilte der Unglücksstätte zu. – Was aber fand man vor, nachdem man atemlos, schweißtriefend fünf oder sechs Kilometer im Sturmschritt zurückgelegt? Einige elende Misthaufen, kaum zehn Taler wert, die eben im Verlöschen begriffen waren.

»Nun«, begann Herr Sénéchal, »wo brennt es denn eigentlich?«

Außer sich über all den Aufschub, biß der Bauer vor Wut in den Stiel seiner Peitsche. »Muß ich es Ihnen nochmals wiederholen«, unterbrach er jenen, »daß alles in Flammen steht? Die Scheuern, die Meierei, die Ernte, die Nebenhäuser, das Schloß, alles! Wenn Sie noch zögern, werden Sie in Valpinson keinen Stein mehr auf dem andern finden.«

Die Wirkung, welche die Nennung dieses Namens hervorbrachte, war erstaunlich.

»Was?« fragte der Bürgermeister mit erstickter Stimme, »in Valpinson ist der Brand?«

»Ja.«

»Bei dem Grafen von Claudieuse?«

»Ganz recht!«

»Einfaltspinsel! Warum sagtest du das nicht gleich?« rief der Bürgermeister. – Er zögerte nicht länger. »Schnell«, sagte er zu seinem Bedienten, »komm, mich anzukleiden ... oder nein – Madame wird mir helfen, es ist keine Sekunde zu verlieren. Du läufst zu Bolton, du verstehst mich, zu dem Trommler, und befiehlst ihm, in meinem Namen Alarm zu schlagen, augenblicklich, überall ... – Alsdann eilst du zu dem Hauptmann Parenteau, du erklärst ihm, um was es sich handelt, und bittest ihn, aus der Magistratur die Schlüssel zu den Spritzen zu holen ... dann zu dem Beschließer ... Warte! – – Das heißt, du kehrst erst hierher zurück, spannst an ... Feuer in Valpinson! – Ich werde die Mannschaft selbst begleiten. Flugs! laufe, schlag an alle Türen! schrei überall Feuer aus! – Auf dem Neumarkt soll man sich versammeln.«

Als der Bediente, so schnell seine Beine ihn nur trugen, sich entfernt hatte, begann Herr Sénéchal von neuem, sich zu dem Bauern wendend: »Ihr aber, mein braver Bursche, besteigt Euer Pferd und eilt, Herrn von Claudieuse zu ermutigen, daß man die Hoffnung nicht verliere, daß man die Anstrengungen verdopple, die Hilfe nahe! ...«

»Bevor ich nach Valpinson zurückkehre, habe ich noch eine Besorgung in der Stadt zu machen.«

»Wie, Ihr sagt –?«

»Ich muß den Doktor, Herrn Seignebos, abholen, um ihn mit mir zu nehmen.«

»Den Doktor – ist denn jemand verletzt?«

»Ja, der Herr – Herr von Claudieuse.«

»Der Unvorsichtige; er wird sich nach seiner Gewohnheit in die Gefahr gestürzt haben!«

»O nein – er ist von zwei Flintenschüssen getroffen worden.«

Fast hätte der Bürgermeister seinen Handleuchter fallen lassen.

»Von zwei Flintenschüssen!« rief er. »Wo – wann? – wie? ... von wem?«

»Ach! Das weiß ich nicht.«

»Aber ...?«

»Alles, was ich Ihnen sagen kann, ist, daß man ihn in eine kleine Scheune getragen, die noch nicht vom Feuer ergriffen war. Dort habe ich ihn auf einem Bund Stroh, weiß wie ein Stück Leinwand, die Augen geschlossen und ganz mit Blut bedeckt, liegen sehen.«

»Mein Gott, wäre er wohl gar tot?«

»Er war es nicht, als ich aufbrach.«

»Und die Gräfin?«

»Die Frau von Claudieuse«, antwortete der Bauer in einem von Ehrerbietung durchdrungenen Ton, »fand ich in der Scheune neben dem Herrn Grafen kniend, beschäftigt, seine Wunden mit frischem Wasser zu waschen. – Auch die beiden kleinen Fräulein waren bei ihr.«

Herr Sénéchal schauderte.

»Sollte hier ein Verbrechen geschehen sein?« murmelte er.

»Das ist gewiß.«

»Von wem? Zu welchem Zweck?«

»Ach, wer weiß!«

»Herr von Claudieuse ist sehr heftig, das ist wahr, sehr jähzornig, aber er ist der beste, rechtschaffenste Mensch, wie jedermann weiß –«

»Jedermann!«

»Er hat dem Lande immer nur Gutes erwiesen.«

»Niemand dürfte das Gegenteil behaupten!«

»Was die Gräfin betrifft –«

»Oh!« rief der Bauer mit Inbrunst, »die Frau Gräfin ist eine Heilige!«

Der Bürgermeister suchte sich seine Schlußfolgerungen. »Der Schuldige«, kombinierte er, »wäre also ein Fremder? Wir werden überlaufen von Vagabunden und durchziehenden Bettlern. Es vergeht kein Tag, wo nicht deren etliche in der Meierei erscheinen, um Reiseunterstützung zu bitten, Leute mit Galgengesichtern!«

Kopfschüttelnd bestätigte der Bauer: »Das war auch meine Meinung. Und – was Ihnen zum Beweise dienen mag – darum habe ich unterwegs gedacht, daß ich vielleicht gut daran täte, sobald der Arzt in Kenntnis gesetzt wäre, auch die Polizei zu benachrichtigen...«

»Das ist unnötig«, unterbrach Herr Sénéchal den andern, »das ist eine Sorge, die mir zufällt. In zehn Minuten werde ich beim Staatsanwalt sein ... Und nun vorwärts, schont Euer Pferd nicht und sagt Frau von Claudieuse, daß wir folgen.«

Während seiner ganzen langen Amtstätigkeit war der Bürgermeister von Sauveterre noch nie so jählings aus seiner Ruhe aufgerüttelt worden.

Er verlor den Kopf darüber nicht mehr und nicht weniger als an jenem andern verhängnisvollen Tage, an dem ihm unversehens neunhundert Mann Mobilgarde zugewiesen wurden, die er mit Kost und Wohnung versehen sollte. – Ohne die Hilfe seiner Frau wäre er nie in seine Kleider gekommen.

Doch war er bereit, als der Bediente wieder erschien.

»Bei Gott«, dachte er bei sich selbst, »wenn ich nur den Daubigeon zu Hause finde!«

Herr Daubigeon, der ehemals kaiserlicher Staatsanwalt, dann ein solcher der Republik gewesen, war einer von Herrn Sénéchals besten Freunden.

Er war ein Mann von etwa vierzig Jahren, mit schlauem Blick und lächelnden Mienen, der sich in den Kopf gesetzt hatte, Junggeselle zu bleiben, und sich dessen gern zu rühmen pflegte.

Man fand aber in Sauveterre, daß weder sein Wesen noch sein Äußeres sein gestrenges Amt verriet.

Übrigens war er allgemein geachtet, nur warf man ihm heftig seine optimistische Philosophie und seine Gutmütigkeit vor, besonders aber seine Nachlässigkeit bei den Untersuchungen, eine Nachlässigkeit, die in strafbare Schwäche ausartete und dem Verbrechen Vorschub leistete.

Er selbst warf sich vor, »das heilige Feuer« nicht zu besitzen und, wie er sich ausdrückte, der kalten Themis soviel Zeit als möglich zu rauben, um sie liebenswürdigeren Musen zu widmen.

Als »aufgeklärter Sammler« hatte er eine Passion für schöne Bücher, für seltene Ausgaben alter Werke, für kostbare Einbände, schöne Sammlungen von Stichen, und der größte Teil seiner zehntausend Francs jährlicher Rente wurde für diese seine »geliebten Scharteken« verausgabt.

Als Gelehrter »der alten Schule« widmete er den lateinischen Dichtern Vergil, Juvenal und namentlich Horaz eine Verehrung, welche sich in fortwährenden Zitaten kundtat.

Aus dem Schlaf emporgeschreckt, wie alle Welt, eilte dieser würdige und elegante Herr sich anzukleiden, um Erkundigungen einzuziehen, als seine alte Wirtschafterin ganz entsetzt hereinstürzte, um Herrn Sénéchals Besuch zu melden.

»Er trete ein«, rief er, »er trete ein!«

»Denn«, fuhr er fort, als der Bürgermeister kaum in der Türe erschienen war, »Sie werden mir doch Nachricht bringen, was all der Tumult, das Geschrei, das Trommelgewirbel zu bedeuten hat!

...›Clamorque virum, clangorque tubarum!‹«

»Ein fürchterliches Unglück ist geschehen«, stieß Herr Sénéchal heraus in einem Ton, daß jedermann hätte schwören mögen, er selbst sei der Betroffene.

Das war auch so sehr Herrn Daubigeons Eindruck, daß er alsbald ausrief: »Was gibt es, mein teurer Freund? Quid? Mut, zum Henker! Erinnern Sie sich der Mahnung des Dichters, im Mißgeschick eine immer gleichmütige Seele zu bewahren!

› Aequam, memento, rebus in arduis Servare mentem...‹«

»Der Graf von Claudieuse stirbt vielleicht in diesem Augenblick als Opfer eines feigen Mordversuches.«

»Oh!...«

»Die Trommel, die Sie vernehmen, vereinigt die Feuerwehrleute, die ich alsbald abschicken will, um das in Valpinson ausgebrochene Feuer zu löschen, und daß ich zu dieser Stunde bei Ihnen erscheine, geschieht aus amtlichen Gründen, um Ihnen das Verbrechen anzuzeigen und alsbald Gerechtigkeit zu fordern.«

Das war mehr als genug, um alle Zitate auf den Lippen des Staatsanwalts ersterben zu lassen.

»Genug«! rief er erschreckt. »Kommen Sie, wir wollen unsere Maßregeln treffen, daß die Schuldigen uns nicht entrinnen!«

Als sie in der Rue nationale ankamen, war diese belebter als sonst am hellen Tage; denn Sauveterre ist einer jener unbedeutenden Amtsbezirke, wo Zerstreuungen so selten vorkommen, daß jeder Anlaß zur Aufregung begierig ergriffen wird.

Schon war die traurige Begebenheit bekannt und besprochen worden. Anfangs hatte man gezweifelt, aber man war überzeugt, als man das Kabriolett des Doktors Seignebos in Begleitung eines reitenden Bauern in vollem Galopp vorbeieilen sah.

Die Feuerwehrleute ihrerseits hatten keine Zeit verloren.

Kaum wurde des Bürgermeisters und Herrn Daubigeons Ankunft auf dem Neumarkt angezeigt, als der Hauptmann Parenteau ihnen entgegenstürzte und, indem er die Hand militärisch an seinen Helm legte, ausrief: »Meine Leute sind bereit!«

»Alle?«

»Es fehlen ihrer nicht zehn. Als man erfuhr, daß es sich darum handele, dem Grafen und der Gräfin von Claudieuse beizuspringen, Donnerwetter ... Sie werden sich denken können, daß sich da keiner erst an den Ohren herbeiziehen ließ.«

»Dann fahrt ab und eilt euch«, befahl Herr Sénéchal. »Wir werden euch unterwegs einholen. Wir, das heißt Herr Daubigeon und ich, gehen sofort, Herrn Galpin-Daveline, den Untersuchungsrichter, abzuholen.«

Sie hatten nicht weit zu gehen.

Der Richter hatte sie selbst schon seit einer halben Stunde in der Stadt gesucht; auf dem Platze angelangt, ward er ihrer alsbald gewahr.

Der personifizierte Gegensatz des Staatsanwalts, war Herr Galpin-Daveline ganz und gar Mann seines Berufs, und mehr als das.

Alles an ihm von Kopf bis Fuß, von seinen Tuchgamaschen bis zu seinem hochblonden Backenbart, bekundete die Magistratsperson. Er war nicht nur ernst, er war die Verkörperung der Ernsthaftigkeit. Obgleich er noch jung war, konnte sich niemand rühmen, ihn jemals lächeln oder spaßen gesehen zu haben. Zugleich war er so steif, daß er, nach Herrn Daubigeons Ausdrucksweise, »das Schwert der Gerechtigkeit selbst verschluckt zu haben schien«.

Daher hielt er es auch unter seiner Würde, auf einem zu engen Spielraum zu operieren, die großen Fähigkeiten, die er zu besitzen glaubte, in alltäglichen Angelegenheiten zu vergeuden, wo es sich etwa nur um den Urheber eines Holzdiebstahls oder um den Einbruch in einen Hühnerstall handelte.

Doch alle seine verzweifelten Anstrengungen, einen bedeutenden Posten zu erlangen, waren bisher zunichte geworden. Vergebens hatte er sich sogar heimlich in die Politik gemischt, bereit, stets der Partei zu dienen, die ihm am besten dienen würde.

Aber Herr Galpin-Daveline war nicht einer von denen, deren Ehrgeiz sich entmutigen läßt. Auch hatte er, von einer Reise nach Paris zurückgekehrt, in letzter Zeit zu verstehen gegeben, daß eine brillante Heirat, die ihm in Aussicht stehe, nicht verfehlen werde, ihm die Protektionen zu verschaffen, welche seinen Verdiensten bisher gefehlt hatten.

»Wohlan«, rief er, als er Herrn Sénéchal und Herrn Daubigeon erreicht hatte, »da haben wir einen entsetzlichen Fall, der jedenfalls die weitesten Dimensionen annehmen wird!«

Der Bürgermeister wollte ihm die näheren Umstände mitteilen.

»Nicht nötig«, sagte jener; »alles, was Sie wissen, weiß ich auch. Ich bin dem Bauern begegnet, der Ihnen zugeschickt wurde, und habe ihn ausgefragt. – Ich denke«, sprach er alsdann, sich zu dem Staatsanwalt wendend, »daß es unsere Pflicht wäre, uns sofort auf den Schauplatz des Verbrechens zu begeben.«

»Ich wollte Ihnen eben dasselbe vorschlagen«, antwortete Herr Daubigeon.

»Man müßte die Gendarmerie benachrichtigen.«

»Herr Sénéchal hat sie soeben schon benachrichtigen lassen.«

Die Aufregung des Untersuchungsrichters war groß, so groß, daß sie sogar einigermaßen die Eisrinde undurchdringlicher Kälte zu durchbrechen schien.

»Da gilt's, auf frischer Tat zu ertappen«, sprach er.

»Augenscheinlich.«

»So daß wir gemeinsam handeln können, Sie, indem Sie untersuchen, ich, indem ich Ihrer Untersuchung gemäß nachforsche.«

Ein ironisches Lächeln glitt über die Lippen des Staatsanwalts.

»Sie müssen mich gut genug kennen«, antwortete er, »um zu wissen, daß, was mich betrifft, keine Eifersuchtskonflikte zu befürchten sind. Ich bin nur noch ein gutmütiger Hagestolz, dem nichts über seine Ruhe und seine Bücher geht.

› Sum piger et senior Pieridumque comes…‹«

»Dann hält uns nichts mehr zurück«, rief Herr Sénéchal, der vor Ungeduld brannte, »mein Wagen ist angespannt – brechen wir auf!«

## Kapitel 2

Von Sauveterre nach Valpinson rechnet man ungefähr eine Meile Entfernung, das heißt eine Landmeile von sieben Kilometern.

Aber Herr Sénéchal hatte ein gutes Pferd, vielleicht das beste des Bezirks, wie er, als er den Wagen bestieg, seinen beiden Reisegefährten versicherte.

In der Tat hatten sie in kaum zehn Minuten die Feuerwehrleute erreicht, die eine gute Weile früher abgezogen waren.

Und doch beeilten sich diese braven Leute, meist Handwerksmeister, Maurer, Schieferdecker und Zimmerleute von Sauveterre, aus allen ihren Kräften. Von einem halben Dutzend dampfender Pechfackeln beleuchtet, zogen sie keuchend den holprigen Weg entlang, indem sie die beiden Spritzen und den Karren mit den Rettungsgeräten vor sich herschoben.

»Mut, meine Freunde, Mut!« rief ihnen der Bürgermeister zu, während er an ihnen vorbeifuhr.

Etwa drei Minuten später erschien ein Bauer zu Pferde, durch die Nacht dahinsausend gleich einem fahrenden Ritter.

Herr Daubigeon befahl ihm anzuhalten. Er gehorchte.

»Ihr kehrt aus Valpinson zurück?« fragte Herr Sénéchal.

»Ja«, antwortete der Bauer.

»Wie steht es mit dem Grafen von Claudieuse?«

»Er ist zu sich gekommen.«

»Was hat der Arzt gesagt?«

»Daß er vermutlich durchkommen wird. Und ich eile zur Apotheke, um Arznei zu holen.« Um besser zu hören, beugte sich Herr Galpin-Daveline aus dem Wagen.

»Wird durch das Gerücht noch niemand beschuldigt?« fragte er.

»Niemand.«

»Und das Feuer?«

»Wasser zum Löschen ist genug vorhanden«, antwortete der Bauer, »aber die Spritzen fehlen ...«

»Was ist zu tun? ... bei dem immer stärker werdenden Winde?«

»Oh, welch ein Unglück! Welch ein Unglück!«

Mit diesen Worten gab er seinem Pferd die Sporen.

Der unglückliche Bürgermeister geriet, je mehr er die Sache überlegte, außer sich.

Das verübte Verbrechen erschien ihm wie eine Herausforderung an seine Geschicklichkeit, wie die grausamste Schmähung, die seiner Verwaltung widerfahren konnte.

»Denn in der Tat«, wiederholte er zum zehnten Male seinen Reisegefährten, »ist es erklärlich, ist es logisch, daß ein Übeltäter es gerade auf den Grafen und die Gräfin von Claudieuse abgesehen haben sollte, auf den vortrefflichsten, den hochgeachtetsten Mann des Bezirks, und auf eine Frau, deren Namen mit Tugend und Herzensgüte gleichbedeutend ist.«

Und eifrig begann der Bürgermeister, ohne sich durch die derben Stöße des Wagens stören zu lassen, alles, was er von der Geschichte des Besitzers von Valpinson wußte, zu erzählen.

Der Graf Trivulce von Claudieuse war der letzte Nachkomme einer der ältesten Familien des Landes. Mit sechzehn Jahren hatte er, etwa um 1829, seine Heimat verlassen und war dann lange Zeit nur selten und zu ganz kurzen Besuchen nach Valpinson zurückgekehrt.

Im Jahre 1859 war er Schiffskapitän geworden und zum Konteradmiral bestimmt, als er plötzlich seinen Abschied eingereicht und sich in Valpinson niedergelassen hatte, wo übrigens von dem einstigen Glanz des alten Schlosses wenig mehr übrig war als zwei Türme, die auch schon halb in Trümmern lagen und von mächtigen Haufen geschwärzter und bemooster Steine umgeben waren.

Zwei Jahre lang hatte er einsam hier für sich gelebt, sich, so gut es eben ging, eine Wohnung hergerichtet und sich mit den Vermögensresten seiner Vorfahren, dank seinem unablässigen Fleiße, ein bescheidenes Wohlleben gesichert.

Da meinte wohl jedermann, daß er auch in dieser Weise sein Leben beschließen würde, als das Gerücht sich verbreitete, der Graf würde sich verheiraten.

Und ausnahmsweise war diesmal das Gerücht wahr.

Eines schönen Tages war Herr von Claudieuse nach Paris gereist, und bald darauf erfuhr man durch schriftliche Anzeigen, daß er sich mit der Tochter eines seiner ehemaligen Kollegen, dem Fräulein Geneviève von Tassar, vermählt habe.

Das allgemeine Erstaunen war groß. Zwar war der Graf noch ein wohlaussehender Mann, sogar von auffallend stattlicher Erscheinung; aber er zählte bereits siebenundvierzig Jahre, und Fräulein Tassar de Bruc hatte kaum das zwanzigste erreicht.

Ja, wenn die Neuvermählte arm gewesen wäre, hätte man die Sache begriffen und für ganz in der Ordnung gehalten. Es ist ja so natürlich, daß ein Mädchen ohne Aussteuer die Wünsche des Herzens der Frage äußerlicher Wohlfahrt opfert. Aber dies war nicht der Fall. Der Marquis Tassar de Bruc galt für reich und hatte, wie man behauptete, seinem Schwiegersohn fünfzigtausend Taler ausbezahlt.

Dann, hatte man weiter geschlossen, müßte die junge Gräfin häßlich zum Erschrecken sein, gebrechlich, schwachsinnig vielleicht und verwachsen – oder wenigstens von unausstehlichem Charakter.

Aber weit gefehlt! Sie erschien in ihrem neuen Wohnort – und alles war hingerissen von ihrer edlen und sanften Schönheit; sie sprach zu den Leuten – und alles gab sich dem Zauber ihrer Rede gefangen.

Sollte in der Tat diese Verbindung, wie man in Sauveterre behauptete, eine Heirat aus Neigung gewesen sein?

Wirklich fing man an, es zu glauben, was aber zahlreiche alte Jungfern nicht hinderte, den Kopf zu schütteln und zu behaupten, siebenundzwanzig Jahre Unterschied sei zuviel zwischen zwei Gatten, und die Ehe werde keine glückliche sein.

Die Tatsachen aber hatten diese üble Prophezeiung durchaus Lügen gestraft. Auf zehn Meilen in der Runde gab es keinen friedlicheren Hausstand als den des Herrn und der Frau von Claudieuse. Durch zwei Töchter, die ihnen im Zeitraum von zwei Jahren geboren wurden, schien das friedliche Glück ihres häuslichen Herdes völlig gesichert.

Aus der Zeit seiner früheren Tätigkeit, als er seine entlegenen Güter in Frankreich verwaltete, hatte der Graf freilich den stolzen Ton eines Befehlshabers, eine strenge und kalte Haltung, eine kurze Redeweise beibehalten.

Er war außerdem von so großer Heftigkeit, daß der geringste Widerspruch ihm das Blut ins Gesicht trieb.

Aber die Gräfin war die Ruhe und die Sanftmut selbst, und da sie immer vermittelnd zwischen den Zorn ihres Gatten und denjenigen zu treten wußte, der ihn erregt, da sie beide gerecht, gut bis zur Schwäche, großmütig und mitleidig gegen Notleidende waren, so wurden sie angebetet.

Es gab nur einen Punkt, in welchem der Graf keinen Scherz verstand. Das war die Jagd. Als passionierter Jäger bewachte er das ganze Jahr hindurch sein Wild mit der Ängstlichkeit eines Geizhalses, indem er die Schutzwerke und die Zahl der Jagdhüter verdoppelte und die Wilderer mit einer solchen Wut verfolgte, daß die Bauern sagten: »Es wäre besser, ihn um hundert Pistolen bestehlen, als ihm eine seiner Amseln töten.«

Herr und Frau von Claudieuse lebten im übrigen ziemlich abgeschlossen, ganz durch die Besorgung einer ausgedehnten Landwirtschaft und die Erziehung ihrer beiden Töchter in Anspruch genommen. Nur selten pflegten sie Gäste bei sich zu empfangen, und kaum viermal des Winters sah man sie in Sauveterre bei den Fräulein von Lavarande oder bei dem alten Baron von Chandoré. In jedem Sommer aber zogen sie auf einen Monat nach Royan, wo sie ein Landhaus besaßen. Ebenso pflegte die Gräfin zum Beginn der Jagdzeit mit ihren Töchtern einige Wochen bei ihren in Paris ansässigen Eltern zu verbringen.

Um dieses friedliche Dasein aus seinen Fugen zu heben, bedurfte es keines geringeren Stoßes als der Katastrophe von 1870.

Als der Graf erfuhr, wie die siegreichen Preußen den heiligen Boden des Vaterlandes überfluteten, erwachte in dem alten Schiffskapitän mit aller Macht der Franzose und der Soldat.

Obwohl hartnäckiger Legitimist, erklärte er sich doch bereit, für die Republik zu sterben, wenn nur Frankreich gerettet würde. Ohne den Schatten eines Zögerns bot er Gambetta, den er haßte, seinen Degen dar.

Zum Obersten eines Infanterie-Regiments ernannt, schlug er sich wie ein Löwe vom ersten bis zum letzten Tag.

Als er nach der Unterzeichnung des Waffenstillstandes nach Valpinson zurückkehrte, gelang es niemandem außer seiner Frau, ihm ein Wort über den unglücklichen Feldzug zu entlocken.

Man forderte ihn auf, sich für die Wahlen zu melden, und gewiß wäre er gewählt worden, aber er schlug es aus und sagte, er wisse wohl zu kämpfen, das Reden aber sei seine Sache nicht.

Nur mit halbem Ohr hatten der Staatsanwalt und der Untersuchungsrichter allen diesen Geschichten zugehört, die sie ebenso gut kannten wie Herr Sénéchal.

»Aber«, rief endlich Herr Galpin-Daveline, »kommen wir denn gar nicht vorwärts? Soviel ich um mich schaue, so seh' ich doch keine Spur einer Feuersbrunst.«

»Das ist, weil wir uns in einer Senke befinden«, antwortete der Bürgermeister. »Aber wir kommen schon vorwärts, und wenn wir auf der Höhe des Hügels sein werden, zu der wir eben hinauffahren, dann – beruhigen Sie sich –, dann werden Sie schon sehen –«

Dieser Hügel ist sehr bekannt in dem Bezirk, ja geradezu berühmt unter dem Namen des Berges von Sauveterre. Er ist steil und aus so hartem Granit geformt, daß die Ingenieure, welche die große Straße von Bordeaux nach Nantes anlegten, einen Umweg von einer halben Meile machten, um ihn zu umgehen.

Er beherrscht somit die ganze Landschaft, und auf seinem Gipfel angelangt, konnten Herr Sénéchal und seine Gefährten sich eines Aufschreis kaum erwehren.

»Horesco«, murmelte der Staatsanwalt. Das Feuer selbst war ihnen noch verborgen durch den Hochwald von Rochepommier, aber die Strahlen der Flammen schossen weit über die großen Bäume – den ganzen Horizont mit ihren unseligen Gluten erhellend. – Die ganze Umgegend war in Bewegung. Die Sturmglocke läutete mit eiligen Schlägen von der Kirche zu Bréchy, deren verfallener Turm sich schwarz an dem purpurnen Himmel abzeichnete.

»Die Hilfe kommt zu spät«, sagte Herr Galpin-Daveline.

»Ein so schönes Gut!« rief der Bürgermeister, »und so wohl geordnet.«

Und er trieb sein Pferd den Hügel hinab zum Galopp an, denn Valpinson hegt im Grunde des Tales, fünfhundert Meter von dem kleinen Fluß entfernt.

Hier war alles in Schreck, Verwirrung, Unordnung aufgelöst. Und doch fehlte es weder an Händen noch an gutem Willen. Beim ersten Alarmschrei waren alle Bewohner der Umgegend herbeigeeilt, und es kamen deren noch mit jeder Minute neue an, aber es war niemand da, sie zu leiten.

Vor allem war es die Rettung des Mobiliars, die sie beschäftigte. Die Mutigsten verweilten in den Gemächern und warfen, von einer Art Schwindel befallen, alles aus den Fenstern, was ihnen nur in die Hände fiel. So häuften sich in der Mitte des Hofes drunter und drüber Betten, Matratzen, Stühle, Wäsche, Bücher und Kleider an.

Mit einer gewaltigen Aufregung wurde die Ankunft des Herrn Sénéchal und seiner Begleiter begrüßt.

»Da ist der Herr Bürgermeister!« schrien die Bauern, durch seine Anwesenheit schon ermutigt und bereit, ihm zu gehorchen.

Herrn Sénéchal aber genügte ein Blick, um den Stand der Dinge zu übersehen.

»Ja, ich bin es, meine Freunde«, sagte er, »und ich freue mich über euren Eifer. Es handelt sich in diesem Augenblick darum, unsere Kräfte nicht zu zersplittern. Die Pächterei und die Wirtschaftsgebäude sind verloren, geben wir sie auf. – Vereinigen wir unsere Anstrengungen auf das Schloß. Organisieren wir uns. Der Ruß ist ganz nah; alles heran zur Kette, Männer und Weiber! – Wasser, Wasser! – Da sind die Spritzen!«

In der Tat hörte man sie mit Donnergetöse heranrollen. Die Feuerwehrleute erschienen. Der Hauptmann Parenteau übernahm die Leitung. Jetzt endlich konnte Herr Sénéchal sich nach dem Grafen von Claudieuse erkundigen.

»Der Herr ist dort«, antwortete ihm ein altes Weib, indem sie auf eine etwa hundert Fuß entfernte Hütte mit einem Strohdach zeigte. »Der Doktor hat ihn dorthin tragen lassen.«

»Wir wollen zu ihm gehen«, sprach hastig der Bürgermeister zum Staatsanwalt und zum Untersuchungsrichter.

Auf der Schwelle der einzigen Stube, welche die ärmliche Wohnung enthielt, blieben sie aber stehen.

Es war ein großes Zimmer mit Lehmboden, mit geschwärzten Balken und angefüllt mit Handwerkszeug und Säcken. Zwei Betten mit gewundenen Säulen und mit Vorhängen aus gelbem Serge füllten den Hintergrund aus. Auf dem zur Linken schlief ein kleines Mädchen von vier oder fünf Jahren in eine Decke gehüllt, von der etwa zwei oder drei Jahre älteren Schwester bewacht.

Auf dem Bett zur Rechten lag oder saß vielmehr der Graf von Claudieuse, denn man hatte hinter seinem Rücken alle Kissen aufgehäuft, die man der Feuersbrunst zu entreißen vermocht.

Er saß mit entblößtem und blutbedecktem Rücken da, und der Doktor Seignebos beugte sich in Hemdsärmeln, die er bis zu den Ellenbogen aufgekrempelt hatte, über ihn und schien, einen Schwamm in der einen Hand, ein Skalpell in der andern, in eine ernste und bedenkliche Operation vertieft.

In einem weißen Musselinkleide stand die Gräfin von Claudieuse zu Füßen des Lagers, auf dem ihr Gatte ruhte – bleich, aber mit gefaßter Ruhe und voll standhafter Resignation. Eine Lampe in der Hand, leuchtete sie dem Doktor nach seinen Anweisungen.

In einem Winkel kauerten mit über den Kopf gezogenen Schürzen zwei Mägde und weinten.

Tief erschüttert entschloß der Bürgermeister sich endlich einzutreten.

Der Graf von Claudieuse war der erste, der ihn bemerkte. »Ah! da ist der brave Sénéchal!« sagte er. »Treten Sie näher, lieber Freund, treten Sie näher! …Das Jahr 1871 ist, wie Sie sehen, ein verhängnisvolles Jahr. Von allem, was ich besaß, wird bei Tagesgrauen nichts mehr übrig sein als ein paar Schaufeln Asche.«

»Es ist ein großes Unglück«, antwortete der würdige Bürgermeister, »aber wir befürchteten eins, das noch viel unersetzlicher wäre …doch Gott sei Dank, Sie werden am Leben bleiben …«

»Wer weiß, ich leide fürchterlich!« …

Bei diesen Worten fuhr Frau von Claudieuse zusammen.

»Trivulce«, flüsterte sie mit sanft flehender Stimme, »Trivulce!«

Nie mag ein Liebender auf die Freundin seines Herzens einen zärtlicheren Blick geworfen haben als der, den Herr von Claudieuse auf seine Gemahlin warf.

»Vergib mir, liebe Geneviève, vergib mir meinen Mangel an Mut –«

Ein nervöser Krampf schnitt ihm die Worte ab; gleich darauf rief er mit gellender Stimme: »Himmel und Hölle, Doktor, Sie foltern mich!«

»Hier habe ich Chloroform«, entgegnete kaltblütig der Arzt.

»Ich will keines.«

»Dann entschließen Sie sich, den Schmerz auszuhalten, und bleiben Sie still, denn jede Ihrer Bewegungen vermehrt ihr Leiden.«

Darauf wischte er mit dem Schwamm den feinen Blutfaden ab, der über sein Skalpell rieselte. »Übrigens«, fügte er hinzu, »wollen wir einige Minuten Pause machen …Meine Augen und meine Hände werden müde; ich bin eben nicht mehr jung.«

Der Doktor Seignebos zählte sechzig Jahre. Er war ein kleiner Mann mit galligem Teint, mager, kahlköpfig, von einer mehr als nachlässigen Haltung, stets eine goldene Brille auf der Nase, die abzunehmen, sauberzuwischen und wieder aufzusetzen seine Hauptbeschäftigung schien. Sein medizinischer Ruf war groß, man führte in Sauveterre Wunder von Heilungen an, die er vollbracht; dennoch habe er wenig Freunde. Die Arbeiter warfen ihm seine hochmütige Amtsmiene vor, die Bauern seine Gewinnsucht, die Bürger seine politischen Ansichten. Man erzählte sich, eines Abends bei einem Gelage hätte er mit erhobenem Glase ausgerufen: »Ich trinke auf das Gedächtnis des einzigen Arztes, dessen reinen und edlen Ruf ich beneide, auf das Gedächtnis meines Landsmannes, des Doktors Guillotin de Saintes.«

Hatte er wirklich diesen Toast ausgebracht? Gewiß ist, daß er den wütenden Demokraten spielte und daß er die Seele und das Orakel der kleinen sozialistischen Zusammenkünfte der Nachbarschaft war. Er erregte Erstaunen, wenn er das Kapitel der Reformen und die Fortschrittspläne erörterte, von denen er träumte.

Er setzte seine Zuhörer in Schreck durch den Ton, in dem er davon sprach, daß man mit Feuer und Schwert bis auf den Grund der verfaulten Eingeweide der Gesellschaft dringen müsse.

Diese oft wunderlichen Ansichten und Wohlfahrtstheorien und die oft noch wunderlicheren Grundsätze, die er offen kundgab, hatten dann und wann sogar Zweifel an der normalen Verstandesbeschaffenheit des Doktors Seignebos erregt.

Es waren die Wohlwollendsten, die sich damit begnügten, ihn »ein Original« zu nennen. Dieses »Original« war selbstverständlich Herrn Sénéchal, dem einstigen reaktionären Sachwalter, nicht sehr zugetan. Auf den Staatsanwalt der Republik sah er verächtlich wie auf einen unnützen Spürhund alter Scharteken herab. Herrn Galpin-Daveline aber haßte er von Herzen. Dennoch grüßte er sie alle drei, und ohne sich darum zu kümmern, ob er von seinem Patienten gehört wurde oder nicht, sagte er: »Sie sehen, meine Herren, Herr von Claudieuse ist in einer sehr mißlichen Lage ... Es ist eine mit Schrot geladene Flinte gewesen, die man auf ihn abgeschossen, und die Wirkung, die durch Wunden dieser Art entsteht, ist unberechenbar. Ich wäre wohl geneigt zu glauben, daß kein wesentliches Organ angegriffen ist, aber dafür einstehen kann ich nicht. Ich habe oft in meiner Praxis winzige Verletzungen beobachtet, wie eben ein Schrotkorn sie hervorbringen kann, Verletzungen, die dennoch tödlich waren und erst nach zwölf oder fünfzehn Tagen es erwiesen.«

Er hätte vermutlich noch lange so fortgefahren, wäre er nicht in barschem Ton unterbrochen worden. »Herr Doktor«, sprach der Untersuchungsrichter, »um eines Verbrechens willen, das vollbracht worden ist, bin ich hier. Der Schuldige muß entdeckt und bestraft werden. Und im Namen der Justiz fordere ich von diesem Augenblick an die Beihilfe Ihrer Aufklärungen.«

# Kapitel 3

Durch diesen einzigen Satz bemächtigte Herr Galpin-Daveline sich eigenmächtig der Situation und wies dem Doktor Seignebos, Herrn Sénéchal und selbst dem Staatsanwalt die zweite Stelle zu.

Es existierte nichts mehr als ein Verbrechen, dessen Urheber entdeckt werden mußte, und der Richter in seiner Person.

Aber wie sehr er sich auch bemühte, seine gewohnte Steifheit und jene Verachtung jedes menschlichen Gefühls zu steigern, die der Justiz mehr Feinde zugezogen als ihre grausamsten Fehlgriffe, alles an ihm bebte vor verhaltener Genugtuung, alles bis auf die Haare seines wie die Buchsbäume von Versailles zugespitzten Bartes.

»Also, Herr Doktor«, fuhr er fort, »haben Sie etwas dagegen, daß ich den Verletzten verhöre?«

»Besser wäre es ohne Zweifel«, brummte der Doktor Seignebos, »ihn in Ruhe zu lassen, soeben habe ich ihn eine Stunde lang gemartert, und in einigen Augenblicken werde ich von neuem anfangen, die Schrotkörner herauszuziehen, die in dem Fleisch stecken … Doch wenn Sie darauf bestehen …«

»Ich bestehe darauf …«

»Nun, dann beeilen Sie sich, das Fieber wird nicht mehr lange ausbleiben.«

»Daveline«, sagte Herr Daubigeon, der seine Unzufriedenheit ohne Hehl sehen ließ, »Daveline!«

Der andere schien es nicht zu hören.

»Fühlen Sie sich imstande, auf meine Fragen zu antworten, Herr Graf?« fragte er.

»Oh, vollkommen!«

»Dann haben Sie die Güte, mir zu sagen, was Sie von den unheilvollen Begebenheiten dieser Nacht wissen.«

Von seiner Gemahlin und dem Doktor Seignebos unterstützt, richtete der Graf von Claudieuse sich in seinen Kissen auf.

»Was ich weiß«, begann er, »wird leider der Nachforschung der Justiz nichts helfen. Es mochte etwa elf Uhr sein, denn ich könnte nicht einmal die Stunde genau angeben, ich hatte mich niedergelegt und seit geraumer Weile mein Licht ausgelöscht, als ein sehr greller Schein durch die Fensterscheiben brach. Ich wunderte mich darüber, aber ohne mich zu bedenken, denn ich befand mich bereits in jenem Stadium von Halbschlummer, der, ohne eigentlicher Schlaf zu sein, doch auch kein Wachen mehr ist. Ich fragte mich wohl was das sei, stand aber nicht auf. Erst ein lautes Geräusch, wie von einer einstürzenden Mauer, brachte mich zum Bewußtsein. – Aber dann sprang ich aus meinem Bett und wußte: es brennt.

Meine Unruhe verdoppelte sich, als mir zum Bewußtsein kam, daß in meinem Hof und um die Gebäude sechzehntausend Holzhaufen vom Schlag des vergangenen Winters lagen. Halb angekleidet stürzte ich auf die Treppe hinaus. Ich war sehr verstört, ja ich gestehe, ich war es in solchem Grade, daß es mir nur mit der größten Mühe gelang, die äußere Türe zu öffnen. – Ich brachte es dennoch zustande. Aber kaum hatte ich den Fuß auf die Schwelle gesetzt, als ich auf der rechten Seite einen furchtbaren Schmerz empfand und dicht neben mir einen lauten Knall hörte.«

Mit einer Handbewegung unterbrach der Untersuchungsrichter: »Ihre Erzählung, Herr Graf, ist vollkommen klar; dennoch ist es notwendig, einen Umstand genauer anzugeben. Schoß man genau in dem Augenblick, als Sie erschienen, die Flinte auf Sie ab?«

»Ja, mein Herr.«

»Also war der Mörder ganz bereit, auf der Lauer … Er wußte, daß die Feuersbrunst Sie unvermeidlich heraustreiben würde, und wartete.«

»Das war und das ist auch jetzt noch mein Eindruck«, erklärte der Graf.

Herr Galpin-Daveline wandte sich zu Herrn Daubigeon. »Also«, sagte er, »ist der Mord das Hauptfaktum, welches die Anklage im Auge behalten muß. Die Feuersbrunst ist nur ein die

Strafbarkeit erhöhender Umstand, das von dem Schuldigen ersonnene Mittel, um der Vollführung des Verbrechens sicherer zu sein« ... worauf der Untersuchungsrichter mit den Worten: »Fahren Sie fort, mein Herr!« sich wieder zu dem Grafen wandte.

»Da ich mich verwundet fühlte«, fuhr Herr von Claudieuse fort, »war meine erste, übrigens ganz instinktive Bewegung, dem Orte zuzustürzen, von wo, wie mir schien, der Schuß gefallen war. Ich hatte nicht drei Schritte gemacht, als ich mich von neuem an der Schulter und am Halse getroffen fühlte ... Diese zweite Verletzung war ernsthafter als die erste, denn mein Herz hörte auf zu schlagen, mein Kopf schwindelte, ich fiel nieder ...«

»Sie wurden des Mörders nicht einmal gewahr?«

»Doch – im Augenblick, als ich stürzte, glaubte ich zu sehen, wie ein Mann hinter einem Holzhaufen hervorstürzte, den Hof durcheilte und draußen im Felde verschwand ...«

»Würden Sie ihn wiedererkennen?«

»Nein.«

»Aber haben Sie gesehen, wie er gekleidet war, können Sie mir sein Signalement angeben?«

»Auch das nicht. Es war wie ein Nebel vor meinen Augen, und er glitt vorbei gleich einem Schatten.«

Es gelang dem Untersuchungsrichter nur schlecht, eine Bewegung des Unmuts zu unterdrücken.

»Gleichviel, wir werden ihn auffinden ... Aber fahren Sie fort, mein Herr!«

Der Graf schüttelte den Kopf.

»Ich habe Ihnen nichts mehr mitzuteilen, mein Herr«, sagte er. »Ich war ohnmächtig geworden und bin erst einige Stunden später, hier auf diesem Bett, wieder zum Bewußtsein gekommen.«

Mit der äußersten Sorgfalt notierte Herr Galpin-Daveline die Antworten des Grafen.

»Wir werden«, sagte er, nachdem er seine Notizen beendet, »auf das Sorgfältigste auf die näheren Umstände des Mordes zurückkommen. Für den Augenblick ist es wichtig, Herr Graf, zu wissen, was nach Ihrem Sturz weiter vorfiel. Wer kann mir darüber Auskunft geben?«

»Die Gräfin, mein Herr.«

»So dachte ich auch. Die Frau Gräfin ist vermutlich mit Ihnen zugleich aufgestanden?«

»Meine Frau schlief noch nicht.«

Hastig wandte der Richter sich zur Gräfin um, und ein Blick genügte ihm, um sich zu überzeugen, daß die Toilette der Gräfin nicht die einer durch den Brand ihres Hauses aus dem Schlaf geweckten Frau war.

»In der Tat«, murmelte er.

»Berthe, unsere jüngste Tochter, die Sie dort in Decken gehüllt auf dem Bette liegen sehen, ist von den Masern befallen und ernstlich krank ... Meine Frau war bei ihr geblieben. Unglücklicherweise gehen die Fenster meiner Töchter auf den Garten, auf die entgegengesetzte Seite des Flügels, wo man das Feuer angelegt hatte.«

»Und auf welche Weise wurde die Frau Gräfin von dem Unglück benachrichtigt?« fragte der Untersuchungsrichter.

Ohne eine direkte Frage abzuwarten, trat Frau von Claudieuse vor.

»Wie mein Mann Ihnen soeben sagte«, antwortete sie, »hatte ich darauf bestanden, bei meiner kleinen Berthe zu wachen. Da ich schon die vorhergehende Nacht bei ihr verbracht hatte, war ich ein wenig müde und endlich eingeschlafen, als ich durch einen Schuß geweckt wurde ... so schien es mir wenigstens. Ich fragte mich, ob es nicht eine Einbildung gewesen, als fast unmittelbar darauf ein zweiter Knall folgte. Mehr erstaunt als beunruhigt, verließ ich das Zimmer meiner Töchter ... Oh, mein Herr, so groß war schon die Wut des Feuers, daß es auf der Treppe hell war wie am Tage ... Ich eilte die Treppe hinab. Die äußere Türe war offen, ich trat hinaus. – Auf fünf oder sechs Schritt sah ich beim Lichte der Flammen den Körper meines Gatten liegen ... Ich warf mich über ihn, er hörte mich nicht mehr; sein Herz hatte aufgehört zu schlagen, ich glaubte ihn tot, ich rief mit verzweifelter Stimme um Hilfe ...«

Man hörte Herr Sénéchal und Herrn Daubigeon aufseufzen.

»Gut«, bestätigte mit befriedigter Miene Herr Galpin-Daveline, »sehr gut!« –

»Sie wissen«, fuhr die Gräfin fort, »wie tief der Schlaf der Bauern ist... Es scheint mir, daß ich sehr lange Zeit neben meinem Gatten kniend allein blieb. Endlich aber weckte die Helle der Feuersbrunst unsere Pächter, unsere Arbeiter und die Dienstboten. Mit dem Rufe: ›Es brennt! Es brennt!‹ stürzten sie jetzt heraus. Als sie mich erblickten, kamen sie herbei und halfen mir meinen Gatten einer Gefahr zu entziehen, die mit jedem Augenblicke wuchs. Durch einen heftigen Wind angefacht, verbreitete sich das Feuer mit erschreckender Schnelligkeit. Die Scheunen waren nur noch ein mächtiger Glutofen, die Meierei brannte, die mit Branntwein gefüllten Keller standen in Flammen, das Dach unseres Hauses entzündete sich von allen Seiten... Und dabei niemand, der Geistesgegenwart behielt! Mein Kopf war dermaßen verwirrt, daß ich meine Kinder vergaß und daß ihr Zimmer schon voll Rauch war, als ein braver, mutiger Bursche hinging, sie dem entsetzlichsten Untergange zu entreißen. Um mich wieder zu mir selbst zu bringen, bedurfte es der Ankunft des Doktors Seignebos und seines hoffnungsvollen Zuspruchs... Diese Feuersbrunst richtet uns vielleicht zugrunde; sei es darum – wenn nur meine Kinder und mein Mann gerettet sind!«

Mit verächtlicher Ungeduld hörte der Doktor Seignebos diese unvermeidlichen Auslassungen an.

Die andern, Herr Sénéchal, der Staatsanwalt, selbst die beiden Mägde, gewannen es kaum über sich, ihre Bewegung zu meistern.

Er aber zuckte die Achseln und murmelte zwischen den Zähnen: »Formalitäten! Kleinigkeiten! Kindereien!«

Nachdem er seine goldene Brille abgenommen, getrocknet und wieder auf die Nase gesetzt hatte, setzte sich der Doktor an den einzigen wackligen Tisch der ärmlichen Stube und zählte in einer Schale die Schrotkörner, die er aus den Wunden des Grafen gezogen hatte.

Nach den letzten Worten der Gräfin aber erhob er sich und sprach, sich in kurzem Tone an Herrn Galpin-Daveline wendend: »Jetzt werden Sie mir ohne Zweifel meinen Kranken wieder überlassen?«

Offenbar beleidigt – und das nicht ganz ohne Grund – runzelte der Untersuchungsrichter die Brauen und erwiderte kalt: »Ich begreife die Wichtigkeit Ihrer Verrichtungen sehr wohl, meine Aufgabe aber ist weder weniger ernst, noch weniger dringend.«

»Oh!«

»Deshalb werden Sie mir noch fünf Minuten bewilligen, Herr Doktor?«

»Zehn, wenn Sie es verlangen. Doch erkläre ich Ihnen, daß jede Minute, die von jetzt an verrinnt, das Leben des Verwundeten gefährdet.«

Sie waren aufeinander zugetreten, und mit zurückgeworfenem Kopf maßen sich gegenseitig ihre Blicke, aus denen der wütendste Haß blitzte. Fast schienen sie im Begriff, angesichts des Kranken in Streit zu geraten. Wenigstens schien die Gräfin es zu fürchten, denn mit vorwurfsvollem Tone sprach sie: »Meine Herren, um Gottes willen, meine Herren!«

Vielleicht hätte auch ihr Einschreiten nicht genügt, wären nicht Herr Sénéchal und Herr Daubigeon dazwischengetreten.

Von den beiden Gegnern schien Herr Galpin-Daveline der hartnäckigste; denn trotz alledem nahm er noch einmal das Wort: »Ich habe«, sprach er zu dem Grafen, »nur noch eine Frage zu stellen. Wie und wo standen Sie? Und welches war die Stellung Ihres Mörders in dem Augenblick, als er das Verbrechen ausführte?«

»Mein Herr«, sprach der Graf mit deutlich ermüdeter Stimme, »ich sagte Ihnen bereits, daß ich auf der Schwelle meiner Türe dem Hof gegenüberstand. Der Mörder mußte sich etwa auf zwanzig Schritt mir zur Rechten hinter einem Holzhaufen aufgestellt haben.«

Nachdem er die Antwort des Verwundeten notiert, wandte der Richter sich dem Arzt zu: »Sie haben gehört, Herr Doktor«, sprach er. »Jetzt ist es an Ihnen, die Voraussetzung über diesen entscheidenden Punkt näher zu bestimmen. In welcher Entfernung befand sich der Mörder in dem Augenblick, als er Feuer gab?«

»Ich bin kein Wahrsager«, antwortete der Doktor in barschem Ton.

»Oh! nehmen Sie sich in acht, Herr Doktor, das Gericht, dessen Repräsentant ich bin, hat sowohl das Recht als die Mittel, sich in Respekt zu setzen. Sie sind Arzt, und heutzutage ist die Medizin in der Lage, mit fast mathematischer Gewißheit auf die Frage, die ich an Sie richte, zu antworten.«

Herr Seignebos lächelte höhnisch.

»In der Tat, die Medizin ist zu solchen Wundern gelangt!« sagte er. »Welche Art von Medizin? – Vermutlich nur die gerichtliche, die den Gerichten zu Befehl steht und dem Präsidenten des Schwurgerichts insbesondere ganz und gar ergeben ist?«

»Herr Doktor –«

Aber der Doktor hatte nicht das Temperament, einen zweiten Stoß zu ertragen.

»Ich weiß, was Sie mir sagen werden«, fuhr er ruhig fort. »Es gibt kein Handbuch der ›gerichtlichen Medizin‹, das nicht vollgültig die Frage, um die es sich handelt, löste. – Ich habe sie studiert, diese Handbücher, deren sich die Herren Untersuchungsbeamten als Waffen zu bedienen belieben. Ich kenne die Ansicht Devergies und Orfilas, das Prinzip Caspers, Tardieus und Briant de Chaudeys ... Ich weiß sehr wohl, daß diese Herren behaupten, bis auf einen Zentimeter die Distanz bestimmen zu können, aus welcher ein Flintenschuß gefallen ist. Ich aber bin nicht so klug. Ich bin nur ein armer, einfacher Landarzt ... Und wenn ich eine Ansicht aufgeben soll, die einem armen Teufel, und vielleicht einem Unschuldigen, den Kopf kosten kann, so muß ich Zeit haben nachzudenken, mich mit mir selbst beraten und zuvor eigene Erfahrungstatsachen durchgehen.«

Er hatte, wenn nicht in der Form, so doch in seinen Gründen so vollkommen recht, daß Herr Galpin-Daveline sich besänftigte.

»Es ist zum Zweck der Untersuchung, Herr Doktor«, sagte er, »daß ich Sie nach Ihrer Ansicht frage. Ihre begründete Aussage wird notwendig der Gegenstand eines von Beweisen unterstützten Berichts sein ...«

»Ah – wenn es so ist ...«

»Wollen Sie mir also aus Gefälligkeit die Mutmaßungen mitteilen, die Sie aus der Untersuchung der Wunden gezogen haben?«

Mit einer anspruchsvollen Gebärde setzte Herr Seignebos seine Brille zurecht.

»Mein Gutachten«, antwortete er, »ist unter allem Vorbehalt, daß Herr von Claudieuse sich von allem vollständig Rechenschaft gegeben hat. Ich bin ganz geneigt zu glauben, daß der Mörder sich in der Entfernung, die er angibt, versteckt hatte. Was ich zum Beispiel bestätigen kann, ist, daß die beiden Flintenschüsse aus sehr verschiedener Entfernung gefallen sind; der eine aus viel geringerer Distanz als der andere. – Der Beweis dafür ist, daß der eine Schuß in die Hüfte, wie der Jäger zu sagen pflegt, sich nur leicht versprungen hat, während der andere scharf getroffen hat.«

»Aber man weiß, auf wieviel Meter eine Flintenkugel scharf treffen kann«, unterbrach Herr Sénéchal, den der dogmatische Ton des Doktors ärgerte.

Herr Seignebos verneigte sich.

»Man weiß das?« rief er. »Wer? Sie, Herr Bürgermeister? Ich aber erkläre, es nicht zu wissen. Freilich vergesse ich nicht, was Sie zu vergessen scheinen, daß wir nicht mehr nur zwei oder drei Arten von Jagdflinten haben wie früher. Erinnern Sie sich nicht der unendlichen Mannigfaltigkeit französischer, englischer, amerikanischer und deutscher Waffen, die heutzutage überall verbreitet sind? Woraufhin erkühnen Sie sich, das so zuversichtlich auszusprechen? Wissen Sie nicht, als einstiger Staatsanwalt und Beamter der Gemeinde, daß auf diese wichtige Frage alle Debatten des Schwurgerichts hinausgehen werden?«

Entschlossen, keine Antwort weiter zu geben, zog der Doktor wieder sein Skalpell und seine Pinzetten hervor, als draußen ein so entsetzliches Geschrei erschallte, daß Herr Sénéchal, Herr Daubigeon und selbst Frau von Claudieuse ans Fenster stürzten.

Ach, und dieses Geschrei war nur zu begründet!

Das Dach des Hauptgebäudes war soeben eingestürzt und hatte unter seinen brennenden Trümmern Bolton, den armen Trommler, der noch vor zwei Stunden Alarm geschlagen, und den Feuerwehrmann Guillebault, einen der geachtetsten Zimmerleute von Sauveterre, Vater von fünf Kindern, begraben.

Der Hauptmann Parenteau schien dem Wahnsinn nah. Aber alle Versuche, ihnen beizuspringen, mußten scheitern.

Ein Gendarm und ein Pächter aus der Umgegend, die versucht hatten, bis zu ihnen vorzudringen, wären fast selbst in dem Glutofen geblieben; nur mit unerhörter Anstrengung gelang es, beide in dem traurigsten Zustande herauszuziehen.

Jetzt erst fing man an, sich vollständig Rechenschaft über das fluchwürdige Verbrechen des Brandstifters zu geben.

Während die Rauchsäulen und die aufwirbelnden Funken zum Himmel stiegen, hörte man das Rachegeschrei: »Nieder, nieder mit dem Brandstifter!«

In diesem Augenblick gab der gerechteste Zorn dem Bürgermeister, Herrn Sénéchal, einen Gedanken ein: Er wußte sehr wohl, wie groß die Vorsicht der Landleute ist, und wie schwer es fällt, einem Bauern zu entlocken, was er weiß.

Indem er einen Trümmerhaufen bestieg, begann er mit klarer, starker Stimme: »Ja, meine Freunde, ihr habt recht, nieder mit ihm! Ja die tapferen Opfer des schändlichsten Verbrechens müssen gerächt werden. Das ist euer Wille, nicht wahr? Es hängt von euch ab. – Es ist unmöglich, daß unter euch nicht einer ist, der etwas weiß ... Er möge vortreten und reden. – Erinnert euch, daß der geringste Hinweis das Gericht auf die Spur bringen kann. – Hier schweigen, das hieße, meine Freunde, sich selbst zum Mitverbrecher machen. Bedenkt, beratet euch ...«

Ein hastiges Geflüster durchlief die Menge.

Plötzlich sagte eine Stimme: »Es ist einer da, der reden kann.«

»Wer?«

»Cocoleu! ... Er war von Anfang an zugegen. Er war es, der die Töchter der Gräfin aus ihrem Zimmer getragen hat. Was ist aus ihm geworden? Cocoleu! ... Cocoleu!«

Man muß selbst unter dem eigentlichen Landvolk in Dorf und Feld gelebt haben, um die Aufregung und den Zorn all der braven Leute ganz zu begreifen, die sich um die brennenden Ruinen von Valpinson drängten. Der Stadtbewohner kennt die Angst vor dem unheilvollen Verbrecher, der nur um zu stehlen, Mordtaten begeht, kaum. Die Polizei bewacht seinen Schlaf. Er fürchtet das Feuer wenig. Bei dem ersten aufsteigenden Funken ist immer einer oder der andere der Nachbarn da, der »Feuer« ruft. Die Spritzen erscheinen, das Wasser strömt wie durch Zauberkraft herbeigeschafft.

Der Bauer dagegen kennt und fürchtet die Gefahren seiner Einsamkeit. Ein einfacher Holzriegel schließt seine Hütte. Wird er von einem Mörder überrascht, so verhallt sein Geschrei, wenn er um Hilfe ruft, ohne gehört zu werden. Wenn sein Haus in Brand gesteckt wird, so liegt es vielleicht schon in Asche, ehe die erste Hilfe naht; und er muß sich glücklich schätzen, wenn es ihm gelingt, sich selbst und die Seinigen aus den Flammen zu retten.

Durch Herrn Sénéchals Worte in Erregung versetzt, machten sich auch die Bauern jetzt mit fieberhaftem Eifer daran, denjenigen aufzufinden, der, wie sie meinten, etwas wissen mochte: den Cocoleu.

Sie kannten ihn alle und seit langer Zeit.

Es war nicht einer unter ihnen, der ihm nicht ein Stück Brot oder einen Löffel Suppe gegeben hätte, wenn ihn hungerte; nicht einer, der ihm nicht einen Bund Stroh in irgendeinem Winkel seiner Ställe überlassen hätte, wenn es regnete oder kalt war und er schlafen wollte. Denn Cocoleu war einer jener Unglücklichen, welche irgendein fürchterliches Gebrechen, physischer oder moralischer Natur, mit sich durchs Leben schleppen.

Es war vor einigen zwanzig Jahren, da hatte ein wohlhabender Besitzer von Bréchy für die Bauten, die er errichten ließ, ein halbes Dutzend Dekorationsmaler aus Angoulême kommen lassen, die fast den ganzen Sommer bei ihm verbrachten.

Einer dieser Maler hatte ein armes Mädchen namens Colette aus der Umgegend der Pächterei verführt. Aber dann war der Verführer mit seinen Kameraden auf und davon gezogen, ohne sich um die Unglückliche mehr zu kümmern als um die letzte Zigarre, die er geraucht.

Und doch war sie in gesegnetem Zustande.

Als sie ihre Umstände nicht mehr verbergen konnte, wurde sie aus dem Hause, wo sie gedient, zur Tür hinausgewiesen, und ihre Eltern, die selbst kaum ihr Dasein fristen konnten, verstießen sie unbarmherzig.

Von da an irrte sie, durch Kummer, Schande und Reue fast stumpfsinnig geworden, um Almosen flehend, beleidigt, verspottet, zuweilen selbst mißhandelt, von Haus zu Haus. In einer entlegenen Waldecke brachte sie an einem Winterabend, verlassen, ohne Hilfeleistung, einen Knaben zur Welt. Wie war es aber nur möglich, daß Mutter und Kind nicht vor Hunger, Kälte und Elend umkamen? – Es geschehen gleichwohl derartige Wunderdinge, die unbegreiflich bleiben.

Während mehrerer Jahre sah man sie in ihren Lumpen in der Gegend von Sauveterre herumziehen, von der schwer erkauften Großmut der Bauern lebend. Dann starb die Mutter verlassen, wie sie gelebt hatte. Vom Rande eines Grabens las man eines Morgens ihren Leichnam auf.

So war das Kind allein geblieben. Es stand im Alter von acht Jahren und sah verhältnismäßig stark aus. Ein Pächter erbarmte sich seiner und gab ihm seine Kühe zu hüten.

Das kleine, unglückliche Geschöpf aber war dessen nicht fähig.

Als er noch bei seiner Mutter war, schrieb man seine Stummheit, seine verstörten Blicke, die Gebärden eines gehetzten Wildes, die er an sich hatte, seinem wilden Leben zu. Aber als man anfing, sich mit ihm zu beschäftigen, sah man, daß in dem armen, verwahrlosten Gehirn keine Spur von Intelligenz sich entwickelt hatte.

Er war schwachsinnig und überdies einer jener entsetzlichen nervösen Krankheiten unterworfen, die den ganzen Körper, besonders aber die Gesichtsmuskeln in krankhafte Zuckungen versetzen.

Er war nicht stumm, aber nur unter unerhörten Anstrengungen und unter jämmerlichem Stottern gelang es ihm, einige Silben zu artikulieren.

Zuweilen, um sich einen Spaß zu machen, riefen die Bauern ihm zu: »Sag uns, wie du heißt, du sollst einen Groschen dafür bekommen.«

Dann dauerte es wohl fünf Minuten, bis er unter allerlei Grimassen den Namen seiner Mutter hervorstotterte: » – Co ... co ... co ... lette.«

Daher sein Spitzname.

Man war darüber einig geworden, daß er zu nichts taugte; man hörte auf, sich für ihn zu interessieren. – Er fing wieder an, wie früher umherzuvagabundieren.

Es war um diese Zeit, daß der Doktor Seignebos ihm eines Morgens auf der Hauptstraße begegnete.

Unser vortrefflicher Doktor behauptete damals unter anderen außergewöhnlichen Theorien, der Schwachsinn sei nichts als eine gewisse Eigentümlichkeit des Gehirns, ein Vergessen der Natur, das durch gewisse Substanzen, zum Beispiel Phosphor, leicht behoben würde. Die Gelegenheit, ein denkwürdiges Experiment zu machen, war zu günstig, als daß er sie nicht begierig ergriffen hätte.

Er ließ Cocoleu neben sich in sein Kabriolett steigen, quartierte ihn in seinem Hause ein und unterwarf ihn einer Behandlung, deren Geheimnis zwischen ihm und einem für seine seltsamen Ansichten in Sauveterre bekannten Apotheker geblieben ist.

Nach achtzehn Monaten hatte Cocoleu zusehends abgenommen. Er sprach vielleicht etwas weniger schwerfällig, aber in seinem Denkvermögen ließ sich kein merklicher Fortschritt spüren.

Auf sein Resultat verzichtend, machte der Doktor ein Bündel aus den wenigen Sachen, die er seinem Pflegebefohlenen geschenkt, gab es ihm in die Hand und warf ihn hinaus, indem er ihm verbot, jemals wiederzukommen.

In der Tat ein trauriger Dienst, den er so dem Cocoleu geleistet.

Der Entbehrungen entwöhnt, sowie des Wanderns von Haus zu Haus, um sein Brot zu erbetteln, wäre der arme Blödsinnige aus Not umgekommen, hätte sein guter Stern ihn nicht nach Valpinson geführt.

Durch sein Elend gerührt, beschlossen der Graf und die Gräfin von Claudieuse, sich seiner anzunehmen.

Vergebens versuchten sie, ihn in einer ihrer Meiereien festzuhalten, wo sie ihm ein Bett geben ließen. Cocoleus Vagabunden-Natur trug den Sieg über alles, selbst über den Hunger davon. Im Winter, bei Schnee und Kälte, hielt man ihn noch zurück. Aber beim ersten Grün des Frühlings unternahm er von neuem seine Wanderungen kreuz und quer durch Wald und Feld und ließ sich dann wochenlang nicht sehen. Mit der Zeit aber entwickelte sich doch etwas in ihm, gleich dem Instinkt eines mit Geduld dressierten Haustieres.

Seine Anhänglichkeit für Frau von Claudieuse äußerte sich, wie bei einem Hunde, durch Freudengeschrei und Sprünge, sobald er ihrer ansichtig wurde. Ebenso liebte er die beiden kleinen Mädchen und schien darunter zu leiden, daß man sie von ihm entfernt hielt; denn man erlaubte ihm die Annäherung nicht, weil man bei so zarten Kindern die Ansteckung seines nervösen Leidens fürchtete.

Mit der Zeit war er sogar fähig, einige kleine Dienstleistungen zu verrichten. Es gab gewisse Besorgungen, die man ihm auftragen konnte. Er begoß die Blumen, man schickte ihn hin und wieder nach einem Dienstboten; er wußte einen Brief richtig auf die Post nach Bréchy zu bringen.

Diese Fortschritte waren sogar fühlbar genug, um in einigen mißtrauischen Bauersleuten allerlei Zweifel zu erregen; sie behaupteten, Cocoleu sei gar nicht so unschuldig, wie er aussehe; er sei ganz im Gegenteil ein Spitzbube, der den Einfältigen spiele, um ohne Arbeit leben zu können...

»Da haben wir ihn«, riefen plötzlich einige Stimmen. »Da – da ist er!«

Die Menge teilte sich hastig; zu gleicher Zeit erschien ein junger Bursche, von mehreren Männern gehalten und vorwärts gestoßen.

»Er hatte sich dort in einer Hecke versteckt und wollte nicht kommen ... der Hund!«

Die Unordnung, in der sich Cocoleus Kleider befanden, bezeugte in der Tat einen hartnäckigen Widerstand.

Er war ein großer Bursche von achtzehn Jahren, bartlos, sehr groß, außergewöhnlich mager und von so schlotterigem Körperbau, daß er fast mißwachsen schien. Ein Wald roter struppiger Haare erhob sich über seiner flachen, zurückweichenden Stirn.

Seine kleinen Augen, der große Mund mit seinen spitzen Zähnen, die breite platte Nase und die mächtigen Ohren gaben seiner Physiognomie einen unheimlichen Ausdruck von Schwachsinn und Verstörtheit und doch zugleich von bestialischer Schlauheit.

»Was werden wir mit ihm machen?« sagte einer der Bauern zu Herrn Sénéchal.

»Man muß ihn zum Untersuchungsrichter führen, meine Freunde«, antwortete der Bürgermeister, »dort in dem kleinen Hause, wo ihr Herrn von Claudieuse hingetragen.«

»Und auf jeden Fall muß man ihn zum Sprechen bringen«, brummten die Bauern. »Verstehst du uns? Nur vorwärts, vorwärts mit ihm!«

# Kapitel 4

Weder der Doktor Seignebos noch Herr Galpin-Daveline, die ihren Ehrgeiz darein setzten, die Sache mit stoischer Unempfindlichkeit auszufechten, hatten sich die geringste Bewegung erlaubt, um zu erfahren, was draußen vorging.

Der Doktor hielt sich bereit, seine Operation von neuem vorzunehmen, und so methodisch, so kaltblütig, als wäre er zu Hause in seinem Kabinett, wusch er den Schwamm, dessen er sich soeben bediente, und trocknete seine Pinzetten und sein Skalpell.

Der Untersuchungsrichter seinerseits stand mitten im Zimmer mit gekreuzten Armen aufrecht da und schien, indem sein Auge ins Weite starrte, unergründlichen Grübeleien nachzuhängen. Vielleicht träumte er, daß sein guter Stern ihm endlich zu dem großen Schlag verholfen, den er so lange mit seinen heißesten Wünschen herbeigesehnt hatte.

Herr von Claudieuse dagegen war weit entfernt, solche Seelenruhe zu teilen. Unruhig warf er sich auf seinem Bett hin und her und rief, als Herr Sénéchal und Herr Daubigeon bleich und bestürzt eintraten: »Warum all der Tumult draußen?«

»Mein Gott!« seufzte er, nachdem er die Katastrophe erfahren, »und ich seufzte hier darüber, daß ich mich halb ruiniert sah. – Zwei Menschen umgekommen! Das ist das wahre Unglück! O über die armen Opfer ihres Mutes! Bolton, ein Bursche von dreißig Jahren! Guillebault, ein Familienvater, der fünf Kinder unversorgt zurückläßt!«

Die Gräfin, die soeben eintrat, hatte die letzten Worte ihres Gatten gehört. »Solange uns noch ein Bissen Brot übrigbleibt«, unterbrach sie ihn mit tief erschütterter Stimme, »soll es weder den Kindern Guillebaults noch Boltons Mutter an irgend etwas mangeln!«

Sie konnte nicht weiterreden.

Die Bauern, die Cocoleu entdeckt hatten, drängten sich in das Zimmer, indem sie ihren Gefangenen vor sich herstießen.

»Wo ist der Richter?« fragten sie. »Da ist ein Augenzeuge.«

»Was? Cocoleu?« rief der Graf.

»Ja, er weiß etwas, er hat es gesagt; er muß es vor dem Gericht wiederholen, damit der Brandstifter aufgefunden werde!«

Herr Seignebos hatte die Augenbrauen gerunzelt.

Er verabscheute Cocoleu, und aus guten Gründen; denn sein Anblick erinnerte ihn an jenes drastische Experiment, von welchem man sich so viel in Sauveterre erzählt hatte und noch jetzt erzählte.

»Werden Sie ihn wirklich verhören?« fragte er Herrn Galpin-Daveline.

»Warum nicht?« antwortete der Richter in trockenem Ton.

»Weil er vollständig schwachsinnig, stupid – mit einem Wort ein Idiot ist. Weil er unfähig ist, die Bedeutung Ihrer Fragen und die Tragweite seiner Antworten zu erfassen.«

»Er kann uns die wichtigsten Aussagen liefern...«

»Der? ...Ein der Vernunft beraubtes Geschöpf? Das kann nicht Ihr Ernst sein! Es ist unmöglich, daß die Justiz die unzusammenhängenden Aussagen eines Wahnsinnigen in Rechnung bringe!«

Herrn Galpin-Davelines Unzufriedenheit äußerte sich nur in verdoppelter Schroffheit.

»Ich weiß, was ich zu tun habe«, sagte er.

»Und ich«, bestand der Doktor, »ich kenne meine Pflicht. Sie haben die Beihilfe meiner Kenntnisse gefordert; ich biete sie Ihnen. Ich erkläre, daß der geistige Zustand dieses Burschen derartig ist, daß er nicht einmal unter der Form einfacher Aufklärung vernommen werden kann. Ich appelliere aus diesem Grunde an den Herrn Staatsanwalt.«

Er hoffte auf ein Wort der Ermutigung von Seiten des Herrn Daubigeon.

Als aber dieses ausblieb, fuhr er fort: »Hüten Sie sich, meine Herren, Sie begeben sich auf einen Weg, der keinen Ausgang hat. Was werden Sie beginnen, wenn dieser Unglückliche auf Ihre Fragen mit einer formellen Anschuldigung antwortet? Werden Sie denjenigen, den er beschuldigt, verfolgen?«

Die Bauern hörten mit offenem Munde diesem Streite zu.

»Oh! Cocoleu ist nicht so unschuldig, wie man glaubt«, sagte einer von ihnen.

»Der Hund – er weiß sehr wohl zu sagen, was er will«, setzte ein anderer hinzu.

»Ich verdanke ihm jedenfalls das Leben meiner Kinder«, sprach Frau von Claudieuse mit sanfter Stimme. »Er erinnerte sich ihrer, als ich mich wie von einem Schwindel befallen fühlte und als sie von aller Welt vergessen waren. Komm her, Cocoleu, komm her, mein Freund; es will dir niemand etwas Übles tun...«

Er bedurfte nur zu sehr dieser guten Worte.

Über alle Begriffe erschrocken durch die Brutalitäten, deren Opfer er soeben gewesen war, zitterte der arme Schwachsinnige so heftig, daß ihm die Zähne klapperten.

»Ich habe keine ... keine ... Furcht«, stotterte er.

»Nochmals – ich protestiere!« beharrte der Doktor.

Er hatte soeben gemerkt, daß er in seiner Ansicht nicht allein dastand.

»Ich glaube in der Tat, daß es gefährlich wäre, Cocoleu zu verhören«, sagte der Graf von Claudieuse.

»Ich glaube es auch«, versicherte Herr Daubigeon.

Aber der Richter, mit den fast unumschränkten Rechten ausgerüstet, wie das Gesetz sie den Untersuchungsbeamten einräumt, war Herr der Situation.

»Ich bitte Sie, meine Herren«, sprach er in einem Ton, der keinen Einwand mehr gestattete, »lassen Sie mich nach meinem Ermessen handeln.«

»Laß sehen«, fuhr er mit seiner sanftesten Stimme fort, indem er sich niedersetzte und gegen Cocoleu wandte. »Hör mich an und versuche mich zu verstehen. Weißt du, was es in dieser Nacht in Valpinson gegeben hat?«

»Feuer«, antwortete der Idiot.

»Ja, mein Freund, ein Feuer, durch welches das Haus deines Wohltäters zerstört wurde; ein Feuer, in dem soeben zwei arme Feuerwehrleute umgekommen sind. Und das ist nicht alles. Man hat einen Mordversuch auf den Grafen von Claudieuse gemacht. Siehst du ihn dort auf seinem Bette liegen, verwundet und mit Blut bedeckt? Siehst du den Schmerz der Frau von Claudieuse?«

»Verwegenheit, Starrsinn, Torheit!« brummte der Doktor in den Bart.

Herr Galpin-Daveline hatte es gehört.

»Mein Herr«, sprach er heftig, »zwingen Sie mich nicht, mich daran zu erinnern, daß Leute da sind, welche in jedem Augenblick bereit sein müssen, meine Würde aufrechtzuerhalten!«

Dann fuhr er, sich wieder zu dem Schwachsinnigen wendend, fort: »All dieses Unglück, mein Freund, ist das Werk eines schändlichen Brandstifters. Du verabscheust diesen Elenden, nicht wahr?«

»Ja«, sagte Cocoleu.

»Du willst, daß er bestraft wird?«

»Ja, ja!«

»Nun wohl! Du mußt mir helfen, ihn zu entdecken, damit er von den Gendarmen ergriffen, ins Gefängnis geworfen und gerichtet werde. Du kennst ihn, du hast selbst gesagt, daß du ihn kennst.«

Er hielt einen Augenblick inne; als aber Cocoleu in seinem Schweigen fortfuhr, wandte er sich mit der Frage: »Zu wem hat der arme Teufel denn überhaupt gesprochen?« an die Bauern.

Ja, das wußte keiner von ihnen zu sagen. Man erkundigte sich, man forschte, aber vergebens. Vielleicht hatte Cocoleu die Auskunft gar nicht gegeben, die man ihm zuschrieb.

»Soviel ist sicher«, erklärte einer der Meiersleute von Valpinson, »daß dieser arme, hirnlose Bursche sozusagen niemals schläft und jede Nacht wie ein Wachhund um die Häuser schleicht.«

Das schien für Herrn Galpin-Daveline ein Lichtstrahl zu sein.

Indem er jählings die Form seines Verhörs veränderte, fragte er:

»Wo hast du den Abend zugebracht?«

»In ... in ... dem Hof.«

»Schliefst du, als die Feuersbrunst ausbrach?«

»Nein!«

»Du hast also ihren Anfang gesehen?«

»Ja!«

»Wie hat sie angefangen?«

Hartnäckig hielt der Idiot, mit dem furchtsamen und unterwürfigen Ausdruck des Hundes, der in dem Auge seines Herrn zu lesen sucht, die Blicke auf Frau von Clandieuse gerichtet.

»Antworte, mein Freund«, sprach die Gräfin, »gehorche!«

Gleich einem Blitzstrahl glänzten Cocoleus Augen auf.

»Man ...man hat das Feuer angesteckt...« stotterte er.

»Absichtlich?«

»Ja!«

»Wer?«

»Ein Herr.«

Es war nicht einer unter den Zeugen dieser Szene, der nicht, um besser zu hören, den Atem angehalten hätte. Nur der Doktor richtete sich mit dem Ausruf empor: »Dieses Verhör ist unsinnig.«

Aber der Untersuchungsrichter schien ihn nicht zu hören, und indem er sich zu Cocoleu herabbeugte, sprach er mit vor Aufregung zitternder Stimme: »Du hast ihn gesehen, diesen Herrn?«

»Ja.«

»Und du kennst ihn?«

»Sehr ...sehr wohl!«

»Du kennst seinen Namen?«

» O ja!«

»Wie heißt er?«

Der Ausdruck schrecklicher Seelenangst verzerrte Cocoleus fahle Züge; er zögerte, dann aber antwortete er endlich mit einer gewaltsamen Anstrengung: »Bois ... Bois ... Boiscoran.«

Ein unzufriedenes Gemurmel und ungläubiges Hohngelächter erhob sich bei Nennung dieses Namens. Auch nicht der Schatten eines Argwohns, eines etwaigen Zweifels ließ sich unter den Zuhörern spüren.

»Herr von Boiscoran ein Brandstifter? Wem in aller Welt will man das glauben machen?«

»Es ist unsinnig!« erklärte Herr von Claudieuse.

»Unsinnig!« bestätigten Herr Sénéchal und Herr Daubigeon.

Der Doktor Seignebos hatte seine Brille abgenommen und rieb sie mit triumphierender Miene.

»Was hab' ich vorhergesagt?« rief er. »Doch der Herr Untersuchungsrichter hat es nicht der Mühe wert gehalten, auf meine Bemerkungen zu achten.«

Der Herr Untersuchungsrichter aber war bei weitem der Aufgeregteste von allen. Er war sehr blaß geworden, und nur mit sichtlicher Anstrengung gelang es ihm, seine unbewegliche Gemessenheit beizubehalten.

»An Ihrer Stelle«, murmelte der Staatsanwalt, indem er sich zu ihm beugte, »würde ich nicht weitergehen und den ganzen Vorgang als nicht geschehen betrachten.«

Aber Herr Galpin-Daveline war einer von jenen durch überspannte Wertschätzung ihrer eigenen Person geblendeten Leuten, die sich eher in Stücke hauen lassen, als daß sie zugeben, sich in irgend etwas geirrt zu haben.

»Ich werde bis zum Äußersten gehen«, antwortete er. »Verstehst du wohl, mein Bursche, verstehst du wohl, was du sagst?« fragte er, von neuem sich zu Cocoleu wendend, inmitten so tiefer Stille, daß man das leiseste Geräusch einer Fliege vernommen hätte. »Begreifst du, daß du jemanden des entsetzlichsten Verbrechens beschuldigst?«

Ob nun Cocoleu begriff oder nicht, um was es sich handelte, jedenfalls war er von entsetzlicher Aufregung ergriffen. Große Schweißtropfen rannen über seine eingedrückten Schläfen herab, nervöse Zuckungen schüttelten seine Glieder und verzerrten sein Gesicht.

»Ich ... ich sage die Wahrheit!« stotterte er.

»Hat Herr von Boiscoran das Feuer in Valpinson angesteckt?«

»Ja.«

»Wie hat er es angefangen?«

Cocoleus verworrener Blick irrte unablässig von dem Grafen von Claudieuse, der tief entrüstet schien, zu der Gräfin, die mit schmerzlicher Überraschung zuhörte.

»Sprich!« drang der Untersuchungsrichter in ihn.

Nach nochmaligem Zögern begann der Idiot zu erklären, was er gesehen hatte. Es bedurfte wenigstens fünf Minuten langer Anstrengungen, Stöhnens und verzweifelnden Stotterns, bis es Cocoleu gelang, seinen Zuhörern begreiflich zu machen, daß er gesehen habe, wie Herr Boiscoran, den er sehr wohl kannte, ein Journal aus seiner Tasche gezogen, es mit einem Schwefelholz angezündet und es unter einen Strohhaufen gesteckt, der dicht neben zwei mächtigen Holzhaufen lag, welch letztere sich gegen die Mauer eines mit Branntwein gefüllten Gebäudes lehnten.

»Das geht bis zum Wahnsinn!« schrie der Doktor, der hiemit ohne Zweifel die Meinung aller Anwesenden aussprach.

Mittlerweile war es Herrn Galpin-Daveline gelungen, seine Aufregung zu beherrschen.

»Bei der ersten Äußerung der Zustimmung oder Mißbilligung«, sprach er, mit einem boshaften Blick um sich schauend, »rufe ich die Gendarmen und lasse alle hinausweisen. – Da du Herrn Boiscoran so gut gesehen hast«, fuhr er, sich wieder an Cocoleu wendend, in seinem Verhör fort, »wie war er denn gekleidet?«

»Er trug«, sagte der Idiot, immer auf eine fürchterliche Weise seine Worte herausstoßend, »helle Hosen, eine braune Weste und einen großen Strohhut. Seine Hosen steckten in den Stiefeln.«

Zwei oder drei Bauern warfen sich erstaunte Blicke zu, als wären sie endlich doch von einem Verdacht ergriffen. Denn in diesem von Cocoleu beschriebenen Kostüm waren sie gewohnt, Herrn von Boiscoran zu begegnen.

»Und was tat er«, fuhr der Richter fort, »nachdem er das Feuer angesteckt?«

»Er versteckte sich hinter einem Holzhaufen.«

»Und dann?«

»Dann legte er seine Flinte an, und als der Herr heraustrat, schoß er sie auf ihn ab.«

Den Schmerz seiner Wunden vergessend, richtete sich Herr von Claudieuse entrüstet in seinem Bett auf.

»Es ist ungeheuerlich«, rief er, »zuzulassen, daß dieser elende Idiot einen Ehrenmann mit seinen blödsinnigen Anschuldigungen beschimpft. Wenn er gesehen hat, daß Herr von Boiscoran das Feuer ansteckte, um mich zu töten, warum hat er nicht Alarm geschlagen, warum hat er nicht geschrien?«

Zur größten Verwunderung Herrn Sénéchals und Herrn Daubigeons wiederholte Herr Galpin-Daveline bereitwillig die Frage: »Warum hast du nicht um Hilfe gerufen?«

Aber die Anstrengungen, denen er sich seit einer halben Stunde unterworfen, hatten den unglücklichen Burschen erschöpft. Er brach in ein wildes Gelächter aus, und zu gleicher Zeit von einem Anfall seines Leidens ergriffen, fiel er schreiend und um sich schlagend hin. Man mußte ihn hinaustragen.

Der Untersuchungsrichter hatte sich erhoben. Bleich, erregt, mit zusammengezogenen Augenbrauen stand er da und schien das Weitere zu überlegen.

»Was werden Sie nun beginnen?« fragte der Staatsanwalt ihn ins Ohr.

»Verfolgen«, antwortete er mit leiser Stimme.

»Wirklich ...!«

»Was kann ich in meiner Lage anders tun? Gott ist mein Zeuge, daß, als ich in diesen unglücklichen Idioten eindrang, meine einzige Absicht war, die Nichtigkeit seiner Anklage ans
Licht zu bringen. Das Ergebnis hat meine Erwartung getäuscht...«

»Und jetzt?«

»Jetzt darf von keinem Zögern mehr die Rede sein. Zehn Zeugen haben dem Verhör zugehört;
meine Ehre steht auf dem Spiel. Ich muß entweder die Unschuld oder – die Schuld des durch
Cocoleu Angeklagten an den Tag bringen. – Wollen Sie«, fuhr er fort, indem er auf das Lager
des Herrn von Claudieuse zutrat – »mein Herr, wollen Sie mir sogleich, zu dieser Stunde, etwas
über Ihre Beziehungen zu Herrn von Boiscoran mitteilen?«

Unwille und Überraschung entflammten die Züge des Grafen. »Ist es möglich, rief er, »daß
Sie dem eben Gehörten Glauben schenken?«

»Ich glaube nichts. Herr Graf.«, sprach der Richter. »Meine Aufgabe ist, die Wahrheit zu
entdecken; ich suche sie...«

»Der Doktor hat Ihnen gesagt, wie es mit der geistigen Verfassung Cocoleus steht.«

»Herr Graf, ich bitte Sie, mir zu antworten.«

»Nun wohl«, antwortete Herr von Claudieuse in heftigem und mit einer zornigen Bewegung
begleiteten Ton, »meine Beziehungen zu Herrn von Boiscoran sind weder gut noch schlecht;
wir haben überhaupt nichts miteinander zu tun.«

»Es heißt, daß Sie sehr schlecht miteinander stehen.«

»Weder gut noch schlecht. Ich verlasse Valpinson fast nie, Herr von Boiscoran lebt fast das
ganze Jahr über in Paris. Er ist nie zu mir gekommen; ich habe nie den Fuß über seine Schwelle
gesetzt.«

»Man hat Sie in ziemlich ungemessenen Ausdrücken über ihn reden hören.«

»Das ist möglich. Wir haben weder das gleiche Alter noch die gleichen Neigungen, weder
dieselbe Meinung noch denselben Glauben. Er ist jung, ich bin alt. Er liebt Paris und die große
Welt, ich liebe nur die Einsamkeit und meine Jagd. Ich bin Legitimist, er war Orleanist und ist
Demokrat geworden. Ich glaube, daß nur der Nachkomme unseres legitimen Königs das Land
retten kann; er ist der Überzeugung, daß die Republik das Heil Frankreichs ist. Aber man
kann sich politisch feindlich gegenüberstehen und deshalb fortfahren, sich zu achten. Herr von
Boiscoran ist ein Ehrenmann. Er ist einer von denen, die während des Krieges ihre Pflicht tapfer
erfüllten. Er hat sich gut geschlagen; er ist verwundet worden.«

Sorgfältig notierte Herr Galpin-Daveline die Antworten des Grafen.

»Es handelt sich nicht allein um politische Meinungsverschiedenheiten«, fuhr er fort, nachdem er seine Aufzeichnungen geendet.

»Sie haben mit Herrn von Boiscoran Zwiste in eigenen Privatinteressen gehabt.«

»Das waren nichtssagende Dinge.«

»Um Vergebung, Sie haben Prozesse miteinander geführt.«

»Unsere Güter stoßen aneinander. Wir sind durch einen unglücklichen Bach getrennt, der
ein ewiger Zankapfel zwischen den Grenznachbarn ist.«

Herr Galpin-Daveline schüttelte den Kopf.

»Sie haben keine anderweitigen Mißhelligkeiten gehabt, Herr Graf?« fragte er. »Die ganze
Umgegend weiß davon, daß es heftige Wortwechsel zwischen Ihnen gegeben hat.«

Der Graf von Claudieuse schien außer sich.

»Es ist wahr, wir haben einige Worte gewechselt. Herr von Boiscoran hatte zwei verwünschte
Dachshunde, die fortwährend ihren Zwingern entschlüpften und in meinem Gebiete jagten ...
Es ist unglaublich, was sie mir an Jagdwild zugrunde richteten.«

»Sehr wohl ...und als Sie eines Tages Herrn Boiscoran im Walde begegneten, drohten Sie
ihm, auf seine Hunde zu schießen.«

»Ich war in Wut, das gesteh' ich; aber ich hatte unrecht, tausendmal unrecht, ich drohte
ihm...«

»Das eben ist's! Sie waren beide bewaffnet, Sie erhitzten sich, Sie drohten! – Er hat auf Sie angelegt ...Leugnen Sie nicht; zehn Personen haben es gesehen; ich weiß es; er selbst hat es mir gesagt.«

# Kapitel 5

Es war niemand in der Gegend, der das schreckliche Übel, mit dem Cocoleu behaftet war, nicht kannte, niemand, der nicht überzeugt war, daß jede weitere Sorge um ihn unnötig sei.

Also glaubten die beiden Männer, die ihn forttrugen, schon genug getan zu haben, wenn sie ihn auf einen Haufen feuchten Strohs niederlegten.

So hatten sie ihn sich selbst überlassen und sich wieder unter die Menge gemischt, um zu erzählen, was sie vernommen. Doch müssen wir einigen Hunderten der um die brennenden Trümmer von Valpinson gedrängten Bauern die Gerechtigkeit widerfahren lassen, daß sie in ihrer ersten Regung nichts als Flüche und Verwünschungen über das hirnlose Geschöpf ausstießen, welches soeben Herrn von Boiscoran der Brandstiftung beschuldigt hatte.

Leider aber sind die guten, die ersten Regungen meist nur von kurzer Dauer.

Ein elender Mensch, ein niedriger, fauler, böswilliger Trunkenbold, wie es deren auf abgelegenem Lande ebensowohl gibt wie in der Stadt, rief plötzlich: »Und warum denn nicht?« Und diese einzigen Worte wurden der Ausgangspunkt der gewagtesten Behauptungen.

Die Streitigkeiten zwischen dem Grafen von Claudieuse und Herrn von Boiscoran waren allgemein bekannt. Jedermann wußte zwar, daß die ersten Veranlassungen vom Grafen ausgegangen waren und daß sein junger Nachbar stets der nachgebende Teil gewesen war. Warum sollte aber Herr von Boiscoran, wiederholt gekränkt, nicht endlich seine Zuflucht zur Rache gegen einen Menschen genommen haben, den er, wie man annahm, hassen, vor allem aber fürchten mußte?

»Vielleicht – weil er von altem Adel und reich ist?« höhnte der Tagedieb.

Von nun an Umstände zu entdecken, die Cocoleus Beteuerungen unterstützen könnten, bedurfte es nur eines Schritts, und der war bald gemacht. Alsbald bildeten sich Gruppen, unter welchen eine Frau und zwei Männer zu verstehen gaben, daß man sich vielleicht nicht wenig wundern würde, wenn sie alles erzählten, was sie wüßten.

Man drängte sie, zu erzählen; und, wie das selbstverständlich, weigerten sie sich jetzt. Aber schon hatten sie zuviel gesagt. Wohl oder übel wurden sie in das Haus geführt, wo soeben Herr Galpin-Daveline den Grafen von Claudieuse verhörte.

So groß war die Aufregung der Menge und der Lärm, mit dem sie daherkam, daß Herr Sénéchal, erschrocken und in der Befürchtung eines neuen Unglücksfalls, mit dem Ausruf an die Tür stürzte: »Was gibt es noch?«

»Zeugen! Hier sind noch andere Zeugen!« riefen die Bauern.

Herr Sénéchal wandte sich in das Innere der Stube und sagte, nachdem er einen Blick mit Herrn Daubigeon gewechselt, zum Richter:

»Man bringt Ihnen neue Zeugen!«

Ohne Zweifel verwünschte Herr Galpin-Daveline die Unterbrechung.

Aber er kannte die Bauern gut genug, um zu wissen, daß es wichtig war, sofort aus ihrem guten Willen Nutzen zu ziehen, und daß er auf diesen verzichten müßte, wenn er ihrer scheuen Behutsamkeit Zeit ließe, die Oberhand zu gewinnen.

»Wir werden später auf unsere Unterhaltung zurückkommen, Herr Graf…« sagte er zu diesem.

»Die Zeugen mögen eintreten«, antwortete er alsdann Herrn Sénéchal, »aber allein, einer nach dem andern.«

Der erste, der vortrat, war der einzige Sohn eines wohlhabenden Pächters aus dem Flecken Bréchy, namens Ribot; ein großer Bursche von fünfundzwanzig Jahren mit breiten Schultern, kleinem Kopf, niedriger Stirn und mächtigen hochroten Ohren.

Er hatte auf zwei Meilen Umkreis den Ruf eines unwiderstehlichen Verführers und war nicht wenig stolz darauf.

»Was wißt Ihr zu sagen?« fuhr Herr Galpin-Daveline fort, nachdem er ihn nach seinem Vor- und Familiennamen und nach seinem Alter gefragt.

Mit einer geckenhaften Miene, die so gut verstanden wurde, daß die Bauern in ein helles Gelächter ausbrachen, richtete Ribot sich keck empor: »Ich hatte am verflossenen Abend eine wichtige, sehr wichtige Angelegenheit jenseits des Schlosses von Boiscoran. Man erwartete mich; ich hatte mich verspätet. Ich nahm also den kürzesten Weg durch das Moor. Ich wußte, daß infolge der Regengüsse, die wir in den letzten Tagen hatten, die Gräben voll Wasser sein würden; aber für eine Angelegenheit wie die meinige findet man immer Mittel und Wege.«

»Erspart Euch diese unnötigen Nebenumstände«, sprach der Untersuchungsrichter kurz.

Der eitle Bursche schien über diese Einwendung mehr erstaunt als beleidigt.

»Wie es dem Herrn Richter beliebt«, antwortete er. »Es war etwas nach acht Uhr, als ich bei den Teichen der Seille ankam. Sie waren dermaßen angeschwollen, daß das Wasser die Steine des Dammes um zwei Daumenhöhe überragte. Ich fragte mich eben, wie ich durchkommen sollte, ohne naß zu werden, als ich Herrn von Boiscoran von der entgegengesetzten Richtung herankommen sah.«

»Seid Ihr sicher, daß er es war?«

»Zum Teufel! Das will ich wohl meinen, da ich ihn gesprochen habe! ... Aber hört nur! Er schien die Nässe durchaus nicht zu fürchten. Ohne weiteres schlug er seine Hosen zurück, preßte sie in die breiten Schäfte seiner großen gelben Stiefel und ging hindurch. Da erst bemerkte er mich und schien erstaunt darüber. Ich aber war es nicht weniger als er. ›Wie? Sie sind es, unser Herr?‹ sagte ich ihm. – ›Ja‹, antwortete er mir, ›ich muß jemand in Bréchy sprechen.‹ Das war wohl möglich. Dennoch sagte ich ihm noch: ›Da haben Sie sich aber einen wunderlichen Weg gewählt‹; worauf er lachend antwortete: ›Ich wußte nicht, daß das Wasser ausgetreten war, und ich hoffte einige Wasservögel zu erlegen.‹ Mit diesen Worten zeigte er mir seine Flinte. Für den Augenblick fand ich nichts dabei, jetzt aber, nach allem, was sich zugetragen, kommt es mir seltsam vor ...«

Diese ganze Aussage hatte Herr Galpin-Daveline Wort für Wort aufgeschrieben.

»Wie war er gekleidet?« fragte er dann.

»Warten Sie ein wenig – er trug hellgraue Hosen, ein Jackett aus kastanienbraunem Samt und einen Panama mit breiten Rändern.«

Da begann Schreck und Unruhe sich in den Zügen des Grafen und der Gräfin, Herrn Daubigeons und selbst des Doktors Seignebos zu malen.

Ein Umstand in der Aussage Ribots war es besonders, der sie frappierte. Er hatte gesehen, daß Herr von Boiscoran seine Beinkleider in die Stiefel hineinschob, um über den Damm zu gehen.

»Ihr könnt Euch zurückziehen«, sagte Herr Galpin-Daveline zu Ribot. »Ein anderer Zeuge mag vortreten.«

Dieser andere war ein alter Mann, nicht vom besten Ruf, der eine alte Hütte etwa eine halbe Meile von Valpinson bewohnte. Man nannte ihn »Vater Gaudry«.

Sosehr der Bursche Ribot mit Selbstgefühl aufgetreten war, sosehr zeigte sich dieser Alte in seinen schmutzigen und übelriechenden Lumpen demütig und furchtsam.

»Es mochte etwa elf Uhr abends sein«, begann er, nachdem er seinen Namen genannt, die Aussage, »da ging ich auf einem der kleinen Fußsteige durch das Gehölz von Rochepommier.«

»Um Holz zu stehlen«, sprach der Richter in strengem Ton.

»Um aller Heiligen willen!« jammerte der Alte, indem er die Hände faltete, »wie ist es möglich, so etwas zu sagen! Ich und Holz stehlen, ich! Nein, mein bester Herr, ich wollte nur im Innern des Waldes schlafen, um sicher beim ersten Sonnenstrahl zu erwachen und Pilze und Champignons zu suchen, die ich in Sauveterre verkaufe. So verfolgte ich meinen Weg, als ich plötzlich hinter mir die Schritte eines Menschen vernahm. Natürlich ergriff mich die Angst.«

»Weil Ihr stehlen wolltet?«

»O nein, mein guter Herr – aber es war Nacht, Sie verstehen. Genug also, ich versteckte mich hinter einem Baum, und fast zu gleicher Zeit sah ich Herrn von Boiscoran, den ich sehr gut kenne, vorbeigehen. Trotz der Dunkelheit bemerkte ich, daß er in großer Wut zu sein schien, denn er sprach ganz laut, er fluchte, er gestikulierte und riß von Zeit zu Zeit ganze Hände voll Blätter von den Ästen.«

»Hatte er eine Flinte?«

»Ja, mein Herr, denn eben die Flinte war es, die mich in Furcht versetzte. Ich hielt ihn für einen Jagdhüter.«

Der dritte und letzte Zeuge war eine gute und geachtete Meierin, Frau Courtois, deren Meierei auf der anderen Seite des Gehölzes von Boiscoran lag.

»Ich weiß nicht viel zu sagen«, erklärte sie, als sie befragt wurde, nach kurzem Zögern. »Aber was ich weiß, will ich immerhin angeben. Da wir in diesen Tagen eine Menge Handwerker erwarten und ich morgen Brot backen wollte, war ich mit meinem Esel nach der Mühle am Berge von Sauveterre gegangen, um Mehl zu kaufen. Es war im Augenblick keines vorhanden, aber der Müller sagte mir, er könnte mir welches geben, wenn ich warten wollte, und ich blieb deshalb zum Abendessen dort. Gegen zehn Uhr lieferte man mir einen Sack Mehl aus, den die Burschen auf meinem Esel befestigten, und ich machte mich auf den Rückweg. – Ich hatte schon über die Hälfte davon gemacht, es mochte ungefähr elf Uhr sein, und ich hatte eben das Gehölz von Rochepommier erreicht, als mein Esel einen Fehltritt tat und der Sack herunterfiel. Ich war sehr in Verlegenheit, da ich selbst nicht Kraft genug hatte, ihn wieder aufzubinden, als ich etwa zehn Schritt von mir einen Mann aus dem Walde treten sah. Auf meinen Ruf kam er herbei. Es war Herr von Boiscoran. Ich bat ihn, mir zu helfen, worauf er, ohne sich weiter bitten zu lassen, seine Flinte niedersetzte, den Sack aufnahm und dem Esel wieder aufband. Ich dankte ihm; er antwortete, es sei gern geschehen, und das war alles!«

Immer aufrecht an der Schwelle des Zimmers stehend, dessen Zutritt er der unmäßigen Neugier der Bauern entzog, begnügte sich der Bürgermeister von Sauveterre mit den bescheidenen Funktionen eines Gerichtsdieners.

»Ist noch jemand da, der etwas zu sagen hätte?« rief er, nachdem Frau Courtois sich verlegen zurückzog und vielleicht schon bedauerte, etwas gesagt zu haben.

Da niemand mehr vortrat, schloß er ohne weiteres die Tür, indem er hinzufügte: »Dann geht, meine Freunde, und gebt der Justiz Zeit, sich in Ruhe zu beraten.«

Die Justiz aber, insofern es die Person des Untersuchungsrichters betraf, befand sich in dem Zustande grausamster Verwirrung.

Auf den Tisch, an dem er sich niedergesetzt, stützte sich Herr Galpin-Daveline mit aufgestemmten Ellbogen, bestürzt bis zu dem Grade, daß er gar keine Bewegung mehr versuchte; die Stirn in die Hände gepreßt, saß er da und schien nach einem Ausgang des Engpasses zu suchen, in den er sich hineingewagt.

Plötzlich richtete er sich auf, und sein gewohntes Amtsgesicht vergessend, ließ er die Maske eisiger Unempfindlichkeit fallen.

»Was nun?« rief er, als hätte er in der Angst seiner Seele auf Beistand gehofft oder einen Rat erfleht: »Was nun?«

Niemand gab ihm eine Antwort.

Aller, die ihn umgaben, hatte sich das tiefste Entsetzen bemächtigt, sowohl des Grafen und der Gräfin von Claudieuse, als Herrn Sénéchals, des Staatsanwalts, und selbst des Doktors.

Jeder von ihnen suchte sich noch gegen diese unwahrscheinliche, nicht zu begreifende, unerhörte Anklage zu sträuben.

Endlich, nach kurzem Schweigen, begann der Richter mit eigentümlicher Bitterkeit: »Sie sehen es, meine Herren, ich tat recht, als ich den Cocoleu verhörte … Oh, versuchen Sie nicht, es zu bestreiten! Denn jetzt teilen Sie selbst meinen Zweifel und meinen Verdacht. Wer von Ihnen dürfte noch behaupten, daß der Unglückliche nicht durch die Übergewalt einer furchtbaren Aufregung für einige Minuten seine volle Vernunft wiedergewonnen hätte? Als er behauptete, dem Verbrechen beigewohnt zu haben, als er uns den Namen des Schuldigen angab, zuckten Sie die Achseln. Aber andere Zeugen sind aufgetreten, und aus der Übereinstimmung ihrer Aussagen geht eine Fülle der schrecklichsten Vermutungen hervor.«

Er wurde wieder lebhafter.

Die Amtsgewohnheit, stärker als alles übrige, gewann wieder die Oberhand.

»Herr von Boiscoran«, fuhr er fort, »war am Abend nach Valpinson gekommen. Dies ist jedenfalls unwiderruflich. Auf welche Weise aber war er gekommen? Indem er sich zu verbergen suchte. Vom Schlosse von Boiscoran nach Valpinson führen zwei gleichbegangene Wege; der von Bréchy und der, welcher um die Teiche führt. Hat Herr von Boiscoran den einen oder den anderen dieser beiden Wege gewählt? Nein! Um hinzukommen, durchschnitt er geradewegs das Moor, auf die Gefahr hin, dort einzusinken und bis an die Schultern ins Wasser zu geraten. Auf dem Rückweg schlug er sich in den Wald von Rochepommier, trotz der Dunkelheit und trotz der offenbaren Gefahr, sich zu verirren und bis zum Morgen sich nicht wieder zurechtzufinden. Warum das? Was beabsichtigte er damit? – Nicht gesehen zu werden. Das ist augenscheinlich. Und ferner, wem ist er begegnet? Einem Mädchenjäger, dem Ribot, der sich selbst versteckte, um ein Liebesabenteuer aufzusuchen. Einem Holzdieb, Gaudry, dessen einzige Sorge ist, den Gendarmen auszuweichen. Einer Pächterin endlich, der Frau Courtois, die sich durch einen Zufall auf ihrem Wege verspätet hatte. Alle diese Vorsichtsmaßregeln waren wohl getroffen, aber die Vorsehung wacht ...«

»Ach was, die Vorsehung!« brummte Doktor Seignebos, »die Vorsehung!«

Herr Galpin-Daveline schien die Unterbrechung kaum zu hören. In immer größeren Eifer geratend, fuhr er fort: »Kann man andererseits zugunsten des Herrn von Boiscoran einige Widersprüche in der Zeitangabe anführen? Nein. Wann wurde er, von dieser Seite herkommend, gesehen? Beim Einbrechen der Nacht. Es war gegen halb neun, behauptet Ribot, als Herr von Boiscoran den Damm der Seilleteiche passierte. Also konnte er gegen halb zehn in Valpinson sein. – Um diese Zeit war das Verbrechen noch nicht begangen. Wann begegnete man ihm auf der Rückkehr in seine Wohnung? Gaudry und die Frau Courtois haben es Ihnen gesagt: nach elf Uhr. Da aber war Herr von Claudieuse verwundet und Valpinson in Brand. – Wissen wir etwas von der Gemütsverfassung des Herrn von Boiscoran? Ja – auch das. Auf dem Hinweg war er vollkommen kaltblütig; er war sehr erstaunt, dem Ribot zu begegnen, erklärte ihm aber seine Anwesenheit an diesem ziemlich gefährlichen Orte, und warum er die Flinte über der Schulter hatte. Er mußte, wie er vorgab, jemand in Bréchy sprechen, und zugleich hatte er sich vorgenommen, Wasservögel zu schießen. Ist das annehmbar? Ist es wahrscheinlich? – Doch untersuchen wir sein Verhalten auf dem Rückwege. Er schritt schnell vorwärts, sagt Gaudry aus; er erschien in großem Zorn und riß von Zeit zu Zeit Hände voll Blätter von den Ästen. Was sagte er der Frau Courtois? – Nichts. Da sie ihn rief, durfte er nicht fliehen, das wäre zu auffällig gewesen, aber in aller Eile leistete er ihr den Dienst, um den sie ihn bat. Und weiter? Während einer Viertelstunde hatte er denselben Weg zu machen wie die Frau Courtois. Ging er mit ihr? – Nein. Er eilte voraus, um sein Haus zu erreichen, denn er glaubte den Grafen von Claudieuse tot, denn er wußte, daß Valpinson in Flammen stand; er erwartete zitternd die Sturmglocke läuten, Feuer ausrufen zu hören.«

Es ist nicht gewöhnlich, daß die Justiz auf eine so familiäre Weise verfährt. Doch bestehen im allgemeinen, wo es sich um eine Untersuchung handelt, keine festgesetzten Regeln. Von dem Augenblick an, da ein Untersuchungsrichter einem Verbrechen auf der Spur ist, wird ihm alle Vollmacht überlassen, um den Schuldigen ausfindig zu machen.

Mit unumschränkter Herrschaft, nur von seinem Gewissen geleitet, mit der äußersten Machtvollkommenheit ausgerüstet, handelt er nach seinem Gutdünken.

Aber in der Angelegenheit von Valpinson hatte die rasche Folge der Umstände Herrn Galpin-Daveline mit sich fortgerissen. Zwischen der ersten an Cocoleu gerichteten Frage und dem jetzigen Augenblick hatte er kaum Zeit gehabt, sich zu besinnen. Und da sein Verfahren ein öffentliches gewesen, war er leidigerweise genötigt, es zu rechtfertigen.

»Das ist ja ein Requisitorium in aller Form«, rief der Doktor Seignebos. Er hatte mit einer wütenden Gebärde seine goldene Brille abgenommen und wieder aufgesetzt.

»Und worauf begründet?« fuhr er mit zu großer Heftigkeit fort, als daß es möglich gewesen wäre, ihn zu unterbrechen. »Begründet auf die Antworten eines Unglücklichen, den ich als Arzt für unzurechnungsfähig erkläre. Denn die Intelligenz pflegt nicht im menschlichen Gehirn aufzuflammen und zu verlöschen wie das Gas in einer Laterne. Entweder man ist Idiot oder man ist es nicht; er ist es immer gewesen und wird es immer sein. – Aber, sagen Sie, die übrigen Aussagen stimmen überein. Sagen Sie wenigstens, daß es Ihnen so scheint. Warum dies? Weil Cocoleus Beschuldigungen Sie beeinflußt haben. Würden Sie sich sonst darum kümmern, was Herr von Boiscoran getan oder unterlassen hat? Er ist den ganzen Abend umhergewandert. Hat er dazu nicht das beste Recht? Er ist durch das Moor gegangen. Wer kann ihn daran hindern? Er ist durch den Wald gestreift. Seit wann ist das verboten? Man ist ihm begegnet. Ist das nicht ganz natürlich? Aber nein, ein Schwachsinniger beschuldigt ihn, und nun sind alle seine Handlungen verdächtig. Er redet – und bekundet damit das kalte Blut eines verhärteten Übeltäters. Er schweigt – und beweist dadurch die Gewissensbisse eines Schuldigen, der vor Furcht zittert. Anstatt des Herrn von Boiscoran konnte Cocoleu mich nennen, mich, den Doktor Seignebos. Dann würde man auch für jede meiner Taten verbrecherische Ursachen suchen; und, seien Sie überzeugt, man würde tausend Beweise meiner Schuld entdecken. Man hätte dabei übrigens leichtes Spiel. Bin ich nicht für noch viel freisinnigere Ansichten bekannt als Herr von Boiscoran? Da – da ist das Stichwort: Herr von Boiscoran ist Republikaner. Herr von Boiscoran erkennt keine andere Souveränität, keine andere Verwaltung an als die des Volkes.«

»Doktor«, unterbrach der Staatsanwalt, »Doktor, Sie wissen nicht, was Sie sprechen…«

»Ich weiß es wohl, zum Teufel! Ja sogar…«

Aber er wurde von neuem unterbrochen, und diesmal durch Herrn von Claudieuse.

»Was mich betrifft«, erklärte der Graf, »so erkenne ich die Kraft der Wahrscheinlichkeiten an, die der Herr Untersuchungsrichter aufgeboten. Aber über die Wahrscheinlichkeiten setze ich eine positive Tatsache: den Charakter des beschuldigten Mannes. Herr von Boiscoran ist ein Ehrenmann und ein Mann von Herz, unfähig, ein so schändliches und gottloses Verbrechen zu begehen…«

Auch die übrigen stimmten ein.

»Und ich«, sprach Herr Sénéchal, »ich frage: Warum dieses Verbrechen? Ja, wenn Herr von Boiscoran nichts zu verlieren hätte! Aber wo in aller Welt gibt es einen glücklicheren Menschen, jung, wohlhabend, von bewunderungswürdiger Gesundheit, unermeßlich reich, geachtet und überall gesucht? Außerdem – ein Umstand, der noch Familiengeheimnis ist, aber den ich Ihnen mitteilen kann und der allein genügt, jeden Zweifel zu beseitigen: Herr von Boiscoran ist bis zur Leidenschaft in das Fräulein Denise von Chandoré verliebt und wird ebenso von ihr wiedergeliebt, und seit vorgestern ist ihre Hochzeit auf den zwanzigsten des nächsten Monats festgesetzt.«

Mittlerweile verstrich die Zeit.

Von dem Kirchturm von Bréchy schlug es halb vier. Der Tag war angebrochen und ließ den Schein der Lampen erbleichen. Aus dem Morgennebel hervortretend, brach die Sonne mit ihren freundlichen Strahlen durch die Scheiben.

Aber keiner von den Männern, die in so ernste Betrachtungen vertieft das Bett des Grafen umgaben, schien es zu bemerken.

Regungslos, ohne ein Wort zu sprechen, hatte Herr Galpin-Daveline die Einwürfe angehört, die ihm gemacht wurden. Er hatte wieder so weit Herrschaft über sich gewonnen, daß es schwer gewesen wäre, den durch diese hervorgerufenen Eindruck zu erraten.

Endlich sprach er mit ernstem Kopf schütteln:

»Mehr als Sie alle, meine Herren, bedarf ich des Glaubens an die Unschuld des Herrn von Boiscoran … Herr Daubigeon weiß, was ich damit sagen will, und kann es bestätigen. Mein Herz verteidigte vor Ihnen allen seine Rechte. Aber ich bin der Vertreter des Gesetzes, und über meinen Neigungen steht meine Pflicht … Hängt es von mir ab, die Anklage Cocoleus, so einfältig, so absurd sie scheint, zunichte zu machen? Kann ich es ungeschehen machen, daß drei unerwartete Aussagen dieser Anklage den beunruhigenden Charakter der Wahrscheinlichkeit verliehen haben?«

Außer sich rief der Graf von Claudieuse: »Und was abscheulich dabei ist: Herr von Boiscoran hält mich für seinen Feind. Daß ihm nur nicht der Gedanke komme, dieser unwürdige Verdacht sei von mir oder meiner Frau aufgestellt worden! O daß ich mich jetzt nicht rühren kann! …

Meine Herren, darauf wenigstens verlasse ich mich, Herrn von Boiscoran zu bedeuten, daß ich für ihn einstehe wie für mich selbst. Cocoleu ... der verdammte Idiot; ach, Geneviève, warum ermutigtest du ihn zum Sprechen? Hättest du nicht darauf bestanden, er wäre hartnäckig bei seinem Schweigen geblieben.«

Da unterlag endlich auch Frau von Claudieuse den Ängsten dieser schrecklichen Nacht.

Während der ersten Stunden hatte die Aufregung, die gewöhnlich einer großen Krise folgt, sie aufrecht gehalten; aber seit einem Augenblick war sie auf einem Fußschemel neben dem Lager, auf dem ihre beiden Kinder ruhten, niedergesunken, und das Haupt in den Kissen verbergend, schien sie zu schlafen. – Aber es schien nur so.

Bei der Anrede ihres Gatten erhob sie sich bleich, mit verstörten Zügen und geröteten Augen, und rief mit durchdringender Stimme: »Was ... man hat versucht, Trivulce zu ermorden, fast wären meine Kinder in den Flammen umgekommen, und ich sollte uns das Mittel entgehen lassen, den elenden Mörder, den schändlichen Brandstifter zu entdecken? ... Nein, was ich getan habe, das mußte ich tun. Was auch daraus entstehe, ich bereue nichts.«

»Aber Herr von Boiscoran ist nicht schuldig, Geneviève; es ist unmöglich, daß er es ist. Wie sollte ein Mann, der das hohe Glück hat, von Denise von Chandoré geliebt zu werden, der schon die Tage zählt, die ihn von seiner Verbindung mit der Geliebten trennen, wie sollte der ein so gräßliches Verbrechen ersonnen haben?«

»Wenn er unschuldig ist, so mag er es beweisen!« entgegnete die Gräfin streng.

Der Doktor Seignebos biß vor Ärger die Zähne zusammen. »Das heißt wieder einmal Frauenlogik!« murmelte er.

»Man wird nicht ermangeln, seine Unschuld zu beweisen«, sprach Herr Sénéchal, »soviel ist gewiß. Er bleibt dennoch aber für immer verdächtigt. Und, so ist der Geist unseres Volkes, dieser Verdacht wird einen Schatten auf sein ganzes zukünftiges Leben werfen. Nach zwanzig Jahren wird man noch sagen, wenn von Herrn von Boiscoran die Rede ist: ›Ach! ja der – der das Feuer in Valpinson angesteckt hat!‹«

Jetzt war es nicht Herr Galpin-Daveline, sondern der Staatsanwalt, der darauf mit bedrückter Stimme antwortete: »Ich teile zwar die Ansicht des Herrn Bürgermeisters nicht, aber was liegt daran! Nach allem, was vorgegangen ist, kann der Herr Untersuchungsrichter nicht mehr zurückgehen; seine Pflicht und mehr noch das Interesse des Angeklagten untersagen es ihm. Was würden alle die Bauern, die Cocoleus Erklärungen und die Aussage der Zeugen mit angehört – was würden sie sagen, wenn die Anklage aufgehoben würde? Daß Herr von Boiscoran schuldig ist, und daß man ihn nicht verfolgt, weil er reich und adelig ist. – Auf meine Ehre, ich glaube an seine Unschuld. Aber eben weil dies meine Überzeugung ist, so halte ich dafür, daß man nicht eher ruhen darf, als bis man sie unwiderleglich klar dargetan hat. Die Mittel müssen sich finden. Als er Ribot begegnete, sagte er ihm, daß er nach Bréchy ginge, um jemand zu sprechen ...«

»Und wenn er nicht dorthin gegangen wäre?« wandte Herr Sénéchal ein. »Wenn es nur ein Vorwand gewesen wäre, um die zudringliche Neugier Ribots zu befriedigen? Nun wohl, dieser Umstand wäre bald beseitigt; er hätte nur vor Gericht die Wahrheit zu erklären. Mir ist darum nicht bange. Und – es ist auch ein handgreiflicher Beweis, der mehr als alles übrige Herrn von Boiscoran freispricht: selbst wenn er, was unmöglich ist, die Absicht gehabt hätte, Herrn von Claudieuse zu ermorden, so hätte er seine Flinte mit einer Kugel und nicht mit Schrot geladen.«

»Und er hätte mich nicht auf zehn Schritte verfehlt«, rief der Graf. Heftige Schläge an die Tür unterbrachen ihn.

»Herein!« schrie Herr Sénéchal.

Die Tür öffnete sich und drei Bauern erschienen, mit aufgeregten, aber sichtlich befriedigten Mienen.

»Wir haben soeben«, sagte einer von ihnen, »etwas Sonderbares gefunden!«

»Was?« fragte Herr Galpin-Daveline.

»Man würde es fürwahr für ein Etui halten. Aber Pitard behauptet, daß es die Hülse einer Patrone sei.«

»Zeigt her«, rief der Graf, der sich aus seinen Kissen erhoben hatte. »Ich habe in den letzten Tagen mehrere Schüsse in der Nähe meines Hauses abgefeuert, um die Vögel, welche uns die Früchte verdarben, zu verscheuchen. Ich will sehen, ob diese Hülse mir gehört.«

Der Bauer reichte sie ihm hin.

Es war eine sehr feine Hülse, wie die Patronen zu den amerikanischen Doppelflinten sie meistens haben. Seltsam, sie war geschwärzt durch die Entzündung des Pulvers, aber weder zerrissen noch selbst durch die Explosion verbogen. Sie war so vollkommen unversehrt, daß man noch darauf den Namen des Fabrikanten: Klebb, mit erhabenen Buchstaben geprägt, lesen konnte.

»Diese Patrone hat mir nie gehört«, sprach der Graf.

Aber bei diesen Worten war er sehr bleich geworden, so bleich, daß seine Frau auf ihn zutrat und ihn mit einem fragenden Blick ansah, in welchem sich die fürchterlichste Angst malte.

»Nun?«

Er antwortete nicht.

So mächtig und so beredt wirkte in diesem Augenblick sein Schweigen, daß die Gräfin dem Umsinken nahe schien; sie murmelte:

»So hatte Cocoleu doch seine volle Vernunft!«

Nicht der geringste Umstand dieser jähen Szene war Herrn Galpin-Daveline entgangen.

Auf allen Gesichtern um sich her hatte er den Ausdruck plötzlichen Grauens wahrgenommen.

Dennoch schwieg er und verriet seine Beobachtungen durch keinerlei Bemerkung.

Er nahm aus Herrn von Claudieuses Händen die metallene Hülse, welche ein Beweisstück von der furchtbarsten Wichtigkeit werden konnte; und während einiger Minuten drehte und wandte er sie nach allen Seiten und besah sie mit der sorgfältigsten Aufmerksamkeit.

Sich darauf zu den Bauern wendend, die ehrerbietig mit entblößtem Haupt am Eingang standen, fragte er: »Wo habt ihr diesen Rest einer Patrone gefunden, meine Freunde?«

»Ganz in der Nähe des verfallenen Turmes, der noch vom alten Schloß übrig ist, wo man die Handwerkszeuge aufbewahrt, und der ganz mit Efeu bewachsen ist.«

Mittlerweile hatte Herr Sénéchal schon den Schreck bemeistert, der ihn ergriffen, als er den Grafen von Claudieuse erbleichen und verstummen sah.

»Jedenfalls«, sagte er, »hat der Mörder von dort nicht geschossen. Von jener Stelle aus sieht man nicht einmal den Eingang des Hauses.«

»Das ist möglich«, antwortete der Richter, »aber die Hülse der Patrone fällt nicht notwendig auf den Platz zurück, von dem aus man feuert. Sie fällt herab, wenn man den Lauf der Flinte öffnet, um sie neu zu laden.«

Dieser Einwand war so treffend, daß selbst der Doktor Seignebos nicht zu protestieren versuchte.

»Jetzt«, fuhr Herr Galpin-Daveline fort, »wer von euch, meine Freunde, hat diesen Rest einer Patrone gefunden?«

»Wir waren alle drei zusammen, als wir ihn bemerkten und aufhoben.«

»Gut! Sage mir ein jeder seinen Namen und die Wohnung, damit ich euch, wenn es nötig ist, nach dem Gesetz vorladen kann.«

Sie gehorchten und zogen sich unter ehrfurchtsvollen Verbeugungen zurück, als der Galopp eines Pferdes sich draußen auf dem Hofe, der das Haus umgab, hören ließ. Gleich darauf trat der Bote, der nach Medikamenten in die Stadt geschickt worden war, mit einer wütenden Gebärde ein.

»Der Schuft von Apotheker«, rief er, »es schien gerade, als wollte er mir durchaus nicht öffnen.«

Der Doktor Seignebos nahm die Gegenstände, die man ihm gebracht, in Empfang.

»Ich begreife sehr wohl, mein Herr«, sagte er, sich mit ironischem Respekt vor dem Untersuchungsrichter verbeugend, »wie wichtig es ist, dem Mörder den Hals abzuschneiden, aber ich halte es für nicht weniger dringend, das Leben des Verwundeten zu retten. Ich habe die Behandlung der Wunden länger unterbrochen, als es die Vorsicht vielleicht erlaubte; ich bitte Sie, mich jetzt in Ruhe mein Amt versehen zu lassen.«

# Kapitel 6

In der Tat hielt den Untersuchungsrichter, den Staatsanwalt und Herrn Sénéchal nichts mehr zurück.

Ohne Zweifel hätte Herr Seignebos sich auf eine angemessenere Weise ausdrücken können; aber man war gewöhnt an die rücksichtslosen Manieren des guten Doktors.

Also verließen die Herren das Zimmer, nachdem sie sich von der Gräfin verabschiedet und dem Grafen mit dem Versprechen, die genauesten und sichersten Erkundigungen einzuziehen, die Hand gedrückt hatten.

In Ermangelung weiterer Nahrung war das Feuer im Erlöschen begriffen.

Einige Stunden hatten genügt, um die Früchte jahrelanger Sorgfalt und unablässiger Arbeit zu vernichten.

Von der reizenden und allgemein bewunderten Domäne von Valpinson war nichts mehr übriggeblieben als die Stücke durchglühter und halb eingestürzter Mauern, nichts als schwarz aufgetürmte Asche und Trümmerhaufen, aus denen noch der Rauch in spiralförmiger Windung aufstieg.

Dank der Geschicklichkeit des Hauptmanns Parenteau war alles, was man den Flammen hatte entreißen können, zwischen den Ruinen des alten Schlosses in Sicherheit gebracht worden.

Hier waren die Rinder angebunden, die man unter tausend Gefahren aus den Ställen gezogen hatte, Pferde, Ochsen, einige Schafe und ein Dutzend jämmerlich brüllender Kühe.

Da häuften sich die Möbel und die geretteten Geräte auf; hier sah man Fuhrwerke, landwirtschaftliche Geräte, Karren, dort leere Biertonnen, Hafer- und Kornsäcke durcheinanderliegen.

Nur wenige hatten sich entfernt. Unter noch verzweifelteren Anstrengungen als zuvor fuhren die Feuerwehrleute, von den Bauern unterstützt, fort, das Hauptgebäude zu bespritzen. Vom Feuer war nichts mehr zu fürchten, aber sie hatten noch immer die Hoffnung nicht aufgegeben, die Leichname Boltons und Guillebaults vor völligem Verkohlen zu schützen.

»Welch eine Geißel, welch ein Strafgericht ist das Feuer!« murmelte Herr Sénéchal.

Weder Herr Daubigeon noch Herr Galpin-Daveline gaben eine Antwort auf diese Worte.

Auch ihnen preßte sich, nach so viel heftigen Aufregungen, das Herz zusammen beim Anblick des düsteren Schauspiels, das sich ihren Blicken darbot.

Denn das Feuer, in demselben Augenblick, als noch die fieberhafte Erregung der Gefahr und die Hoffnung auf Rettung waltet, solange noch die Flammen den Horizont mit ihren roten Reflexen erhellen, ist nichts! Erst hernach, wenn alles aus, wenn alles verlöscht ist, ermißt man die Schrecknisse der Verwüstung.

Kaum bemerkten die Feuerwehrleute den Bürgermeister, als sie ihn mit lautem Zuruf begrüßten. Während dieser eilig auf sie zuschritt, blieben zum erstenmal, seit das Alarmzeichen gegeben worden war, der Untersuchungsrichter und der Staatsanwalt sich allein gegenüber.

Sie standen aufrecht, dicht nebeneinander da, eine geraume Weile im Stillschweigen verharrend, während jeder in dem Blick des andern das Geheimnis seiner Gedanken zu erspähen suchte.

»Was nun?« fragte endlich Herr Daubigeon.

Herr Galpin-Daveline erbebte. »Es ist eine entsetzliche Geschichte«, flüsterte er.

»Was ist Ihre Ansicht?«

»Ja – daß ich's selber wüßte! Ich habe den Kopf verloren; mir ist, als wäre ich der Spielball einer höllischen Gaukelei.«

»Glauben Sie denn in der Tat an die Schuld des Herrn von Boiscoran?«

»Ich glaube nichts. Meine Vernunft ruft mir zu, daß er unschuldig ist, daß es nicht anders möglich sei, und dennoch sehe ich schwere Anklagen sich gegen ihn erheben.«

Mit ratlosem Gesicht stand der Staatsanwalt da.

»Ach!« murmelte er, »warum bestanden Sie darauf, gegen die Meinung aller den Cocoleu, einen unglücklichen Idioten, zu verhören!«

Da aber fuhr der Untersuchungsrichter auf: »Was werfen Sie mir vor«, unterbrach er ihn heftig, »der Eingebung meines Gewissens gefolgt zu sein?«

»Ich werfe Ihnen gar nichts vor!«

»Ein fluchwürdiges Verbrechen ist begangen worden, meine Pflicht gebot mir, alles, was menschenmöglich war, zu versuchen, um den Urheber zu entdecken.«

»Ja ... und der Mann, den man beschuldigt, ist Ihr Freund; und gestern noch rechneten Sie seine Freundschaft unter die besten Aussichten für Ihre eigene Zukunft!«

»Mein Herr!«

»Es setzt Sie in Erstaunen, mich so genau unterrichtet zu sehen. Aber Sie wissen, wie es damit ist: der müßigen Neugier einer kleinen Stadt pflegt nicht so leicht etwas zu entgehen. Ich weiß, daß Sie hoffen durften, Mitglied der Familie von Boiscoran zu werden, und daß Sie mit der Unterstützung des Verdächtigen rechneten, um die Hand einer seiner Cousinen zu erhalten ...«

»Ich leugne es nicht.« .

»Unglücklicherweise haben Sie sich durch die Aussicht einer aufsehenerregenden Untersuchung verführen lassen. Sie haben jede Vorsicht vergessen, und darüber sind alle Ihre Projekte ins Wasser gefallen. Ob nun Herr von Boiscoran unschuldig oder schuldig ist, nie wird seine Familie Ihnen Ihr Einschreiten verzeihen. Ist er schuldig, so wird sie Ihnen vorwerfen, ihn dem Schwurgericht ausgeliefert zu haben; ist er unschuldig, so wird sie Ihnen noch heftiger vorwerfen, ihn verdächtigt zu haben.«

Vielleicht um seine Aufregung zu verbergen, senkte Herr Galpin-Daveline den Kopf.

»Was würden Sie denn an meiner Stelle tun?« fragte er dann.

»Ich würde die Sache rückgängig machen, obgleich es jetzt fast zu spät ist.«

»Das hieße meine Amtsstellung kompromittieren.«

»Immer wäre es besser, als sich mit einer Sache zu befassen, in welcher Sie weder die Ruhe noch die unparteiische Kälte beibehalten können, welche die ersten und unentbehrlichsten Tugenden eines Untersuchungsbeamten sind.«

»Mein Herr!« rief der Richter, der sich mehr und mehr erhitzte, »glauben Sie, daß ich der Mann bin, der sich durch Freundschaftsbeziehungen und persönliche Interessen von seiner Pflicht ablenken ließe?«

»Das habe ich nicht gesagt!«

»Haben Sie nicht schon mein Verfahren mit angesehen? Habe ich mich beirren lassen, als Cocoleus Lippen den Namen des Herrn von Boiscoran herausstießen? Vielleicht wäre ich hierbei stehengeblieben, hätte es sich um einen andern gehandelt. Aber Herr von Boiscoran ist mein Freund, und ich hatte viel von ihm zu erwarten, und gerade darum habe ich geforscht und darauf bestanden, und eben darum forsche ich weiter und bestehe ich noch auf meinem Vorhaben!«

Der Staatsanwalt zuckte die Achseln.

»Das eben ist's«, sprach er. »Aus Furcht, der Schwäche beschuldigt zu werden, weil Herr von Boiscoran Ihr Freund ist, werden Sie vielleicht hart, unbarmherzig, ja selbst ungerecht gegen ihn sein! Eben weil Sie viel von ihm zu erwarten hatten, werden Sie ihn durchaus schuldig finden wollen! Und Sie nennen sich unparteiisch!«

Herr Galpin-Daveline richtete sich mit der ganzen, ihm eigenen Steifheit auf.

»Ich bin meiner selbst gewiß«, sprach er kurz.

»Nehmen Sie sich in acht!«

»Mein Entschluß ist gefaßt.«

*

Es war Zeit, aufzubrechen. Herr Sénéchal kehrte, von Hauptmann Parenteau begleitet, zurück.

»Nun, meine Herren«, fragte er, »was haben Sie beschlossen?«

»Wir brechen sogleich nach Boiscoran auf«, antwortete der Untersuchungsrichter.

»Was, sogleich?«

»Ja. Mir liegt daran, Herrn von Boiscoran noch schlafend anzutreffen. Mir liegt so sehr daran, daß ich selbst auf meinen Aktuar verzichten werde.«

»Ihr Aktuar«, sprach der Hauptmann Parenteau mit einer höflichen Verbeugung, »ist hier, mein Herr; er hat soeben selbst nach Ihnen gefragt.« Worauf er aus allen Kräften zu rufen begann: »Méchinet! Méchinet!«

Gleich darauf kam ein kleiner Mann mit grauem Haar und pausbäckigem Gesicht herbeigeeilt und fing eifrig an zu erzählen, wie ein Nachbar ihn von dem Vorgefallenen und von dem Aufbruch des Untersuchungsrichters in Kenntnis gesetzt und wie er, von Diensteifer erfüllt, sich alsbald allein und zu Fuß auf den Weg gemacht.

»Wie gedenken Sie sich nach Boiscoran zu begeben?« fragte der Bürgermeister Herrn Galpin-Daveline.

»Das weiß ich selbst noch nicht; Méchinet wird uns irgendein Beförderungsmittel ausfindig machen.«

Rasch wie der Blitz stürzte der Aktuar schon davon, als Herr Sénéchal ihm nacheilte und ihn zurückhielt.

»Suchen Sie nicht weiter«, sagte er, »ich stelle Ihnen mein Pferd und meinen Wagen zur Verfügung. Der erste beste Bauer wird Sie hinbringen. Der Hauptmann Parenteau und ich, wir werden das Kabriolett eines Pächters von Bréchy benutzen, um nach Sauveterre zurückzukehren. Denn das muß so rasch als möglich geschehen. Ich habe soeben beunruhigende Nachrichten erhalten. Ich fürchte, es gibt einen Auflauf. Die Bäuerinnen, die auf den Markt gingen, haben das an sich schon so große Unglück der verflossenen Nacht mit allen möglichen Übertreibungen verbreitet. Sie haben versichert, daß zehn oder zwölf Menschen getötet und verwundet sind und daß Herr von Boiscoran, der Brandstifter, arretiert sei. Die Menge hat sich zu der Witwe des unglücklichen Guillebault begeben; vor dem Hause des Fräuleins von Lavarande, wo die Verlobte des Herrn von Boiscoran, Fräulein von Chandoré, wohnt, hat eine Demonstration stattgefunden.«

Für nichts auf der Welt hätte Herr Sénéchal zu jeder andern Zeit sein gutes Pferd Caraby – vielleicht das beste des Bezirks – fremden Händen anvertraut.

Aber er war bis aufs Äußerste verstört; man sah es wohl, trotz der Versuche, die er machte, jene gelassene Würde beizubehalten, die der Autorität so wohl ansteht. Er hatte nur ein Zeichen zu geben, und augenblicklich war sein Wagen bereit. Aber als er sich umsah nach jemand, der ihn führen sollte, stellte sich niemand ein.

Alle diese guten Leute, welche die Nacht draußen zugebracht, eilten nach Hause, um ihren häuslichen Verpflichtungen nachzugehen und ihr Hausvieh zu versorgen.

Als er die andern zögern sah, rief Ribot, jener verliebte Bursche, der Herrn von Boiscoran beim Damm der Seille begegnet war: »Gut, so werde ich die Herren fahren.«

Die Peitsche und die Zügel ergreifend, setzte er sich vorn auf die kleine Bank, während der Staatsanwalt, der Untersuchungsrichter und der Aktuar ihre Plätze einnahmen.

Méchinet, der Aktuar, war fast eine Macht in Sauveterre zu nennen. Als vorzüglicher Lithograph bekannt, war er es, der alle Visitenkarten anfertigte, die man bei Herrn Serpin, dem ersten Drucker der Stadt, Besitzer und verantwortlichen Herausgeber der »Indépendance von Sauveterre«, bestellte. Zuverlässig und erprobt in allen solchen Angelegenheiten, führte er die Bücher und brachte Ordnung in die Rechnungen verschiedener Handelsleute. Ebenso gab er prozessierenden Bauern juristische Ratschläge und redigierte geschickt die Schriftstücke unter Privatvollmacht. Seit langem war er Leiter des Musikkorps der Feuerwehr und Direktor des Orpheons. Als Korrespondent der Gesellschaft dramatischer Autoren, deren Beiträge er einzog, verdankte er diesem Titel den Eintritt ins Theater, nicht nur in den Saal und durch die Haupttür, sondern auch hinter die Kulissen, durch den schmalen und unsauberen Seiteneingang, der für die Künstler reserviert war. Endlich gab er auch, je nach Wunsch, kleinen Mädchen Schreibstunden oder Unterricht in der französischen Sprache und jungen Liebhabern Anweisung im Flötenspiel und im *Cornet à piston*.

All diese verschiedenen Talente hatten ihm während langer Zeit die stillschweigende Eifersucht der anderen Beamten des Ortes zugezogen, des Sekretärs der Stadtverwaltung, des Faktotums der Unterpräfektur, des ersten Commis der Hypothekenbank und selbst des Steuereinnehmers.

Doch alle diese Eifersüchteleien hatten damit geendet, die Waffen vor einer allgemein anerkannten und überlegenen Autorität zu strecken. Er aber verbarg unter dem sichern Anschein einer ewig guten Laune den Ehrgeiz, der ihn verzehrte, den Wunsch, reich zu werden und einst für eine der angesehensten Personen von Sauveterre zu gelten.

Denn er, der Herr Méchinet, war im Grunde ein geriebener Diplomat, fein wie Ambra und geschmeidiger als Seide.

Er hatte es wohl bewiesen, indem er das Problem löste, die ganze Stadt durch seine quecksilbrige Persönlichkeit in Bewegung zu halten, sich in alles und jedes zu mischen, ohne sich einen einzigen offenkundigen Feind zuzuziehen.

Die Erklärung lag darin, daß man ihn fürchtete und eine maßlose Angst vor seiner Zunge hatte.

Nicht daß er jemals irgendeinem Menschen Böses zugefügt – oh, er war nicht so dumm –, aber wegen des Schadens, den er zufügen konnte, weil niemand wie er in allen kleinen Geheimnissen Sauveterres Bescheid wußte, weil niemand so genau von allen Intrigen, allen möglichen Schlechtigkeiten und Ränken unterrichtet war.

Diese Umstände hingen mit seiner persönlichen Stellung zusammen. Da er Junggeselle war, lebte er bei seinen Schwestern, den Jungfern Méchinet, welche die ersten Schneiderinnen der Stadt und, was noch mehr sagen wollte, die eifrigsten und angesehensten Mitglieder jedes religiösen Vereins waren.

Durch sie gewann er Einblick in die hohe Gesellschaft, und er kannte bis aufs letzte Wort die Skandalgeschichten, deren Echo er, sei es in seiner Druckerei, sei es auf dem Gericht, auffing.

Oft pflegte er im Scherz zu sagen: »Wie sollte mir etwas entgehen, da mir zur Unterweisung die Kirche, das Journal, das Tribunal und das Theater zu Gebote stehen?«

Ein solcher Mann wäre leicht aus seiner Rolle gefallen, hätte er nicht an seinen zehn Fingern all die Lebensumstände herzählen können, die man sich im Lande von Herrn von Boiscoran erzählte.

Auch legte er sich, während der Wagen auf dem ebenen Wege durch den schönsten Junimorgen dahinrollte, alles zurecht, was er »das juristische Schatzkästchen des Eingeweihten« nannte.

Herr von Boiscoran – mit Vornamen Jacques genannt – war nicht an sein Besitztum gebunden und hielt sich selten länger als einen Monat dort auf.

Er lebte sonst in Paris, wo seine Familie in der Rue de l'Université ein komfortables Palais besaß. Denn seine Eltern lebten noch. Sein Vater, der Marquis von Boiscoran, Besitzer bedeutender Ländereien, Deputierter unter Louis Philippe, seit 1848 Volksvertreter, hatte sich seit Beginn des Zweiten Kaiserreichs zurückgezogen und verausgabte seitdem alles, was er an Betriebsamkeit und Kapital besaß, für Sammlungen aller Art künstlerischer Kuriositäten, insbesondere für Porzellansachen und Fayence, worüber er ein Buch geschrieben hatte.

Seine Mutter, eine geborene Chalusse, hatte in dem Ruf einer der reizendsten und geistreichsten Frauen an dem Hofe des Bürgerkönigs gestanden.

Auch war sie zu einer gewissen Zeit von der Nachrede nicht verschont geblieben; gegen 1845 oder 1846 war sie, wie man behauptete, die Heldin eines etwas »feurigen« Abenteuers gewesen, dessen Held ein eleganter Schreiber war, der später der ehrbarste Beamte wurde.

Obgleich sein Vater und seine Mutter noch lebten, besaß Jacques von Boiscoran doch ein ziemlich bedeutendes Privatvermögen: etwa fünfundzwanzig- oder dreißigtausend Francs Renten.

Dieses Vermögen, wozu das Schloß von Boiscoran mit seinen Feldern, seinen Wiesen und Wäldern gehörte, war ihm von einem seiner Onkel, dem ältesten Bruder seines Vaters, der um 1868 als Witwer und kinderlos starb, vererbt worden.

Jacques von Boiscoran war um diese Zeit ein Mann von sechsundzwanzig bis siebenundzwanzig Jahren, brünett, groß, kräftig, gut gebaut; nicht was man im eigentlichen Sinn des Wortes »einen hübschen Burschen« zu nennen pflegt, aber – was oft mehr sagen will – eine jener offenen und intelligenten Naturen, die jeden günstig für sich einnehmen.

Sein Charakter war in Sauveterre weniger bekannt als seine Person.

Unter den Leuten, die in Beziehungen mit ihm standen, galt er für gut und großmütig, für einen Freund geselliger Vergnügungen, für geistreich, lebhaft und mit einer heutzutage leider selten gewordenen offenherzigen Heiterkeit begabt.

Nach dem Einfall der Preußen war er zum Hauptmann einer Kompanie Mobilgarden des Bezirks ernannt worden, und – zwar ist es beschämend, doch auch notwendig zu gestehen – es gab Leute im Lande, die ihm vorwarfen, daß er nicht so gut wie manche andere Führer gewußt hätte, die Gefahr zu vermeiden.

Er hatte seine Leute tapfer ins Feuer geschickt und sich so tapfer benommen, daß der General Chanzy sogar für gut fand, ihm ein Stück des roten Ordensbandes zukommen zu lassen.

»Und solch ein Mann sollte das niederträchtige Verbrechen von Valpinson begangen haben?« sagte Herr Daubigeon zum Untersuchungsrichter. »Nein, es ist unmöglich! Er wird bei den ersten Worten den schrecklichen Zweifel, der uns quält, zunichte machen.«

»Und das wird sehr bald geschehen«, rief Ribot, »denn da sind wir schon!«

In Saintonge, einer zwar wohlhabenden Gegend, wo aber große Besitzungen nur selten sind, pflegt man jedes Haus, wenn es nur ein spitzes Dach und eine Wetterfahne hat, ein Schloß zu nennen.

Boiscoran aber verdiente wohl oder übel als ein solches bezeichnet zu werden.

Der Bau gehörte dem Ende des siebzehnten Jahrhunderts an, er war vom kläglichsten Geschmack, aber massiv und einer Festung ähnlich.

Auch die Lage war glücklich. Ringsherum grünten Gehölze und Wiesen; am Fuß des abfallenden Gartens floß über ein Bett von Kieselsteinen ein kleiner Bach, der ohne Zweifel seinen Namen »die Elster« – im Dialekt von Saintonge »La Pibole« genannt – seinem fortwährenden Gemurmel verdankte.

# Kapitel 7

Gegen sieben Uhr lenkte der Wagen mit den Gerichtspersonen in den Hof von Boiscoran.

Es war dies ein großer mit Linden bepflanzter und von Wirtschaftsgebäuden umgebener Hof.

Im Schloß war schon alles auf den Beinen. Vor der Tür ihrer Wohnung reinigte die Meierin den Kessel, in dem sie ihre Morgensuppe gekocht; die Mägde der Meierei gingen und kamen, und vor dem Stall stand ein kräftiger Bursche und bürstete aus allen Kräften ein stattliches Rassepferd.

Auf der Freitreppe stand der Kammerdiener des Herrn von Boiscoran, Herr Antoine, überwachte alles und rauchte dabei seine Zigarre.

Antoine war ein Mann in den Fünfzigern und dem Herrn von Boiscoran zugleich mit dem Vermögen als Vermächtnis seines Onkels zugefallen.

Er war verheiratet gewesen und hatte seine Frau verloren; aber seine Tochter stand im Dienst der Marquise von Boiscoran.

Auf der Besitzung seines Herrn geboren und von Jugend auf im Dienste von dessen Familie, sah er sich fast als deren Mitglied an und kannte keinen Unterschied zwischen seinem Interesse und dem der Herrschaft.

In der Tat behandelte man ihn mehr wie einen Freund als wie einen Untergebenen; auch war er überzeugt, in alle Angelegenheiten des Herrn von Boiscoran eingeweiht zu sein.

Als er den Untersuchungsrichter und den Staatsanwalt vom Wagen herabsteigen sah, warf er seine Zigarre fort und sagte, indem er ihnen eilig entgegentrat, mit seinem liebenswürdigsten Lächeln:

»Ah! meine Herren, welch eine angenehme Überraschung! Der Herr wird sehr erfreut sein.«

Mit Fremden hätte sich Antoine diese Vertraulichkeit nicht erlaubt, denn er war sehr förmlicher Natur; aber er hatte Herrn Daubigeon schon öfters auf dem Schloß gesehen und wußte von den Plänen, die zwischen seinem Gebieter und Herrn Galpin-Daveline verhandelt worden waren.

Auch war er nicht wenig erstaunt über die befangene steife Art der beiden Herren und über den Ton, in welchem der Untersuchungsrichter ihn fragte, ob Herr von Boiscoran schon auf sei.

»Noch nicht«, antwortete er, »der Herr hat mir sogar befohlen, ihn nicht zu wecken ...da er erst spät nach Hause gekommen, wünschte er heute morgen um so länger zu schlafen.«

Unwillkürlich wandten der Richter und der Staatsanwalt die Köpfe ab, weil jeder dem Blick des andern zu begegnen fürchtete.

»So! Herr von Boiscoran ist spät nach Hause gekommen?« wiederholte Herr Galpin-Daveline mit Nachdruck.

»Gegen Mitternacht; eher später als früher.«

»Und wann war er ausgegangen?«

»Gegen acht Uhr.«

»Wie war er gekleidet?«

»Wie gewöhnlich. Er trug hellgraue Beinkleider aus geripptem Samt, ein Jackett aus kastanienbraunem Samt und einen großen Strohhut.«

»Hatte er sein Jagdgewehr bei sich?«

»Ja, mein Herr!«

»Wissen Sie, wohin er ging?«

Nur der Respekt, den er dem Freunde seines Herrn schuldete, hatte Antoine veranlaßt, auf dieses Verhör zu antworten, das ihm überdies höchst unwichtig schien.

Aber diese letzte Frage schien ihm das Maß zu überschreiten. Im Tone gekränkter Zurückhaltung antwortete er deshalb: »Es ist nicht meine Gewohnheit, den Herrn, wenn er ausgeht, zu fragen, wohin er sich begibt, oder, wenn er zurückkehrt, woher er kommt.«

Das Anstandsgefühl, dem der brave Diener folgte, hatte Herr Daubigeon sehr wohl verstanden.

»Glauben Sie nicht, mein Freund«, ergriff er nun das Wort mit einer Achtung ausdrückenden Miene, »daß wir diese Fragen aus eitler Neugier an Sie richten. Antworten Sie. Ihre Aufrichtigkeit kann Ihrem Herrn mehr nützen, als Sie sich vorstellen mögen.«

Mit einem völlig verblüfften Gesicht beobachtete Antoine der Reihe nach den Untersuchungsrichter, den Staatsanwalt, den Gerichtsschreiber und endlich Ribot, der von seinem Sitz herabgestiegen war, Carabys Leine gelöst hatte und um einen Baum schlang.

»Ich schwöre Ihnen, meine Herren«, antwortete er, »daß ich nicht weiß, wo Herr von Boiscoran den Abend zugebracht hat.«

»Sie haben auch keine Vermutung?«

»Nein.«

»Vielleicht war er in Bréchy bei einem seiner Freunde?«

»Ich wüßte nicht, daß er Freunde in Bréchy hätte.«

»Was machte er, nachdem er zurückgekehrt war?«

Jetzt geriet der würdige Diener in sichtliche Unruhe.

»Warten Sie —«, versetzte er, »nachdem der Herr zurückgekehrt war, ging er hinauf in sein Zimmer und blieb dort vier oder fünf Minuten lang. Dann kam er herunter, aß ein Stück Pastete und trank ein Glas Wein ... Darauf zündete er sich eine Zigarre an und befahl mir schlafen zu gehen, weil er noch eine Weile aufbleiben und sich auch allein entkleiden wollte.«

»Und Sie sind dann schlafen gegangen?«

»Natürlich.«

»So daß Sie nicht wissen, was Ihr Herr weiter gemacht hat?«

»Entschuldigen Sie, ich hörte ihn die Tür des Gartens öffnen.«

»Kam Ihnen nichts an ihm außergewöhnlich vor?«

»Nein ... er war wie immer, heiterer vielleicht; er sang...«

»Können Sie mir das Gewehr zeigen, das er mit sich führte?«

»Nein ... der Herr hat es mit sich in sein Zimmer genommen.«

Herr Daubigeon öffnete schon den Mund, um einen Einwand zu machen, aber Herr Galpin-Daveline hielt ihn mit einer Bewegung zurück und fragte hastig, sich wieder zu dem Diener wendend:

»Ist es lange her, daß Herr von Boiscoran und Herr von Claudieuse sich nicht begegnet sind?«

Antoine erbebte, als beschliche ein finsteres Vorgefühl seine Sinne.

»Sehr lange«, antwortete er; »wenigstens glaube ich es.«

»Es ist Ihnen nicht unbekannt, daß sie sehr schlecht miteinander stehen?«

»Oh!«

»Sie haben die heftigsten Auseinandersetzungen gehabt.«

»Kleine Ärgernisse, nicht mehr. Wie sollten sie sich hassen, da sie gar keinen Umgang miteinander pflegten! Zwanzigmal habe ich überdies meinen Herrn aussprechen hören, daß er den Grafen von Claudieuse für den besten und redlichsten Mann halte und daß er die höchste Achtung für ihn hege.«

Während einiger Minuten schwieg Herr Galpin-Daveline, als überlegte er, ob er nichts vergessen habe. Dann fragte er plötzlich: »Wie groß ist die Entfernung von hier bis Valpinson?«

»Sechs Kilometer«, antwortete Antoine.

»Angenommen, Sie wollten sich zu Herrn von Claudieuse begeben, welchen Weg würden Sie nehmen?«

»Die große Straße, die durch Bréchy führt.«

»Sie würden nicht durch das Moor gehen?«

»Gewiß nicht!«

»Und warum nicht?«

»Weil die Seille über die Ufer getreten ist und die Gräben voll Wasser stehen.«

»Verkürzt man nicht den Weg, wenn man durch das Gehölz geht?«

»Man hätte wohl einen kürzeren Weg zu machen, er würde aber mehr Zeit kosten ... die Pfade sind schlecht und von Ginster überwuchert.«

Dem Staatsanwalt gelang es kaum, seine Bekümmernis zu verhehlen. Mehr und mehr schienen Antoines Antworten ihm bedenklich auszufallen.

»Wenn nun Boiscoran in Brand geriete«, begann der Richter von neuem, »würde man vom Hof zu Valpinson aus die Feuersbrunst wahrnehmen?«

»Das glaube ich nicht, mein Herr, wir sind davon getrennt durch Wald und Hügel...«

»Können Sie von hier aus die Glocken von Bréchy vernehmen?«

»Wenn der Wind von Norden weht, ja, mein Herr!«

»Und gestern abend? Und diese Nacht?«

»Es war Westwind, wie immer, wenn es einen Sturm gibt.«

»Also wissen Sie nichts – haben nichts von einem furchtbaren Ereignis gehört?«

»Von einem Ereignis? ...Ich weiß nicht, was der Herr damit sagen will.«

Dieses Verhör wurde im Hof abgehalten. Während der letzten Worte Antoines erschienen zwei Gendarmen zu Pferde, denen Herr Galpin-Daveline, als er Valpinson verließ, befohlen hatte, ihm zu folgen.

»Mein Gott«, rief der alte Antoine, als er ihrer ansichtig wurde, »was soll das bedeuten? Ich eile, den Herrn zu wecken.« Der Richter aber hielt ihn zurück.

»Nicht von der Stelle«, sagte er streng, »nicht ein Wort!«

Er wandte sich dann zu den Gendarmen, die soeben abgestiegen waren, zeigte auf Ribot und sagte: »Ihr werdet jenen Burschen dort im Auge behalten und verhindern, daß er mit irgend jemand ein Wort wechselt.«

»Und nun«, fuhr er wieder gegen Antoine gewendet fort, »führen Sie uns in das Zimmer des Herrn von Boiscoran.«

# Kapitel 8

Mit all seinem Anstrich eines feudalen Rittersitzes war das Schloß von Boiscoran in Wahrheit doch nichts als das sogar ziemlich vernachlässigte Absteigequartier eines Junggesellen.

Von den achtzig bis hundert Gemächern, die sich darin befanden, waren nur acht bis zehn möbliert, und noch dazu auf eine ziemlich bunt durcheinandergewürfelte Weise. Ein Salon, ein Speisegemach, einige Gastzimmer, das war alles, wessen Herr von Boiscoran bedurfte. Er selbst bewohnte in der ersten Etage ein ganz kleines Gemach, dessen Tür auf den Flur der großen Treppe hinausging.

Als der Untersuchungsrichter, der Staatsanwalt und der Gerichtsschreiber Méchinet, von Antoine geführt, an diese Tür gelangten, befahl Herr Galpin-Daveline dem Kammerdiener anzuklopfen.

Kaum hatte der wackere Mann gehorcht, als aus dem Innern eine junge kräftige Stimme rief: »Wer ist da?«

»Ich bin es, Herr«, antwortete der treue Diener, »ich möchte…«

»Geh zum Teufel!« unterbrach die Stimme.

»Ich möchte aber doch…«

»Laß mich in Ruhe, Quälgeist, ich bin erst gegen Morgen eingeschlafen!«

Da schob der Untersuchungsrichter ungeduldig den Diener beiseite und versuchte, indem er die Türklinke ergriff, zu öffnen; aber das Zimmer war von innen verschlossen.

»Ich bin es, Herr von Boiscoran«, rief er, »öffnen Sie!«

»Ei sieh da, der gute Daveline!« klang es nun heiter aus dem Zimmer zurück.

»Ich muß Sie dringend sprechen!«

»Und ich stehe dem sehr hochgeehrten Herrn Beamten sofort zu Diensten! – Nur einen Augenblick, um meine apollinischen Formen mit dem Notwendigsten zu umhüllen, und ich erscheine!«

Und in der Tat öffnete sich gleich darauf die Tür, und Herr von Boiscoran stand da mit ganz verworrenen Haaren, die Augen noch voller Schlaf, aber strahlend in Jugend und Gesundheit und mit lächelnden Lippen. Offen reichte er seine Hand hin.

»Bei meiner Treu'«, sagte er, »das ist ja ein trefflicher Einfall, den Sie gehabt haben, bester Daveline, mich schon zum Frühstück aufzusuchen…»

Und Herrn Daubigeon begrüßend, fuhr er fort: »Ungerechnet, daß ich Ihnen noch danken muß, auch unsern lieben Staatsanwalt zur Begleitung veranlaßt zu haben! Das ist ja eine wahre Ausgießung des Gerichts!«

Plötzlich aber hielt er inne, betroffen durch den Ausdruck, der sich in Herrn Daubigeons Zügen malte, und ebenso durch Herrn Galpin-Davelines Verhalten; der, statt in die dargebotene Hand einzuschlagen, einen Schritt zurücktrat.

»Aber, zum Teufel – was ist denn vorgefallen, mein guter Freund?«

Nie hatte der Untersuchungsrichter eine steifere Haltung gehabt, als da er jetzt sagte:

»Wir müssen unsere Beziehungen vergessen, mein Herr. Es ist nicht der Freund, der heute vor Ihnen erscheint, sondern der Richter.«

Herr von Boiscoran schien verwirrt, aber nicht der Schatten einer Unruhe verdüsterte seine offene, biedere Miene.

»Ich will gehängt sein«, begann er, »wenn ich begreife…«

»Treten wir ein«, sprach Herr Daveline zu seinen Begleitern.

Als sie die Schwelle überschritten, murmelte Méchinet Herrn Daubigeon ins Ohr: »Dieser Mann ist sicher unschuldig! Nie hätte ein Schuldiger uns so empfangen!«

»Schweigen Sie, Herr!« entgegnete der Staatsanwalt in strengem Ton, obgleich er sich ganz geneigt fühlte, dem Aktuar beizustimmen. »Schweigen Sie!« – Und ernst und bekümmert stellte er sich in eine Fensterbrüstung.

Herr Galpin-Daveline stand dagegen aufrecht mitten im Zimmer und bemühte sich, in seinem Geiste alles, bis auf den geringsten Gegenstand, auf das genaueste zu erforschen und zu beobachten.

Die Unordnung, in welcher sich das Zimmer befand, bewies, mit welcher Hast Herr von Boiscoran sich abends zuvor niedergelegt. Seine Kleider, seine Stiefel, sein Hemd, seine Weste, sein Rock und sein Strohhut lagen bunt durcheinander auf den Möbeln und dem Fußboden.

Die hellgrauen Hosen, welche er jetzt trug, waren dieselben, wie sie Cocoleu, Ribot, Gaudry und Frau Courtois bezeichnet hatten.

»Jetzt, mein Herr«, hob Herr von Boiscoran im mißvergnügten Ton eines Mannes an, der nicht weiß, ob man ihn zum besten hat, »jetzt werden Sie mir, da Sie nicht mehr mein Freund sind, erklären, was mir die Ehre eines so frühen Besuches verschafft?«

In Herrn Galpin-Davelines Antlitz regte sich kein Muskel.

»Haben Sie die Güte, mein Herr, mir Ihre Hände zu zeigen«, sagte er kalt.

Eine helle Röte überzog Herrn von Boiscorans Wangen; in seinen Augen malte sich eine seltsame Betroffenheit.

»Wenn das ein Scherz ist«, fragte er, »so scheint mir, hat er lang genug gedauert.«

Es war ersichtlich, daß er nahe daran war, in Zorn zu geraten. Herr Daubigeon glaubte, dem zuvorkommen zu müssen.

»Unglücklicherweise, mein Herr«, sprach er, »gab es nie eine ernsthaftere Lage. Entsprechen Sie dem, was der Herr Untersuchungsrichter von Ihnen fordert.«

Mehr und mehr in Staunen gesetzt, ließ Herr von Boiscoran seine Blicke schnell umherschweifen.

An der Tür lehnte Antoine, der alte Kammerdiener, und die Seelenangst stand ihm auf der Stirn geschrieben. In der Nähe des Ofens hatte der Aktuar Méchinet sich an einen Tisch gesetzt, vor sich sein Papier, seine Federn und sein mitgebrachtes Tintenfaß.

Mit einem Achselzucken, welches deutlich besagte, daß er auf einen Aufschluß über diesen Vorgang verzichtete, zeigte Herr von Boiscoran seine Hände.

Sie waren vollkommen rein und weiß; die Nägel ziemlich lang und sorgfältig gereinigt.

»Wann haben Sie sich zuletzt die Hände gewaschen?« fragte Herr Galpin-Daveline nach einer genauen Besichtigung.

Bei dieser Frage klärte Herrn von Boiscorans Gesicht sich auf, und in helles Lachen ausbrechend, rief er: »Meiner Treu'! ich gestehe, daß ich erschrocken war. Ich geriet schon in Unruhe, ja ich fürchtete mich fast!«

»Und Sie hatten Grund, sich zu fürchten«, entgegnete Daveline, »eine schreckliche Beschuldigung lastet auf Ihnen! Und von der Antwort auf die Frage, die ich Ihnen stelle, und die Ihnen lächerlich scheint, hängen vielleicht Ihr Glück und Ihre Freiheit ab.«

Für diesmal war kein Irrtum mehr möglich. Herr von Boiscoran fühlte sich von jenem Schauer ergriffen, den die Justiz jedem, auch dem ehrlichsten Menschen, einflößt.

Er erbleichte und sprach mit bebender Stimme: »Was? – Eine Anklage lastet auf mir, und Sie sind es, Galpin-Daveline, der vor mich hintritt, um mich zu verhören?«

»Ich bin Beamter, mein Herr!«

»Aber Sie waren auch mein Freund. Wenn irgend jemand gewagt hätte, in meinem Beisein Sie eines Verbrechens, einer Gemeinheit, einer Schändlichkeit anzuklagen, so hätte ich Sie aus allen Kräften verteidigt; ohne Zögern, ohne Hintergedanken hätte ich Sie verteidigt, bis man mir den greifbaren, unwiderruflichen, überzeugenden Beweis Ihrer Schuld geliefert hätte. Und würde man mich endlich von Ihrer Schuld überzeugt haben, so hätte ich Sie beklagt, aber ich würde mich nicht weniger erinnert haben, daß es eine Zeit gab, in welcher ich Sie so hoch achtete, daß ich Ihnen eine Verbindung erleichterte, welche uns zu Verwandten gemacht hätte ... Aber Sie!?

...Man beschuldigt mich, ich weiß nicht wessen, doch augenscheinlich irrtümlich, und alsbald schenken Sie der törichten Anklage Glauben und zeigen sich bereit, mein Richter zu sein! ... Wohl! Es sei! Ich habe mir gestern abend bei meiner Rückkehr nach Hause zuletzt die Hände gewaschen.«

Es war nicht umsonst, daß Herr Galpin-Daveline sich seines kalten Blutes und seiner Selbstbeherrschung gerühmt hatte. Er zuckte während dieser harten Anrede nicht einmal mit den Wimpern, und immer in demselben Ton fortfahrend, fragte er: »Was ist aus dem Wasser geworden, dessen Sie sich bedienten?«

»Es muß noch dort in meinem Ankleidezimmer sein.«

Der Untersuchungsrichter beeilte sich, es in Augenschein zu nehmen.

Auf dem marmornen Tisch stand eine Porzellanschale voll Wasser. Dieses Wasser war schwarz und schmutzig. Auf dem Grunde sah man deutlich einige verkohlte Überreste. Auf der Oberfläche schwammen sehr kleine, aber doch erkennbare Reste verbrannten Papiers.

Mit der größten Vorsicht trug der Untersuchungsrichter selbst die Schale an den Tisch, an welchem Méchinet saß, und fragte, indem er sich an Herrn von Boiscoran wandte: »Ist dies das Wasser, in welchem Sie sich nach Ihrer Rückkehr gestern abend die Hände gewaschen?«

»Ja«, sagte Herr von Boiscoran in einem Ton verächtlicher Sorglosigkeit.

»Sie haben also verbrannte Gegenstände berührt?«

»Sie sehen es wohl!«

Der Staatsanwalt und der Aktuar, die sich fast gegenüberstanden, warfen sich einen bedeutsamen Blick zu. Sie hatten gleichzeitig denselben Eindruck empfunden.

Wenn Herr Boiscoran nicht schuldig war, so war er jedenfalls ein Mensch von außerordentlicher Kühnheit und Energie, der einen lang überlegten Plan verfolgte; denn seine Antworten schienen ihn als offenbare Geständnisse gleichsam an Händen und Füßen gebunden dem Gericht zu überliefern.

Der Untersuchungsrichter selbst schien von Erstaunen erfaßt zu sein. Aber das währte nur einen flüchtigen Augenblick.

»Schreiben Sie«, befahl er dann, sich zu dem Aktuar wendend, und er diktierte ihm das Protokoll mit der größten Sorgfalt, das Gesagte sogar hin und wieder verbessernd, um den rechten Ausdruck im gefeiltesten Stil zu treffen. »Fahren wir fort«, sprach er darauf zu Herrn von Boiscoran. »Sie haben den gestrigen Abend draußen außer dem Hause zugebracht?«

»Ja!«

»Sie sind um acht Uhr ausgegangen und erst um Mitternacht zurückgekehrt?«

»Ja, nach Mitternacht.«

»Sie hatten Ihr Gewehr mitgenommen?«

»Ja.«

»Wo ist es?«

»Da«, antwortete Herr von Boiscoran, mit einer sorglosen Bewegung nach der Kaminecke weisend.

Hastig bemächtigte Herr Galpin-Daveline sich des Gewehrs.

Es war eine Luxuswaffe von der auserlesensten Arbeit. Auf dem Laufe las man den Namen des Fabrikanten: Klebb.

»Wann haben Sie dieses Gewehr zuletzt abgefeuert?« fragte der Untersuchungsrichter.

»Vor vier oder fünf Tagen.«

»Bei welcher Gelegenheit?«

»Um die Kaninchen zu schießen, die meine Gehölze verderben.«

Mit aller Aufmerksamkeit, deren er fähig war, untersuchte Herr Galpin-Daveline die Waffe, indem er die Mechanik derselben spielen ließ, welche eine gewisse Ähnlichkeit mit dem System Remington hatte.

Dann öffnete er den Lauf und überzeugte sich, daß das Gewehr geladen war.

In jedem Lauf befand sich eine Patrone in einer metallenen Hülse.

Nachdem dies festgestellt war, stellte er das Gewehr an seinen früheren Platz und fragte, indem er dann die von Pitard gefundene metallene Hülse aus der Tasche zog und Herrn von Boiscoran hinhielt:

»Kennen Sie das hier?«

»Sehr wohl!« antwortete Herr von Boiscoran. »Es ist die Hülse einer meiner Patronen, die ich wahrscheinlich nach dem Schuß weggeworfen habe.«

»Glauben Sie denn der einzige Mensch im Lande zu sein, der eine Flinte von diesem System besitzt?«

»Ich glaub' es nicht nur, ich bin überzeugt davon!«

»So daß eine Patronenhülse von Klebb, diese zum Beispiel, gleichviel, an welchem Ort sie gefunden wäre, unzweifelhaft Ihre Anwesenheit daselbst beweisen würde?«

»Unzweifelhaft nicht. Ich habe mehr als einmal gesehen, wie die Bauernkinder die Hülsen, die ich wegwarf, aufhoben, um damit zu spielen.«

Während der Gerichtsschreiber seine Feder über das Papier hinfliegen ließ, erlaubte er sich einige bedeutsame Mienenspiele. Er war mit dem Hergang einer Kriminaluntersuchung zu vertraut, um sich nicht von der Taktik des Herrn Galpin-Daveline Rechenschaft zu geben; es war eine gefährliche und hinterlistige Taktik, welche darauf hinausging, den Angeklagten schon vor dem Beginn eines ernstlichen Angriffs zu verwirren.

»Er spielt ein verzweifelt gefährliches Spiel«, flüsterte er, indem er sich zu Herrn Daubigeon beugte.

Der Untersuchungsrichter hatte sich niedergesetzt.

»Angenommen, daß es so sei«, begann er von neuem, »so bitte ich Sie nun, mein Herr, mir zu erzählen, wie Sie den gestrigen Abend von acht Uhr bis Mitternacht verbracht haben. Übereilen Sie sich nicht; nehmen Sie sich Zeit nachzudenken, denn Ihre Antwort wird jedenfalls von entscheidender Bedeutung sein.«

Bis zu diesem Augenblick hatte Herr von Boiscoran seine Ruhe behalten; aber es war eine unheimliche Ruhe, die einen furchtbaren und nur mühsam zurückgehaltenen inneren Aufruhr verriet.

Die Warnungen des Richters und noch mehr der Ton, in dem sie gegeben wurden, empörten ihn ebenso wie dessen niedrige Heuchelei. Indem er es jetzt aufgab, sich noch länger zu zügeln, rief er mit blitzenden Augen:

»In der Tat, mein Herr, was wollen Sie von mir, wessen beschuldigt man mich?«

Herr Galpin-Daveline kam nicht aus seiner Ruhe.

»Wenn der Augenblick da ist, werden Sie es erfahren, mein Herr. Antworten Sie fürs erste, und glauben Sie mir, in Ihrem eigenen Interesse, antworten Sie aufrichtig. Was taten Sie gestern abend?«

»Ei! Was weiß ich! Ich bin spazierengegangen!«

»Das ist keine Antwort.«

»Es ist dennoch wahr. Ich bin ohne weiteren Zweck dem Zufall nachgegangen.«

»Das Gewehr auf der Schulter?«

»Ich trage mein Gewehr immer bei mir; mein Kammerdiener kann es Ihnen bezeugen.«

»Sind Sie nicht durch das Moor der Seille gegangen?«

»Nein!«

Der Untersuchungsrichter schüttelte mit einer ernsten Gebärde den Kopf.

»Sie sagen nicht die Wahrheit.«

»Mein Herr –«

»Ihre Stiefel, die ich dort unter Ihrem Bette stehen sehe, geben Ihnen den bestimmtesten Gegenbeweis. Woher der Schmutz, mit dem sie bedeckt sind?«

»Die Wiesen um Boiscoran sind sehr feucht.«

»Leugnen Sie nicht länger. Sie sind gesehen worden.«

»Was?«

»Der Sohn Ribots ist Ihnen begegnet, als Sie eben den Damm bei dem Teiche überschritten.«

Herr von Boiscoran antwortete nicht.

»Wohin gingen Sie?« fragte der Richter weiter.

Zum erstenmal verriet sich in den Zügen des Herrn von Boiscoran wirkliche Besorgnis; die Besorgnis eines Menschen, der plötzlich einen unvermuteten Abgrund unter seinen Füßen sich öffnen sieht.

Er zögerte, dann aber antwortete er, wohl einsehend, daß alles Leugnen vergeblich wäre: »Ich ging nach Bréchy.«

»Zu wem?«

»Zu dem Holzhändler, dem ich meinen Schlag von 1870 verkauft habe. Da ich ihn nicht zu Hause fand, bin ich auf der großen Straße zurückgekehrt.«

»Das ist falsch«, sprach Herr Galpin-Daveline, streng ihn mit einer Handbewegung unterbrechend.

»Wie?«

»Sie sind nicht nach Bréchy gegangen.«

»Erlauben Sie –«

»Und der Beweis ist, daß Sie gegen elf Uhr eiligen Schrittes durch den Wald von Rochepommier gegangen sind.«

»Ich?«

»Ja, Sie, mein Herr! Sagen Sie nicht nein, denn sehen Sie, Ihre Beinkleider sind noch ganz bedeckt mit den Ginsterdornen, welche Sie gestreift haben.«

»Der Ginster wächst nicht nur in den Wäldern von Rochepommier.«

»Das ist wahr, aber Sie sind dort gesehen worden.«

»Von wem?«

»Von Gaudry, dem Wilddieb. Er hat Sie so gut gesehen, daß er uns sogar Ihre Gemütsverfassung schildern konnte. Sie waren sehr erregt, sehr zornig; Sie fluchten, Sie rissen die Blätter von den Zweigen der Bäume herab. – Und hier haben Sie einen Beweis von Gaudrys Glaubwürdigkeit«, fuhr der Richter fort, indem er während des Gesprächs aufstand, den auf einem Lehnstuhl liegenden Rock des Herrn von Boiscoran ergriff, dessen Taschen durchwühlte und alsbald daraus eine Hand voll welker Blätter hervorzog.

»Es gibt Bäume und Blätter überall«, flüsterte Herr von Boiscoran.

»Ja, aber eine Frau Courtois hat Sie aus dem Walde von Rochepommier heraustreten sehen. Sie haben ihr geholfen, einen Sack, den sie selbst nicht aufheben konnte, wieder auf ihren Esel zu laden. Leugnen Sie es? Nein! Und Sie tun recht, denn sehen Sie, hier auf dem Ärmel und dort auf dem Kragen Ihres Rocks seh’ ich weißlichen Staub liegen, und das ist nichts anderes als Mehl.«

Herr von Boiscoran senkte das Haupt.

»Gestehen Sie nun«, beharrte der Untersuchungsrichter, »daß Sie gestern zwischen zehn und elf Uhr in Valpinson gewesen sind?«

»Niemals, mein Herr; das war nicht der Fall!«

»Gleichwohl ist zu Valpinson, in der Nähe der alten Schloßruine, diese Patronenhülse von Klebb, die ich Ihnen soeben zeigte, aufgefunden worden.«

»Aber, mein Herr«, unterbrach Herr Boiscoran, »habe ich Ihnen nicht gesagt, daß ich unzählige Male gesehen, wie die Bauernkinder diese metallenen Hülsen aufgehoben haben, um damit zu spielen? – Übrigens«, fügte er hinzu, als ob er einzulenken suchte, »was hätte ich für ein Interesse, es zu leugnen, wenn ich in Valpinson gewesen wäre?«

Bei diesen Worten richtete Herr Galpin-Daveline sich in seiner ganzen Höhe empor und sagte im feierlichsten Ton: »Das will ich Ihnen sagen. Gestern abend ist Valpinson, von dem nichts mehr als Asche übrig ist, in Brand gesteckt worden.«

»Wie?«

»Gestern abend sind zwei Flintenschüsse auf den Grafen von Claudieuse abgefeuert worden!«

»Großer Gott!«

»Und die Justiz vermutet, die Justiz hat sehr starke Gründe, anzunehmen, daß Sie, Jacques von Boiscoran, der Brandstifter und der Mörder sind!«

# Kapitel 9

Gleich einem Menschen, den ein plötzlicher Schwindel erfaßt, bleich, als wäre alles Blut aus seinen Adern zum Herzen zurückgeströmt, so schaute Jacques von Boiscoran mit bestürztem Blicke um sich. Er begegnete nur düstern und betroffenen Mienen.

Sein alter Kammerdiener Antoine hielt sich schwankend an der Tür. Der Gerichtsschreiber Méchinet stand vor Schrecken mit offenem Munde da. Herr Daubigeon hatte den Kopf gesenkt.

»Es ist schrecklich«, murmelte er, »schrecklich!«

Er sank schwer in einen Lehnstuhl, mit beiden Händen das Schluchzen niederpressend, welches ihm die Brust zu sprengen drohte. Nur Herr Galpin-Daveline erschien unbewegt.

Das Gesetz, als dessen achtunggebietende Verkörperung er sich ansah, läßt sich nicht rühren. Ein eigentümliches Kräuseln seiner schmalen Lippen verriet sogar den Anflug eines rasch wieder unterdrückten Lächelns; das kalte Lächeln eines Ehrgeizigen, der befriedigt ist, seine kleine Rolle gut gespielt zu haben. Bewies ihm doch alles, daß Jacques von Boiscoran schuldig war, und vor die Wahl zwischen einem Freunde und der Gelegenheit zur Überführung gestellt, entschied er sich leicht.

Nach einer Minute Stillschweigens trat er mit gekreuzten Armen dicht vor den Unglücklichen. »Gestehen Sie jetzt?« fragte er ihn.

Wie mit Federkraft emporgeschnellt, erhob sich Herr von Boiscoran.

»Wie?« rief er, »was soll ich Ihnen gestehen?«

»Daß Sie der Urheber des Verbrechens in Valpinson sind!«

Mit einer krampfhaften Bewegung barg der unglückliche junge Mann sein Gesicht in beide Hände.

»Aber – das ist ja Wahnsinn!« rief er. »Ich der Urheber eines so abscheulichen, so feigen Verbrechens! ... Ist es möglich, ist es wahrscheinlich! Selbst wenn ich es einräumte, würden Sie es mir nicht glauben. Nein, Sie könnten es nicht glauben!«

Es wäre ihm eher gelungen, den Marmor des Kamins zu erweichen als Herrn Galpin-Daveline.

»Es handelt sich hier nicht um mich«, sprach der Richter in eisigem Ton. »Wozu auf Beziehungen zurückkommen, die vergessen sein müssen? Es ist hier nicht mehr der Freund, ja nicht einmal mehr der Mensch, es ist der Richter, der zu Ihnen spricht. Man hat Sie gesehen...«

»Wer ist der Elende, der das behauptet?«

»Cocoleu.«

Herr von Boiscoran war wie vom Donner gerührt.

»Cocoleu«, stotterte er, »der arme epileptische Schwachsinnige, der von der Gräfin von Claudieuse aus Barmherzigkeit aufgenommen wurde?«

»Derselbe.«

»Und die zusammenhanglosen Reden eines Elenden, vom Wahnsinn Geschlagenen reichten hin, Sie an meine Schuld glauben zu machen – mich einer Brandstiftung, eines Mordes fähig zu halten?«

Nie hatte der Untersuchungsrichter jenen feierlichen Ernst stärker entfaltet, welcher die Gemüter verblüfft und mit Furcht erfüllt, als in diesem Augenblicke.

»Während einer Stunde wenigstens«, sprach er stark betont, »befand sich Cocoleu im Vollbesitz seiner Vernunft; die Wege der Vorsehung sind unerforschlich.«

»Mein Herr –«

»Und was Cocoleu gesagt hat, wollen Sie wissen? Daß er gesehen, wie Sie mit eigener Hand ein Schwefelholz angezündet, sich alsdann hinter einem Holzhaufen versteckt und zwei Schüsse auf den Grafen von Claudieuse abgefeuert haben.«

»Und das ist Ihnen ganz wahrscheinlich vorgekommen?«

»Nein, ich war wie alle Welt empört. Sie schienen hoch über jeden Verdacht erhaben. Aber siehe – einen Augenblick später hebt man vom Schauplatz des Verbrechens eine Patronenhülse auf, die nur von Ihnen herrühren konnte, und da ich hier unvermutet eintreffe, finde ich in dem Wasser, in welchem Sie sich später die Hände gewaschen haben, Ruß und Überreste verbrannten Papiers.«

»Ja«, murmelte Herr von Boiscoran, »das ist fatal.«

»Und das ist noch nicht alles«, fuhr der Richter, mehr und mehr die Stimme erhebend, fort. »Ich verhöre Sie, und Sie geben zu, gestern abend von acht Uhr bis Mitternacht auswärts gewesen zu sein. Ich frage Sie, wo Sie diese vier Stunden zugebracht haben, und Sie verweigern mir die Antwort. Ich beharre darauf, und Sie lügen. Um Sie in Widerspruch zu setzen, bin ich genötigt, Ihnen das Zeugnis Ribots, Gaudrys und der Frau Courtois anzuführen, die Sie gerade da gesehen und erkannt haben, wo Sie nicht gewesen zu sein behaupten. Dieser letzte Umstand allein verurteilt Sie. Wo befanden Sie sich denn und was trieben Sie an diesem Abend, daß Sie mir keinen Aufschluß geben wollen? Sie behaupten, unschuldig zu sein; nun, so seien Sie mir behilflich, Ihre Unschuld an den Tag zu bringen. Sprechen Sie! Was haben Sie von acht Uhr bis Mitternacht getan?«

Herr von Boiscoran hatte nicht mehr Zeit, zu antworten.

Schon seit einigen Augenblicken erscholl es vom Hofe wie verworrene Rufe und Tumult einer aufgeregten Menge.

Mit äußerst bestürzten Mienen trat ein Gendarm herein.

»Meine Herren«, sprach er, sich an den Untersuchungsrichter und an den Staatsanwalt wendend, »es sind unten an die hundert Bauern, Männer und Weiber, versammelt, die dem Herrn von Boiscoran zu Leibe wollen. Sie fordern ihn und schreien, daß sie ihn ins Wasser werfen wollen. Einige Männer sind mit Heugabeln bewaffnet; aber die Weiber sind die schlimmsten ... Mein Kamerad und ich haben die größte Mühe, sie zurückzuhalten.«

Und in der Tat hörte man zur Bestätigung seiner Angabe den Lärm sich nähern und verstärken, und sehr deutlich vernahm man den Ruf: »Ins Wasser mit Boiscoran! Ersäuft den Brandstifter!«

Der Staatsanwalt erhob sich.

»Gehen Sie hinunter«, befahl er, »und sagen Sie diesen Bauern, daß das Gericht den Angeklagten verhört, daß sie uns stören und daß sie es mit mir zu tun haben werden, wenn sie noch fortfahren zu lärmen.« Der Gendarm gehorchte. Herr von Boiscoran war leichenblaß geworden.

»Alle diese Unglückseligen halten mich also für schuldig«, murmelte er.

»Ja«, antwortete Herr Galpin-Daveline, »und Sie würden ihren bis zu einem gewissen Punkte gerechtfertigten Zorn begreifen, wenn Sie alle die traurigen Ereignisse der verflossenen Nacht kennten.«

»Was denn noch?«

»Zwei Feuerwehrleute aus Sauveterre, von denen der eine Vater von fünf Kindern war, sind in den Flammen umgekommen. Zwei Männer, ein Pächter aus Bréchy und ein Gendarm, die ihnen Rettung bringen wollten, haben so gefährliche Brandwunden erlitten, daß man für ihr Leben fürchtet.«

Herr von Boiscoran schwieg.

»Und Sie sind es«, fuhr der Richter fort, »den man all des Unheils anklagt. Sie sehen wohl, wie notwendig es ist, daß Sie sich rechtfertigen.«

»Aber – wie kann ich!«

»Wenn Sie unschuldig sind, gewiß! Weisen Sie Ihr Alibi über den gestrigen Abend nach!«

»Ich habe Ihnen alles gesagt, was ich sagen konnte.«

Der Untersuchungsrichter schien eine Zeitlang zu überlegen.

»Nehmen Sie sich in acht, Herr von Boiscoran«, sprach er dann, »ich werde mich genötigt sehen, einen Haftbefehl gegen Sie auszustellen.«

»Tun Sie es.«

»Ich werde genötigt sein, das Verhör abzubrechen und Sie in das Gefängnis von Sauveterre führen zu lassen.«

»Sei es!«

»Sie bekennen demnach ...«

»Ich bekenne, daß ich das Opfer eines unerhörten Zusammentreffens von Zufällen bin ... daß Sie recht haben, und daß es der Vorsehung überlassen werden muß, gewisse Widersprüche zu erklären. Aber bei allem, was heilig ist, schwöre ich, daß ich unschuldig bin!«

»So beweisen Sie es!«

»Ach, es wäre schon geschehen, wenn ich es könnte.«

»Wollen Sie sich denn ankleiden, mein Herr, und bereithalten, den Gendarmen zu folgen.«

Ohne ein Wort der Erwiderung begab sich Herr von Boiscoran, gefolgt von dem Kammerdiener, der seine Kleider trug, in sein Ankleidezimmer.

Herr Galpin-Daveline schien über der Beschäftigung, seinem Schreiber den letzten Teil des Verhörs zu diktieren, ganz seinen Angeklagten zu vergessen.

Das benutzte der alte Antoine.

»Herr«, flüsterte er seinem Gebieter ins Ohr, indem er sich stellte, als helfe er ihm nur beim Ankleiden.

»Was willst du?«

»St, leise! Das hintere Fenster ist offen ... es ist nur zwanzig Fuß über dem Boden des Gartens ... die Erde ist weich. Ganz in der Nähe ist ein Kellerloch und unten im Keller das Ihnen bekannte Versteck. Das Meer ist nur fünf Meilen von hier entfernt; ich werde diese Nacht mit einem guten Pferde am Eingang des Parks bereitstehen.«

Ein bitteres Lächeln flog über Herrn von Boiscorans Lippen.

»Also auch du«, sprach er, »auch du, mein alter Freund, hältst mich für schuldig?«

»Ich beschwöre, Sie, Herr«, beharrte Antoine, »ich nehme alles auf mich. Es sind nur zwanzig Fuß. Um Ihrer Mutter willen!«

Aber statt zu antworten, wandte Herr von Boiscoran sich um und rief den Untersuchungsrichter herbei.

»Sehen Sie dieses Fenster, mein Herr«, sprach er, als Herr Galpin-Daveline sich näherte. »Ich habe Geld, gute Pferde und das Meer ist nur fünf Meilen entfernt ... Ein Schuldiger wäre Ihnen entschlüpft; ich aber bin unschuldig und bleibe.«

In einem Punkt wenigstens hatte Herr von Boiscoran recht gehabt: Nichts wäre ihm leichter gewesen, als zu entweichen, den Garten und sehr wahrscheinlich auch das Versteck zu erreichen, das sein alter Kammerdiener ihm ins Gedächtnis rief.

Aber was nachher?

Er konnte, das war unwiderleglich, auf den alten Antoine rechnen, um mit seiner Hilfe allen Nachforschungen zu entgehen. Aber es war tausendmal wahrscheinlicher, daß er in seinem Versteck selbst entdeckt oder bei dem Versuch, die Küste zu gewinnen, eingeholt wurde. Selbst wenn ihm die Flucht gelang, was sollte er alsdann beginnen? In welchen Ländern und unter welchen Verkleidungen hätte er einer stets drohenden Auslieferung entgehen sollen?

Wenn man ihn wieder ergriff, stand seine Sache ganz anders. Seine ohnedies gefährdete Stellung wäre dann rettungslos gewesen. Unzweifelhaft würde sein Fluchtversuch nur als ein vollkommenes Geständnis aufgefaßt worden sein.

Unter solchen Umständen der Versuchung zur Flucht widerstehen und zu verstehen geben, daß man hätte fliehen können, daß man es aber vorziehe, in den Händen des Gerichts zu bleiben, hieß viel weniger seine Unschuld als eine außergewöhnliche Gewandtheit beweisen.

Dies begriff Herr Galpin-Daveline in einem Augenblick oder glaubte es doch zu begreifen.

Man pflegt andere nach sich selbst zu beurteilen. Ein vorsichtig und argwöhnisch berechnender Kopf, glaubte er an keine plötzlichen Eingebungen und unberechneten Schritte.

Und mit dem kalten Hohn eines Mannes, der zu verstehen geben will, daß er sich nicht anführen läßt, antwortete er: »Es ist gut, mein Herr. Dieser Umstand wird wie alle übrigen im Protokoll mit vermerkt werden.«

Anders waren die Gedanken des Staatsanwalts und des Gerichtsschreibers Méchinet.

Wenn der Untersuchungsrichter, blind durch seine Vorurteile, ohne Unterscheidungsvermögen war, so hatten sie ihrerseits nur zu wohl beobachtet, wie verschieden die fremdartigen Erregungen waren, welche den Angeklagten erfüllten.

Anfangs betäubt, und zwar in solchem Grade, daß er an einen schlechten Spaß zu glauben schien, hatte seine Haltung in der Folge den heftigsten Zorn, dann Furcht, endlich vollständige Niedergeschlagenheit verraten.

Aber je niederdrückender die Anklagepunkte sich häuften und je enger sich der Kreis der Verdachtsmomente um ihn her zog, desto mehr schien er, weit entfernt, sich zu ergeben, das Gefühl der Sicherheit wiedererlangt zu haben.

»Alles das ist sehr sonderbar«, murmelte Méchinet.

Daubigeon sagte kein Wort.

Erst als Herr von Boiscoran angekleidet und zum Abgange bereit aus seinem Kabinett trat, sprach er zu ihm: »Noch eine Frage, mein Herr!«

Der Unglückliche verneigte sich. Er war bleich, aber ruhig und gefaßt.

»Ich bin«, sprach er, »bereit, Rede zu stehen.«

»Ich werde kurz sein. Sie schienen erstaunt und entrüstet darüber, daß man es wagte, Sie zu beschuldigen; das ist eine Schwäche. Die Justiz kann, als eine menschliche Einrichtung, nur nach dem äußeren Schein urteilen. Wenn Sie dies erwägen, werden Sie einsehen, daß alle Anzeichen gegen Sie sind.«

»Ich begreife das nur zu gut.«

»Als Geschworener würden Sie selbst nicht zögern, einen Angeklagten, der sich in gleicher Lage befände, zu verurteilen.«

»Doch, mein Herr, doch!«

Der Staatsanwalt sprang von seinem Stuhl auf:

»Sie sind nicht aufrichtig«, sagte er.

Herr von Boiscoran schüttelte traurig den Kopf.

»Es wäre hoffnungslos, Sie überzeugen zu wollen«, antwortete er. »Dennoch spreche ich mit der vollkommensten Aufrichtigkeit. Nein, ich würde einen solchen Mann nicht verurteilen, wenn er mir seine Unschuld beteuerte und ich den Beweggrund seiner Handlungsweise nicht erkennen könnte. Denn genaugenommen müßte man mindestens wahnsinnig sein, um ein Verbrechen zu begehen nur um des Verbrechens selbst willen; und was mich betrifft, so frage ich Sie – ich, dem das Schicksal bisher nur gelächelt hat, der im Begriff steht, eine heiß ersehnte Heirat zu schließen –, zu welchem Zweck ich der Brandstifter von Valpinson sein, in welcher Absicht ich versucht haben sollte, den Grafen von Claudieuse zu ermorden?«

Nicht ohne schlecht verhehlte Ungeduld hatte der Untersuchungsrichter Herrn Daubigeon das Wort nehmen sehen, und die sich ihm darbietende Gelegenheit zur Einmischung ergreifend, sprach er:

»Ihr Beweggrund, mein Herr, war der Haß. Sie hegten einen tödlichen Haß gegen den Grafen und die Gräfin von Claudieuse. Widersprechen Sie nicht; es wäre unnötig; die ganze Umgegend weiß es, und Sie selbst haben es mir gesagt.«

Jacques von Boiscoran wurde womöglich noch bleicher, und im Tone vollster Verachtung antwortete er:

»Wenn es sich so verhielte, so weiß ich dennoch nicht, mit welchem Recht Sie die Vertrauensmitteilungen eines Freundes mißbrauchen, nachdem Sie von vornherein erklärt haben, daß von Freundschaft zwischen uns keine Rede mehr sein könne. Aber es ist nicht einmal wahr. Nie habe ich Ihnen etwas Ähnliches gesagt. Da meine Ansichten sich nicht im mindesten verändert haben, so kann ich meine Worte Silbe für Silbe wiederholen. Ich habe Ihnen gesagt, daß Herr von Claudieuse ein unruhiger Nachbar sei, pochend auf seine Rechte und eifersüchtig bis zur Lächerlichkeit auf sein Jagdwild. Ich habe hinzugefügt, daß, wenn er meine politischen Ansichten für verabscheuenswert erklärte, ich die seinigen für lächerlich und gefährlich halte. Was die Gräfin betrifft, so habe ich Ihnen einfach in meiner scherzhaften Weise gesagt, daß eine so vollkommene Person nicht mein Geschmack sei; daß ich unglücklich wäre, eine Art Madonna zur Frau zu haben, die, mit ihren Fußspitzen kaum die Erde berührend, durchs Leben geht.«

»Ah so, dann geschah es wohl nur aus diesem Grunde, daß Sie eines Tages dem Grafen von Claudieuse ins Gesicht zielten? Ein etwas stärkerer Blutandrang nach Ihrem Gehirn, und der Mord wäre schon an jenem Tage begangen worden.«

Eine schreckliche Gebärde verriet die Wut des Herrn von Boiscoran, aber er bemeisterte sich.

»Meine Heftigkeit schien größer als sie war«, sagte er. »Ich hege für den Charakter des Herrn von Claudieuse die tiefste Hochachtung. Es würde meinen Schmerz unendlich vergrößern, wenn ich denken müßte, daß er mich könnte beschuldigt haben.«

»Aber er hat Sie nicht beschuldigt«, fiel Daubigeon ein, »er war vielmehr der erste, der Sie hartnäckig verteidigte.«

Und ungeachtet der Zeichen, die Galpin-Daveline ihm machte, fuhr der Staatsanwalt fort: »Unglücklicherweise werden dadurch die gegen Sie zeugenden Tatsachen nicht im mindestens entkräftet. Wenn Sie bei Ihrem Schweigen verharren, so überliefern Sie sich selbst dem Schwurgericht. Wenn Sie unschuldig sind, warum rechtfertigen Sie sich nicht? Was erwarten, was hoffen Sie?«

»Nichts.«

Méchinet hatte jetzt die Aufzeichnung des Protokolls beendet.

»Es ist Zeit, aufzubrechen«, sagte Galpin-Daveline.

»Ist es mir erlaubt«, fragte Herr von Boiscoran, »einige Zeilen an meinen Vater und an meine Mutter zu schreiben? Sie sind alt; ein solches Ereignis könnte sie töten.«

»Unmöglich«, erklärte der Richter.

Dann wendete er sich an Antoine. »Ich werde diesen Raum versiegeln, und Sie bleiben provisorisch als Wächter hier«, sagte er. »Sie wissen, zu welch einer Überwachung Sie dadurch verpflichtet werden und mit welcher Strenge Sie würden bestraft werden, wenn das Gericht nicht alle Gegenstände wiederfände, die im Protokoll als zum Beweise dienend aufgeführt sind ... Und nun, wie kommen wir nach Sauveterre zurück?«

Nach reiflicher Überlegung wurde beschlossen, Herrn von Boiscoran unter Eskorte eines Gendarmen den Weg allein in einem Wagen zurücklegen zu lassen. Herr Daubigeon, der Richter und der Aktuar sollten das Gefährt des Bürgermeisters benützen, wiederum geführt von Ribot, der wütend darüber war, daß man ihn inzwischen unter Aufsicht gestellt hatte.

»Gehen wir«, sprach der Richter, nachdem die letzten Formalitäten erledigt waren.

Langsamen Schrittes stieg Jacques von Boiscoran hinab. Er wußte seinen Hof voll wütender Bauern und war gefaßt auf ihr Geschrei.

Aber er irrte sich. Der von Herrn Daubigeon abgesandte Gendarm hatte seinen Auftrag so gut erfüllt, daß nicht ein Ruf vernommen wurde.

Aber als er in seinem Wagen saß und das Pferd sich in Trab setzte, erhoben sich wilde Flüche, und eine Ladung von Steinen, deren einer die Stirn des Gendarmen traf, wurde ihm nachgeschleudert.

»Jedenfalls bringen Sie Unglück mit sich, Freund Angeklagter«, sagte der Beamte, ein guter Bekannter des Mannes, der so grausam in Valpinson verletzt worden war.

Herr von Boiscoran gab keine Antwort. Er warf sich in die Wagenecke und schien in eine Art Betäubung zu verfallen, aus der er erst in dem Augenblick erwachte, als der Wagen in dem Hof des Gefängnisses von Sauveterre hielt.

Auf der Schwelle des Kerkers stand wartend der Wärter, Meister Blangin, und lächelte bei dem Gedanken, einen Gefangenen von solcher Bedeutung zu empfangen.

»Ich werde Sie in mein schönstes Gemach führen, mein Herr«, sagte er zu dem Unglücklichen, »aber zuerst muß ich dem Gendarmen einen Empfangschein ausstellen und Sie einschreiben.«

In der Tat holte er sein schmieriges Register hervor und schrieb den Namen Jacques von Boiscoran unter den eines gewissen Frumence Cheminot, eines Vagabunden, der tags zuvor in dem Moment festgenommen worden war, als er eine Mauer überstieg. Nachdem dies abgetan, war Jacques von Boiscoran Gefangener in Untersuchungshaft.

# Kapitel 10

Das Palais Boiscoran, Rue de l'Université Nr. 216, hat ein bescheidenes Aussehen. Der Hof, der es umgibt, ist eng, und es wäre weit übertrieben, die wenigen Meter feuchter Erde, die sich dahinter ausdehnen, einen Garten zu nennen.

Aber man darf nicht nach dem Äußeren urteilen.

Die Wohnung selbst ist ein Meisterstück von Behaglichkeit, wo geduldige und sorgsame Hände alle Bequemlichkeiten des Lebens mit jenem soliden Luxus zu vereinigen gewußt haben, dessen Geschmack und Geheimnis immer mehr verlorengehen.

Der Fußboden des Vorsaales, ein Mosaik von außerordentlicher Schönheit, kam im Jahre 1798 aus Venedig, und zwar durch einen Boiscoran, der im Schiffbruch des Lebens sich dem Geschick Bonapartes angeschlossen hatte. Das Treppengeländer ist ein Meisterwerk von Schmiedearbeit, und das Getäfel des Speisesaales findet seinesgleichen nicht in Paris, seit das berühmte Getäfel des Schlosses von Bercy bei einer Auktion zerstreut worden ist.

Der Salon, in welchem die Marquise sich mit hervorragenden Politikern zu umgeben pflegte, ist dieser Berühmtheiten vollkommen würdig.

Es gibt kein Möbel darin, das nicht künstlerischen Wert hätte. Man würde ein gutes Geschäft machen, wenn man die Verzierung des Kamins mit Gold aufwiegen wollte. Der Kronleuchter ist wundervoll. Jedes der acht Gemälde, die an dem Getäfel hängen, ist das Hauptwerk irgendeines berühmten Meisters. Und doch ist das alles nichts im Vergleich zu dem Kuriositätenkabinett des Marquis von Boiscoran.

Im zweiten Geschoß gelegen, von dem es die halbe Breite und die ganze Tiefe einnimmt, empfängt dieses Kabinett, im Stil eines Ateliers hergerichtet, das Licht von oben und würde das Entzücken jedes Künstlers ausmachen.

In den mächtigen Glasschränken, die rings das Zimmer umgeben, sind die Sammlungen des Marquis aufgehäuft; Seltenheiten aus allen möglichen Epochen; Elfenbein und Emails, feine Bronzen und seltene Manuskripte, seine unvergleichlichen Porzellane, und vor allem seine Fayencen, seine kostbaren Fayencen, der Genuß und die Qual seines Alters.

Der Mann selbst war dieser Umgebung würdig.

Bei seinen einundsechzig Jahren, die er damals zählte, hielt er sich aufrecht wie ein I und war von der aristokratischsten Hagerkeit. Er hatte eine verteufelt große Nase, die er unaufhörlich mit Tabak vollstopfte, einen großen Mund, aber noch voll guter Zähne, und kleine blitzende Augen, in denen man alle Verschmitztheit eines Liebhabers las, der beständig mit der Schlauheit der Altertümer- und Raritätenhändler in den Auktionslokalen zu fechten hat.

Es war im Jahre 1845, als seine Laufbahn ihren Gipfelpunkt erreichte, bezeichnet durch eine Abhandlung »Über das Recht der Wiedervereinigung«, und gleichzeitig schien dies Jahr einen Stillstand für ihn anzudeuten. Alle seine Ideen verrieten den Mann der Julidynastie; selbst sein Äußeres, seine Kleidung, seine steife Halsbinde, sein Bart und das Toupet, welches seine Stirn krönte, bezeichneten den Bewunderer und Freund des Bürgerkönigs. Er beschäftigte sich deshalb nicht etwa mit der bezüglichen Politik – ja, die Wahrheit zu gestehen, er beschäftigte sich eigentlich mit gar nichts.

Unter der einzigen Bedingung, seine harmlose Passion zu respektieren, durfte Frau von Boiscoran auf eine despotische Weise in ihrem Hause herrschen, indem sie das Vermögen verwaltete, ihren einzigen Sohn Jacques bevormundete und ohne Widerspruch über alles verfügte.

In nichts konnte man sich an den Marquis wenden; seine stehende Antwort war: »Wenden Sie sich an meine Frau.«

Dieser vortreffliche Mann hatte gerade abends zuvor den glücklichen Kauf eines ansehnlichen Vorrats von Fayencen gemacht, welche verschiedene Szenen aus der Revolution darstellten, und seit drei Stunden war er in seinem Kabinett mit der Lupe in der Hand damit beschäftigt, den Ursprung und den Wert seiner Schüsseln und Teller festzustellen, als die Tür heftig aufgerissen wurde.

Ein Blatt blauen Papiers in der Hand, trat die Marquise ein.

Um sechs oder acht Jahre jünger als ihr Mann, war Frau von Boiscoran in jeder Beziehung die geeignete Gemahlin für diesen trägen und der Ruhe ergebenen Geist.

Ihr Gang, ihre Gesten, ihre Stimme, alles verriet sofort das Weib, das gewohnt ist, das Steuer zu führen, zu befehlen und alles um sich auf einen Wink gehorchen zu sehen.

Von ihrer einst berühmten Schönheit waren noch Spuren genug übrig, um ihre Ansprüche zu entschuldigen. Sie versicherte zwar, keine zu haben, indem sie vorgab, es sei ein Beweis von »Geist«, die Verwüstungen des Alters, welche man doch nicht abwenden könne, mit guter Manier über sich ergehen zu lassen.

Die Gefallsucht aber verliert sich doch niemals ganz. Wenn Frau von Boiscoran sich nicht jünger machte, so machte sie sich ein Vergnügen daraus, absichtlich älter zu erscheinen. Die paar Jahre, welche die Frauen gewöhnlich von ihrem wahren Alter abzustreichen suchen, setzte sie eigensinnig den ihrigen hinzu. Es lag Gesuchtheit in der Manier, wie sie die Massen ihrer grauen Haare um ihre Schläfen aufbauschte, die noch immer frisch waren wie die eines jungen Mädchens. Es fehlte nicht viel, und sie hätte sich Puder aufgelegt.

Sie war so außer Fassung und so entsetzlich aufgeregt, als sie in das Kabinett ihres Mannes trat, daß dieser, obgleich er sich seit langen Jahren ein Gesetz daraus gemacht hatte, durch nichts in Bewegung zu geraten, doch beunruhigt wurde.

Indem er die Schüssel hinstellte, in deren Besichtigung er eben vertieft war, fragte er besorgt:

»Was gibt es? Was ist geschehen?«

»Ein fürchterliches Unglück.«

»Jacques ist tot!« rief der alte Sammler.

Die Marquise schüttelte den Kopf.

»Nein, es ist vielleicht noch schrecklicher.«

Der Greis, der beim Anblick seiner Gemahlin aufgefahren war, ließ sich schwer in seinen Lehnstuhl zurückfallen.

»Rede«, stotterte er, »sprich; ich bin gefaßt.«

Sie reichte ihm das blaue Papier, das sie in der Hand hielt, und sagte langsam: »Diese Depesche erhielt ich soeben von Jacques' Kammerdiener, dem alten Antoine.«

Mit zitternder Hand faltete der Marquis das Blatt auseinander und las: »Ein entsetzliches Unglück. Jacques beschuldigt, die Brandstiftung von Valpinson begangen, den Grafen von Claudieuse gemordet zu haben. Furchtbare Anklage gegen ihn. Verhört, hat er sich kaum verteidigt. Ist verhaftet und soeben ins Gefängnis abgeführt. In Verzweiflung. Was beginnen?«

Die Marquise hatte erwartet, ihren Mann durch diese Depesche, deren abgerissene Kürze Antoines Angst verriet, niedergeschmettert zu sehen. Dies geschah indes nicht. Mit der gelassensten Miene schob der Marquis das Blatt auf den Tisch und sagte, die Achseln zuckend: »Es ist lächerlich.«

Die Marquise schien außer sich vor Staunen.

»Du hast nicht begriffen, mein Freund«, begann sie.

Er unterbrach sie.

»Ich habe sehr wohl begriffen, daß unser Sohn eines Verbrechens angeklagt ist, das er nicht begangen hat und nicht begangen haben kann. Ist es möglich, daß du an ihm zweifelst? Was für eine Mutter bist du! Ich meinerseits bin, das versichere ich dir, vollkommen ruhig. Jacques ein Brandstifter! Jacques ein Mörder! Es ist zu dumm!«

»Aber du hast die Depesche nicht gehörig gelesen?« rief die Marquise.

»Bitte recht sehr!«

»Es ist dir entgangen, daß Anklagen gegen ihn erhoben worden sind.«

»Natürlich! Ohne diese hätte man ihn nicht verhaftet. Die Sache ist allerdings unangenehm, sogar peinlich!«

»Aber er hat sich nicht verteidigt, mein Lieber.«

»Nun wahrhaftig, wenn man mich heute oder morgen anklagen würde, den Laden eines Goldschmieds geplündert zu haben, ich würde mir auch nicht die Mühe nehmen, mich zu verteidigen!«

»Aber du siehst doch, daß sogar Antoine unseren Sohn für schuldig hält.«

»Antoine ist ein alter Narr«, erklärte der Marquis.

»Übrigens«, fügte er hinzu, seine Tabaksdose hervorziehend und eine mächtige Prise nehmend, »wollen wir die Sache überlegen; hast du mir nicht gesagt, daß Jacques in die kleine Denise von Chandoré verliebt ist?«

»Wie ein Wahnsinniger, wie ein Kind!«

»Und sie?«

»Sie vergöttert ihn.«

»Gut, und hast du mir nicht ferner gesagt, daß der Tag der Hochzeit bereits festgesetzt ist?«

»Seit drei Tagen.«

»Jacques hat dir darüber geschrieben?«

»Einen bewunderungswürdigen Brief!«

»In welchem er dir seine Ankunft meldet?«

»Ja, er wollte seine Hochzeitseinkäufe selbst machen.«

Mit einer Gebärde, welche die stolzeste Sorglosigkeit ausdrückte, klopfte der Marquis auf den Deckel seiner Tabaksdose.

»Und du bildest dir ein«, sprach er, »daß ein solcher Junge wie unser Jacques, ein Boiscoran, verliebt, wiedergeliebt und im Begriff, sich zu verheiraten, den Kopf voll von seinen Brautgeschenken, ein schändliches Verbrechen begangen haben soll? Darüber ist kein Wort weiter zu verlieren, und um dies zu bestätigen, will ich mich mit deiner Erlaubnis wieder gemächlich an mein Werk machen.«

So wie der Zweifel ansteckend wirkt, teilt auch der gute Glaube sich leicht anderen mit. Nach und nach fühlte die Marquise sich durch die Zuversicht ihres Mannes beruhigt. Das Blut kehrte wieder in ihre Wangen zurück und das Lächeln auf ihre erbleichten Lippen.

»Vielleicht«, sprach sie in festem Tone, »hab ich mich wirklich zu rasch in Unruhe setzen lassen.«

»Freilich, meine Beste, viel zu rasch«, antwortete der Marquis mit einer zustimmenden Handbewegung. »Unter uns möchte ich dir sogar raten, kein Aufhebens mehr davon zu machen, denn wie sollte das Gericht unsern armen Jacques nicht anklagen, wenn seine eigene Mutter ihn verdächtigt!«

Frau von Boiscoran hatte die Depesche aufgehoben und noch einmal überlesen.

»Dennoch«, murmelte sie, die letzten Einwendungen ihrer Gedanken beantwortend, »wer wäre an meiner Stelle nicht vor Entsetzen betäubt gewesen? Besonders wenn der Name Claudieuse im Spiele ist.«

»Wieso? Es ist der Name eines sehr würdigen, sehr loyalen Edelmannes, einer der besten, die ich kenne, trotz seiner Seebärenmanieren.«

»Jacques aber haßt ihn, mein Lieber.«

»Jacques, meine Liebe, kümmert sich nicht mehr um ihn als um das Jahr vierzig.«

»Sie haben wiederholt Streitigkeiten miteinander gehabt.«

»Notwendigerweise! Claudieuse ist ein rasender Legitimist und sieht mit der größten Geringschätzung auf uns alle herab, die wir der Familie Orleans gedient haben.«

»Jacques hat ihm einen Prozeß angehängt.«

»Und er hat, so wahr ich lebe, gut daran getan; ebenso wie er unrecht tat, den Prozeß nicht bis aufs Äußerste zu treiben. Claudieuse erhebt auf den Bach, der uns trennt, auf die Pibole, die übertriebensten Ansprüche. Er würde zu jeder Jahreszeit und nach seinem Belieben das Wasser aufstauen, auf die Gefahr hin, die ganze Umgebung von Boiscoran, das viel tiefer liegt, zu überfluten. Schon mein seliger Bruder, der ein Engel an Geduld war, kam fortwährend in Streitigkeiten mit diesem Rechthaber.«

Dennoch war die Marquise nicht überzeugt.

»Es ist hier noch etwas anderes im Spiel«, sagte sie.

»Was denn?«

»Ah, das ist's eben, was ich mich vergeblich frage.«

»Hat Jacques dir irgendeine Andeutung gemacht?«

»Nein; aber höre, was sich zugetragen hat. Im vergangenen Jahre hatte ich Gelegenheit, der Gräfin Claudieuse und ihren Töchtern bei der Herzogin von Champdoce zu begegnen. Sie ist reizend, diese junge Frau, und da wir in der folgenden Woche einen Ball gaben, kam mir die Idee, sie einzuladen, was ich auch ausführte. Aber sie lehnte mit einem Tone so eisiger Zurückhaltung ab, daß ich nicht weiter auf der Einladung bestehen konnte.«

»Nun, wahrscheinlich, weil sie das Tanzen nicht liebt«, meinte der Marquis.

»An demselben Abend äußerte ich mich über meinen Versuch gegen Jacques. Er schien sehr erbittert und sagte nur mit einer Aufwallung von Heftigkeit, die seine Ehrerbietung kaum in Schranken hielt, ich hätte sehr unrecht getan, und er hätte seine Gründe, warum er mit diesen Leuten nichts zu tun haben wolle.«

Die Zuversicht des Herrn von Boiscoran war so vollkommen, daß er nur noch mit zerstreutem Ohr hinhörte und verstohlen aus dem Augenwinkel nach seinen kostbaren Fayencen schielte.

»Es mag sein, daß Jacques die Claudieuses nicht mag, aber was folgt daraus? Lieber Gott, man ermordet doch nicht alle Leute, mit denen man nichts zu tun haben mag.«

Frau von Boiscoran ging nicht weiter.

»Nun, kurzum«, fragte sie, »was ist zu tun?«

Es war so wenig ihre Gewohnheit, ihren Mann um Rat zu fragen, daß er ganz verdutzt erschien.

»Vor allem«, antwortete er, »müßte Jacques aus dem Gefängnis gezogen werden ... man müßte zusehen ... beraten ...«

Ein rasches und leichtes Klopfen an die Tür unterbrach ihn.

»Herein!« rief er.

Ein Diener mit einem großen Kuvert, das die Aufschrift »Telegraphische Depesche« trug, trat herein.

»Da kommt ja etwas!« rief der Marquis aus. »Ich war meiner Sache doch gewiß. Dies wird uns Aufschluß geben und unsere aufgeregten Gemüter besänftigen!«

Der Diener hatte sich zurückgezogen; der Marquis erbrach das Kuvert. Aber bei dem ersten Blick, den er auf die Depesche warf, wurde das Lächeln auf seinen Lippen zu Eis; er erblaßte und sagte bloß:

»Mein Gott!«

Rasch wie ein Gedanke bemächtigte Frau von Boiscoran sich des unheilvollen Blattes. Mit einem Blick überflog sie das Folgende: »Kommen Sie rasch! Jacques im Gefängnis, in Untersuchungshaft, eines gräßlichen Verbrechens angeklagt. Die ganze Stadt behauptet, daß er schuldig sei und sogar gestanden habe. Es ist eine schändliche Verleumdung. Sein Untersuchungsrichter ist sein früherer Freund Galpin-Daveline, der Cousine Lavarande heiraten sollte. Weiß nichts, als daß Jacques unschuldig. Es ist eine abscheuliche Intrige. Großvater Chandoré und ich werden das Unmögliche versuchen. Ihre Hilfe unentbehrlich, kommen Sie, kommen Sie! Denise von Chandoré.«

»Oh! mein Sohn ist verloren!« rief Frau von Boiscoran, in Tränen ausbrechend. Der Marquis aber hatte sich schon wieder von diesem furchtbaren Schlage erholt.

»Und ich«, rief er, »behaupte mehr denn je mit Denise, die ein braves Mädchen ist, daß Jacques unschuldig leidet! Aber er ist in Gefahr; ich sehe es ein. Der Strafprozeß ist ein gefahrvoller Vorgang. Zu welchen Aussagen werden nicht die Menschen in den Verhören gebracht!«

»Es muß gehandelt werden«, fiel Frau von Boiscoran ihm, vor Schmerz halb von Sinnen, ins Wort.

»Jawohl, ohne eine Sekunde zu verlieren ... Wir haben Freunde. Sehen wir zu, welche unter ihnen uns am besten nützen können.«

»Ich könnte an Herrn von Margeril schreiben.«

»Wie, du wagst es«, rief der Marquis, dessen bleiche Züge aschfarben wurden, »diesen Namen in meiner Gegenwart auszusprechen!«

»Er ist allmächtig, und mein Sohn ist in Gefahr.« Mit drohender Gebärde hielt der Marquis sie zurück.

»Ich würde eher«, schrie er in dem Ton des entsetzlichsten Hasses, »ich würde tausendmal eher meinen Sohn auf dem Schafott sterben lassen, als seine Befreiung diesem Mann verdanken!«

Frau von Boiscoran schien einer Ohnmacht nahe.

»Mein Gott«, flüsterte sie, »es war nur unüberlegt von mir.«

»Genug«, unterbrach der Marquis in hartem Tone, und sich gewaltsam fassend, fuhr er fort: »Ehe wir irgend etwas unternehmen, müssen wir wissen, woran wir sind. Du reist noch heute abend nach Sauveterre ab.«

»Allein?«

»Nein. Ich werde dir einen geschickten und zuverlässigen Rechtsbeistand ausfindig machen, einen Anwalt, der nicht Politiker ist – wenn sich noch ein solcher findet. Er wird dich dorthin begleiten und mich über alles in Kenntnis setzen, damit ich hier je nach den Umständen handeln kann. Denise hat recht: Jacques ist das Opfer irgendeiner dunklen Intrige ... Gleichviel, wir werden ihn retten. Vor allem aber gilt es, Ruhe – die größte Ruhe zu behalten!«

Während er dies sagte, klingelte er mit solcher Heftigkeit, daß sämtliche Diener verwirrt hereinstürzten.

»Man rufe sofort«, befahl Herr von Boiscoran, »meinen Rechtsberater, Herrn Chapelain, herbei ... man nehme einen Wagen!«

Der Diener, der die Besorgung übernahm, beeilte sich dermaßen, daß zwanzig Minuten später Herr Chapelain eintrat.

»Ach! wir bedürfen all Ihrer Erfahrung, mein würdiger Freund!« rief der Marquis ihm zu. »Hier ... lesen Sie diese Depeschen!«

Glücklicherweise wußte der Rechtsberater seine Eindrücke zu verbergen, denn wohl wissend, mit welcher Bedachtsamkeit man Haftbefehle auszustellen pflegt, glaubte er an Jacques’ Schuld.

»Ich weiß einen Mann, wie die Marquise ihn braucht«, sagte er endlich.

»Ah!«

»Einen Mann, den seine Bescheidenheit bisher verhindert hat, sich hervorzutun, obgleich er einer der geschicktesten Juristen ist, die ich kenne, und dazu ein bewunderungswürdiger Redner.«

»Und sein Name?«

»Manuel Folgat ... Ich werde mich beeilen, ihn hieher zu senden.«

Zwei Stunden später betrat in der Tat der von Herrn Chapelain Empfohlene das Palais Boiscoran.

Es war ein Mann von dreißig bis zweiunddreißig Jahren, sehr brünett, mit großen, weit offenen Augen, dessen ganze Physiognomie Intelligenz und Kraft ausdrückte.

Er gefiel dem Marquis, der ihn, nachdem er ihm alles mitgeteilt, was er über Jacques’ Lage wußte, über das Terrain zu unterrichten suchte, auf welchem er manövrieren könne, indem er ihm auch mitteilte, welche Verbündete und welche Gegner er in Sauveterre antreffen würde, und indem er ihm besonders empfahl, sich Herrn Sénéchal anzuvertrauen, welcher ein alter Freund der Familie, eine einflußreiche Persönlichkeit und der gewitzigste aller jener »Diplomaten der Unterpräfektur« sei, welche untereinander wetteiferten, selbst den Macchiavell zu überbieten.

# Kapitel 11

Die Eisenbahn, welche Sauveterre mit der Linie nach Orleans verbindet, hat den unbestrittenen Ruhm, eine Reihe vollständig überflüssiger Biegungen zu machen, die eine verkörperte Herausforderung der gesunden Vernunft sind und der Schauplatz täglicher Unfälle werden würden, wenn man es wagte, über acht bis zehn Kilometer in der Stunde zurückzulegen.

Der Bahnhof liegt wie immer zur größten Bequemlichkeit der Reisenden eine halbe Meile von der Stadt entfernt, neben den Gartenanlagen des Herrn Thibault, des ersten Bankiers des Bezirks.

Es ist ein hübscher Weg, der zu diesem Orte führt, besetzt mit Gasthäusern und Schenken, die sich an den Markttagen mit Bauern füllen, welche, das Glas in der Hand und den Mund voller Freundschaftsversicherungen, einander so gut wie möglich zu übervorteilen trachten.

Selbst an den übrigen Werktagen ist dieser Weg ziemlich besucht; die Eisenbahn ist ein Zielpunkt für Spaziergänge geworden. Man geht dorthin, um die Züge ankommen und abfahren zu sehen, die Fremden zu mustern oder zu erwägen, aus welchen geheimen Gründen sich Herr Soundso oder Madame Soundso auf Reisen begeben.

Es war neun Uhr morgens, als der Zug sich näherte, in welchem sich Herr Folgat und die Marquise von Boiscoran befanden.

Erschöpft durch die Anstrengungen und die Angst der verflossenen Nacht, die sie nur damit verbracht, die Rettungsaussichten ihres Sohnes zu besprechen, fühlte die Marquise sich um so bedrückter, als Herr Folgat klugerweise sie in ihren Hoffnungen durchaus nicht zu bestärken suchte.

Er teilte, ohne es merken zu lassen, die Zweifel des Herrn Chapelain. Ebenso wie der alte Rechtsberater hatte sich der junge Anwalt gesagt, daß man einen Mann wie Jacques von Boiscoran nicht verhaftet, wenn man nicht die stärksten Gründe, ja Beweise von fast unbedingter Gewißheit in Händen hat.

Der Zug fuhr bereits langsamer.

»Wenn nur Denise daran gedacht hat, uns einen Wagen entgegenzuschicken!« sagte die Marquise.

»Warum dies, gnädige Frau?« fragte Herr Folgat.

»Um sofort einzusteigen und den Blicken der Menge meinen Schmerz und meine Tränen verbergen zu können.«

Der junge Anwalt schüttelte den Kopf.

»Das werden Sie wohl unterlassen, gnädige Frau«, sagte er, »wenn Sie mir einigen Einfluß auf Ihre Handlungen gestatten.« Sie blickte erstaunt zu ihm auf.

»Ich meine«, beharrte er, »daß es nicht scheinen darf, als vermieden Sie die Blicke anderer. Das wäre ein ungeheurer, vielleicht nicht wiedergutzumachender Fehlgriff. Was würde man davon denken, wenn man Sie verzweifelt und in Tränen sähe? Man würde denken, daß Sie von der Strafbarkeit Ihres Sohnes überzeugt sind; und die jetzt noch zweifeln, würden aufhören, es zu tun. Sie müssen mit einem Schlage die öffentliche Meinung für sich gewinnen, denn die öffentliche Meinung ist souverän, gnädige Frau, besonders in diesen kleinen Orten, wo jeder unter der unmittelbaren Beobachtung seines Nachbarn steht. Die öffentliche Meinung drängt sich da jedem auf, und was man auch sagen, was man auch tun mag, sie verfolgt selbst die Geschworenen bis in ihren Beratungssaal.«

»Es ist wahr«, murmelte die Marquise, »nur zu wahr.«

»Also, gnädige Frau, im Namen Ihrer heiligsten Interessen nehmen Sie Ihre ganze Energie zusammen, verbergen Sie Ihre mütterlichen Sorgen im tiefsten Grunde Ihrer Seele, trocknen Sie Ihre Tränen und zeigen Sie sich vor aller Welt mit der stolzesten Zuversicht, damit jeder, der Sie erblickt, sich sagen muß: ›Das ist nimmermehr die Mutter eines Schuldigen.‹«

»Sie haben recht, mein Herr«, erwiderte die Angeredete, »und ich danke Ihnen. Ja, es ist an mir, die allgemeine Meinung zu besiegen, und sosehr ich vorhin wünschte, den Bahnhof leer zu finden, sosehr wünsche ich ihn jetzt von der Menge gefüllt zu sehen. Ich werde Ihnen beweisen, was eine Mutter vermag, wenn der Gedanke an den Sohn sie aufrecht hält.«

Die Marquise von Boiscoran war kein schwächliches Weib. Sie zog einen Kamm aus ihrer Reisetasche, brachte ihren Kopfputz in Ordnung und stellte mit einigen raschen Bewegungen die Harmonie ihrer Toilette wieder her; ihre Züge gewannen, dank einem kräftigen Aufschwung der Willenskraft, ihre gewöhnliche Heiterkeit wieder; sie zwang ihre Lippen zum Lächeln, ohne daß man die Anstrengung gewahrte, die sie es kostete, und sagte mit wohlklingender, fester Stimme: »Sehen Sie mich an, mein Herr! Kann ich so erscheinen?«

Der Zug hielt soeben vor den Bahnhofsgebäuden.

Herr Folgat sprang leicht aus dem Wagen und sagte, indem er der Marquise den Arm reichte, um ihr beim Aussteigen behilflich zu sein: »Sie haben die Genugtuung, gnädige Frau, daß Ihr Mut wohl angewandt ist, denn ganz Sauveterre scheint hier versammelt zu sein.«

Das war mehr als zur Hälfte wahr. Schon seit dem vorhergehenden Abend hatte sich, man wußte nicht durch wen, das Gerücht verbreitet, daß »die Mutter des Mörders«, wie man schon »christlicherweise« sagte, mit dem Neun-Uhr-Zuge ankommen würde, und ein jeder hatte sich stillschweigend vorgenommen, zufällig bei ihrem Eintreffen am Bahnhof zu sein. Es war eine Bewegung, nur zu erklärlich an einem Orte, wo die allgemeine Unterhaltung sich drei Tage lang um das zuletzt von der Unterpräfektin zur Schau getragene Kleid drehen konnte. Welchen Eindruck die Frau von Boiscoran beim Anblick einer solchen Menge empfangen mußte, das beunruhigte, danach fragte niemand.

Die Neugier in Sauveterre aber hat wenigstens einen Vorzug; sie ist jeder Verstellung unfähig. Man ist naiv indiskret, ohne das geringste Zartgefühl. Man pflanzt sich direkt vor einen hin, glotzt ihn an und bemüht sich, das Geheimnis seiner Freude oder seines Schmerzes zu ergründen.

Es muß freilich hinzugefügt werden, daß die Gemüter im höchsten Grade gegen Jacques von Boiscoran aufgebracht waren.

Hätten die gegen ihn erhobenen Anklagen nur in der Zerstörung von Valpinson und in den beiden auf den Grafen von Claudieuse abgefeuerten Schüssen bestanden, es wäre nicht so schlimm gewesen.

Aber die Feuersbrunst hatte die entsetzlichsten Folgen gehabt.

Zwei Menschen waren darin umgekommen, zwei andere waren so gefährlich verletzt, daß man sie in Lebensgefahr glaubte.

Tags zuvor hatte man einen düsteren Zug die Rue nationale hinschreiten sehen.

In einem Karren, der mit einem Tuche bedeckt war und neben dem zwei Priester schritten, trug man die verkohlten Reste des Trommlers Bolton und des unglücklichen Guillebault, die kaum mehr menschliche Formen erkennen ließen. In einem nachfolgenden Wagen lagen die beiden Verletzten, wovon der eine, der Gendarm, bewußtlos war, während der andere, der Pächter, fortwährend ein herzzerreißendes Geschrei ausstieß.

Die ganze Stadt hatte gesehen, wie die Witwe Guillebault sich zum Bürgermeister begab, ihr jüngstes Kind in den Armen, ihre vier anderen Kinder, die sich an ihre Röcke klammerten, mit sich schleppend, und die Leute, die all dieses Unglück Jacques zuschrieben, stießen Verwünschungen aus und wähnten vielleicht, daß ihr Wutgeschrei bis zur Mutter des Unseligen, bis zur Marquise von Boiscoran dringen müßte.

»Da ist sie! Da ist sie!« hörte man in der Menge murmeln, als sie am Arm des Herrn Folgat am Eingang des Bahnhofes erschien.

Aber man sagte kein Wort weiter, so war man überrascht von der Zuversichtlichkeit ihrer Haltung.

Die öffentliche Meinung teilte sich in zwei Strömungen: »Sie ist keck, diese Frau«, dachten die einen. »Sie ist von der Unschuld ihres Sohnes überzeugt«, meinten die anderen. Die Marquise besaß jedenfalls Geistesgegenwart genug, um den Eindruck zu durchschauen, den sie hervorbrachte, und wie sehr sie recht daran getan, Herrn Folgats Rat zu folgen. Das verdoppelte ihre Kraft.

Und indem sie in der Menge einige Personen aus ihrer Bekanntschaft gewahrte, trat sie auf diese zu und sprach mit gezwungen heiterem Gesicht: »Vermutlich wissen Sie bereits, was uns begegnete. Ist es nicht unerhört, die Freiheit eines Mannes, wie mein Sohn, der Gnade des ersten abgeschmackten Verdachtes, der das Gehirn eines Richters durchkreuzt, anheimfallen zu sehen? Ich erfuhr das Ereignis gestern durch ein Telegramm und eilte in Begleitung dieses Herrn herbei, der unser Freund und einer der bedeutendsten Anwälte von Paris ist.«

Herr Folgat zog die Augenbrauen zusammen. Er hätte die Marquise lieber maßvoller gehört; indes hielt er es für gut, ihr zu Hilfe zu kommen.

»Diese Herren vom Gericht«, sprach er mit orakelhaftem Tone, »haben vielleicht sehr bald zu bedauern, daß sie allzu rasch gehandelt haben.«

Glücklicherweise näherte sich der Marquise ein junger Bedienter, der als Livrée nur eine Mütze mit goldener Tresse trug.

»Der Wagen des Herrn von Chandoré ist hier«, sagte er, »zur Verfügung der Frau Marquise.«

»Ich bin bereit, mein kleiner Freund«, antwortete die Marquise dem jungen Burschen.

Und die Philister von Sauveterre grüßend, die über ihre Fassung ganz verdutzt waren, fügte sie hinzu: »Entschuldigen Sie mich, daß ich Sie so rasch verlasse; aber Herr von Chandoré erwartet mich. Übrigens hoffe ich, Sie heute nachmittag am Arme meines Sohnes besuchen zu können.«

Das Haus Chandoré, wie die Leute von Sauveterre es bezeichnen, liegt an der heiteren Seite des Neumarkts, auf der höchsten Höhe der Rue de la Montagne, die nicht viel gangbarer ist als eine Hühnersteige und um deren Ausbesserung der Bürgermeister, Herr Sénéchal, unaufhörlich den Gemeinderat angeht, der seinerseits nicht müde wird, die Forderung abzulehnen.

Das Haus ist ganz modern gebaut, plump, massiv und mit einem anspruchsvollen, spitzdachigen Seitentürmchen versehen, welches der radikale Doktor Seignebos »eine beständige Drohung des Feudalismus« zu nennen pflegt.

Sicher ist, daß die Chandorés früher einen maßlosen Adelsstolz zur Schau trugen, die tiefste Verachtung gegen jeden hegten, dessen Vorfahren nicht mindestens bis auf die Kreuzzüge zurückreichten, und alle revolutionären Ideen haßten. Aber wenn ihre Stellung jemals von Bedeutung war, so war sie es doch längst nicht mehr.

Der einzige Rest dieser einst großen Familie, einer der zahlreichsten und mächtigsten des Saintonge, waren ein alter Mann, der Baron von Chandoré, und seine Enkelin – die Verlobte des Herrn von Boiscoran.

Denise war elternlos. Kaum drei Jahre alt, verlor sie in einem Zeitraum von weniger als fünf Monaten ihren Vater, der infolge eines nichtigen Streites im Duell fiel, und ihre Mutter, eine geborene von Lavarande, die nicht die Kraft besaß, ihren geliebten Gatten zu überleben.

Das war ohne Zweifel für das Kind ein großes Unglück. Aber es sollte ihr weder an Zärtlichkeit noch an Fürsorge mangeln. Denn auf sie übertrug der Großvater alle seine Liebe, all seine Hoffnungen, und die Schwestern ihrer Mutter, die beiden schon in einem gewissen Alter stehenden Fräulein von Lavarande, faßten den heroischen Entschluß, sich nie zu verheiraten, um so sich ganz ihrer Nichte widmen zu können.

Von jener Zeit an hatten beide Herrn von Chandoré gebeten, bei ihm leben zu dürfen. Er aber hatte diesen Vorschlag entschieden zurückgewiesen, er behauptete, seine Enkelin gehöre ihm allein, folglich wolle er sie auch für sich allein behalten. Es sei, fügte er hinzu, schon sehr viel, daß er den Fräulein von Lavarande gestattet, sich mit Denise zu beschäftigen und ihre Tage mit ihr zuzubringen.

Aus dieser Mißhelligkeit mußte notwendig zwischen dem Großvater und den Tanten ein Wettstreit erwachsen, bei welchem es zu den lächerlichsten Übertreibungen kam.

Diesem wie jenen galt es, die Neigung des kleinen Mädchens zu gewinnen. Über Nacht gleichsam sah man Herrn von Chandoré sich umwandeln, und von Natur ungestüm, streng und hart, wurde er urplötzlich zu einer Art »Kuchenpapa«. Er dämpfte den metallischen Glanz seiner Augen, zauberte auf seine Lippen ein ewiges Lächeln und gab seiner Stimme jene süßliche Weichheit, welche Kindermädchen anzunehmen pflegen.

Man begegnete ihm auf den Straßen, immer auf den Beinen für seine Enkelin, bald zum Konditor, bald zum Spielwarenhändler laufend. Er lud ihre kleinen Freundinnen ein, veranstaltete Kindergesellschaften, ließ den Reifen oder Federball fliegen und führte, wenn nötig, sogar die Rundtänze an.

Und doch fanden die Fräulein von Lavarande Mittel, den Herrn von Chandoré noch zu überbieten.

Wenn Denise etwas lernte, so geschah es ohne Zweifel, weil sie es durchaus wollte, denn bei dem geringsten Zeichen von Ungeduld ihrerseits wären die alten Damen bereit gewesen, den Schreiblehrer zu verabschieden oder die Musiklehrerin fortzuschicken.

Achselzuckend sah ganz Sauveterre diesem Schauspiel zu. Es ist gewiß, daß eine so blinde Nachgiebigkeit und beständige Vergötterung leicht aus Denise die unangenehmste kleine Person hätten machen können. Aber dies war durchaus nicht der Fall. Es gibt Naturen von so glücklicher Beschaffenheit, daß nichts sie verderben kann.

Als sie älter wurde, sagte sie lachend: »Großpapa Chandoré, die Tanten Lavarande und ich, wir machen alles, was ich will.«

Aber das war nur ein Scherz. Nie hatte ein junges Mädchen eine so reine und selbstlose Zuneigung durch seltenere und ausgezeichnetere Eigenschaften gelohnt.

So lebte sie glücklich und sorgenlos und zählte, als das große Ereignis ihres Lebens anbrach, eben siebzehn Jahre.

Herr von Chandoré traf eines Morgens Jacques von Boiscoran, dessen Onkel sein Freund war; er lud ihn zum Mittagessen, Jacques nahm die Einladung an, er kam, Denise sah – und liebte ihn.

Von diesem Augenblick an hatte sie zum erstenmal ein Geheimnis, das weder der Großvater Chandoré noch die Tanten Lavarande kannten, und zwei Jahre lang waren ihre Blumen und Vögel die einzigen Vertrauten der Liebe, die auf dem Grunde ihrer Seele groß wuchs; süß wie ein Traum, idealisiert durch die Abwesenheit des Geliebten, poetisch durch die Erinnerung.

Denn zwei Jahre vergingen, ehe Jacques diese Liebe gewahr wurde.

Aber es kam der Tag, da ihm die Augen aufgingen und er, verwirrt durch sein Glück, geblendet durch die Aussichten, die sich ihm darboten, fühlte, daß sein Schicksal sich entschied. Auch zögerte er nicht weiter, und kaum einen Monat später reiste sein Vater, der Marquis von Boiscoran, nach Sauveterre, um bei dem alten Herrn von Chandoré um die Hand des Fräuleins Denise zu werben.

Das war ein harter Schlag für den Großvater Chandoré.

Der Gedanke, Denise hinzugeben, sie einen andern Mann vorziehen zu sehen, von dem sie dann Kinder haben werde, war ihm schrecklich. Es fehlte nicht viel, und er hätte den Vermittler dieser unerwünschten Angelegenheit aus dem Hause werfen lassen.

Dennoch bezwang er sich und antwortete, daß er nichts auf sich nehmen könne, ohne mit seiner Enkelin gesprochen zu haben. Im geheimen hoffte er, daß sie den Antrag zurückweisen würde.

Armer Großvater! Bei den ersten Worten, die er vorbrachte, rief das junge Mädchen: »Welch ein Glück! Aber ich erwartete es!«

Ohne Zweifel, um die heiße Träne, die ihm aus den Augen rann, zu verbergen, beugte Herr von Chandoré das Haupt.

»Diese Heirat wird also stattfinden«, murmelte er.

Aber schon ein wenig getröstet durch die Freude, die er in den Augen seiner Enkelin leuchten sah, begann er sich seinen Egoismus vorzuwerfen und sich auszuschelten, daß er sich nicht glücklich schätzte, wenn er Denise so zufrieden sah. Es wurde demnach Jacques die offene Bewerbung gestattet. Am Vorabend der Feuersbrunst von Valpinson war nach einer langen Verhandlung, in welcher man den durchaus nötigen Zeitraum zu den Einkäufen und zur Herstellung der Aussteuer berechnet, der Vermählungstag unabänderlich festgesetzt.

So wurde Denise aus dem Vollgenuß ihres Glücks gerissen, als sie die Nachricht von Jacques von Boiscorans Verhaftung und von dem Verbrechen, dessen man ihn beschuldigte, erhielt.

Im ersten Augenblick wie vom Blitz getroffen, war sie fast zehn Minuten bewußtlos in den Armen ihres Großvaters und ihrer Tanten Lavarande geblieben. Aber kaum war sie zu sich gekommen, als sie, sich erhebend, ausrief: »Mein Gott, bin ich denn wahnsinnig, mich so aufzuregen! Ist es nicht sonnenklar, daß Jacques unschuldig ist?«

Alsdann hatte sie die Depesche an den Marquis von Boiscoran gesandt, wohl begreifend, daß es notwendig war, ehe man irgend etwas unternahm, sich mit Jacques' Familie zu verständigen.

Dann hatte sie verlangt, allein zu bleiben, und die Nacht damit zugebracht, die Minuten zu zählen, die sie von der Stunde trennten, in welcher der Zug aus Paris ankam. Um acht Uhr war sie selbst hinuntergegangen und hatte dem Diener befohlen, anspannen zu lassen und Frau von Boiscoran am Bahnhof zu empfangen, welchem Befehl sie ausdrücklich die Weisung hinzufügte, mit verhängten Zügeln zurückzufahren.

Dann ging sie in den Salon hinab, wo der Großvater und die Tanten schon versammelt waren. Sie versuchten mit ihr zu sprechen, aber ihre Gedanken waren abwesend ... Nicht lange darauf hörte man einen Wagen im Galopp die Rue de la Montagne heraufkommen und vor dem Hause halten.

»Da ist Jacques' Mutter«, rief Denise und stürzte in das Vorzimmer.

# Kapitel 12

Es bleibt niemals ungestraft, wenn man seine heiligsten Gefühle niederkämpft und verleugnet.

Als die Marquise von Boiscoran sich endlich in den ihr entgegengeschickten Wagen flüchten konnte, war sie dem Umsinken nahe, so sehr hatte die unerhörte Anstrengung sie erschöpft, den erbarmungslosen Neugierigen von Sauveterre eine zuversichtliche Haltung und ein lachendes Gesicht zu zeigen.

»Welch eine gräßliche Komödie!« murmelte sie, indem sie sich in die Polster zurückwarf.

»Sie werden wenigstens einsehen, gnädige Frau, daß sie notwendig war«, sagte Herr Folgat. »Sie haben vielleicht soeben Hunderte von Leuten für Ihren Sohn gewonnen.«

Sie gab keine Antwort. Die Tränen erstickten sie.

Was hätte sie nicht darum gegeben, allein zu sein und sich ungehindert ihrem Schmerz und ihrer mütterlichen Angst überlassen zu können! Nie war ein Weg ihr so unerträglich lang erschienen, wie der vom Bahnhof zur Rue de la Montagne hinauf.

Die Pferde flogen – dennoch schien es ihr, als käme sie nicht von der Stelle.

Endlich aber hielt der Wagen.

Der kleine Diener war schon herabgesprungen. »Wir sind da«, sagte er, den Wagenschlag öffnend.

Von Herrn Folgat unterstützt, stieg die Marquise aus; kaum hatte sie ihren Fuß auf den Boden gesetzt, als die Tür des Hauses sich öffnete und Denise sich in ihre Arme warf, zu bewegt, um mehr als die Worte ausrufen zu können: »Liebe Mutter, o liebe Mutter, welch schreckliches Unglück!«

Aus dem Schatten des Korridors trat Herr von Chandoré, der zugleich mit seiner Enkelin herabgeeilt war.

»Gehen wir hinein«, sprach er zu den beiden Unglücklichen, »bleiben wir nicht länger hier. Schon sieht man hinter jedem Fensterladen Augen hervorblitzen.«

Und er führte sie in den Salon.

Mittlerweile fühlte sich Herr Folgat nicht wenig um seine eigene Person verlegen.

Niemand schien seine Anwesenheit wahrzunehmen.

Und doch war er, den übrigen folgend, in den Saal getreten, in dessen Tür er stehenblieb; ergriffen durch die Aufregung aller, beobachtete er abwechselnd Fräulein Denise, Herrn von Chandoré und die Fräulein von Lavarande.

Denise zählte nun fast zwanzig Jahre. Es ließ sich nicht gerade sagen, daß sie auffallend hübsch war, und dennoch wäre es schwer gewesen, sie zu vergessen, wenn man sie einmal gesehen hatte. Klein von Wuchs, war sie die Grazie selbst, und jede ihrer Bewegungen zeichnete sich durch die vollendetste Feinheit aus.

Bei schwarzen Haaren von bewunderungswürdiger Fülle hatte sie blaue Augen und den Teint einer Nordländerin, einen Teint von so überraschendem Weiß, daß er alle von Poeten je ersonnenen Vergleiche, die Lilie und den Schnee gelb erscheinen ließ.

Alles an ihr drückte engelhafte Sanftheit und große Schüchternheit aus. Und doch ließ etwas im Schnitt ihrer Lippen und die Bewegung der Augenbrauen eine ungewöhnliche Energie vermuten.

Neben ihr fiel der Großvater Chandoré durch seine hohe Statur und die mächtige Breite seiner Schultern um so mehr auf. Zweiundsiebzig Jahre hatten nicht hingereicht, seinen Herkules-Rücken zu beugen, und er schien gemacht, um allen Stürmen des Lebens Trotz zu bieten.

Das Eigentümlichste an ihm war seine ziegelrote Hautfarbe, die Farbe eines alten Mohikanerhäuptlings, die seine schneeweißen Augenbrauen, Bart und Haare um so härter hervortreten ließ. Trotz alledem drückte sein Gesicht eine fast kindliche Gutmütigkeit aus.

Aber man brauchte ihn nicht zweimal anzusehen, um zu begreifen, daß es unvorsichtig gewesen wäre, dem milden Lächeln, das seine fleischigen Lippen umspielte, allzuviel Vertrauen zu schenken.

Die Tanten Lavarande, welche lang und hager wie Weidenruten, bleich, in ihrem Benehmen gemessen und von ultra-aristokratischer steifer Kälte waren, hatten jene selbstzufriedene Physiognomie und jenen Ausdruck ergebener Empfindsamkeit, der alten Jungfern eigen ist, welche sich durch das Zölibat nicht in ihren Einbildungen haben beirren lassen.

Sie trugen immer genau dieselben Kleider, wie es seit vierzig Jahren ihre unabänderliche Gewohnheit war, Kleider von unbestimmten Farben, bescheiden wie ihre ganze Person.

Sie weinten in diesem Augenblick, und Herr Folgat fragte sich, welches Opfer sie nicht bringen würden, um die Tränen ihrer Nichte zu stillen.

»Arme Denise!« flüsterten sie.

Das junge Mädchen hörte diese Worte, und sofort aufspringend und die lästige Stille unterbrechend, rief sie: »Unser Benehmen ist unwürdig! Was würde Jacques sagen, wenn es ihm möglich wäre, uns aus der Tiefe seines Gefängnisses zu sehen! Warum sollten wir bedrückt sein? Ist er denn schuldig?«

Ihre Augen leuchteten in eigentümlichem Glänze, in ihrer Stimme klang eine zitternde Bewegung, die Herrn Folgat bis auf den Grund seiner Seele erschütterte.

»Ich kann mir wenigstens diese Gerechtigkeit widerfahren lassen«, fuhr sie fort, »daß ich keinen Augenblick an ihm gezweifelt habe. Und wie sollte ich eines Zweifels fähig sein? Am Abend der Feuersbrunst selbst schrieb Jacques mir einen Brief von vier Seiten, den er mir – um neun Uhr abends – durch einen seiner Pächter schickte. Ich habe ihn dem Großvater gezeigt, diesen Brief; er hat ihn gelesen und sogleich ausgerufen, daß ich tausend- und abertausendmal recht hatte und daß ein Mann, der über einem entsetzlichen Verbrechen brütete, niemals so geschrieben hätte.«

»Ich habe es gesagt, und ich denke es«, bestätigte Herr von Chandoré, »und jeder verständige Mann muß meine Meinung teilen, aber –«

Seine Enkelin ließ ihn nicht zu Ende kommen.

»Also ist es klar«, sagte sie eifrig, »daß Jacques das Opfer irgendeiner fluchwürdigen Intrige ist, und an uns ist es, ihr entgegenzuwirken. Genug der Tränen, jetzt heißt es handeln.«

Und sich an Frau von Boiscoran wendend, fuhr sie fort: »Um uns bei diesem Rettungswerk zu helfen, liebe Mutter, haben wir Sie herbeigerufen.«

»Und hier bin ich«, sagte die Marquise, »nicht weniger als Sie, liebes Kind, von der Unschuld meines Sohnes überzeugt.«

Das war offenbar nicht alles, was Herr von Chandoré erwartet hatte.

»Und der Marquis?« fragte er, ihr ins Wort fallend.

»Mein Mann bleibt in Paris.«

Der Greis schnitt eine sehr bezeichnende Grimasse.

»Ah, daran erkenn' ich ihn!« rief er. »Nichts kann ihn in Bewegung setzen. Sein einziger Sohn ist schändlicherweise eines Verbrechens angeklagt, verhaftet, ins Gefängnis geworfen ... Man setzt ihn in Kenntnis, man erwartet, ihn herbeieilen zu sehen ... Man irrt sich ... Sein Sohn mag sich allein aus der Affäre ziehen. Er bleibt ruhig zu Hause, um seine Töpfe zu bewachen. Oh! ... wenn ich noch einen Sohn hätte!«

»Der Marquis, mein Herr«, entgegnete Frau von Boiscoran, »glaubt, daß er Jacques von Paris aus nützlicher sein kann. Es können Maßregeln von dort zu treffen sein.«

»Ist dazu die Eisenbahn nicht da?«

»Kurz«, erwiderte Frau von Boiscoran, »er hat mich diesem Herrn anvertraut.«

Mit diesen Worten wies sie auf den jungen Anwalt: »Herr Manuel Folgat, von dessen Erfahrung, Talent und Ergebenheit wir vergewissert worden sind.«

Nunmehr regelrecht vorgestellt, verbeugte sich Herr Folgat.

»Und ich hege die beste Hoffnung«, setzte er hinzu, vollständig gewonnen durch Denises Vertrauen. »Aber ich teile die Meinung des Fräuleins von Chandoré: es muß gehandelt werden, ohne eine Sekunde zu verlieren. Ehe indes ein Plan definitiv gemacht werden kann, muß ich die Tatsachen genauer kennen.«

»Unglücklicherweise wissen wir nichts davon«, antwortete Herr von Chandoré. »Nichts, als daß Jacques sich in Untersuchungshaft befindet.«

»Gut, wir werden uns erkundigen. Sie kennen doch wohl die Beamten von Sauveterre?«

»Sehr wenig, mit Ausnahme des Staatsanwalts.«

»Und der Untersuchungsrichter?«

Die ältere der Schwestern Lavarande erhob sich.

»Dieser«, rief sie schneidend, »dieser Herr Galpin-Daveline ist ein Ungeheuer von Heuchelei und Undankbarkeit. Leider liebte ihn Jacques so sehr, daß er uns, meine Schwester und mich, zu bestimmen wußte, diesem unbedeutenden Menschen die Hand einer unserer Cousinen, einer Lavarande, zu bewilligen … Armes Kind! Als sie die schreckliche Wahrheit erfuhr, war ihr erster Ausruf: ›Gott sei gedankt, daß er mir die Schande erspart hat, die Frau eines solchen Mannes zu werden!‹«

»Und in der Tat«, fügte die andere Schwester hinzu, »wenn ganz Sauveterre Jacques für schuldig hält, so ist es, weil jedermann sagen kann: ›Einer seiner Freunde ist sein Richter.‹«

Herr Folgat schüttelte den Kopf.

»Ich muß genauere Informationen haben«, sagte er, »Herr von Boiscoran sagte mir von dem Bürgermeister der Stadt, Herrn Sénéchal.«

Herr von Chandoré sprang, nach seinem Hut greifend, auf: »Der ist in der Tat unser Freund, und wenn uns jemand die nötigen Nachrichten geben kann, so ist er es. Kommen Sie, wir wollen ihn aufsuchen, kommen Sie!«

Herr Sénéchal war den Chandorés, den Lavarandes und ebenso den Boiscorans wirklich aufrichtig ergeben.

Man mag noch sehr »Anwalt« sein, immerhin ist es nicht unmöglich, Zuneigung zu den Leuten zu fassen, deren Vertrauter und Ratgeber man zwanzig Jahre lang gewesen ist.

Längst nachdem er seine Anwaltskanzlei aufgegeben, besaß Herr Sénéchal noch immer allein das volle Vertrauen seiner früheren Klienten. Keiner von ihnen hätte einen ernsten Entschluß gefaßt, ohne vorher seinen Rat eingeholt zu haben.

Sie wandten sich an seinen Nachfolger, aber zuvor versicherten sie sich seiner Ansicht.

Übrigens waren diese Gefälligkeiten gegenseitig. Die juristischen Ratschläge, welche Herr Sénéchal dem Onkel des Herrn von Boiscoran und dem Großvater Chandoré geleistet, hatten ihm gar manchen prozeßlustigen Landmann als Klienten verschafft.

Ihre Unterstützung war für ihn nachher nicht ohne Wert gewesen, als er, vom Schwindel des Ehrgeizes ergriffen, sich »für das Vaterland opferte«, indem er sich um den Posten des Bürgermeisters und um ein Mandat für den Generalrat bewarb.

Natürlich war dieser würdige und ausgezeichnete Mann im höchsten Grade bestürzt, als er am Morgen nach der Feuersbrunst von Valpinson in Sauveterre anlangte.

Er war so bleich und hinfällig, daß seine Frau bei seinem Eintreten entsetzt ausrief: »Großer Gott, Auguste, was ist dir begegnet?«

»Etwas ganz Fürchterliches!« antwortete er in so tragischem Ton, daß es der Frau Sénéchal schauderte.

Allerdings schauderte ihr leicht.

Sie war eine Frau von achtundvierzig bis fünfzig Jahren, sehr brünett, kurz, dick, mit einem Busen ausgestattet, der die Korsetts, welche die Jungfern Méchinet, die Schwestern des Gerichtsschreibers, ihr lieferten, auf die stärksten Proben stellte.

In ihren jungen Jahren war sie verteufelt schön gewesen. Auch jetzt noch hatten ihre Wangen, obgleich sie schon alterte, die Frische eines kräftigen Blutdrucks.

Dazu besaß sie einen Wald stets wohlgeordneter schwarzer Haare und bewunderungswürdige Zähne.

Dennoch war sie nicht glücklich. Ihr Leben war in dem Sehnen nach einem Kind aufgegangen, und dieses Sehnen war unerfüllt geblieben.

»Das muß«, pflegte sie zu sagen, »allen, die mich und Herrn Sénéchal kennen, unerklärlich erscheinen, denn er war einer der stattlichsten Männer von Sauveterre, während ich mich stets einer ausnehmenden Gesundheit erfreut habe.«

Und bei jeder Gelegenheit, ob man nun zu ihrem engeren Bekanntenkreise gehörte oder nicht, ging sie in diesen Gegenstand bis in die zartesten Details ein, indem sie von ihren Täuschungen und von denen ihres Gatten erzählte, von den Wallfahrten, die sie mitgemacht, von den Namen der Ärzte, die sie zu Rate gezogen, und wie viel Monate sie am Meeresstrande zugebracht, fast ausschließlich von Fischen lebend, die durchaus nicht ihr Leibgericht gewesen seien.

Aber alles blieb vergebens. Ihre Hoffnung schwand mit den Jahren, sie verzichtete, und die Bitterkeit ihrer Klagen hatte sich in eine Art sentimentaler Schwermut umgewandelt, die sie mit Romanen und Poesien nährte.

Ihre Tränen waren bereit, für jeden Unglücklichen zu fließen; für jeden Gram wußte sie tröstende Worte zu finden. Ihre Mildtätigkeit war sprichwörtlich geworden. Nie hatte eine arme Wöchnerin sich vergebens an ihr Herz gewandt.

Doch hinderte dies alles sie durchaus nicht, eine Hausfrau abzugeben, die sich nicht leicht täuschen ließ, die ihr Hauswesen wie am Schnürchen leitete, ob sie nun eine Wäsche zu beaufsichtigen oder ein Mittagessen zu bereiten hatte, worin keine Frau in Sauveterre ihr gleichzukommen vermochte.

Mit Seufzern hörte daher die gute Frau den Bericht ihres Mannes über die Begebenheiten der verflossenen Nacht an.

»Arme Denise«, sagte sie, als er geendet hatte, »daran kann sie sterben. An deiner Stelle würde ich sogleich zu Herrn von Chandoré gehen und ihm mit aller möglichen Schonung diese unglückliche Nachricht bringen.«

»Davor werde ich mich wohl hüten«, rief Herr Sénéchal, »ja ich verbiete dir sogar ausdrücklich, hinzugehen!«

Die Wahrheit zu gestehen, war er nichts weniger als ein stoischer Held, und wenn er es hätte ermöglichen können, würde er sich am liebsten mit dem Eisenbahnzuge hundert Meilen weit geflüchtet haben, um den Schmerz des Großvaters Chandoré, des Fräuleins Lavarande und vor allem die Verzweiflung Denises nicht mit anzusehen, welch letztere er besonders gern hatte und deren Aussteuer er seit so vielen Jahren mit solcher Sorgfalt verwaltete und vergrößerte, als wäre sie seine eigene Tochter.

Auch wußte er im Grunde selbst nicht mehr, was er glauben sollte; beeinflußt von Herrn Galpin-Davelines Zuversicht, verwirrt durch die Entfesselung der öffentlichen Meinung, fing er an, sich zu fragen, ob Jacques wirklich das Verbrechen begangen habe, dessen man ihn beschuldigte.

Seine Beschäftigungen waren glücklicherweise an jenem Tage zu zahlreich, um ihm Zeit zum Nachdenken zu geben. Er hatte den Transport der formlosen Überreste Boltons und des armen Guillebault zu sichern. Er mußte die Mutter des einen und das Weib des andern kommen lassen, ihre Wehklagen anhören und sie zu trösten versuchen; der ersteren eine kleine Pension versprechen, und der anderen versichern, daß er dem ältesten ihrer Knaben einen Freiplatz im Gymnasium von Sauveterre oder im Seminar zu Pons verschaffen würde.

Er hatte alsdann Befehl geben müssen, mit aller nötigen Vorsicht die bei der Feuersbrunst Verletzten, den Bauern und den Gendarmen, herfahren zu lassen.

Gleich darauf hatte er gesucht, ein Haus für den Grafen und die Gräfin von Claudieuse ausfindig zu machen, und hatte es nicht ohne Mühe gefunden.

Endlich war ein guter Teil des Nachmittags unter heftigen Diskussionen mit dem Doktor Seignebos vergangen.

Der Doktor nämlich reklamierte im Namen der beleidigten Wissenschaft, im Namen der Gerechtigkeit und der Humanität, die sofortige Verhaftung Cocoleus, dieses miserablen Krüppels, dessen unzurechnungsfähiges Zeugnis die Grundlage der Voruntersuchung gewesen war. Er verlangte, so schwur er, mit der Faust auf den Tisch schlagend, daß dieser epileptische Schwachsinnige in das Hospital gebracht, auf Verfügung der Verwaltungsbehörde eingeschlossen und der Untersuchung von Männern der Wissenschaft unterworfen werde.

Lange hatte sich der Bürgermeister diesen Forderungen widersetzt, die ihm übertrieben schienen, aber der Doktor hatte so heftig und so entschieden gesprochen, daß er endlich zwei Gendarmen nach Bréchy schickte mit dem Befehl, Cocoleu mitzubringen.

Einige Standen später waren diese mit leeren Händen zurückgekehrt.

Der Schwachsinnige war verschwunden. Niemand in der ganzen Umgegend hatte ihnen Auskunft über ihn erteilen können.

»Und Sie glauben, das sei mit rechten Dingen zugegangen!« schrie der Doktor Seignebos, dessen Augen unter seiner goldnen Brille Funken sprühten. »Ich erkenne darin den unwiderleglichen Beweis des Komplottes, das gegen Boiscoran geschmiedet ist, um ihn zu verderben.«

»Zum Teufel, so beruhigen Sie sich doch!« hatte der Bürgermeister Sénéchal ungeduldig geantwortet, »Cocoleu ist nicht aus der Welt, man wird ihn auffinden.«

Der Doktor hatte sich, ohne langer zu beharren, entfernt, aber ehe er nach Hause zurückkehrte, war er in seinen Klub gegangen und hatte dort in Gegenwart von mehr als zwanzig Menschen behauptet, den Beweis zu haben, daß Jacques von Boiscoran das Opfer seiner extremen politischen Ansichten sei, daß die monarchische Partei ihm nicht verzeihen könne, ihre Fahne verlassen zu haben, und daß die Jesuiten jedenfalls die Hände mit im Spiel hätten.

Diese Auslassung mußte notwendig Herrn von Boiscoran mehr schaden als nützen, und die Folge blieb nicht aus. An demselben Abend, als Herr Galpin-Daveline über den Neumarkt ging, wurde er schmählich ausgepfiffen.

Natürlich verfügte sich der Untersuchungsrichter sogleich in höchster Wut zu dem Bürgermeister, indem er ihn für die Beleidigung verantwortlich machte, die der Justiz in seiner Person widerfahren sei, und die strengsten Maßregeln dagegen forderte.

Herr Sénéchal versprach ihm, seine Maßregeln zu treffen, und eilte zu Herrn Daubigeon, um sich mit diesem zu beraten. Hier erfuhr er, was in Boiscoran geschehen war, und das schreckliche Ergebnis des Verhörs.

Sehr traurig war er nach Hause zurückgekehrt, ohne Macht über Jacques' Lage und über die politische Färbung, welche die Angelegenheit zu gewinnen drohte.

Von diesen Gedanken verstört, hatte er eine schlechte Nacht verbracht und war in so übler Laune aufgestanden, daß seine Frau selbst es kaum wagte, ihn anzureden.

Es war bei der Sache kein Ende abzusehen. Genau um zwei Uhr sollte die Beerdigung Boltons und Guillebaults stattfinden, und er hatte dem Hauptmann Parenteau versprochen, dieser mit seiner Schärpe umgürtet und an der Spitze eines Teiles des Gemeinderats beizuwohnen.

Soeben hatte er Befehl gegeben, seine Galakleider in Bereitschaft zu halten, als der Diener ihm den Besuch des Herrn von Chandoré und eines andern Herrn meldete.

»Das fehlte gerade noch!« ächzte er; sich aber alsbald besinnend, fuhr er fort: »Früher oder später muß die Szene doch vor sich gehen … Sie mögen eintreten.«

Herr Sénéchal hatte wohl daran zu tun geglaubt, sich schon im voraus gegen einen herzzerreißenden Schmerzausbruch zu wappnen, aber er blieb starr vor Staunen, als er Herrn von Chandoré mit heiterer Miene auf sich zutreten und ihm seinen Begleiter vorstellen sah.

»Herr Manuel Folgat, mein lieber Sénéchal, einer der namhaftesten Anwälte von Paris, der die Marquise von Boiscoran, die heute morgen angekommen ist, begleitet hat.«

»Ich bin fremd hier, Herr Bürgermeister«, fügte Herr Folgat hinzu, »ich kenne die hier geltenden Anschauungen, die Gewohnheiten, die Sitten, die Interessen, die Vorurteile, kurz das alles nicht, und ich würde Gefahr laufen, die gröbsten Mißgriffe zu begehen, wenn ich nicht einen erfahrenen, geschickten und sicheren Ratgeber fände … Herr von Boiscoran und Frau von Chandoré haben in mir die Hoffnung erweckt, daß Sie mir ein solcher Ratgeber sein würden.«

»Gewiß, mein Herr, und von Herzen gern«, antwortete der Bürgermeister, indem er sich, augenscheinlich geschmeichelt durch die Ehrerbietigkeit des Pariser Anwalts, verbeugte.

Er hatte seinen Gästen Stühle hingeschoben. Er selbst hatte sich, den Ellbogen auf die Lehne seines ledernen Armstuhls gestützt, niedergesetzt und streichelte mit der Hand sein frisch rasiertes Kinn.

»Die Sache ist sehr ernst«, sagte er endlich.

»Eine kriminelle Beschuldigung ist das stets«, erwiderte Herr Folgat.

»Sapperment, meine Herren!« rief Herr von Chandoré, »zweifeln Sie etwa an Jacques' Unschuld?«

Herr Sénéchal sagte nicht nein, sondern schwieg und suchte nach einem der weisen Milderungsgründe, die seine Frau ihm gestern aufgetischt hatte.

»Wie will man«, begann er endlich, »alle Ideen berechnen, die in einem fünfundzwanzigjährigen Gehirn gären können? Der Zorn ist ein sehr hinterlistiger Ratgeber.«

Großvater Chandoré gewann es nicht über sich, ihn länger anzuhören.

»Was reden Sie mir von Zorn?«, unterbrach er ihn, »und wo sehen Sie eine Spur davon in dieser Angelegenheit von Valpinson? Ich meinerseits sehe hier nichts als ein gemeines Verbrechen, lang überlegt und kaltblütig ausgeführt.«

Mit ernstem Kopfschütteln antwortete der Bürgermeister:

»Sie wissen nicht alles, was vorgefallen ist.«

»In der Erwartung, genauer unterrichtet zu werden«, sagte Herr Folgat, »sind wir hierhergekommen.«

»Nun gut, meine Herren«, entgegnete Herr Sénéchal. Und mit der Gewandtheit eines alten Anwalts, der es gewohnt war, den Faden der verwickeltsten Angelegenheiten zu entwirren, begann er die Tatsachen, deren Zeuge er in Valpinson gewesen, und diejenigen, die der Staatsanwalt ihm mitgeteilt hatte, darzulegen.

»Wollen Sie nun auch wissen«, schloß er, »was Daubigeon mir gesagt hat? Folgendes waren seine eigenen Worte: ›Daveline konnte nicht anders, als Herrn von Boiscoran verhaften. Ist er schuldig? Ich weiß nicht mehr, was ich denken soll. Die Anklagen sind vernichtend. Er schwört bei Himmel und Hölle, daß er unschuldig ist, weigert sich aber, sein Alibi nachzuweisen.‹«

Herr von Chandoré, dieser schwer zu erschütternde Mann, schien dem Umsinken nahe, obgleich sein Gesicht noch immer den karmoisinroten Ton behielt, den auch die stärkste Aufregung nicht zu bleichen vermochte.

»Mein Gott, was wird Denise sagen«, murmelte er.

Dann sich zu Herrn Folgat wendend, fuhr er mit lauter Stimme fort:

»Und doch hatte Jacques für diesen Abend irgendeinen Plan.«

»Glauben Sie das?«

»Ich bin dessen gewiß. Wäre er sonst nicht wie jeden Abend seit einem Monat zu uns gekommen? ...Er sagt es übrigens selbst in dem Brief, den er durch einen Pächter an Denise schickte ...In demselben Brief, von dem sie Ihnen sagte, schreibt er ihr: ›Aus dem Grunde meines Herzens verwünsche ich die Angelegenheit, die mich hindert, den Abend bei Dir zu verbringen, aber es ist mir unmöglich, sie zu verschieben. Auf morgen also!‹«

»Da sehen Sie es!« rief Herr Sénéchal.

»Der Brief war derart«, fuhr der Greis fort, »daß er unmöglich, ich wiederhole es, unmöglich von einem Menschen erdacht und geschrieben werden konnte, der einer verabscheuenswerten Untat nachsann. Doch, Ihnen kann ich es gestehen, als ich die Unglücksnachricht erhielt, berührte der Gedanke an jenen Umstand, an jene dringende Angelegenheit mich peinlich.«

Der junge Anwalt aber schien bei weitem nicht überzeugt zu sein. »Es ist klar«, sprach er, »daß Herr von Boiscoran um keinen Preis erfahren lassen will, wohin er gegangen ist.«

»Er hat gelogen, mein Herr«, beharrte Herr Sénéchal; »er hat von vornherein geleugnet, den Weg genommen zu haben, wo die Zeugen ihm begegnet sind.«

»Natürlich, weil er den Ort geheimhalten will, an den er sich begeben hatte.«

»Als man ihm zu erkennen gab, daß er verhaftet sei, sagte er kein Wort.«

»Weil er hofft, sich aus der Sache zu ziehen, ohne zu sagen, wo er gewesen ist.«

»Wenn es sich so verhält, so ist es sehr seltsam.«

»Man hat schon seltsamere Dinge erlebt.«

»Sich eines Mordes, einer Brandstiftung anklagen zu lassen, wenn man unschuldig ist?«

»Unschuldig sein und sich verurteilen lassen, das ist noch viel mehr. Und doch gibt es Beispiele dafür.«

Der junge Anwalt drückte sich in jenem kurzen und entscheidenden Ton aus, der das Vorrecht seines Berufes ist, und mit dem Anstrich solcher Sicherheit, daß Herr von Chandoré wieder aufzuleben schien.

Herr Sénéchal saß fast bestürzt da.

»Was ist denn Ihre Ansicht, Herr Folgat«, fragte er endlich.

»Daß Herr von Boiscoran unschuldig sein muß«, antwortete der Anwalt. Und ohne einen Einwand zu gestatten, fuhr er fort: »Das ist die Ansicht eines Menschen, dessen Urteil durch keinerlei Rücksicht beirrt wird. Ich komme hier ohne irgendeine vorgefaßte Meinung an; ich kenne Herrn von Claudieuse ebensowenig wie Herrn von Boiscoran. Ein Verbrechen ist begangen worden; man setzt mir die Umstände auseinander, und sogleich erkenne ich, daß dieselben Gründe, welche die Verhaftung des Angeklagten veranlaßt haben, mich bestimmen würden, ihn in Freiheit zu setzen.«

»Oh!«

»Ich werde mich näher erklären. Wenn Herr von Boiscoran schuldig ist, so hat er in der Art und Weise, wie er Herrn Galpin-Daveline empfangen, eine unerhörte Selbstbeherrschung und ein unvergleichliches Verstellungstalent bewiesen. Wenn er also schuldig wäre, so wäre er äußerst fest...«

»Aber —«

»Erlauben Sie! Wenn er schuldig ist, so hat er in seinem Verhör einen ausnehmenden Mangel an Kaltblütigkeit und, um das rechte Wort zu gebrauchen, namenlose Einfalt an den Tag gelegt ...somit wäre er als Schuldiger sehr schwach.«

»Aber —«

»Verzeihung! Lassen Sie mich zu Ende kommen. Kann derselbe Mensch zugleich so stark und so schwach sein? Entscheiden Sie selbst. Aber noch mehr: Wenn Herr von Boiscoran schuldig ist, so hätte man ihn ins Irrenhaus statt in das Gefängnis schaffen sollen. Denn jeder andere, der nicht wahnsinnig ist, hätte das Wasser, in dem er sich seine von Kohlen geschwärzten Hände gewaschen, weggeschüttet und jenes Gewehr, von welchem in der Anklage so viel Aufhebens gemacht wird, vergraben, gleichviel wo.«

»Jacques ist gerettet!« rief Herr von Chandoré.

Herr Sénéchal ließ sich indes nicht so rasch mitreißen.

»Ihre Gründe scheinen nicht übel«, sagte er. »Unglücklicherweise aber fordert der Richter, der die Hände voll Beweise hat, etwas anderes als eine bloße Schlußfolgerung, so logisch sie immer sein mag.«

»Man wird deren noch stärkere ausfindig machen.«

»Was gedenken Sie denn zu tun?«

»Noch weiß ich es nicht. Ich teile Ihnen jetzt nur meinen ersten Eindruck mit. Zunächst muß ich die Sache untersuchen, die Leute vernehmen, vor allem den alten Antoine.«

Herr von Chandoré hatte sich erhoben.

»Wir können in einer Stunde in Boiscoran sein. Soll ich den Wagen kommen lassen?«

»Je eher, je besser«, antwortete der Anwalt.

In weniger als einer Viertelstunde erschien der Diener, um zu melden, daß der Wagen vor der Tür sei.

Alsbald nahmen Herr von Chandoré und Herr Folgat Platz, und während sie einstiegen, empfahl der Bürgermeister dem Pariser Anwalt, vor allem vorsichtig und behutsam zu sein.

»Nur zu sehr erhitzt diese Affäre schon die öffentliche Meinung ...Die Politik mischt sich hinein ...Ich fürchte eine Demonstration bei der Beerdigung der Feuerwehrleute, und man meldet mir, daß der Doktor Seignebos auf dem Kirchhof eine Rede halten wird. Leben Sie wohl! Viel Glück!«

Der Kutscher trieb das Pferd an, und während der Wagen durch die Vorstadt dahinfuhr, sagte Herr von Chandoré:

»Es ist mir unerklärlich, warum Antoine mich nicht alsbald nach der Verhaftung aufgesucht hat. Was mag ihm zugestoßen sein?«

# Kapitel 13

Das Pferd des Herrn Sénéchal war vielleicht das beste des Bezirks, aber es wurde von dem des Herrn von Chandoré noch übertreffen.

In weniger als fünfzig Minuten waren die dreizehn Kilometer zurückgelegt, die Sauveterre von Boiscoran trennen; fünfzig Minuten, während welcher Herr von Chandoré und Herr Folgat nicht fünfzig Worte miteinander wechselten. Als sie ankamen, war der Schloßhof von Boiscoran leer und totenstill. Türen und Fenster waren fest verschlossen. Auf den Stufen der Vorhalle saß ein junger Bauer von kräftiger Gestalt, der sich bei der Annäherung der Stadtleute erhob und die Hand an seine wollene Mütze legte.

»Wo ist Antoine?« fragte Herr von Chandoré.

»Er ist oben, Herr Baron.«

Der alte Freiherr versuchte die Tür zu öffnen; sie war verschlossen.

»Ja, gnädiger Herr, Antoine hat sich von innen verschanzt«, sagte der Bauer.

»Eine sonderbare Idee!« rief Herr von Chandoré, indem er mit der Spitze seines Stockes an die Tür klopfte.

Er klopfte immer heftiger, bis endlich von innen Antoines Stimme »Wer da?« rief.

»Sapperment, ich bin es! Der Baron von Chandoré!«

Geräuschvoll wurden die Riegel zurückgeschoben, und der alte Kammerdiener trat heraus. Er sah totenbleich und verstört aus. An der Unordnung seines Bartes, seiner Haare und seiner Kleider sah man, daß er die Nacht verbracht hatte, ohne sich niederzulegen. Und diese Unordnung hatte viel zu bedeuten bei einem Manne, der seinen Ehrgeiz darein setzte, immer in der tadellosen Haltung eines englischen Gentleman zu erscheinen.

Darum war auch Herr von Chandoré durch sein Aussehen so überrascht, daß er sich vor allem anderen mit der Frage: »Was hast du, mein braver Antoine?« an den Alten wandte.

»Ich habe«, antwortete er in unheimlichem Ton, »ich habe ... Furcht hab' ich!«

Der alte Herr und der Anwalt sahen sich an.

»Dieser Unglückliche«, dachten sie, »hat den Verstand verloren.«

Aber Antoine verstand sie und sagte hastig: »Nein, ich bin nicht wahnsinnig, obgleich hier Dinge vorgehen, daß man sich wirklich fragen muß, ob man noch im Besitz seiner vollen Vernunft ist. Wenn ich Furcht habe, so ist es nicht ohne Gründe.«

»Zweifeln Sie etwa an Ihrem Herrn?« fragte Herr Folgat.

Der ehrliche Diener warf dem fremden Ausforscher einen so drohenden Blick zu, daß Herr von Chandoré hastig einfiel:

»Mein lieber Antoine, dieser Herr ist ein uns ergebener Freund, ein Anwalt, der mit Frau von Boiscoran aus Paris kam, um deinen Herrn zu verteidigen. Du darfst ihm also nicht mißtrauen, sondern mußt ihm alles sagen, was du weißt, alles ohne Rücksicht, selbst wenn –«

Das Gesicht des würdigen Dieners klärte sich auf.

»Ach, der Herr ist Anwalt!« rief er. »Seien Sie willkommen, mein Herr! Ich werde endlich alles aussprechen können, was ich auf dem Herzen habe ... Nein, fürwahr, ich glaube nicht, daß Herr von Boiscoran schuldig ist – es ist unmöglich – es wäre Wahnsinn, nur anzunehmen, daß er es sein könnte. Aber was ich glaube, wovon ich überzeugt bin, ist, daß ein Komplott gegen ihn geschmiedet ist, um ihm die Greuel von Valpinson aufzubürden.«

»Ein Komplott gegen ihn geschmiedet«, unterbrach Herr Folgat, »durch wen? Wie? Zu welchem Zweck?«

»Ach, das weiß ich freilich nicht. Aber ich täusche mich nicht, und Sie würden denken wie ich, wenn Sie dem Verhör beigewohnt hätten. Es war entsetzlich, meine Herren, es war so unerhört, daß ich wie geblendet selbst einen Augenblick nahe daran war, an meinem Herrn zu zweifeln, daß ich ihm riet, zu fliehen. – Nein, so etwas ist noch nicht dagewesen. Alles war gegen ihn. Jedes Wort, jede Antwort, die er gab, klang wie ein Eingeständnis. In Valpinson war ein Verbrechen begangen – man hatte ihn hingehen und auf versteckten Wegen zurückkehren sehen. Es war Feuer angelegt worden, und das Wasser, in dem er sich die Hände gewaschen, war schwarz von Ruß. Man hatte zwei Flintenschüsse abgefeuert – eine seiner Patronenhülsen fand sich in der Nähe des Ortes, wo Herr von Claudieuse verwundet wurde. Und das eben ist's, woran ich das Komplott erkannt habe. Hätten alle Verdachtsmomente so genau zusammengestimmt, wenn sie nicht vorher berechnet und angeordnet gewesen wären? ... Der arme Herr Daubigeon hatte die Augen voll Tränen, selbst Méchinet, der Aktuar, der sich sonst in alles einmischt, war ergriffen. Nur Galpin-Daveline, dieser Elende, hatte ein selbstzufriedenes Aussehen, denn er war der Untersuchungsrichter. Ein Mann, der zu jeder Zeit hier erschien, der unser Brot aß, in unseren Betten schlief, der unser Wild jagte! Er rutschte förmlich auf den Knien vor dem Herrn, damals, als er die Hand des Fräuleins von Lavarande zu erhalten hoffte.«

Großvater Chandoré verriet steigende Ungeduld.

»Nun gut«, rief er, als Antoine innehielt, um Atem zu schöpfen, »warum bist du denn aber nicht gekommen, um mir das alles früher mitzuteilen?«

Der alte Diener zuckte demütig mit den Achseln.

»Wenn ich es gekonnt hätte!« antwortete er. »Nachdem das Verhör beendet war, hat dieser Galpin überall Siegel angelegt, mit Lack befestigte Leinwandstreifen, wie man sie auf den Sekretär eines Verstorbenen klebt. Er hat jede Ritze und Klappe verklebt. An der äußeren Tür hat er deren nicht weniger als drei angebracht. Dann hat er mir gesagt, daß er mich zum Wächter einsetze, daß ich dafür eine Entschädigung erhalten würde, aber daß die Galeere mich erwarte, wenn irgend jemand die Siegel auch nur mit der Spitze seines Fingers berühre. Dann ist dieser Galpin, nachdem er meinen Herrn dem Gendarmen überliefert, davongefahren und hat mich hier allein gelassen, betäubt wie ich war, denn ich glich einem Menschen, dem man mit einem Hammer auf den Kopf geschlagen ... Dennoch hätte ich Sie, Herr Baron, aufgesucht, wäre mir nicht ein Gedanke gekommen, der mich schaudern machte.«

Großvater Chandoré stampfte mit dem Fuß auf den Boden.

»Zur Sache!« rief er, »zur Sache!«

»Hören Sie! Sie müssen nämlich wissen, meine Herren, daß während des Verhörs sehr viel von dem Gewehr die Rede war, das der Herr am Abend der Feuersbrunst mit sich genommen hätte. Der Galpin untersuchte diese Flinte und fragte den Herrn, wann er sie zuletzt abgefeuert habe. Der Herr antwortete, es wäre fünf Tage her ... Hören Sie wohl? Ich sage fünf Tage! Darauf hat Galpin die Flinte beiseite gestellt, ohne die Läufe zu untersuchen.«

»Nun – und?« fragte Herr Folgat.

»Nun – und – ich, mein Herr – ich, Antoine, hatte am Vorabend, sage am Vorabend des vergangenen Tages das Gewehr des Herrn von Grund aus geputzt und gereinigt.«

»Sapperment!« rief Herr von Chandoré, »warum hast du das nicht gleich gesagt, Antoine? ... Wenn die Läufe rein waren, so war das ein unwiderleglicher Beweis für Jacques' Unschuld.«

Der alte Diener schüttelte den Kopf.

»Das ist wahr«, sagte er, »aber sind die Läufe rein?«

»Wie meinst du?«

»Der Herr konnte sich über die Angabe des Zeitpunktes geirrt haben, an welchem er den letzten Schuß getan, dann wären die Läufe vielleicht doch unrein gewesen, und statt ihn zu retten, würde meine Aussage zu seinem sichern Verderben beigetragen haben ... Bevor man eine Aussage wagt, muß man seiner Sache gewiß sein.«

»Ja«, bestätigte Herr Folgat, »und Sie haben recht getan zu schweigen, mein braver Alter, und ich kann Sie nicht genug warnen, gegen irgend jemand ein Wort über diesen Umstand fallenzulassen, der ein entscheidendes Argument der Verteidigung werden kann.«

»Oh, ich werde zu schweigen wissen, mein Herr, aber Sie werden begreifen, wie mich diese verdammten Siegel in Wut gesetzt haben, die mich verhinderten, den Zustand der Flinte zu untersuchen. Ach, hätte ich's nur gewagt, sie zu nehmen!«

»Unglücklicher!«

»Ich hatte allerdings den Gedanken, doch ich habe ihn bezwungen. Aber später ist es mir eingefallen, daß dieser Gedanke auch anderen aufsteigen konnte. Die Schurken, die das fluchwürdige Komplott gegen Herrn von Boiscoran ersonnen, sind zu allem fähig – nicht wahr? Warum sollten sie nicht in der Nacht kommen, die Siegel aufzubrechen? ...Ich habe den Meier als Wächter unter die Fenster in den Garten gesetzt, seinen Sohn als Schildwache in den Hof, und ich habe selbst Schildwache vor den Siegeln gehalten.«

Man mag von den Anwälten sagen, was man will – die Anwälte sind besser als ihr Ruf.

Der erste, der bei der Aufführung eines höchst düsteren Dramas eine Träne vergißt, ist immer ein Dramaturg, ein Mann von Fach, der alle die Leitfäden kennt, für den die Kulissen kein Geheimnis mehr sind.

Der Anwalt, der so oft der Ungläubigkeit angeklagt wird, ist im höchsten Grade des Wortes leichtgläubig und naiv. Aus aufrichtiger Überzeugung ereifert er sich, und wenn man glaubt, daß er Komödie spielt, handelt er im besten Glauben.

Und meistenteils hat er in seinem Geiste den verhaßten Prozeß gewonnen, den er vor den Richtern verliert.

Herr Folgat hatte sich seit seiner Ankunft in Sauveterre allmählich mehr und mehr von Jacques von Boiscorans Unschuld überzeugt, und die Erzählung des alten Antoine war nicht darnach angetan, seinen Glauben zu erschüttern.

Nicht etwa, daß er das Bestehen eines Komplotts annahm; aber er war nicht abgeneigt, an die dreiste Berechnung irgendeines Schurken zu glauben, der glückliche Zufälle benützte, um die Last seines Verbrechens auf Jacques von Boiscorans Schulter zu bürden.

Doch Herr Folgat hatte noch andere Aufklärungen nötig, und es war schwer, sie dem fieberhaft aufgeregten alten Antoine abzugewinnen. Denn einen Mann verhören, wenn er noch so bereit ist zum Sprechen, ist nicht leicht. Und wenn man zu dieser Aufgabe nicht sehr große Kaltblütigkeit, sehr viel Sorgfalt und ein sehr folgerichtiges Verfahren anwendet, läuft man Gefahr, die wichtigsten Tatsachen zur Seite liegen zu lassen.

»Mein braver Antoine«, begann Herr Folgat nach einigen Augenblicken von neuem, »ich kann Ihr Verhalten in dieser Angelegenheit nicht genug rühmen ...Wir sind noch lange nicht zu Ende ...Aber da ich seit gestern, bevor ich Paris verließ, nichts wieder zu mir genommen habe, und es bereits zwölf Uhr mittags ist –«

Herr von Chandoré schlug sich gegen die Stirn.

»Wie kopflos ich bin!« unterbrach er ihn. »Wie ist es möglich, daß ich Ihnen noch nichts angeboten habe! Aber Sie werden mich entschuldigen. Sie sehen, wie niedergeschmettert ich bin. Antoine, womit kannst du uns dienen?«

»Die Pächterin hat Eier, eingemachte Gänse und Schinken...«

»Was sich am schnellsten herstellen läßt, wird das Beste sein«, sagte der junge Anwalt.

»In weniger als zwanzig Minuten werden die Herren bei Tische sein!« rief der alte Diener.

Mit diesen Worten eilte er davon, während Herr von Chandoré den Anwalt in den Saal führte. Mit dem äußersten Aufwande seiner Willenskraft suchte Großvater Chandoré seine zuversichtliche Haltung zu bewahren.

»Dieser Umstand mit der Flinte ist seine Rettung, nicht wahr?« fragte er.

»Vielleicht«, antwortete Herr Folgat, worauf beide in Stillschweigen verfielen, der Baron vertieft in den Kummer seines Lieblings und den Tag verwünschend, an welchem er sein Haus dem Herrn von Boiscoran und mit ihm so vielen grausamen Sorgen geöffnet hatte, während der Anwalt seinem Geiste die eingezogenen Erkundigungen einprägte und die Fragen überlegte, die er noch zu stellen hatte.

Jeder von ihnen war so in seine Betrachtungen verloren, daß sie zusammenfuhren, als Antoine mit den Worten: »Das Essen ist bereit«, wieder erschien.

Der Tisch war in dem Speisesaal gedeckt, und während die beiden Gäste Platz nahmen, hielt Antoine sich, die Serviette unter dem Arm, ehrerbietig im Hintergrunde, doch Herr von Chandoré wendete sich mit den Worten zu ihm: »Bringe noch ein drittes Gedeck, Antoine, und frühstücke mit uns.«

»Oh – gnädiger Herr«, protestierte der Diener.

»Setz dich nur her«, beharrte Herr von Chandoré. »Es wäre Zeitverlust, wenn du erst nach uns essen würdest, und ein Diener wie du ist Mitglied der Familie.«

Antoine gehorchte, obgleich verlegen und rot bis an die Haare vor Vergnügen über die Ehre, die ihm zuteil wurde, denn für gewöhnlich pflegte Vertraulichkeit gegen Untergeordnete nicht die Schwäche des Barons von Chandoré zu sein.

»Jetzt«, begann Herr Folgat nach dem Essen, »nehmen wir unser Geschäft wieder auf. Und Sie, mein lieber Antoine, nehmen sich Zeit zum Besinnen. Denken Sie daran, daß, wenn keine Aufhebung der Anklage und Haft erfolgt, Ihre Antworten die Grundlagen meiner Verteidigung mitbilden werden. Sagen Sie mir nun, welcher Art pflegten Herr von Boiscorans Lebensgewohnheiten hier zu sein?«

»Er hatte hier sozusagen keine bestimmten Gewohnheiten. Wir kamen nur selten und auf kurze Zeit hierher.«

»Gleichviel – welcher Art war das Leben, das er führte?«

»Er pflegte spät aufzustehen, viel spazierenzugehen, jagte zuweilen oder zeichnete und las, denn der gnädige Herr ist ein großer Bücherfreund; er liebt die Bücher fast ebensosehr wie sein Vater, der Marquis, sein Porzellan...«

»Wen empfing er bei sich?«

»Herrn Galpin-Daveline am häufigsten, den Doktor Seignebos, den Pfarrer von Bréchy, dann Herrn Sénéchal, Herrn Daubigeon.«

»Wie pflegte er seine Abende zuzubringen?«

»Bei dem hier anwesenden Herrn Baron von Chandoré, der es Ihnen bestätigen kann.«

»Er hatte keine anderen gesellschaftlichen Beziehungen in der Umgegend?«

»Nein.«

»Er besaß Ihres Wissens keine gute Freundin?«

»Oh!« antwortete Antoine verlegen, »so wissen Sie nicht, daß mein Herr mit dem Fräulein von Chandoré verlobt ist?«

Der Baron von Chandoré war nicht »von gestern«, wie er zu sagen pflegte. Wie mächtig auch sein Interesse in dieser Sache war, er erhob sich. »Ich werde ein wenig Luft schöpfen«, sagte er. Damit ging er hinaus, wohl begreifend, daß seine Eigenschaft als Großvater des Fräuleins von Chandoré vielleicht die Wahrheit auf Antoines Zunge bannen könne.

»Das ist ein Mann von Verstand«, dachte Herr Folgat, dann sich zu Antoine wendend, fügte er laut hinzu: »Da wir jetzt allein sind, so lassen Sie uns, mein braver Antoine, ohne Umschweife sprechen ... Hatte Herr von Boiscoran wirklich keine – Sie verstehen mich wohl! – keine Geliebte hier herum?«

»Nein, Herr!«

»Auch nie eine gehabt?«

»Nie. Man wird Ihnen vielleicht sagen, daß es eine Zeit gab, wo er die Fougerouse gern sah, ein starkes, rothaariges Mädchen, Tochter des Müllers, der ganz in der Nähe wohnt, und es ist wahr, daß die Kanaille bald unter diesem, bald unter jenem Vorwande öfter als nötig auf das Schloß kam ... Aber das war eine reine Kinderei ... Übrigens ist das fünf Jahre her, und jetzt ist die Fougerouse schon seit drei Jahren mit einem Salzsieder in der Umgegend von Marennes verheiratet.«

»Sind Sie Ihrer Sache gewiß?«

»Wie meiner selbst. Und Sie würden es ebenso sein, wenn Sie das Land kennten, wie ich es kenne, und die höllische Zunge dieser Leute. Da gibt es keine Schliche und keine Vorsichtsmaßregeln. Ich möchte den Mann kennen, der hier dreimal mit einem Frauenzimmer spricht, ohne daß es alle Welt weiß. Von Paris freilich rede ich nicht.«

Herr Folgat spitzte die Ohren.

»In Paris also hat es doch etwas dergleichen gegeben?« fragte er den Alten.

Antoine zögerte. »Die Geheimnisse meines Herrn«, stotterte er, »sind nicht die meinigen, und nach dem Versprechen, das ich ihm gegeben –«

»Von Ihrer Aufrichtigkeit hängt vielleicht die Rettung Ihres Herrn ab«, fiel der Anwalt ihm ins Wort, »seien Sie versichert, daß er es Ihnen nicht verübeln wird, alles gesagt zu haben.«

Noch einige Sekunden lang zögerte die ehrliche Haut; dann sagte er:

»Wenn es denn sein muß – gut! Der gnädige Herr hat – wie man so sagt – eine heftige Leidenschaft gehabt...«

»Wann?«

»Ja, das weiß ich nicht. Die Sache hatte vor meinem Eintritt in den Dienst des Herrn begonnen. Was ich weiß, ist, daß der Herr, um die ...Person zu empfangen, in Passy, am Ende der Rue de la Vigne, mitten in einem großen Garten, ein schönes Haus gekauft hatte, das er aufs Prachtvollste ausstatten ließ.«

»Ah!«

»Es ist das selbstverständlich ein Geheimnis, das weder dem Vater noch der Mutter des Herrn bekannt ist. Wenn ich etwas weiß, so kam es daher, daß der Herr einmal, als er in diesem Hause war, von der Treppe stürzte und sich den Fuß verstauchte, worauf er mich kommen ließ, um ihn zu pflegen. Es ist wahrscheinlich, daß er es unter seinem Namen gekauft, aber er hat es nicht unter diesem bewohnt. Er gab sich dort für einen Engländer namens Burnett aus und ließ sich von einer englischen Magd bedienen.«

»Und ...die Person...«

»Nicht nur, daß ich sie nicht kenne, ich ahne auch nicht einmal, wer sie gewesen sein könnte. Sie beobachtete die strengste Vorsicht. Indessen, da ich hier bin, um alles zu sagen, so gesteh' ich, daß ich die Neugier hatte, die englische Magd auszukundschaften. Sie sagte mir, daß sie selber nicht klüger sei als ich, daß sie zwar wisse, es käme eine Dame, daß es ihr aber nie gelungen sei, etwas von ihr, wäre es auch nur ihre Nasenspitze, zu sehen. Der Herr wußte die Sache so geschickt zu machen, daß die Magd immer außer dem Hause war, wenn die Dame kam und wenn sie fortfuhr. Wenn sie in dem Hause war, bedienten beide sich allein. Und wenn sie im Garten spazieren wollten, schickten sie die Magd mit einer Besorgung nach Versailles, nach Fontainebleau, gleichviel wohin, was diese, wie Sie sich denken können, in nicht geringe Wut versetzte.«

Mit einer ihm eigenen mechanischen Bewegung drehte Herr Folgat eine Spitze seines schwarzen Schnurrbarts.

Einen Augenblick hatte er geglaubt, »das Weib« auftauchen zu sehen, »das unvermeidliche Weib«, dessen Einfluß sich im innersten Grunde aller Handlungen des Mannes wiederfindet – hier aber schien sie entschieden spurlos zu verschwinden.

Vergebens suchte sein gewandter Blick nach irgendeinem möglichen, wenn nicht wahrscheinlichen Zusammenhang zwischen der geheimnisvollen Besucherin der Rue de la Vigne und den Ereignissen, deren Schauplatz Valpinson war; er entdeckte auch nicht die geringste Spur eines solchen.

»Nun, mein braver Antoine«, fuhr er ein wenig enttäuscht fort, »diese heftige Leidenschaft Ihres Herrn besteht ohne Zweifel nicht mehr?«

»Ganz offenbar, mein Herr, da Herr Jacques im Begriff war, Fräulein Denise zu heiraten.«

Diese Ursache war vielleicht nicht so einleuchtend, wie der treue Diener meinte; doch fügte der junge Anwalt keine weitere Bemerkung hinzu. »Und wann«, fuhr er fort, »hat Ihres Erachtens diese Liebschaft aufgehört?«

»Während des Krieges haben die Dame und der Herr sich trennen müssen, denn der Herr ist nicht in Paris geblieben. Er kommandierte eine Kompanie unserer Mobilgarde, wurde sogar am Kopf verwundet, was ihm eine Auszeichnung eintrug.«

»Besitzt er noch sein Haus in der Rue de la Vigne?«

»Ich glaube, ja.«

»Warum glauben Sie es?«

»Weil der gnädige Herr und ich nach all den großen Begebenheiten auf acht Tage nach Paris gingen und er mir eines Abends sagte: ›Der Krieg und die Kommune kommen mich teuer zu stehen. Mein kleines Nest drüben hat nicht weniger als zwanzig Granaten abbekommen, und es sind nacheinander Freiwillige, Kommunisten und Soldaten darin einquartiert worden. Kein Stück Möbel ist unversehrt geblieben. Mein Architekt sagt mir, daß, alles eingerechnet, die Reparaturen mehr als vierzigtausend Francs kosten werden.«

»Was? Die Reparaturen? Er beabsichtigte also, das Haus noch zu benützen?«

»Um diese Zeit war die Vermählung des Herrn noch nicht festgesetzt.«

»Mag sein, aber dieser Umstand weist darauf hin, daß er auch nach dem Kriege die geheimnisvolle Unbekannte wiedergesehen hat, daß also der Krieg ihre Beziehungen nicht auflöste.«

»Das ist wohl möglich!«

»Und er hat gegen Sie nie wieder die Dame erwähnt?«

»Nie.«

Hier hielt der Anwalt inne. Denn im Vorzimmer ließ sich Herr von Chandoré mit dem gekünstelten Husten eines Menschen, der sich anzukündigen wünscht, vernehmen.

Herr Folgat gab dem Herrn von Chandoré bei seinem Eintreten zu verstehen, daß seine Abwesenheit nicht mehr nötig sei. »Ich war«, sagte er ihm, »eben im Begriff, Sie aufzusuchen; denn ich befürchtete schon, es sei Ihnen irgend etwas zugestoßen.«

»Ich danke Ihnen«, erwiderte der alte Edelmann, »die Luft hat mich vollkommen erfrischt.«

Damit setzte er sich, und der junge Anwalt wandte sich wieder zu Antoine.

»Kommen wir auf Herrn von Boiscoran zurück. Wie war sein Verhalten an dem Tage vor der Feuersbrunst?«

»Ganz wie gewöhnlich, mein Herr.«

»Womit beschäftigte er sich, ehe er ausging?«

»Er hat wie immer mit gutem Appetit zu Mittag gespeist. Dann ging er hinauf in sein Zimmer, wo er über eine Stunde verweilte. Als er herunterkam, hielt er einen Brief in der Hand, den er dem Michel, dem Sohn des Pächters, einhändigte, um ihn dem Fräulein von Chandoré zu überbringen.«

»Genau so verhält es sich«, bemerkte der alte Baron. »In diesem Brief sagt Herr von Boiscoran meiner Denise, daß eine wichtige Angelegenheit ihn diesmal abhalte, zu ihr zu kommen.«

»Haben Sie eine Ahnung davon, worin diese Angelegenheit bestanden haben könnte?« fragte der Anwalt daraufhin den Diener.

»Keine, mein Herr, wie ich Ihnen versichern kann.«

»Aber es muß doch nach alledem ein Grund vorliegen, der Herrn von Boiscoran von dem Vergnügen abhielt, den Abend bei seiner Braut zuzubringen?«

»Wohl möglich.«

»Es muß seinen Zweck gehabt haben, daß er, statt die große Straße zu benützen, die überschwemmten Moräste überschritten hat und dann durch den Wald zurückgekehrt ist.«

Der alte Antoine raufte sich buchstäblich die Haare aus.

»Oh, mein Herr«, rief er aus, »Sie sagen genau dasselbe, was schon Herr Galpin-Daveline sagte!«

»Unglücklicherweise wird kein einziger vernünftiger Mensch anders sprechen können.«

»Ich weiß es, mein Herr, ich weiß es nur zu gut. Und Herr Jacques selbst fühlte das so sehr, daß er versuchte, einen Vorwand zu ersinnen. Aber er hat nie eine Unwahrheit gesagt, der Herr Jacques, er versteht sich nicht darauf, daher wußte er, der so viel Geist hat, nichts auszudenken als einen Vorwand, dessen Nichtigkeit sofort jedem in die Augen sprang. Er hat gesagt, daß er nach Bréchy ging, um seinen Holzhändler zu sprechen.«

»Und warum nicht?« rief Herr von Chandoré.

Antoine schüttelte den Kopf.

»Weil«, erwiderte er, »dieser Holzkäufer in Bréchy ein Dieb ist, den der Herr vor drei Jahren ganz öffentlich am Kragen genommen und zur Türe hinausgeworfen hat. Seitdem verkaufen wir unsern Schlag in Sauveterre.«

Herr Folgat zog ein Notizbuch hervor, um verschiedene Aussagen Antoines aufzuschreiben, wobei er die Hauptzüge seiner Verteidigung bereits entwarf.

»Jetzt«, sagte er, damit fertig, »kommen wir zu Cocoleu.«

»Ah, der Elende!« rief Antoine.

»Sie kennen ihn?«

»Wie sollt' ich ihn nicht kennen, da ich mein ganzes Leben hier, in Boiscoran, im Dienst des seligen Oheims meines Herrn zugebracht habe!«

»Dann sagen Sie mir auf das genaueste, was ist es für ein Individuum?«

»Ein Schwachsinniger, mein Herr, oder, wie man hier sagt, ein Einfältiger, der obendrein den Veitstanz hat und von epileptischen Anfällen heimgesucht ist.«

»Also ist es öffentlich anerkannt, daß er vollständig schwachsinnig ist?«

»Ja, mein Herr. Obgleich ich allerdings Leute behaupten hörte, Cocoleu sei keineswegs so vollständig ohne gesunde Sinne, wie man glaube, und er spiele sozusagen den Esel um die Kleie zu haben.«

Hier unterbrach Herr von Chandoré den Alten.

»Über diesen Gegenstand«, sagte er, »wird der Doktor Seignebos uns die beste Auskunft erteilen, da er Cocoleu während zwei Jahren bei sich beobachtet hat.«

»Ich beabsichtige auch, auf jeden Fall den Doktor zu sprechen«, antwortete Herr Folgat. »Aber vor allem gilt es, diesen unglücklichen Menschen aufzufinden.«

»Herr Sénéchal sagte bereits, daß er die Gendarmerie beauftragt habe, ihn aufzusuchen.«

»Wenn die Gendarmen Cocoleu festnehmen«, erklärte Antoine, wobei er sich einen bedeutungsvollen Gesichtsausdruck erlaubte, »so heißt das, daß er sich absichtlich hat festnehmen lassen.«

»Warum das, wenn ich bitten darf?«

»Weil niemand, meine Herren, so wie dieser Schwachsinnige alle Winkel und Schlupflöcher der Gegend kennt, die Höhlen, die Dickichte, die tiefsten Verstecke, und weil er, daran gewöhnt, wie ein wildes Tier von Früchten, Wurzeln und Vögeln zu leben, in der jetzigen Jahreszeit drei Monate verbringen kann, ohne sich einer menschlichen Wohnung zu nähern.«

»Der Teufel auch!« rief Herr Folgat enttäuscht.

»Ich kenne nur einen Menschen«, fuhr der alte Diener fort, »dem es gelingen könnte, Cocoleu aufzuspüren, das ist Michel, der Sohn unseres Pächters, der Bursche, den Sie unten gesehen haben.«

»Er soll herkommen«, sagte Herr von Chandoré.

Auf diesen Befehl zögerte Michel nicht, zu erscheinen, und sagte, als man ihm erklärt hatte, was man von ihm wolle: »Es gibt Mittel, obschon es nicht leicht geht. Wenn Cocoleu auch nicht wie ein Mensch vernünftig ist, so hat er doch die Bosheit eines Tieres ... Wollen's aber versuchen.«

Herr von Chandoré und Herr Folgat hatten nunmehr in Boiscoran nichts mehr zu tun.

Nachdem sie dem alten Antoine anbefohlen, die Gerichtssiegel wohl zu bewachen und, wenn es möglich wäre, einen Blick auf Jacques' Gewehr zu werfen, sobald die Gerichtskommission käme, um die zum Beweise dienenden Gegenstände abzuholen, bestiegen sie ihren Wagen wieder.

Von der Kathedrale zu Sauveterre schlug es eben fünf Uhr, als sie in der Rue de la Montagne anlangten.

Im Salon harrte Fräulein Denise.

Als sie eintraten, erhob sie sich bleich, die Augen leuchtend in trockenem Glanz.

»Was – du bist allein?« rief Herr von Chandoré. »Man hat dich allein gelassen?«

»Sei nicht böse, Großvater. Ich habe soeben Frau von Boiscoran bewogen, sich vor dem Mittagessen auf eine Stunde hinzulegen; sie war ganz erschöpft.«

»Und die Tanten Lavarande?«

»Sie sind ausgegangen, Großvater. Sie müssen in diesem Augenblick bei Herrn Galpin-Daveline sein.«

»Nein!« rief Herr Folgat erschrocken.

»Aber das ist ein unsinniges Unternehmen«, rief der alte Edelmann.

Das junge Mädchen jedoch schloß ihm mit einem Wort den Mund: »Ich«, sagte sie, »hab' es gewollt.«

# Zweites Buch

## Kapitel 14

Ja, das Unternehmen der Fräulein von Lavarande war unsinnig. Beim gegenwärtigen Stand der Sache Herrn Galpin-Daveline aufsuchen, hieß möglicherweise ihm die Waffen zutragen, mit denen er Jacques vernichten konnte.

Aber wer anders war schuld daran, als Herr von Chandoré und Herr Folgat? Hatten sie nicht eine unverzeihliche Unvorsichtigkeit begangen, indem sie ohne weitere Vorsichtsmaßregel nach Boiscoran fuhren und nur durch den Diener des Herrn Sénéchal sagen ließen, daß sie zum Mittag zurück sein würden und man außer Sorge sein möge? – Außer Sorge sein? Und es waren die Marquise von Boiscoran und Fräulein Denise, die Mutter und die Verlobte Jacques', denen sie das sagen ließen.

Anfangs zwar hatten die beiden Unglücklichen eine gewisse Kaltblütigkeit bewahrt, jede hatte sich bemüht, der andern das Beispiel ihres Mutes und ihrer Zuversicht zu geben. Aber je mehr die Stunden verrannen, je mehr hatte ihre Angst die Oberhand gewonnen, und allmählich hatte ihr Schmerz sich in dem Austausch ihrer Befürchtungen Luft gemacht.

Sie stellten sich Jacques vor – unschuldig und doch wie der ärgste Verbrecher behandelt, in der Tiefe eines Gefängnisses, den schrecklichsten Eingebungen der Verzweiflung überlassen. Welchen Gedanken war er ausgesetzt während der vierundzwanzig Stunden, die er ohne Nachricht von den Seinigen geblieben? Sollte er sich nicht verachtet, verleugnet und verlassen glauben?

»Dieser Gedanke ist unerträglich!« rief endlich Denise. »Auf alle Fälle müssen wir zu ihm gelangen.«

»Aber wie?« fragte Frau von Boiscoran.

»Ich weiß es nicht; doch müssen wir Mittel und Wege finden. Es gibt Schritte, die ich allein nicht wagen würde, aber vereint mit Ihnen, liebe Mutter, bin ich bereit, alles zu versuchen. Gehen wir zu ihm ins Gefängnis!«

Hastig warf Frau von Boiscoran ihren Reisemantel über die Schultern.

»Ich bin bereit«, sagte sie, »gehen wir.«

Sie hatten wohl beide sagen hören, daß Jacques in »geheimer Haft« war, aber weder die eine noch die andere hatte einen Begriff von der tatsächlichen und erschreckenden Bedeutung dieses Ausdrucks. Sie wußten nichts von jenen grauenvollen, aber dennoch durch Gesetz und Verordnungen gerechtfertigten Maßregeln, die einen Menschen zeitweise völlig unterdrücken, gewissermaßen lebendig einmauern, allein mit dem Verbrechen, dessen er angeklagt ist, allein der vollständigen Willkür eines anderen Menschen überlassen, dessen Aufgabe es ist, ihm ein Geständnis zu entreißen.

Für sie war die »geheime Haft« nichts mehr als Entziehung der Freiheit, die Zelle mit ihrer düsteren Ausstattung, die Gitter vor den Fenstern, die Riegel an den Türen, der Gefängniswärter mit seinem Schlüsselbund die dunklen Korridore entlangrasselnd, und der Wache haltende Soldat im Hof.

»Es ist unmöglich«, sagte Frau von Boiscoran, »daß man mir ausschlüge, meinen Sohn zu sehen.«

»Unmöglich!« bestätigte Denise, »übrigens kenne ich den Gefängniswärter Blangin, dessen Frau früher in unseren Diensten war.«

Voll Zuversicht hob daher das junge Mädchen mit ihrer schmächtigen Hand den schweren Türklopfer des Gefängnisses. Blangin selbst öffnete ihnen, und beim Anblick der beiden unglücklichen Frauen malte sich großes Erstaunen in seinem breiten Gesicht.

»Wir kommen, Herrn von Boiscoran zu besuchen«, sagte Fräulein Denise in festem Ton.

»Die Damen haben doch einen Erlaubnisschein?« fragte der Gefängniswärter.

»Einen Erlaubnisschein? Von wem?«

»Von Herrn Galpin-Daveline.«

»Nein, den haben wir nicht.«

»Dann bedaure ich, den Damen sagen zu müssen, daß es unmöglich ist, Herrn von Boiscoran zu sehen. Er ist in Untersuchungshaft, und ich habe die strengsten Befehle.«

Denise zog die Stirne kraus. »Ihre Befehle, Herr Blangin«, unterbrach sie ihn. »können sich nicht auf diese Dame, die Marquise von Boiscoran, erstrecken.«

»Meine Befehle sind für jedermann.«

»Sie könnten eine Mutter hindern, ihren Sohn zu umarmen?«

»Ich bin es ja nicht, der das tut, gnädiges Fräulein! Ich – was bin ich hier? Nichts als ein Riegel, den das Gericht nach Belieben vorstößt und zurückschiebt.«

Zum erstenmal stieg dem jungen Mädchen der Gedanke auf, daß ihr Versuch scheitern könnte.

»Also auch mich, mein guter Herr Blangin«, sagte sie mit Tränen in den Augen, »auch mich können Sie zurückweisen? Kennen Sie mich nicht mehr? Hat Ihre Frau nie von mir gesprochen?«

Der Gefängniswärter war augenscheinlich gerührt.

»Ich weiß«, sagte er; »ich weiß alles, was meine Frau und ich der Güte des Fräuleins verdanken, aber ich habe meine Befehle. Das gnädige Fräulein werden nicht wollen, daß ein armer Mann seinen Posten verliert.«

»Wenn Sie Ihren Posten verlieren, mein guter Blangin, so verbürge ich, Denise von Chandoré, Ihnen einen andern, der Ihnen das Doppelte einbringt.«

»Mein Fräulein –«

»Mißtrauen Sie etwa meinem Wort, lieber Blangin?«

»Gott behüte mich! Aber, mein Fräulein, es handelt sich hier nicht allein um meinen Posten. Wenn ich täte, was Sie verlangen, so würde ich auch schwer bestraft werden.«

Der Ton, in dem der Gefängniswärter sprach, überzeugte Frau von Boiscoran, daß Denise nichts erreichen würde.

»Bestehe nicht länger darauf, mein Kind«, sagte sie, »gehen wir nach Hause.«

»Wie? Ohne zu erfahren, was hinter diesen undurchdringlichen Mauern vorgeht; ohne selbst zu wissen, ob Jacques lebt oder tot ist?«

Offenbar kämpfte der Gefängniswärter in seinem Herzen einen schweren Kampf.

Plötzlich sagte er mit gedämpfter Stimme und einem besorgten Blick um sich her: »Es ist mir untersagt, zu sprechen. Aber gleichviel – ich werde Sie nicht fortgehen lassen, ohne Ihnen wenigstens mitzuteilen, daß Herr von Boiscoran sich in guter Gesundheit befindet.«

»Weiter!« drang die junge Dame in ihn.

»Gestern, als man ihn herbrachte, war er wie stumpfsinnig. Er warf sich über sein Bett wie ein Sterbender und blieb über zwei Stunden regungslos liegen. Ich glaube wohl – er weinte!«

Ein Stöhnen, welches Denise nicht bemeistern konnte, machte Blangin erbeben.

»Fassen Sie sich, mein Fräulein«, sprach er lebhaft, »dieser Zustand hat ja nicht lange gedauert. Bald darauf ist Herr von Boiscoran aufgesprungen mit dem Ausruf: ›Ach was! Ich bin albern, mich so der Verzweiflung zu überlassen.‹«

»Sie haben das gehört?« fragte Frau von Boiscoran.

»Nicht ich selbst, sondern Frumence Cheminot hat es vernommen.«

»Frumence Cheminot?«

»Ja, einer unserer Gefangenen. Oh, er ist nur ein simpler Vagabund, gar nicht bösartig, der den Auftrag hat, Herrn von Boiscoran durchs Guckloch zu beobachten und ihn nie aus den Augen zu lassen. Herr Galpin-Daveline hat diese Vorsichtsmaßregel getroffen, weil die Beschuldigten bisweilen, zu Anfang, wenn Verzweiflung und Lebensüberdruß sie packt … ein Unglück ist ja so schnell geschehen! Frumence soll dieses Unglück verhindern.«

Frau von Boiscoran zuckte vor Schreck zusammen. Mehr als alles gab diese Vorsichtsmaßregel ihr den vollen Begriff von der Lage ihres Sohnes.

»Übrigens«, fuhr Blangin fort, »ist jetzt nichts mehr zu fürchten. Herr von Boiscoran ist wieder ganz gelassen und ruhig, heiter sogar, wenn ich so sagen darf. Als er heute morgen aufstand, nachdem er die ganze Nacht fest geschlafen hatte, ließ er mich rufen und verlangte Papier, Tinte und Feder. Das pflegen die Gefangenen am zweiten Tage zu fordern. Ich hatte Befehl, ihm das Verlangte zu geben; und er erhielt es. Als ich wiederkam, ihm sein Frühstück zu bringen, händigte er mir einen an Fräulein von Chandoré adressierten Brief ein.«

»Wie?« rief Denise. »Sie haben einen Brief für mich und geben ihn mir nicht heraus?«

»Weil ich ihn nicht mehr habe, mein Fräulein, sondern ihn, wie es meine Pflicht war, dem Herrn Galpin-Daveline aushändigte, als er mit seinem Schreiber Méchinet herkam, um Herrn von Boiscoran zu verhören.«

»Und was hat er gesagt?«

»Er erbrach den Brief, las ihn, steckte ihn in die Tasche und sagte: ›Es ist gut.‹«

Wieder füllten sich Fräulein von Chandorés Augen mit Tränen, aber diesmal waren es Tränen des Zorns.

»Welch eine Schmach!« rief sie. »Dieser Mensch wagt es, den Brief zu lesen, den Jacques an mich gerichtet hat! Es ist schändlich!«

Und indem sie in ihrem Kummer Herrn Blangin zu danken vergaß, zog sie Frau von Boiscoran mit sich fort und sprach, bis sie zu Hause anlangten, kein Wort.

»Armes Kind, du hast nichts ausgerichtet!« riefen die Tanten Lavarande, als sie ihre Nichte eintreten sahen.

»Nun wohl«, fuhren sie fort, nachdem Denise ihnen alles mitgeteilt hatte, »wir werden ihn aufsuchen, diesen elenden Menschen, der uns vorgestern noch auf das niedrigste den Hof machte, um die Mitgift unserer Nichte zu erhalten. Wir werden ihm reinen Wein einschenken. Und wenn wir nicht erreichen, daß er uns Jacques herausgibt, so werden wir wenigstens seinen Triumph beeinträchtigen und ihn demütigen.«

Wie hätte Fräulein von Chandoré diesem Plan der Tanten Lavarande nicht zustimmen sollen, der ihrem Zorn alsbaldige Genugtuung versprach und ihre geheimen Hoffnungen nährte!

»Ja, ihr habt recht, liebe Tanten«, rief sie. »So geht, ohne eine Minute zu verlieren!«

Unfähig, solchem Drängen zu widerstehen, machten beide sich auf den Weg, ohne den zaghaften Einwänden der Marquise von Boiscoran Gehör zu geben. In einem Punkt aber irrten sich die guten Damen – in betreff der Gemütsverfassung des Herrn Galpin-Daveline.

Der Exbewerber um ihre Nichte Lavarande war nicht auf Rosen gebettet.

Beim Beginn dieser seltsamen Angelegenheit hatte er sich fieberhaft hineingestürzt. Endlich glaubte er die glänzende Gelegenheit erreicht zu haben, der er seit Jahren nachgejagt und die ihm die Pforte öffnen sollte, die bisher seinem Ehrgeiz verschlossen geblieben.

Als aber die Untersuchung einmal im Gange war, als er sich in den Kampf verwickelt sah, hatte die Strömung ihn mit sich fortgerissen, die rascher war als seine Überlegung.

Mit einer Art krankhafter Genugtuung hatte er die Beschuldigungen sich häufen und anwachsen sehen. Bewies diese Untersuchung nicht die glänzendsten Fähigkeiten und eine außerordentliche Gewandtheit, indem sie binnen wenigen Stunden die Justiz von der Tatsache eines unerklärlichen Verbrechens bis zu dem Anstifter desselben hinführte, den niemand zu verdächtigen gewagt hätte?

Aber einige Stunden später sah Herr Galpin-Daveline die Ereignisse nicht mehr mit denselben Augen an. Die Überlegung kühlte ihn ab, er begann an seiner Geschicklichkeit zu zweifeln, und er fragte sich, ob er nicht mit zu großer Hast gehandelt habe.

Wenn Jacques schuldig war, so konnte nichts günstiger für ihn sein. Es brachte dem Untersuchungsrichter, das war klar, Beförderung ein, sobald die Verurteilung erfolgt war.

Wenn aber Jacques unschuldig war?...

Dieser Gedanke, der nun zum erstenmal in Herrn Daveline aufstieg, ließ ihn bis ins innerste Mark erbeben.

»Jacques unschuldig!« Darin lag für Galpin-Daveline die Verurteilung, die verlorene Zukunft, vernichtete Hoffnung, eine für immer gehemmte Laufbahn.

»Jacques unschuldig!« Das war für ihn eine sichere, demütigende Schlappe; man würde ihn von Sauveterre entfernen, das für ihn nach einem solchen Skandal unmöglich wäre. Er würde nach irgendeinem verlorenen Winkel des Landes versetzt werden und jede Aussicht auf Beförderung sich abgeschnitten sehen.

Vergeblich wandte er ein, daß er nur seine Pflicht getan. Man würde ihm antworten, wenn man ihn überhaupt noch einer Antwort wert hielt, daß es gewisse aufsehenerregende Mißgriffe und skandalöse Irrtümer gibt, die ein Beamter nicht begehen darf, und daß es zum Ruhm der Justiz und im Interesse der so heftig angegriffenen Magistratur unter gewissen Umständen besser sei, einen Schuldigen ungestraft zu lassen, als einen Unschuldigen in Gefangenschaft zu setzen.

Unter solchen Ängsten, den furchtbarsten, die das Herz eines Ehrgeizigen zerreißen können, hatte er die Nacht verbracht.

Um sechs Uhr morgens schon war er aufgestanden. Um elf Uhr schickte er nach seinem Gerichtsschreiber Méchinet, und sie begaben sich gemeinschaftlich in das Gefängnis, um ein neues Verhör anzustellen. Dort händigte man ihm den Brief ein, den Jacques an Fräulein Denise gerichtet hatte.

Er war kurz und so gehalten, wie ein Mann schreibt, der zu gebildet ist, um nicht zu wissen, daß ein Gefangener nicht auf Geheimhaltung seiner Korrespondenz rechnen kann. Er war nicht einmal versiegelt; ein Umstand, der dem Gefängniswärter Blangin entgangen war.

»Denise, meine Geliebte«, schrieb Jacques. »Der Gedanke an den entsetzlichen Schmerz, den ich Dir verursacht, ist mein größter und fast mein einziger Kummer. Soll ich mich erniedrigen, Dir zu schwören, daß ich unschuldig bin? Nein, nicht wahr? Ich bin das Opfer eines so unglückseligen Zusammentreffens von Umständen, daß das Gericht sich täuschen mußte. Aber beruhige Dich; sei außer Sorge. Wenn der Augenblick da ist, werde ich wissen, diesen unheilvollen Irrtum aufzuklären. Auf Wiedersehen!

Jacques.«

»Es ist gut!« hatte in der Tat Herr Galpin-Daveline gesagt, nachdem er diesen Brief gelesen. Er hatte ihm nichtsdestoweniger einen heftigen Stoß ins Herz gegeben. »Welch eine Zuversicht!« dachte er.

Dennoch hatte er sich ein wenig beruhigt, als er die Gefängnistreppe emporstieg. Ohne Zweifel hatte Jacques sich nicht eingebildet, daß sein Brief auf geradem Wege an seine Bestimmung gelangen würde; es lag also nahe zu vermuten, daß er ihn mehr für das Gericht als für Fräulein Denise geschrieben hatte. Das mangelnde Siegel gab dieser Voraussetzung ein gewisses Gewicht.

»Nun«, sagte sich Galpin-Daveline, während Blangin die Zelle des Angeklagten öffnete, »wir werden ja sehen, wie es steht!«

Aber er fand Jacques so gelassen, als wäre er frei, auf seinem Schloß zu Boiscoran, trotzig, ja sogar spöttelnd. Unmöglich, etwas aus ihm herauszubringen. Mit Fragen bedrängt, hüllte er sich in das hartnäckigste Schweigen oder antwortete, daß er darüber erst nachdenken müsse.

Somit trat der Untersuchungsrichter seinen Rückzug noch viel beunruhigter an, als er gekommen war.

Jacques' Haltung beschämte ihn, wenn für ihn noch Umkehr möglich gewesen wäre.

Aber er konnte es nicht; er hatte seine Schiffe verbrannt und war verdammt, bis zum Äußersten zu gehen.

Für sein künftiges Heil war es notwendig, daß Jacques von Boiscoran schuldig befunden, dem Schwurgericht ausgeliefert und bestraft wurde. So mußte es unbedingt kommen. Es war eine Frage auf Leben und Tod. – Das waren die Erwägungen des Herrn Galpin-Daveline, als ihm gemeldet wurde, daß die Schwestern Lavarande ihn zu sprechen wünschten.

Er richtete sich bei dieser Meldung im Moment kerzengerade auf, und sein überreizter Geist umfaßte sofort alle denkbaren Möglichkeiten. Was konnten diese beiden alten Jungfern von ihm wollen?

»Sie mögen eintreten«, rief er endlich.

Sie traten ein, steif, hochmütig, den Sessel zurückweisend, den der Beamte ihnen anbot.

»Ich war auf die Ehre Ihres Besuches wenig gefaßt, meine Damen«, begann er. Die ältere der Schwestern, Fräulein Adélaïde, schnitt ihm das Wort ab: »Sehr erklärlich«, sagte sie, »nach dem, was sich zugetragen hat!«

Und alsbald begann sie mit der Gewalt eines Gläubigen, der einem Gottlosen sein Sündenregister vorhält, ihm vorzuwerfen, was sie seinen »infamen Verrat« nannte. Was? Er, er hatte Partei gegen Jacques, gegen seinen Freund ergriffen, gegen einen Mann, der sich bemüht hatte, ihm die Gunst einer unverhofften Verbindung zu verschaffen! Durch den einzigen Umstand dieser Heiratsaussicht zählte er gewissermaßen zur Familie. Wo war er denn her, daß er vergessen hatte, daß unter Verwandten, selbst wenn sie sich tödlich hassen, einer dem andern Schutz und Beistand schuldig ist, sobald es gilt, das heilige Erbgut, das man »Ehre« nennt, zu verteidigen?

Betroffen wie ein Vorübergehender, der aus der fünften Etage mit einem Steinregen überschüttet wird, behielt Herr Galpin-Daveline doch genug Kaltblütigkeit, um sich zu fragen, ob es nicht möglich sei, aus diesem unerwarteten Vorfall irgendeinen Vorteil zu ziehen. War eine Umkehr unmöglich?

Wirklich begann er, als Fräulein Adélaïde kaum innehielt, sich zu rechtfertigen und in heuchlerischen Ausdrücken den Schmerz zu schildern, der ihn erfülle.

»Wenn er Ihnen so teuer ist«, unterbrach ihn Fräulein Adélaïde, »so lassen Sie ihn in Freiheit setzen.«

»O mein Fräulein, wenn das in meiner Macht stände!«

»Dann geben Sie wenigstens seiner Familie die Erlaubnis, ihn zu sehen.«

»Das verbietet mir das Gesetz. Wenn er unschuldig ist, so mag er sich rechtfertigen, ist er aber schuldig, so bekenne er. Im ersten Fall wird er in Freiheit gesetzt, im zweiten wird er bei sich empfangen können, wer ihm beliebt.«

»Haben Sie sich vielleicht auch ›aus Freundschaft‹ erlaubt, den Brief zu lesen, den Jacques seiner Braut geschrieben hat?«

»Ich habe damit nur eine Pflicht meines peinlichen Berufs erfüllt, mein Fräulein!«

»Ah! und dieser Beruf verbietet Ihnen wohl auch, den Brief herauszugeben, wenn Sie ihn gelesen haben?«

»Ja – aber ich kann Ihnen denselben mitteilen.«

Mit diesen Worten zog er ihn aus einem Aktenstoß hervor, und die jüngere der Tanten, Fräulein Elisabeth, schrieb ihn mit einem Bleistift ab. Nachdem dies geschehen war, entfernten sich beide, fast ohne zu grüßen.

Herr Galpin-Daveline war zornberauscht.

»Ah, ihr alten Hexen!« rief er, »dieser Schritt beweist mir, daß ihr weit entfernt seid, an Jacques' Unschuld zu glauben. Warum liegt seiner Familie so viel daran, zu ihm zu gelangen? Ohne Zweifel, um ihm die Mittel zu verschaffen, sich durch Selbstmord der Bestrafung seines Verbrechens zu entziehen ... Aber, bei Gott, das wird nicht geschehen, ich werde es zu hindern wissen. Was sollen Gegenvorwürfe über eine Handlung nützen, die nicht ungeschehen zu machen ist?«

Wie sehr es auch Herrn Folgat verdroß, als er von Denise den Schritt der Tanten Lavarande erfuhr, so ließ er sich doch nichts anmerken. War es nicht an ihm, inmitten dieser so schwer geprüften Familie für alle Kaltblütigkeit zu bewahren?

Herr von Chandoré dagegen verhehlte nur schlecht seine Unzufriedenheit. Und trotz seines Respekts vor dem Willen seiner Enkelin sprach er zu dieser: »Gewiß, liebes Kind, ich will nicht sagen, daß du Unrecht hattest; aber du kennst doch die Tanten, du weißt, wie wenig nachgebend sie sind. Sie sind fähig, Herrn Galpin-Daveline vor Erbitterung zum Äußersten zu bringen.«

»Gleichviel«, antwortete stolz das junge Mädchen. »Die Behutsamkeit bleibe dem Schuldigen überlassen. Jacques aber ist unschuldig.«

»Das Fräulein hat recht«, bestätigte Herr Folgat, der, wie die ganze Familie, Denises Herrschaft anzuerkennen schien. »Was auch die Fräulein von Lavarande sagen oder tun mögen, sie werden die Situation nicht verschlimmern. Herr Galpin-Daveline wird nach wie vor ein erbitterter Feind sein.«

»Aber –« Großvater Chandoré fuhr vom Stuhle auf.

Der Anwalt schnitt ihm das Wort ab. »Seine Persönlichkeit kümmert mich weiter nicht«, sagte er, »wohl aber die Gesetzeseinrichtung, deren Mißlichkeit er unterworfen ist. Ist es wohl möglich, daß ein Untersuchungsrichter immer durchaus unparteiisch bleiben kann, in einzelnen, aufsehenerregenden Prozessen zum Beispiel, in welchen er gewissermaßen seine Zukunft aufs Spiel setzt? Man mag noch so sehr als Beamter unbestechlich, jeder Verletzung der Amtspflicht unfähig sein, seinen Pflichten aufs strengste ergeben – man ist aber auch Mensch und hat seine Interessen. Im Ministerium werden Untersuchungen, die mit einer Freisprechung endigen, nicht gern gesehen. Der Richter, den man belohnt, ist nicht immer derjenige, der die Wahrheit eines schwierigen Prozesses ans Licht bringt.«

»Aber Herr Galpin-Daveline war unser Freund, mein Herr –«

»Jawohl, und gerade das läßt mich alles fürchten. Wie wird seine Lage sein, wenn eines Tages Herr von Boiscoran für unschuldig erklärt wird?«

»Wohlan, wir werden jetzt vor allem sehen, was die Tanten Lavarande ausgerichtet haben.«

Diese kehrten soeben zurück, nicht wenig stolz auf ihre Expedition, die Abschrift von Jacques' Brief vorzeigend.

Während Denise diese Abschrift an sich nahm und zurücktrat, um sie zu lesen, erzählte Fräulein Adélaïde ihr Zusammentreffen, nicht wenig betonend, wie entschlossen und abstoßend ihr Verhalten gewesen und wie gedemütigt und reuig Herr Galpin-Daveline erschienen sei.

»Denn er war wie vom Blitz getroffen«, erklärten die beiden alten Jungfern übereinstimmend, »er war zermalmt, vernichtet!«

»Ja freilich, ihr habt da einen schönen Streich ausgeführt«, brummte Herr von Chandoré, »und ich rate euch sehr, nicht noch damit zu prahlen!«

»Die Tanten haben recht getan«, erklärte Denise. »Hört lieber, was Jacques mir hier schreibt. Das ist einleuchtend, das ist klar. Was haben wir nach diesem seinem Ausspruch noch zu fürchten? ›Seid außer Sorge‹, schreibt er, ›ich werde, wenn es Zeit ist, wissen, diesen unheilvollen Irrtum aufzuklären.‹«

Herr Folgat, der die Abschrift genommen und gelesen hatte, schüttelte den Kopf.

»Es bedurfte dieses Briefes nicht«, sagte er, »um meine Ansicht zu befestigen. Diesem Prozeß liegt ein Geheimnis zugrunde, in das keiner von uns gedrungen ist. Aber Herr von Boiscoran ist sehr kühn, so mit einem Kriminalprozeß zu spielen. Warum hat er sich nicht gleich gerechtfertigt? Was gestern leicht war, kann heute schwierig und in acht Tagen unmöglich sein.«

»Jacques ist ein zu vortrefflicher Mensch, mein Herr«, rief Denise, »als daß man sich nicht ohne weiteres auf das verlassen dürfte, was er gesagt hat.«

Frau von Boiscoran, die soeben eintrat, machte es dem Anwalt unmöglich, etwas zu erwidern. Zwei Stunden der Ruhe hatten der unglücklichen Frau einen Teil ihrer Energie und ihrer Geistesgegenwart zurückgegeben, und sie kam nun zu fordern, daß man ein Telegramm an ihren Gemahl abschicke.

»Das ist das wenigste, was wir tun können«, brummte Herr von Chandoré, »obgleich es im Grunde sehr überflüssig ist. Boiscoran kümmert sich viel um seinen Sohn, so wahr ich lebe! Ah, wenn es sich um ein seltenes Stück Fayence handelte oder um einen Teller, der seiner Sammlung fehlt – das wäre eine andere Geschichte!«

Die Depesche wurde nichtsdestoweniger aufgesetzt und auf das Telegraphenbüro gesandt, als eben der Diener kam, um zu melden, daß das Mittagsmahl aufgetragen sei.

Diese Mahlzeit war weniger traurig, als man hätte voraussetzen sollen. Gewiß war jedem das Herz schwer bei dem Gedanken, daß vielleicht in diesem Augenblick Jacques vom Gefängniswärter mit der Gefängniskost bedient wurde. Gewiß konnte Denise ihre Tränen nicht zurückhalten, als sie Herrn Folgat den Platz einnehmen sah, der sonst ihrem Verlobten gehörte. Aber niemand, mit Ausnahme des jungen Anwalts, glaubte, daß Jacques wirklich in Gefahr war.

Herr Sénéchal jedoch, der erschien, als man eben den Kaffee servierte, teilte die Befürchtungen des Herrn Folgat.

Der gute Bürgermeister war gekommen, um Nachrichten von seinen Freunden zu erhalten und um ihnen mitzuteilen, wie der Tag vergangen war.

Die Beerdigung der Feuerwehrleute war ohne Unruhe verlaufen, obgleich nicht ohne tiefe Erschütterung. Von den Auftritten, die er befürchtet hatte, war nichts geschehen, der Doktor Seignebos hatte auf dem Kirchhof keine Rede gehalten. Doch er habe den Kummer gehabt, zu erkennen, daß die Bewohner Sauveterres in großer Mehrzahl an Herrn von Boiscorans Schuld glaubten.

Das Rollen eines Wagens, der vor der Tür hielt, schnitt ihm sehr zur rechten Zeit das Wort ab.

»Was ist das?« rief Denise auffahrend.

Man hörte im Korridor das Geräusch von Stimmen und Schritten, etwas wie das Gestampfe eines Kampfes; fast unmittelbar darauf öffnete sich die Tür des Speisesaales, und Michel, der Sohn des Pächters von Boiscoran, erschien mit dem Ausruf: »Es ist gelungen. Ich bring' ihn. Da hab' ich ihn.«

Dabei schleppte er Cocoleu herein, der grunzend um sich schlug und mit dem wilden Blick eines in der Schlinge ertappten Tieres um sich blickte.

»Meiner Seel', Sohn«, rief Herr Sénéchal, »du bist geschickter gewesen als die Gendarmen.«

Die Art, wie Michel mit den Augen zwinkerte, ließ leicht erkennen, daß sein Glaube an die Geschicklichkeit der Gendarmen nicht eben weit her war.

»Als ich dem Herrn Baron versprach, Cocoleu aufzuspüren«, sagte er, »da hatte ich schon meinen Plan. Ich wußte, daß er, ein stinkendes Vieh, wie er ist, sich um diese Zeit oft in einem Loch zu vergraben pflegt, das er sich unter den Felsen im tiefsten Dickicht der Wälder von Rochepommier gegraben hat. Durch Zufall hatte ich diesen Dachsbau entdeckt, denn man könnte hundertmal darüber und daneben hingehen, ohne zu ahnen, daß er existiert. Als nun Herr von Chandoré mir sagte, daß der ›Einfältige‹ verschwunden sei, dachte ich bei mir selbst: ›Sicherlich steckt er in seinem Loch. Wir wollen einmal zusehen.‹ Gleich machte ich mich auf die Beine, komme bei den Felsen an und finde Cocoleu. Nur kann ich versichern, daß es mir schlecht erging, bis ich ihn heraus hatte; er wollte nicht kommen, der Schuft, und hat mich wie ein toller Hund in die Hand gebissen, als er sich verteidigte.«

Damit zeigte Michel seine linke Hand vor, die mit blutiger Leinwand umwickelt war.

Cocoleu war abschreckend in diesem Augenblick, mit seinem fahlen Gesicht, das sich mit roten Flecken bedeckt hatte, mit seinen hängenden Lippen, von denen der Geifer floß, und mit seinen stumpfsinnigen Blicken.

»Warum wolltest du nicht kommen?« fragte ihn Herr Sénéchal.

Der Schwachsinnige schien ihn nicht einmal zu hören.

»Warum hast du Michel gebissen?« fuhr der Bürgermeister fort.

Cocoleu gab keine Antwort.

»Weißt du, daß Herr von Boiscoran aufgrund dessen, was du gesagt hast, im Gefängnis ist?« Noch immer keine Antwort.

»Oh, es lohnt die Mühe nicht, ihn zu verhören«, sagte Michel. »Sie könnten ihn bis morgen prügeln. Sie würden ihm eher die Seele aus dem Leibe schlagen als ein Wort herausbringen.«

»Ich habe ... ich habe Hunger«, stotterte Cocoleu.

Herr Folgat brach in Entrüstung aus.

»Ist es möglich«, murmelte er, »ist es möglich zu denken, daß man auf die Aussage eines solchen Geschöpfes eine Anklage auf Tod und Leben gründet?«

Großvater Chandoré schien seinerseits sehr verlegen.

»Was werden wir nun«, fragte er endlich, »mit diesem elenden Bengel beginnen?«

»Ich will ihn sogleich selbst ins Hospital bringen«, antwortete Herr Sénéchal, »und den Doktor Seignebos sowie den Staatsanwalt von diesem wichtigen Fund in Kenntnis setzen.«

Der Doktor Seignebos hatte seine Sonderbarkeiten, das war unwiderleglich, und alle die komischen Abenteuer, die ihm von seinen Feinden zugeschrieben wurden, waren nicht aus der

Luft gegriffen. In jedem Fall aber besaß er die sehr selten gewordene Eigenschaft, für seine »Kunst«, wie er sagte, eine Ehrfurcht zu hegen, die dem Fanatismus nahekam.

Die Fakultät seiner Wissenschaft war seiner Meinung nach keines Irrtums fähig, ihr schrieb er bereitwillig die »Unfehlbarkeit« zu, die er dem Papst absprach. Er gab im Vertrauen wohl zu, daß etliche seiner Kollegen Esel seien, aber nie hätte er einem Laien erlaubt, diese unehrerbietige Ansicht in seiner Gegenwart auszusprechen. Von dem Augenblick an, da ein Mann mit dem wichtigen Diplome versehen war, welches das Recht über Tod und Leben verleiht, mußte dieser Mann, seiner Ansicht gemäß, in den Augen jedes gewöhnlichen Menschen ein »erhabenes Wesen« sein.

Es war seiner Meinung nach ein Verbrechen, sich nicht blindlings der Anordnung eines Arztes zu unterziehen.

Daher sein Eigensinn, dem Herrn Galpin-Daveline die Stirn zu bieten, die Bitterkeit seiner Widersprüche und die Unmanierlichkeit, mit welcher er die Herren vom Gericht bat, das Zimmer, in dem sein Kranker lag, zu verlassen und ihre Verhandlungen draußen abzumachen.

»Denn diese Teufel da«, hatte er hinzugefügt, »würden ohne weiteres einen Menschen töten, um die Mittel zu finden, einem andern den Kopf abzuschneiden.«

Darauf seine Pinzetten, sein Skalpell und seinen Schwamm wieder zur Hand nehmend, hatte er sich von neuem ans Werk gemacht, mit Frau von Claudieuses Hilfe die Schrotkörner herauszuziehen, die dem Grafen noch im Leibe steckten.

Um neun Uhr war er damit fertig.

»Nicht, daß ich behaupte, alles herausgezogen zu haben«, sagte er bescheiden, »aber was im Körper von Körnern etwa übrig ist, läßt sich von mir vorläufig nicht ergründen, ich muß gewisse Symptome abwarten, die mir ihr Vorhandensein beweisen.«

Übrigens schien, wie er es vorausgesetzt, Herrn von Claudieuses Zustand sehr verschlimmert. Der ersten Aufregung war eine große Entkräftung gefolgt. Das Wundfieber begann sich durch leichtes Frösteln anzukündigen.

»Ich sehe indes doch die Gefahr als überstanden an«, sagte der Doktor Seignebos zu der Gräfin, nachdem er, um zu verhindern, daß sie in Aufregung geriete, alle Zufälle auseinandergesetzt hatte, die möglicherweise eintreten könnten; worauf er ihr vor allem anempfahl, nicht zu gestatten, daß irgend jemand, und am wenigsten Herr Galpin-Daveline, sich dem Lager ihres Gatten näherte. Dieser Rat war nicht überflüssig gewesen, denn fast in demselben Augenblick meldete ein Bauer, daß ein Bürger von Sauveterre da sei, der Herrn von Claudieuse zu sprechen wünschte.

»Er mag kommen«, sagte der Doktor. »Diesmal werd' ich ihn empfangen.«

Es war ein gewisser Têtard, der früher als Gerichtsschreiber gedient und seinen Posten verkauft hatte, um den Steinhandel zu betreiben.

Besagter Têtard aber nannte sich nicht nur »ehemaliger Ministerialbeamter und Kaufmann«, wie seine Visitenkarten angaben, er war außerdem noch Vertreter einer Feuerversicherungs-Gesellschaft.

In dieser Eigenschaft erlaube er sich vorzustellen, erklärte er der Gräfin.

Er habe sagen hören, daß die Gebäude von Valpinson, durch seine Gesellschaft versichert, soeben zerstört worden seien, daß das Feuer absichtlich von Herrn von Boiscoran angelegt worden, und er wolle über diesen Gegenstand mit dem Herrn von Claudieuse verhandeln. Zwar sei er weit entfernt, versicherte er, die Verantwortlichkeit seiner Gesellschaft abzulehnen; allein er wolle ihr die gesetzlichen Ansprüche an Herrn von Boiscoran sichern, der Vermögen besitze und ohne Zweifel verurteilt werde, das Unheil, dessen Urheber er sei, zu bezahlen. Dazu seien gewisse Formalitäten notwendig; er komme, Herrn von Claudieuse aufzufordern, gemeinschaftlich mit ihm, Têtard, die Maßregeln zu treffen.

»Und ich fordere Sie auf, mir Ihre Hacken zu zeigen!« schrie Herr Seignebos mit donnernder Stimme, »und ich finde Sie sehr dreist, in so unverschämter Weise Herrn von Boiscoran zu erwähnen.«

Herr Têtard hatte, ohne ein Wort zu verlieren, das Weite gesucht, und noch in voller Aufregung über diesen Vorfall untersuchte der Doktor dann die jüngere Tochter der Frau von Claudieuse, dieselbe, bei welcher sie im Augenblick der Katastrophe gewacht hatte, und der es augenscheinlich besser ging.

Als dieses abgetan war, hielt ihn nichts mehr in Valpinson zurück.

Sorgsam verwahrte er die Schrotkörner, die er aus den Wunden des Grafen gezogen, in seinem Besteck; dann sagte er, Frau von Claudieuse bis an die Schwelle der elenden Hütte ziehend:

»Eh' ich mich entferne, gnädige Frau, liegt mir daran, Sie zu fragen, was Sie von den Ereignissen dieser Nacht denken?«

Bleich wie eine Tote, schien das unglückliche Weib sich nur durch ein Wunder von Willenskraft aufrecht zu halten. Nichts an ihr war lebendig, ausgenommen ihre Augen, die in einem außerordentlichen Glanz leuchteten.

»Ach – was weiß ich, mein Herr«, antwortete sie mit schwacher Stimme.

»Sie haben aber doch Cocoleu befragt?«

»Wen hätte ich nicht befragt, um die Wahrheit zu entdecken!«

»Und der Name, den er aussprach, versetzte Sie nicht in Erstarrung?«

»Sie haben es sehen müssen, mein Herr!«

»Ich habe es gesehen, und darum beharre ich darauf, Ihre Ansicht über Cocoleus Geistesbeschaffenheit zu erfahren.«

»Der Unglückliche ist schwachsinnig, mein Herr, wissen Sie das nicht?«

»Ich weiß es, und darum setzte Ihre Beharrlichkeit, ihn zum Sprechen zu bringen, mich in Erstaunen. Sie mußten doch annehmen, daß ihm zuweilen, trotz seiner gewöhnlichen Einfalt, ein Schimmer von Vernunft auftauchte?«

»Er hatte soeben meine Kinder den Flammen entrissen...«

»Das beweist seine Anhänglichkeit für Sie.«

»Er hängt in der Tat an mir wie ein armes Tier, das ich aufgenommen und für das ich Sorge getragen.«

»Gut... Seine Handlung bekundet vielleicht etwas mehr als nur tierischen Instinkt.«

»Das ist möglich. Es ist mir vorgekommen, daß ich in Cocoleu hin und wieder einen geistigen Lichtstrahl bemerkte.«

Der Doktor hatte seine goldene Brille abgenommen und putzte sie voll Wut.

»Es ist sehr zu bedauern«, brummte er, »daß ein solcher geistiger Strahl ihm nicht leuchtete, als er Herrn von Boiscoran das Feuer anzünden und sich zum Mordanschlag auf den Herrn von Claudieuse anschicken sah!«

Frau von Claudieuse tat, als sei sie dem Umsinken nahe, und stützte sich auf den Türgriff.

»Gewiß«, sagte sie, »war es gerade die Aufregung, die ihn beim Anblick der Flammen und beim Hören der Schüsse überfiel, was seine Vernunft erweckte.«

»Möglich«, sagte der Doktor, »möglich!« Und seine Brille wieder aufsetzend, fügte er hinzu: »Das werden Leute der Wissenschaft entscheiden, deren Untersuchung dieser Kretin zu unterwerfen ist.«

»Wieso? Man wird ihn untersuchen?«

»Und zwar auf das genaueste, gnädige Frau, ich verspreche es Ihnen, womit ich die Ehre habe, mich zu empfehlen. Denn heute abend komme ich wieder, wenn es Ihnen nicht möglich ist, sich im Laufe des Tages in Sauveterre einzurichten, was sehr wünschenswert wäre, erstens für mich, dann für Ihren Mann und für Ihre Tochter, die in diesem Loch sehr schlecht untergebracht sind.«

Nach diesen Worten lüftete der Doktor leicht seinen breitrandigen Hut und kehrte nach Sauveterre zurück. Kaum hier angelangt, ging er geradewegs zu Herrn Sénéchal, um in gebieterischem Ton Cocoleus Verhaftung zu fordern. Unglücklicherweise hatten die Gendarmen vergeblich nach diesem geforscht, und Herr Seignebos, der wohl sah, welch mißliche Wendung Jacques Sache annahm, fing an, in die peinlichste Ungeduld zu geraten, als noch am Abend um zehn Uhr Herr Sénéchal bei ihm eintrat und ihm entgegenrief: »Cocoleu ist aufgefunden!«

# Kapitel 15

Der Doktor war mit einem Sprung auf den Beinen und rief, schon mit dem Stock in der Hand und dem Hut auf dem Kopf:

»Wo ist er?«

»Im Hospital, wo ich ihn selbst in einem abgelegenen Zimmer untergebracht habe.«

»Ich eile hin.«

»Wie, zu dieser Stunde?«

»Bin ich nicht Hospitalarzt, und muß es mir nicht zu jeder Stunde bei Tag und bei Nacht geöffnet sein?«

»Die Barmherzigen Schwestern werden schlafen.«

Der Doktor zuckte wenigstens zum zehnten Male die Achseln.

»Das ist freilich wahr«, rief er, »und es wäre ein Majestätsverbrechen, den Schlaf dieser guten, lieben, frommen Schwestern zu stören... O Herr Bürgermeister, wann werden wir endlich Laien-Medizin treiben, und wann werden wir Ihre heiligen Jungfern gegen wackere und handfeste Krankenpfleger austauschen?«

Herr Sénéchal hatte über diesen Gegenstand schon zu viel Streitigkeiten mit dem Doktor gehabt, als daß er sich in einen neuen Disput eingelassen hätte. Er schwieg und tat wohl daran, denn Herr Seignebos setzte sich wieder hin und sagte: »Gut denn – ich will bis morgen warten.«

Das Hospital von Sauveterre gilt, trotz seines beschränkten Umfangs, als eine der besten Wohltätigkeitsanstalten der beiden Charente-Bezirke.

Die Kapelle und die neuen Gebäude verdankt man der Mildtätigkeit der Gräfin von Maupaisan, Witwe des Ministers Louis Philippes.

Aber weniger bekannt ist, daß man der Frau Sénéchal die Stiftung dreier Betten für Mütter verdankt. Ebenso sind durch ihre Beihilfe die beiden Pavillons an den Seiten der Eingangstür errichtet worden.

Einen dieser Pavillons, den zur Rechten, bewohnt der Portier Vaudevin, ein stattlicher Greis, ehemals Schweizer an der Kathedrale, der sich noch jetzt mit Vorliebe der Zeit erinnert, da er durch seine prächtige Erscheinung, durch seine rote Uniform, durch sein goldenes Wehrgehänge, durch seine Hellebarde und durch seinen Stock mit silbernem Knopf zum Pomp des Gottesdienstes beitrug.

Dieser Portier stand an einem Sonntagmorgen, etwa gegen acht Uhr, seine Pfeife rauchend, im Hof, als er den Doktor Seignebos anlangen sah.

Der Doktor schritt noch mehr stoßweise als gewöhnlich, den Hut bis auf die Augen herabgedrückt – ein Zeichen von Unwetter – und die Hände bis an die Ellbogen in die Taschen vergraben.

Anstatt, wie an anderen Tagen, zuvor in das kleine Kabinett der Schwester Apothekerin einzutreten, stieg er diesmal geradewegs in das Zimmer der Oberin hinauf. Hier angelangt, sagte er mit flüchtigem Gruß:

»Gestern, meine Schwester, hat man Ihnen einen Kranken, einen Schwachsinnigen namens Cocoleu, hergebracht.«

»So ist es, Doktor!«

»Wo haben Sie ihn untergebracht?«

»Der Bürgermeister selbst hat ihn in einer kleinen Kammer, dem Wäschezimmer gegenüber, untergebracht.«

»Und wie hat er sich aufgeführt?«

»Sehr gut; die wachhaltende Schwester hat ihn nicht einmal sich bewegen sehen.«

»Ich danke Ihnen, meine Schwester«, sagte der Doktor Seignebos.

Und schon hatte er die Tür wieder erreicht, als die Oberin ihn zurückhielt.

»Beabsichtigen Sie etwa, diesen Unglücklichen zu besuchen, Herr Doktor?« fragte sie.

»Ja, meine Schwester, weshalb nicht?«

»Weil Sie ihn nicht sehen können.«

»Ich kann nicht?«

»Nein. Wir haben vom Herrn Staatsanwalt den Befehl bekommen, niemanden, wer es auch sei, außer der Schwester, die ihn pflegt, bei Cocoleu zuzulassen. Hören Sie? Niemanden, Doktor, selbst den Arzt nicht ausgenommen, es wäre denn im Falle dringender Notwendigkeit –«

Herr Seignebos hörte sie mit ironischer Miene an.

»Ah! Sie haben diesen Befehl!« rief er höhnisch lachend; »wohlan, ich erkläre Ihnen aber, daß ich ihn für null und nichtig ansehe. Mir die Besichtigung meines Patienten zu untersagen!... Seht an! Mag der Herr Staatsanwalt in seinem Gerichtshof befehlen, maßregeln so viel ihm beliebt, aber hier ... in meinem Hospital –! Verehrte Schwester, ich gehe zu Cocoleu!«

»Sie werden nicht eintreten, Doktor, es ist ein Gendarm zu seiner Bewachung vor der Tür!«

»Ein Gendarm!«

»Der heute morgen mit dem strengsten Verhaltungsbefehl angelangt ist.«

Einen Augenblick stand der Doktor wie betäubt da. Dann aber rief er mit erschreckender Heftigkeit und mit einer Stimme, die die Fensterscheiben erzittern ließ:

»Das ist ein unerhörtes Verfahren! Das ist ein unerträglicher Mißbrauch der Gewalt! Und bei hunderttausend Blitz- und Donnerwettern, ich werde recht behalten, werde mir Genugtuung schaffen, und wenn ich bis zu Herrn Thiers gehen sollte.«

Und diesmal, ohne zu grüßen, stürzte er hinaus, durcheilte den Hof und war wie ein Blitz in der Richtung verschwunden, wo die Wohnung des Staatsanwalts lag.

Zu derselben Zeit war Herr Daubigeon nach einer schlechten Nacht in mißvergnügter Stimmung aufgestanden, denn »dieser Prozeß von Boiscoran«, wie man sich schon ausdrückte, nahm auf eine beunruhigende Weise alle seine Gedanken in Anspruch.

Im Grunde war er nahe daran, Herrn Galpin-Davelines Meinung zu teilen. Vergeblich rief er sich Jacques' noblen Charakter ins Gedächtnis, seine tadellose Rechtlichkeit, sein lebhaftes Ehrgefühl ... die Beweise waren da, gleichsam auf frischer Tat ertappt, unwiderleglich.

Er wollte zweifeln, aber die unerbittliche Erfahrung rief ihm zu, daß die Vergangenheit eines Menschen seine Zukunft nicht verbürgt. Und überdies dachte er wie so viele Kriminalbeamte, wenn er es auch nicht auszusprechen wagte, daß viele große Verbrecher im Augenblick des Handelns gleichsam der Gewalt eines Rauschzustandes verfallen scheinen und daß sich aus diesem Umstand die Einfalt, ja die Naivität erklärt, mit welcher gewisse Verbrechen durch Leute von durchaus überlegener Geisteskraft verübt werden.

Mochte dem sein, wie ihm wollte. Seit seiner Rückkehr aus Boiscoran hatte er sich eigensinnig eingeschlossen, und er gelobte sich, den ganzen Tag nicht einen Schritt hinaus zu tun, als an seiner Tür die Glocke zum Zerspringen geläutet wurde.

Gleich darauf fiel der Doktor Seignebos wie eine Bombe herein.

»Ich weiß, was Sie herführt«, rief ihm Herr Daubigeon entgegen. »Es ist der Befehl, den ich in betreff Cocoleus ausgestellt habe.«

»So ist es, mein Herr; dieser Befehl ist eine Herausforderung!«

»Er ist in aller Form von Herrn Galpin-Daveline verlangt worden.«

»Und Sie haben ihn nicht ausgeschlagen. Sie allein mache ich daher verantwortlich. Sie sind Staatsanwalt, mithin Chef der Staatsanwaltschaft, und der Vorgesetzte des Herrn Galpin.«

Herr Daubigeon schüttelte den Kopf.

»Da sind Sie im Irrtum, Doktor«, sagte er. »Der Untersuchungsrichter hängt weder von mir noch vom Tribunal ab. Er ist gewissermaßen sogar unabhängig vom Oberstaatsanwalt, der ihm wohl Zufertigungen machen, aber keine Verhaltungsmaßregeln erteilen kann. Herr Galpin-Daveline übt als Untersuchungsrichter eine besondere Gerichtsbarkeit aus und ist mit fast unbeschränkter Vollmacht versehen... Mehr als sonst jemand kann er mit dem Poeten sagen:

> › Hoc volo, sic jubeo, sit pro ratione voluntas.‹

Also verlang' und befehl' ich, und mein Wille genügt.«

Augenscheinlich fühlte sich Herr Seignebos durch die Haltung Herrn Daubigeons entwaffnet.

»Also«, sagte er, »hat Galpin sogar das Recht, einen Kranken der Sorge seines Arztes zu berauben?«

»Auf seine Verantwortung hin, ja. Aber dies ist nicht seine Absicht. Er nahm sich sogar vor, Sie heute offiziell einzuberufen, obgleich es Sonntag ist, um an diesem Morgen einem neuen Verhör Cocoleus beizuwohnen…Es wundert mich, daß Sie nicht schon eine Notiz erhalten haben oder daß Sie Galpin nicht zur Stunde Ihres Besuchs im Hospital begegnet sind.«

»Wenn es so ist, eil' ich hin!« rief der Doktor. Damit zog er hastig ab, und seine Hast war nicht vergeblich; auf der Schwelle des Hospitals sah er sich Herrn Galpin-Daveline gegenüber, der, von seinem unvermeidlichen Schreiber Méchinet gefolgt, feierlichen Schritts daherkam.

»Sie kommen sehr zur rechten Zeit, Herr Doktor«, begann der Richter.

Aber so eilig der Lauf des Doktors gewesen, so hatte er ihm doch Zeit gegeben, sich zu besinnen und zu beruhigen. Anstatt also in Vorwürfe auszubrechen, sagte er im Ton höhnischer Artigkeit:

»Ja, das weiß ich. Es ist in betreff des armen Teufels, dem Sie einen Gendarmen zum Krankenpfleger gesetzt haben. Wir können gehen, ich bin ganz zu Ihren Diensten.«

Das Zimmer, in dem man Cocoleu untergebracht, war groß, mit Kalk geweißt, und hatte keine anderen Möbel als ein Bett, einen Tisch und zwei Stühle. Das Bett war gewiß gut, aber der Schwachsinnige hatte Matratze und Decken herausgeworfen und sich in seinen Kleidern auf den Strohsack geworfen.

So wurde er von dem Doktor und dem Richter vorgefunden.

Bei ihrem Anblick richtete er sich auf, stieß aber, sobald er den Gendarmen erblickte, einen Schrei aus und machte eine Bewegung, als versuchte er sich unter dem Bett zu verstecken.

Dies war so verständlich, daß Herr Galpin-Daveline dem Gendarmen befahl, hinauszugehen.

»Fürchte nichts, mein Bursche«, sagte er dann, »wir werden dir nichts Böses tun. Du sollst uns nur antworten. Erinnerst du dich dessen, was in der verflossenen Nacht in Valpinson geschehen ist?«

Cocoleu brach in ein Lachen aus, in jenes markerschütternde Lachen, wie es den Schwachsinnigen eigen ist, aber er antwortete nicht.

Vergebens änderte der Richter während einer Stunde seine Fragen, indem er bald bat, bald drohte, bald Versprechungen machte; er entriß ihm nicht eine Silbe.

Endlich war seine Geduld erschöpft.

»Gehen wir«, sagte er, »dieser Elende steht offenbar noch unter dem Vieh.«

»Stand er denn darunter, mein Herr«, fragte der Doktor, »als er Ihnen Herrn von Boiscoran angab?«

Aber der Richter schien ihn nicht zu hören und sagte, indem er Cocoleu verließ, sich zu dem Arzte wendend:

»Sie wissen, daß ich Ihren Rapport erwarte, Doktor!«

»In achtundvierzig Stunden werde ich die Ehre haben, Ihnen diesen zuzustellen, mein Herr«, antwortete Seignebos, und indem er sich entfernte, fügte er in den Bart brummend hinzu:

»Und dieser Rapport könnte Sie sogar nicht wenig genieren, Herr Richter!«

Herr Galpin-Daveline würde in einen schönen Zorn geraten sein, wenn er die Wahrheit geahnt hätte.

Denn der Rapport des Doktors Seignebos war schon fertig, und wenn er ihn nicht gleich dem Untersuchungsrichter einhändigte, so geschah das, weil er berechnet hatte, daß, je länger er ihn zurückhielt, die Wahrscheinlichkeit sich vergrößerte, den Plan der Untersuchung zu stören.

»Weil ich ihn noch zwei Tage bei mir behalte«, dachte er, während er nach Hause zurückkehrte, »warum sollte ich ihn nicht dem Anwalt mitteilen, der mit Frau von Boiscoran aus Paris gekommen ist? Nichts hindert mich, soviel ich wüßte, denn in seiner Aufregung hat dieser arme Galpin vollständig vergessen, mir meinen Eid abzufordern…«

»Aber…« unterbrach er sich.

Ja oder nein? Hatte er nach dem Gesetz, welches die gerichtliche Medizin regelt, das Recht, einen Gegenstand der Untersuchung dem Anwalt des Angeklagten mitzuteilen?

Diese Frage beunruhigte ihn.

Denn wenn er sich rühmte, nicht an Gott zu glauben, so glaubte er doch felsenfest an seine Berufspflicht und hätte sich eher in Stücke hauen lassen, als eine ärztliche Verpflichtung zu versäumen.

»Mein Recht liegt klar am Tage«, brummte er, »es ist unwiderleglich. Ich habe für mich die Entscheidung des Kassationshofes vom 27. November und vom 27. Dezember 1828, und diejenige vom 13. Juni 1835, vom 9. Mai 1844 und vom 26. Juni 1863.«

Das Resultat dieser Erwägung war, daß der Doktor, sobald er gefrühstückt hatte, seinen Rapport zu sich steckte, auf den abgelegensten Seitenwegen in die Rue de la Montagne ging und bei Herrn von Chandoré klingelte.

Die Tanten Lavarande und Frau von Boiscoran waren noch in der großen Messe, wo sie aus Klugheit geglaubt hatten sich zeigen zu müssen, und nur Fräulein Denise, Großvater Chandoré und Herr Folgat waren in dem Salon.

Nicht gering war das Staunen des alten Edelmanns, als er den Doktor erscheinen sah.

Herr Seignebos war zwar sein Arzt, aber es herrschten zwischen ihnen solche Meinungsverschiedenheiten, daß er außer in Krankheitsfällen nie das Haus betrat.

»Wenn Sie mich hier sehen«, rief der Doktor schon von der Schwelle aus, »so geschieht das, weil ich im Grund meines Herzens und Gewissens glaube, daß Jacques unschuldig ist.«

Diese Worte allein hätten hingereicht, daß Denise ihm an den Hals geflogen wäre; mit dankbarer Zuvorkommenheit rückte sie ihm einen Lehnstuhl hin und sagte mit ihrer sanftesten Stimme:

»Bitte, nehmen Sie Platz, lieber Doktor.«

»Danke«, antwortete er barsch, »sehr verbunden!«

Und indem er sich insbesondere zu Herrn Folgat wandte, fügte er, auf seinen Zweck zurückkommend hinzu:

»Meine Überzeugung ist, daß Herr von Boiscoran Opfer des Mutes ist, mit dem er seine republikanischen Ansichten offenkundig bekannt hat, Herr Baron!«

Großvater Chandoré stand da, ohne auch nur mit den Wimpern zu zucken.

Man hätte ihm hinterbringen können, er sei Mitglied der Kommune gewesen, es hätte ihn wahrscheinlich nicht mehr beunruhigt. Denise liebte ihn. Das war genug.

»Aber ich«, fuhr der Doktor fort, »bin radikal – ich, Herr...«

»Folgat«, antwortete der Anwalt, an den er die letzten Worte richtete.

»Ja, Herr Folgat, und es ist meine Pflicht, einen Mann zu verteidigen, dessen politische Überzeugung der meinigen nahesteht. Darum bin ich gekommen, Ihnen meinen medizinischen Rapport zu bringen, damit Sie daraus Ihren Vorteil zu Herrn von Boiscorans Verteidigung ziehen und mir Ihre Gedanken mitteilen können.«

»Oh! das ist ein höchst bedeutender Dienst, mein Herr!« rief der junge Anwalt.

»Aber – verstehen wir uns wohl«, fügte der Arzt in strengem Ton hinzu; »wenn ich sage, daß ich die Ansichten, die Sie hegen, annehmen könnte, so heißt das: nur in dem Fall, daß sie die Wahrheit auf keine Weise beeinträchtigen. Um meinen Sohn, wenn ich einen hätte, dem Schafott zu entreißen, würde ich meine Lippen nicht mit einer Lüge besudeln, die ein Angriff auf die Würde meines Berufs wäre.«

Damit zog er aus der Tasche seines langen Rocks den Rapport, legte ihn auf den Tisch und sagte:

»Ich werde morgen früh kommen, um ihn zurückzunehmen. Bis dahin haben Sie Zeit, ihn durchzugehen. Nur möchte ich Ihnen die Hauptpartie, sozusagen den Kernpunkt, angeben.«

Er schien sich über dies alles mit einer gewissen Zurückhaltung auszudrücken, während er Fräulein Denise unverwandt ansah, als wollte er ihr zu verstehen geben, daß er nicht unzufrieden wäre, wenn sie sich zurückzöge.

Endlich sagte er, als er sah, daß sie keine Anstalten machte:

»Eine Unterhaltung über Gerichtsmedizin wird das Fräulein schwerlich interessieren!«

»Herr Doktor«, fiel das junge Mädchen ihm ins Wort, »wie sollte ich nicht leidenschaftlich interessiert sein, wenn es sich um den Mann handelt, dessen Frau ich werden soll?«

»Es ist nur, weil die Damen gewöhnlich sehr eindrucksfähig sind«, antwortete der Doktor nicht besonders höflich, »und höchst empfindlich.«

»Seien Sie versichert, Herr Doktor, wenn es sich um Jacques' Wohl handelt, werde ich Ihnen die Energie eines Mannes beweisen.«

Der Doktor kannte Denise gut genug, um zu begreifen, daß sie sich nicht entfernen würde.

»Wie es Ihnen gefällt!« brummte er. Und sich zu Herrn Folgat zurückwendend, begann er von neuem: »Sie wissen, daß zwei Flintenschüsse auf Herrn von Claudieuse abgegeben worden sind. Der erste hat die Seite, wie man zu sagen pflegt, nur leicht gestreift. Der zweite, der Schulter und Hals traf, hat ein gehöriges Loch gemacht.«

»Ich weiß das«, sagte der Anwalt.

»Der Unterschied der Wirkung beweist, daß die beiden Schüsse aus ungleicher Entfernung gefallen sind; der zweite viel näher als der erste.«

»Ich weiß, ich weiß.«

»Erlauben Sie. Ich rufe Ihnen diese Umstände ins Gedächtnis, weil sie nicht ohne Belang sind. Mitten in der Nacht zu Herrn von Claudieuse gerufen, machte ich mich alsbald an das Herausziehen der Schrotkörner. Während ich mit meiner Operation beschäftigt war, kam Herr Galpin-Daveline an. Ich erwartete, daß er das schon herausgezogene Schrot zu sehen verlangen würde; es ist ihm nicht einmal in den Sinn gekommen, dermaßen hatte er den Kopf verloren. Ich habe ihm nicht das A-B-C seines Berufes ins Gedächtnis gebracht; das ist nicht meine Sache. Der Arzt muß den Befehlen des Gerichts nachkommen, aber ihnen nicht vorausgehen.«

»Und dann?«

»Dann empfahl sich Herr Galpin, um nach Boiscoran zu gehen, während ich meine Arbeit fortsetzte. Ich zog siebenundfünfzig Schrotkörner aus der Seite und fand hundertundneun Löcher an Schulter und Hals. Und während ich dies tat, wissen Sie, was ich dabei feststellte?«

Er hielt inne, um die Wirkung, die er hervorbrachte, zu beobachten; die Spannung, mit der man aufmerkte, schien ihn zu befriedigen.

»Ich habe gefunden«, fuhr er fort, »daß das Schrot in den beiden Wunden nicht von gleichem Kaliber ist.«

»Ha!« riefen zu gleicher Zeit Herr von Chandoré und Herr Folgat.

»Das Schrot des ersten Schusses«, fuhr Doktor Seignebos fort, »der ihn in die Seite getroffen, ist der feinste Vogeldunst. Das Schrot der Schulterwunde dagegen ist von einer ziemlich starken Nummer, die man, glaube ich, für die Hasen braucht. Ich habe übrigens Proben da.«

Mit diesen Worten faltete er ein Stück weißes Papier auseinander, in dem sich zehn bis zwölf mit geronnenem Blut befleckte Schrotkörner befanden; die verschiedene Größe derselben war in die Augen fallend. Herr Folgat schien betroffen.

»Also sind es zwei Mörder gewesen?« murmelte er.

»Ich denke vielmehr«, sagte Herr von Chandoré, »daß der Mörder wie viele Jäger einen Lauf für kleine Vögel, den andern für Hasen oder Kaninchen geladen hatte.«

»In jedem Fall«, versetzte Herr Folgat, »hebt diese Tatsache jeden Gedanken an Vorbedacht auf. Wenn man die Absicht hat, einen Menschen zu töten, so wird man sein Gewehr nicht mit Schrot laden.«

Da er, seiner Meinung nach, genug gesagt hatte, erhob sich der Doktor Seignebos, um sich zurückzuziehen, als Herr von Chandoré ihn nach dem Befinden des Grafen von Claudieuse fragte.

»Es geht nicht gut«, antwortete der Doktor. »Der Umzug hat ihn trotz aller Vorsichtsmaßregeln gewaltig angegriffen. Er ist nämlich seit gestern einstweilen in Sauveterre einquartiert, in einem Hause, welches ihm Herr Sénéchal in der Rue Mautrec gemietet hat. Die ganze Nacht hat er im Delirium gelegen, und als ich heute früh zu ihm kam, schien er mich nicht zu erkennen.«

»Und die Gräfin?« fragte Denise.

»Frau von Claudieuse, mein Fräulein, ist nicht weniger krank als ihr Gemahl, und wenn sie meinen Worten gefolgt wäre, hätte sie sich ebenfalls niedergelegt. Aber sie ist ein Weib von außerordentlicher Energie und schöpft überdies aus ihrer Liebe zu dem Grafen eine beispiellose Widerstandskraft.«

Während er dies sagte, hatte er bereits die Tür erreicht und fuhr von hier aus fort:

»Was Cocoleu betrifft, so könnte die Untersuchung seiner geistigen Beschaffenheit wohl Besonderheiten aufdecken, auf die man durchaus nicht gefaßt ist ... Aber wir werden darauf später zurückkommen ... Und somit, mein Fräulein und meine Herren, habe ich die Ehre, Sie zu grüßen.«

»Nun?« fragten Denise und Herr von Chandoré gespannt, sobald sie hörten, daß die Tür sich hinter dem Doktor Seignebos geschlossen hatte. Aber schon war Herrn Folgats Enthusiasmus erkaltet.

»Ehe ich mich ausspreche«, antwortete er vorsichtig, »muß ich den Bericht dieses würdigen Arztes studieren.«

Unglücklicherweise enthielt dieser Bericht nichts, was Herr Seignebos nicht schon gesagt hatte. Vergeblich benutzte der junge Anwalt seinen Nachmittag, um zu suchen, wie er aus demselben einigen Vorteil ziehen könnte. Er entdeckte ohne Zweifel Argumente, die für die Verteidigung von der größten Wichtigkeit wären, wenn Herr von Boiscoran dem Schwurgericht übergeben würde, aber er fand kein Mittel darin, den Untersuchungsbeschluß selbst anzufechten. Somit blieb das ganze Haus unter dem Einfluß einer furchtbaren Enttäuschung, als gegen fünf Uhr der alte Antoine aus Boiscoran anlangte. Er schien sehr niedergeschlagen.

»Ich bin meines Wachtpostens enthoben«, sagte er; »heute um zwei Uhr kam Herr Galpin und nahm die Siegel ab. Er war von seinem Aktuar Mechinet begleitet und brachte Herrn Jacques mit, der von zwei Gendarmen in Zivilkleidern bewacht war. Nachdem das Zimmer geöffnet war, forderte dieser Unglücks-Galpin Herrn Jacques auf, die Kleider, die er am Abend der Feuersbrunst getragen hatte, seine Stiefel, sein Gewehr und das im Waschbecken befindliche Wasser wiederzuerkennen. Nachdem diese Wiedererkennung erfolgt war, wurde das Wasser in eine große Flasche gegossen, die man versiegelte und einem der Gendarmen übergab. Darauf wurden die Kleidungsstücke des Herrn, seine Flinte, mehrere Pakete Patronen, und endlich verschiedene Dinge, die der Richter Beweisgegenstände nannte, in einen Koffer getan. Der Koffer wurde gleich der Flasche versiegelt und in den Wagen getragen. Dann zog dieser Galpin ab, nachdem er mir gesagt hatte, daß ich frei sei.«

»Und Jacques?« fragte Denise, »wie war sein Verhalten?«

»Der Herr, mein gnädiges Fräulein, lächelte nur verächtlich.«

»Haben Sie mit ihm gesprochen?« fragte Herr Folgat.

»Unmöglich! Herr Galpin-Daveline erlaubte es nicht.«

»Und – hatten Sie nicht Zeit, die Flinte zu untersuchen?«

»Ich konnte nur einen Blick auf die Laufmündungen werfen.«

»Und haben Sie etwas gesehen?«

»Ich habe gesehen«, antwortete er mit dumpfer Stimme, »daß ich wohl daran tat, als ich schwieg. Die Laufmündungen sind schwarz von Pulver – ein Beweis, daß der Herr noch geschossen hat, nachdem ich diese verfluchte Waffe gereinigt.«

Großvater Chandoré und Herr Folgat wechselten einen trostlosen Blick. Das war noch eine Hoffnung, die dahinschwand!

»Jetzt«, hub der junge Anwalt von neuem an, »sagen Sie mir, wie Herr von Boiscoran sein Gewehr zu laden pflegte.«

»Er lud es mit Patronen, mein Herr. Er hatte deren mit der Flinte ich glaube an zweitausend erhalten, teils mit Kugeln, teils mit Schrot von allen Nummern. Während der Wildschonzeit konnte der Herr nur Kaninchen und die kleinen Zugvögel schießen, die man, wie Sie wissen, in den Sumpfgegenden findet. Darum pflegte er den einen Lauf mit ziemlich grobem Blei, den andern mit dem feinsten Vogelschrot zu laden.«

»Es ist schrecklich«, rief Denise, »alles ist gegen uns!«

Herr Folgat aber ließ ihr nicht Zeit, sich weiter zu erklären.

»Mein lieber Antoine«, fuhr er mit seinem Verhör fort, »hat Herr Galpin-Daveline alle Patronen Ihres Gebieters mit fortgenommen?«

»Nein, gewiß nicht, mein Herr!«

»Gut. Sie kehren jetzt sogleich nach Boiscoran zurück und bringen uns drei oder vier Patronen von jeder Schrot-Nummer.«

»Seien Sie versichert«, erwiderte der alte Diener, »daß ich schnellstens zurück bin!«

Mit diesem Versprechen ging er fort und beeilte sich in der Tat so sehr, daß er um sieben Uhr, als die Familie sich eben vom Mittagstisch erhoben hatte und sich im Salon vereinigte, bereits wieder erschien und ein schweres Paket mit Patronen auf den Tisch legte.

Sofort hatten Herr von Chandoré und Herr Folgat einige geöffnet und von der sechsten oder achten an hatten sie zwei Schrot-Nummern gefunden, die genau den Proben glichen, die der Doktor ihnen dagelassen hatte.

»Eine unbegreifliche Geschichte«, murmelte der alte Edelmann.

Der Anwalt selbst schien nahe daran, den Mut zu verlieren.

»Es ist Torheit«, sprach er, »Herrn von Boiscorans Unschuld beweisen zu wollen, ohne sich mit ihm selbst verständigt zu haben.«

»Und wenn man es morgen könnte?« fragte Denise.

»Dann, mein Fräulein, wurde er uns den Schlüssel des Rätsels geben, das wir vergebens zu lösen suchen, jedenfalls aber würde er uns sagen können, in welchem Sinne wir unsere Bemühungen weiter zu führen haben ... Aber daran ist nicht zu denken. Herr von Boiscoran ist in Untersuchungshaft, und Sie können sich denken, daß Herr Galpin-Daveline gewiß alle Vorsichtsmaßregeln getroffen hat, damit das während der Untersuchungshaft geltende Verbot, mit den Angeklagten zu verkehren, aufrechterhalten wird.«

»Wer weiß!« unterbrach ihn das junge Mädchen. Und alsbald Herrn von Chandoré in eins der kleinen Zimmer, die an den Salon stießen, mit sich fortziehend, fragte sie: »Liebster Großvater – bin ich reich?« In ihrem Leben hatte sie sich darum nicht gekümmert, ja sie wußte in gewissem Sinne den Wert des Geldes kaum zu schätzen.

»Ja, du bist reich, mein Kind«, antwortete der alte Edelmann.

»Wieviel hab' ich?«

»Du besitzest an eigenem Vermögen, das heißt von seiten deines seligen Vaters und deiner Mutter, sechsundzwanzigtausend Livres Renten, das ist ein Kapital von mehr als achtmalhunderttausend Francs –«

»Und das ist viel?«

»Es ist genug, um dich zu einer der reichsten Erbinnen des Saintonge zu machen.«

Denise war von ihrem Gedanken so erfüllt, daß sie auf diese Eröffnung nicht einmal eine Entgegnung gab.

»Was versteht man unter ›Wohlhabenheit‹ in Sauveterre?« fuhr sie fort.

»Das hängt je von den Umständen ab, meine Tochter, und wenn du mir sagen wolltest –«

Sie aber fiel ihm, mit dem Fuße stampfend, ins Wort: »Nichts – ich bitte dich – antworte!«

»Wohlan! Ein Jahreseinkommen von vier- bis achttausend Francs in unserer kleinen Stadt.«

»Setzen wir also sechstausend!«

»Es sei. Mit einem Einkommen von sechstausend Francs erfreut man sich hier einer sehr ehrenwerten Wohlhabenheit!«

»Und wieviel Kapital muß man besitzen, um sechstausend Livres Renten zu haben?«

»Zu fünf Prozent muß man hundertundzwanzigtausend Francs haben.«

»Das heißt etwas über den achten Teil meines Vermögens.«

»Genau so ist's.«

»Gleichviel, ich begreife, daß es eine sehr große Summe ist, und daß es dir liebster Großvater, vielleicht schwerfiele, sie von heute auf morgen zusammenzubringen?«

»Nein, denn ich habe weit mehr als das in Eisenbahnaktien, auf den Inhaber lautend, und Titel solcher Art sind so gut wie bares Geld.«

»Ah! das heißt, wenn ich jemandem hundertzwanzigtausend Francs in diesen Papieren gäbe, so ist das gleich hundertzwanzigtausend Francs in Banknoten?«

»Wie du gesagt hast.«

Denise lächelte, sie näherte sich ihrem Ziele.

»Wenn es so ist«, fuhr sie fort, »so bitte ich dich, liebster Großvater, mir hundertzwanzigtausend Francs in Obligationen zu geben.«

Der alte Edelmann zuckte zusammen.

»Das soll ein Spaß sein!« rief er. »Was willst du tun? Gewiß machst du nur Scherz?«

»Ich habe im Gegenteil niemals ernsthafter gesprochen«, sagte das junge Mädchen in einem Ton, der nicht mißzuverstehen war. »Ich beschwöre dich, liebster Großvater, um deiner Liebe willen zu mir, gib mir hundertzwanzigtausend Francs heute abend, in diesem Augenblick schon ... du zögerst? Oh, mein Gott! Es ist vielleicht mein Leben, das du mir verweigerst!«

Herr von Chandoré zögerte nicht mehr.

»Weil du es willst«, sagte er, »will ich gehen, das Geld zu holen.«

Sie schlug vor Freude in die Hände.

»So ist es recht«, rief sie, »geh schnell und kleide dich an, denn ich muß ausgehen, und du wirst mich begleiten!«

Und zu den Tanten Lavarande und Frau von Boiscoran zurückkehrend, sagte sie:

»Ihr werdet entschuldigen, daß ich euch verlasse, aber ich muß ausgehen.«

»Um diese Stunde?« fiel Tante Elisabeth ihr ins Wort. »Wo willst du hingehen?«

»Zu meinen Schneiderinnen, den Schwestern Méchinet, ich will mir ein Kleid machen lassen.«

»Herr Jesus!« rief Fräulein Adéläide, »die Kleine verliert ihren Verstand!«

»Ich versichere dir, daß das nicht der Fall ist, Tante!«

»Dann will ich mit dir gehen!«

»Nein, Tante, ich werde allein gehen, wenn es dir gefällt, das heißt allein mit meinem guten Großpapa.«

Als Herr von Chandoré eben erschien, die Taschen voller Wertpapiere, den Hut auf dem Kopf, den Stock in der Hand, zog sie ihn schon mit sich fort und sagte:

»Komm, liebster Großvater, komm, wir haben große Eile.«

# Kapitel 16

Sosehr auch Herr von Chandoré jedem Willen seiner Enkelin, jeder Laune dieses Kindes frönte, in dem ihm, dem Greise, alles fortlebte, was er Teuerstes besessen, was ihm an schönsten Hoffnungen durch den Tod entrissen war, so ging er doch nicht ohne Hintergedanken daran, aus seinem Sekretär die Summe zu heben, die sie gefordert hatte.

Als sie beide aus dem Hause waren, sagte er leise:

»Wirst du mir jetzt, da wir allein sind, liebe Tochter, sagen, was du mit so vielem Gelde beginnen willst?«

»Das ist mein Geheimnis«, antwortete sie.

»Und du hast nicht so viel Vertrauen zu deinem alten Vater, um es ihm zu sagen, mein Liebling?«

Er war stehengeblieben. Sie aber zog ihn wieder mit sich fort.

»Du wirst alles erfahren«, fuhr sie fort, »und schon in einer Stunde. Aber ... o werde nicht böse, liebster Großvater ... Ich habe einen Plan, dessen Tollheit ich nur zu wohl begreife. Wenn ich es dir sagte und du mich davon abbrächtest; wenn es dir gelänge und infolgedessen Jacques ein Unglück zustieße, würde ich dieses Geschick nicht überleben, und was für Vorwürfe würdest du dir machen, wenn du dir sagen müßtest: ›O hätte ich sie nur gewähren lassen!‹«

»Denise – grausames Kind!«

»Andererseits«, fuhr sie fort, »wenn es dir nicht gelänge, mich von meinem Vorhaben abzubringen, so würdest du doch ohne Zweifel meinen Mut niederschlagen, und ich bedarf der Zuversicht nur zu sehr, um das zu wagen, was ich wagen will.«

»Aber bedenke – vergib mir, liebes Kind, daß ich's wiederhole, hundertzwanzigtausend Francs sind eine bedeutende Summe, und es gibt tüchtige und geschickte Leute genug, die sich ihr ganzes Leben lang plagen, ohne sie zusammenzubringen.«

»Ah! um so besser«, fiel das junge Mädchen ihm ins Wort, »um so besser tausendmal! Möchte dieses Vermögen verlockend genug sein, damit man es mir nicht zurückweist.«

Herr von Chandoré fing an zu begreifen.

»Bei alledem«, sprach er, »sagst du mir nicht, wo du mich hinführst.«

»Zu meinen Schneiderinnen!«

»Zu den Schwestern Méchinet?«

»Ja.«

Jetzt hegte Herr von Chandoré keinen Zweifel mehr.

»Wir werden sie nicht zu Hause finden«, sagte er. »Es ist heute Sonntag; sie müssen in der Kirche sein, für das Heil ...«

»Wir werden sie finden, liebster Großvater, denn sie essen stets um halb acht Uhr zu Abend wegen ihres Bruders, des Gerichtsschreibers. Aber wir müssen uns beeilen.«

Der alte Edelmann beeilte sich wohl; nur ist es weit von der Rue de la Montagne bis zum Neumarkt. Denn am Neumarkt wohnen die Méchinets, und zwar in einem »eigenen Hause« – in einem Hause, das den schönsten Traum ihrer Tage verwirklichen sollte und der Alpdruck ihrer Nächte geworden war.

In dem letzten Jahre von dem Kriege hatten sie dieses Grundstück auf den Rat ihres Bruders und mit ihm zusammen für siebenundvierzigtausend Francs erstanden, die Unkosten mit eingerechnet.

Es war ein brillantes Geschäft; denn das Parterre und der erste Stock sind für zweitausenddreihundert Francs jährlich an den behäbigsten Gewürzkrämer von Sauveterre vermietet.

Die Méchinets glaubten keine Unvorsichtigkeit zu begehen, wenn sie diesem Kaufe zehntausend Francs opferten und sich verpflichteten, den Rest in drei Jahren zu bezahlen.

Im ersten Jahre ging alles gut. Aber der Krieg brach aus mit all seinem Unheil, die Einkünfte des Bruders und der beiden Schwestern versiegten bis auf die Einnahmen seines Schreiberpostens, sie mußten sich die härtesten Entbehrungen auferlegen und außerdem noch Geld leihen, um ihren Verpflichtungen nachzukommen.

Nach dem Friedensschluß wurde Geld wieder flüssiger, und niemand in Sauveterre zweifelte daran, daß die Méchinets sich wieder aufhelfen wurden, da der Bruder der fleißigste Mensch war und die Schwestern die Kundschaft der vornehmsten Damen des Bezirks besaßen.

»Liebster Großvater, sie sind zu Hause«, erklärte Denise, als sie auf dem Platze ankamen.

»Glaubst du?«

»Ja, ich glaube Licht in ihren Fenstern zu sehen.«

»Was soll ich jetzt tun?« fragte Herr von Chandoré, indem er stehenblieb.

»Du wirst, lieber Großvater, mir zuerst die Papiere geben, die du in deiner Tasche hast, und hier auf und ab gehen, um mich zu erwarten, solange ich bei den Méchinets oben bin …Ich würde dich bitten, mit mir zu kommen, aber deine Anwesenheit würde sie erschrecken …Überdies würde das Vorhaben, wenn es eine schlechte Wendung nähme, von einem jungen Mädchen ausgehend, keine weiteren Folgen haben.«

Dem alten Edelmann blieb kein Zweifel mehr übrig.

»Du wirst nichts ausrichten, mein armes Kind«, sagte er.

»O mein Gott!« erwiderte sie, kaum ihre Tränen zurückhaltend, »warum mich entmutigen?« Er erwiderte nichts.

Einen Seufzer unterdrückend, zog er aus seiner Tasche die Papiere, die Denise, so gut es ging, in allen ihren Taschen und in dem Täschchen unterbrachte, das sie in der Hand trug.

Leicht wie ein Vogel flog sie von der Straße hinauf zu ihren Schneiderinnen.

Die beiden Mädchen und ihr Bruder beendeten soeben ihr Abendessen, das ausschließlich aus einem kleinen Stück kalten Schweinebratens und einem reichlich mit Essig getränkten Salat bestand.

Bei Fräulein von Chandorés unerwartetem Eintritt waren sie alle aufgesprungen.

»Sie sind es, mein Fräulein«, rief die ältere der Schneiderinnen, »Sie?«

Nur zu wohl begriff Denise alles, was in diesem »Sie« lag. Es bedeutete mit seiner besonderen Betonung:

»Was! Ihr Bräutigam ist eines frevelhaften Verbrechens angeklagt; er hat die schwersten Beschuldigungen gegen sich, er ist im Gefängnis in Untersuchungshaft, alle Welt sagt, daß er dem Schwurgericht übergeben, daß er verurteilt werden wird, und dennoch sind Sie hier!«

Aber Denise bewahrte auf ihren Lippen das Lächeln, das sie sich vorgenommen hatte.

»Ja, ich bin es«, antwortete sie, »ich brauche durchaus für die nächste Woche zwei Kleider, und ich möchte Sie bitten, mir Ihre Proben zu zeigen.«

»Ich stehe zu Ihren Diensten«, antwortete die ältere Schwester, »gestatten Sie nur, daß ich die Lampe anzünde; man sieht fast nichts mehr. Gehst du nicht heute in deinen Gesangverein?« fragte sie dann, zu ihrem Bruder gewandt, indem sie die Lampe zurechtmachte.

»Heute abend nicht«, antwortete er.

»Man erwartet dich aber.«

»Nein, ich habe absagen lassen. Ich habe zwei Karten für meinen Drucker auf Stein zu zeichnen und sehr dringende Abschriften für das Gericht abzuschließen.«

Er hatte seine Serviette zusammengefaltet und eine Kerze angezündet. »Gute Nacht«, sagte er zu seinen Schwestern, »denn ihr seht mich heute abend nicht mehr.« Und mit einer tiefen Verbeugung vor Fräulein von Chandoré ging er, seine Kerze in der Hand, hinaus.

»Wo geht denn Ihr Bruder hin?« fragte Denise hastig.

»In sein Zimmer, mein Fräulein, gegenüber auf der andern Seite der Treppe.« Feuerrot stand Fräulein von Chandoré da. Wie? Sollte sie sich die Gelegenheit entgehen lassen, die, mehr als sie erwarten konnte, zu ihren Diensten stand? Allen ihren Mut zusammennehmend, rief sie:

»Aber in der Tat, ich habe Ihrem Bruder zwei Worte zu sagen. Erwarten Sie mich, ich werde sogleich wiederkommen!«

Damit stürzte sie hinaus, während die Schneiderinnen vor Staunen mit offenem Munde dastanden.

Der Gerichtsschreiber befand sich noch draußen im Vorzimmer und suchte in der Tasche nach dem Schlüssel seines Zimmers.

»Ich muß Sie dringend sprechen«, sagte Denise zu ihm, »und zwar noch in diesem Augenblick!«

So groß war Méchinets Erstaunen, daß er ihr die Antwort schuldig blieb. Doch machte er eine Bewegung, als wollte er zu seinen Schwestern zurückkehren.

»Nein, in Ihrem Zimmer«, flüsterte das junge Mädchen, »es darf uns niemand hören.«

Méchinet war so verdutzt, daß er über eine halbe Minute brauchte, um den Schlüssel in das Schloß zu stecken. Als endlich die Tür auf war, trat er zur Seite, um Denise zuerst eintreten zu lassen.

»Nein«, sagte sie, »treten Sie ein!«

Er gehorchte. Sie folgte ihm, und kaum in das Zimmer gelangt, schloß sie die Tür und schob selbst einen Riegel vor, den sie an der Tür bemerkt hatte.

Méchinet, der Gerichtsschreiber, war in Sauveterre bekannt wegen seines selbstbewußten Auftretens. Fräulein von Chandoré war die Schüchternheit selbst; bei der geringsten Gelegenheit versagte ihr die Stimme und stieg das Blut ihr ins Gesicht bis an das Weiß der Augen.

Und dennoch war in diesem Augenblick von beiden nicht das junge Mädchen der bestürzte Teil.

»Setzen Sie sich, Herr Méchinet«, sagte sie, »und hören Sie mich an.«

Er stellte seine Lampe auf den Tisch und setzte sich.

»Sie kennen mich, nicht wahr?« begann Denise.

»Gewiß, mein Fräulein.«

»Sie werden wohl gehört haben, daß meine Vermählung mit Herrn Jacques von Boiscoran festgesetzt war?«

Wie durch Federkraft emporgeschnellt, fuhr der Gerichtsschreiber auf und rief, indem er sich mit der Faust gegen die Stirn schlug:

»Einfältiger, der ich war; jetzt begreife ich!«

»Ja, deswegen komme ich«, fuhr das junge Mädchen fort, »ich will mit Ihnen von Herrn von Boiscoran, von meinem Verlobten, meinem Gemahl sprechen!«

Sie hielt nach diesen Worten inne, und während einer Minute blieben Méchinet und sie einander gegenüber stumm, regungslos, Auge in Auge – er, indem er sich fragte, was sie von ihm verlangen mochte, sie, indem sie zu erraten suchte, was sie wagen durfte.

»Sie müssen sicher begreifen, mein Herr, was ich leide«, begann sie endlich, »was ich in den drei Tagen ausgestanden habe, seit Herr Jacques von Boiscoran im Gefängnis und eines schändlichen Verbrechens angeklagt ist!«

»Ja, das begreife ich!« rief der Gerichtsschreiber, und von seiner Aufregung fortgerissen, sprach er weiter: »Aber ich kann Ihnen versichern, daß ich, der ich der ganzen Untersuchung beigewohnt habe und Erfahrung in Kriminalprozessen besitze, glaube, daß Herr von Boiscoran unschuldig ist. Das ist, ich weiß es wohl, weder Herrn Galpin-Davelins noch Herrn Daubigeons Meinung, weder die der Herren vom Gericht noch die der ganzen Stadt – gleichviel – es ist die meinige! Ich war zugegen, sehen Sie, als man Herrn von Boiscoran aus dem Bett geholt hat. Wahrhaftig! beim Klang seiner Stimme, als er ahnungslos rief: ›Oho, es ist mein alter Daveline!‹ sagte ich mir: ›Dieser Mann ist unschuldig!‹«

»Oh, mein Herr«, flüsterte Denise, »ich danke, ich danke Ihnen.«

»Sie haben mir nichts zu danken, mein Fräulein, denn die Zeit hat meine Überzeugung nur bekräftigt. Wäre ein Schuldiger fähig, die Haltung des Herrn von Boiscoran zu bewahren? Mußte nicht jeder sehen, als wir gingen, um die Siegel aufzuheben, wie gelassen, wie kalt, wie würdevoll er auf die Fragen antwortete, die man ihm stellte? Es war so überzeugend, daß ich mich nicht enthalten konnte, Herrn Galpin-Daveline zu sagen, was ich dachte. Er antwortete mir, daß ich ein Dummkopf sei. Nun gut! ich behaupte dagegen, daß er – Verzeihung! –, daß er im Irrtum ist. Je mehr ich Herrn von Boiscoran studiere, desto mehr macht er mir den Eindruck eines Menschen, der nur ein Wort zu sagen braucht, um sich zu rechtfertigen.«

Denise hörte mit einer so innigen Aufmerksamkeit zu, daß sie fast vergaß, warum sie gekommen war.

»Also«, sprach sie, »scheint Ihnen Herr von Boiscoran nicht allzu niedergeschlagen?«

»Ich würde lügen, mein Fräulein, wenn ich sagen würde, daß er nicht traurig ist. Aber unruhig, nein, das ist er nicht. Nachdem die erste Verwirrung vorüber war, hat seine Kaltblütigkeit sich nicht mehr verleugnet; vergeblich bietet Herr Galpin-Daveline seit drei Tagen alles auf, was er an Erfahrung und Scharfsinn besitzt –«

Hier aber hielt Méchinet inne, wie ein Trunkener, der, jählings zur Besinnung kommend, einsieht, daß der Wein ihm die Zunge zu sehr gelöst hat.

»Mein Gott, was red' ich da!« rief er. »Um des Himmels willen, mein Fräulein, wiederholen Sie gegen keine Menschenseele, was achtungsvolle Teilnahme für Sie meiner Zunge entlockt hat!«

Der entscheidende Augenblick für Denise war gekommen.

»Wenn Sie mich genauer kennten«, sprach sie, »so würden Sie wissen, daß Sie auf meine Verschwiegenheit bauen können. Lassen Sie es sich nicht gereuen, durch Ihr Vertrauen meinem schrecklichen Schmerz Erleichterung verschafft zu haben, nein, bereuen Sie es nicht, denn...«

Ihre Stimme versagte fast; es kostete sie Überwindung, hinzuzufügen: »Denn ich komme, mehr als das zu fordern, ja noch viel mehr!«

Méchinet war erschreckend bleich geworden. »Kein Wort mehr, mein Fräulein«, unterbrach er sie heftig; »Ihre Hoffnung allein ist eine Beschimpfung. Kennen Sie denn meinen Beruf nicht? Wissen Sie nicht, daß ich durch einen Eid verpflichtet bin, so stumm zu sein wie die Zelle, in der man den Gefangenen einschließt? Ich, ein Gerichtsschreiber, das Geheimnis einer Untersuchung verraten?«

Fräulein von Chandoré zitterte wie ein Baumblatt im Winde, aber ihr Geist blieb ruhig und klar.

»Sie würden eher«, sagte sie, »einen Unglücklichen umkommen lassen?«

»Mein Fräulein!«

»Sie würden einen Unschuldigen verurteilen lassen, wenn es Ihnen möglich wäre, durch ein Wort den entsetzlichen Irrtum zu zerstreuen, dessen Opfer er ist? Sie würden sich sagen: ›Es ist beklagenswert, aber ich habe geschworen, stillzuschweigen!‹ ...und Sie würden ihn ruhig das Schafott besteigen sehen? Nein, das ist nicht wahr, das ist nicht möglich!«

»Ich habe Ihnen gesagt, mein Fräulein, ich halte Herrn von Boiscoran für unschuldig.«

»Und Sie verweigern mir Ihre Hilfe, um seine Unschuld an den Tag zu bringen? O mein Gott, welch eine Vorstellung von der Ehre haben denn die Männer! ...Wie soll ich Sie rühren, wie soll ich Sie überzeugen! Muß ich Sie erinnern an die Tortur eines Ehrenmannes, der sich eines gemeinen Mordes angeklagt sieht! ...Soll ich Ihnen unsere Todesangst schildern, unsern Schmerz und den seiner Freunde, seiner Angehörigen, die Tränen seiner Mutter, meinen Gram, den Gram seiner Braut! Wir wissen, daß er unschuldig ist, und können seine Unschuld nicht ans Licht bringen, weil uns ein Freund fehlt, der sich unser erbarmt!«

In seinem Leben hatte der Gerichtsschreiber nicht mit einer solchen Stimme reden hören. Gerührt bis auf den Grund seiner Seele, fragte er seufzend:

»Aber was wollen Sie von mir?«

»O nur eine Kleinigkeit, mein Herr, nur eine Kleinigkeit! ...Daß Sie Herrn von Boiscoran ein paar Zeilen zukommen lassen, nur ein paar Zeilen, und uns die Antwort überbringen!«

Die Kühnheit dieser Zumutung schien den Beamten vor Schreck zu betäuben.

»Nie!« rief er endlich.

»Sie bleiben unerbittlich?«

»Das hieße meine Ehre schänden!«

»Und einen Unschuldigen verdammen lassen – wie hieße das?«

Die peinliche Unruhe, die Méchinet ergriff, war offensichtlich. Bestürzt, voll Aufruhr in seinem Geiste, wußte er nicht, was er tun, was er antworten sollte. Endlich schien sich seinem geängsteten Herzen eine Ausflucht zu bieten.

»Und wenn ich entdeckt würde?« stotterte er. »Das hieße meinen Posten verlieren, meine Schwestern ruinieren, meine Zukunft vernichten –«

Mit fieberhafter Hand zog Denise die Scheine aus ihrer Tasche, die ihr Großvater ihr gegeben, und warf sie haufenweise auf den Tisch...

»Es sind da hundertzwanzigtausend Francs«, begann sie.

Heftig zog der Gerichtsschreiber sich zurück.

»Geld!« rief er, »Sie bieten mir Geld?«

»O fassen Sie es nicht als Beleidigung auf!« bat das junge Mädchen mit einer Stimme, die einen Stein erbarmt hätte. »Es gibt Dienste, die sich nie bezahlen lassen. Aber wenn Herrn von Boiscorans Feinde je erfahren, daß Sie uns geholfen haben, so wird ihre Wut sich gegen Sie wenden.«

Mit einer mechanischen Bewegung löste Méchinet seine Halsbinde. Der Kampf in seinem Innern war entsetzlich, er erstickte ihn fast.

»Hundertzwanzigtausend Francs!« sprach er mit heiserer Stimme.

»Nicht wahr, es ist nicht genug?« fuhr das junge Mädchen fort, »ja, Sie haben recht, es ist zuwenig! Aber ich habe mehr, ich habe das Doppelte zu Ihrer Verfügung!«

Bleich, mit starrem Blick hatte Méchinet sich genähert, und mit krampfhafter Bewegung durchwühlte seine Hand diese Masse von Wertpapieren, indem er leise wiederholte:

»Sechstausend Francs Renten! Sechstausend Francs Renten!«

»Nein, das Doppelte«, sagte Denise, »und zugleich unsere Dankbarkeit, unsere aufrichtige Freundschaft, der ganze Einfluß der Familien von Chandoré und von Boiscoran, das heißt Glück, Achtung, eine beneidete Stellung...«

Aber schon hatte sich der Beamte, dank einer gewaltigen Willensanstrengung, wieder gefaßt.

»Genug, mein Fräulein, genug!« sagte er. Und mit entschlossener, obwohl noch zitternder Stimme fuhr er fort:

»Nehmen Sie dies Geld zurück! Wenn man täte, was Sie fordern, wenn man seine Pflicht für Geld verriete, so wäre man das elendeste Geschöpf von der Welt. Wenn man keinen andern Beweggrund als eine aufrichtige Überzeugung und das Interesse der Wahrheit hätte, so möchte man für einen Narren gelten, aber man bliebe dennoch der Achtung ehrlicher Leute wert. Nehmen Sie dieses Vermögen zurück, mein Fräulein, das für einen Augenblick das Gewissen eines Ehrenmannes zum Schwanken gebracht hat. Ich werde tun, was Sie verlangen, aber umsonst.«

Wenn Großvater Chandoré indes ungeduldig wurde, auf dem Neumarkt wartend auf und ab zu gehen, so erschien den Jungfern Méchinet in ihrer Arbeitsstube die Zeit noch viel länger.

»Was?« fragten sie sich gegenseitig, »was kann Fräulein von Chandoré unserem Bruder zu sagen haben?«

Nach zehn Minuten war ihre Neugier, durch die unsinnigsten Vorstellungen gespannt, eine solche Tortur geworden, daß sie den Entschluß faßten, selbst hinzugehen und an die Tür des Gerichtsschreibers zu klopfen.

»Ach, laßt mich in Ruhe!« rief dieser ärgerlich über die Unterbrechung.

Aber einen Augenblick überlegend, eilte er, ihnen zu öffnen, und fügte leise hinzu:

»Kehrt in euer Zimmer zurück, und wenn ihr mir die ernsthaftesten Unannehmlichkeiten ersparen wollt, so sagt niemandem etwas von der Unterhaltung, die Fräulein von Chandoré und ich in diesem Augenblick geführt haben.«

An Gehorsam gewöhnt, zogen die beiden Schwestern sich zurück, aber sie hatten doch Gelegenheit gehabt, die Scheine zu bemerken, die Fräulein von Chandoré auf den Tisch gehäuft hatte; es waren Obligationen der Bahn Paris-Lyon-Mittelmeer.

Die Jungfern Méchinet kannten diese Scheine genau, da sie vor Ankauf des Hauses deren acht besessen hatten.

Zu ihrer maßlosen Neugier gesellte sich alsbald eine unbestimmte Furcht.

»Hast du gesehen?« fragte die Jüngere, sobald sie wieder in ihr Zimmer zurückgekehrt waren.

»Ja, die Wertpapiere«, antwortete die andere.

»Es waren ihrer wohl an fünf- bis sechshundert.«

»Vielleicht noch mehr.«

»Das heißt eine bedeutende Summe.«

»Ein ungeheures Kapital!«

»Heilige Jungfrau, was hat das zu bedeuten? Und worauf müssen wir uns gefaßt machen?«

»Unser Bruder befiehlt uns Verschwiegenheit.«

»Er war weißer als sein Hemd und entsetzlich aufgeregt.«

»Fräulein von Chandoré weinte wie eine büßende Magdalena.«

Das war richtig. Solange sie an ihrem Erfolg zweifelte, hielt der Gedanke, daß Jacques' Rettung von ihrem Mut, von ihrer Geistesgegenwart abhing, Denise aufrecht.

Ihres Erfolges gewiß, konnte sie ihre Aufregung nicht mehr beherrschen; von der Anstrengung erschöpft, sank sie, in Tränen ausbrechend, auf einen Stuhl.

Nachdem er die Tür geschlossen, betrachtete der Gerichtsschreiber sie einen Augenblick. Er war wieder Herr seiner selbst, mehr als er es bisher gewesen.

»Mein Fräulein!« sagte er.

Beim Klang seiner Stimme fuhr Denise auf und rief, seine Hände einen Augenblick in die ihrigen fassend: »Wie soll ich Ihnen jemals die Tiefe meiner Dankbarkeit beweisen!«

Wenn der Gedanke ihm gekommen wäre, sein Wort zurückzunehmen, so hätte er ihn jetzt aufgegeben; so unwiderstehlich war der Zauber, den sie auch auf ihn ausübte.

»Reden wir nicht davon«, sagte er mit der Barschheit eines Menschen, der seine Bewegung zu verbergen sucht.

»Ich werde nicht mehr davon reden«, erwiderte das junge Mädchen sanft, »aber ich darf Ihnen doch sagen, daß niemand von uns jemals die Verpflichtung vergessen wird, die wir heute gegen Sie eingehen. Der ungeheure Dienst, den Sie uns leisten, ist nicht ohne Gefahr. Was auch geschehen mag, erinnern Sie sich, daß wir von diesem Augenblick an Ihre aufrichtigsten Freunde sind.«

Die Unterbrechung durch den Eintritt seiner Schwestern hatte dem Gerichtsschreiber wieder einen guten Teil seiner Besonnenheit zurückgegeben.

»Ich hoffe, daß mir kein Unglück begegnen wird«, sagte er, »und dennoch kann ich es Ihnen, mein Fräulein, nicht verhehlen, daß der Dienst, den ich versuchen will Ihnen zu leisten, viel mehr Schwierigkeiten hat, als Sie denken mögen.«

»Mein Gott!« murmelte Fräulein Denise.

»Herr Daveline«, fuhr der Gerichtsschreiber fort, »hat vielleicht keine sehr überlegene Bildung, aber er versteht sich auf sein Handwerk, und er ist außerordentlich schlau. Gestern noch sagte er mir, er sehe voraus, daß die Familie von Boiscoran das Unmögliche versuchen würde, um ihr Mitglied der Strafe des Gerichts zu entziehen. Daher seinerseits die peinlichste Sorgfalt, ein verdoppeltes Mißtrauen und ein Übermaß von Vorkehrungen, von denen man keine Vorstellung hat. Wenn er es könnte, er würde sein Bett quer vor Herrn Jacques' Tür aufstellen.«

»Dieser Mann haßt mich, Herr Méchinet!«

»Nein, mein Fräulein, nein, aber er ist ehrgeizig; er glaubt, daß seine Laufbahn von dem Erfolg dieser Untersuchung abhängt, und er zittert vor dem Gedanken, daß sein Angeklagter ihm davonfliegt oder ihm entzogen werden könnte...«

Augenscheinlich ratlos, rieb Méchinet sich hinter dem Ohr.

»Wie soll ich es anfangen«, fuhr er fort, »um Herrn von Boiscoran ein Billett zuzustellen? Wenn er davon vorher benachrichtigt wäre, so hätte es nichts auf sich. Aber er ist es nicht, und überdies ist er nicht weniger mißtrauisch als Herr Galpin. Er fürchtet immer, daß man ihm irgendeine Falle stellt, und ist auf seiner Hut. Wenn ich ihm ein Zeichen mache, wird er es verstehen? Und wenn ich ein Zeichen mache, wird Herr Galpin, der das Auge einer Elster hat, es nicht ebenso gut bemerken?«

»Sind Sie denn nie allein mit Herrn von Boiscoran?«

»Nie auch nur eine Sekunde, mein Fräulein. Mit dem Untersuchungsrichter betrete ich das Gefängnis, und mit ihm verlasse ich es. Sie werden mir sagen, daß ich das Billett geschickt könnte fallen lassen, wenn ich beim Hinausgehen der letzte bin; aber wenn wir die Zelle verlassen, ist der Gefängniswärter da, und der hat gute Augen. Ich habe überdies Herrn von Boiscorans übertriebene Vorsicht zu fürchten. Wenn ihm in dieser Manier ein Billett zukommt, wäre er imstande, es ungeöffnet Herrn Galpin-Daveline zu übergeben.«

Er hielt inne und fuhr nach einem Augenblick der Überlegung fort:

»Das Sicherste wäre vielleicht, den Gefängniswärter Blangin in das Vertrauen zu ziehen, oder einen der Häftlinge, der beauftragt ist, Herrn von Boiscoran zu bedienen und auszuspionieren.«

»Frumence Cheminot!« rief Denise hastig.

Das äußerste Erstaunen malte sich in Méchinets Zügen.

»Wie?« rief er. »Sie kennen seinen Namen?«

»Ja, weil Blangin mir von diesem Gefangenen sprach, als ich mit Frau von Boiscoran, ohne zu ahnen, was ›geheime Haft‹ bedeutet, ins Gefängnis ging, um Jacques zu sehen.«

»Ah!« rief der Gerichtsschreiber mit verdrießlicher Miene, »nun verstehe ich Herrn Galpins beständige Furchtsamkeit. Er wird von diesem Schritt Wink bekommen und sich eingebildet haben, daß man ihm seinen Gefangenen entziehen wolle.«

Er sprach noch einige Worte halblaut vor sich hin, die Denise nicht verstand; dann fügte er laut und entschlossen hinzu:

»Gleichviel – ich werde den Umständen gemäß handeln. Schreiben Sie Ihren Brief, mein Fräulein. Hier ist Schreibzeug.«

Das junge Mädchen setzte sich ohne weiteres an Méchinets Arbeitstisch, wandte sich aber, indem sie die Feder ergriff, mit der Frage um:

»Hat Herr von Boiscoran Bücher bei sich im Gefängnis?«

»Ja, mein Fräulein. Auf sein Begehr hat Herr Galpin in eigener Person bei Herrn Daubigeon einige Bände Reisen und mehrere Romane von Cooper für ihn entnommen.«

Denise unterbrach ihn mit einem freudigen Ausruf.

»O Jacques!« rief sie, »ich danke dir, daß du mit meiner Hilfe gerechnet hast!«

Und ohne auf Méchinets tiefe Verwunderung über ihr plötzliches Entzücken zu achten, schrieb sie:

»Wir sind von Deiner Unschuld überzeugt, Jacques, und dennoch in Verzweiflung. Deine Mutter ist hier mit einem Anwalt aus Paris, Herrn Folgat, der unserer Sache ganz ergeben ist. Was sollen wir tun? Gib uns Verhaltungsmaßregeln! Du kannst ohne Sorge antworten, weil Du ›unser Buch‹ hast. Denise.«

»Lesen Sie dies, mein Herr«, sagte sie zu Méchinet, nachdem sie ihren Brief beendet hatte.

Er aber faltete, statt von ihrer Erlaubnis Gebrauch zu machen, den Brief zusammen, steckte ihn in ein Kuvert und versiegelte es.

»O Sie sind so gut!« flüsterte das junge Mädchen, gerührt von dieser Zartheit.

»Nein«, antwortete er, »ich bin nur bestrebt, eine ...›unehrenhafte Handlung‹ ... so ehrlich als möglich zu machen. Morgen, mein Fräulein, hoffe ich die Antwort zu haben.«

»Und ich werde kommen, sie abzuholen.«

Méchinet zuckte zusammen.

»Sehen Sie sich wohl vor, mein Fräulein«, sagte er in warnendem Ton. »Die Leute von Sauveterre sind schlau genug, um zu begreifen, daß es in diesem Augenblick nicht der Putz ist, der Sie in Anspruch nimmt und in unser Haus führt. Ihre Besuche hier würden verdächtig erscheinen. Überlassen Sie mir die Sorge, Ihnen Herrn von Boiscorans Antwort zuzustellen.«

Während Denise schrieb, hatte er die Scheine, die sie mitgebracht, in ein Paket zusammengelegt, welches er ihr jetzt überreichte.

»Nehmen Sie das«, sagte er. »Wenn ich für Blangin oder für Frumence Cheminot Geld nötig habe, werde ich es Ihnen mitteilen ... Und jetzt ... leben Sie wohl! Es ist nicht nötig, daß Sie zu meinen Schwestern zurückkehren. Ich nehme es auf mich, ihnen Ihren Besuch zu erklären.«

# Kapitel 17

»Was kann Denise zugestoßen sein, daß sie so lange ausbleibt?« murmelte Herr von Chandoré, indem er den Neumarkt mit großen Schritten durchmaß und wohl zum zwanzigsten Male seine Uhr hervorzog.

Lange hatte die Befürchtung, seiner Enkelin zu mißfallen und von ihr ausgezankt zu werden, ihn an der Stelle zurückgehalten, wo sie ihm zu warten befohlen hatte. Endlich aber, ernstlich beunruhigt, dachte er: »Auf Ehre, wohl oder übel, ich wage es!«

Und das Trottoir überschreitend, welches den Platz von den Häusern trennt, betrat er den Flur im Hause der Schwestern Méchinet. Schon setzte er seinen Fuß auf die erste Stufe der Treppe, als er oben Licht schimmern sah. Fast zu gleicher Zeit vernahm er die Stimme seiner Enkelin und erkannte ihren leichten Schritt.

»Endlich!« dachte er, und leise, wie ein Schüler, der den Lehrer kommen hört und davor zittert, bei einer Ungehörigkeit ertappt zu werden, ging er wieder auf den Platz zurück.

Einen Augenblick später war Denise schon neben ihm. »Liebster Großvater!« rief sie, ihm an den Hals springend, »da, nimm deine Papiere!« Und indem sie einen schallenden Kuß auf die rauhen Wangen des Greises drückte, fügte sie hinzu: »Da hast du sie, ich bring’ sie dir zurück.«

Wenn es in der Welt etwas gab, was Herrn von Chandoré in Staunen setzen mußte, so war es die Möglichkeit, daß es ein Geschöpf gab, welches hart, grausam, barbarisch genug war, um den Bitten und Tränen seiner Denise zu widerstehen – da diese Bitten und Tränen noch obendrein mit hundertzwanzigtausend Francs unterstützt worden waren.

Nichtsdestoweniger flüsterte er traurig: »Ich sagte es dir wohl, daß du nichts ausrichten würdest!«

»Und du irrtest dich, liebster Großvater, und du irrst dich noch ich habe etwas ausgerichtet!«

»Und doch … bringst du mir das Geld zurück?«

»Ja, weil ich einen braven Mann gefunden habe, Großvater, einen Mann von Herz. Armer Junge! Auf welch harte Probe ich seine Ehrlichkeit stellte! … Denn er ist in sehr drückender Lage, seit er und seine Schwestern das Haus gekauft haben, ich weiß es aus guter Quelle. Es war mehr als Wohlhabenheit, es war Reichtum, was ich ihm bot. Hättest du das Aufleuchten seiner Augen und das Zittern seiner Hände gesehen, während er die Papiere betrachtete und sie mit seinen Fingern durchwühlte! Dennoch hat er sie ausgeschlagen, liebster Großvater – ja, er hat sie ausgeschlagen! Er will keine Belohnung haben für den unermeßlichen Dienst, den er uns leistet.«

Mit dem Kopfe nickend, bestätigte Herr von Chandoré: »Du hast recht, Töchterchen, der Gerichtsschreiber ist ein braver Mann und hat sich von nun an ein ewiges Recht auf unsere Dankbarkeit erworben.«

»Ich muß aber hinzufügen«, fuhr Denise fort, »daß ich außerordentlich tapfer gewesen bin. Nie hätte ich mich einer solchen Kühnheit fähig gehalten. Warum konntest du dich nicht in einem Winkelchen verstecken, liebster Großvater, um mich zu sehen und zu hören! Du hättest deine Enkelin nicht wiedererkannt Ich habe wohl ein wenig geweint, aber erst dann, als ich erreicht hatte, was ich wollte …«

»O mein liebes, liebes Kind«, murmelte der Greis gerührt.

»Siehst du«, sagte sie, »es geschah bloß, weil ich nur an Jacques’ Gefahr dachte und an den Ruhm, mich seiner, der so tapfer ist, würdig zu zeigen. Ich hoffe, er wird mit mir zufrieden sein.«

Im Gehen erzählte sie ihm die Unterredung mit Méchinet bis auf die geringsten Einzelheiten, und der alte Edelmann erklärte, daß er in Wahrheit nicht wisse, was er am meisten bewundern solle, ihre Geistesgegenwart oder die Uneigennützigkeit Méchinets.

»Ein Grund mehr«, schloß das junge Mädchen, »die Gefahren, denen sich dieser Ehrenmann aussetzt, nicht noch zu vermehren. Ich habe ihm die äußerste Verschwiegenheit versprochen und werde mein Versprechen halten. Wenn du mir folgst, liebster Großvater, so ist es besser, wir sagen weder den Tanten Lavarande noch Frau von Boiscoran ein Wort davon.«

»Gestehe nur gleich, Schlaukopf, daß du allein Jacques retten möchtest...«

»Oh! wenn ich es könnte! ...Unglücklicherweise müssen wir Herrn Folgat mit ins Vertrauen ziehen, denn wir werden seinen Rat nicht entbehren können.«

Einige Stunden später fand eine Beratung zwischen dem jungen Mädchen, Herrn Folgat und Herrn von Chandoré im Zimmer des Barons statt.

Mehr noch als Herr von Chandoré mußte Herr Folgat überrascht sein über Denises Einfall und über die Kühnheit, mit der sie ihn ausgeführt. Nie hätte er sie eines solchen Unternehmens für fähig gehalten, so sehr vereinigte sie mit den Reizen des erblühenden Mädchens die Naivität und Schüchternheit eines Kindes.

Er wollte ihr zu ihrem Verdienst Glück wünschen, aber sie unterbrach ihn hastig mit den Worten: »Wo ist denn mein Verdienst? Welch einer Gefahr hab' ich mich ausgesetzt?«

»Einer sehr großen Gefahr, mein Fräulein, ich versichere Sie –«

»Bah!« machte Herr von Chandoré.

»Einen Beamten bestechen«, fuhr Herr Folgat fort, »das ist ein schweres Vergehen. Es gibt in dem Strafgesetzbuch einen gewissen Artikel 179, der keinen Spaß versteht und der den Bestechenden dem Bestochenen gleichstellt.«

»Gut – um so besser!« rief Denise, »wenn dieser arme Méchinet ins Gefängnis muß, so werde ich mit ihm gehen.«

Und ohne die Unzufriedenheit zu bemerken, die diese Worte in ihrem Großvater erregten, fuhr sie fort:

»Kurz, Herr Folgat, Sie sehen somit Ihren Wunsch erfüllt. Von nun an werden wir zuverlässige Nachrichten von Herrn von Boiscoran erhalten; er wird uns seine Verhaltungsmaßregeln geben...«

»Vielleicht, mein Fräulein.«

»Wie! vielleicht? Sie sagten doch in meiner Gegenwart...«

»Ich habe Ihnen gesagt, mein Fräulein, daß es unnütz, ja vielleicht unklug wäre, irgend etwas zu versuchen, ohne die Wahrheit zu kennen. Werden wir sie erfahren? Glauben Sie, daß Herr von Boiscoran, der so viel Ursache hat, sich in jeder Weise vorzusehen, sie in einem Schriftstück aussprechen wird, das durch soundsoviel Hände geht, ehe es zu Ihnen gelangt?«

»Er wird sie aussprechen, mein Herr, ohne Vorbehalt, ohne Furcht, ohne Gefahr...«

»Täuschen Sie sich nicht!«

»Meine Maßnahmen sind getroffen. Sie werden sehen.«

»Dann bleibt uns nur noch übrig, zu warten.«

Ach, leider ja, jetzt galt es zu warten; das war es, was Denise bekümmerte. Sie konnte in der nächsten Nacht kaum schlafen. Der ganze folgende Tag war für sie eine lange Marter. Bei jedem Ton der Hausglocke fuhr sie zusammen und eilte nachzusehen.

Endlich, als es fünf Uhr vorbei war, sagte sie sich: »Für heute ist's nichts mehr. Wenn nur – mein Gott! – der arme Méchinet sich nicht hat ertappen lassen.«

Vielleicht um der Qual ihrer Befürchtungen zu entgehen, willigte sie ein. Frau von Boiscoran auf einen Besuch zu begleiten.

Oh, wenn sie geahnt hätte! Kaum zehn Minuten, nachdem sie fort war, erschien einer der Straßenjungen, die man auf den Plätzen von Sauveterre zu jeder Tageszeit antrifft, als Überbringer eines Briefes, der an Denise adressiert war. Man brachte ihn zu Herrn von Chandoré, der, das Mittagessen erwartend, in Herrn Folgats Begleitung eine Runde im Garten machte.

»Ein Brief an Denise«, rief der alte Edelherr, sobald der Diener sich entfernt hatte, »das ist die Antwort, die wir erwarten!«

Mutig erbrach er das Siegel. Aber ach – vergebliche Hast! Der Brief, der in dem Kuvert steckte, war folgendermaßen abgefaßt:

31:9, 17, 19, 23, 25, 28, 32, 101, 102, 129, 137, 504, 515, – 37: 2, 3, 4, 5, 7, S, 10, 11, 13, 14, 24, 27, 52, 54, 118, 119, 120, 200, 201, – 41: 7, 9, 17, 21, 22, 44, 45, 46...

Und so ging es zwei Seiten lang fort.

»Da, mein Herr, versuchen Sie, daraus klug zu werden«, sagte Herr von Chandoré, das Schriftstück Herrn Folgat hinhaltend.

Zwar versuchte es der Anwalt, aber nach fünf Minuten vergeblicher Anstrengung sagte er: »Ich begreife, Fräulein von Chandoré hatte recht, uns zu sagen, daß wir die Wahrheit erfahren werden … Herr von Boiscoran und sie sind früher übereingekommen, sich durch Chiffren zu verständigen.«

Großvater Chandoré hob die Hände zum Himmel:

»Nun sehen Sie dieses junge Mädchen, sehen Sie!«

»Wir sind ihrem Gutdünken anheimgestellt; denn nur sie kann uns diese Rätselschrift erklären.«

Wenn Denise, als sie Frau von Boiscoran zu Frau Sénéchal begleitete, geglaubt hatte, ihre düsteren Vorahnungen zu zerstreuen, so war dies eine vergebliche Hoffnung.

Die vortreffliche Frau des Bürgermeisters war nicht die Person, bei der man in Stunden der Niedergeschlagenheit Ermutigung schöpfen konnte. Sie wußte nichts Besseres zu tun, als sich abwechselnd in Frau von Boiscorans und in Fräulein von Chandorés Arme zu werfen und unter heftigem Schluchzen zu wiederholen, daß sie die eine für die unglücklichste Mutter, die andere für die unglücklichste Braut halte!

»So glaubt also diese Frau, Jacques sei schuldig!« dachte Denise nicht ohne Erregung.

Damit aber noch nicht genug. Als beide zurückkehrten, hörte sie inmitten der Rue Mautrec, unweit des Hauses, in welchem der Graf und die Gräfin Claudieuse einstweilen untergebracht waren, einen jungen Burschen hinter sich rufen: »Mutter, komm doch und sieh da die Mutter und die gute Freundin des Mörders!«

Während also das arme junge Mädchen noch betrübter zurückkehrte, als sie gegangen war, kam ihre Kammerjungfer ihr eilend entgegen und sagte ihr, daß der Großvater und Herr Folgat sie im Zimmer des Barons erwarteten.

Ohne sich Zeit zu nehmen, ihren Hut abzulegen, eilte Denise dahin.

»Hier ist die Antwort«, rief Herr von Chandoré, als sie eintrat – und hielt ihr Jacques' Brief entgegen.

Sie vermochte einen Aufschrei der Freude nicht zu unterdrücken, und mit einer heftigen Bewegung das Blatt an ihre Lippen führend, rief sie wiederholt:

»Wir sind gerettet! Wir sind gerettet!«

Lächelnd beobachtete Herr von Chandoré das Glück seiner Enkelin.

»Ei, Mamsell Geheimnistuerin«, sagte er, »Sie haben ja, wie es scheint, große Geheimnisse mit Herrn von Boiscoran auszutauschen gehabt, da Sie sich eine Chiffresprache ausgeklügelt haben, gerade wie Verschwörer!«

Jetzt erst erinnerte sich das junge Mädchen der Anwesenheit des Pariser Anwalt; rot wie eine Pfingstrose, entgegnete sie:

»In letzter Zeit hatten Jacques und ich, ich weiß nicht bei welcher Gelegenheit, von den verschiedenen Mitteln gesprochen, die man erdacht hat, um eine geheime Korrespondenz zu führen. Und er hat mir dieses hier gezeigt. Zwei Korrespondenten wählen ein beliebiges Werk und jeder hat ein Exemplar von derselben Ausgabe. Der, welcher schreibt, sucht in seinem Exemplar die Worte auf und gibt sie durch Zahlen an. Der, welcher den Brief erhält, findet vermittels der Zahlen die Worte. So bezeichnen in Jacques' Brief die von zwei Punkten gefolgten Zahlen die Seite, und die anderen die Reihenfolge der auf dieser Seite ausgesuchten Worte.«

»Ei! ei! …« lächelte Großvater Chandoré, »da hätte ich lange suchen können.«

»Es ist sehr einfach«, fuhr Denise eifrig fort, »sehr bekannt und doch sehr zuverlässig. Wie will ein Uneingeweihter das von den beiden Korrespondenten gewählte Buch erraten? Dann gibt es noch Mittel, jeder Entdeckung vorzubeugen. Man kommt zum Beispiel überein, daß die Zahlen nie ihren eigentlichen Wert behalten, sondern daß dieser Wert je nach dem ersten, zweiten, dritten oder letzten Tag der Woche wechselt, an welchem man den Brief erhält. So zum Beispiel haben wir heute Montag, nicht wahr? Gut! Von jeder Seitenzahl muß ich 1 abziehen und jeder Nummer des Wortes 1 zuzählen.«

»Und darauf verstehst du dich?« fragte Herr von Chandoré.

»Gewiß, lieber Großvater. Sobald Jacques mir dieses System auseinandergesetzt hatte, machte ich mich natürlich daran, es auszuprobieren. Wir haben ein Buch gewählt, das ich sehr liebe, den ›Ontariosee‹ von Cooper, und wir belustigten uns damit, uns auf diese Weise unendliche Briefe zu schreiben. Oh! …das nimmt viel Zeit, denn man findet nicht immer die Worte, die man benützen möchte, und dann muß man sie Buchstabe für Buchstabe bezeichnen.«

»Hat Herr von Boiscoran den ›Ontariosee‹ in seinem Gefängnis?« fragte Herr Folgat.

»Ja, mein Herr, ich hab' es durch Méchinet erfahren. Jacques' erste Sorge war, sobald er sich in geheimer Haft sah, einige Romane von Cooper zu verlangen; und Herr Galpin-Daveline, der so fein, so mißtrauisch, so scharfsichtig ist, hat sie ihm selbst geholt. Jacques zählte auf mich.«

»Dann, liebe Tochter«, sagte Herr von Chandoré, »mach dich daran, uns dieses Rätsel zu entziffern!«

Und kaum war sie hinaus, als er leise hinzufügte: »Wie sie ihn liebt, diesen Jacques, wie sie ihn liebt! Wenn ihm ein Unglück zustieße, Herr, sie würde daran sterben.«

Herr Folgat nahm diesen Ausruf schweigend hin, und es verging wohl eine Stunde, bis Denise, die sich in ihr Zimmer eingeschlossen hatte, alle die von Jacques durch Ziffern bezeichneten Worte zusammengesucht hatte.

Aber als sie zu Ende war und wieder im Zimmer ihres Großvaters erschien, malte sich die tiefste Verzweiflung auf ihrem jugendlichen Antlitz.

»Es ist schrecklich!« sagte sie.

Der gleiche Gedanke durchfuhr Herrn von Chandoré und Herrn Folgat wie ein scharfer Pfeil. »Sollte Jacques gestanden haben?«

»Da, lest«, sagte Fräulein Denise, ihnen den Brief hinhaltend.

»Ich danke Dir für Deinen Brief, meine Geliebte!« schrieb Jacques. »Ein Vorgefühl ließ ihn mich so sicher erwarten, daß ich mir den ›Ontariosee‹ verschafft hatte. – Ich begreife nur zu sehr Euren Schmerz, indem Ihr meine Haft sich verlängern seht, ohne daß ich mich rechtfertige. Wenn ich schwieg, so geschah dies, weil ich hoffte, daß die Beweise meiner Unschuld von außen kommen würden. Ich sehe ein, daß es unsinnig wäre, dieser Hoffnung noch länger Raum zu geben, daß ich genötigt sein werde zu sprechen. Ich werde sprechen. Aber was ich zu sagen habe, ist so gewichtig, daß ich bei meinem Stillschweigen verharren werde, bis es mir möglich sein wird, mich mit einem Manne zu beraten, der mein ganzes Vertrauen besitzt. Ich muß jetzt nicht nur Vorsicht beobachten, ich bedarf der Gewandtheit.

Bis zu diesem Augenblick war ich, kraft meiner Unschuld, ruhig. Mein letztes Verhör aber hat mir die Augen geöffnet über das ganze Ausmaß der Gefahr, die mir droht.

Die Pein meiner Lage wird groß sein bis zu dem Tage, da es mir gestattet sein wird, einen Anwalt zu sprechen. Ich danke meiner Mutter, daß sie einen mit sich gebracht hat. Ich hoffe, daß er mir verzeihen wird, wenn ich mich zuerst an einen andern als an ihn wende. Ich bedarf eines Mannes, der das Land und seine Sitten auf das genaueste kennt.

Es ist Herr Mergis, den ich erwähle, und ich verpflichte euch, ihn zu benachrichtigen, daß er sich bereithalte auf den Tag, wo nach beendeter Untersuchung die geheime Haft aufgehoben sein wird.

Bis dahin ist nichts zu tun als, wenn möglich, zu erlangen, daß der Prozeß Galpin-Daveline entzogen und einem andern anvertraut werde. Das Verhalten dieses Menschen ist unwürdig. Er will mich auf jeden Fall schuldig haben. Er würde ein Verbrechen begehen, um mich eines solchen anzuklagen; es gibt keine Schlinge, die er mir nicht stellte. Ich muß mir Gewalt antun, um meine Ruhe zu bewahren, sooft dieser Richter, der sich meinen Freund genannt hat, in mein Gefängnis tritt.

O meine Lieben, ich büße schwer für einen Fehler, aus dem ich mir bis jetzt kaum ein Gewissen machte.

Und Du, meine einzig Geliebte, wirst Du mir je die schrecklichen Qualen vergeben, die ich Dir verursache?

Ich hätte Euch noch viel zu sagen, aber der Gefangene, der mir den Brief zugestellt hat, hat mir gesagt, ich müsse mich beeilen, und es dauert lange, die Worte zusammenzusuchen.

J......«

Nachdem sie diesen Brief gelesen, wandten Herr von Chandoré und Herr Folgat traurig den Kopf ab; unwillkürlich fürchteten sie, Denise könnte etwas von dem Geheimnis ihrer Gedanken aus ihren Augen lesen.

Aber sie begriff nur zu wohl, was diese Bewegung bedeutete.

»So zweifelst du an Jacques, Großvater?« rief sie.

»Nein«, erwiderte Herr von Chandoré mit leiser Stimme, »nein!«

»Sie aber, Herr Folgat, fühlen Sie sich verletzt, weil Jacques zuerst einen andern Anwalt als Sie zu befragen wünscht?«

Sie bedurfte ihrer ganzen Kraft, um ihre Tränen zurückzuhalten.

»Ja, dieser Brief ist schrecklich«, sagte sie, »aber wie sollte er es nicht sein! Es läßt sich begreifen, daß Jacques verzweifelt ist, daß seine Vernunft nach so viel unverdienten Martern zu schwanken beginnt...«

Ein leises Klopfen an der Tür unterbrach sie.

»Ich bin es«, sagte Frau von Boiscorans Stimme.

Großvater Chandoré, Herr Folgat und Denise sahen sich einen Augenblick fragend an.

»Die Lage ist zu bedenklich«, sagte zuerst Herr Folgat, »um Herrn von Boiscorans Mutter nicht mit ins Vertrauen zu ziehen.«

Damit erhob er sich, um ihr zu öffnen.

Während Denise, ihr Großvater und Herr Folgat sich berieten, war wenigstens fünfmal der Diener erschienen und hatte durch die verriegelte Tür gerufen, daß die Suppe auf dem Tisch sei.

»Es ist gut«, hatten sie jedesmal geantwortet.

Als sie aber noch immer auf sich warten ließen, fing Frau von Boiscoran an zu ahnen, daß etwas Außergewöhnliches vorgehen müsse.

Was aber konnte das sein, da man ihr ein Geheimnis daraus machte? »Wenn es ein glückliches Ereignis wäre«, dachte sie, »hätte man es mir nicht verhehlt.«

Es geschah also in der festen Absicht, sich öffnen zu lassen, als Frau von Boiscoran selbst hinging und an Herrn von Chandorés Tür klopfte.

»Ich will wissen«, sprach sie, sobald Herr Folgat ihr öffnete und sie hereintrat, »ich will wissen —«

Aber Denise fiel ihr ins Wort:

»Was auch kommen mag, so erinnern Sie sich, Madame, daß ein einziges Wort von dem, was ich Ihnen anvertrauen will, wenn man es Ihrer Freude oder Ihrem Schmerz entrisse, hinreichte, einen Ehrenmann zugrunde zu richten, gegen den wir eine nie abzutragende Verpflichtung eingegangen sind. Es ist mir gelungen, einen Briefwechsel zwischen Jacques und uns herzustellen...«

»Denise!« jubelte Frau von Boiscoran.

Wie von einem Delirium ergriffen, stürzte sie über den Zettel, den das junge Mädchen ihr hinhielt. Aber je weiter sie las, desto deutlicher konnte man sehen, wie das Blut ihr aus dem Gesicht wich, wie ihre Lippen erbleichten, wie ihre Augen sich trübten und in ihrer keuchenden Brust der Atem stockte.

Endlich entfiel der Brief ihrer niedersinkenden Hand, und indem sie sich schwer auf einen Sessel fallen ließ, stammelte sie:

»Wozu noch länger kämpfen, da wir verloren sind!«

Stolz war die Miene und bewunderungswürdig der Ton, mit denen Denise ihr erwiderte:

»Warum fügten Sie nicht gleich hinzu, liebe Mutter, daß Jacques ein Brandstifter und ein Mörder ist?«

Und das Haupt mit unbeugsamem Mut erhoben, fuhr sie mit zornsprühendem Blick und bebender Lippe fort:

113

»So werde ich allein bleiben, ihn zu verteidigen, der in den Tagen seines Glücks so viele Freunde zählte! ... Es sei.«

Weniger ergriffen natürlicherweise, als Herr von Chandoré und Frau von Boiscoran es waren, hatte Herr Folgat sich auch zuerst wieder gefaßt.

»Wir würden in jedem Fall unserer zwei sein, mein Fräulein«, versetzte er, »denn es wäre unverzeihlich, wenn ich mich durch diesen Brief beeinflussen ließe. Ich wäre nicht zu entschuldigen, denn ich kenne aus Erfahrung, was Ihr Herz erraten hat. Die Untersuchungshaft hat Schrecken, welche selbst den stärksten und härtesten Charakter auflösen können. Die Tage ziehen sich endlos hin, und die Nächte bringen namenloses Grauen. Der Unschuldige in seiner einsamen Zelle sieht sich schuldig werden, so wie der vollkommen Vernünftige im Verlies eines Wahnsinnigen fühlt, wie sein Gehirn sich verwirrt.«

Fräulein von Chandoré ließ ihn nicht fortfahren.

»Das war es, mein Herr, was ich fühlte«, rief sie, »was ich nur nicht ausdrücken konnte wie Sie!«

Beschämt durch ihre Schwäche, bemühten Herr von Chandoré und die Marquise von Boiscoran sich, den schrecklichen Zweifel zu bekämpfen, dem sie einen Augenblick unterlegen waren.

»Nun, welche Maßregeln können wir noch ergreifen?« fragte die Marquise mit schwacher Stimme.

»Ihr Sohn selbst sagt es uns, gnädige Frau«, antwortete der Anwalt; »es bleibt uns nichts übrig, als das Ende der Untersuchung abzuwarten.«

»Verzeihung!« entgegnete Herr von Chandoré, »wir haben einen anderen Untersuchungsrichter zu verlangen.«

Herr Folgat schüttelte den Kopf.

»Unglücklieberweise«, sagte er, »ist das ein Traum, der nicht verwirklicht werden kann. Man kann einen Untersuchungsrichter, der in seiner Eigenschaft handelt, nicht wie einen einfachen Geschworenen zurückweisen.«

»Aber –«

»Der Gesetzgeber hat – nach der Ansicht unserer hervorragendsten Rechtslehrer – gewollt, daß nichts über den Untersuchungsrichter die Oberhand habe, nichts ihm den Weg abschneiden, nichts seine Macht zügeln dürfe. Der Artikel 524 des Gesetzbuchs in betreff der Kriminaluntersuchung ist bestimmt...«

»Und was sagt dieser Artikel?« fiel Denise ihm ins Wort.

»Er sagt im wesentlichen, mein Fräulein, daß die von einem Angeklagten vorgeschlagene Verwerfung eines Untersuchungsrichters das Verlangen nach Zurückweisung wegen gesetzlichen Verdachts ausdrückt, ein Verlangen, dessen Entscheidung nur dem Kassationshof zusteht, weil der Untersuchungsrichter innerhalb der Grenzen seiner Befugnisse eigene Gerichtsbarkeit bildet ...Ich weiß nicht, ob ich mich deutlich genug ausdrücke?«

»Oh! sehr deutlich«, erklärte Herr von Chandoré. »Aber weil Jacques es wünscht...«

»Das ist wahr, nur weiß Herr von Boiscoran nicht –«

»Bitte um Entschuldigung! Er weiß, daß sein Richter sein Todfeind ist!«

»Mag sein! Was werden wir aber gewinnen, wenn wir gehorchen? Glauben Sie, daß unsere Forderung nach Zurückweisung Herrn Galpin-Daveline hindern würde, in seinem Prozeß fortzufahren? Keineswegs. Er würde ihn bis zum Beschluß des Kassationshofes weiterverfolgen. Er wäre bis dahin freilich verhindert, einen endgültigen Anklagebeschluß herbeizuführen; aber Herr von Boiscoran muß diesen Beschluß nur herbeiwünschen, weil die erste Folge desselben die Aufhebung der Einzelhaft sein wird; nächstdem die Erlaubnis, seinen Anwalt zu sprechen.«

»Es ist grausam!« murmelte Herr von Chandoré.

»Ja, es ist in der Tat grausam, aber es ist Gesetz.«

Wohl glücklich diejenigen, die nie in ihrem Leben – ob es sich um sie, oder um jemand, der ihnen teuer ist, handelt – Veranlassung haben, das fürchterliche Buch zu öffnen, welches man »Codex« nennt, um mit gepreßtem Herzen und unbeschreiblicher Seelenangst nach dem verhängnisvollen und unerbittlichen Artikel zu suchen, von dem ihr Schicksal abhängt.

Schon seit einigen Minuten schien Denise nachzusinnen. »Ich habe Sie wohl verstanden«, sagte sie zu dem Anwalt, »und morgen schon werden Ihre Einwendungen Jacques von Boiscoran mitgeteilt werden.«

»Vor allem«, versetzte der Advokat, »erklären Sie ihm wohl, daß alle Schritte in dem Sinne, wie er sie angibt, sich gegen ihn kehren würden. Herr Galpin-Daveline ist unser Feind; aber wir haben keinen positiven Vorwurf gegen ihn aufzustellen. Man würde uns stets antworten: ›Wenn Herr von Boiscoran unschuldig ist, warum spricht er nicht?‹«

»Dennoch«, begann Herr von Chandoré, der dieser Ansicht nicht ganz zustimmen wollte, »wenn wir hohe Protektionen hätten...»

»Besitzen wir solche?«

»Gewiß. Boiscoran hat hervorragende Freunde, die unter allen Regierungsformen ihren Einfluß zu bewahren wußten. Er war früher eng befreundet mit Herrn von Margeril.«

»Alle Wetter!« fiel Herr Folgat ihm mit bedeutsamer Gebärde ins Wort, »wenn Herr von Margeril uns einen Rückhalt geben wollte! ...Aber das ist ein wenig zugänglicher Mann.«

»Man kann ihm immerhin die Sache ans Herz legen ...Da er in Paris geblieben ist, um von dort aus Schritte zu tun, so wäre dies eine Gelegenheit ...Ich werde ihm noch heute abend schreiben.«

Seit man Herrn von Margerils Namen ausgesprochen, war Frau von Boiscoran noch tiefer erblaßt.

Bei den letzten Worten des alten Mannes aber erhob sie sich und sprach heftig:

»Schreiben Sie nicht, mein Herr, es wäre vergeblich, ich will es nicht.«

So sichtlich war ihre Erregung, daß sie die übrigen nicht wenig in Verwirrung setzte.

»Boiscoran und Herr von Margeril sind also entzweit?« fragte Herr von Chandoré.

»Ja.«

»Aber es handelt sich um Jacques' Rettung, liebe Mutter!« rief Denise.

Leider konnte die arme Frau in diesem Augenblick nicht mitteilen, welcher Verdacht einst das Leben des Marquis von Boiscoran getrübt hatte; durfte niemanden ahnen lassen, wie grausam in diesem Augenblick die Mutter die von der Gattin begangene Unbedachtsamkeit büßte.

»Wenn es durchaus sein muß«, sprach sie mit erstickter Stimme, »so werde ich selbst Herrn von Margeril aufsuchen.«

Von allen Anwesenden war vielleicht Herr Folgat der einzige, der die schmerzlichen Erinnerungen erriet, die dieser Name in Frau von Boiscorans Herzen erweckte.

»Auf alle Fälle«, erklärte er daher, ihr das Wort abschneidend, »ist meine Ansicht die, das Ende der Untersuchung abzuwarten. Aber ich kann mich irren, und ehe wir Herrn Jacques antworten, wünsche ich mit dem Anwalt zu sprechen, den er bezeichnet hat.«

»Das ist ohne Zweifel der verständigste Entschluß, den wir fassen können«, bestätigte Herr von Chandoré.

Einem Diener klingelnd, befahl er diesem, zu Herrn Mergis zu gehen mit der Einladung, nach seinem Mittagessen herüberzukommen.

Jacques von Boiscoran hatte seine Wahl sehr gut getroffen.

Herr Magloire Mergis, bekannter unter dem Namen Magloire, galt in Sauveterre als der geschickteste und beredteste Anwalt, nicht nur der Umgegend, sondern im ganzen Gebiet von Poitiers. Er hatte außerdem, was seltener und bei weitem ruhmreicher ist, den wohlverdienten und unangreifbaren Ruf der Ehrenhaftigkeit und Unbestechlichkeit.

Es war bekannt, daß er nie eingewilligt hätte, für einen zweideutigen Fall zu plädieren. Übrigens war er durchaus nicht reich und bewahrte bei den vierundfünfzig oder fünfundfünfzig Jahren, die er zählte, die einfachen und bescheidenen Gewohnheiten eines Anfängers ohne Vermögen.

Jung verheiratet, hatte Herr Magloire seine Frau nach wenigen Monaten der Ehe verloren und hatte sich nie über diesen Verlust getröstet. Nach mehr als dreißig Jahren war die Wunde noch nicht vernarbt, und getreulich sah man ihn zu gewissen Zeiten, einen großen Blumenstrauß in der Hand, durch die Stadt dem Friedhof zuschreiten.

Über jeden anderen hätten die Spötter von Sauveterre sich des Lachens nicht enthalten können; über ihn aber durfte niemand spotten, so groß war die Hochachtung, die dieser rechtliche Mann einflößte, mit seinem ruhigen und heiteren Antlitz, mit seinen klaren, stolzen Augen, mit den feingezeichneten Lippen, wahrhaften Rednerlippen, bald Mitleid oder Zorn, bald Spott oder Verachtung ausdrückend. Ebenso wie der Doktor Seignebos war Herr Magloire Republikaner, und bei den letzten Wahlen des Kaiserreichs hatte es den Bonapartisten unglaubliche Anstrengungen, die Unterstützung der Verwaltung und eine Menge zweideutiger Manöver gekostet, um ihn aus der Kammer zu entfernen. Und dennoch wäre es ihnen ohne das Eingreifen des Herrn von Claudieuse nicht gelungen, obgleich dieser ihnen durchaus nicht zugetan war, sondern eine Menge Wähler bewogen hatte, sich der Stimme zu enthalten.

Das war der Mann, der um neun Uhr abends, auf Herrn von Chandorés Einladung, sich in der Rue de la Montagne einfand.

Denise und ihr Großvater, Frau von Boiscoran und Herr Folgat erwarteten ihn.

Er grüßte sie mit achtungsvoller, aber zugleich so trauriger Miene, daß es Denise einen Stoß ins Herz gab.

Sie glaubte zu verstehen, daß Herr Magloire nicht weit davon war, an Jacques von Boiscorans Schuld zu glauben.

Und sie täuschte sich nicht, denn Herr Magloire zögerte nicht, seine Ansicht, wenn auch mit der größten Schonung, so doch sehr deutlich kundzutun.

Nachdem er den Tag im Gerichtshof zugebracht, hatte er die Meinung der Mitglieder des Gerichts vernommen, und diese Meinung war weit entfernt, dem Angeklagten günstig zu sein.

Unter solchen Umständen Jacques' Wunsch nachzugeben und gegen Herrn Galpin-Daveline ein Gesuch um Untersuchungsabgabe einzureichen, wäre ein unverzeihlicher Mißgriff gewesen.

»So wird die Untersuchung also jahrelang dauern«, rief Denise, »da Herr Galpin-Daveline darauf besteht, von Jacques das Geständnis eines Verbrechens zu erlangen, das er nicht begangen hat.«

Herr Magloire schüttelte den Kopf.

»Ich glaube im Gegenteil, mein Fräulein, daß die Untersuchung sehr bald beendet werden wird.«

»Wenn Jacques aber schweigt...«

»Das Schweigen eines Angeklagten kann ebensowenig wie seine Launen und sein Eigensinn den Gang des Prozesses hemmen. Wenn er, in den Stand gesetzt, seine Verteidigung vorzubringen, ausschlägt, es zu tun, so geht das Gericht darüber hinweg.«

»Aber, mein Herr, wenn ein Angeklagter seine Gründe hat?«

»Es gibt niemals gültige Gründe, sich unschuldig anklagen zu lassen. Auch hat man diesen Fall vorhergesehen. Es steht dem Angeklagten frei, auf Fragen, die ihn in Verlegenheit setzen, nicht zu antworten. Nemo tenetur prodere se ipsum. Aber Sie müssen doch zugeben, daß die Verweigerung der Fragebeantwortung den Richter autorisiert, die Punkte, über welche der Angeklagte sich nicht erklären will, als erwiesen anzusehen...«

Je ruhiger der angesehene Anwalt von Sauveterre war, desto mehr gerieten seine Zuhörer, mit Ausnahme Herrn Folgats, in Schrecken.

Indem sie die technischen Ausdrücke vernahmen, die er gebrauchte, fühlten sie sich erstarren bis ins innerste Mark, wie die Freunde eines Verwundeten, welche hören, wie der Chirurg seine Operationsmesser schleift.

»Also scheint Ihnen«, fragte Frau von Boiscoran mit schwacher Stimme, »die Lage meines unglücklichen Sohnes bedenklich?«

»Ich sagte gefahrvoll, gnädige Frau.«

»Sie denken mit Herrn Folgat, daß jeder Tag, der dahingeht, die Gefahr steigert, die ihm droht...«

»Ich bin dessen nur zu gewiß. Und wenn Herr von Boiscoran wirklich schuldig ist...«

»Oh, mein Herr!« unterbrach ihn Denise, »können Sie so sprechen, Sie, der Sie Jacques' Freund waren?«

Mit einem Blick des tiefsten und aufrichtigsten Mitleids betrachtete Herr Magloire einen Augenblick das junge Mädchen.

»Eben weil ich ein Freund bin, mein Fräulein«, antwortete er, »bin ich Ihnen die Wahrheit schuldig. Ja, ich habe Herrn von Boiscorans große Vorzüge gekannt und geschätzt, ich habe ihn geliebt und liebe ihn noch … Aber die Sachlage muß nicht mit dem Gefühl, sie muß mit dem Verstand geprüft werden … Jacques ist Mensch und wird durch Menschen gerichtet werden … Die Merkmale seiner Schuld sind da, fühlbar, tatsächlich, handgreiflich! Welche Beweise können Sie von seiner Unschuld bieten? Nur sittliche Gründe!«

»Mein Gott!« murmelte Denise.

»Ich denke also wie mein ehrenwerter Kollege.«

Und Herr Magloire verbeugte sich gegen Herrn Folgat. »Ich bin fest überzeugt; daß Herr von Boiscoran, wenn er unschuldig ist, ein beklagenswertes System verfolgt hat. Wenn er zu seinem Glück ein Alibi hat, so eile er, ja so eile er, damit hervorzutreten. Er lasse den Prozeß nicht bis zur Anklagekammer fortgehen. Einmal hier angelangt, ist der Angeklagte zu drei Vierteln schon verdammt.«

Diesmal erblaßte das Karmesin auf Herrn von Chandorés Wangen wirklich.

»Und dennoch«, rief er, »wird Jacques sein System nicht ändern. Das ist sicher für jeden, der seinen Eigensinn kennt.«

»Und unglücklicherweise ist sein Entschluß gefaßt«, sagte Denise, »und Herr Magloire, der ihn wohl kennt, wird es nur zu sehr aus dem Brief ersehen, den er uns geschrieben hat.«

Bis dahin war nichts ausgesprochen worden, was den Anwalt von Sauveterre das Mittel ahnen ließ, das man benutzt, um mit dem Gefangenen zu korrespondieren.

Indem man ihm den Brief zeigte, mußte man ihn ins Vertrauen ziehen, und das tat Denise. Davon sofort überrascht, zog er finster die Brauen zusammen.

»Das ist sehr unvorsichtig, und von dem, der es tut, sehr dreist«, sagte er.

Indem er Herrn Folgat ansah, fuhr er fort:

»Unsere Profession hat gewisse Regeln, die zu übertreten stets ein mißliches Ding ist … Einen Gerichtsschreiber bestechen, von seiner Schwäche, seiner Armut Vorteil ziehen!«

Der Pariser Anwalt war unmerklich errötet.

»Ich hätte nie zu einer solchen Unvorsichtigkeit geraten«, sagte er, »aber von dem Augenblick an, wo sie begangen war, glaubte ich den Vorteil nicht ausschlagen zu müssen, und sollte ich mich strengen Tadels, oder eines noch Schlimmeren gewärtigen – ich werde es benutzen.«

# Kapitel 18

Herr Magloire antwortete nicht. Aber nachdem er den Brief gelesen hatte, sagte er: »Ich stehe Herrn von Boiscoran zu Diensten, und sobald die geheime Haft aufgehoben ist, werde ich mich zu ihm verfügen. Ich glaube, wie Fräulein Denise, daß er in seinem Schweigen beharren wird; indessen, da es ein Mittel gibt, einen Brief an ihn gelangen zu lassen, … gut, auch ich werde die begangene Unvorsichtigkeit benutzen … und ich rate: Man beschwöre ihn in seinem Interesse, im Namen alles dessen, was ihm teuer ist, zu sprechen, sich zu rechtfertigen, sich zu erklären…«

Nach diesen Worten empfahl sich Herr Magloire hastig, während er seine Zuhörer bestürzt zurückließ; denn es war ganz augenscheinlich, daß er durch seinen jähen Aufbruch nur den peinlichen Eindruck verbergen wollte, den Jacques' Brief auf ihn gemacht hatte.

»Selbstverständlich«, sagte Herr von Chandoré, »werden wir ihm schreiben, aber er wird das Ende der Untersuchung abwarten.«

»Wer weiß!« flüsterte Denise und fügte nach einem Augenblick der Überlegung laut hinzu: »Man kann es immerhin versuchen!«

Ohne sich weiter zu erklären, ging sie hinaus, eilte in ihr Zimmer und schrieb die folgenden Zeilen:

»Ich muß Sie notwendig sprechen. Unser Garten hat eine kleine Tür, die auf die Ruelle de la Charité hinausgeht, ich erwarte Sie dort. So spät dieser Zettel Sie auch erreicht – kommen Sie jedenfalls.

Denise.«

Nachdem sie das Billett in ein Kuvert gelegt, rief sie die alte Kammerfrau, die sie aufgezogen hatte, und sagte, nachdem sie ihr alles anempfohlen, was die Vorsicht nur erdenken kann:

»Der Gerichtsschreiber Méchinet muß unbedingt diesen Zettel noch heute abend erhalten, geh, beeile dich!«

Schon seit vierundzwanzig Stunden war Méchinet so umgewandelt, daß seine Schwestern ihn nicht mehr wiedererkannten.

Nach Denises Aufbruch hatten sie ihn alsbald aufgesucht, in der Erwartung, er würde ihnen endlich mitteilen, was die geheimnisvolle Zusammenkunft zu bedeuten hatte; aber bei den ersten Worten rief er ihnen zu: »Das geht euch nichts an. Das geht überhaupt niemand etwas an.« Damit war er allein geblieben, noch ganz verwirrt durch sein Abenteuer und den Mitteln nachsinnend, wie es ihm gelingen könnte, sein Versprechen zu erfüllen, ohne sich bloßzustellen. Das war nicht so leicht.

Als der entscheidende Augenblick gekommen war, erkannte er mehr denn je, daß es ihm nicht gelingen würde, den Brief, der ihm in der Tasche brannte, Jacques von Boiscoran zuzustellen, ohne daß Herrn Galpin-Davelines Luchsaugen es bemerkten.

Also blieb ihm schließlich nichts übrig, als nach langem Zögern seine Zuflucht zu der Mitschuld des Mannes zu nehmen, der Jacques bediente: Frumence Cheminot.

Dieser arme Teufel war übrigens ein guter Kerl, dessen Hauptlaster in unbezwinglicher Faulheit bestand und der nichts als die leichten Vergehen eines Landstreichers auf dem Gewissen hatte.

Er liebte Méchinet, der ihm in den Tagen früherer Haft im Gefängnis von Sauveterre hin und wieder eine Prise Tabak oder ein paar Groschen gegeben hatte, damit er sich Wein kaufen könne.

Er machte mithin nicht den geringsten Einwand gegen den Vorschlag des Gerichtsschreibers, Herrn von Boiscoran das Billett zuzustellen und die Antwort zu überbringen. Und treu und ehrlich führte er seinen Auftrag aus.

Aber wenn einmal alles glücklich abgelaufen war, so folgte daraus noch nicht, daß Méchinet sich beruhigt fühlte.

Nicht nur daß die heftigsten Gewissensbisse ihn peinigten, wenn er an seine übertretene Pflicht dachte, er zitterte auch vor dem Gedanken, der Gnade eines Mitschuldigen preisgegeben zu sein.

Wieviel gehörte dazu, um entdeckt zu werden? Eine Indiskretion, eine Ungeschicklichkeit, ein unglücklicher Zufall!

Was wurde dann aus ihm?

Seines Amtes entsetzt, verlor er allmählich alle seine Stellen! Vertrauen und Achtung wurden ihm entzogen. Dann Adieu allen ehrgeizigen Träumen, allen Illusionen auf Vermögen, aller Hoffnungen, durch eine vorteilhafte Heirat eine angenehme Lebensstellung zu erlangen!

Und dennoch – welch bizarrer Widerspruch! – dennoch bedauerte Méchinet nicht, was er getan; und wenn es sein mußte, fühlte er sich bereit, noch einmal anzufangen.

In dieser Verfassung befand er sich, als Fräulein von Chandorés Kammerfrau ihm den Brief überbrachte.

»Was jetzt noch?« rief er ihr zu und fügte, als er die wenigen Zeilen überflogen, in der Befürchtung, daß ein mißliches Ereignis eingetreten sei, hinzu: »Sagt dem Fräulein von Chandoré, daß ich zu ihrem Befehl bin.«

Nach kaum einer Viertelstunde ging er fort und begab sich, um die Neugierigen irrezuführen, mit allen erdenklichen Vorsichtsmaßregeln in die Ruelle de la Charité.

Die kleine Pforte war halb angelehnt, er brauchte sie nur aufzustoßen, um einzutreten.

Obgleich der Mond nicht schien, war die Nacht doch sehr hell. Nach einigen Schritten unter den Bäumen erkannte er Denise und ging ihr entgegen.

»Verzeihen Sie, mein Herr«, begann sie, »daß ich nach Ihnen gesandt habe.«

Alle Angst, die Méchinet ausgestanden, verschwand in diesem Augenblick. Er dachte an nichts mehr als an das Seltsame seiner momentanen Stellung. Seine Eitelkeit schwelgte in dem Bewußtsein, der Vertraute dieses jungen Mädchens, der vornehmsten, der hübschesten, der reichsten Erbin weit und breit zu sein.

»Sie haben ganz recht daran getan, mich kommen zu lassen, wenn ich Ihnen nützlich sein kann, mein Fräulein«, erwiderte er.

In wenigen Worten hatte sie ihn über das Nötige in Kenntnis gesetzt, und als sie ihn nach seiner Meinung fragte, antwortete er:

»Ich glaube, wie Herr Folgat, daß der Kummer und die Vereinsamung anfangen, Herrn von Boiscorans Geistesverfassung auf eine unglückliche Weise zu beeinflussen.«

»Ja, es ist um wahnsinnig zu werden«, sagte Denise leise.

»Ich glaube, wie Herr Magloire«, fuhr der Gerichtsschreiber fort, »daß Herr von Boiscoran, indem er auf seinem Schweigen besteht, seine Lage verschlimmert. Ich habe den Beweis dafür. Herr Galpin-Daveline, der in den ersten Tagen so unruhig war, hat seine ganze Sicherheit wiedergewonnen. Der Oberstaatsanwalt hat ihm geschrieben, um ihm zu seinem energischen Verfahren Glück zu wünschen.«

»Aber – was nun?«

»Ja, nun, mein Fräulein, müßte man Herrn von Boiscoran endlich zum Sprechen bewegen. Ich begreife wohl, daß er seinen Entschluß auf das festeste gefaßt hat. aber wenn Sie ihm schreiben, weil Sie dies doch können –«

»Ein Brief wäre unnütz!«

»Dennoch!«

»Unnütz, sag' ich Ihnen! Aber – ich weiß ein Mittel...«

»Dann benutzen Sie es so schnell wie möglich, mein Fräulein!« fiel der Beamte ihr ins Wort, »verlieren Sie keine Minute! Es ist die höchste Zeit...«

So hell die Nacht war, vermochte doch Méchinet die Blässe des jungen Mädchens nicht wahrzunehmen.

»Wohlan!« begann sie von neuem, »ich muß selbst bis zu Herrn von Boiscoran gelangen, ich muß ihn sehen, ihn sprechen...«

Sie war darauf gefaßt, den Gerichtsschreiber aufschreien, emporfahren zu sehen, aber nichts davon.

»Wirklich?« entgegnete er in äußerst gelassenem Tone. »Doch wie?«

»Blangin, der Gefängniswärter, und seine Frau behalten ihren Posten nur, weil sie davon leben. Warum sollte ich ihnen nicht gegen eine Unterredung mit Jacques die Mittel bieten, sich eine Wirtschaft auf dem Lande zu gründen?«

»Warum nicht?« entgegnete der Gerichtsschreiber. Und leiser fügte er hinzu, den Einblicken seiner Erfahrung entsprechend: »Das Gefängnis von Sauveterre gleicht in keiner Beziehung den Arrestanstalten großer Städte ... Die Gefangenen sind selten, die Aufsicht ist gleich Null. Wenn die Türen geschlossen sind, ist Blangin der Herr.«

»Ich werde ihn morgen aufsuchen!« erklärte Denise.

Es gibt Abhänge, auf denen man, wenn man sie einmal betreten, nicht wieder zurück kann.

Nachdem Méchinet den ersten Einflüsterungen des Fräuleins von Chandoré nachgegeben, war er für alle Zukunft in ihren Händen.

»Nein, gehen Sie nicht hin, mein Fräulein«, sagte er. »Sie würden weder Blangin genügsam beweisen, daß er sich in keiner Weise in Gefahr begibt, noch seine Geldgier genügend anspornen. Ich selbst werde mit ihm sprechen.«

»Oh, mein Herr!« rief Denise, »wie soll ich jemals –«

»Wieviel kann ich bieten?« unterbrach sie der Gerichtsschreiber.

»Alles, was Sie für angemessen halten, alles –«

»Dann, mein Fräulein, werde ich Ihnen morgen und zur selben Stunde wie heute die Antwort bringen.«

Mit diesen Worten entfernte er sich und ließ Denise so in Hoffnung aufgehend zurück, daß die Tanten Lavarande und die Marquise von Boiscoran, denen sie nichts verraten hatte, sich den Rest des Abends und den ganzen folgenden Tag unaufhörlich fragten: »Was mag wohl die Kleine haben?«

Sie träumte nur davon, daß, wenn die Antwort günstig ausfiele, sie Jacques nach vierundzwanzig Stunden wiedersehen würde, und sagte sich voll Ungeduld: »Wenn nur Méchinet Glück hat!«

Und in der Tat, er hatte es. Genau um zehn Uhr, wie am vorhergehenden Abend, war er an der kleinen Pforte und rief ihr leise entgegen:

»Es ist gelungen!«

So heftig war Denises Erregung, daß sie sich an einen Baum lehnen mußte.

»Blangin willigt ein«, fuhr der Gerichtsschreiber fort. »Ich habe ihm sechzehntausend Francs geboten. Das ist vielleicht zuviel?«

»Nein, viel zuwenig.«

»Er verlangt, daß sie ihm in Gold ausbezahlt werden.«

»Er wird es haben.«

»Endlich knüpft er Bedingungen an die Unterredung, die Ihnen vielleicht sehr hart erscheinen werden.«

»Reden Sie, mein Herr.«

»Obgleich er alle Vorsichtsmaßregeln getroffen für den Fall, daß er entdeckt würde, wünscht Blangin doch, dem vorzubeugen. Folgenderweise will er die Sache geregelt wissen: Morgen abend um sechs Uhr werden Sie an dem Gefängnis vorbeigehen. Die Tür wird offen sein, und an der Tür wird Blangins Frau stehen, die Sie kennen müssen, da sie früher in Ihren Diensten war. Wenn sie Sie nicht grüßt, so setzen Sie Ihren Weg fort; dann wäre ein unerwartetes Hindernis eingetreten. Grüßt sie aber, so gehen Sie zu ihr, sie wird Sie in eine kleine Kammer führen, die mit ihrer Wohnung zusammenhängt. Dort werden Sie bis zu der notwendig ziemlich vorgerückten Stunde verweilen, da Blangin hoffen kann, Sie ohne Gefahr in Herrn von Boiscorans Zelle zu führen. Nach beendeter Unterredung kehren Sie in dies kleine Zimmer zurück, wo ein Bett für Sie bereitstehen wird, und Sie werden den Rest der Nacht dort verbringen ... Denn das ist die schreckliche Bedingung: Sie werden das Gefängnis nicht vor Tagesanbruch verlassen können.«

In der Tat – das schien schrecklich!

Trotzdem entgegnete Denise nach kurzem Besinnen:

»Gleichviel! Ich willige ein. Sagen Sie Herrn Blangin, daß alles angenommen ist.«

Da Fräulein Denise in die Bedingungen des Gefängniswärters Blangin einwilligte, so war soweit alles gut, alles in Ordnung; aber schwerer war es vielleicht, die Einwilligung des Herrn von Chandoré zu erhalten.

Das arme junge Mädchen begriff dies so wohl, daß es zum erstenmal in seinem Leben sich seinem Großvater gegenüber verlegen fühlte, sich die Rede vorbereitete, nach Ausdrücken suchte.

Aber vergebens hatte sie mit einer Kunst, deren sie sich gestern noch unfähig geglaubt, die Seltsamkeit ihres Begehrens zu beschönigen gesucht.

»Nie!« rief Herr von Chandoré, »nie! niemals!«

Nie, soviel war gewiß, hatte der alte Edelmann sich mit so bestimmter Autorität ausgedrückt. Nie hatten sich seine Augenbrauen so zusammengezogen. Nie hatte er auf ein Verlangen seiner Enkelin »nein« gesagt, ohne daß die Augen »ja« geantwortet hätten.

»Das kann ich nicht dulden!« rief er wiederholt, »daß Denise die Nacht im Gefängnis von Sauveterre zubrächte, um eine Zusammenkunft mit ihrem Bräutigam zu haben, der des Mordes und der Brandstiftung angeklagt ist – die ganze Nacht allein, dem unbeschränkten Gutdünken eines Gefängniswärters, eines harten, rohen, gierigen Mannes überlassen. Nein, das werd' ich nie gestatten!« rief der alte Edelmann noch einmal.

Gelassen ließ Fräulein Denise das Unwetter vorüberziehen.

»Und wenn es dennoch sein muß?« entgegnete sie, als ihr Großvater innehielt.

Herr von Chandoré zuckte die Achseln.

»Wenn es sein muß«, beharrte sie mit erhobener Stimme, »um Jacques dahin zu bringen, daß er ein System aufgibt, das ihn ins Verderben zieht; um ihn zu überzeugen, daß er vor dem Ende der Untersuchung sprechen muß?«

»Das ist nicht deine Rolle, mein Kind!«

»O Großvater!«

»Das ist die Aufgabe seiner Mutter. Was Blangin versprochen hat, für dich zu wagen, das wird er unter denselben Bedingungen auch für sie auf sich nehmen. Mag Frau von Boiscoran die Nacht im Gefängnis zubringen, ich werde einverstanden sein; mag sie ihren Sohn sehen, sie wird ihre Pflicht erfüllen.«

»Ihr wird es nicht gelingen, Jacques Entschluß zu ändern.«

»Und du glaubst mehr über ihn zu vermögen als seine Mutter?«

»Das ist etwas anderes, lieber Papa!«

»Gleichviel!«

Dies »Gleichviel«, wie Herr von Chandoré es aussprach, war nicht weniger als sein »Unmöglich«. Aber er diskutierte. Und wer diskutiert, setzt sich der Gefahr aus, von den Einwänden seines Gegners besiegt zu werden.

»Beharre nicht länger, liebste Tochter«, hob er von neuem an, »mein Entschluß ist unwiderruflich gefaßt, und ich schwöre dir...«

»Schwöre nicht, mein guter Papa!« unterbrach ihn das junge Mädchen rasch.

Und so entschlossen war ihre Haltung, so fest ihr Ton, daß der alte Edelmann einen Augenblick verdutzt dastand.

»Wenn ich es aber nicht will?« begann er.

»Du wirst einwilligen, guter Papa, du wirst deine Enkelin, die dich so lieb hat, nicht in die schmerzliche Notwendigkeit versetzen, dir zum ersten Male in ihrem Leben ungehorsam zu werden.«

»Weil ich in der Tat zum erstenmal nicht den Willen meiner Enkelin erfülle?«

»Liebster Papa, laß mich dir sagen...«

»Höre du lieber mich an, armes, liebes Kind, und laß mich dir zeigen, welchen Gefahren, welchem Unglück du dich aussetzest ...Die Nacht in diesem Gefängnis verbringen, das hieße, verstehst du wohl, deine Mädchenehre aufs Spiel setzen, das Glück, die Ruhe deines ganzen Lebens...«

»Die Ehre und das Leben Jacques' sind in Gefahr.«

»Arme Unvorsichtige! Bist du sicher, daß er selbst nicht der erste sein könnte, dir deinen Schritt erbarmungslos vorzuwerfen?«

»Er!«

»Die Männer sind so beschaffen, daß sie sich gegen die bewunderungswürdigste Hingebung erzürnen!«

»Es sei. Ich werde unter Jacques ungerechten Vorwürfen weniger leiden, als wenn ich meine Pflicht nicht erfülle.«

Verzweiflung ergriff endlich Herrn von Chandoré.

»Und wenn ich bäte, Denise, statt zu befehlen ... Wenn dein alter Großvater dich auf den Knien anflehte, diesem unglückseligen Plan zu entsagen?«

»Du würdest mir eine furchtbare Pein verursachen, bester Papa – und es wäre doch umsonst. Denn ich würde deinen Bitten widerstehen, wie ich deinen Befehlen widerstehe.«

»Unerbittlich!« rief der Greis, »sie ist unerbittlich!«

Und plötzlich den Ton ändernd, sprach er: »Ich habe dennoch zu befehlen!«

»Liebster Großvater, um Gottes willen!«

»Und weil nichts dich rühren kann, so werde ich Méchinet und Blangin meinen Willen zu wissen geben.«

Weißer als Marmor, aber mit funkelnden Augen trat Denise einen Schritt zurück.

»Wenn du das tätest, Großvater, wenn du meine letzte Hoffnung zerstörtest...« unterbrach sie ihn.

»Nun?«

»Morgen – ich schwöre es dir beim Gedächtnis meiner Mutter – wäre ich in einem Kloster, und du sähest mich nie mehr wieder; nein, auch nicht im Augenblick meines Todes, der nicht lange ausbleiben würde...«

Mit verzweifelter Gebärde erhob Herr von Chandoré seine Arme zum Himmel und rief mit rauher Stimme:

»O mein Gott! Das sind unsere Kinder, und das haben wir zu erwarten, wenn wir alt werden! Unser ganzes Dasein ging darin auf, über sie zu wachen; sie sind unsere liebste Sorge, unsere schönste Hoffnung gewesen. Wie wir ihnen unser ganzes Leben Tag für Tag gewidmet, so sind wir bereit, ihnen unser Blut Tropfen für Tropfen dahinzugehen, sie sind unser alles, und wir glauben uns geliebt! ...Arme Toren! Eines Tages geht ein junger Mann vorüber, lachend, sorglos, strahlenden Auges, ein Liebeswort auf den Lippen, und es ist aus – unser Kind ist nicht mehr unser, es kennt uns nicht mehr ...Stirb in deinem Winkel, Greis!«

Und wie eine Eiche unter der Axt erlag der alte Edelmann seiner Aufregung, schwankte und fiel schwer auf einen Lehnsessel nieder.

»Oh, es ist furchtbar!« flüsterte Denise. »Es ist furchtbar, was du da sprichst! Wie, du könntest an mir zweifeln?«

Weinend kniete sie nieder, und ihre Tränen rannen über die Hände des Alten.

Bei dieser Empfindung richtete er sich wieder auf und nahm einen letzten Anlauf:

»Unglückliche! Und wenn Jacques schuldig wäre und er bei deinem Erscheinen dir ein Geständnis seines Verbrechens machte ...«

Denise schüttelte den Kopf.

»Es ist unmöglich«, sagte sie; »und wenn es dennoch wäre, so müßte ich mit ihm bestraft werden, denn ich fühle, daß, wenn er es gewollt hätte, ich seine Mitschuldige geworden wäre...«

»Sie ist toll!« seufzte Herr von Chandoré, in seinen Sessel zurückfallend, »sie ist toll!«

Aber er war besiegt, und am folgenden Tage um sechs Uhr abends ging er, das Herz von dem furchtbarsten Schmerz zerrissen, seine Enkelin am Arme führend, die Rue de la Montagne hinab.

Denise hatte die einfachste dunkelste Kleidung gewählt, und das Täschchen, welches sie am Arme trug, enthielt nicht sechzehn-, sondern zwanzigtausend Francs in Gold.

Selbstverständlich hatte man Frau von Boiscoran, die Tanten Lavarande und Herrn Folgat ins Vertrauen ziehen müssen, und zu Herrn von Chandorés tiefstem Schreck hatte niemand einen Einwand gewagt.

Bis zu der Straße, wo das Gefängnis liegt, hatten Großvater und Enkelin kein Wort gewechselt.

Hier aber sagte Denise:

»Ich sehe Frau Blangin vor der Tür, liebster Großvater, laß uns gut achtgeben.«

Sie näherten sich; Frau Blangin grüßte.

»Der Augenblick ist gekommen!« sagte das junge Mädchen. »Auf morgen, liebster Großvater! Komm wohl nach Hause und beunruhige dich nicht.«

Und auf die Frau des Gefängniswärters zutretend, verschwand sie im Innern des Gefängnisses.

# Kapitel 19

Das Gefängnis von Sauveterre befindet sich in dem Schlosse, welches auf der Höhe der alten Stadt inmitten eines ärmlichen und fast verlassenen Viertels liegt.

In alten Zeiten stark befestigt, wurde das Schloß von Sauveterre zur Zeit der Belagerung von La Rochelle seiner Befestigung beraubt; es ist nichts davon übriggeblieben als schlecht ausgebesserte Trümmer, Wälle mit ausgefüllten Gräben, ein Tor mit darüber aufsteigendem Glockenturm, eine Kapelle, die nunmehr in ein militärisches Magazin umgewandelt ist, und endlich zwei massive Türme, die durch ein mächtiges Gebäude miteinander in Verbindung stehen.

Es gibt nichts, was düsterer wäre als diese Ruinen, die von einer mit Efeu überwucherten Mauer umgeben sind, und nur der Soldat, der Tag und Nacht vor dem Eingang seine einförmige Obliegenheit erfüllt, läßt ihre Bestimmung erraten.

Hundertjährige Ulmen beschatten den weiten Hof und die Plattformen, in den Mauerspalten wächst Lavendel und Dachwurz genug, um hundert Gefangene erfreuen zu können.

Aber es fehlt diesem malerischen Gefängnis an Gefangenen.

»Ein Käfig ohne Vögel«, pflegt der Gefängniswärter in schwermütigem Ton zu sagen.

Er zieht mit Bewilligung der Verwaltung seinen Nutzen daraus, indem er sich in einem der Türme eine hübsche Wohnung eingerichtet hat. Sie besteht aus zwei Zimmern im Parterre und aus einem Zimmer im ersten Stock, wohin man auf einer schmalen, in der dicken Mauer angebrachten Treppe gelangt. In dieses Zimmer zog die Frau des Gefängniswärters mit furchtsamer Eile das Fräulein von Chandoré. Das arme junge Mädchen war dem Ersticken nahe, so heftig schlug ihm das Herz in der Brust, und kaum eingetreten, ließ es sich auf einen Stuhl niederfallen.

»Gott! Jesus!« rief Frau Blangin, »ist Ihnen nicht wohl, mein liebes Fräulein? Warten Sie, ich gehe hinunter, um Ihnen Essig zu bringen.«

»Es ist nicht nötig«, sagte Denise mit schwacher Stimme, »bleibe bei mir, meine gute Colette, bleibe!«

Colette – so hieß Frau Blangin, eine kräftige und robuste Plaudertasche von fünfundvierzig Jahren, braun wie das Brot des Landvolks, mit einem dichten schwarzen Flaum auf der Oberlippe.

»Armes Fräulein!« fuhr sie fort, »es scheint Ihnen sonderbar vorzukommen, daß Sie hier sind.«

»Gewiß, sehr sonderbar. Aber wo ist dein Mann?«

»Er ist unten auf der Wache. Aber er wird sogleich heraufkommen.«

Alsbald vernahm man in der Tat einen schweren Tritt auf der Treppe, und Blangin erschien, bleich, mit trübem Blick, wie ein Mann, der soeben eine große Gefahr bestanden hat.

»Niemand hat etwas gesehen!« sagte er aufatmend. »Niemand ahnt etwas. Ich fürchtete mich nur vor dem Wachtposten, dem schlechten Kerl, und gerade, als das Fräulein ankam, ist es mir gelungen, ihn hinter die Mauer zu ziehen, um ihm einen Schluck Branntwein anzubieten. Ich fange an zu glauben, daß ich meinen Posten nicht verlieren werde.«

Fräulein von Chandoré nahm diese Worte als Einleitung.

»Ei! was liegt an Ihrem Posten«, sagte sie, eine Heiterkeit erheuchelnd, die ihrem wirklichen Gemütszustand fern genug lag, »da wir übereingekommen sind, daß ich Ihnen einen besseren verschaffe?«

Und indem sie ihre Tasche öffnete, legte sie die Rollen auf den Tisch.

»Ah! das ist Gold!« rief Blangin mit blitzenden Augen.

»Ja. Jede dieser Rollen enthält tausend Francs; hier sind ihrer sechzehn…«

Die Züge des Gefängniswärters verrieten eine unwiderstehliche Versuchung.

»Darf man sehen?« fragte er.

»Gewiß«, antwortete das junge Mädchen, »überzeugen Sie sich.«

Sie irrte sich indes; Blangin fiel es nicht ein, das Gold zu zählen, sondern er wollte seinen Blick daran weiden und es klingen hören, es in die Hand nehmen. Mit fieberhafter Hast zerriß er die Papierhülle und ließ die einzelnen Stücke wie aus einem Füllhorn auf den Tisch niederregnen, und je mehr der Haufen anwuchs, desto bleicher wurden seine Lippen, und Schweißtropfen rannen ihm von der Stirn.

»Alles das ist mein!« sagte er mit blödem Lachen.

»Ja, es gehört Ihnen!« antwortete Denise.

»Ich konnte mir nicht vorstellen, wie ein Haufen von sechzehntausend Francs aussähe! Wie schön es ist, das Gold! Sieh doch, Frau!«

Aber die Gefängniswärterin wandte den Kopf ab.

Sie war nicht weniger gewinnsüchtig als ihr Mann und vielleicht noch aufgeregter, aber sie wußte sich zu verstellen.

»Ach! liebes Fräulein«, begann sie, »nie hätten mein Mann und ich Geld von Ihnen für einen Dienst gefordert, wenn wir nur für uns zu sorgen hätten. Aber wir haben Kinder!«

»Es ist eure Pflicht, für eure Kinder zu sorgen!« sagte Denise.

»Ich weiß wohl, daß sechzehntausend Francs eine große Summe sind! Das Fräulein wird vielleicht bedauern, uns so viel Geld zu geben.«

»Ich bedaure es so wenig, daß ich gerne noch etwas hinzufügen werde.«

Und sie zeigte ihm eine der vier Rollen, die sie noch in dem Täschchen hatte.

»Dann, wahrhaftig, zum Teufel mit dem Posten!« rief Blangin.

Und berauscht vom Anblick und von der Berührung des Goldes fuhr er fort:

»Sie sind hier zu Hause, mein Fräulein, und das Gefängnis und der Gefängniswärter stehen zu Ihrem Befehl. Was verlangen Sie? Ich habe hier neun Gefangene, Herrn von Boiscoran und Cheminot nicht mit eingerechnet. Wollen Sie, daß ich sie alle freilasse?«

»Blangin!« sprach die Frau in strengem Ton.

»Was? Steht es nicht in meiner Hand, die Gefangenen ausreißen zu lassen?«

»Ehe du den Übermütigen spielst, warte es ab, bis du dem Fräulein den Dienst geleistet hast, den sie von dir fordert!«

»Das ist richtig!«

»Dann«, fuhr die vorsichtige Gefängniswärterin fort, »verstecke das Geld, das uns verraten könnte.«

Mit diesen Worten nahm sie aus dem Schrank einen wollenen Strumpf, und ihr Mann ließ die sechzehntausend Francs hineingleiten, jedoch mit Ausnahme von etwa zwölf Stücken, die er in die Tasche steckte, um einen tatsächlichen Beweis seines neuen Vermögens in der Hand zu haben.

Als dies abgemacht und der Strumpf zum Platzen voll war, wurde er tief im Schrank unter einem Wäschehaufen versteckt.

»Und jetzt mach, daß du hinunterkommst«, befahl Frau Blangin ihrem Mann; »es kann noch jemand kommen, und wenn du nicht da bist, um zu öffnen, würde es Verdacht erregen.«

Als wohlerzogener Ehegatte gehorchte Blangin ohne Widerrede, und die Gefängniswärterin nahm es auf sich, Denise zu unterhalten.

Sie hoffe wohl, sagte sie, daß ihr teures Fräulein ihr die Ehre geben würde, etwas zu sich zu nehmen. Das würde eine Stärkung sein und außerdem helfen, die Zeit zu verbringen; denn es war sieben Uhr, und erst nach zehn konnte Blangin sie ohne Gefahr in Herrn von Boiscorans Zelle führen.

»Oh, ich habe schon gegessen«, wandte Denise ein, »und ich brauche nichts.«

Die andere beharrte nur um so mehr bei ihrer Einladung. Sie erinnerte sich noch genugsam der Lieblingsspeisen des teuren Fräuleins, hatte ihr eine vortreffliche Bouillon und eine unvergleichliche Creme bereitet.

Die lästigen Bemühungen der Frau Blangin hatten wenigstens das Gute, daß sie Denise von ihren schmerzlichen Gedanken abzogen.

Endlich war die Nacht gekommen. Es schlug neun, es schlug zehn Uhr. Dann hörte man den Schritt der Runde, welche den Wachtposten ablöste.

Eine Viertelstunde später erschien Blangin, eine Laterne und einen mächtigen Schlüsselbund in der Hand. »Ich habe Cheminot schlafen geschickt«, sagte er, »das Fräulein kann kommen.«

Denise stand schon bereit.

»Gehen wir«, sprach sie gefaßt.

Und dem Gefängniswärter folgend, durchschritt sie die endlosen Gänge, dann einen mächtigen gewölbten Saal, wo die Schritte wie in einer Kirche widerhallten, dann eine lange Galerie.

Endlich sagte Blangin, auf eine starke Tür weisend, durch deren Ritzen einzelne Lichtstrahlen fielen:

»Hier sind wir!«

»Warten Sie einen Augenblick«, antwortete sie.

Denn sie war nahe daran, den vielen auf sie einstürmenden Aufregungen zu unterliegen. Sie fühlte ihren Blick sich trüben, ihre Füße schwanken. Ihre Seele behielt immer ihre wunderbare Kraft, aber der Körper entzog sich ihrem Willen und wollte versagen.

»Sind Sie krank?« fragte der Gefängniswärter. »Was ist Ihnen?«

Sie bat Gott, ihr Mut und Kraft zu geben, und nach beendetem Gebet sagte sie:

»Treten wir ein!«

Mit großem Geräusch die Schlüssel und Schlösser handhabend, öffnete Blangin Jacques von Boiscorans Tür ...

Es waren nicht mehr die Tage, es waren die Stunden, die Jacques von Boiscoran zählte, seit er in Einzelhaft war. Am 23. Juni, einem Freitag, war er in die Gefangenenliste eingetragen worden, und heute zählte man Mittwoch abend, den 28.

Es waren also 132 Stunden, daß er, nach des Rechtslehrers Ayrault schrecklichem Ausdruck, »lebend aus der Liste der Lebendigen gestrichen und in das Grab gemauert« war.

Und in der Tat hatte jede dieser 132 Stunden wie ebenso viele Monate auf seinem Haupte gelastet.

Man hätte auch in dieser bleichen, abgemagerten Gestalt mit zerwühltem Bart- und Haupthaar, mit den in Fieber glänzenden Augen, die wie halbverlöschte Kohlen leuchteten, kaum den glücklichen und sorglosen Schloßherrn von Boiscoran erkannt, diesen Benjamin des Glücks, dem von seiner Wiege an alles gelächelt hatte, diesen trotzigen, stolzen Jüngling, der von der Höhe seiner Vergangenheit die Zukunft herausgefordert.

Denn, unter allen Martern, welche die menschliche Gesellschaft gezwungen war, zu ihrer Verteidigung zu ersinnen, gibt es nichts Schrecklicheres als die Einzelhaft; nichts, was so unfehlbar die Kraft des Körpers lahmlegt, die Willenskraft zerfrißt, den unbeugsamsten Charakter bricht.

Im ersten Augenblick vernichtet, hatte Jacques zwar bald begonnen, sich dieses Zustandes zu erwehren, den Freitag und den Sonnabend hatte er sich ruhig, voller Zuversicht, gesprächig, ja fast heiter gezeigt.

Der Sonntag aber war ihm verhängnisvoll geworden.

Zur Aufhebung der Siegel zwischen zwei Gendarmen nach Boiscoran geführt, war er während des ganzen Weges von Leuten, die er kannte, mit Flüchen und Verwünschungen überhäuft worden und in einem Zustande tödlicher Niedergeschlagenheit zurückgekehrt.

Am Montag war er während des ganzen Tages von dem Untersuchungsrichter gemartert worden, und als man ihm sein Essen brachte, hatte er gesagt: Seine Gesundheit würde nicht lange mehr Widerstand leisten, und es wäre barmherziger, ihn gleich ohne weiteres zu töten.

Am Dienstag hatte er den Brief von Denise erhalten und beantwortet. Es war dies für ihn der Anlaß zur entsetzlichsten Aufregung gewesen, und während eines Teils der Nacht hatte Frumence Cheminot ihn mit den Gebärden und zusammenhanglosen Verwünschungen eines Wahnsinnigen in seiner Zelle auf- und niederschreiten sehen.

Er hatte für den Mittwoch auf eine Antwort gehofft.

Als diese nicht eintraf, war er in eine Geisteslähmung verfallen, aus der Herr Galpin-Daveline ihn nicht hatte herausreißen können. Den ganzen Tag hatte er nichts zu sich genommen als eine Tasse Fleischbrühe und ein wenig Kaffee.

Nachdem der Richter fort war, hatte er sich, die Ellbogen auf den Tisch gestützt, dem Fenster gegenüber hingesetzt und war hier regungslos wie eine Statue verblieben, so in seine Gedanken vertieft, daß er, auch als man ihm das Licht hereinbrachte, sich nicht regte.

In dieser Stellung verharrte er noch, als er bald nach zehn Uhr den Riegel seiner Tür kreischen hörte.

Schon war er mit den Gebräuchen des Gefängnisses vertraut genug, um sie genau zu kennen.

Er wußte, um welche Stunde man ihm das Essen brachte, wann Cheminot kam, seine Zelle in Ordnung zu bringen, und wann er endlich gefaßt sein mußte, den Richter erscheinen zu sehen. Nach Einbruch der Nacht gehörte er sich selbst bis zum Morgen.

Ein so später Besuch kündigte also unfehlbar ein außergewöhnliches Ereignis an.

Die Freiheit vielleicht – diesen von allen Gefangenen erflehten Gast.

Er hatte sich aufgerichtet.

Und kaum erkannte er im Schatten das rauhe Gesicht des Gefängniswärters, als er hastig fragte:

»Was will man von mir?«

Blangin verbeugte sich. Er war ein freundlicher Gefängniswärter.

»Mein Herr«, antwortete er, »ich bringe Ihnen hier jemand...«

Und im Eingang verschwindend, machte er Denise Platz oder schob sie vielmehr in das Zimmer, denn sie schien die Kraft, sich zu bewegen, verloren zu haben.

»Jemand«, wiederholte Herr von Boiscoran.

Aber schon hatte der Gefängniswärter seine Laterne erhoben, und der Gefangene erkannte seine Braut.

»Du!« rief er, »du hier!«

Und er warf sich zurück, fürchtend, von einem Traumbild betrogen oder das Opfer einer jener erschreckenden Sinnestäuschungen geworden zu sein, die dem Wahnsinn vorhergehen und sich in dem kranken Gehirn einnisten wie der Adler inmitten einer Ruine.

»Denise«, murmelte er wieder, »Denise!«

Das arme junge Mädchen war nicht fähig, ein Wort herauszustoßen, so schnürte die Aufregung ihm die Kehle zusammen und verschloß ihm die Lippen.

Der Gefängniswärter antwortete an ihrer Stelle.

»Ja«, sagte er, »das Fräulein von Chandoré.«

»Zu dieser Stunde, in meinem Gefängnis!«

»Sie hat Ihnen etwas Wichtiges mitzuteilen und hat mich aufgesucht!«

»O Denise«, stammelte Jacques, »unvergleichliches Mädchen!«

»Und ich habe eingewilligt«, fuhr Blangin in väterlichem Ton fort, »sie heimlich hereinzuführen. Es ist ein großer Fehltritt, den ich begehe, und wenn es an den Tag käme –! Aber man mag immerhin Gefängniswärter sein, man hat ein Herz wie jeder andere. Wenn ich das erwähne, mein Herr, so geschieht es, weil das Fräulein vergessen könnte, Sie daran zu mahnen. Wenn das Geheimnis nicht bewahrt bliebe, so würde ich meinen Posten verlieren, und ich bin ein armer Mann, habe Weib und Kinder.«

»Sie sind der vortrefflichste Mensch!« rief Herr von Boiscoran, weit entfernt, den Preis zu ahnen, für welchen Blangins Empfindsamkeit erkauft worden war; »und an dem Tage, der mich befreien wird, werde ich Ihnen beweisen, daß Sie nicht einem Undankbaren geholfen haben.«

»Ganz zu Ihren Diensten, mein Herr«, antwortete in bescheidenem Ton der Gefängniswärter.

Nach und nach hatte Denise wieder die Herrschaft über sich gewonnen.

»Lassen Sie uns allein, mein Freund«, sprach sie sanft zu Blangin.

Und kaum hatte er sich zurückgezogen, da flüsterte sie, ohne Herrn von Boiscoran Zeit zu einem Wort zu geben:

»Jacques! mein Großvater hat mir gesagt, daß, wenn ich allein im Verborgenen in der Nacht zu dir käme, ich mich der Gefahr aussetzte, deine Liebe und deine Achtung für mich zu vermindern.«

»Oh, du hast es nicht geglaubt!«

»Mein Großvater hat mehr Erfahrung als ich, Jacques. Dennoch habe ich nicht gezaudert; hier bin ich. Und ich hätte noch ganz andere Gefahren bestanden, weil es sich um deine Ehre handelt, die die meinige, und um dein Leben, das das meinige ist, und um unsere Zukunft, um unser Glück, um alle unsere Hoffnungen hier auf Erden.«

Ein fieberhaftes Entzücken hatte das Antlitz des Gefangenen verwandelt.

»Großer Gott!« rief er, »ein solcher Augenblick wiegt Jahre der Marter auf!«

Aber Denise hatte sich, als sie kam, geschworen, daß nichts sie von ihrem Werk abbringen sollte.

»Ich bezeuge es beim Gedächtnis meiner Mutter, Jacques«, fuhr sie fort, »daß ich nie eine Sekunde an deiner Unschuld gezweifelt habe.«

Der Unglückliche antwortete mit einer trostlosen Gebärde.

»Du!« sagte er; »aber die übrigen, aber Herr von Chandoré!«

»Wäre ich denn hier, wenn er dich schuldig glaubte? Meine Tanten und deine Mutter glauben ebenso an dich wie ich selbst.«

»Und mein Vater? Du sagst mir nichts von ihm in deinen Briefen?«

»Dein Vater ist in Paris geblieben für den Fall, daß es von dort aus Schritte zu tun gäbe.«

Herr von Boiscoran schüttelte den Kopf.

»Ich bin gefangen in Sauveterre«, murmelte er, »eines verruchten Verbrechens angeklagt, und mein Vater bleibt in Paris. So ist es wahr, daß er mich nie geliebt hat? Und dennoch bin ich ihm bis zu dieser entsetzlichen Katastrophe stets ein guter Sohn gewesen; er hat sich nie über mich zu beklagen gehabt. Nein, mein Vater hat keine Liebe für mich.«

Denise konnte sich nicht so ablenken lassen.

»Hör mich an, Jacques«, unterbrach sie ihn. »Höre, warum ich diesen Schritt gewagt habe, der so bedenklich ist und mich so viel kostet. Im Namen aller deiner Freunde bin ich gekommen, im Namen Herrn Folgats, jenes Anwalts aus Paris, den deine Mutter mitgebracht hat und den du noch nicht kennst; und auch im Namen von Herrn Magloire, in den du so viel Vertrauen setzest. Alle sind einverstanden. Du hast ein unheilvolles System verfolgt. Bei deinem Schweigen verharren, das heißt sich geflissentlich in den Abgrund stürzen. Verstehe wohl, was ich dir sage. Wenn du mit deiner Rechtfertigung zögerst, bis die Untersuchung abgeschlossen ist, bist du verloren. Von dem Tage an, da die Anklagekammer sich des Prozesses bemächtigt hat, wird es vergeblich sein, zu sprechen. Und du, der Unschuldige, wirst die unselige Liste der Justizirrtümer mehren.«

Schweigend, mit zu Boden gesenkter Stirn, hatte Jacques von Boiscoran Denise von Chandoré angehört.

»Ach!« murmelte er, als sie zitternd innehielt, »alles, was du mir sagst, habe ich mir selbst schon gesagt!«

»Und du hast geschwiegen?«

»Ich habe geschwiegen!«

»Oh, das hast du getan, Jacques, weil du die Gefahr nicht ahnst, die du selbst heraufbeschwörst, weil du nicht weißt —«

»Ich weiß«, sprach er, »daß mir das Schafott oder die Galeere droht!«

Denise war starr vor Entsetzen. Armes Kind! Sie hatte sich eingebildet, daß sie nur zu erscheinen brauchte, um über Jacques von Boiscorans Hartnäckigkeit zu triumphieren, und daß sie beruhigt sein würde, sobald er gesprochen hätte. Und statt dessen...!

»Unglücklicher!« rief sie, »diese schrecklichen Gedanken sind dir aufgestiegen und du bist dabei geblieben, dein Schweigen nicht zu brechen!«

»Ich muß es.«

»Es ist unmöglich, du hast es nicht überlegt.«

»Nicht überlegt!« wiederholte er.

Und leiser fügte er hinzu:

»Was glaubst du denn, was ich getan habe in allen den tödlichen Stunden, die ich in diesem Gefängnis bin, allein angesichts einer schrecklichen Beschuldigung und der fürchterlichsten Möglichkeiten?«

»Das ist das Unglück, Jacques, du bist das Opfer deiner Einbildung geworden! Wem wäre es an deiner Stelle anders ergangen? Herr Folgat sagte mir gestern noch, daß es keinen Menschen gibt, der nach vier Tagen der Isolierhaft noch seine Kaltblütigkeit behielte. Der Schmerz und die Einsamkeit sind schlechte Ratgeber. Jacques, komm zu dir! Hör deine teuersten Freunde, deren Ratschläge dir durch meine Stimme überbracht werden ... Jacques, deine Denise beschwört dich, sprich!«

»Ich kann nicht.«

»Warum?«

Sie wartete einige Sekunden; da er aber nicht antwortete, fuhr sie nicht ohne einen Beiklang von Bitterkeit fort:

»Ist es nicht die erste Pflicht, seine Unschuld zu beweisen, wenn man unschuldig ist?«

Mit einer verzweifelten Gebärde preßte der Gefangene seine Stirn in die zusammengekrampften Hände. Sich zu Denise herabbeugend, so dicht, daß sie seinen Atem in ihren Haaren fühlte, sprach er:

»Und wenn man es nicht kann? Wenn man seine Unschuld nicht beweisen kann?«

Sie wich zurück, bleich zum Sterben. Schwankend, so daß sie sich an die Mauer stützen mußte, richtete sie ihren Blick, in dem sich die ganze Qual ihrer Seele spiegelte, auf Jacques von Boiscoran.

»Was redest du, mein Gott!« stammelte sie.

Er lachte, der Unglückliche, mit jenem finsteren Lachen, das der Ausdruck der äußersten Verzweiflung ist.

»Ich sage«, antwortete er, »daß es Umstände gibt, die so verhängnisvoll sind, daß sie die Vernunft verwirren, und Zusammentreffen so unerhörter Zufälle, daß sie uns an uns selber zweifeln machen. Ich sage, daß alles mich niederdrückt, alles mich anklagt, alles gegen mich zeugt. Ich sage, daß, wenn ich an Galpin-Davelines Stelle und er an der meinigen wäre, ich ohne Zweifel ebenso handeln würde!«

»Das ist Wahnsinn!« rief Fräulein von Chandoré.

Aber Jacques von Boiscoran hörte sie nicht. Alle Bitterkeit der letzten Tage stieg in ihm auf; er wurde lebhafter; sein Wangen überzogen sich mit Purpur.

Und immer rascher fuhr er in atemlosen Sätzen fort: »Meine Unschuld beweisen! Ja, das ist leicht geraten ... Aber wie? Nein, ich bin nicht schuldig, aber ein Verbrechen ist begangen worden, und für dieses Verbrechen braucht die Justiz einen Schuldigen. Wenn ich es nicht bin, der auf den Grafen von Claudieuse geschossen hat und Valpinson in Brand gesteckt, wer ist es denn? Wo waren Sie, sagt man mir, im Augenblick des Attentats? – Wo ich war? Kann ich es sagen? Mich rechtfertigen, hieße einen andern anklagen! Und wenn ich mich täuschte? Und wenn ich mich nicht täuschte, die Wahrheit meiner Anklage aber nicht beweisen könnte? Hat der Mörder, hat der Brandstifter nicht alle Vorsichtsmaßregeln getroffen, um der Strafe zu entgehen und sie auf mein Haupt zurückfallen zu lassen? Ich war gewarnt! Es gibt einen Haß, der so fluchwürdige Rache wohl ausbrütet. Oh, wenn man vorhersehen könnte! ... Wie soll ich den Kampf bestehen? ... Ich, der ich mir am ersten Tage sagte: Eine solche Verdächtigung kann mich nicht erreichen; es ist eine Wolke, die ein Windhauch zerstreuen wird ... Armseliger Narr! Ich bin kein Kind, ich bin kein Feigling, und ich bin stets auf jedes Gespenst geradewegs zugegangen ... Ich habe die Gefahr ermessen, sie ist ungeheuer!«

Denise bebte.

»Was soll aus uns werden?« rief sie.

Diesmal hörte Herr von Boiscoran sie und schämte sich seiner Schwäche. Aber ehe es ihm gelang, seine Aufregung zu beherrschen, fuhr das junge Mädchen fort:

»Gleichviel, diese Betrachtungen sind eitel. Über der geschicktesten Berechnung, über allen Systemen, sie mögen noch so geschickt aufgebaut sein, steht die Wahrheit unwandelbar und unbesieglich. Du mußt die Wahrheit sagen, Jacques, ohne Hintergedanken, ohne Rückhalt, ohne Umweg.«

»Das ist nicht möglich«, murmelte Jacques.

»Also ist sie so fürchterlich?«

»Sie ist unwahrscheinlich.«

Nicht ohne inneres Grauen sah Denise ihn an. Sie erkannte weder den Ausdruck seines Gesichts, noch seinen Blick, noch seine Stimme wieder.

Seine Hand ergreifend, flüsterte sie:

»Aber mir, deiner Geliebten, kannst du sie sagen, diese Wahrheit?«

Er trat erbebend zurück und rief:

»Dir weniger als allen anderen!« Und das Betrübende dieser Antwort wohl begreifend, fuhr er fort:

»Zu rein ist dein Gemüt für diese schändlichen Intrigen. Ich will nicht haben, daß ein Fleck des Schmutzes, in den man mich hinabgezogen, dein Hochzeitskleid besudle.«

Blieb sie ahnungslos? – Nein, aber sie hatte den Mut, es zu scheinen.

»Es sei«, fuhr sie fort, »aber diese unglückselige Wahrheit, früher oder später wirst du sie doch aussprechen müssen.«

»Ja, gegen Herrn Magloire.«

»Wohlan! Jacques, was du ihm sagen würdest, schreib es ihm. Ich werde den Brief getreu besorgen.

»Es gibt Dinge, die man nicht schreiben kann, Denise.«

Sie fühlte sich überwunden, sie fühlte, daß nichts diesen eisernen Willen brechen würde; dennoch begann sie wieder:

»Aber wenn ich dich anflehe, Jacques, um unserer Vergangenheit und um unserer Zukunft willen, um dieser einzigen und ewigen Liebe willen, die du mir gelobt hast?«

»So willst du«, unterbrach er sie, »die Stunden meiner Haft noch tausendfach verbittern; mir alles rauben, was mir noch an Mut und Kraft geblieben ist! Hast du so gar kein Vertrauen mehr zu mir? Willst du mir nicht noch auf einige Tage Frist geben?«

Er hielt inne. Man klopfte an die Tür. Fast gleichzeitig rief Blangin durch das Guckloch herein:

»Die Zeit vergeht. Ich muß unten sein, wenn man den Wachtposten ablöst. Ich spiele ein gewagtes Spiel. Ich bin Familienvater!«

»Entferne dich, Denise«, sagte Jacques heftig. »Der Gedanke, daß man dich hier überraschen könnte, ist mir fürchterlich.«

Wie wenig sie die Gefahr scheute, überrascht zu werden! Fräulein von Chandoré hatte sie teuer bezahlt, diese Furchtlosigkeit! Dennoch widerstand sie nicht. Sie senkte ihm ihre Stirn entgegen, die er mit einem Hauch seiner Lippen berührte; alsdann erreichte sie, mehr tot als lebendig, die Kammer der Gefängniswärterin.

Man hatte ihr ein Bett bereitet, sie warf sich nieder, ohne sich zu entkleiden, und blieb bewegungslos wie eine Tote liegen, in einen Zustand von Entkräftung verfallend, der ihr selbst das Gefühl des Leidens nahm.

Es war heller Tag und acht Uhr vorüber, als sie sich am Arm gezogen fühlte.

»Mein liebes Fräulein«, sagte ihr die Gefängniswärterin, »die Stunde wäre günstig, sich ungesehen zu entfernen. Man wird sich vielleicht wundern, Sie so früh in den Straßen zu sehen, aber man wird annehmen, daß Sie aus der Sieben-Uhr-Messe kommen.«

Ohne ein Wort der Erwiderung sprang Denise auf. Mit einer Handbewegung hatte sie die Verwirrung ihrer Toilette in Ordnung gebracht.

Als auch Blangin herbeikam, um unruhig nachzusehen, ob sie zum Aufbruch bereit sei, reichte sie ihm die letzten Rollen von tausend Francs hin, die noch in ihrer Tasche geblieben waren, und sagte: »Da – nehmt das, damit Ihr Euch meiner erinnert, falls ich Eurer noch bedürfte.«

Und ihren Schleier über das Gesicht ziehend, ging sie hinaus.

# Kapitel 20

Der Baron von Chandoré hatte einmal in seinem Leben eine schreckliche Nacht verbracht, in welcher er die Sekunden nach den Pulsschlägen seines Sohnes abzählte. Abends zuvor hatten die Ärzte ihm gesagt:

»Wenn er diese Nacht überlebt, kann er gerettet sein.«

Nun, jene unglückselige Nacht hatte den alten Edelherrn kaum größere Angst gekostet als diese, in welcher Denise vom Abend bis zum Morgen außer dem Hause gewesen war.

Die ganze Nacht über hörte sein alter Kammerdiener ihn in seinem Zimmer auf und ab gehen, und von sieben Uhr morgens an stand er auf der Schwelle seiner Tür und sah besorgten Blicks die Straße hinab.

Um halb acht Uhr suchte Herr Folgat ihn auf, aber kaum wünschte er ihm guten Morgen, und ohne Zweifel hörte er nichts von dem, was der Anwalt ihm zu seiner Beruhigung sagte, bis endlich der Greis ausrief:

»Sie ist es!«

Er täuschte sich nicht. Soeben bog Denise in die Rue de la Montagne ein. Sie schritt mit fieberhafter Hast daher, als ob sie fühlte, daß ihre Kraft zu Ende war und daß sie gerade nur noch genug übrig hatte, um das Haus zu erreichen.

Mit einer Art wahnsinniger Freude warf Herr von Chandoré sich ihr entgegen und wiederholte, sie in seine Arme pressend: »O Denise, meine Tochter, wie habe ich gelitten! Aber alles ist vergessen, komm, komm, schnell!«

Und er zog oder trug sie vielmehr in den Saal und ließ sie sanft auf ein Sofa niedergleiten.

Dann kniete er, vor Glückseligkeit lachend, neben ihr nieder; aber kaum hatte er ihre Hände erfaßt, als er ausrief:

»Deine Hände sind brennend heiß, du fieberst.«

Sie sah ihn an und schlug ihren Schleier zurück.

»Du bist bleich wie der Tod«, fuhr er fort, »deine Augen sind rot und geschwollen.«

»Ich habe geweint, liebster Großvater«, antwortete sie sanft.

»Geweint, warum?«

»Ach! weil ich nichts ausgerichtet habe.«

Wie durch Federkraft emporgeschnellt, fuhr Herr von Chandoré auf.

»Beim ewigen Gott!« rief er. »Was! ...du selbst, Denise von Chandoré, bist zu ihm ins Gefängnis gegangen, du hast ihn beschworen!«

»Und er ist unerbittlich geblieben, liebster Großvater. Er wird nicht vor Abschluß der Untersuchung sprechen.«

»So haben wir uns in ihm getäuscht, und er ist ein Bursche ohne Herz und Seele.«

Mühsam hatte Denise sich erhoben.

»Ach! beschuldige ihn nicht, liebster Großvater«, unterbrach sie ihn, »beschuldige ihn nicht! Er ist so unglücklich!«

»Und was sagt er, was für Gründe führt er an?«

»Er sagt, die Wahrheit erscheine so unwahrscheinlich, daß man sie ihm gewiß nicht glauben werde, und daß es sein Verderben wäre, wenn er spräche, solange er in geheimer Haft sei und der Unterstützung eines Verteidigers entbehre. Er sagt, daß seine schreckliche Situation das Werk einer abscheulichen Rache sei. Er sagt, daß er den Übeltäter zu kennen glaube und daß er, um sich zu verteidigen, genötigt sei, anzuklagen.«

Bei den letzten Worten hatte Herr Folgat, der bis dahin ein stummer Zeuge gewesen war, sich genähert.

»Sind Sie gewiß, mein Fräulein«, fragte er, »daß Herr von Boiscoran sich so ausgedrückt hat?«

»Sehr gewiß, mein Herr, und wenn ich tausend Jahre lebte, so würde ich weder den Blick seiner Augen noch den Klang seiner Stimme vergessen, die seine Aussage begleiteten.«

Herr von Chandoré litt es nicht, daß man sie noch länger unterbrach.

»Aber dir, liebe Tochter, dir hat Jacques doch etwas Genaueres sagen müssen?«

»Nichts.«

»So hast du ihn nicht gefragt, worin diese unwahrscheinliche Wahrheit besteht?«

»Oh! und wie!«

»Nun?«

»Er hat mir geantwortet, daß mir vor allen er es nicht sagen könnte, daß ich das letzte Wesen auf der Welt wäre, dem er es geständе.«

»Dieser Mann verdiente auf langsamem Feuer verbrannt zu werden!« murmelte Herr von Chandoré.

Dann fügte er lauter hinzu:

»Und das alles scheint dir, liebste Tochter, nicht sehr seltsam, sehr unerklärlich?«

»Dies alles scheint mir fürchterlich!«

»Ich verstehe – aber was denkst du denn von Jacques' Verhalten?«

»Ich denke, liebster Großvater, daß, da er so handelt, er nicht anders handeln kann. Jacques ist an Geist und Mut ein zu überlegener Mensch, um sich selbst plump zu vernichten. Da er der einzige Wissende ist, ist er auch der einzige rechte Beurteiler seiner Lage. Mehr als irgend jemand muß ich seine Gründe achten.«

Aber der alte Edelmann glaubte sich zu seinem Teil durchaus nicht verpflichtet, sie zu achten, und durch diese resignierte Antwort seiner Enkelin bis zum äußersten gebracht, war er im Begriff, ihr alles zu sagen, was er dachte – als sie sich nicht ohne Aufregung erhob.

»Ich bin gebrochen, liebster Großvater«, sagte sie mit erlöschender Stimme, »gestatte mir, ich bitte dich, mich in mein Zimmer zurückzuziehen.«

Mit diesen Worten verließ sie den Saal, bis zur Tür von Herrn von Chandoré gefolgt, der sie mit seinen Blicken geleitete, bis er sie am Arm ihrer Kammerfrau die Treppe hinaufsteigen sah.

»Man wird sie mir töten«, sprach er dann zu Herrn Folgat zurückkehrend, mit einem Ausbruch von Zorn und Verzweiflung, der erschreckend war bei einem Mann seines Alters.

»Sie beunruhigen sich zu Ihrem größten Schaden, mein Herr«, begann Herr Folgat.

Großvater Chandoré schüttelte den Kopf.

»Nein«, antwortete er, »mein Kind ist vielleicht ins Herz getroffen. Haben Sie sie nicht gesehen, weiß wie Wachs? Haben Sie ihre Stimme nicht gehört, so ohne Leben, ohne Wärme? Allmächtiger Gott! werde ich denn allein von den Meinigen hier auf Erden bleiben? Und daß ich nichts tun kann, um das Unglück zu beschwören! O dieser Jacques von Boiscoran! Wenn er dennoch schuldig wäre! Wenn dieser Mann, den Denise liebt, ein Mörder wäre! O der Elende! Ich würde mir das Amt des Henkers erkaufen, damit er von meinen Händen umkäme!«

Tief erregt hielt Herr Folgat Herrn von Chandoré mit einer Handbewegung zurück.

»Beschuldigen Sie Herrn von Boiscoran nicht in einem Augenblick, da alles ihn anklagt«, sprach er. »Von uns allen ist er der am grausamsten Geprüfte, denn er ist unschuldig!«

»Glauben Sie das noch?«

»Mehr denn je. So wenig er gesprochen hat, es ist genug, mir die Richtigkeit meiner Vermutungen zu beweisen und daß ich schon dem Punkt, um den es sich handelt, auf die Spur gekommen bin.«

»Wann?«

»An dem Tage, an dem wir zusammen nach Boiscoran gegangen sind.«

Der Baron schien sich zu besinnen.

»Ich erinnere mich nicht«, begann er.

»Dennoch«, beharrte der Anwalt, »sind Sie nicht hinausgegangen, damit der alte Antoine, den ich befragte, sich freier aussprechen könnte?«

»Das ist richtig«, antwortete Herr von Chandoré, »das ist richtig.«

»Herr von Boiscoran sagt, daß die Wahrheit unwahrscheinlich klinge; das stimmt mit meinen Voraussetzungen überein. Da Ihnen indessen die Hände gebunden sind und Sie das Ende der Untersuchung abwarten müssen, so werde ich die Zeit benützen, um die Leute vom Lande zu befragen, die mir vielleicht bessere Auskunft erteilen können als Antoine. Sie haben unter

Ihren Freunden Persönlichkeiten, die sehr wohl unterrichtet sein müssen, Herrn Sénéchal, den Doktor Seignebos.«

Was den letzteren betraf, so hatte Herr Folgat nicht lange zu warten; denn im gleichen Augenblick schrie der Genannte dem Diener im Vorsaal zu:

»Ich bin es, Seignebos, der Doktor Seignebos.«

Fast gleichzeitig erschien er wie ein Wirbelwind im Saal.

Es war vier Tage her, daß der Doktor Seignebos sich nicht mehr in der Rue de la Montagne hatte sehen lassen. Er war nicht selbst gekommen, den Rapport und die Schrotkörner abzuholen; er hatte seinen Diener danach geschickt, die Wichtigkeit und Überhäufung seiner Geschäfte vorschützend.

In Wahrheit aber hatte er diese vier Tage sozusagen im Hospital zugebracht, und zwar in Gesellschaft eines Kollegen, eines Oberarztes, der vom Gerichtshof berufen war, um in Gemeinschaft mit dem Doktor Seignebos den geistigen Zustand Cocoleus zu untersuchen.

»Und diese Untersuchung ist es, die mich herführt«, rief er, indem er eintrat, »und diese Untersuchung ist, wenn es so fortgeht, im Begriff, Herrn von Boiscoran die schönste und sicherste Rettungsaussicht zu entziehen.«

Nach dem, was Denise ihnen mitgeteilt, legten weder Herr von Chandoré noch Herr Folgat besonderes Gewicht auf Cocoleus Zustand.

Das Wort »Rettung« aber machte sie aufmerksam. Es gibt keinen gleichgültigen Umstand in einem Kriminalprozeß.

»So, gibt es etwas Neues, Doktor?« fragte der Anwalt.

Statt zu antworten, verschloß der Doktor sorgfältig die Türen, legte seinen Stock und den breitrandigen Hut auf den Tisch und fuhr fort:

»Nein, es gibt nichts Neues. Man fährt nur wie bisher in der Absicht fort, Herrn von Boiscoran zu verderben, und um dies zu erreichen, schreckt man vor keinem Umtrieb zurück.«

»Man ... auf wen bezieht sich dieses ›Man‹?« fragte Herr von Chandoré.

Verächtlich zuckte der Doktor die Achseln.

»Können Sie wirklich noch fragen?« antwortete er. »Die Tatsachen sprechen, denke ich, deutlich genug. Im übrigen hören Sie mich an. In unserem Bereich, wie in allen anderen, finden sich, es schmerzt mich, es gestehen zu müssen, eine Anzahl von Ärzten, die nicht auf der Höhe ihrer Aufgabe stehen und die, um die Wahrheit zu sagen, Esel sind.«

Trotz des Ernstes der Lage kostete es Herrn Folgat Mühe, ein Lächeln zu unterdrücken.

»Aber es gibt unter diesen Eseln einen«, fuhr der Doktor fort, »der in der Dickfelligkeit und der Länge seiner Ohren alle anderen weit übertrifft. Und eben diesen hat der Gerichtshof mir aus dem großen Taubenschlag beigeordnet.«

Bei diesem Thema erschien es geraten, Doktor Seignebos' Schwung zu mäßigen.

»Kurz?« unterbrach ihn Herr von Chandoré.

»Kurz, meine Herren, mein gelehrter Kollege ist vollständig überzeugt, daß der Beruf eines Gerichtsarztes darin besteht, beständig den Hut zu ziehen und zu allem, was in der Untersuchung vorgesungen wird, Amen zu sagen. ›Cocoleu ist schwachsinnig‹, erklärt unumstößlich Herr Galpin-Daveline. ›Er ist es oder muß es sein‹, antwortet mein gelehrter Kollege. ›Wenn er über das Verbrechen gesprochen hat, so ist es die Folge einer Eingebung von oben gewesen‹, fährt der Untersuchungsrichter fort. ›Offenbar‹, urteilt der Kollege, ›ist er von oben inspiriert worden.‹ Kurzum, das Endurteil in dem Bericht dieses gelehrten Doktors ist folgendes: ›Cocoleu ist ein Schwachsinniger, der von der Vorsehung durch einen Blitzstrahl der Vernunft erleuchtet worden ist.‹ – Das hat er nicht genau mit diesen Worten geschrieben, aber er will es damit sagen.« In einem Anfall von Wut hatte der Doktor seine Brille abgezogen und gereinigt.

»Aber Ihre Meinung, Doktor?« fragte Herr Folgat.

Mit einer feierlichen Bewegung setzte der Doktor Seignebos seine Brille wieder zurecht und antwortete kalt:

»Meine Meinung ist, und ich habe sie weitläufig in meinem Bericht entwickelt, daß Cocoleu nicht schwachsinnig ist.«

Bei diesem Ausspruch fuhr Herr von Chandoré von seinem Sitz auf, so ungeheuerlich erschien ihm eine solche Behauptung.

Er kannte Cocoleu wohl. Während der achtzehn Monate, daß dieser Elende in des Doktors Behandlung stand, hatte er ihn oft genug durch die Straßen von Sauveterre schlendern sehen.

»Was? Cocoleu wäre nicht schwachsinnig?« wiederholte er.

»Nein«, erklärte Herr Seignebos unerschütterlich, »und um sich davon zu überzeugen, braucht man ihn nur zu untersuchen. Hat er das breite, glatte Gesicht, den formlosen Mund, die gelbe, lohfarbige Haut, dicke Lippen, brandige Zähne und schielende Augen? Schaukelt ein unförmiger Kopf, zu schwer für den Hals, auf seinen Schultern hin und her? Ist seine Figur ungestalt, seine Wirbelsäule gekrümmt? Hat er einen großen, schlaffen Bauch? Hängen die Hände ihm schwer und dick an den Hüften herab? Sind seine Beine ungeschickt, seine Bewegungen von ungewöhnlicher Schwerfälligkeit? ... Meine Herren, es sind das die Hauptkennzeichen eines Schwachsinnigen. Können Sie diese an Cocoleu sehen? Ich finde in ihm einen Burschen, der sich einer eisernen Gesundheit erfreut, mit sehr geschickten Händen, der wie ein Affe auf die Bäume klettert, um die Vogelnester auszuleeren, der über zehn Fuß breite Gräben springt ... Gewiß behaupte ich nicht, daß seine Geistesfähigkeit eine normale sei, aber ich behaupte, daß man ihn unter jene Geistesschwachen zählen muß, bei denen einzelne Fähigkeiten entwickelt sein können, wenn auch andere und vielleicht wichtigere Fähigkeiten mangeln.«

Wenn Herr Folgat mit allen Anzeichen der gespanntesten Aufmerksamkeit zuhörte, so war dies mit Herrn von Chandoré bei weitem weniger der Fall.

»Zwischen einem Schwachsinnigen und einem nur Geistesschwachen ...« begann er.

»Liegt ein Abgrund!« rief Herr Seignebos, der nun unaufhaltsam fortfuhr:

»Der Geistesschwache bewahrt noch einige Reste von Verstand, er kann sprechen, seine Wahrnehmungen ausdrücken, seine Bedürfnisse kundtun. Er vereinigt seine Gedanken, vergleicht seine Eindrücke, erinnert sich, gewinnt Erfahrung. Er ist der Schlauheit und der Verstellung fähig. Er ist nicht immer gesellig, aber er ist stets den Eingebungen anderer zugänglich. Es ist leicht, eine vollständige Herrschaft über ihn zu gewinnen. Das Schwankende seiner Absichten ist charakteristisch, und dennoch ist er oft von einer unüberwindlichen Hartnäckigkeit und kann sich mit einem außerordentlichen Eigensinn an einen Gedanken hängen. Endlich sind die Geistesschwachen eben dieser teilweisen Zurechnungsfähigkeit wegen gefährlich. Unter ihnen finden sich fast alle jene elenden Monomanen, die die Gesellschaft einzusperren gezwungen ist, weil sich ihre tierischen Neigungen nicht zügeln lassen.«

»Sehr wohl«, bestätigte Herr Folgat, der vielleicht hierin die Elemente zu einer Verteidigung fand.

Der Doktor verbeugte sich.

»So steht es mit Cocoleu. Folgt daraus, daß ich ihn für seine Handlungen verantwortlich finde? Nein, gewiß nicht. Aber es folgt daraus, daß ich ihn für einen falschen Zeugen halten kann, der abgerichtet worden ist, um einen Ehrenmann zu verderben.«

Es war klar, daß ein solches System Herrn von Chandoré nicht gefiel.

»Früher«, sagte er, »sprachen Sie anders, Doktor!«

»Ich sagte sogar genau das Gegenteil, mein Herr«, antwortete nicht ohne Würde der Doktor Seignebos. »Ich hatte Cocoleu nicht genug studiert; er hat mich zum besten gehalten. Ich schäme mich nicht, es zu gestehen. Nach einem Jahr fruchtloser Versuche habe ich Cocoleu fortgeschickt, indem ich erklärte und es wahrhaftig glaubte, daß er unheilbar sei. Die Wahrheit ist, daß er nicht geheilt sein wollte. Die Landleute, diese klugen und mißtrauischen Beobachter, haben sich nicht getäuscht. Fast alle werden sie Ihnen sagen, daß Cocoleu mehr boshaft als dumm ist. Das ist richtig. Er hat sehr wohl begriffen, daß, wenn er seinen Schwachsinn übertreibt, er sein Leben fristen kann, ohne zu arbeiten; und er hat ihn übertrieben. Bei Herrn von Claudieuse aufgenommen, ist er schlau genug gewesen, gerade so viel Verstand zu zeigen, daß er erträglich wurde und sich eine bessere Behandlung sicherte, ohne doch zu irgendeiner Beschäftigung gezwungen zu werden.«

»Mit einem Wort«, sagte Herr von Chandoré, immer noch ungläubig, »somit wäre Cocoleu ein sehr großer Komödiant?«

»So groß, daß er mich betrogen hat«, entgegnete der Doktor.

Und sich an Herrn Folgat wendend, fuhr er fort: »Alles das hatte ich meinem gelehrten Kollegen gesagt, ehe ich ihn in das Hospital führte. Wir fanden Cocoleu eigensinniger denn je bei seinem Schweigen verharrend, aus welchem Herr Galpin-Daveline ihn nie herausziehen konnte. Alle unsere Bemühungen, ihm ein Wort zu entreißen, sind gescheitert, obgleich ich sehr wohl einsah, daß er uns begriff. Ich wollte zu gewissen, meiner Meinung nach sehr erlaubten Kunstmitteln greifen, die man anwendet, um einen Heuchler zu entlarven; mein Kollege hat sich dem widersetzt und ist, ich weiß nicht mit welchem Recht, darin von dem Untersuchungsrichter bestärkt worden. Dann habe ich verlangt, daß man Frau von Claudieuse kommen lasse und sie ersuche, Cocoleu zu befragen, weil sie das Talent hat, ihn zum Sprechen zu bringen. Herr Daveline hat es nicht erlaubt. Und so stehen die Sachen.«

Es ereignet sich alle Tage, daß zwei Ärzte, die mit einer gerichtsärztlichen Untersuchung beauftragt sind, in ihren Ansichten vollständig auseinandergehen. Die Justiz hätte viel zu tun, um solche Urteilsverschiedenheiten in Einklang zu bringen. Sie ernennt einfach einen dritten Sachverständigen, der die Frage entscheidet. In dieser Weise mußte notwendig auch Cocoleus Angelegenheit auslaufen.

»Und nicht weniger unzweifelhaft«, schloß der Doktor, »wird der Gerichtshof, der mir den ersten Esel zugesellt hat, mir jetzt den zweiten zuschicken. Sie werden sich als zwei Dummköpfe untereinander verständigen, und ich werde überstimmt und von Dummheit und Vorurteil besiegt werden.«

Wie wär's, hatte er sich also gesagt, wenn ich zu Herrn von Chandoré gehe, um an ihm einen Rückhalt zu finden?

Er verlangte, daß die Familien Boiscoran und Chandoré alle ihre Verwandtschaften und Verbindungen in Bewegung setzen, allen ihren Einfluß geltend machen möchten, um zu erlangen, daß eine Kommission von Ärzten, der Landschaft des Verbrechens fremd, Pariser womöglich, berufen würde, Cocoleu zu untersuchen und über seine geistige Beschaffenheit abzustimmen.

»Aufgeklärten Leuten gegenüber«, sagte er, »verpflichte ich mich zu beweisen, daß der Schwachsinn dieses traurigen Subjekts zum Teil Verstellung ist und daß sein eigensinniges Schweigen nur den Zweck hat, Antworten zu entgehen, die ihn in Verlegenheit bringen könnten.«

Weder Herr Folgat noch Herr von Chandoré gaben sogleich eine Antwort.

Beide überlegten.

»Vergessen Sie nicht«, fügte Herr Seignebos, durch ihr Stillschweigen betroffen, hinzu, »daß, wenn meine Meinung durchdringt, wie ich zu hoffen berechtigt bin, die Angelegenheit sofort eine neue Wendung nehmen muß.«

Herr Folgat erwog bereits die Folgen.

»Ich frage mich nur«, sagte er, »ob es Herrn von Boiscoran nicht eher schaden als nützen könnte, Cocoleus Betrügerei zu beweisen?«

»Ich möchte wahrhaftig wissen, wie!« rief der Doktor aufspringend.

»Nichts einfacher als das«, antwortete der Anwalt. »Cocoleus Schwachsinn ist vielleicht das bedenklichste Hemmnis der Anklage und das sicherste Element der Verteidigung. Was kann Herr Galpin-Daveline antworten, wenn Herr von Boiscoran ihm vorwirft, eine Anklage auf Tod und Leben auf die zusammenhanglosen Reden eines unglücklichen, des Verstandes beraubten, mithin unzurechnungsfähigen Geschöpfes begründet zu haben?«

»Oh! erlauben Sie!« rief der Doktor.

Aber Herr von Chandoré, der von dem Gespräch keine Silbe verloren hatte, unterbrach ihn:

»Erlauben Sie selbst, Doktor, der Schwachsinn Cocoleus ist derselbe Beweisgrund, der von Ihnen am ersten Tage angeführt wurde und der Ihnen, wie Sie sagten, so unfehlbar schien, daß man keines weiteren bedurfte.«

Ehe der Doktor eine Entgegnung finden konnte, fuhr Herr Folgat fort:

»Wenn im Gegenteil festgestellt wird, daß Cocoleu wirklich sich seiner Worte bewußt ist, so ändert sich alles, und die Anklage hat das Recht, auf Grund des Gutachtens der Ärzte Herrn Boiscoran zu sagen: ›Es ist nichts mehr zu leugnen, Sie sind gesehen worden, da ist ein vollgültiger Zeuge.‹«

Diese Einwendungen schienen in der Tat den Doktor in die stärkste Befangenheit zu versetzen; denn er schwieg einige Zeit still und wischte nachdenklich seine Brille ab. War er denn wirklich im Begriff, Jacques von Boiscoran zu schaden, während er vorgab, ihm nützlich zu sein? – Aber er war nicht der Mann, lange an sich zu zweifeln.

»Ich werde nicht weiterstreiten, meine Herren«, antwortete er in trockenem Ton. »Ich werde Ihnen nur eine Frage vorlegen: Ja oder nein! Glauben Sie, daß Jacques von Boiscoran unschuldig ist?«

»Wir sind fest davon überzeugt«, antworteten beide.

»Dann, meine Herren, haben wir, wie mir scheint, keine Gefahr zu fürchten, wenn wir versuchen, einen elenden Galgenstrick zu entlarven.«

Dies war offenbar nicht die Ansicht des Anwalts.

»Beweisen, daß Cocoleu sich dessen bewußt ist, was er sagt«, begann er, »wäre verhängnisvoll, wenn es nicht zu gleicher Zeit gelänge zu beweisen, daß er gelogen hat und daß seine Aussage ihm eingegeben worden ist. Kann man dies beweisen? Gibt es Mittel, festzustellen, daß er auf keine Frage antworten will, weil er die Folgen seines falschen Zeugnisses fürchtet?«

Der Doktor wollte nichts mehr hören.

»Nichts als juristische Spitzfindigkeiten!« rief er wenig höflich aus. »Ich für meinen Teil erkenne nur eins an, die Wahrheit!«

»Es ist nicht immer gut, sie auszusprechen«, murmelte der Anwalt.

»Doch, mein Herr, immer«, entgegnete der Doktor; »immer, und was auch daraus folgen mag. Ich bin Jacques von Boiscorans Freund, aber ich bin vor allem ein Freund der Wahrheit. Wenn Cocoleu ein elender Betrüger ist, wovon ich überzeugt bin, so ist es unsere Pflicht, ihn zu entlarven.«

Was aber Herr Seignebos nicht sagte, was er sich vielleicht selbst nicht gestand, war, daß die Angelegenheit zwischen ihm und Cocoleu ihre persönlichen Gründe hatte. Cocoleu hatte ihn zum besten gehalten, dachte er, und war die Ursache unzähliger schlechter Witze geworden, die man sich in der Stadt gegen ihn erlaubt hatte und die ihm, ohne daß er es merken ließ, sehr ärgerlich gewesen waren.

Cocoleu entlarven, hieß sich Genugtuung schaffen und auf seine Feinde allen Spott, mit dem man ihn überhäuft hatte, zurückwerfen.

»Also«, begann er von neuem, »ist mein Entschluß gefaßt, gleichviel, wofür Sie sich entscheiden mögen, meine Herren; ich werde von heute an darauf ausgehen, wenn es möglich ist, die Ernennung einer Kommission zu erlangen.«

»Es wäre vielleicht ratsam«, wandte Herr Folgat ein, »nichts zu tun, ohne es zuvor reiflich zu erwägen und sich mit Herrn Magloire zu beraten.«

»Ich brauche Herrn Magloires Ratschläge nicht, wenn die Pflicht in mir spricht.«

»Aber Sie werden uns vierundzwanzig Stunden Bedenkzeit geben?«

Der Doktor Seignebos zog seine struppigen Augenbrauen zusammen.

»Nicht eine Stunde!« rief er; »ich begebe mich auf der Stelle zu Herrn Daubigeon, dem Staatsanwalt.«

Damit nahm er Hut und Stock und ging so unzufrieden als möglich hinaus, ohne daß er sich die Mühe nahm, Herrn von Chandoré zu antworten, der ihn nach dem Befinden des Grafen von Claudieuse befragte, dessen Zustand nach dem, was man sich in der Stadt sagte, von Tag zu Tag schlimmer wurde.

»Der Teufel hole diesen alten Sonderling!« rief Herr von Chandoré, noch ehe der Doktor den Korridor durchschritten hatte. Dann, sich zu Herrn Folgat wendend, fuhr er fort: »Obgleich ich zugeben muß, daß Sie die bedeutungsvollen Mitteilungen, die er uns machte, etwas kalt aufgenommen haben!«

»Das tat ich nur, weil sie entsetzlich ernst sind«, antwortete der Anwalt, »und nur darum wollte ich Zeit zum Besinnen haben. Cocoleu – Schwachsinn heuchelnd oder wenigstens seine Einfalt steigernd! Das wäre die Bestätigung dessen, was Herr von Boiscoran gestern Fräulein Denise sagte; der Beweis eines abscheulichen Fallstricks, einer fluchwürdigen Rache, längst überlegt und vorbereitet. Und das ist offenbar der Knotenpunkt der Sache.«

Herr von Chandoré schien aus den Wolken zu fallen.

»Was?« rief er, »das ist Ihre Ansicht, und Sie zögerten, das Unternehmen des Doktor Seignebos zu unterstützen, der jedenfalls ein rechtschaffener Mann ist?«

Der Anwalt schüttelte den Kopf.

»Wenn ich versuchte, vierundzwanzig Stunden zu gewinnen, so geschah das, weil ich es für notwendig hielt, Herrn von Boiscoran selbst zu befragen. Durfte ich das Herrn Seignebos sagen? Hatte ich das Recht, ihm Fräulein Denises Geheimnis auszuliefern?«

»Das ist wahr«, murmelte Herr von Chandoré, »das ist wahr.«

Aber um an Herrn von Boiscoran zu schreiben, war Denises Anwesenheit unerläßlich, und erst am Nachmittag erschien sie, zwar noch sehr bleich, aber mit neuer Willenskraft ausgerüstet. Herr Folgat diktierte ihr die Fragen, die er dem Gefangenen vorzulegen hatte, sie beeilte sich, sie in Chiffern zu übertragen, und gegen vier Uhr wurde der Brief zu dem Gerichtsschreiber Méchinet gebracht.

Am folgenden Abend erhielt man die Antwort.

»Der Doktor Seignebos hat recht, meine lieben Freunde«, schrieb Jacques. »Ich habe nur zu viele Gründe dafür, daß Cocoleus Schwachsinn zum Teil Verstellung ist und daß seine Aussage ihm eingegeben worden ist. Dennoch bitte ich euch, tut keinen Schritt, um eine neue medizinische Untersuchung herbeizuführen. Die geringste Unvorsichtigkeit kann mich verderben. Um des Himmels willen, wartet mit jedem Einschreiten bis zum Ende der Untersuchung, die jetzt, nach dem, was Daveline mir sagt, nicht mehr fern ist.«

Es wurde dieser Brief im Familienkreise gelesen, und seine verzichtende Kürze entriß Frau von Boiscoran einen Schrei der Verzweiflung.

»Werden wir ihm noch gehorchen«, rief sie, »wenn es auf der Hand liegt, daß er sich ins Unglück stürzt, der Arme, wenn er bei seinem Starrsinn bleibt?«

»Als einzig richtiger Beurteiler der Sachlage«, sprach Denise, indem sie sich erhob, »hat er das Recht, zu befehlen, und unsere Pflicht ist, zu gehorchen. Ich appelliere an Herrn Folgat.«

Eine Bewegung des Anwalts gab ihr recht. »Alles, was möglich war, ist geschehen«, sagte er. »Jetzt bleibt uns nichts übrig, als zu warten.«

# Kapitel 21

Seit der verhängnisvollen Nacht der Feuersbrunst von Valpinson langweilte man sich nicht mehr in Sauveterre. Der Ort ging seitdem in fort und fort erneutem Interesse für einen unerschöpflichen, an Widersprüchen und Auseinandersetzungen fruchtbaren Unterhaltungsstoff auf: in dem Prozeß Boiscoran.

»Wie steht's mit dem Prozeß?« Damit begrüßte man sich auf der Straße.

Sooft Herr Galpin-Daveline sich aus dem Gerichtshof in das Gefängnis begab und in seinem feierlichen und steifen Schritt die Rue nationale heraufkam, suchten die hinter ihren Gardinen verborgenen Bürgersleute aus seinen Mienen die Geheimnisse der Untersuchung zu erraten. Sie konnten in ihnen nur den Stempel der nagendsten Sorgen wahrnehmen und eine von Tag zu Tag sichtbarer werdende Blässe, so daß sie untereinander sagten:

»Ihr werdet sehen, dieser arme Herr Galpin wird noch mit der Gelbsucht enden.«

So trivial der Ausdruck war, so entsprach er durchaus den Empfindungen des ehrsüchtigen Beamten.

Dieser Prozeß Boiscoran war ihm zu einer jener offenen Wunden geworden, deren unaufhörliche Reizung nichts zu sänftigen vermag.

»Ich habe darüber den Schlaf verloren«, sagte er zu dem Staatsanwalt.

Der treffliche Herr Daubigeon aber, der die größte Mühe hatte, das Feuer seines Eifers zu beschwichtigen, bedauerte ihn nur sehr mäßig.

»An wem liegt die Schuld?« antwortete er ihm. »Aber man will sein Ziel erreichen, und die Sorgen folgen dem wachsenden Glück auf dem Fuß...

›Crescentem sequitur cura pecuniam

Majorumque fames.‹«

»Ach was ... ich habe nur meine Pflicht erfüllt«, rief der Untersuchungsrichter, »und wenn es gälte, noch einmal von vorn anzufangen, so würde ich ebenso handeln.«

Dennoch fiel von Tag zu Tag ein immer schieferes Licht auf seine Lage.

Die öffentliche Meinung, obgleich dem Herrn von Boiscoran feindlich, war weit entfernt, für Daveline günstig zu sein.

Man glaubte allgemein an Jacques' Schuld und rief die ganze Strenge des Gesetzes auf ihn herab; aber andererseits wunderte man sich darüber, daß Herr Galpin-Daveline die Aufgabe des Untersuchungsrichters übernommen hatte.

Diese Handlungsweise – einen alten Freund in Kriminaluntersuchung zu nehmen, die Beweise seines Verbrechens aufzuspüren mit der Absicht, ihn dem Schwurgericht, das heißt dem Schafott oder den Galeeren auszuliefern – stellte ihn in das Licht eines Verräters und empörte die Gemüter.

Schon an der Art, wie die Leute seinen Gruß erwiderten oder ihm aus dem Wege gingen, konnte der Richter die Meinung erkennen, die man von ihm hegte.

Dadurch verdoppelte sich sein Zorn gegen Jacques und zugleich seine Unruhe.

Er war allerdings von dem Oberstaatsanwalt beglückwünscht worden, aber ist man je sicher über den Ausgang eines Prozesses, ehe der Schuldige gestanden hat?

Gewiß waren die Beschuldigungen, die sich gegen Jacques erhoben, so vernichtend, daß die Entscheidung der Anklagekammer nicht zweifelhaft sein konnte. Aber über der Anklagekammer steht das Geschworenengericht.

»Und in Summa, mein Lieber«, wandte der Staatsanwalt ein, »haben Sie nicht einen einzigen Augenzeugen, und doch ist's, wie Loisel in seinen ›Maximen über das Gewohnheitsrecht‹ sagt: ›Ein einziges Auge sieht mehr, als zwei Ohren zu hören vermögen. Ein Augenzeuge ist besser als der, welcher nach Hörensagen spricht.‹«

»Ich habe Cocoleu«, unterbrach Herr Daveline, dem die beständigen Zitate Herrn Daubigeons eine sehr bittere Gabe waren.

»Die Ärzte haben also festgestellt, daß er nicht schwachsinnig ist?«

»Nein; Herr Seignebos steht nach wie vor allein mit seiner Ansicht da.«

»Dann versteht sich Cocoleu wenigstens dazu, sein Zeugnis zu wiederholen?«

»Nein.«

»Es ist also ebenso gut, wie wenn Sie niemand hätten.«

Herr Daveline begriff es nur zu wohl. Daher alle seine Qualen.

Je mehr er seinen Angeklagten studierte, je mehr fand er in dessen Verhalten etwas Rätselhaftes und Drohendes, was ihm nichts Gutes verkündigte.

»Sollte er ein Alibi haben?« dachte er. »Hält er es für den letzten Augenblick in Reserve, als eines jener unvorhergesehenen Mittel, die den ganzen Aufbau der Anklage niederwerfen und den Untersuchungsrichter der Lächerlichkeit preisgeben?«

Wenn solche Gedanken ihm kamen, so bewirkten sie, trotz all ihrer Unwahrscheinlichkeit, daß ihm die Schweißtropfen von den Schläfen perlten. Und dann behandelte er seinen armen Gerichtsschreiber Méchinet wie einen Negersklaven.

Und das war nicht alles. So zurückgezogen er seit dem Prozeß lebte, so kam ihm doch manches Echo aus der Rue de la Montagne zu Ohren.

Allerdings war er so weit als möglich davon entfernt zu glauben, daß man mit seinem Angeklagten in Verbindung stand, und zwar in einer Verbindung, die durch seinen eigenen Gerichtsschreiber, durch Méchinet, angeknüpft und betrieben wurde.

Er hätte mit den Achseln gezuckt, wenn man gekommen wäre, ihm zu sagen, daß Denise die Nacht im Gefängnis verbracht und eine Zusammenkunft mit Jacques gehabt habe.

Dennoch gelangte hin und wieder etwas über die Pläne und Hoffnungen der Verwandten und Freunde Jacques' bis zu ihm, und nicht ohne geheime Furcht dachte er daran, wie mächtig sie waren durch Reichtum und Ansehen, durch die vornehmsten Verbindungen unterstützt und von allen geliebt und geachtet; wie um Denise sich aufgeklärte, zu jedem Opfer bereite Männer vereinigten: Großvater Chandoré, Herr Sénéchal, der Doktor Seignebos, Herr Magloire und endlich Herr Folgat, jener Pariser Anwalt, den die Marquise von Boiscoran mitgebracht hatte.

»Und Gott mag wissen«, dachte er bei sich, »was sie nicht alles unternehmen können, um den Schuldigen den Händen der Justiz zu entziehen.«

Und deshalb kann man sagen, daß nie eine Untersuchung mit so leidenschaftlichem Eifer, mit so brennender Begier geleitet wurde.

Jeder Punkt, den die Anklage anführte, war für Herrn Galpin-Daveline der Gegenstand der sorgsamsten Untersuchung. In weniger als fünfzehn Tagen passierten siebenundsechzig Zeugen sein Zimmer. Er ließ den vierten Teil der Bevölkerung Bréchys vorladen. Er hätte die ganze Gemeinde vernommen, wenn er es gewagt hätte.

Vergebliches Bemühen! Nach mehreren Wochen eifrigster Nachforschungen stand die Untersuchung noch auf demselben Punkte; das Geheimnis war ebenso undurchdringlich wie vorher.

Der Beschuldigte hatte nicht eine einzige der vernichtenden Anklagen, die auf ihm lasteten, aufgeklärt, aber der Richter hatte den am ersten Tage entdeckten Beweisen nicht einen einzigen neuen hinzugefügt.

Es mußte endlich abgeschlossen werden.

An einem heißen Julinachmittage glaubten die Bürger der Rue nationale zu bemerken, daß Herr Galpin-Daveline noch sorgenvoller einherschritt als gewöhnlich.

Und sie täuschten sich nicht.

Nach einer langen Konferenz mit dem Staatsanwalt und dem Präsidenten des Gerichts hatte der Untersuchungsrichter seinen Entschluß gefaßt.

Im Gefängnis angelangt, ließ er sich in Jacques von Boiscorans Zelle führen. Seine Aufregung durch eine noch gesteigerte Schroffheit verbergend, begann er:

»Meine peinliche Aufgabe naht ihrem Ende, die Untersuchung, die mir oblag, ist nunmehr abgeschlossen. Von morgen an werden die Akten des Prozesses und die zum Beweise dienenden Gegenstände dem Oberstaatsanwalt übergeben, um der Anklagekammer unterbreitet zu werden.«

Ohne auch nur mit der Wimper zu zucken, antwortete Jacques:

»Gut.«

»Haben Sie nichts hinzuzufügen?« bemerkte der Richter.

»Nichts, als daß ich unschuldig bin.«

Kaum gelang es Herrn Daveline, eine Bewegung der Ungeduld zu unterdrücken.

»Dann beweisen Sie es«, sagte er. »Dann vernichten Sie die Anklagen, die gegen Sie bestehen, die Sie in den Staub ziehen, die Sie vor mir, vor dem Gericht, vor aller Welt schuldig erscheinen lassen.«

Hartnäckig verharrte Jacques bei seinem Stillschweigen.

»Ihr Entschluß ist also gefaßt?« begann der Richter noch einmal; »Sie wollen nichts sagen?«

»Ich bin unschuldig.«

Es lohnte der Mühe nicht, noch länger zu beharren; Herr Galpin-Daveline sah dies wohl ein.

»Von diesem Augenblick an, mein Herr«, sagte er, »ist Ihre Isolierhaft aufgehoben. Sie können im Sprechzimmer des Gefängnisses den Besuch Ihrer Familie empfangen. Es wird dem Verteidiger, den Sie bezeichnen, der Einlaß in Ihre Zelle gestattet sein, um sich mit Ihnen zu beraten.«

»Endlich!« rief Jacques mit einem Freudenausbruch. »Wird es mir erlaubt sein«, fragte er dann, »Herrn von Chandoré zu schreiben?«

»Ja«, antwortete der Richter, »und wenn Sie ihm augenblicklich schreiben wollen, so kann mein Gerichtsschreiber den Brief noch heute abend an seinen Bestimmungsort tragen.«

Ohne weiteres benutzte Jacques von Boiscoran die Gelegenheit, und dies war bald geschehen, denn der Brief, den er Méchinet einhändigte, enthielt nur die beiden Zeilen:

»Ich erwarte Herrn Magloire morgen früh um neun Uhr.

J.«

Von dem Augenblick an, da sie begriffen hatten, daß ein falscher Schritt die unglücklichsten Folgen nach sich ziehen könnte, hatten Jacques von Boiscorans Freunde sich auf das sorgfältigste vor jedem Eingriff gehütet.

Nur das Gesuch des Doktor Seignebos war teilweise angenommen worden. Um über Cocoleus Geisteszustand zu entscheiden, hatte der Gerichtshof einen berühmten Irrenarzt aus Paris kommen lassen.

Es war an einem Sonnabend, als der Doktor Seignebos triumphierend in der Rue de la Montagne erschien, um diese glückliche Nachricht anzukündigen. Am Dienstag darauf kam er bleich vor Zorn wieder, um sein Mißlingen zu berichten.

»Es gibt Esel in Paris wie überall!« rief er mit einer Stimme, die die Fensterscheiben erzittern ließ: »In dieser Zeit eigensüchtiger Memmen und gieriger Kriecherei ist in Paris ein unabhängiger Mann ebensowenig zu finden wie in der Provinz. Ich hoffte auf einen Gelehrten, der jedem kleinlichen Interesse unzugänglich wäre. Man schickt mir einen Gecken, der untröstlich wäre, den Herren vom Gericht mißliebig zu sein. Das war eine grausame Überraschung.«

Und seiner Gewohnheit gemäß unaufhörlich seine goldene Brille mißhandelnd, fuhr er fort:

»Ich war von der Ankunft meines Kollegen aus der Hauptstadt unterrichtet, und ich war in eigener Person hingegangen, um ihn am Bahnhof zu erwarten. Der Zug kommt an, und augenblicklich erkenne ich meinen Mann in der Menge. Ein schöner Kopf, mit ergrauendem Haar wohl eingefaßt, kluge Augen, die Lippen eines Gourmands und Schalks …›Der ist es‹, sag' ich mir. Hm! Er hatte wohl etwas von einem Hasenfuß an sich, sehr viel Dekoration im Knopfloch, den Modebart zugestutzt wie die Büsche in meinem Garten, und statt einer ehrlichen Brille einen impertinenten Kneifer …Aber niemand ist vollkommen. Ich trete heran, ich stelle mich vor, wir tauschen einen Händedruck aus, ich lade ihn zum Frühstück ein, er nimmt die Einladung an; bald darauf sitzen wir bei Tische, er läßt meinem Bordeaux Gerechtigkeit widerfahren, ich setze ihm die Angelegenheit methodisch auseinander. Nach beendeter Mahlzeit verlangt er Cocoleu zu sehen. Wir begeben uns ins Hospital. Hier angelangt, ruft er beim ersten Blick, den er auf Cocoleu wirft: ›Dieser Bursche ist der vollendetste Typus eines Schwachsinnigen, den ich je gesehen habe!‹

Etwas enttäuscht versuche ich, ihm die Sache noch einmal zu erklären; er will mich nicht hören. Ich beschwöre ihn, Cocoleu noch einmal in Augenschein zu nehmen; er schickt mich zum Kuckuck. Beleidigt frag' ich ihn, wie er sich das klare Zeugnis des Schwachsinnigen in der Unglücksnacht erklärt. Er antwortet mir, vor sich hinpfeifend, daß er es sich gar nicht erklärt. Ich will diskutieren er läßt mich da stehen, um sich in den Gerichtshof zu begeben ... Und wollen Sie wissen, wo er am selben Abend speiste? Im Hotel, mit unserem Kollegen, dem Oberarzt. Und da haben sie gemeinschaftlich einen Bericht verfaßt, der Cocoleu mit vollkommenstem Schwachsinn belastet.«

Mit großen Schritten im Saal auf und ab schreitend, fuhr er fort:

»Aber der Herr Galpin irrt sich gewaltig, wenn er jetzt schon meint, Viktoria rufen zu können. Das letzte Wort ist noch nicht gefallen. Man wird den Doktor Seignebos so leichten Kaufs nicht los ... Ich habe gesagt, daß Cocoleu ein gemeiner Betrüger, ein elender Heuchler, ein falscher Zeuge ist; ich werde es beweisen ... Boiscoran kann auf mich zählen.«

Mit diesen Worten hielt er inne, und sich dicht vor Herrn Folgat hinstellend, fügte er hinzu:

»Denn ich habe meine Gründe! Ich habe einen seltsamen Verdacht gefaßt, Herr Anwalt – einen sehr seltsamen Verdacht!«

Herr Folgat, Denise und die Marquise von Boiscoran drangen in ihn, sich zu erklären, aber er behauptete, daß der Augenblick noch nicht gekommen sei und daß er überdies nicht sicher genug sei ...

Damit machte er sich davon und beteuerte, daß er in der höchsten Eile sei, da er seit achtundvierzig Stunden alle seine Kranken vernachlässigt habe und von Frau Claudieuse erwartet werde, mit deren Gemahl es von Tag zu Tag schlechter gehe.

»Welchen Verdacht kann der alte Sonderling haben?« fragte Herr von Chandoré sich noch stundenlang nach dem Aufbruch des Doktors.

Herr Folgat hätte ihm antworten können, daß es wahrscheinlich kein anderer war als der, den auch er hegte, nur genauer und auf positivere Anzeichen gegründet.

Aber wozu etwas sagen, da jede Nachforschung untersagt war, da ein einziges unvorsichtig ausgesprochenes Wort Verdacht erregen konnte?

Wozu durch vielleicht ebenso schnell enttäuschte Hoffnungen die dumpfe Traurigkeit dieser langen Tage unterbrechen, die damit hingingen, Herrn Galpin-Davelines Maßnahmen abzuwarten?

Schon wurden um diese Zeit die Nachrichten von Jacques seltener.

Da das Verhör nur nach ziemlich langen Zwischenräumen erneuert wurde, vergingen oft vier oder fünf Tage, ohne daß Méchinet einen Brief brachte.

»Es ist die unerträglichste Pein«, wiederholte beständig Frau von Boiscoran.

Aber die Stunde der Erlösung nahte heran.

Eines Nachmittags befand Denise sich allein im Saal, als sie im Vorzimmer die Stimme des Gerichtsschreibers zu erkennen glaubte.

Hastig eilte sie hinaus. Und sie hatte sich nicht getäuscht.

»Oh! die Untersuchung ist abgeschlossen!« rief Denise, wohl begreifend, daß nur dieses Ereignis Méchinet bewegen konnte, sich am hellen Tage in der Rue de la Montagne zu zeigen.

»Ja, so ist's, mein Fräulein!« antwortete er, »und auf Herrn Galpin-Davelines Befehl überbringe ich Ihnen dieses Billett von Herrn von Boiscoran.«

Sie ergriff es, überflog es mit einem Blick ihrer Augen und eilte, alles vergessend und vor Freude halb von Sinnen, zu ihrem Großvater und zu Herrn Folgat, indem sie zugleich einem Diener befahl, Herrn Magloire so schnell als möglich kommen zu lassen.

In weniger als einer Stunde langte der erste Anwalt von Sauveterre an.

»Ich habe Herrn von Boiscoran meine Unterstützung zugesagt«, sagte er, nachdem man ihm Boiscorans Brief ausgehändigt, »und sie wird ihm nicht fehlen ... Ich werde morgen nach Öffnung des Gefängnisses bei ihm sein und Ihnen von unserer Zusammenkunft Bericht erstatten.«

Weiter konnte man nichts aus ihm herausbringen; es war augenscheinlich, daß er nicht an die Unschuld seines Klienten glaubte.

»Jacques ist wahnsinnig«, rief Herr von Chandoré, als er kaum hinaus war, »sich der Verteidigung eines Mannes anzuvertrauen, der so an ihm zweifelt.«

»Herr Magloire ist ein Ehrenmann, liebster Großvater«, sagte Denise; »wenn er fürchten sollte, Jacques bloßzustellen, würde er sich zurückziehen.«

In dieser Beziehung war Magloire ohne Zweifel ein Ehrenmann, und überdies weicheren Empfindungen zugänglich, so daß ihm der Gedanke schrecklich vorkam, einen Mann, den er geliebt hatte und den er trotz allem noch liebte, als Gefangenen wiederzusehen, eines gräßlichen Verbrechens, wie er fürchtete, gerechtermaßen angeklagt. Er schlief die ganze Nacht nicht, und jedermann konnte seine sorgenvolle Miene wahrnehmen, als er am folgenden Tage die Stadt durchschritt, um sich in das Gefängnis zu begeben.

An der Tür erwartete ihn der Gefängniswärter Blangin.

»Kommen Sie rasch, mein Herr«, rief er ihm zu, »der Angeklagte ist rasend vor Ungeduld.«

Langsam, mit dumpfem Herzklopfen, stieg der Anwalt die enge Treppe hinauf. Er durchschritt die lange Galerie. Blangin öffnete ihm die Tür...

»Sind Sie es? Endlich!« rief der unglückliche junge Mann, indem er sich Herrn Magloire an den Hals warf. »Endlich seh’ ich das Gesicht eines Freundes; endlich drück’ ich eine ehrliche Hand! ...Oh, ich habe grausam gelitten! So grausam, daß ich mich frage, wie meine Vernunft widerstanden hat! Aber Sie sind hier, Sie sind bei mir; ich bin gerettet.«

Wenn der Anwalt bisher geschwiegen hatte, so geschah es aus Schreck über die Verwüstung, die der Gram in Jacques’ edlen und geistvollen Zügen angerichtet hatte. Sein wüstes Aussehen, der fieberhafte Glanz seiner Augen, das krampfhafte, verzweifelte Lächeln, das seine Lippen zusammenpreßte, machten Herrn Magloire schaudern.

»Unglücklicher!« murmelte er endlich.

Jacques mißverstand diesen Ausruf, und er mußte ihn mißverstehen. Weißer als die Tünche der Mauer, wich er einen Schritt zurück.

»Sie halten mich für schuldig!« rief er.

»Ich glaube, mein armer Freund, daß alles gegen Sie spricht«, antwortete der Anwalt.

»In der Tat«, unterbrach er ihn, in ein entsetzliches Lachen ausbrechend, »die Anklagen müssen vernichtend sein, da sie meine teuersten Freunde überzeugt haben. Ach, warum habe ich auch am ersten Tage geschwiegen! Die Ehre! ...Unglückselige Torheit ...Und dennoch würde ich, als Opfer einer beispiellosen Rache, noch heute schweigen, wenn es sich nur um mein Leben handelte! Aber meine Ehre steht auf dem Spiel, die Ehre der Meinigen und Denises Leben ...Ich werde sprechen. Ihnen, Magloire, Ihnen werde ich die Wahrheit sagen, ich kann mich mit einem Wort rechtfertigen.«

Und Herrn Magloires Hand erfassend und sie in der seinigen fast zerdrückend, sprach er mit dumpfer Stimme: »Mit einem Worte werde ich Ihnen alles erklären. – Ich war der Geliebte der Gräfin von Claudieuse.«

# Kapitel 22

Wäre er weniger aufgeregt gewesen, so hätte Jacques von Boiscoran wohl eingesehen, wie klug er gewählt, indem er sich dem berühmten Anwalt von Sauveterre anvertraute.

Ein Fremder, Herr Folgat zum Beispiel, hätte ihn, ohne mit den Wimpern zu zucken, angehört, hätte in seiner Offenbarung nur die Tatsache selbst gesehen und seinen persönlichen Eindruck ausgesprochen.

Durch Herrn Magloire aber wurde ihm der Eindruck der ganzen Gegend vermittelt. Und als Herr Magloire ihn behaupten hörte, er sei der Geliebte der Gräfin von Claudieuse gewesen, rief er mit einer entrüsteten Gebärde:

»Das ist unmöglich!«

Über diesen Ausruf wenigstens schien Jacques nicht erstaunt.

Er selbst war der erste gewesen, der behauptet hatte, man würde ihm die Wahrheit nicht glauben, wenn er sie gestehe, und diese Überzeugung hatte nicht wenig dazu beigetragen, das Geständnis auf seinen Lippen zurückzuhalten.

»Beweise!« unterbrach Herr Magloire ihn.

»Ich habe keine Beweise.«

Der gedrückte und wohlwollende Ausdruck des Anwalts änderte sich mit einem Schlage. Es lag Staunen und Verachtung in dem scharfen Blick, mit dem er den Gefangenen fixierte.

»Es gibt Dinge«, begann er, »die vorzugeben eine große Kühnheit ist, wenn man sie nicht einmal beweisen kann. Bedenken Sie sich…«

»Meine Lage befiehlt mir zu sprechen.«

»Warum haben Sie so lange gewartet?«

»Ich hoffte, daß man mir diesen äußersten Schritt ersparen würde.«

»Wer ist ›man‹?«

»Frau von Claudieuse.«

Immer düsterer zogen sich Herrn Magloires Augenbrauen zusammen.

»Ich bin der Parteilichkeit nicht verdächtig«, sprach er. »Der Graf von Claudieuse ist vielleicht der einzige Feind, den ich im Lande habe; und er ist ein wütender, unversöhnlicher Feind. Um zu verhindern, daß ich Mitglied der Kammer wurde, um mir die Stimmen zu entziehen, hat er sich zu Handlungen hergegeben, die eines Ehrenmannes nicht würdig sind. Ich liebe ihn durchaus nicht. Aber die Gerechtigkeit erheischt, daß ich laut erkläre, daß ich die Gräfin von Claudieuse für das höchste, edelste und reinste Weib halte, als Gattin wie als Mutter.«

Ein bitteres Lächeln kräuselte Jacques' Lippen.

»Und dennoch war ich ihr Geliebter«, sagte er.

»Wann? Wie? Frau von Claudieuse lebte in Valpinson und Sie in Paris.«

»Ja, aber in jedem Jahr verbrachte Frau von Claudieuse den September in Paris, und ich kam mehrmals nach Boiscoran.«

»Es ist kaum zu glauben, daß von einer solchen Intrige nichts ruchbar geworden wäre.«

»Wir wußten unsere Vorsichtsmaßregeln zu treffen.«

»Und es hat niemand jemals etwas davon geahnt?«

»Niemand.«

Aber endlich fing Herrn Magloires Verhalten an, Jacques aufzubringen.

Er vergaß, daß er den vernichtenden Verdacht, dem er sich verfallen sah, nur zu wohl vorausgesehen hatte.

»Warum all diese Fragen?« rief er. »Sie glauben mir nicht? Gut. Gestatten Sie mir, daß ich wenigstens versuche, Sie zu überzeugen. Wollen Sie mich anhören?«

Herr Magloire zog einen Stuhl herbei und setzte sich, nicht auf die gewöhnliche Weise, sondern rittlings nieder; die Arme über der Lehne kreuzend, sprach er:

»Ich höre!«

Jacques' Antlitz, das noch einen Augenblick zuvor kreidebleich war, hatte sich mit Purpur bedeckt, der Zorn flammte in seinen Augen. Er war es, den man so behandeln durfte, er! …

Nie hatte Galpin-Davelines Hochmut ihn so beleidigt, wie diese kalt verächtliche Herablassung Magloires.

Einen Augenblick schwebte die Aufforderung, er möge hinausgehen, ihm auf der Zunge ... Aber was dann? ... Er war verdammt, den Kelch der Demütigungen bis auf den Grund zu leeren. Denn vor allem galt es sich retten, sich dem Abgrund entziehen...

»Sie sind hart, Magloire«, sprach er im Tone mühsam zurückgehaltenen Zornes, »und Sie lassen mich das Grauenhafte meiner Lage erbarmungslos fühlen ... Oh, entschuldigen Sie sich nicht. Wozu? Lassen Sie mich lieber sprechen.«

Er ging einige Male in der Zelle hin und her, immer wieder mit der Hand über die Stirn streifend, als suchte er seine Gedanken zu sammeln. Dann begann er in gelassenem Ton:

»Es war in den ersten Tagen des August 1866 in Boiscoran, wohin ich auf einige Wochen gegangen war, um meinen Onkel zu besuchen, als ich der Gräfin von Claudieuse zum erstenmal begegnete.

Zwischen dem Grafen von Claudieuse und meinem Onkel stand es damals am übelsten, immer des unglücklichen Wasserlaufes wegen, der ihre Besitzungen durchkreuzt; und ein gemeinsamer Freund, Herr von Besson, hatte sich in den Kopf gesetzt, sie zu versöhnen, und sie dazu bestimmt, sich bei ihm zum Mittagessen zu treffen. Ich begleitete meinen Onkel. Die Gräfin begleitete ihren Mann. Ich war eben zwanzig Jahre alt geworden, sie zählte damals sechsundzwanzig Jahre.

Als ich sie gewahrte, blieb ich vor Bewunderung mit offenem Munde stehen.

Ich glaubte noch nie einer so schönen und reizenden Frau begegnet zu sein, noch nie ein so liebliches Antlitz, so schöne Augen, ein so süßes Lächeln gesehen zu haben.

Sie schien mich nicht zu bemerken, auch ich redete sie nicht an; dennoch sagte ein Vorgefühl mir, daß diese Frau in meinem Leben eine Rolle, und zwar eine unheilvolle Rolle spielen würde. Dieser Eindruck war so lebhaft, daß ich mich nicht enthalten konnte, als wir nach dem Mittagessen das Haus verließen, meinem Onkel etwas davon zu sagen ... Er fing an zu lachen und erwiderte mir, daß ich ein Narr sei und daß, wenn je ein Weib mein Leben in Aufruhr bringen würde, es jedenfalls eine andere sein müßte als die Gräfin von Claudieuse. Allem Anschein nach hatte er tausendmal recht. Kaum war ein Ereignis denkbar, das mich der Gräfin wieder nähern könnte. Der Aussöhnungsversuch des Herrn von Besson war vollständig fehlgeschlagen; Frau von Claudieuse lebte in Valpinson, ich kehrte zwei Tage später nach Paris zurück.

Ich blieb indessen in einer zerstreuten, befangenen Stimmung, und noch klopfte mir das Herz fieberhaft bei der Erinnerung an das Essen bei Herrn von Besson, als ich auf einer Soirée bei Herrn von Chalusse, dem Bruder meiner Mutter, Frau von Claudieuse zu erkennen glaubte.

Sie war es in der Tat. Ich grüßte sie. Und da ich an der Art, wie sie meinen Gruß erwiderte, sah, daß sie mich erkannte, näherte ich mich, innerlich zitternd, und sie erlaubte mir, mich neben ihr niederzusetzen.

Sie teilte mir mit, daß sie wie in jedem Jahr auf einen Monat nach Paris zu ihrem Vater, dem Marquis de Tassar von Bruc, gekommen war.

Sie hatte sich gegen ihren Willen auf diese Soirée begeben und amüsierte sich durchaus nicht, da sie die große Welt nicht liebte. Sie tanzte nicht; ich unterhielt mich mit ihr bis zu dem Augenblick, da sie sich zurückzog.

Ich war bis zum Wahnsinn verliebt, als ich sie verließ, und dennoch suchte ich nicht, sie wiederzusehen ... Noch einmal war es der Zufall, der uns zusammenführte.

Eines Tages kam ich, um wegen eines Geschäfts nach Melun zu gehen, auf dem Bahnhof an, als der Zug sich eben in Bewegung setzte; ich hatte nur noch Zeit, mich in den Wagen zu stürzen, der dem Eingang am nächsten war.

In diesem Wagen befand sich Frau von Claudieuse.

Sie sagte mir – und von allem, was sie mir sagte, behielt ich nur das –, daß sie sich zu einer ihrer Freundinnen nach Fontainebleau begebe, bei welcher sie in jeder Woche den Dienstag und den Sonnabend verbrachte ... Gewöhnlich pflegte sie den Neunuhrzug zu nehmen. Es war an einem Dienstag; während der drei folgenden Tage spielten sich seltsame Kämpfe in mir ab.

Ich war von der Gräfin leidenschaftlich bezaubert, und dennoch flößte sie mir Furcht ein. Aber mein böser Stern trug den Sieg davon, und am folgenden Sonnabend um neun Uhr ging ich zur Gare de Lyon.

Frau von Claudieuse, sie hat es mir später gestanden, erwartete mich. Als sie mich erblickte, machte sie mir ein Zeichen, und als man die Türen schloß, setzte ich mich in ein Abteil mit ihr.«

Schon seit einigen Augenblicken rückte Magloire mit den Anzeichen der äußersten Ungeduld auf seinem Stuhl hin und her.

Als könnte er es nicht länger ertragen, rief er endlich:

»Das ist zu unwahrscheinlich.«

Jacques von Boiscoran antwortete nicht sogleich.

Er bebte vor unsäglicher Aufregung, wie er da die Asche seiner Vergangenheit durchwühlte. Er stand wie in einer Betäubung befangen da, während er das Geheimnis seiner erloschenen Liebe, das er so lange im tiefsten Herzen begraben, über seine Lippen brachte...

Denn er hatte geliebt und war geliebt worden, und es gibt Gefühle, die so einschneidend sind, daß sie sich zwar nie ein zweites Mal erneuern, aber auch durch nichts ausgerottet werden können.

Eine weichere Stimmung ergriff ihn; Tränen stiegen ihm in die Augen...

Als dennoch der Anwalt von Sauveterre seinen Ausruf wiederholte, daß es unglaublich sei, antwortete Jacques in sanftem Ton:

»Ich verlange nicht, daß Sie mir glauben, mein Freund, ich verlange nur, daß Sie mich anhören.«

Und mit aller Kraft gegen die Betäubung ankämpfend, die sich seiner bemächtigt hatte, fuhr er fort:

»Diese Reise nach Fontainebleau entschied unser Schicksal.

Es folgten ihr noch mehrere andere.

Frau von Claudieuse verbrachte den Tag bei ihrer Freundin, und ich irrte die langen Stunden im Walde umher. Aber wir trafen uns abends am Bahnhof wieder. Wir stürzten uns in ein Coupé, das ich von Lyon aus reservieren ließ, wir kehrten gemeinsam nach Paris zurück, und ich begleitete sie im Wagen bis zur Rue de la Fermedes-Maturins, wo der Marquis Tassar von Bruc, ihr Vater, wohnte. Endlich, eines Abends, verließ sie ihre Freundin in Fontainebleau zur gewöhnlichen Stunde, kehrte aber erst am folgenden Morgen zu ihrem Vater zurück.«

»Jacques!«, rief Herr Magloire empört, als hätte er eine Lästerung angehört.

Herr von Boiscoran ließ sich nicht beirren.

»O ich weiß es«, sagte er, »wie meine Handlungsweise Ihnen erscheinen muß, Magloire. Sie denken, daß es keine Entschuldigung gibt für einen Mann, der das Vertrauen einer Frau verrät, die sich ihm hingegeben hat. Warten Sie jedoch, ehe Sie mich verurteilen.«

Und in festerem Ton fuhr er fort:

»Von nun an hielt ich mich für den glücklichsten Menschen, und mein Herz schwelgte mit krankhafter Eitelkeit in dem Gedanken, daß es mein war, dieses schöne Weib, dessen Ruf so hoch über jedem Verdachte stand.

Und ahnungslos legte ich mir einen jener verhängnisvollen Stricke um den Hals, die nur der Tod zerschneidet, und unsinnig wie ich war, wünschte ich mir Glück zu meinem Erfolge. Vielleicht liebte sie mich damals wirklich. Sie berechnete wenigstens noch nicht, und besiegt von der einzigen Leidenschaft ihres Lebens, öffnete sie mir die dunkelsten Tiefen ihrer Seele.

Damals dachte sie noch nicht daran, sich mir gegenüber abzusichern und mich jeder ihrer Launen zu unterwerfen, und sie eröffnete mir das Geheimnis ihrer Heirat, dieser Verbindung, die ehemals das ganze Land in Staunen setzte.

Nachdem er seinen Abschied eingereicht, war der Marquis von Bruc, ihr Vater, seines müßigen Lebens bald müde geworden; er faßte den Gedanken, der Mittelmäßigkeit seines Vermögens aufzuhelfen. Er hatte sich in gewagte Spekulationen gestürzt, alles, was er besaß, verloren, ja selbst seine Ehre verwirkt.

Verzweifelt, von Furcht und Reue aufgezehrt, begann er dem Gedanken an Selbstmord nachzuhängen, als zufällig einer seiner früheren Berufskollegen, der Graf von Claudieuse, ihn aufsuchte. In einem Augenblick freundschaftlicher Vertraulichkeit gestand der Marquis alles, und der andere gelobte, ihn dem Abgrund der Schande zu entreißen.

Das war schön und groß.

Denn leider sind sie selten geworden, die Jugendfreunde, die so kostspieliger Freundschaftsbezeigungen fähig sind.

Unglücklicherweise bewährte sich der Graf von Claudieuse nicht als der Held, den dieser Anfang ankündigte.

Er hatte Fräulein Geneviève de Tassar von Bruc gesehen, er war geblendet von ihrer Schönheit; von einer jener Leidenschaften ergriffen, die sich durch nichts hemmen lassen, vergaß er, daß sie kaum zwanzig Jahre alt war, während er fünfzig Jahre zählte, und gab seinem Freunde zu verstehen, daß er stets bereit sei, ihm den versprochenen Dienst zu leisten – aber daß er dagegen Fräulein Genevièves Hand verlange.

Am selben Abend begab sich der ruinierte Edelmann in das Gemach seiner Tochter und setzte ihr mit Tränen in den Augen seine Lage auseinander.

Sie zögerte keinen Augenblick.

›Vor allem‹, sagte sie zu ihrem Vater, ›retten wir die Ehre, die durch deinen Tod nicht zu erkaufen wäre. Herr von Claudieuse ist ein grausamer Narr, wenn er vergessen kann, daß er dreißig Jahre älter ist als ich. Von diesem Augenblick an verachte und hasse ich ihn. Sage ihm, daß ich bereit bin, seine Frau zu werden.‹

Und als ihr Vater, vor Schmerz außer sich, rief, daß der Graf eine solche Einwilligung nie annehmen würde, antwortete sie ihm – so sagte sie mir wenigstens –: ›Oh! sei ruhig, ich werde mich in meine Rolle zu schicken wissen, und dein Freund wird keinen schlechten Handel geschlossen haben. Aber ich kenne meinen Wert, und so groß der Dienst ist, den er dir leistet, erinnere dich stets, daß du ihm nichts schuldig bist…‹

In weniger als vierzehn Tagen danach hatte Fräulein Geneviève wirklich den Grafen von Claudieuse ahnen lassen, daß sie ihn lieben könnte. Nach Verlauf eines Monats war sie seine Frau geworden.

Der Graf seinerseits hatte alle Versprechungen überboten und die zarteste Gewandtheit bewiesen, um niemand den Ruin des Marquis de Tassar von Bruc ahnen zu lassen. Er hatte ihm zweihunderttausend Francs eingehändigt, um seine Angelegenheiten zu ordnen, er hatte seiner jungen Frau eine Aussteuer von fünfzigtausend Ecus zuerkannt, die nicht mit verrechnet wurden, und endlich hatte er sich verpflichtet, Herrn und Frau von Bruc lebenslänglich eine Rente von zehntausend Livres auszuzahlen. Auf diese Weise opferte er mehr als die Hälfte seines Vermögens.«

Herr Magloire hatte bereits allen Protest aufgegeben.

Starr, mit vor Staunen geweiteten Pupillen, saß er auf seinem Stuhl da, wie jemand, der sich fragt, ob er wacht oder träumt.

»Es ist unbegreiflich«, murmelte er, »es ist unerhört!«

Jacques seinerseits geriet in immer größeren Eifer.

»Das alles«, fuhr er fort, »erzählte Frau von Claudieuse mir in den ersten Stunden unseres Rausches, und zwar mit der größten Ruhe und Kaltblütigkeit, wie eine ganz selbstverständliche Sache.

›Und wahrlich‹, fuhr sie fort, ›Herr von Claudieuse hat sich nicht über den Handel zu beklagen gehabt, der mich ihm auslieferte. Wenn er großmütig war, so bin ich ehrlich gewesen. Mein Vater verdankt ihm das Leben, aber ich habe ihm Jahre eines Glückes gegeben, das er nicht mehr zu erwarten hatte. Wenn er meine Liebe nicht besessen hat, so hat er davon die göttliche Komödie und jeglichen Anschein, süßer als die Wirklichkeit selbst, genossen.‹

Da ich mein Erstaunen nicht verbergen konnte, fügte sie lächelnd hinzu:

›Aber ich brachte einen heimlichen Vorbehalt mit in den Handel. Ich war fest entschlossen, wenn das Glück meiner Tür nahen sollte, meinen Anteil daran zu ergreifen. Dieser Anteil – bist du, Jacques. Und glaube nicht, daß Gewissensbisse mich beunruhigen. Solange mein Gemahl sich glücklich glaubt, bleibe ich in den Grenzen unseres Kontrakts.‹

So sprach sie zu jener Zeit, und ein erfahrenerer Mann als ich wäre entsetzt gewesen … Aber ich war ein Kind, und ich liebte sie mit aller Macht des Leibes und der Seele; ich bewunderte ihr Genie und begeisterte mich für ihre List.

Ein Brief des Grafen von Claudieuse weckte uns aus unserem Traum.

Zum ersten und letzten Male in ihrem Leben hatte die Gräfin sich zu einer Unvorsichtigkeit hinreißen lassen und war drei Wochen länger, als es der Abmachung gemäß war, in Paris geblieben, was ihren Gatten derart beunruhigte, daß er selbst sie holen wollte.

›Es ist Zeit, nach Valpinson zurückzukehren‹, sagte sie; ›denn es gibt nichts, was ich nicht dem Rufe opfern würde, den ich mir zu gründen wußte. Mein Leben, das deinige, das Leben meiner Tochter, alles wäre ich bereit zu opfern für meinen Ruf.‹

Wir hatten damals – diese Tage sind wie in Erz in mein Gedächtnis gegraben –, wir hatten, sage ich, den 12. Oktober.

›Es ist mir unmöglich‹, sagte sie mir, ›dich länger als einen Monat nicht zu sehen. Heute über einen Monat, das heißt am 12. November, stelle dich genau um drei Uhr im Walde von Rochepommier beim »Kreuzweg der Rotmänner« ein … Ich werde dort sein.‹

Sie reiste ab und ließ mich in einem Zustand von Ekstase zurück, der mich selbst verhinderte, unter unserer Trennung zu leiden.

Der Gedanke, von einer solchen Frau geliebt zu sein, erfüllte mich mit unsäglichem Stolz, der mich, ich gestehe es, vor mancher Ausschweifung bewahrt hat. Der Ehrgeiz nagte mir am Herzen, wenn ich an sie dachte. Ich wollte arbeiten, mich hervortun, irgendeine Auszeichnung erlangen …

Ich will, daß sie stolz sei auf mich, sagte ich mir, beschämt, in meinem Alter noch nichts zu sein als der Sohn eines reichen Vaters …«

Mehrmals schon hatte Magloire sich von seinem Stuhl erhoben, und seine Lippen bewegten sich, als ob er eine Einwendung vorbringen wollte.

Aber er hatte sich selbst gelobt, ihn nicht zu unterbrechen, und so gut es ihm gelang, hielt er sein Wort.

»Indessen«, fuhr Jacques fort, »nahte die von Frau von Claudieuse bestimmte Zeit heran. Ich reiste nach Boiscoran, und am festgesetzten Tage, ein wenig nach der anberaumten Stunde, langte ich beim ›Kreuzweg der Rotmänner‹ an.

Wenn ich mich, zu meinem größten Mißmut, ein wenig verspätet hatte, so war dies geschehen, weil ich die Wälder von Rochepommier nur wenig kannte und der von der Gräfin zu unserem Stelldichein ausgesuchte Ort im dichtesten Hochwalde lag.

Das Wetter war für die Jahreszeit ungewöhnlich rauh. Am Tage zuvor hatte es stark geschneit; ein scharfer Wind schüttelte die Flocken von den Zweigen der Bäume.

Von weitem erblickte ich die Gräfin von Claudieuse, die mit fieberhafter Unruhe auf einem kleinen Platz hin und her ging, wo der Boden trocken und von mächtigen Felsblöcken eingeschlossen war.

Sie trug ein sehr langes Gewand von granatfarbener Seide, einen mit Pelz verbrämten Tuchmantel und einen Sammethut von der Farbe ihres Kleides.

In drei Sätzen war ich bei ihr.

Aber sie zog ihre Hand nicht aus dem Muff hervor, um sie mir zu reichen, und ohne mir Zeit zur Entschuldigung zu geben, sprach sie in trockenem Ton:

›Wann bist du in Boiscoran angekommen?‹

›Gestern abend.‹

›Was für ein Kind du bist!‹ rief sie mit dem Fuße stampfend. ›Gestern abend! Und unter welchem Vorwande?‹

›Ich bedarf keines Vorwands, um meinen Onkel zu besuchen!‹

›Und es hat ihn nicht in Verwunderung gesetzt, dich in dieser Jahreszeit und bei einem solchen Wetter plötzlich bei ihm erscheinen zu sehen?‹

›Aber – wenn auch, ein wenig‹, antwortete ich einfältigerweise und unfähig, ihr die Wahrheit zu verbergen.

Ihre Unzufriedenheit schien noch zuzunehmen.

›Und wie‹, sprach sie, ›bist du hierhergekommen? Kanntest du denn den Kreuzweg nicht?‹

›Nein, ich ließ mir die Richtung angeben.‹

›Durch wen?‹

›Durch einen Diener meines Onkels; sein Anweisung aber war so wenig klar, daß ich den Weg verfehlte.‹

Sie sah mich mit einem so ironischen Lächeln an, daß ich unwillkürlich innehielt.

›Und das alles erscheint dir ganz ungefährlich? Du meinst, daß man es in Boiscoran ganz natürlich finden wird, dich wie eine Bombe eintreffen und dich sogleich auf die Jagd nach dem »Kreuzweg der Rotmänner« gehen zu sehen! Wer weiß, ob man dir nicht gefolgt ist? Wer weiß, ob nicht hinter einem dieser Bäume ein Paar Augen nach uns ausspähen?‹

Da sie bei diesen Worten mit der lebhaftesten Unruhe um sich blickte, konnte ich mich nicht enthalten, ihr zu sagen:

›Was fürchtest du? Bin ich nicht da?‹

Es ist mir, als sähe ich ihn noch, den Blick ihrer Augen, mit dem sie mich maß.

›Ich fürchte nichts‹, antwortete sie mir, ›hörst du wohl, nichts in der Welt, als – nicht etwa bloßgestellt, sondern nur verdächtig zu werden. Es gefällt mir zu handeln, wie ich handle; es gefällt mir, einen Geliebten zu haben. Aber ich will nicht, daß man es erfährt. Nur dann würde ich unrecht tun, wenn man wüßte, was ich tue. Wenn ich zwischen meinem Ruf und meinem Leben zu wählen hätte, so würde ich mich nicht für mein Leben entscheiden. Ja, wenn wir entdeckt würden, so würde ich eher wünschen, daß es durch meinen Gatten als durch einen Fremden geschähe. Ich habe durchaus keine Neigung zu Herrn von Claudieuse, ich werde ihm unsere Heirat nie verzeihen, aber er hat die Ehre meines Vaters gerettet, ich muß die seine unverletzt erhalten. Er ist mein Mann, überdies der Vater meiner Tochter, ich trage seinen Namen, und ich will ihn respektiert wissen. Ich würde vor Schmerz, Wut und Schande sterben, wenn ich am Arm eines Mannes erscheinen müßte, den man mit kaum verhehltem Lächeln betrachten könnte. Die Frauen sind unsäglich einfältig, die nicht begreifen, daß die dumme und ungerechte Lächerlichkeit, vor der sie den Mann nicht zu bewahren wußten, den sie verrieten, verächtlich auf sie selbst zurückfällt. Nein, ich liebe Herrn von Claudieuse nicht, Jacques, und ich vergöttere dich … Aber zwischen ihm und dir, erinnere dich dessen wohl, würde ich keinen Augenblick schwanken, und um ihm den Schatten eines Verdachtes zu ersparen, würde ich, ob auch mit gebrochenem Herzen, ein Lächeln auf den Lippen, dein Leben und deine Ehre opfern.‹

Ich wollte ihr antworten. Aber sie ließ mir nicht Zeit dazu und fiel mir ins Wort.

›Genug‹, sagte sie. ›Jede Minute, die wir hier verbringen, ist eine Unvorsichtigkeit mehr. Welchen Vorwand willst du deiner Reise nach Boiscoran geben?‹

›Ich weiß es nicht‹, antwortete ich.

›Du mußt von deinem Onkel eine Summe Geldes leihen, um deine Schulden zu bezahlen. Er wird sich vielleicht erzürnen, aber es wird deine plötzliche Reisepassion im November erklären. Und nun gehen wir. Lebe wohl.‹

›Was?‹ rief ich, ›ohne uns wiederzusehen, wenn auch nur aus der Ferne?‹

›Nach dieser Reise‹, antwortete sie, ›wäre das die äußerste Torheit. Aber – warte – bleibe bis Sonntag in Boiscoran. Dein Onkel fehlt nie in der großen Messe; begleite ihn. Aber nimm dich in acht; sei Herr deiner selbst, bewache deine Augen. Eine Unvorsichtigkeit, eine Schwäche, und ich würde dich verachten … Jetzt müssen wir uns trennen. Du wirst in Paris einen Brief von mir finden.!‹«

Hier hielt Jacques einen Augenblick inne, um auf Herrn Magloires Zügen einen Widerschein seiner Eindrücke, seiner Gedanken zu lesen.

Als er aber sah, daß der Anwalt unbeweglich blieb, seufzte er und begann von neuem:

»Wenn ich in diese Einzelheiten gegangen bin, Magloire, so tat ich das, weil Sie wissen müssen, welch ein Weib Frau von Claudieuse ist, da Ihnen sonst ihr Verhalten unbegreiflich erscheinen würde.

Sie betrog mich nicht, wie Sie sehen. Mit eigener Hand beleuchtete sie den Abgrund, in den ich stürzen sollte.

Ach! weit entfernt, mich zu erschrecken, erhöhten die dunklen Seiten dieses Charakters noch meine Leidenschaft. Ich bewunderte ihre gebieterischen Mienen, ihre Tapferkeit und ihre Vorsicht, diesen gänzlichen Mangel an Moral, der zu ihrer Furcht vor der öffentlichen Meinung in einem zu seltsamen Gegensatze stand.

Sie ist, sagte ich mir mit törichtem Stolz, wahrlich ein starker Charakter.

Sie konnte bei der großen Messe von Bréchy zufrieden sein mit mir, denn ich enthielt mich selbst des leisesten Erzitterns, als ich sie sah, sie begrüßte und so nah an ihr vorbeiging, daß meine Hand ihre Gewänder streifte.

Im übrigen gehorchte ich ihr gewissenhaft. Ich bat meinen Onkel um sechstausend Francs; er gab sie mir lächelnd, denn er war der großmütigste Mensch, zugleich aber sagte er mir:

›Ich glaubte wohl, daß du nicht nur nach Boiscoran gekommen warst, um die Wälder von Rochepommier zu durchstreifen.‹

Dieser nichtssagende Umstand trug noch dazu bei, meine Bewunderung für Frau von Claudieuse zu erhöhen. Wie klug sah sie das Erstaunen meines Onkels voraus, während ich nicht einmal daran gedacht hatte!

Sie besitzt das Genie der Vorsicht! dachte ich. Ja, in der Tat, sie besaß es, und dazu das der Berechnung, und ich sollte bald den Beweis dafür haben.

Als ich in Paris anlangte, fand ich einen Brief von ihr vor, der nichts enthielt als eine lange Umschreibung ihrer Befehle am ›Kreuzweg der Rotmänner‹. Diesem Briefe folgten viele andere, die aufzubewahren, sie mich bei meiner Liebe zu ihr beschwor, und die sämtlich in einer Ecke, der Reihenfolge nach, numeriert waren. Als ich sie das erstemal wiedersah, fragte ich sie nach dem Zweck dieser Nummern.

›Mein lieber Jacques‹, antwortete sie mir, ›eine Frau muß immer wissen, wie viele Briefe sie ihrem Geliebten geschrieben hat. Bis heute mußt du neun erhalten haben...‹

Dies war im Mai 1867 zu Rochefort, wohin sie sich begeben hatte, um der Abfahrt eines Kriegsschiffes beizuwohnen, und wohin auch ich auf ihren Befehl gekommen war, um mit ihr dem glücklichen Zufall einige Stunden zu rauben.

Wie ein Tölpel lachte ich über diese schriftstellerische Buchführung und hatte es bald vergessen, denn ich war mit ganz anderen Gedanken beschäftigt.

Sie hatte mich darauf aufmerksam gemacht, daß die Zeit, trotz aller Leiden unserer Trennung, hinging und daß der Monat ihrer Freiheit, der September, nicht mehr fern sei.

›Sollten wir, wie im verflossenen Jahr, auf jene trotz aller Vorsicht doch gefährlichen Reisen nach Fontainebleau angewiesen sein? Warum nicht lieber uns ein einsames Haus in einem abgelegenen Stadtviertel verschaffen?‹

Jeder ihrer Wünsche war mir Befehl. Die Großmut meines Onkels kannte keine Grenzen. Ich kaufte ein Haus...«

Endlich tauchte in Jacques' Bericht ein Umstand auf, in dem sich vielleicht der Anfang zu einem Beweise herausstellen konnte.

Und wirklich fuhr Magloire auf und rief, ihn hastig unterbrechend:

»Ah, Sie hatten ein Haus gekauft?«

»Ja, ein hübsches Haus mit einem großen Garten in der Rue de la Vigne zu Passy.«

»Und es gehört Ihnen noch?«

»Ja.«

»Folglich haben Sie die Kaufurkunden?«

»Auch hier noch«, antwortete Jacques mit einer trostlosen Gebärde, »ist das Schicksal gegen mich. Es ist eine ganze Geschichte über dieses Haus zu erzählen.«

Schneller, als es sich aufgeklärt, verdüsterte das Antlitz des Anwalts sich wieder.

»Oh! ...eine ganze Geschichte zu erzählen...«, sagte er, »so so.«

»Ich war kaum mündig«, begann Jacques von neuem, »als ich dieses Haus kaufen wollte. Ich fürchtete Schwierigkeiten zu haben; ich fürchtete, mein Vater könnte etwas davon erfahren; kurz – es gelang mir, mich bis zu Frau von Claudieuses weiser Vorsicht aufzuschwingen. Und so bat ich einen meiner Freunde, einen Engländer, Sir Francis Burnett, diesen Kauf in meinem Namen abzuschließen. Er bewilligte meine Bitte gern. Nachdem der Vertrag abgeschlossen und eingetragen war, händigte er mir die Papiere ein, die meine Rechte bestätigten.«

»Gut! aber was weiter?«

»Warten Sie nur. Ich brachte diese Papiere nicht in die Wohnung, die ich bei meinem Vater bewohnte. Ich legte sie in einem Schranke in meinem Hause zu Passy nieder. Als der Krieg ausbrach, dachte ich nicht daran, sie fortzunehmen. Ich hatte Paris, wie Ihnen wohl bekannt ist, vor der Einschließung verlassen, weil ich eine Kompanie Mobilgarden des Departements befehligte. Während der beiden Belagerungen wurde mein Haus der Reihe nach von den Nationalgarden, von den Soldaten der Kommune und den Liniensoldaten besetzt. Als ich zurückkehrte, fand ich die vier Mauern von Granaten durchlöchert, und außerdem war alles Mobiliar, und mit ihm meine Scheine, verschwunden.«

»Und Sir Francis Burnett?«

»Er hat Frankreich im Augenblick des feindlichen Einfalls verlassen, und ich weiß nicht, was aus ihm geworden ist. Zwei Freunde in England, denen ich geschrieben, haben mir geantwortet: der eine, daß er in Australien sein müsse, der andere, daß man ihn tot glaube.«

»Und Sie haben keinerlei Schritte getan, sich den Besitz eines Grundstückes zu sichern, das Ihnen gesetzlich zugehört?«

»Bis jetzt nein.«

»Das heißt nach Ihrer Aussage soviel, daß es in Paris ein Haus gibt ohne Eigentümer, von aller Welt, selbst von dem Steuereinnehmer, vergessen.«

»Entschuldigen Sie, die Abgaben sind stets richtig entrichtet worden, und für das ganze Stadtviertel bin ich der Besitzer. Nur über die Person waltet ein Irrtum. Ich habe ohne weiteres die meines Freundes angenommen. Für die Nachbarn, für die Lieferanten der Umgegend, für die Handwerker und den Bauunternehmer, die ich gebraucht habe, für den Tapezierer und den Gärtner bin ich Sir Francis Burnett. Gehen Sie und fragen Sie in der Rue de la Vigne nach Jacques von Boiscoran, man wird Ihnen antworten: ›Kenn' ich nicht.‹ Fragen Sie nach Sir Francis Burnett, und man wird Ihnen sagen: ›Ah! sehr wohl!‹ und wird Ihnen eine Beschreibung von mir geben.«

Mit wenig überzeugter Miene schüttelte Herr Magloire den Kopf.

»Ferner«, sprach er, »ist nach Ihrer Aussage Frau von Claudieuse in dieses Haus zu Passy gekommen?«

»Mehr als fünfzigmal in drei Jahren.«

»Demnach kennt man sie dort?«

»Nein.«

»Aber –«

»Paris ist nicht Sauveterre, Magloire, und man beschäftigt sich dort nicht ausschließlich damit, was der Nachbar denkt und tut. Die Rue de la Vigne ist sehr einsam, und die Gräfin beobachtete, wenn sie kam und ging, die äußerste Vorsicht...«

»Gut; es mag außer dem Hause so gewesen sein. Aber im Innern? Sie mußten doch wohl jemand haben, der das Haus bewachte und in Ordnung hielt, da Sie es nicht bewohnten, und der Sie bediente, wenn sie hinkamen?«

»Ich hatte eine englische Magd.«

»Also muß dieses Mädchen Frau von Claudieuse kennen?«

»Nie hat sie sie auch nur von weitem gesehen.«

»Oh!«

»Wenn die Gräfin kam und ging, oder wenn wir uns im Garten ergehen wollten, schickte ich die Magd aus, Aufträge zu erledigen. Ich habe sie bis nach Orleans gesandt, um sie auf vierundzwanzig Stunden los zu sein. Im übrigen verbrachten wir unsere Zeit im oberen Stock und bedienten uns selbst.«

Augenscheinlich saß Herr Magloire wie auf Kohlen.

»Sie müssen sich täuschen«, wandte er ein. »Die Dienstboten sind neugierig, und sich vor ihnen verbergen heißt nur ihre Neugier bis zum Wahnsinn reizen. Diese Magd muß Sie belauert haben. Diese Magd muß die Frau gesehen haben, die Sie bei sich empfingen! Man kann sie verhören. Ist sie noch immer in Ihrem Dienst?«

»Nein. Sie hat mich seit dem Kriege verlassen.«

»Um wohin zu gehen?«

»Nach England, wie ich glaube.«

»So daß man darauf verzichten muß, sie aufzufinden?«

»Ich glaube – ja.«

»Gut; verzichten wir darauf. Aber Ihr Kammerdiener? Der alte Antoine besaß Ihr ganzes Vertrauen. Haben Sie auch ihm nie etwas gesagt?«

»Nie. Ein einziges Mal ließ ich ihn in die Rue de la Vigne kommen, und das nur, weil ich mir den Fuß verstaucht hatte.«

»So ist es unmöglich zu beweisen, daß Frau von Claudieuse in das Haus zu Passy gegangen ist? Sie haben nicht einen Beweis, nicht einen Zeugen ihrer Anwesenheit daselbst?«

»Ich hatte ehemals Beweise. Sie hatte verschiedene Kleinigkeiten, die in ihrem Gebrauche waren, hingebracht, aber sie sind seit dem Kriege verschwunden.«

»Ja – so«, sprach Magloire, »immer der Krieg; der Krieg muß überall herhalten.«

Nie war eines der Verhöre Galpin-Davelines Jacques von Boiscoran so peinlich gewesen wie diese Reihe hastiger Fragen, die eine hoffnungslose Ungläubigkeit verrieten.

»Habe ich Ihnen nicht gesagt, Magloire«, fuhr er fort, »daß Frau von Claudieuse das Genie der Behutsamkeit besaß? Es ist leicht, alles geheimzuhalten, wenn man das Geld mit vollen Händen ausgeben kann. Ist es möglich, daß Sie mir ein Verbrechen daraus machen, wenn ich keine Beweise liefern kann? Ist es nicht die erste Pflicht eines Ehrenmannes, alles zu tun, um den Ruf der Frau, die sich ihm anvertraut hat, vor jedem Schatten eines Verdachtes zu bewahren? Ich habe meine Pflicht getan, und was auch daraus folgen mag, ich werde es nicht bereuen. Konnte ich diese unerhörten Ereignisse vorhersehen? Konnte ich vorhersehen, daß ein Tag kommen würde, an welchem ich, Jacques von Boiscoran, genötigt wäre, die Gräfin von Claudieuse zu denunzieren und nach Beweisen und Zeugen gegen sie zu suchen?«

Der Anwalt von Sauveterre wandte den Kopf ab. Und statt zu antworten, sprach er mit erregender Stimme: »Fahren Sie fort, Jacques, fahren Sie fort!«

Die Entmutigung, die sich seiner bemächtigte, niederkämpfend, begann Jacques von neuem: »Am 2. September 1867 betrat Frau von Claudieuse zum erstenmal das für sie gekaufte und ausgestattete Haus zu Passy, und während der fünf Wochen, die sie in diesem Jahr in Paris verbrachte, war sie täglich einige Stunden dort.

Bei ihren Eltern genoß sie vollständige Freiheit, ohne jegliche Kontrolle. Sie vertraute ihrer Mutter, der Marquise von Tassar, ihre Tochter an, denn zu jener Zeit hatte sie nur eine Tochter; im übrigen stand es ihr frei, zu gehen und zu kommen, wie es ihr beliebte.

Wenn ihr daran lag, noch unbeschränktere Freiheit zu haben, so besuchte sie ihre Freundin in Fontainebleau und gewann jedesmal vierundzwanzig oder achtundvierzig Stunden für die Reise.

Ich hatte, um meinerseits nicht durch Familienbeziehungen gestört zu werden, vorgegeben, ich sei nach Irland gereist, und hatte mich statt dessen in der Rue de la Vigne eingerichtet.

Diese fünf Wochen verflogen wie ein Traum, und dennoch muß ich gestehen, daß die Trennung mir nicht so schmerzlich war, wie ich es erwartet hatte.

Nicht; daß der Zauber gebrochen war.

Aber ich habe es immer demütigend gefunden, sich verbergen zu müssen. Diese Existenz unter fortwährenden Vorsichtsmaßregeln fing an, mich zu ermüden, und ich sehnte mich darnach, die Person meines Freundes Francis Burnett aufzugeben und wieder meine eigene vorzustellen.

Im übrigen hatten wir, Frau von Claudieuse und ich, uns gegenseitig geschworen, nicht einen Monat verrinnen zu lassen, ohne wenigstens einige Stunden beisammen zu sein, und sie hatte die verschiedensten Ausflüchte ersonnen, damit wir uns ohne Gefahr sehen konnten.

Um dieselbe Zeit trat ein Familienunglück ein, das unseren Plänen Vorschub leistete.

Der ältere Bruder meines Vaters starb. Es war derselbe nachsichtige Onkel, der mir die Mittel gegeben, mein Haus in Passy zu kaufen, und sein ganzes Vermögen hatte er mir vermacht.

Als Besitzer von Boiscoran hatte ich von nun an die gültigsten Gründe, auf dem Land zu wohnen und unter allen Umständen hinzukommen, ohne daß irgend jemand fragen konnte, was ich dort zu tun hätte.«

# Kapitel 23

Augenscheinlich beeilte Jacques von Boiscoran sich, zu Ende und bis zur Feuersbrunst von Valpinson zu kommen, um endlich von dem berühmten Anwalt von Sauveterre zu erfahren, was er zu fürchten oder zu hoffen hatte.

Nach einem Augenblick des Stillschweigens – denn der Atem schien ihm auszugehen – und mit ungewissen Schritten in der Zelle auf und abschreitend, sprach er in bitterem Ton:

»Aber wozu alle diese Umstände, Magloire? Werden Sie den Glauben, den Sie mir versagen, gewinnen, wenn ich Ihnen alle Zusammenkünfte mit der Gräfin von Claudieuse einzeln aufzähle, wenn ich Ihnen alles bis auf ihr letztes Wort berichte?

Wir waren bald dahin gelangt, so genau und so vorsichtig unsere Schritte zu berechnen, daß wir uns häufig und ohne Gefahr treffen konnten. Wir sagten uns, wenn wir uns trennten, oder sie schrieb mir: ›An diesem und diesem Tage, zu dieser Stunde, an diesem und diesem Ort.‹ Und so entfernt der Tag, so unbequem die Stunde, so groß die Entfernung sein mochte – wir trafen ein.

Ich war dahin gelangt, die Gegend besser zu kennen als der älteste Wilderer, und nichts war uns so dienlich wie diese genaue Kenntnis all der abgelegensten Schlupfwinkel.

Die Gräfin ließ ihrerseits nie drei Monate vergehen, ohne einen dringenden Grund zu finden, sich nach Angoulême oder La Rochelle zu begeben, und in Paris traf ich mit ihr zusammen. Und sie ließ sich durch nichts zurückhalten. Sogar ihr hoffnungsvoller Zustand – denn im Jahre 1867 wurde ihre zweite Tochter geboren – verhinderte ihre Reisen nicht.

Ich verbrachte mein Leben sozusagen auf Reisen, und jeden Augenblick, wenn man es am wenigsten erwartete, verschwand ich ganze Wochen. Darin liegt die Erklärung der Vagabundierlust, über den mein Vater sich aufhielt und den Sie selbst, Magloire, mir sonst wohl vorgeworfen haben.«

»Das ist wahr«, bestätigte der Anwalt, »ich entsinne mich.«

Jacques von Boiscoran beachtete ihn nicht.

»Ich würde lügen«, fuhr er fort, »wenn ich behauptete, daß dieses Leben mir mißfiel. Nein. Das Geheimnis und die Gefahr erhöhten nur den Zauber unserer Liebe. Die Hindernisse steigerten meine Leidenschaft. Ich fand etwas Erhabenes in dieser Handlungsweise zweier verständiger Wesen, die ausschließlich alle ihre Geisteskraft daran setzten, eine gefährliche Intrige zu verfolgen und zu verbergen. Je mehr ich selbst die Verehrung bezeigen konnte, deren Gegenstand Frau von Claudieuse überall war, desto mehr gewann ich die Beweise ihrer Gewandtheit, ihrer Verstellungsgabe, der Tiefe ihrer Verderbtheit – und desto stolzer war ich auf sie.

Vor Dünkel schoß mir das Blut in heißer Wallung zum Gehirn, wenn ich sie in Bréchy, wohin ich mich nur um ihretwillen begab, ruhig und heiter vorbeigehen sah, in der imponierenden Sicherheit ihres fleckenlosen Rufes. Ich lachte über die Harmlosigkeit der guten Narren, die sich bis zur Erde vor ihr verbeugten, um sie wie eine Heilige zu grüßen, und mit verblendetem Entzücken schätzte ich mich glücklich in dem Gedanken, daß ich der einzige war, der die wirkliche Gräfin von Claudieuse kannte, die Gräfin von Claudieuse, die in unserem Hause in der Rue de la Vigne so lustige Rache an ihrem Schicksal nahm.

Aber ein solcher Liebeswahnsinn konnte nicht dauern.

Ich brauchte nicht lange Zeit, um zu begreifen, daß ich mir einen Gebieter gegeben, und zwar den herrischsten, anspruchsvollsten, der sich denken ließ.

Ich hatte in gewissem Sinne darauf verzichtet, mir selbst zu gehören. Ich war ihre Kreatur geworden, ich durfte nur für sie leben, atmen, denken und handeln. Was kümmerten sie meine Liebhabereien, meine Abneigungen! Sie wollte, das war genug. Schrieb sie mir? ›Komm!‹, so mußte ich im Augenblick erscheinen. Sagte sie mir: ›Geh!‹, so hatte ich mich alsbald zu entfernen. Anfangs ließ ich mir den Despotismus ihrer Liebe gern gefallen, aber nach und nach ermüdete mich dieses beständige Aufgeben meines eigenen Willens.

Es mißfiel mir, nicht über mich selbst zu verfügen, nicht auf vierundzwanzig Stunden einen Plan vorher bestimmen zu können. Ich fing an, den Druck des Strickes zu fühlen, den ich mir um den Hals gewunden hatte.

Mir kam der Gedanke, zu fliehen. Einer meiner Freunde war im Begriff, eine Reise um die Welt zu unternehmen, die achtzehn Monate oder zwei Jahre dauern sollte. Ich hatte Lust, ihn zu begleiten.

Wer hielt mich zurück? Ich war durch meine Stellung und mein Vermögen vollkommen unabhängig. Warum dieser Eingebung nicht folgen?

Ja! Warum? ... Weil der Zauber noch nicht gebrochen war. Weil ich die Tyrannei der Frau von Claudieuse verwünschte und doch noch erbebte, wenn ich ihren Namen nennen hörte.

Weil ein einziger ihrer Blicke all mein Blut in Wallung setzte, wenn ich daran gedacht hatte, ihr zu entfliehen. Weil ich mit tausend Fäden der Gewohnheit und der Mitschuld an sie gebunden war durch jene Fäden, die schwerer zu zerreißen sind als das Tau eines Schiffes.

Dennoch war dieser Gedanke die Ursache, daß ich zum erstenmal vor ihr das Wort ›Trennung‹ aussprach, indem ich sie fragte, was sie tun würde, wenn ich sie verließe?

Sie sah mich mit einem sonderbaren Blick an und fragte nach einer Weile: ›Ist das dein Ernst? Ist es eine Einleitung?‹ Ich durfte nicht weitergehen und sprach, indem ich mich zu einem Lächeln zwang: ›Es ist nur ein Scherz.‹

›Dann‹, sagte sie, ›sprechen wir nicht mehr davon. Wenn es jemals dahin käme, so würdest du sehen, was ich täte.‹

Ich beharrte nicht länger, aber ihr Blick blieb mir im Gedächtnis und ließ mich begreifen, daß ich noch viel enger gefesselt war, als ich vorausgesetzt hatte. Aus diesem Grunde wurde der Entschluß, mit ihr zu brechen, in mir zur fixen Idee.«

»Nun, so mußten Sie brechen!« rief der Anwalt.

Jacques von Boiscoran schüttelte den Kopf.

»Das ist leicht geraten«, sagte er. »Ich habe es versucht. Aber ich konnte es nicht. Zehnmal bin ich auf Frau von Claudieuse zugetreten, entschlossen, ihr zu sagen: ›Wir sehen uns nicht wieder‹, und jedesmal ging im letzten Augenblick der Mut mir aus.

Sie reizte meinen Zorn; ich haßte sie fast. Aber konnte ich vergessen, wie ich sie geliebt und was sie für mich gewagt hatte? Und – warum soll ich es nicht gestehen? – Sie flößte mir Furcht ein.

Mir graute vor diesem unbeugsamen Charakter, den ich anfangs bewundert hatte, und ich erzitterte, von ungewissen und düsteren Ahnungen ergriffen, wenn ich an alles das dachte, dessen ich sie schuldig wußte.

So war ich der schrecklichsten Unschlüssigkeit verfallen, als meine Mutter anfing, mit mir von einer Heirat zu sprechen, von der sie seit langem schon träumte. Das konnte den Vorwand bieten, den ich nicht zu finden gewußt. Auf alle Fälle verlangte ich Bedenkzeit. Als ich darauf das nächste Mal mit Frau von Claudieuse zusammentraf, nahm ich all meine Kraft zusammen und sagte ihr: ›Weißt du, was sich neuerdings ereignet hat? Meine Mutter will mich verheiraten.‹

Sie wurde bleich wie der Tod und sah mir in die Augen, als ob sie auf dem Grund meiner Seele lesen wollte.

›Und du‹, fragte sie, ›was willst du tun?‹

›Ich will‹, antwortete ich mit einem gezwungenen Lachen, ›für den Augenblick nichts. Aber ich werde wohl früher oder später darangehen müssen. Der Mann bedarf einer Häuslichkeit und solcher Bande der Liebe, die die Welt anerkennt...‹

›Und ich?‹ unterbrach sie mich, ›was bin ich dir denn?‹

›Du‹, rief ich, ›du, Geneviève! Ich liebe dich mit aller Kraft meiner Seele, aber uns trennt ein Abgrund. Du bist verheiratet.‹

›Mit andern Worten‹, fuhr sie fort, ›du hast mich geliebt zum Zeitvertreib. Ich bin die Ergötzung deiner Jugend, die Poesie deiner zwanzig Jahre, jener Liebesroman gewesen, den jedermann haben will. Aber du wirst reifer; es verlangt dich nach wahrer Liebe, und du willst mich verlassen. Es sei. Was aber soll aus mir werden, wenn du dich verheiratest?‹

Ich litt unsäglich.

›Du hast deinen Gatten‹, stotterte ich, ›deine Kinder.‹

Sie fiel mir in die Rede.

›Das ist es!‹ rief sie; ›ich werde nach Valpinson zurückkehren, auf den Boden, wo alles mich an dich erinnert; wo jeder Fußbreit Erde mir unsere Begegnungen ins Gedächtnis ruft, zu meinem Gatten, den ich verraten habe, zu meinen Töchtern, von denen die eine dein ... Nein, nein! Es ist nicht möglich, Jacques!‹

Aber ich hatte einen Anlauf zur Tapferkeit genommen.

›Wenn es dennoch möglich wäre, daß ich mich verheirate‹, sagte ich, ›was würdest du tun?‹

›Oh, nichts Besonderes‹, antwortete sie, ›ich würde alle deine Briefe dem Grafen von Claudieuse übergeben.‹«

Während der dreißig Jahre seiner Tätigkeit beim Schwurgericht hatte Herr Magloire die seltsamsten Geständnisse angehört. Nie aber hatte ihm etwas die Gedanken dermaßen verwirrt, wie es in diesem Augenblick der Fall war.

»Das ist, um den Verstand zu verlieren«, murmelte er.

Aber schon fuhr Jacques fort:

»War die Drohung der Gräfin von Claudieuse ernst gemeint? Ich zweifle nicht daran. Dennoch eine große Gelassenheit heuchelnd, sagte ich ihr: ›Das würdest du nicht tun!‹

›Bei allem, was mir in der Welt teuer und heilig ist‹, entgegnete sie mir, ›ich würde es tun!‹

Eine geraume Zeit ist seit jener Szene hingegangen, Magloire, eine Menge von Ereignissen sind seitdem gefolgt. Dennoch ist es mir, als hätte sie gestern stattgefunden.

Ich sehe sie noch vor mir, die Gräfin, weiß wie ein Gespenst, ich höre sie noch – ihre bebende Stimme. Und fast Wort für Wort kann ich Ihnen ihre Entgegnung wiederholen.

›Ah! mein Entschluß setzt dich in Erstaunen, Jacques?‹ fuhr sie in glühender Rede fort, ›Ich begreife das. Die Frauen, die ihre Pflicht verraten, halten ihre Liebhaber nicht dazu an, mit ihnen zu rechnen. Wenn sie verlassen sind, schweigen sie still; wenn sie verraten sind, verzichten sie. Wenn sie sich geopfert sehen, verbergen sie ihre Tränen, denn ihren Jammer sehen lassen, hieße ihren Fehltritt eingestehen. Ja! Feiglinge, die wir sind! Wenn wir mehr Mut hätten, so würde ein jeder sich zweimal bedenken, ehe er sich der Frau eines andern bemächtigt. Ich aber werde wagen, was die anderen sich nicht getrauen. Du bist mein; du gehörst mir an, und gegen alles in der Welt werde ich dich verteidigen mit den einzigen Waffen, die ich in meiner Macht habe ... Verheirate dich! An deinem Hochzeitsabend wird mein Gemahl alles wissen. Ich werde den Verlust meiner Ehre nicht überleben, aber ich werde gerächt sein. Wenn du dem Haß des Grafen Claudieuse entgehst, so wird dein Name an eine so unglückliche Begebenheit geschmiedet bleiben, daß deine ganze Zukunft daran zugrunde gehen soll.‹

So sprach sie, Magloire, und mit einem Ungestüm, von dem ich Ihnen keine Vorstellung zu geben wüßte.

Was sie sagte, war absurd und unsinnig! Aber ist die Leidenschaft nicht absurd und unsinnig?

Und diese Rache, die sie mir androhte, war ohne Zweifel nicht nur die plötzliche Eingebung ihres gekränkten Stolzes. Es war unmöglich, an der Kürze ihrer Sätze, an der Sicherheit, mit der sie ihre Schläge führte, nicht einen lange vorher bedachten Plan zu erkennen, dessen erschreckende Tragweite sie berechnet und den sie unwiderruflich festgestellt hatte.

Ich war niedergeschmettert. Da ich in dumpfem Schweigen verharrte, fragte sie mit kaltem Ton: ›Und nun?‹

Es galt vor allem, Zeit zu gewinnen.

›Nun‹, antwortete ich, ›ich begreife deinen Zorn nicht. Die Heirat, von der ich dir gesprochen, existiert nur in der Einbildung meiner Mutter.‹

›Ist das wahr?‹

›Ich versichere es dir.‹

Sie beobachtete mich mit mißtrauischem Blick.

›Wohlan! ich will dir glauben‹, sagte sie endlich mit einem tiefen Seufzer. ›Aber du bist gewarnt. Und nun vertreiben wir uns diese häßlichen Gedanken.‹

Sie konnte sie vielleicht vertreiben; ich konnte es nicht. Mit Wut im Herzen verließ ich sie.

So hatte sie also über mich verfügt. Ich hatte für mein Leben den Strick am Halse, dessen Druck mir mit jedem Tage schmerzhafter ward.

Und bei dem geringsten Versuch, ihn zu zerreißen, mußte ich auf einen abscheulichen Skandal, auf eines jener unheilvollen Abenteuer gefaßt sein, die einen Menschen vernichten.

Konnte ich wenigstens hoffen, sie zur Vernunft zu bringen? Nein. Ich war dessen nur zu sicher.

Ich wußte nur zu wohl, daß es verlorene Mühe wäre, sie daran zu mahnen, daß ich nicht so schuldig war, wie sie mich haben wollte – daß es umsonst wäre, ihr zu beweisen, daß ihre Rache sich vielmehr gegen ihren Gemahl und ihre Kinder als gegen mich wenden würde, und daß ihre Kinder wenigstens unschuldig waren, wenn sie auch ihrem Gatten die Bedingungen ihrer Heirat vorzuwerfen hatte.

Aber vergeblich suchte ich einen Ausweg aus dieser entsetzlichen Lage.

Auf meine Ehre, Magloire, es gab Augenblicke, wo ich versucht war, selbst vorzugreifen, eine Scheinheirat anzugeben, um die Gräfin zum Handeln zu bewegen, um endlich die immer über meinem Haupt schwebenden Drohungen sich erfüllen zu sehen.

Der Gedanke, daß Frau von Claudieuse sich des Grafen bediente, um mich zurückzuhalten, empörte mich. Es erschien mir lächerlich und niedrig zugleich, daß sie aus ihrem Gatten den Gendarmen ihres Liebhabers machte. Bildete sie sich ein, daß ich ihn fürchtete? Ach, wie hätte ich ihm alles geschrieben, wenn diese Denunziation mir nicht so verabscheuenswert vorgekommen wäre!

Unterdessen fragte meine Mutter mich nach meinem Entschluß in betreff jener Heirat, von der sie mir gesprochen hatte, und mit feuerrotem Gesicht antwortete ich ihr, daß ich entschlossen sei, mich noch nicht zu verheiraten, daß ich mich für zu jung halte, um die Verantwortung einer Familie auf mich zu nehmen.

Dies war wirklich der Fall. Aber auch wenn es nicht so gewesen wäre, hätte ich nichts anderes antworten können.

So stand es mit mir, und zwischen verschiedenen Plänen schwankend, wiederholte ich mir, daß ich zu einem Entschluß kommen mußte, als der Krieg ausbrach.

Ich reiste nach Boiscoran. Man organisierte eben die Mobilgarde des Bezirks, sie wählten mich zu ihrem Hauptmann, und an ihrer Spitze stieß ich zur Loire-Armee. In meiner damaligen Stimmung hatte der Krieg für mich nichts Erschreckendes. Jede Aufregung, die mich den Erinnerungen entriß, schien mir gut. Und wenn ich einige Tapferkeit gezeigt habe, so ist mein Verdienst dabei nicht groß.

Als aber nun Wochen, dann Monate vergingen, stieg die geheime Hoffnung in mir auf, daß die Gräfin mich vergessen könnte, daß, wenn Zeit und Abwesenheit ihr Werk täten, sie verzichten lernen würde.

Nach Unterzeichnung des Friedens kehrte ich nach Boiscoran zurück, und ebensowenig wie in den vorhergehenden Monaten gab die Gräfin mir ein Lebenszeichen.

Ich fing an, mich zu beruhigen, wieder Herr meiner selbst zu werden. Da begegnete ich zufällig eines Tages Herrn von Chandoré. Er lud mich zum Mittagessen ein; ich ging hin. Ich sah Fräulein Denise.

Ich kannte sie schon länger, und die Erinnerung an sie hatte vielleicht dazu beigetragen, mich Frau von Claudieuse zu entfremden.

Dennoch war ich verständig genug gewesen, sie zu meiden, zitternd vor dem Gedanken, ihr irgendeine finstere Rache zuzuziehen.

Als aber jetzt ihr eigener Großvater mich ihr zuführte, hatte ich nicht mehr die Kraft, mich fernzuhalten. Und da ich eines Tags in ihren schönen Augen zu lesen glaubte, daß sie mich liebte, war mein Entschluß gefaßt, allem Trotz zu bieten.

Aber wie soll ich Ihnen alle meine Pein ausdrücken, Magloire, wie die Seelenangst, mit welcher ich jeden Abend nach Boiscoran zurückkehrend fragte, ob kein Brief gekommen sei. Und immer war keiner gekommen. Trotzdem war es unmöglich, daß Frau von Claudieuse nichts von meiner beabsichtigten Verheiratung gehört haben sollte. Mein Vater war selbst nach Sauveterre gekommen, um Fräulein Denises Hand zu werben. Man hatte sie mir zugesprochen. Es war mir in aller Form gestattet, als Verlobter aufzutreten; nur der Tag unserer Vermählung blieb noch zu bestimmen. Diese schwüle Ruhe folterte mich.«

Erschöpft, atemlos hielt Jacques von Boiscoran inne, indem er seine beiden Hände gegen die Brust stemmte, als suchte er so die unbändigen Schläge seines Herzens zu dämpfen.

Aber vergebens erwartete er von dem Anwalt von Sauveterre ein Wort, ein Zeichen der Ermutigung. Herr Magloire blieb undurchdringlich und seine Züge so regungslos wie eine bleierne Maske.

»Ah!« fuhr endlich Jacques mit heftiger Anstrengung fort. »Diese Ruhe schien mir den Sturm zu verkünden. Von Denise geliebt zu sein – dies Glück war zu groß!

Ich erwartete einen Schlag, eine Katastrophe, irgendein Unheil. Ich erwartete es mit solcher Gewißheit, daß ich endlich zu dem Schluß gekommen war, es sei meine Pflicht, Herrn von Chandoré alles zu gestehen. Sie kennen ihn, Magloire. Dieser greise Edelmann ist die reinste, achtungsgebietendste Verkörperung der Ehre. Ich konnte ihm mein Geheimnis ebenso ungestraft anvertrauen, wie ich ehemals in den Stunden meines Rausches Genevièves Namen dem Nachtwinde anvertraute.

Ach, warum habe ich so lange gezögert, gekämpft, zurückgehalten! Ein ausgesprochenes Wort hätte mich gerettet, ich wäre jetzt nicht hier, unschuldig eines entsetzlichen Verbrechens angeklagt und gezwungen zu sehen, daß Sie an meinen Worten zweifeln.

Aber das Verhängnis waltete über mir. Nachdem ich während einer ganzen Woche meine Geständnisse hinausgeschoben hatte, sagte ich mir eines Abends nach einem Ausspruch, den Denise über das Vorahnungsvermögen tat: ›Morgen muß es sein.‹ Und ich war fest entschlossen, mein Wort zu halten. In der Tat brach ich am folgenden Morgen viel früher, als es meine Gewohnheit war, und zwar zu Fuß von Boiscoran auf, da ich einer Anzahl Leute, die in meinen Weinbergen arbeiteten, Anweisungen zu geben hatte. Ich nahm den kürzesten Weg durch die Felder. Leider ist auch nicht der geringste Umstand meinem Gedächtnis entfallen. Nachdem ich meine Anordnungen getroffen, kehrte ich auf der Landstraße zurück und begegnete hier dem alten Pfarrer von Bréchy, der ein guter Freund von mir ist.

›Sie können mich ein Stück Weges begleiten‹, sagte er mir. ›Da Sie nach Sauveterre gehen, so machen Sie keinen Umweg, wenn Sie über Valpinson und durch den Wald von Rochepommier gehen.‹

Ach, an welch einer Nichtigkeit hängt oft das Schicksal! Ich begleitete den Pfarrer und verließ ihn erst an der Stelle, wo die Landstraße und der Seitenweg sich kreuzen und die man im Lande den »Carrefour des Maréchaux« nennt. Sobald ich allein war, verdoppelte ich meine Schritte und hatte fast den Ausgang des Waldes erreicht, als ich kaum zwanzig Schritte vor mir Frau von Claudieuse von der entgegengesetzten Seite daherkommen sah.

Trotz meiner Aufregung setzte ich meinen Weg fort, fest entschlossen, ihr, ohne sie anzureden, nur meinen Gruß zu bieten.

So tat ich denn auch, und schon war ich vorüber, als ich hörte, daß sie mich anrief: ›Jacques!‹

Ich hielt inne, oder ich blieb, durch diese Stimme, die so lange eine schrankenlose Herrschaft über meine Seele geübt, wie festgewurzelt stehen.

Alsbald trat sie heran. Sie war noch erregter als ich; ihr Blick flimmerte, ihre Lippen bebten.

›Wohlan!‹ sagte sie zu mir, ›diesmal ist es keine Täuschung; du heiratest das Fräulein von Chandoré?‹

Die Zeit schonender Rücksicht war vorüber.

›Ja!‹ antwortete ich.

›So ist es wahr‹, entgegnete sie, ›und alles ist vorüber! Es wäre vergebens, wenn ich dich an die Gelübde ewiger Liebe erinnern wollte, die du mir einst geschworen, dort, sieh dort unter jener Eichengruppe angesichts dieses selben herrlichen Horizontes … Es sind dieselben Bäume, es ist dasselbe Land, ich bin unverändert dieselbe, nur dein Herz ist verändert.‹

Ich erwiderte ihr nichts.

›Liebst du sie sehr?‹ fuhr Frau von Claudieuse fort. Ich schwieg noch immer hartnäckig.

›Ich verstehe dich‹, sagte sie dann. ›Ich verstehe dich nur zu wohl. Und diese Denise? Sie liebt dich dermaßen, daß sie es niemandem verbergen kann. Sie hält die Freundinnen, die ihr begegnen, auf, um ihnen ihre Verlobung mitzuteilen und um ihnen zu sagen, wie glücklich sie ist … O ja – sehr glücklich in der Tat! Diese Liebe, die meine Schande war, ist ihr ein Triumph, ja ihr! Ich war gezwungen, sie zu verbergen wie ein Verbrechen; sie brüstet sich mit ihr wie mit einer Tugend. Die gesellschaftlichen Konventionen sind lächerlich und ungerecht, aber ein Narr ist derjenige, der sich ihnen zu entziehen sucht.‹

Tränen, die ersten, die ich sie vergießen sah, glänzten unter ihren langen Wimpern.

›So bin ich dir nichts mehr‹, begann sie wieder. ›Nichts. Oh, ich habe zu sehr gerechnet. Erinnerst du dich noch, daß du am Tage nach dem Tode deines Onkels, weil du von da an reich warst, mir den Vorschlag machtest, mit dir zu fliehen? Ich schlug es aus … Ich hielt auf meinen Ruf. Ich hatte den Ehrgeiz nach öffentlicher Achtung. Ich glaubte, man könnte zwei Teile aus seinem Leben machen: den einen seinem Vergnügen opfern, den andern der Erheuchelung seiner Pflicht. Arme Närrin! Und dennoch hatte ich schon längst deine Erkaltung erraten. Ich kannte dich so gut. Dein Herz war für mich wie ein offenes Buch, in dem ich deine geheimsten Gedanken las. Damals konnte ich dich noch zurückhalten. Ich hätte demütig, zuvorkommend, untergeben sein sollen. Statt dessen bestand ich darauf, dir zu gebieten.‹

Ein innerer Kampf schnitt ihr das Wort ab. Dann fuhr sie noch heftiger fort: ›Und du – sage mir wenigstens, ob du glücklich bist.‹

›Ich kann nicht vollkommen glücklich sein, wenn ich Sie unglücklich weiß‹, antwortete ich. ›Aber es gibt keinen Schmerz, der nicht mit der Zeit vernarbt. Sie werden vergessen.‹

›Nie!‹ schrie sie auf.

Und mit gedämpfter Stimme fuhr sie fort: ›Kann ich dich vergessen, wenn ich unaufhörlich deinen Blick in den Augen meiner jüngeren Tochter wiederfinde? Herr von Claudieuse hat mehr Liebe zu ihr als zu der älteren. Begreifst du, was ich leide, wenn er sie auf seinen Knien hält, sie umarmt und küßt? Begreifst du, wie ich mir Gewalt antun muß, um sie ihm nicht zu entreißen, ihm nicht zuzurufen: O siehst du es denn nicht, daß die dort dein Eigentum nicht ist? Oh, das Verbrechen ist fürchterlich, aber, mein Gott, die Strafe …‹

Von weitem kamen Leute die Straße herauf.

›Bezwingen Sie sich‹, sagte ich ihr.

Sie richtete sich trotz ihrer Aufregung fest empor. Die Leute gingen höflich grüßend vorüber.

›Nun wohlan!‹ sprach sie nach einer Weile, ›wann ist eure Vermählung?‹

Ich fuhr bei diesen Worten zusammen. So kam sie selbst der Auseinandersetzung entgegen.

›Sie ist noch nicht festgesetzt‹, antwortete ich. ›Mußte ich Sie nicht zuvor sehen? Sie haben früher gewisse Drohungen gegen mich ausgestoßen.‹

›Und du hattest Angst?‹

›Nein. Ich glaubte Sie genug zu kennen, um gewiß zu sein, daß Sie mich nicht für meine Liebe zu Ihnen wie für ein Verbrechen strafen würden. So manche Ereignisse sind seit dem Tage, an dem Sie mir drohten, eingetreten.‹

›Ja, in der Tat, so manche Ereignisse‹, unterbrach sie mich. ›Mein armer Vater ist unverbesserlich. Noch einmal hat er sich unsinnig bloßgestellt, und abermals hat mein Mann bedeutende Summen opfern müssen, um ihn zu retten. Oh, Herr von Claudieuse hat ein edles Herz, und es ist traurig, daß er nur gegen mich der Großmut ermangelt hat! Jede seiner Wohltaten, mit denen er mich überhäuft, mit denen er mich erdrückt, ist für mich ein neuer Schmerz, aber indem ich sie nehme, habe ich mich um das Recht gebracht, ihn mit einem Schlage zu treffen, der ihm fürchterlicher wäre als der Tod ... Sie können Denise heiraten, Jacques, Sie haben nichts von mir zu fürchten.«

Jacques stöhnte. »Oh, so viel hatte ich nicht gehofft, Magloire! Außer mir vor Freude, ergriff ich ihre Hand, um sie an meine Lippen zu ziehen.

›Sie sind die beste Freundin!‹ rief ich aus.

Aber hastig, als hätte sie ihre Hand an meinen Lippen verbrannt, zog sie sie zurück.

›Nein, nicht so!‹ sprach sie erblassend.

Und ihre Aufregung kaum beherrschend, fuhr sie fort:

›Indessen müssen wir uns noch einmal sehen. Sie haben meine Briefe, nicht wahr?‹

›Ich habe sie alle.‹

›Wohl! die müssen Sie mir zurückgeben. Aber wo und wie? Es fällt mir im Augenblick schwer, mich zu entfernen, die jüngere meiner Töchter – unsere Tochter, Jacques – ist sehr krank. Dennoch müssen wir zu Ende kommen.‹

›Sind Sie etwa am Donnerstag frei?‹

›Ja, in diesem Fall seien Sie am Donnerstag abend um neun Uhr in Valpinson. Sie werden mich an der hinteren Seite der Braugebäude finden, dicht am Rande des Waldes, bei einem der Türme des alten Schlosses‹.

›Ist das vorsichtig?‹ fragte ich.

›Habe ich je etwas dem Zufall überlassen‹, antwortete sie, ›und sollte ich in diesem Augenblick der Vorsicht ermangeln? Vertrauen Sie auf mich. Und nun müssen wir uns trennen, Jacques. Auf Donnerstag – und zwar pünktlich.‹

War es möglich? War ich frei? Der Strick zerrissen und ich wieder Herr meiner selbst? Ich glaubte es, und in dem wahnsinnigen Entzücken über meine Freiheit vergab ich Frau von Claudieuse die Besorgnisse eines ganzen Jahres. Was sage ich? Schon klagte ich mich der Ungerechtigkeit, der Grausamkeit an. Ich bewunderte sie in dem Glauben, daß sie sich meinem Glück zum Opfer brachte. Ich hätte ihr in überströmender Dankbarkeit zu Füßen fallen und den Saum ihres Kleides küssen mögen.

Es war nun nicht mehr nötig, mein Geheimnis Herrn von Chandoré anzuvertrauen. Ich konnte nach Boiscoran zurückkehren.

Schon hatte ich mehr als die Hälfte des Weges zurückgelegt, ich setzte ihn fort, und als ich nach Sauveterre kam, spiegelte sich die Umwandlung meiner Seele so deutlich in meinem Gesicht, daß Denise mir sagte:

›Es ist dir etwas Glückliches begegnet, Jacques.‹

›O ja, etwas sehr Glückliches.‹ Zum erstenmal durfte ich an ihrer Seite frei aufatmen. Es war mir vergönnt, sie zu lieben, ohne vor dem Gedanken zu zittern, daß meine Liebe ihr Unheil bringen würde. Diese Sicherheit aber währte nicht lange. Sobald ich mir Zeit nahm, mich zu besinnen, begann das seltsame Rendezvous, das Frau von Claudieuse mir angegeben, mich zu beunruhigen.

Wer weiß, ob es nicht eine Falle ist? Je mehr der Tag herannahte, desto aufdringlicher kam mir dieser Gedanke. Den ganzen Donnerstag über war ich von den traurigsten Vorahnungen bestürmt. Wenn ich gewußt hätte, wie die Gräfin zu benachrichtigen gewesen, so hätte ich mich auf keinen Fall zu ihrem Rendezvous eingestellt. Aber es bot sich mir kein Mittel, ihr zuvorzukommen. Und ich kannte sie gut genug, um zu wissen, daß ich alles in Frage stellte, wenn ich nicht Wort hielt.

Ich speiste indessen zur gewöhnlichen Stunde; nach beendeter Mahlzeit ging ich in mein Zimmer und schrieb an Denise: sie möge mich an dem heutigen Abend nicht erwarten, da ein Geschäft von der höchsten Wichtigkeit mich hinderte, zu ihr zu kommen.

Ich übergab diesen Brief Michel, dem Sohn meines Pächters, und befahl ihm, ihn fortzutragen, ohne eine Minute zu verlieren. Als dies getan war, band ich alle Briefe der Frau von Claudieuse zu einem Bündel, das ich in meine Tasche steckte, nahm mein Gewehr und ging. Es war etwa acht Uhr und noch heller Tag.«

Ob nun Herr Magloire der Erzählung des Angeklagten glaubte oder nicht, jedenfalls war er im höchsten Grade interessiert. Er hatte seinen Stuhl näher gerückt, und häufig unterbrach er den Bericht mit einem leisen Ausruf.

»Unter anderen Umständen«, fuhr Jacques von Boiscoran fort, »hätte ich einen der beiden gewöhnlichen Wege gewählt, um mich nach Valpinson zu begeben. Aber von Mißtrauen gequält wie ich war, dachte ich nur daran, mich zu verbergen, und schlug den Weg durch das Moor ein. Ich wußte wohl, daß es teils überschwemmt war, aber ich zählte auf meine genaue Kenntnis des Geländes und auf meine Geschicklichkeit und fürchtete daher nicht, durch das Wasser aufgehalten zu werden.

Ich sagte mir, daß ich hier sicher nicht gesehen und auch keinem begegnen würde. Aber ich irrte mich. Als ich beim Damm der Seille ankam und eben im Begriff war, hindurchzuschreiten, sah ich mich dem Burschen Ribot, dem Sohn eines Pächters von Bréchy, gegenüber. Er schien so verwundert, mich an diesem Orte zu sehen, daß ich mich genötigt glaubte, meine Anwesenheit zu erklären, und so einfältig war ich in meiner Aufregung, daß ich ihm sagte, ich hätte ein Geschäft in Bréchy und sei durch den Morast gegangen, um Wasservögel zu jagen.

›Wenn es so ist‹, antwortete er höhnisch lachend, ›so jagen wir nicht dasselbe Wild.‹

Damit entfernte er sich, aber mich verdroß diese Begegnung aufs äußerste; und den Burschen Ribot zu allen Teufeln wünschend, setzte ich meinen Weg fort, der immer schwieriger und gefährlicher wurde.

Es mußte längst neun Uhr sein, als ich endlich in der Umgegend von Valpinson ankam.

Aber die Nacht war sehr hell. Ich verdoppelte meine Vorsicht.

Der Ort, den die Gräfin zum Rendezvous gewählt, war über zweihundert Meter von dem Herrenhause und der Meierei entfernt, von Braugebäuden eingeschlossen und dicht am Walde gelegen.

Und vom Walde her näherte ich mich.

Hinter den Bäumen verborgen, sondierte ich das Terrain, und alsbald sah ich Frau von Claudieuse bei einem der alten Türme stehen. Sie war in einen Morgenrock von hellem Mousseline gekleidet, der schon von weitem zu erkennen war.

Da ich nichts Verdächtiges entdeckte, trat ich vor; sie aber sprach, sobald sie mich erblickte: ›Seit fast einer Stunde erwarte ich Sie.‹

Ich erklärte ihr die Schwierigkeiten des Weges, den ich genommen hatte, und fragte sogleich: ›Wo ist Ihr Mann?‹

›Er leidet an Rheumatismus‹, antwortete sie, ›und hat sich niedergelegt.‹

›Wird Ihre Abwesenheit ihn nicht wundern?‹

›Nein. Er weiß, daß ich bei meiner jüngeren Tochter wachen muß ...Ich bin durch die kleine Tür des Waschhauses hinausgegangen.‹

Und ohne mir Zeit zu einer Erwiderung zu lassen, fragte sie: ›Wo sind meine Briefe?‹

›Hier‹, antwortete ich und reichte sie ihr hin.

Sie ergriff sie mit einer fieberhaften Bewegung und sagte mit halblauter Stimme: ›Es müssen ihrer vierundachtzig sein.‹

Und ohne einen Gedanken daran, welche Beleidigung sie mir damit antat, begann sie zu zählen.

›Sie sind alle vorhanden‹, sagte sie und fügte dann ein Paket hinzu: ›Und hier sind die Ihrigen.‹

Aber sie gab sie mir nicht.

›Wir werden sie verbrennen‹, erklärte sie.

Ich erbebte vor Überraschung.

›Was denken Sie?‹ rief ich, ›hier ...zu dieser Stunde ...Die Flamme könnte jemanden herbeiziehen.‹

›Wen? Was fürchten Sie? Übrigens können wir in das Gebüsch treten. Vorwärts! Geben Sie mir Zündhölzer.‹

Ich suchte in allen meinen Taschen, aber vergebens, und antwortete ihr: ›Ich habe keine.‹

›O gehen Sie doch! Sie, ein leidenschaftlicher Raucher, der selbst an meiner Seite nicht auf seine Zigarre verzichten konnte!‹

›Ich habe gestern mein Feuerzeug bei Herrn von Chandoré liegenlassen.‹

Sie stampfte heftig mit dem Fuß auf den Boden und entgegnete: ›Wenn es so ist, will ich hineingehen, um welche zu holen.‹

Das war ein Aufschub und eine neue Unvorsichtigkeit. Ich begriff überdies, daß ich wohl tun mußte, wie sie wollte.

›Es ist nicht nötig‹ antwortete ich daher, ›warten Sie!‹

Es gibt ein Mittel, die Zündhölzer zu ersetzen, das jeder Jäger kennt. Indem ich aus meiner Flinte eine Patrone hervorzog, entfernte ich die Schrotladung, die ich durch ein Stück Papier ersetzte. Indem ich dann meine Waffe gegen den Boden stemmte, um den Knall zu dämpfen, zündete ich das Pulver an.

Nun hatten wir Feuer, und ich steckte die Briefe damit an.

Einige Augenblicke später war nichts mehr von ihnen übrig als die geschwärzten Reste, die ich in der Hand zerrieb und in den Wind zerstreute.

Regungslos wie eine Statue sah Frau von Qandieuse mir zu.

›Das ist es also‹, murmelte sie, ›was von fünf Jahren unseres Lebens, unserer Liebe und unserer Schwüre übrigbleibt. Staub und Asche.‹

Ich antwortete nur durch einen unbestimmten Ausruf. Denn ich hatte Eile, mich zurückzuziehen. Sie begriff es nur zu wohl und rief heftig: ›So weit ist es gekommen! Ich flöße Ihnen Grauen ein!‹ ›Wir haben‹, antwortete ich, ›soeben eine unerhörte Unvorsichtigkeit begangen.‹

›Was liegt daran!‹ Und mit dumpfer Stimme fuhr sie fort: ›Sie erwartet das Glück und ein neues Leben voll berauschender Versprechungen; es ist natürlich, daß Sie sich fürchten … Mein Leben aber ist dahin, ich habe nichts zu erwarten, alles haben Sie in mir getötet – ich fürchte nichts.‹

Ich sah, wie Zorn in ihr aufstieg.

›Gereut Sie schon Ihre Mildherzigkeit, Geneviève?‹ fragte ich in sanftem Tone.

›Vielleicht‹, erwiderte sie mit einem Ausdruck, der mich durchschauerte. ›Ich zeigte mich wohl zu feig und schwach. Sie werden sich über mich lustig machen. O welch elendes Geschöpf ist doch eine verlassene Frau, die mit Tränen verzichtet!‹

Und rauher fuhr sie fort: ›Gestehen Sie, daß Sie mich nie geliebt haben!‹

›Ach, Sie wissen nur zu gut, daß das Gegenteil der Fall war.‹

›Und doch geben Sie mich auf um einer andern – um dieser Denise willen!‹

›Sie sind verheiratet, Geneviève, Sie können nicht die Meine sein.‹

›Aber wenn – wenn ich frei, wenn ich Witwe gewesen wäre …‹

›Dann wären Sie jetzt meine Gattin, das wissen Sie wohl!‹

Sie erhob mit einer heftigen Gebärde die Hände gen Himmel und rief mit einer Stimme, die mir bis ins Schloß zu dringen schien: ›Seine Frau! – Wenn ich Witwe gewesen wäre, würde ich seine Gattin sein – o mein Gott! Glücklicherweise ist mir diese schreckliche Idee noch nicht gekommen.‹«

Bei diesen Worten fuhr der berühmte Anwalt von Sauveterre empor, stellte sich kerzengerade und dicht vor Jacques von Boiscoran hin und heftete einen Blick auf ihn, der in die tiefsten Gründe seiner Seele dringen zu wollen schien.

»Und dann?« fragte er ihn.

Jacques hatte nicht mehr Willenskraft genug, kaltblütig zu bleiben.

»Dann«, fuhr er fort, »habe ich vergeblich versucht, Frau von Claudieuse zu beschwichtigen, zu rühren, oder die sanfteren Empfindungen vergangener Zeiten wieder in ihr zu beleben. Ich selbst war erschüttert und verwirrt, es war nichts mehr klar in mir. Obschon ich dieses Weib tödlich haßte, konnte ich mich doch einer weichen Stimmung nicht erwehren … Ich bin nur ein Mensch, und ich möchte den Menschen sehen, der nicht empfindlich berührt würde, wenn er Gegenstand eines so tiefen Leids, einer so entsetzlichen Verzweiflung wäre … Ich weiß nicht mehr, was ich ihr alles gesagt habe! Es handelte sich um mein Wohl, um das Glück Denises …

Ich bin kein Romanheld, sondern fühlte mich schwach der erschreckenden Wirklichkeit gegenüber, ich habe mich gedemütigt, ich habe gefleht, gelogen ...ich hab' ihr geschworen, daß es vor
allem meine Familie sei, die meine Verheiratung wünsche ...Ich hoffte durch die Gewalt meiner
zärtlichen und schmeichelnden Worte ihr die Bitterkeit unserer Trennung zu mildern ...Torheit!

Sie hörte mich an, kalt wie ein Eisblock, und kaum daß ich innehielt, rief sie mit finsterem
Lachen: ›Und das sagen Sie alles mir – mir! ...Ihre Denise? Haha! Wenn ich eine Frau gewöhnlichen Schlags wäre, so zöge ich mich jetzt still zurück, und in einem Jahre sähe ich Sie wieder
zu meinen Füßen.‹

Ich wollte weitersprechen, aber sie gestattete es nicht.

›Oh, gehen Sie! Ersparen Sie mir wenigstens die Kränkung Ihres Mitleids! ...Ich werde sehen ...Aber ich verspreche Ihnen nichts ...Adieu!‹

Sie ging raschen Schrittes auf das Schloß zu, und ich stand wie angewurzelt, betäubt, den-
kunfähig und fragte mich, ob sie nun wohl hinginge, um dem Grafen von Claudieuse alles
zu gestehen. In diesem Augenblick geschah es, daß ich mechanisch die ausgebrannte Patrone
aus meinem Gewehr zog und sie durch eine neue ersetzte. Dann, als ringsum alles ruhig blieb,
entfernte auch ich mich mit großen Schritten.«

»Um welche Zeit war das?« fragte Magloire.

»Das genau zu sagen ist mir unmöglich. In einer solchen Aufregung verliert man jedes Zeit-
gefühl. Ich bin durch den Wald von Rochepommier heimgekehrt.«

»Haben Sie dabei nichts gesehen?«

»Nein.«

»Und nichts gehört?«

»Nichts.«

»Sie können aber doch nach Ihrer Erzählung nicht weit von Valpinson gewesen sein, als der
Brand ausbrach?«

»Das ist richtig, und ich würde auch, wenn ich über freies Feld gegangen wäre, sicher die
Flammen gesehen haben; aber ich war im Walde, wo die dichten Bäume mir den Blick be-
grenzten.«

»Und diese Bäume haben es Ihnen auch unmöglich gemacht, die beiden auf Herrn von Claudieuse abgefeuerten Schüsse zu hören?«

»Allerdings können sie dazu beigetragen haben. Aber das war gar nicht nötig. Der Wind,
welcher sich erhoben hatte, war um diese Zeit schon so mächtig, daß es unmöglich gewesen
wäre, den Schuß einer Jagdflinte auf fünfzig Schritte zu vernehmen.«

Der Anwalt Magloire verstand es, die Bewegungen seiner Ungeduld zu verbergen. Er war in
dieser Beziehung weit ausdauernder als der Untersuchungsrichter.

»Glauben Sie nun wohl«, wandte er sich an Jacques, »daß Ihre Erzählung geeignet ist, alles
zu widerlegen und jedem zu genügen?«

»Ich glaube, daß meine Erzählung, welche der Ausdruck der allergenauesten Wahrheit ist,
vollständig hinreicht, die von Herrn Galpin-Daveline gegen mich erhobenen Anklagen zu widerlegen. Sie erklärt, warum ich meinen Besuch in Valpinson verhehlte, wen ich auf dem Hin- und
Rückwege getroffen, wo ich die Zeit vor und während des Brandes verbracht habe, und endlich,
wie ich dazu kam, alles zu leugnen. Sie läßt auch darüber keinen Zweifel mehr, auf welche Weise
eine meiner Patronenhülsen in die Nähe des Schlosses gekommen ist und warum das Wasser,
in dem ich später meine Hände wusch, schwarz aussah.«

Der Anwalt von Sauveterre schien seine Überzeugungen noch immer unerschüttert festzuhalten.

»Und welches war«, fragte er, »am andern Morgen, als man Sie verhaftete, Ihr erster Eindruck?«

»Ich dachte sofort an Valpinson.«

»Und als man Sie unterrichtete, welch Verbrechen dort verübt worden sei?«

»Da sagte ich mir, daß Frau von Claudieuse habe Witwe werden wollen.«

Magloires Antlitz erschien wie mit Blut übergossen.

»Unseliger«, rief er heftig, »Sie wagen es, die Gräfin von Claudieuse einer solchen Untat anzuklagen?«

Der Zorn gab Jacques all seine Kraft zurück.

»Wen beschuldige ich?« erwiderte er. »Es ist ein Verbrechen begangen worden, und zwar unter Umständen, die entweder sie oder mich dem Verdacht aussetzen. Ich bin unschuldig, folglich ist sie schuldig...«

»Warum aber haben Sie dies alles nicht gleich am ersten Tage gesagt?«

Jacques zuckte die Achseln.

»Wie und in welcher Form«, versetzte er im Tone bitterer Ironie, »soll ich Ihnen meine Gründe dafür darstellen? Wenn ich anfangs schwieg, so geschah es, weil mir die Einzelheiten und der Hergang des Verbrechens nicht bekannt waren; weil es mir ferner widerstrebte, eine Frau zu beschuldigen, die mit mir ein kriminell strafbares Liebesverhältnis gehabt hatte, und weil endlich ich mich durchaus nicht in Gefahr glaubte. Ja, noch mehr: ich habe geschwiegen, weil ich hoffte, daß es der Justiz gelingen werde, die Wahrheit aufzufinden, oder daß es die Gräfin von Claudieuse nicht würde ertragen können, mich unschuldig angeklagt zu sehen. Dann aber, als ich wirklich die Gefahr erkannte, habe ich mich vor der Wahrheit gefürchtet.«

Das Ehrgefühl des Anwalts Magloires schien auf das stärkste verletzt zu sein.

»Sie sprechen nicht die Wahrheit, Jacques«, unterbrach er ihn; »und ich will Ihnen sagen, warum Sie erst geschwiegen haben: weil es nicht leicht war, einen Roman zu erfinden, der sich für alle Umstände der Untersuchung als vollkommen rechtfertigend erwies. Aber Sie sind ein Mann von vielen Hilfsmitteln ... Sie haben gesucht und gefunden ... Ihrer Erzählung fehlt nichts – als die Wahrscheinlichkeit. Sie sagen mir, daß Frau von Claudieuse ihren leuchtenden Ruf befleckt, daß sie fünf Jahre lang mit Ihnen ein Liebesverhältnis gehabt habe – vielleicht halte ich diese Angabe für möglich ... Aber daß diese Frau selbst sollte Hand angelegt haben, ihr Haus in Brand zu stecken, daß sie sollte ein Gewehr ergriffen haben, um ihren Gatten zu erschießen, das werden Sie mich nie glauben machen.«

»Und dennoch ist es die Wahrheit.«

»Nein; das Zeugnis des Grafen von Claudieuse ist in diesem Punkte genau: er hat seinen Mörder gesehen, es war ein Mann, der auf ihn schoß...«

»Aber wer sagt Ihnen, daß Herr von Claudieuse nicht genau unterrichtet ist, daß er nicht, um seine Gattin zu retten, mich schuldig erscheinen läßt ... Dies wäre eine Rache...«

Diese Bemerkung blendete den Anwalt auf eine Sekunde, aber er wies sie sofort wieder ab.

»Schweigen Sie«, rief er, »oder schaffen Sie Beweise!«

»Alle Briefe sind verbrannt – wie könnte ich?«

»Wenn man fünf Jahre lang der Liebhaber einer Frau ist, muß man stets Beweise zu finden wissen.«

»Ich habe Ihnen wohl gezeigt, daß dies nicht der Fall ist.«

»Ich widerspreche Ihnen nicht«, erklärte Magloire. Und mit einer von Bewegung und Mitleid veränderten Stimme fuhr er fort: »Unglücklicher! Bedenken Sie wohl, daß Sie, um der Strafe eines Verbrechens zu entgehen, ein tausendmal ärgeres begehen...«

Jacques rang seine Hände.

»Es ist um wahnsinnig zu werden!« rief er.

»Und wenn ich auch trotz meiner innersten Bedenken«, fuhr der Anwalt fort, »als Ihr Freund alle Ihre Angaben glauben wollte, was würde Ihnen das helfen? ... Glaubten Ihnen deswegen die andern? ... Ich will Ihnen vollständig sagen, was ich denke: wenn ich auch der Wahrheit Ihrer Mitteilungen völlig sicher wäre, so würde ich doch, ohne genügende Beweise, nie ein Mittel der Verteidigung darin finden. In dieser Richtung gegen die Anklage vorgehen, das wäre – hören Sie wohl! – Ihr sicherer Ruin.«

»Und doch ist es der einzige Weg zur Verteidigung, denn es ist die Wahrheit...«

»Dann müssen Sie sich einen anderen Verteidiger wählen«, entgegnete der Anwalt und schritt der Ausgangstüre zu.

»Allmächtiger Gott!« rief Jacques außer sich; »er verläßt mich!«

»Nein«, erwiderte Magloire, »aber Sie befinden sich jetzt in einer so großen Aufregung, daß ich heute mit Ihnen nicht weiterverhandeln kann ... überlegen Sie ... ich werde morgen wiederkommen.«

Er entfernte sich, und Jacques sank wie eine leblose Masse auf einen Stuhl zurück. »Es ist aus«, sagte er tonlos; »ich bin verloren!«

# Drittes Buch

## Kapitel 24

Während dieser Zeit war die Stimmung in der Rue de la Montagne sehr bedrückt. Seit acht Uhr morgens erwarteten die Tanten Lavarande, die Marquise von Boiscoran, Herr von Chandoré und der Anwalt Folgat im Salon vereinigt das Resultat der Unterredung Magloires mit Jacques. Fräulein Denise erschien erst viel später, und Großvater Chandoré konnte sich die Bemerkung nicht versagen, sie sei sehr von ihrer Toilette in Anspruch genommen worden.

»Es gilt nun, Jacques zu sehen«, erwiderte Denise mit einem Lächeln, in welchem Vertrauen und Freude sich spiegelten.

In der Tat war sie überzeugt, daß es nur eines Wortes von Jacques an seinen Anwalt bedürfe, um die ganze Untersuchung niederzuschlagen und triumphierend am Arme Magloires das Gefängnis verlassen zu können.

Die übrigen teilten dieses hochfliegende Vertrauen nicht. Die Tanten Lavarande, die gelber aussahen als ihre alten Spitzen, hielten sich still in einer Ecke, Frau von Boiscoran kämpfte mit ihren Tränen, und Herr Folgat tat sein möglichstes, um in die Betrachtung einer Stahlstichsammlung vertieft zu scheinen. Großvater Chandoré, der weniger Meister seiner selbst war, schritt, die Hände auf dem Rücken, im Salon auf und ab und wiederholte alle zehn Minuten:

»Es ist unglaublich, wie einem die Zeit lang wird, wenn man wartet.«

Um zehn Uhr noch nichts Neues!

»Herr Magloire hat doch nicht am Ende gar seine Zusage vergessen?« bemerkte Denise voll Unruhe.

»Nein, das hat er nicht!«

Diese Antwort kam von Herrn Sénéchal, der soeben eintrat und mitteilte, daß er vor einer Stunde Herrn Magloire in der Rue nationale begegnet sei und nun komme, um für sich selbst oder vielmehr für Frau Sénéchal einige Erkundungen einzuziehen, da seine Frau seit vierundzwanzig Stunden vor banger Erwartung förmlich krank sei.

Es schlug zwölf Uhr. Die Marquise von Boiscoran erhob sich.

»Die Ungewißheit ertrage ich keine Minute mehr«, rief sie, »ich gehe ins Gefängnis!«

»Und ich begleite Sie, liebe Mutter«, erklärte Denise.

Aber ein solcher Schritt erschien nicht gerechtfertigt; Herr von Chandoré bekämpfte ihn und wurde darin von den Herren Sénéchal und Folgat unterstützt.

»Man könnte wenigstens jemanden hinschicken«, schlugen die Tanten Lavarande bescheiden vor.

»Das ist eine Idee!« bekräftigte Papa Chandoré.

Er klingelte, und herein trat der alte Antoine, Jacques' Diener, welcher seit der Beendigung der Untersuchung Schloß Boiscoran verlassen hatte und nach Sauveterre gekommen war.

Es wurde ihm gesagt, was man von ihm erwarte.

»Noch vor Ablauf einer halben Stunde bin ich wieder zurück«, sagte er.

Fast im Laufschritt ging er die Rue de la Montagne hinab, durchschritt die Rue nationale und erreichte dann die Rue du Château.

Als Blangin, der Gefängniswärter, ihn bei sich eintreten sah, wurde er ganz blaß. Dieser Bedauernswerte fand keine Ruhe mehr, seitdem er von Fräulein Denise siebzehntausend Francs in Gold empfangen hatte. Er, der sonst der Freund der Gendarmen gewesen war, zitterte jetzt, wenn der Wachtmeister im Gefängnis erschien. Nicht etwa, daß er Gewissensbisse über die Verletzung seiner Pflicht empfunden hätte; aber er fürchtete die Entdeckung.

Schon mehr als zehnmal hatte er das Versteck des Strumpfes gewechselt, der seinen Schatz enthielt; aber wohin er diesen auch verbarg, stets kam es ihm vor, als wenn die Blicke seiner Besucher sich immer der Stelle zuwendeten, wo seine Goldstücke sich befanden.

Er beruhigte sich jedoch wieder, als Antoine ihm den Zweck seines Kommens erklärt hatte, und empfing ihn mit der größten Höflichkeit.

»Herr Magloire«, sagte er ihm, »ist seit neun Uhr hier. Ich habe ihn sogleich in die Zelle des Herrn von Boiscoran geführt, und seitdem unterhalten beide sich immer noch –«

»Sind Sie dessen sicher?«

»Natürlich. Ich muß doch wissen, was in meinem Gefängnis vorgeht. Ich habe schon etwas zu hören versucht, aber es dringt nichts verständlich bis auf den Korridor. Sie haben das Guckloch verschlossen, und die Tür ist sehr dick.«

»Hm, das ist seltsam«, murmelte der alte Diener.

»Jawohl, und ein schlechtes Zeichen dazu«, erklärte der Gefängniswärter mit sehr verständlichem Gesichtsausdruck. »Ich habe immer die Beobachtung gemacht, daß diejenigen Gefangenen, welche sich mit ihren Verteidigern so lange unterhalten, stets mit dem strengsten Urteil belegt werden.«

Der alte Antoine berichtete nach seiner Rückkehr nichts von der traurigen Erfahrung des Gefängniswärters, aber was er über die lange Dauer der Unterredung melden konnte, bestärkte die schlimmsten Vermutungen.

Von Denises Wangen waren allmählich die heiteren Farben gewichen, und mit einer Stimme, deren reiner Klang durch Tränen getrübt war, sagte sie, daß sie vielleicht besser getan hätte, Trauerkleider anzulegen, und daß die versammelte Familie ihr vorkomme, als wolle sie eine Leichenfeier begehen.

Die plötzliche Ankunft des Doktors Seignebos schnitt ihr das Wort ab.

Er war, wie immer, in erregter Stimmung und grüßte niemanden, wie es seine Gewohnheit war. Aber kaum über die Schwelle, rief er heftig: »Einfältiges Nest, dieses Sauveterre, Stadt des Klatsches und der Schwätzer, der Maulaffen und der Aushorcher! Es ist um sich zu verstecken, um davonzulaufen, um zu fliehen! Mindestens zwanzig neugierige Unverbesserliche sind heute schon unter dem Vorwande, daß ich ihr Arzt sei, bei mir erschienen, um zu erhorchen, wie die Sache mit Herrn von Boiscoran steht. Denn die ganze Stadt ist in Unruhe ... die ganze Stadt weiß, daß Magloire im Gefängnis ist, und jeder möchte zuerst erfahren, was die beiden einander zu sagen haben.«

Er hatte seinen Hut mit der ungeheuerlich breiten Krempe auf den Tisch gelegt und ließ seinen beunruhigten Blick im Salon umherschweifen.

»Nun, und hier weiß man noch nichts?« fragte er.

»Nichts«, erwiderten gleichzeitig Herr Sénéchal und Herr Folgat.

»Und diese Ungewißheit ist uns entsetzlich«, fügte Denise hinzu.

»So? Warum das?« fragte der Doktor.

Und indem er zurücktrat und heftig gestikulierend an seinen Brillengläsern putzte, fuhr er fort:

»Glauben Sie denn, mein wertes Fräulein, daß die Angelegenheit des Herrn Jacques von Boiscoran sich in fünf Minuten abtun läßt? Wer Ihnen das beigebracht hat, ist sehr falsch unterrichtet gewesen ... Ich, der keinerlei Rücksichten nimmt, will Ihnen alle meine Gedanken sagen ... Im Hintergrund der bekannten Ereignisse von Valpinson spielt irgendeine finstere Intrige, die nicht leicht zu entwirren ist. Ganz gewiß werden wir die Sache herausbekommen, aber ich glaube, daß dies noch viel Mühe kosten wird ...«

Ein Diener meldete den Anwalt Magloire an. Dieser trat ein. Er erschien so niedergeschlagen, und seine Züge trugen so tief die Merkmale einer großen Bewegung, daß alle denselben entsetzlichen Gedanken hegten, welchem Denise Worte gab.

»Jacques ist verloren!« rief sie erbebend.

Der Anwalt Magloire sagte nicht direkt nein.

»Ich halte seine Lage für gefahrvoll«, bemerkte er aber.

»Jacques! ... mein Sohn!« stöhnte die Marquise von Boiscoran mit gepreßter Stimme.

»Ich habe gesagt, seine Lage sei gefährlich«, fuhr Herr Magloire fort; »aber seltsamerweise muß ich hinzufügen: sie ist so außer aller Vorstellung und von einer solchen Natur, daß sie alle unsere Voraussichten zunichte machen muß...«

»Sprechen Sie. Herr Magloire!« rief Frau von Boiscoran.

Der Anwalt von Sauveterre ließ eine außerordentliche Verlegenheit erkennen, namentlich trafen seine Blicke mit sichtbarer Angst Fräulein Denise und die Tanten Lavarande. Aber niemand schien dies zu bemerken oder zu verstehen. Er war daher genötigt, einen Schritt weiterzugehen.

»Ich halte es für nötig, mit diesen Herren allein zu bleiben«, sagte er.

Willig erhoben sich die Tanten und schritten der Tür zu, während die Marquise und Denise, die fast einer Ohnmacht nahe schienen, langsam folgten. Und kaum hatte die Tür sich hinter den Damen geschlossen, so sprach Herr von Chandoré mit schmerzlichem Ausdruck:

»Ich danke Ihnen, Herr Magloire, daß Sie mir Zeit verschaffen, mein armes Kind auf den furchtbaren Schlag vorzubereiten ... Denn ich habe nur zu wohl verstanden, daß Jacques schuldig ist.«

»Bitte um Verzeihung«, unterbrach ihn der Anwalt; »ich habe nichts dergleichen gesagt ... Herr von Boiscoran behauptet mehr als je seine Unschuld; allein er führt zu seiner Rechtfertigung eine Tatsache an, die so unwahrscheinlich, so vollständig unglaublich klingt...«

»Nun, was sagte er?« drängte Herr Sénéchal.

»Er behauptet, die Gräfin von Claudieuse sei – seine Geliebte gewesen.«

Der Doktor Seignebos machte einen Luftsprung und rief, indem er seine Brille mit einer triumphierenden Gebärde zurechtsetzte:

»Ich hab's erraten! Ich war davon überzeugt!«

Herr Folgat hatte, wie er sich wohl sagen mußte, in diesem Falle keine beratende Stimme. Er war von Paris mit Pariser Ideen gekommen, und so viele Nachrichten er auch schon eingezogen hatte, den Namen der Gräfin hatte man ihm noch nicht genannt. Aber aus der Wirkung, welche die unerwartete Mitteilung auf die andern machte, konnte er die Behauptung Jacques' von Boiscoran beurteilen.

Weit entfernt, den Eindruck des Doktor Seignebos zu teilen, erschienen Großvater Chandoré und Herr Sénéchal ebenso empört wie Herr Magloire.

»Das kann man nicht glauben!« rief der eine.

»Es ist ganz unmöglich!« erklärte der andere.

Herr Magloire schüttelte den Kopf.

»Gerade dies«, sagte er, »habe auch ich Herrn Jacques erwidert.«

Doktor Seignebos aber gehörte nicht zu den Menschen, die sich wundern oder stutzen, daß sie nicht aller Welt Meinung teilen.

»Sie haben mich noch nicht gehört«, rief er, »Sie haben mich noch nicht begriffen ... Der Beweis der Behauptung ist weder so unwahrscheinlich, noch so unmöglich, ich habe schon lange einen Verdacht. Es lagen schon lange mancherlei Anzeichen vor. Zu welchem Zwecke sollte denn ein Mensch wie Jacques, glücklich wie selten einer, reich, wohlerzogen, wohlgebildet, der liebende und geliebte Bräutigam eines so prächtigen Mädchens, sich ein Vergnügen daraus machen, Häuser in Brand zu stecken und die Leute totzuschießen? ... Sie werden mir entgegnen, daß ihm Herr von Claudieuse keine freundschaftlichen Gefühle einflößte, aber – zum Teufel! – wenn alle Leute, die den Doktor Seignebos nicht leiden können, ein Gewehr auf ihn anlegen wollten, so würde ich bereits durchlöchert sein wie ein Sieb. Von Ihnen allen ist der hier anwesende Herr Folgat noch der einzige, der nicht verblendet scheint...«

Der junge Anwalt wollte bescheiden protestieren, aber der Doktor ließ ihn nicht zu Worte kommen.

»Ja, ja, mein Herr«, fuhr er lebhaft fort, »Sie haben klargesehen, und der Beweis hierfür liegt darin, daß Sie gleich von vornherein die Seele, die Eingebung, die innere Ursache, den Gedanken, den Beweggrund, das Weib, genug, das Rätsel gesucht haben. Der Beweis liegt darin, daß Sie damit begonnen haben, den alten Kammerdiener Antoine, Herrn von Chandoré,

Herrn Sénéchal und mich selbst zu fragen, ob Jacques von Boiscoran nicht eine Liebschaft in der Umgegend habe oder hatte. Alle haben Ihnen mit »Nein« geantwortet und waren tausend Meilen davon entfernt, an der Wahrheit ihrer Antwort zu zweifeln. Nur ich habe, ohne Ihnen eine direkte Auskunft erteilen zu können, zu verstehen gegeben, daß Ihre Idee die meinige sei, und zwar in Gegenwart des Herrn von Chandoré.«

»Das ist richtig«, erwiderten der alte Edelmann und Herr Folgat gleichzeitig.

Herr Seignebos triumphierte, und immer gestikulierend, immer rückwärts schreitend und seine goldene Brille putzend, sprach er weiter:

»Ich habe mich nicht vom Scheine blenden lassen, sondern gleich von vornherein meine seltsamen Vermutungen gehabt. Indem ich während der Nacht des Brandes und des Tötungsversuches das Benehmen der Frau von Claudieuse studierte, fand ich sie sehr befangen, ungewöhnlich zweideutig, mit einem Wort: verdächtig. Ich war überrascht von der Bereitwilligkeit, mit der sie die Einbildungen dieses Herrn Galpin annahm, und von der rücksichtslosen Raschheit, mit der sie sich der gerichtlichen Vernehmung Cocoleus fügte ... Denn genaugenommen war sie es doch allein, die dem sogenannten Schwachsinnigen die Zunge löste. Ich habe gute Augen hinter meiner Brille, meine Herren. Nun wohlan, bei allem, was ich für heilig halte, bei meiner republikanischen Überzeugungstreue, bin ich bereit zu schwören, daß die Gräfin Claudieuse, als Cocoleu den Namen Boiscoran nannte, nicht eine Spur von Verwunderung oder Überraschung gezeigt hat.«

Der Bürgermeister von Sauveterre und der Doktor waren nie in ihrem Leben und über keinen Gegenstand irgendwelcher Art jemals im Einverständnis gewesen; die Frage, um die es sich in diesem Augenblick handelte, war am allerwenigsten dazu angetan, ein solches Einverständnis zu erzielen.

»Ich war bei der Vernehmung Cocoleus zugegen«, erklärte Herr Sénéchal »und ich habe, ganz im Gegenteil, die Bestürzung der Gräfin deutlich bemerkt.«

Der Arzt zuckte die Achseln.

»Allerdings machte sie ›Ah!‹«, sagte er spöttisch, »aber so etwas fällt einer Frau weder schwer noch ist es ein Entlastungsbeweis. Ich selber würde ohne Mühe ein verwundertes ›Ah!‹ zuwege bringen, wenn man mir sagte, der Herr Bürgermeister seien im Irrtum, und würde in Wahrheit doch nicht verwundert sein.«

»Doktor!« rief Herr von Chandoré in beschwichtigendem Tone. »Doktor!«

Aber schon hatte Seignebos sich wieder Herrn Magloire zugewandt, den zu überzeugen er sich getraute, und fuhr fort:

»Ja, in ihrem Gesicht drückte die Gräfin Claudieuse allerdings so etwas wie Bestürzung aus, aber ihr Auge verriet den wildesten Zorn, Haß und die Freude der Rache ... Und das ist noch nicht alles! ... Wolle der Herr Bürgermeister mir doch gefälligst sagen: Wo war denn die Frau Gräfin, als ihr Gemahl durch die Flammen geweckt wurde? War sie in seiner Nähe? Nein, sie wachte angeblich bei ihrer jüngeren Tochter, die die Masern hatte ... Hm, was halten Sie von diesen Masern, die eine besondere gräfliche Nachtwächterin erforderten? Ich denke, sie kamen als ein Mäntelchen den besonderen Zwecken der gnädigen Frau vortrefflich zustatten. Und als die beiden Schüsse abgefeuert wurden, wo befand sich da die Frau von Claudieuse? Immer noch wie angenagelt bei ihrer Tochter in demjenigen Flügel des Hauses, welcher dem Herd des Brandes gerade entgegengesetzt lag.«

Der Bürgermeister von Sauveterre gab sich noch nicht geschlagen.

»Ich muß bemerken, Doktor«, entgegnete er, »daß Herr von Claudieuse selbst erklärt hat, er habe, als er nach dem Feuer eilte, die Haustür noch ebenso von innen verschlossen gefunden, wie er sie selbst einige Stunden vorher verschlossen hatte.«

Doktor Seignebos macht mit seiner spöttischsten Miene eine Verbeugung.

»So gibt es wohl nur eine Tür im Schlosse zu Valpinson?« fragte er.

»Meines Wissens«, erwiderte Herr von Chandoré, »sind deren mindestens drei vorhanden.«

»Und ich kann hinzufügen«, sagte Herr Magloire, »daß nach den Angaben des Herrn von Boiscoran die Gräfin von Claudieuse an jenem Abend durch die Tür des Waschhauses zum Stelldichein gekommen ist.«

»Was hab' ich denn gesagt!« rief Doktor Seignebos.

Und seine Brille so heftig putzend, daß fast die Gläser zerbrachen, fuhr er fort:

»Und die Kinder! Findet es der Herr Bürgermeister vielleicht natürlich, daß Frau von Claudieuse, diese unvergleichliche Mutter, ihre Kinder inmitten des Flammenmeeres zurückließ?...«

»Was! Diese unglückliche Frau wird durch den Knall zweier Schüsse aus dem Hause gelockt, sie sieht das Haus in Flammen, sie stolpert über den leblosen Körper ihres Gatten, und Sie machen ihr den Vorwurf, keine Geistesgegenwart gehabt zu haben!...«

»Das ist eine Annahme, aber nicht die meinige. Ich glaube vielmehr, daß die Gräfin sich schon draußen befand und durch die Flammen verhindert wurde, wieder ins Haus zu kommen. Ich finde ferner, daß Cocoleu gerade zu rechter Zeit erschien, und es war ein recht glücklicher Zug der Vorsehung, sein Gehirn für den Moment mit der erhabenen Idee zu erleuchten, daß er die Kinder aus Lebensgefahr erretten müsse.«

Diesmal entgegnete Herr Sénéchal nichts.

»Bestärkt durch alle diese Umstände«, fuhr der Doktor fort, »gestaltete sich mein Verdacht derartig, daß ich beschloß, ihn womöglich bestätigt zu sehen. Am folgenden Morgen befragte ich die Frau Gräfin und brachte sie – ich muß gestehen, nicht ohne Schlauheit – zu einem Geständnis. Ihre Antworten und ihre ganze Haltung waren weit davon entfernt, meine Eindrücke zu ändern. Als ich sie, Auge in Auge, um ihre Meinung über den geistigen Zustand Cocoleus befragte, wurde ihr förmlich unwohl, und mit kaum vernehmlicher Stimme gestand sie mir, daß sie sich gewundert habe, eine Geistesklarheit bei ihm vorzufinden. Und als ich zu wissen wünschte, ob Cocoleu besondere Anhänglichkeit gegen sie zeige, erklärte sie mir mit unbezwingbarer Verlegenheit, seine Anhänglichkeit sei die eines Tieres, welches für die ihm geschenkte Fürsorge erkenntlich sei. Was denken Sie hierüber, meine Herren? Ich für meine Person meine, daß Cocoleu der Knoten der Sache ist, daß er die Wahrheit kennt und daß ich Jacques rette, wenn ich dahin gelange herauszubringen, daß der Schwachsinn Cocoleus teilweise Verstellung und daß sein Schweigen nur aus Furcht erkünstelt ist. Und wenn ich dies heraus habe, und wenn man mir andere medizinische Gutachter gibt als diesen Hauptesel und diesen Pariser Gecken-«

Er stockte, hielt inne...

Aber ohne jemandem Zeit zu einer Erwiderung zu lassen, redete er weiter:

»Wir kommen nun zu dem entscheidenden Hauptpunkte. Warum ist es, Ihrer Ansicht nach, unwahrscheinlich und unmöglich, daß Frau von Claudieuse ihre ehelichen Pflichten verletzt hat? Etwa weil sie hier einen so glänzenden Ruf der Weisheit und der Tugend genießt? Gut! Es scheint mir aber, daß der Ruf des Herrn von Boiscoran nicht weniger tadellos ist. Nach Ihrer Meinung ist es lächerlich, anzunehmen, Frau von Claudieuse sei seine Geliebte gewesen. Ist es denn aber so natürlich und selbstverständlich, daß Herr von Boiscoran über Nacht zu einem verworfenen Bösewicht geworden sein soll?«

»Oh, das ist etwas ganz anderes!« erwiderte Herr Sénéchal.

»Es ist wahr!« rief der Doktor; »und diesmal haben Sie recht, Herr Bürgermeister. Begangen durch Herrn von Boiscoran, erscheint das Verbrechen von Valpinson in einem lächerlichen, jeden gesunden Sinn empörenden Lichte; begangen von der Gräfin, ist es lediglich die verhängnisvolle Folge der Lage, die Herr von Claudieuse geschaffen hat, indem er eine mehr als dreißig Jahre jüngere Frau heiratete.«

Die Wutäußerungen des Doktor Seignebos durfte man sonst nicht für bare Münze nehmen. Selbst wenn er völlig außer sich vor Zorn zu sein schien, sagte er doch niemals mehr, als er sagen wollte, er besaß die bewundernswürdige Fähigkeit, Feuer und Flammen zu sprühen und doch innerlich kalt wie Eis zu bleiben.

Diesmal aber enthüllte er alle seine Gedanken, und indem er dies tat, zeigte er die Lage der Dinge in einem so neuen Licht, daß seine Zuhörer nachdenklich wurden.

»Sie würden mich jetzt völlig überzeugt haben, Doktor«, sagte Herr Folgat, »wenn ich nicht schon vorher Ihrer Ansicht gewesen wäre.«

»Gewiß ist«, meinte Herr von Chandoré, »daß, wenn man den Doktor gehört hat, die Tatsache nicht mehr unmöglich erscheint.«

»Es ist alles möglich in der Welt«, sagte Herr Sénéchal philosophierend zu sich selbst.

Nur der berühmte Anwalt von Sauveterre war noch nicht erschüttert.

»Es tut mir leid«, sagte er ruhig, »daß ich mich dieser Anschauung nicht anzuschließen vermag. Für mich hat eine Stunde rasenden Schwindels mehr innere Wahrscheinlichkeit als jahrelange ungeheuerliche Heuchelei. Jacques kann das Verbrechen in einer Art von Wahnsinn begangen haben, aber wenn Frau von Claudieuse die Schuldige wäre, so müßte man an der Menschheit verzweifeln und könnte an nichts mehr in der Welt glauben. Ich habe sie bei ihrem Gatten und ihren Kindern gesehen, meine Herren ... Eine solche Zärtlichkeit läßt sich nicht erheucheln!«

»Er kommt nicht darüber hinaus!« unterbrach ihn der Doktor Seignebos.

Und seinem Freunde – denn Magloire war in der Tat sein langjähriger Freund, den er selbst mit dem vertraulichen »Du« anredete – auf die Schulter klopfend, fuhr er fort:

»Ah, daran erkenne ich dich, seltsamer Anwalt, der, andere nach sich beurteilend, sich sträubt, an das Böse zu glauben ... Oh! widersprich nicht, denn gerade darum lieben wir dich ja und achten dich so hoch und sind stolz, dich in den Reihen der Republikaner zu sehen. Aber es ist gleichwohl nicht abzustreiten, daß du nicht der Mann bist, eine solche schaurige Intrige ans Licht zu ziehen. Vor zwanzig Jahren erwähltest du dir zur Gattin ein junges Mädchen, das du anbetetest; du hattest das Unglück, sie zu verlieren, und seitdem bist du, unverbrüchlich treu in Erinnerung, allen Leidenschaften so ferngeblieben, daß du in Wahrheit gar nicht mehr weißt, ob solche existieren ... Glücklicher Sterblicher! welcher mit einem Herzen von zwanzig Jahren und mit weißen Haaren noch an das Lächeln und an die Blicke der Frauen glaubt!«

Es war wohl etwas Wahres hieran, aber es gibt doch gewisse Wahrheiten, die man nicht gern aussprechen hört.

»Meine Naivität hat mit dieser Sache nicht das mindeste zu tun«, sagte Herr Magloire. »Ich behaupte und beharre dabei, daß es unmöglich ist, fünf Jahre der Liebhaber einer Frau zu sein, ohne Beweise dafür beibringen zu können.«

»Und dennoch täuschst du dich, lieber Freund«, rief der Mediziner, indem er seine Brille mit jener dünkelhaften Miene wieder zurechtrückte, die in jedem andern Augenblick einen komischen Eindruck gemacht haben würde.

»Wenn es sich die Frauen in den Kopf setzen, vorsichtig und argwöhnisch zu sein, so sind sie es doch nur halb«, erklärte Herr von Chandoré.

»Es drängt sich einem aber unwillkürlich der Gedanke auf«, sagte Herr Folgat, »daß Frau von Claudieuse ein so schweres Verbrechen nie würde begangen haben, wenn sie nach dem Verbrennen aller ihrer Briefe nicht die Gewißheit gehabt hätte, daß keine Beweise mehr gegen sie vorliegen.«

»Das ist die Wahrheit!« rief Doktor Seignebos.

Herr Magloire konnte seine Ungeduld nicht mehr verbergen.

»Unglücklicherweise, meine Herren«, versetzte er in einem trockenen Ton, »sind nicht wir es, von denen der Freispruch oder die Verurteilung des Herrn von Boiscoran abhängt. Ich bin daher nicht hier, um zu überreden oder um überredet zu werden; sondern ich bin erschienen, um mit den Freunden des Herrn von Boiscoran den zu seiner Rettung führenden Weg zu besprechen und die Grundlagen der Verteidigung festzustellen.«

Herrn Magloire gebührte offenbar die Leitung der Verhandlung; er lehnte sich gegen den Kamin, und die übrigen setzten sich.

»Zunächst also«, begann er, »will ich die Mitteilungen des Herrn von Boiscoran als richtig annehmen. Er ist unschuldig. Er war der Liebhaber der Frau von Claudieuse, aber er hat dafür keine Beweise. Dies vorausgesetzt, welcher Weg ist von uns einzuschlagen? Darf ich ihm raten, den Untersuchungsrichter rufen zu lassen und diesem seine ganze Geschichte zu erzählen?«

Niemand antwortete. Erst nach einem langen tiefen Schweigen sagte Doktor Seignebos:
»Die Sache ist allerdings ernst!«

»Sehr ernst, in der Tat!« fuhr der Anwalt von Sauveterre fort. »Nach dem, was wir bei den Mitteilungen des Herrn von Boiscoran empfunden haben, ist es leicht, den Eindruck zu ermessen, den sie auf Herrn Galpin-Daveline machen werden. Er wird vor allem Beweise fordern, die Bestätigung eines Zeugen oder irgendein äußerliches Zeichen für die Richtigkeit und Wahrheit des Mitgeteilten. Und wenn dann Jacques ihm erwidert, daß er keinen andern Beweis habe als die Versicherung seines Wortes, so wird Herr Daveline ihm sagen, daß er lüge...«

»Vielleicht entschiede er sich für nachträgliche Ermittlungen«, meinte Herr Sénéchal. »Wahrscheinlich ließe er Frau von Claudieuse rufen.«

Der Anwalt Magloire nickte mit dem Kopfe.

»Gewiß ließe er sie kommen«, fuhr er fort. »Aber was dann? Würde sie gestehen? Dies zu erwarten wäre Unsinn. Selbst wenn sie schuldig wäre, ist sie doch eine viel zu tatkräftige Frau, als daß sie sich die Wahrheit entreißen ließe. Sie würde alles in einer so vortrefflichen, hochfahrenden Form leugnen, daß auch nicht der Schatten eines Verdachts gegen sie bliebe.«

»Das ist nur zu wahrscheinlich«, brummte der Doktor. »Dieser Galpin ist nicht besonders stark in seinem Fach.«

»Also was bliebe uns von einem derartigen Vorgehen?« fragte Magloire. »Wir würden die Sache des Herrn von Boiscoran tausendfach verschlimmert haben, denn zu dem Abscheu über sein Verbrechen würde sich die abscheulichste, feigste und niedrigste Beschuldigung gesellen...«

Herr Folgat hatte aufs höchste gespannt den Vortrag Magloires angehört.

»Ohne Beweise«, sagte er jetzt, »rate ich, daß Herr von Boiscoran keine nachträglichen Ermittlungen verlangen darf.«

Der Anwalt von Sauveterre verneigte sich.

»Ich bin überzeugt«, sagte er, »daß diese Ansicht meines ehrenwerten Herrn Kollegen die richtige ist. Aber es ist bei dieser Sachlage dann auch nicht mehr daran zu denken, die gerichtliche Verurteilung von Herrn von Boiscoran abzuwenden ... Er wird vor das Schwurgericht kommen.«

Herr von Chandoré hob mit verzweifelter Gebärde seine Arme.

»Aber Denise stirbt darüber vor Schmerz und Schande!« rief er bewegt.

Seinen Gedankengang weiterverfolgend, fuhr Magloire fort:

»Wir befänden uns also im Schwurgericht, in Sauveterre, vor den betreffenden Behörden, vor Geschworenen aus dem Bezirk, die, wenn auch unfähig einer Beeinflussung, doch, wie ich fest überzeugt bin, eine verhängnisvolle Zugänglichkeit für die allgemeine Meinung besitzen, in welcher Herr von Boiscoran längst verurteilt ist ... Die Sitzung ist eröffnet. Der Präsident verhört den Angeklagten. Sagt dieser nun dort an jener Stelle, was er mir gesagt hat: daß er der Liebhaber der Frau von Claudieuse war, daß er nach Valpinson kam, um mit der Gräfin die gewechselten Liebesbriefe auszutauschen, die dann alle verbrannt wurden ... Sagt er all dies, so wird sich voraussichtlich ein allgemeines Gemurmel der Entrüstung erheben, man wird Verwünschungen hören, verächtliche Schmähungen ... Gleichviel! Der Präsident wird, vermöge seiner unbeschränkten Gewalt, die Sitzung aufheben und befehlen, daß man die Gräfin von Claudieuse herbeihole ... Gut. Wir glauben an ihre Schuld, aber auch an ihren Mut und ihre Geistesgegenwart, nicht wahr? Sie ist von dem, was sich zugetragen, vorher unterrichtet, sie hat sich auf alle Fälle ihre Rolle bereits einstudiert ... Vorgeladen, erscheint sie blaß, in Trauergewändern, und ein Gemurmel achtungsvoller Teilnahme begrüßt ihr Auftreten ... Sie stellen sich dieses malerische Auftreten lebhaft vor, nicht wahr? Der Präsident eröffnet ihr, um was es sich handelt, und sie tut anfangs, als begreife sie nichts, sie gibt sich den Anschein, als könne sie eine so schreckliche Beschuldigung nicht fassen ... Aber wenn sie endlich begreift, dann stellen Sie sich den meisterlichen Blick vor, mit welchem sie Jacques niederschmettert, und die Erhabenheit des Ausdrucks, womit sie spricht: ›Nachdem es diesem Menschen nicht gelungen ist, den Gatten zu morden, versucht er es, die Frau zu entehren ...Ich vertraue Ihnen, meine Herren, meine Ehre an als Mutter und Gattin und habe auf die Schändlichkeiten dieses boshaften Verleumders nichts zu erwidern ...«

»Aber mein Gott, das wäre das Bagno ...das Schafott!« rief Herr von Chandoré.

»Jedenfalls bewirkte es die höchste Verurteilung«, versetzte der Anwalt von Sauveterre. »Indessen, die Verhandlungen werden weitergeführt, der Staatsanwalt trägt eine donnernde Anklage vor, und endlich kommt an den Verteidiger die Reihe, das Wort zu ergreifen ...Meine Herren, Sie sind durch meine abweichende Meinung verstört ...ich bekenne offen, daß ich mich den Behauptungen des Herrn von Boiscoran nicht ohne weiteres anschließen kann, aber hier mein junger Kollege glaubt sie ...gut! Ich bitte ihn, mir freimütig die Frage zu beantworten: Würde er es riskieren, den Plan des Angeklagten zu vertreten und den Versuch zu machen, Frau von Claudieuse als Geliebte Jacques’ hinzustellen? ...«

Herr Folgat zog die Brauen zusammen.

»Ich weiß es nicht!« erwiderte er halb für sich.

»Ich aber weiß, daß Sie es nicht riskieren würden!« rief Magloire. »Und Sie hätten recht, denn Sie würden Ihren Ruf aufs Spiel setzen und für die Rettung Jacques’ nicht das mindeste gewinnen. Nein, nicht das Mindeste! Denn, setzen wir selbst das Unerwartete voraus, nehmen wir an, es gelänge Ihnen zu beweisen, daß Jacques die Wahrheit spricht: daß er wirklich der Liebhaber der Gräfin war ...Wozu würde das führen? ...Man würde die Frau von Claudieuse verhaften ...Würde man aber deswegen Herrn von Boiscoran freilassen? Nein, gewiß nicht, man würde ihn festhalten und ihm sagen: Ja, diese Frau hat ihren Gatten zu töten gesucht, aber sie war deine Geliebte, und du bist ihr Mitschuldiger ...Meine Herren, dies ist die Sachlage! ...«

Von allen unnützen Erläuterungen, vergeblichen Vermutungen und allem sentimentalen Wortkram absehend, stellte Herr Magloire die Frage in ihrer einfachen Nacktheit und Schärfe hin, so wie sie ein juristisches Gewissen und der gesunde Menschenverstand aufzufassen hatten ...und bestürzt sprang Großvater Chandoré von seinem Sessel auf.

»Demnach ist alles aus!« sagte er mit trockener Stimme. »Schuldig oder nicht, Jacques von Boiscoran kann seiner Verurteilung nicht entgehen.«

Herr Magloire erwiderte nichts.

»Und das«, fuhr der alte Edelmann heftig fort, »das nennt man Gerechtigkeit!«

»Leider!« versetzte Herr Sénéchal. »Es wäre kindisch, zu leugnen, daß der Schwurgerichtshof nichts ist als eine Lotterie ...«

Herr von Chandoré unterbrach ihn mit einer Bewegung heftigsten Zornes:

»Mit anderen Worten«, rief er, »die Ehre und das Leben Jacques’ hängen in diesem Augenblick von einer Art Laune, von einem Zufall, von der Zeit, wo er vor Gericht zu erscheinen hat, und von der zufälligen Stimmung irgendeines Geschworenen ab! ...Und es handelt sich dabei nicht bloß um Jacques, sondern das Leben Denises, meine Herren; das Leben meines Kindes steht mit auf dem Spiel! Der Schlag, der Jacques trifft, trifft auch sie ...«

Herr Folgat suchte vergeblich, eine Träne zu verhehlen. Herr Sénéchal und selbst der Doktor Seignebos waren erschüttert, so ergreifend war der Schmerz eines alten Mannes, der sich in seiner innigsten, in seiner heiligsten Zuneigung angegriffen sah ...Er hatte die Hände des Anwalts von Sauveterre in die seinigen genommen und sprach zu ihm mit einem verzweifelten Ausdruck:

»Aber Sie werden ihn retten, nicht wahr, Magloire! Schuldig oder unschuldig, was liegt daran, wenn Denise ihn liebt! Sie sind vor allen andern imstande, ihn zu retten. Es ist wohlbekannt, daß die Richter der Gewalt Ihrer Rede nicht zu widerstehen vermögen. Sie werden die unwiderstehlichen Worte finden, um einen Unglücklichen, der Ihr Freund war, dem Rachen des Verderbens zu entreißen ...«

Wäre der berühmte Anwalt selber der Schuldige gewesen, er hätte nicht niedergeschlagener sein können, als er es war. Und deshalb rief Doktor Seignebos:

»Was soll das heißen, Freund Magloire? Bist du nicht mehr derselbe Mann, dessen wunderbare Beredsamkeit die Ehre unseres Landes ist? Kopf hoch, Wetter noch einmal! Niemals ist dir eine bessere Sache anvertraut gewesen!«

Aber Herr Magloire schüttelte den Kopf.

»Ich habe kein Vertrauen«, sagte er halblaut, »und ich weiß nicht zu reden, wenn mein Gewissen mir nicht die Gründe liefert...«

Seine Verlegenheit verdoppelte sich, als er fortfuhr:

»Seignebos hatte sehr recht: Ich bin nicht der geeignete Mann für diese Sache. Alle meine Erfahrungen dienen mir dabei nicht zur geringsten Unterstützung. Es ist daher besser, die Verteidigung wird meinem jungen Kollegen anvertraut.«

Herr Folgat fand hier zum ersten Male während seiner amtlichen Laufbahn einen jener Prozesse, in welchem ein Mann seinen ganzen Wert erproben und welcher ihm die Pforten der Zukunft öffnen kann. Zum ersten Male stellte sich ihm ein Rechtsfall dar, in dem alles sich vereinigte, um Teilnahme zu erregen: Größe des Verbrechens, Verhältnisse des Opfers, Charakter des Beschuldigten, das Geheimnisvolle, die Widersprüche in den Aussagen, die Schwierigkeit der Verteidigung, die Ungewißheit des Erfolgs ... eine von den Angelegenheiten, für welche ein Anwalt sich begeistern kann, welche all seine Kraft beanspruchen, in welchen er ganz aufgehen, Sorgen und Hoffnungen des Angeklagten teilen kann ... Fünf Jahre seines Einkommens hätte er sofort hingegeben, wenn er damit betraut worden wäre. Aber er war auch ein Mann von Ehre, und dies vor allem.

»Denken Sie wirklich daran, Herrn von Boiscoran aufzugeben, Kollege Magloire?« fragte er.

»Sie können ihm besser dienen als ich«, erwiderte der Anwalt von Sauveterre.

Vielleicht war dies die geheime Überzeugung des Pariser Anwalts. Nichtsdestoweniger sagte er:

»Sie haben noch nicht genügend die Wirkung Ihres Verzichts erwogen, mein verehrter Meister.«

»O doch, das habe ich getan!«

»Was soll das Publikum davon denken, wenn bekannt wird, daß Sie sich von der Sache Boiscoran zurückgezogen haben? ... Man wird sagen: Diese Sache muß wohl sehr schlecht stehen, da Herr Magloire nichts damit zu tun haben will ... Und es wäre damit eine Last mehr zu den Anklagen gehäuft, welche den unglücklichen Mann schon fast erdrücken.«

Doktor Seignebos ließ seinem Freunde keine Zeit zur Erwiderung.

»Es verbietet sich ganz von selbst«, sagte er, »daß Magloire sich zurückzieht, aber er hat das Recht, sich einen Kollegen beizuordnen. Er wird der Anwalt und Beistand Jacques' von Boiscoran bleiben, aber Herr Folgat wird ihm zur Seite stehen, mit seiner Jugend und Tatkraft, er wird ihm sein scharfes Auge, ja selbst die Hilfe seiner Worte leihen!«

Eine flüchtige Röte färbte die Wangen des jungen Anwalts.

»Ich stehe ganz zur Verfügung des Herrn Magloire«, sagte er.

Der berühmte Rechtsbeistand schien nachzusinnen, und nach einigen Augenblicken fragte er, zu seinem jüngeren Kollegen gewandt:

»Haben Sie eine Idee ... einen Plan? Was würden Sie tun?«

Und zur Überraschung aller erhob sich ein in gewisser Beziehung ganz neuer Folgat. Er schien zu wachsen, sein Antlitz erhellte sich, seine Augen funkelten, und mit einer klaren und vollklingenden Stimme, deren Klang bis in die innerste Seele seiner Hörer drang, begann er:

»Vor allem muß ich Herrn von Boiscoran sehen. Er allein kann mir meine Entschlüsse vorschreiben. Aber mein Plan ist dennoch bereits in den Umrissen fertig. Ich, meine Herren, habe Vertrauen in die Sache, wie ich Ihnen schon gesagt habe. Der Mann, welcher Fräulein Denise liebt, kann kein Bösewicht sein. Was will ich denn? Ich will die Wahrheit der Behauptungen des Herrn von Boiscoran beweisen. Ist dies möglich? Ich hoffe es. Herr von Boiscoran versichert, es seien keine Zeugen und Beweise seiner Beziehungen zu Frau von Claudieuse vorhanden. Ich bin überzeugt, daß er sich täuscht. Sie sei, sagt er, von einer ganz außerordentlichen Vorsicht und Geschicklichkeit gewesen. Das tut nichts. Argwohn weckt Argwohn, und wenn man auch die schlauesten Vorsichtsmaßregeln trifft, man wird doch beobachtet. Wer sich versteckt, wird entdeckt. Man glaubt niemanden zu sehen und wird doch gesehen.

Einmal betraut mit der Verteidigung, beginne ich morgen eine Gegenuntersuchung. An Geld mangelt es uns nicht, der Marquis von Boiscoran ist einflußreich, man wird uns Hilfe gewähren ... Binnen achtundvierzig Stunden will ich die geübtesten und erfahrensten Menschen in Tätigkeit gesetzt haben ... Ich kenne die Rue de la Vigne in Passy, sie ist sehr einsam, aber Augen finden sich überall ... Warum sollte kein Auge die geheimnisvolle Besucherin des Herrn von Boiscoran gesehen haben? Dies ist es, was meine Agenten, von Tür zu Tür gehend, herauszubringen haben ... Und zu diesem Zweck ist es nicht einmal nötig, ihnen einen Namen auszuliefern. Sie haben nicht die Aufgabe, eine Frau von Claudieuse auszuspüren, sondern eine Unbekannte von der und der Gestalt und so weiter ... Und wenn sie entdecken, daß eine solche gesehen worden ist und daß man sie wiedererkennen würde, dann haben wir unsern ersten Zeugen ... Unterdessen suche ich mich über den Freund des Herrn von Boiscoran, über jenen Engländer, zu unterrichten, dessen Namen er getragen hat, und setze mich mit der Londoner Polizei in Verbindung. Sollte dieser Engländer schon tot sein, so wäre das allerdings ein Unglück; wenn er aber lebt, und sei es am entgegengesetzten Ende der Welt, so gestattet mir das transatlantische Kabel, ihn zu befragen und in weniger als einer Woche seine Antworten zu besitzen. Schon habe ich dann überdies die schärfsten Spürhunde auf die Fährte dieser englischen Dienstmagd gesetzt, welche sich in dem Hause der Rue de la Vigne befand. Herr von Boiscoran erklärt, daß sie Frau von Claudieuse niemals gesehen habe ... Irrtum! Es ist unmöglich, daß eine Dienstmagd nicht neugierig wäre und daß sie nicht Mittel fände, die Dame zu beobachten, welche ihren Herrn besucht. Haben wir sie wiedergefunden, so wird sie sprechen.

Und das ist noch nicht alles: Es kamen Fremde in dieses Haus der Rue de la Vigne. Ich befrage einen nach dem andern; den Gärtner und seine Gehilfen, den Wasserträger, den Tapezierer, die Burschen aller Lieferanten ... Warum sollte es so unmöglich sein, daß einer oder der andere im Besitz der Wahrheit wäre, nach welcher wir in diesem Augenblicke streben?

Ferner: wenn eine Dame alle Tage in ein Haus kommt, so ist es unglaubhaft, daß sie nicht Spuren ihrer Anwesenheit zurückgelassen haben sollte. Sie mögen entgegnen, es sei seitdem Krieg gewesen und die Kommune habe geherrscht ... Gut, ich untersuche die Reste, ich durchwühle die Trümmer, ich besichtige jeden Baum im Garten, ich untersuche die Fensterscheiben, ob nicht darin ein Name mit der Spitze eines Diamanten eingeritzt steht, ich zwinge die unzerbrochen gebliebenen Spiegel, mir das Bild auszuliefern, welches sie so oft in seiner schönen, stolzen Sicherheit reflektiert haben!«

»Ah! das nenne ich reden«, rief Doktor Seignebos begeistert.

Die andern durchschauerte eine Bewegung. Sie begriffen, daß der Kampf endlich nun entbrenne. Aber schon fuhr Herr Folgat, welcher die Eindrücke seiner Hörer kaum zu bemerken schien, in seiner Darstellung fort:

»Hier in Sauveterre ist die Arbeit freilich schwieriger, aber im Falle des Gelingens würden auch die Erfolge entscheidender sein. Hier bestelle ich einen jener Polizisten mit dem feinen Spürsinn, die ihren Beruf zu einer Kunst zu erheben vermocht haben, irgendeinen modernen Lecoq oder Tabaret, dessen Eitelkeit ich aufzustacheln wissen werde. Diesem müßte alles gesagt werden, sogar die Namen. Aber eine solche schrankenlose Eröffnung wäre ohne Gefahr. Sein Bestreben, den gewünschten Erfolg zu erzielen, die Größe der verheißenen Belohnung und endlich die professionelle Gewohnheit würden uns sein Schweigen verbürgen. Er trifft im geheimen ein, verborgen unter der Verkleidung, welche ihm die geeignetste scheint, um seine Entdeckungsversuche mit größerem Erfolg zu betreiben, und durchforscht zugunsten der Verteidigung die von Herrn Galpin-Daveline zugunsten der Anklage angestellte Untersuchung. Wird er dabei irgend etwas auffinden? Man ist berechtigt, es zu hoffen. Ich kenne Polizisten, welche mit den geringsten Anzeichen des Beweises in der Hand bis zu einer Höhe der Wahrheit aufgestiegen sind, die von allen andern für ganz unmöglich gehalten wurde.«

Die Hörer des Herrn Folgat: Großvater Chandoré, Herr Sénéchal, Doktor Seignebos und Herr Magloire, sogen ihm gleichsam die Worte von den Lippen.

»Und wäre dies alles, meine Herren?« fuhr er fort. »Keineswegs. Mit Hilfe seiner langjährigen Erfahrungen hat der Herr Doktor Seignebos vom ersten Tage an die in dieser finstern Intrige höchst bedeutungsvolle Persönlichkeit vorausgeahnt.«

»Cocoleu!«

»Ja, Doktor, Cocoleu! Handelndes Individuum, Vertrauter oder Zeuge, kennt Cocoleu offenbar das Geheimnis des Rätsels. Es gilt, dieses Geheimnis ihm um jeden Preis zu entreißen. Eine gerichtsärztliche Untersuchung hat ihm das Privilegium des Schwachsinns erteilt ... Gleichviel! Wir protestieren. Wir haben die früheren Rücksichten nicht mehr zu beobachten. Wir behaupten, daß die geistige Stumpfheit dieses Elenden zum Teil erheuchelt, zum Teil absichtlich und planmäßig übertrieben ist. Wie! Er hätte geistige Fälligkeit genug, gegen uns zu zeugen, und es bliebe ihm nicht so viel davon übrig, um sein Zeugnis näher zu erklären oder nur zu wiederholen? Das ist unannehmbar. Wir führen aus, daß er jetzt nur zurückhält und daß er in der Nacht des Brandes nur auf Befehl den Mund aufgetan hat. Wenn sein Schweigen der Voruntersuchung nicht dienlich ist, so findet sie wohl ein Mittel, es zu brechen. Wir bestreiten darum, daß dieses Mittel bereits gesucht worden sei. Wir verlangen, daß man die Person, welche ihm schon einmal die Zunge gelöst hat, angewiesen werde, den Versuch zum zweiten Male zu machen. Wir wollen eine neue gerichtsärztliche Untersuchung, denn es läßt sich nicht in achtundvierzig Stunden der geistige Zustand eines Menschen feststellen, der ein Interesse daran hat, den Schwachsinnigen zu spielen. Und wir wollen vor allem, daß die neuen Gerichtsärzte uns, den von Cocoleu fälschlich Beschuldigten, Garantien ihrer Wissenschaftlichkeit und Unabhängigkeit darbieten.«

Der Doktor Seignebos stampfte vor Begeisterung. Er fand in dieser genauen und kräftigen Form der Darstellung alle seine Ideen wieder.

»Ja«, rief er erregt, »das ist der Weg, der verfolgt werden muß. Man gebe mir unbeschränkte Vollmacht, und in der Zeit von vierzehn Tagen soll Cocoleu entlarvt sein.«

Weniger in Feuer geraten, aber dennoch tief bewegt, drückte der Anwalt von Sauveterre Herrn Folgat die Hand.

»Sie sehen«, sagte er ihm, »daß Sie der geeignetste Mann sind, dem die Sache des Herrn von Boiscoran anvertraut werden muß.«

Der junge Anwalt versuchte nicht, dagegen zu protestieren. Als er das Wort ergriffen, war sein Entschluß gefaßt.

»Was menschenmöglich ist, werde ich tun«, erklärte er. »Der Sache, die ich übernehme, widme ich Leib und Seele. Aber ich halte daran fest, als an einem Übereinkommen, daß Herr Magloire dem Publikum gegenüber sich nicht von der Sache zurückzieht und daß ich nur als sein Sekundant erscheine ...«

»So sei es!« erklärte Magloire.

»Und wann sehen wir nun Herrn von Boiscoran?«

»Morgen früh.«

»Ich kann unmöglich etwas unternehmen, bevor ich ihn gesprochen habe.«

»Ganz recht; aber Sie können nur auf Grund einer Ermächtigung des Herrn Galpin-Daveline zu ihm gelangen, und ich zweifle, daß wir sie noch heute erhalten werden.«

»Das ist ärgerlich!«

»Nein, denn wir haben für heute unsere bestimmte Arbeit: Wir müssen die Prozeßakten durchgehen, die der Untersuchungsrichter mir zur Verfügung gestellt hat.«

Der Doktor Seignebos kochte vor Ungeduld.

»O diese vielen Worte!« rief er. »Ans Werk, ihr Verteidiger des Rechts, ans Werk! Wohlan, trennen wir uns!«

In dem Augenblick, als die Herren sich entfernen wollten, hielt Herr von Chandoré sie mit einer Gebärde zurück.

»Bis jetzt, meine Herren«, sagte er, »haben wir nur an Jacques gedacht ... Und Denise?«

Überrascht sahen sie einander an.

»Was soll ich ihr antworten«, fuhr Herr von Chandoré fort, »wenn sie mich nach dem Ausgang der Unterredung des Herrn Magloire mit Jacques fragt, und weshalb dies Ergebnis nicht in ihrer Gegenwart mitgeteilt worden sei?«

Doktor Seignebos war zuerst mit einer Erklärung bereit: Er war nicht der Mann der Rücksichten.

»Sie sagen ihr die Wahrheit!« riet er.

»Was! Ich soll ihr sagen, daß Jacques der Liebhaber der Frau von Claudieuse gewesen ist?«

»Sie erfährt es doch früher oder später. Fräulein Denise ist ein beherztes Mädchen.«

»Ja, aber Fräulein Denise ist auch die heiligste Einfalt und Unschuld eines jungen Mädchens«, unterbrach ihn Herr Folgat lebhaft; »und sie liebt Herrn von Boiscoran. Warum die Reinheit ihrer Gedanken trüben und ihre Sicherheit stören? Ist sie nicht schon unglücklich genug? Herr von Boiscoran befindet sich nicht mehr in Isolierhaft, er kann seine Braut sehen, er kann ihr mitteilen, was er für recht und gut hält; aber er allein hat das Recht dazu. Ich würde ihm vielleicht sogar davon abraten … Soweit ich Fräulein von Chandoré kenne, glaube ich nicht, daß sie Schweigen beobachten könnte, sobald sie zufällig mit Frau von Claudieuse zusammenträfe.«

»Sehr richtig«, erklärte auch Herr Magloire. »Herr von Chandoré muß Zurückhaltung bewahren. Es ist schon sehr viel, daß Frau von Boiscoran ins Vertrauen gezogen werden muß. Denn, meine Herren, vergessen Sie nicht: Die geringste Indiskretion könnte den ohnehin schon unsicheren Plan des Herrn Folgat scheitern lassen.«

Nach diesen Worten verabschiedete man sich. Herr von Chandoré blieb allein.

»Ja, er hat recht«, flüsterte er, »aber was sage ich ihr?«

Er suchte in seinem Kopf nach einer glaubwürdigen Ausflucht, als eine Kammerfrau erschien, um ihm auszurichten, daß Fräulein Denise ihn zu sprechen wünsche.

»Ich stehe ihr gleich zu Gebot!« sagte er.

Und er begab sich in der Tat sofort zu ihr, aber mit schwerfälligen, zögernden Schritten und seinem Gesicht, über dessen Züge die schrecklichsten Aufregungen kurz vorher hinweggezogen waren, den Ausdruck der möglichsten Fassung aufzwingend.

Oben im Salon der ersten Etage hatten die Tanten Lavarande Denise und Frau von Boiscoran unterhalten. Hier fand sie Großvater Chandoré. Frau von Boiscoran lag bleich und hinfällig in einem Lehnsessel, Denise dagegen schritt mit fieberiger Hast, Glut auf den Wangen und funkelnden Glanz in den Augen, im Salon auf und ab.

»Nun?« rief sie dem Eintretenden rasch entgegen. »Es ist nichts mehr zu hoffen, nicht wahr?«

»O doch, mehr als jemals, im Gegenteil!« erwiderte Herr von Chandoré mit gezwungenem Lächeln.

»Aber warum forderte dann Herr Magloire unsere Entfernung?«

Der alte Edelmann hatte Zeit gehabt, eine Lüge zu erfinden.

»Weil Magloire uns eine neue Unannehmlichkeit mitzuteilen hatte«, erwiderte er. »Es ist nämlich unmöglich, einen Beschluß auf Zurückziehung der Anklage zu erlangen. Jacques muß sich einem Urteil unterwerfen.«

Frau von Boiscoran sprang mit einem Satze empor.

»Jacques vor einem Schwurgericht!« rief sie überlaut. »Mein Sohn, ein Boiscoran!…«

Sie fiel wie ein Stein auf ihren Sitz zurück. Im Antlitz Denises zuckte nicht ein Muskel.

»Ich bin für das Schlimmste gewappnet«, sagte sie mit seltsamer Betonung. »Man kann das Schwurgericht vermeiden.«

Und sie entfernte sich, indem sie die Tür mit einer solchen Heftigkeit zuwarf, daß die Tanten Lavarande sich schnell erhoben, um ihr zu folgen.

Von nun an glaubte Herr von Chandoré sich nicht mehr zur Zurückhaltung verpflichtet. Er stellte sich dicht vor Frau von Boiscoran, und in einem wilden Ausbruch des lange zurückgehaltenen Zornes rief er:

»Ihr Sohn! Ihr Jacques! Ich wollte, er wäre tausendmal tot, dieser Elende, der mir mein Kind tötet, so wie er mich töten wird! Das sehen Sie wohl ein…«

Und ohne rücksichtsvolles Mitleid erzählte er ihr die Geschichte Jacques' und der Gräfin von Claudieuse.

Vernichtet, von Schluchzen erstickt, hatte Frau von Boiscoran nicht einmal die Kraft, ihn um Gnade anzuflehen ... Und als er geendet hatte, da stöhnte sie mit dem Ausdrucke der fürchterlichsten Verstörung:

»Ehebruch! ... Oh, mein Gott! ... Das ist eine verdiente Strafe! ...«

# Kapitel 25

Nachdem die Anwälte Folgat und Magloire den Salon des Herrn von Chandoré verlassen hatten, begaben sie sich zum Gerichtsgebäude. Die Rue de la Montagne hinabschreitend, sagte Folgat:

»Herr Galpin-Daveline muß sich doch seiner Sache sehr sicher fühlen, da er der Verteidigung ohne Bedenken die sämtlichen gegen Herrn von Boiscoran geführten Untersuchungsakten mitteilt.«

Und es scheint allerdings, daß das Strafgesetzbuch eine solche Mitteilung der Untersuchungsakten weder anordnet noch gestattet, solange nicht die Anklagekammer ihr Urteil abgegeben und der Angeklagte vom Schwurgerichtspräsidenten verhört worden ist.

»Weil erst dann«, sagen alle Kommentatoren, welche als die Geißel der Rechtswissenschaft anzusehen sind, »weil erst dann vielleicht die Untersuchung als abgeschlossen gelten kann und weil erst dann das Bedürfnis einer freien Verteidigung eintritt, die sich auf die Kenntnis aller Vorgänge der Untersuchung stützt.«

Die Vernunft und Billigkeit empören sich gegen einen solchen Lehrsatz.

Nehme man irgendeinen unglücklichen Angeklagten, der irgendeines schweren Verbrechens beschuldigt, vielleicht fälschlich beschuldigt ist, also voraussichtlich unschuldig vor dem Gesetz, und der doch ohne Kenntnis bleibt von allen gegen ihn im geheimen Verfahren aufgebrachten und angesammelten Beschuldigungen, aufgehäuften Beweisen und Zeugenaussagen!...

Alles steht für ihn auf dem Spiel, es handelt sich für ihn um Ehre und Leben, um Ehre und Leben seiner Angehörigen – gleichviel! Man verschweigt ihm die Ergebnisse der Untersuchung. Erst im letzten Augenblicke, wenn sich schon die Ansicht über ihn fest eingewurzelt hat, wenn schon die Geschworenen, von denen sein Geschick abhängt, sich ihr Urteil gebildet haben, wird ihm gestattet, die gegen ihn geführten Akten kennenzulernen.

Glücklicherweise gestattet das Gesetz einen Ausgleich. Mit Zustimmung und unter Verantwortlichkeit des Staatsanwalts kann nämlich der Untersuchungsrichter in halbamtlicher Weise die Akten mitteilen, den Angeklagten und seinen Verteidiger lesen und Abschriften machen lassen, und zwar ohne Einschränkung in bezug auf alle oder einen Teil der Untersuchungsprotokolle, Vernehmungen, Erkundigungen und so weiter.

So hatte denn auch Herr Galpin-Daveline getan, und dies war sehr bezeichnend bei einem Manne, der, stets geneigt, das Gesetz in seinem eigenen und zwar dem strengsten Sinne auszulegen, sowenig einen Schritt tat ohne den Buchstaben wie ein Blinder ohne seinen Stab.

Geschah dies aber aus innerer billiger Nachsicht?

»Ich wette, nein!« sagte Magloire. »Soweit ich ihn aus langjähriger Praxis kenne, ist er an und für sich unerbittlich. Er hat aber, zu unserem Glück, Angst. Diese Bewilligung ist nichts als eine Hintertür, die er sich für den Fall einer Niederlage offenhält.«

Und der Anwalt von Sauveterre hatte recht. So stark überzeugt Herr Galpin-Daveline auch von Jacques von Boiscorans Schuld sein mochte, er fühlte sich nicht minder beunruhigt durch die Art seiner Verteidigung. Bei zwanzig Vernehmungen hatte er dem Angeklagten nichts als die Erklärung entreißen können, daß er unschuldig sei. Und wenn ihn der Untersuchungsrichter bis zum äußersten getrieben, so hatte Jacques stets nur entgegnet: »Ich werde mich aussprechen, wenn ich mit meinem Verteidiger verhandelt habe.«

Gewöhnlich ist dies die fast einzige Antwort des dümmsten Tropfes, der nur Zeit zu gewinnen trachtet. Herr Galpin-Daveline hatte aber von den geistigen Fähigkeiten seines ehemaligen Freundes eine viel zu hohe Vorstellung, als daß er nicht überzeugt gewesen wäre, es verberge sich hinter Herrn von Boiscorans hartnäckigem Schweigen irgendein ernster, entscheidender Grund.

Worin bestand dieser? War es eine künstlich zusammengesetzte Lüge, ein ausgeklügeltes Alibi, oder waren es Zeugenaussagen, von langer Hand gewonnen und vorbereitet?

Herr Galpin-Daveline hätte viel darum gegeben, wenn er es hätte erfahren können, und lediglich aus diesem Grunde hatte er die Mitteilung der Akten bewilligt.

Nachdem er aber die Bewilligung erteilt, hatte er dem Staatsanwalt seine Verlegenheit gestanden, und der vortreffliche Herr Daubigeon, welcher gerade daran war, sich in dem Goldschnitt seiner kostbaren Scharteken zu spiegeln, hatte ihn sehr schlecht empfangen.

»Wollen Sie noch Unterschriften haben?« hatte er ihm entgegengerufen. »Ich bin bereit, sie Ihnen zu geben. Für etwas anderes empfehl ich mich Ihnen:

›... Sobald die Dummheit ist geschehen,

Ist's meiner Treu, zu spät, Rat zu verlangen.‹«

Sowenig ermutigend auch dieser Empfang war, blieb Herr Galpin-Daveline doch beharrlich.

»Freilich sind wir dazu da«, hatte er mit bitterem Tone erwidert, »daß man es eine Dummheit nennt, wenn wir unsere Schuldigkeit tun. Ist nicht ein Verbrechen begangen worden? Habe ich nicht die Aufgabe, den Täter zu entdecken? Ja. Nun gut! Ist es mein Fehler, wenn der Täter mein Freund war und wenn ich im Begriff stand, eine seiner Verwandten zu heiraten? Niemand im Tribunal zweifelt an der Schuld des Herrn von Boiscoran, niemand wagt es, mein Betragen zu schelten, und dennoch begegnet man mir mit der äußersten Kälte.«

»So ist die Welt!« hatte ihm Herr Daubigeon spöttisch erwidert. »Man rühmt die Tugend, aber man läßt sie sich erkälten. Probitas laudatur et alget!«

»Ja, es ist wahr«, hatte seinerseits Herr Galpin-Daveline gesagt. »Man kann die Leute nicht leiden, welche das vollbringen, was man selbst zu tun nicht den Mut hatte. Der Herr Oberstaatsanwalt hat mich beglückwünscht, weil er die Sache von einem höheren Standpunkt und aus der Ferne beurteilt; hier aber unterliegt man dem Einflüsse einzelner Kreise. Selbst diejenigen, die mich unterstützen sollten, entmutigen mich, erklären sich gegen mich, arbeiten mir entgegen. Der Staatsanwalt, der mein natürlicher Verbündeter sein sollte, läßt mich im Stich und bespöttelt mich. Der Herr Präsident, mein unmittelbarer Vorgesetzter, sagte mir erst heute morgen in einem Tone unerträglicher Ironie: ›Ich kenne wenig Beamte, die wie Sie fähig wären, dem Interesse der Wahrheit und der Gerechtigkeit ihre Verbindungen und Freundschaften zu opfern. Sie sind ein heroischer Mensch, Sie werden weit kommen!‹«

Der Staatsanwalt hatte ihn nicht weiter anhören können.

»Brechen wir ab!« hatte er gesagt. »Wir werden uns doch nicht einigen können. Ob Jacques von Boiscoran schuldig oder unschuldig ist, weiß ich nicht, aber das weiß ich, daß er der liebenswürdigste Bursche von der Welt war, ein ausgezeichneter Wirt, ein vorzüglicher Sprecher und Gelehrter, und daß er die schönsten Ausgaben des Horaz und Juvenal besaß, die ich je gekannt habe. Ich habe ihn geliebt, ich liebe ihn noch und bin untröstlich, ihn im Gefängnis zu wissen ... Gewiß ist, daß ich in Sauveterre die angenehmsten Beziehungen hatte und daß sie jetzt zerstört sind. Und Sie beklagen sich! Bin ich es, der Ehrgeiz zeigt? Habe ich danach gestrebt, meinen Namen mit einem aufsehenerregenden Prozeß in Verbindung zu bringen? War ich es, der je zögerte, sich zurückzuhalten, wenn man ihm dies riet? ... Herr von Boiscoran wird aller Wahrscheinlichkeit nach verurteilt ... Sie werden den Gipfel Ihrer Wünsche erreichen. Und Sie klagen dennoch! Zum Teufel! man kann nicht alles beisammen haben. Wer hätte jemals einen noch so bewunderungswürdigen Plan ausgeführt, ohne daß die Unternehmung und der Erfolg ihm Reue verursachte ...«

Nach diesem Redeerguß hatte sich Herr Galpin-Daveline nicht mehr aufgehalten. Er hatte sich wütend entfernt, zugleich aber entschlossen, aus den derben Wahrheiten, die ihm Herr Daubigeon gesagt hatte und die ihm einen deutlichen Einblick in die Meinung aller gestatteten, seinen Nutzen zu ziehen. Sie waren Ursache geworden, daß er sein letztes Zögern überwand. Jetzt hatte er ohne weiteres die Mitteilung der Akten bewilligt und seinem Gerichtsschreiber die äußerste Gefälligkeit gegen die angeklagte Partei empfohlen.

Nicht ohne das tiefste Erstaunen hatte Méchinet Herrn Galpin-Davelines Befehl vernommen, die gesamten Prozeßakten der Verteidigung zu übergeben. Er kannte seinen Vorgesetzten von Grund auf, diesen Untersuchungsrichter, dessen Schatten er seit vielen Jahren gewesen war.

»Aha, das ist's!« hatte er sich gesagt. »Du hast Angst!«

Und als Herr Daveline, seinen Befehl schärfer betonend, noch hinzufügte, die Ehre der Justiz erfordere, die Härten zu mildern, wo diese einmal unvermeidlich seien, da hatte der Gerichtsschreiber ernst erwidert:

»Oh, seien Sie ruhig, mein Herr, mir fehlt die Herzensgüte nicht.«

Aber kaum hatte der Untersuchungsrichter den Rücken gewendet, da brach Méchinet in ein Lachen aus.

»Es ist nicht nötig«, dachte er, »mir dergleichen Empfehlungen zu machen. Wenn er nur ahnte, bis zu welchem Punkte ich mich der Verteidigung bereits ergeben habe ... Welche Wut, wenn er jemals erführe, daß ich das Geheimnis der Untersuchung längst verraten, daß ich der Zwischenträger des Briefwechsels des Herrn von Boiscoran mit seinen Freunden geworden bin, daß ich Frumence Cheminot zu meinem Mitschuldigen gemacht, daß ich Blangin, den Gefängniswärter, bestochen habe, damit Fräulein von Chandoré ihren Verlobten besuchen konnte!...«

Denn Méchinet hatte ja alles dieses getan, das heißt viermal mehr als erforderlich, um vom Gericht davongejagt, ja sogar auf einige Monate Hausgenosse Blangins zu werden. Er fühlte, wie ihn ein Schauer durchrieselte, als er ernst darüber nachdachte. Eines Abends, als er nach Hause gekommen war und seine Schwestern, die bescheidenen Schneiderinnen, hatten ihm, von Neugier gefoltert, gesagt: »Ganz entschieden, Méchinet, seit dem Besuche des Fräuleins von Chandoré hast du ein Geheimnis!« – da hatte er ihnen in einem Zornausbruch mit donnernder Stimme zugerufen: »Teuflische Schwätzerinnen, die ihr seid, wollt ihr mich gern auf dem Schafott sehen?«

Aber in den Augenblicken der Angst hatte er doch nicht den Schatten eines Gewissensbisses. Denise hatte ihn vollständig bezaubert, und er beurteilte den Untersuchungsrichter nicht weniger streng, als sie es tat.

Herr Daveline hatte gewiß nichts direkt gegen das Gesetz getan, aber er hatte den Geist des Gesetzes verletzt. Nachdem er den traurigen Mut gehabt, die Untersuchung gegen einen Freund zu führen, war er nicht unparteiisch geblieben. In der Furcht, für schwach gehalten zu werden, hatte er die Härte übertrieben. Und vor allem, er hatte die Nachforschungen einzig und allein in der Richtung und in dem Sinne seiner Überzeugung oder seines Vorurteils betrieben, als wenn das Verbrechen bereits erwiesen gewesen wäre, und ohne die Interessen eines Angeklagten zu berücksichtigen, der fort und fort seine Unschuld beteuerte.

Méchinet aber glaubte fest an diese Unschuld, und er war im stillen überzeugt, daß der Tag, da Herr von Boiscoran seinen Verteidiger spräche, auch der Tag seiner Rechtfertigung sei.

Daher die äußerste Pünktlichkeit, mit welcher er sich in das Gerichtsgebäude begab, um Herrn Magloire zu erwarten. Aber schon war es Mittag geworden, und der Anwalt war noch nicht erschienen. Er war noch immer bei Herrn von Chandoré zur großen Konferenz.

»Sollte irgendein Hindernis eingetreten sein?« dachte Méchinet.

Seine Unruhe war so groß, daß er, statt zum gemeinschaftlichen Mittagessen nach Hause zu gehen, sich durch einen Kanzleidiener ein Butterbrot holen ließ, welches er zu einem Glas Wasser verzehrte.

Endlich, als es bereits drei Uhr schlug, langte Herr Magloire mit Herrn Folgat an, und Méchinet erriet trotz ihres angenommenen Gleichmutes, daß er sich getäuscht hatte und daß Jacques noch nicht gerechtfertigt war. Er wagte indessen nicht, Herrn Magloire um eine Auskunft zu bitten.

»Hier sind die Untersuchungsakten«, sagte er einfach, indem er einen gewaltigen Aktendeckel mit vollem Inhalt auf den Tisch legte.

Dann aber zog er Herrn Folgat beiseite und fragte gespannt, was sich ereignet habe.

Der Gerichtsschreiber hatte sich, wie der Pariser Anwalt wußte, in einer Weise benommen, daß man vor ihm kein Geheimnis zu haben brauchte, und er war selbst allzusehr bloßgestellt, als daß man seines Schweigens nicht vollständig sicher hätte sein können. Dennoch wagte Herr Folgat nicht, ihm den Namen der Frau von Claudieuse preiszugeben. Er antwortete ausweichend:

»Herr von Boiscoran hat sich allerdings vollständig gerechtfertigt, aber es fehlen noch die Beweise seiner Angaben; wir sind damit beschäftigt, sie zu sammeln...«

Damit nahm er neben Magloire Platz, welcher sich bereits niedergelassen hatte und dem Aktendeckel eine Anzahl Schriftstücke entnahm. Mit Hilfe dieser Dokumente war man imstande, Schritt für Schritt der Arbeit des Herrn Galpin-Daveline zu folgen, sich von seinen Bemühungen Rechenschaft zu geben und seine Strategie zu verstehen.

Vor allem aber suchten die Anwälte den Cocoleu betreffenden Aktenteil … sie fanden ihn nicht! Von den in der Nacht des Brandes durch den Schwachsinnigen abgegebenen Aussagen, von den gemachten Versuchen, ihm weitere Äußerungen oder eine Wiederholung der früheren zu entlocken, von den gerichtsärztlichen Untersuchungen – nichts, kein Wort!

Herr Galpin-Daveline hatte Cocoleu unterdrückt. Das war sein Recht. Die Anklage kann nach ihrem Beheben Zeugenaussagen zurückhalten und neue hervorstellen.

»Ah, der Spürhund ist gewandt!« brummte Herr Magloire enttäuscht.

Die Gewandtheit des Herrn Galpin-Daveline war in der Tat groß. Er hatte der Verteidigung eins der sichersten Hilfsmittel entzogen, ein Mittel, dessen Wirkung gewiß war, dessen Gegenstand sich leidenschaftlich besprechen ließ und das vielleicht in der Schwurgerichtssitzung Anlaß zu einem jener Zwischenfälle gegeben hätte, die auf den Geist der Geschworenen so mächtig zu wirken pflegen.

»Nun, es bleibt uns immer noch die Wahl, ihn vorladen zu lassen«, fügte Magloire hinzu.

Sie hatten diese Wahl, allerdings; aber welcher Unterschied in der Wirkung und im Erfolg! … Eingeführt durch die Anklage, war Cocoleu ein Belastungszeuge, und die Verteidigung hätte mit dem Ausdrucke der Entrüstung ausrufen können:

»Da, seht! Zeugen dieser Art waren es, durch deren Aussagen uns ein Verbrechen zugeschoben wurde!«

Aber durch die Verteidigung aufgestellt, erschien Cocoleu im Gegenteil als eine Art Entlastungszeuge, sozusagen einer jener Zeugen, welche den Geschworenen stets verdächtig sind, und am Anklagevertreter wäre es dann gewesen, zu sagen:

»Was erwarten Sie von diesem armen Schwachsinnigen, dessen geistiger Zustand so beschaffen ist, daß wir über seine Aussage hinweggegangen sind, obgleich er Beschuldigungen erhoben hat!«

»Wenn wir genötigt sind, vor den Geschworenen zu plädieren«, murmelte Herr Folgat, »so ist uns mit diesem Burschen offenbar ein bedeutender Vorteil entzogen. Aber wie will nun Herr Galpin-Daveline die Schuld feststellen?«

Auf die einfachste Weise von der Welt. Die Erklärung des Herrn von Claudieuse, welche die Stunde des Verbrechens feststellte, war der Punkt, von welchem Herr Daveline ausging. Von hier aus gelangte er unmittelbar zu der Aussage des Burschen Ribot, welcher Herrn von Boiscoran vor dem Ereignis durch die Sümpfe nach Valpinson zu hatte gehen sehen, und zu dem Zeugnis von Gaudry, der den Angeklagten nach dem Verbrechen in der Richtung von Valpinson her im Wald beobachtet hatte. Drei weitere Zeugen gaben außerdem dem Gerichtshofe genau den von Herrn von Boiscoran eingeschlagenen Weg an.

Und allein mit diesen, durch welche die Zeitfrage festgestellt ward, gelangte Herr Daveline zu dem unumstößlichen Beweise, daß Herr von Boiscoran in Valpinson und nirgends anders gewesen war und daß er sich dort gerade zur Zeit des Verbrechens befunden. Was tat er dort?

Auf diese Frage antwortete die Anklage durch die gleich am ersten Tage erhobenen Beschuldigungen und Belastungsmomente: das Wasser, in welchem Jacques sich die Hände gewaschen hatte, die auf dem Schauplatz des Verbrechens gefundene Patronenhülse, die Übereinstimmung der aus den Wunden des Herrn von Claudieuse gezogenen Schrotkörner mit denen der Patronen zu Jacques' Gewehr »Klebb«, die man in Boiscoran fand.

Und dabei gab es nirgends eine Wortklauberei, nirgends eine Abschweifung oder bloße Unterstellung und Voraussetzung. Die Aufstellungen der Anklage waren einfach, genau und furchtbar zugleich und in ihrem äußeren Anschein ebenso unanfechtbar wie eine mathematische Beweisführung.

»Unschuldig oder nicht«, sagte Herr Magloire zu seinem jüngeren Kollegen, »Jacques ist
verloren, wenn es Ihnen nicht gelingt, irgendeinen Beweis gegen Frau von Claudieuse herbeizu-
schaffen. Und selbst in diesem Falle, selbst wenn das Gericht annimmt, daß diese Frau schuldig
ist, wird es nie glauben, daß Jacques nicht ihr Mitschuldiger sei...«

Die beiden Verteidiger brachten den Nachmittag und einen Teil des Abends damit zu, die
Protokolle über die Vernehmungen zu prüfen und alle Anklagepunkte zu studieren. Am folgenden Morgen um neun Uhr schon, nach kurzem Schlaf, begaben sie sich zusammen nach
dem Gefängnis.

# Kapitel 26

Am Abend zuvor hatte der Wärter des Gefängnisses von Sauveterre beim Imbiß zu seiner Frau
gesagt:

»Ich habe nun genug von dem Dasein hier. Mir drückt die Furcht das Herz ab. Man hat
mich für den Verlust meiner Stelle bezahlt, und ich werde sie aufgeben.«

»Dann bist du ein Narr!« hatte ihm seine Frau entgegnet. »Solange Herr von Boiscoran hier
ist, können wir immer noch Vorteile erwarten. Weißt du denn nicht, daß die Chandorés reich
sind? Es versteht sich doch von selbst, daß wir bleiben müssen...«

Blangin bildete sich wie alle Männer ein, daß er Herr in seinen vier Wänden sei. Er schrie
und fluchte, er vergaß sich so weit, daß er den Arm gegen seine Frau erhob, um zu zeigen, daß
er der Stärkere sei. Allein ... Frau Blangin hatte beschlossen, daß man bleibe, und so blieb man
natürlich, denn die Frauen wissen stets ihren Willen durchzusetzen.

Blangin saß, von den dunkelsten Ahnungen gefoltert, vor der Tür im Schatten und rauchte
seine Pfeife, als die Herren Magloire und Folgat sich, mit einem Passierschein des Untersuchungsrichters versehen, bei ihm einstellten. Als sie eintraten, erhob er sich, und weil er glaubte, Fräulein Denise habe sie in das Geheimnis der Durchstecherei eingeweiht, fürchtete er sie.
Dennoch zog er sehr höflich seine wollene Mütze ab und nahm die Pfeife aus dem Munde.

»Ah, die Herren wollen den Herrn von Boiscoran besuchen«, sagte er mit Leichenbitterlächeln. »Ich werde Sie hinführen. Erlauben Sie mir nur so viel Zeit, die Gefängnisschlüssel
zu holen.«

Herr Magloire hielt ihn zurück.

»Vor allem sagen Sie uns, wie sich Herr von Boiscoran befindet?«

»Na, so so!«

»Wie zeigt er sich?«

»Oh, wie ... alle Angeklagten, wenn sie sehen, daß ihre Sache eine schlechte Wendung
nimmt.«

Die Verteidiger wechselten einen betrübten Blick. Es war offenbar, daß der Wärter an Jacques'
Schuld glaubte ... Ein übles Vorzeichen. Leute, welche Gefangene bewachen, haben gewöhnlich
ein scharfe Witterung und sind oft imstande, den Anwälten Rat zu geben, fast so wie die Leute
vom Theater dem Dichter nützen können, dessen Stück gegeben werden soll.

»Hat er Ihnen etwas gesagt?« fragte Herr Folgat.

»Mir persönlich so gut wie nichts«, erwiderte der Wärter. »Aber man hat doch seine Erfahrungen, wissen Sie ... Wenn ein Angeklagter den Besuch seines Anwalts empfangen hat,
suche ich immer einen Vorwand, ihn zu sehen und ihm irgend etwas anzubieten. Gestern also,
nachdem Herr Magloire fortgegangen war, rannte ich treppauf vier Stufen auf einmal...«

»Und Sie fanden Herrn von Boiscoran nicht wohl?«

»Ich fand ihn im elendesten Zustande, meine Herren. Er hatte sich über sein Bett geworfen,
das Gesicht ins Kopfkissen vergraben, und rührte sich sowenig wie ein Klotz ... Ich war schon
über eine Minute in seiner Zelle, ohne daß er mich bemerkte ... Ich rasselte mit meinen Schlüsseln, ich bedauerte ihn, ich hustete ... nichts! Mich packte die Unruhe, ich näherte mich ihm
und berührte seine Schulter. ›He, mein Herr!‹ rief ich ... Jesus! wie er da plötzlich sich aufrichtete
und auf dem Bett sitzend mit sonderbarer Stimme rief: ›Was wollen Sie?...‹ Natürlich suchte
ich ihn zu trösten, ihm zu erklären, daß es nötig sei, sich zu fassen, daß es freilich unangenehm
sei, vor die Geschworenen zu kommen, daß man aber daran doch nicht sterbe und daß man
mit Hilfe eines guten Verteidigers noch weiß wie Schnee aus der Geschichte herauskommen
könne. Aber je mehr ich ihm zusprach, desto mehr flammten seine Augen, und ohne mich nur
zu Ende kommen zu lassen, schrie er: ›Hinaus! – Hinaus!‹«

Blangin schwieg hier einen Moment und paffte an seiner Pfeife; sie war aber ausgegangen;
er steckte sie in die Tasche seiner Jacke und fuhr fort:

»Ich hätte ihm erwidern können, daß ich das Recht habe, jederzeit in die Zellen einzutreten
und zu bleiben, so lange es mir beliebe; aber die Gefangenen sind Kinder, es ist unnütz, ihnen zu

widersprechen. Ich ging also, aber ich öffnete verstohlen die Klappe des Guckloches und blieb auf der Lauer ... Ah, meine Herren, ich habe in den zwanzig Jahren, die ich hier Gefängniswärter bin, viel Verzweiflung gesehen, aber niemals so schrecklich wie bei diesem jungen Manne. Kaum daß ich hinaus war, hatte er sich von seinem Bett erhoben und rannte nun ohne Aufhören in seiner Zelle umher und stöhnte laut und war weiß wie sein Hemd und weinte so große Tränen, daß ich sie nur so herabfließen sehen konnte ...«

Jede dieser Einzelheiten erweckte in Magloires Herzen stechenden Reueschmerz. Seine Ansicht hatte sich allerdings seit dem Tage vorher nicht wesentlich geändert, aber er hatte Zeit zu ruhigem Überlegen gehabt und sich bereits heftige Vorwürfe wegen seiner Härte gegen Jacques gemacht.

»Ich habe ihn wenigstens eine Stunde lang beobachtet«, fuhr der Wärter fort, »und plötzlich sprang Herr von Boiscoran gegen die Tür und rüttelte daran und trat mit dem Fuße dagegen und rief aus Leibeskräften. Ich wartete zum Schein noch ein Weilchen, damit er nicht merkte, wie nahe ich ihm gewesen, dann öffnete ich und tat so, als sei ich eben erst die Treppe heraufgekommen.

›Nicht wahr‹, rief er mir gleich beim Eintreten entgegen, ›ich habe das Recht, jetzt Besuche zu empfangen?‹

›Jawohl, mein Herr‹, entgegnete ich, ›im Sprechzimmer.‹

›Und es ist bis jetzt niemand gekommen?‹

›Niemand.‹

›Sind Sie dessen ganz sicher?‹

›Ganz sicher!‹

Es war, als hätte ich ihm mit dieser Antwort den Todesstreich versetzt. Er preßte beide Hände vor die Stirn ... sehen Sie: so! und sagte: ›Niemand! ... Und ich habe doch eine Mutter, eine Braut, Freunde! ... Wohlan, es ist alles aus! ... Ich existiere nicht mehr, ich bin verlassen, verstoßen, verleugnet! ...‹

Er sagte dies mit einer Stimme, die Steine hätte rühren können, und ich, betroffen und erschüttert wie ich war, riet ihm, einen Brief zu schreiben, den ich zu Herrn von Chandoré befördern wolle. Er aber rief wütend:

›Niemals! Niemals! Lassen Sie mich allein, ich will nichts mehr als sterben!‹«

Herr Folgat hatte bis jetzt kein Wort gesprochen, aber seine Blässe verriet nur zu deutlich seine große innere Bewegung.

»Sie können sich denken, meine Herren«, fuhr Blangin fort, »daß ich mich nach dieser Äußerung und nach dieser verzweifelten Gebärde nicht sehr beruhigt fühlte. Die Zelle, welche Herr von Boiscoran innehat, bietet allerdings keine Gelegenheit ... aber ich habe doch, seitdem ich hier bin, einen Selbstmord und einen Versuch dazu gehabt. Ich rief daher Frumence Cheminot, einen armen Teufel, der auch hier eingesperrt ist und mir in meinem Dienste Hilfe leistet, und wir kamen überein, daß wir abwechselnd Wache stehen wollen, um den Angeklagten keine Sekunde aus den Augen zu verlieren. Aber die Vorsicht war unnötig. Am Abend, als man Herrn von Boiscoran seine Mahlzeit brachte, war er wieder ganz ruhig, und er sagte mir selbst, er wolle zu essen versuchen, um seine Kräfte zu erhalten.

Armer Unglücklicher! Seine Kräfte waren leider sehr gering. Kaum daß er mit Mühe einige Bissen genommen hatte, bekam er einen solchen Erstickungsanfall, daß ich und Cheminot glaubten, er sterbe uns unter den Händen, und ich dachte sogar, dies sei für ihn ein Glück ... Endlich gegen neun Uhr abends kam er ein wenig wieder zu sich, und er blieb die ganze Nacht stehend am Fenster ...«

Herr Magloire konnte dies nicht weiter anhören.

»Gehen wir hinauf!« sagte er zu seinem Kollegen.

Sie stiegen die Treppe hinauf. Als sie in den Zellengang gelangten, bemerkten sie Cheminot, welcher ihnen ein Zeichen machte, leise aufzutreten.

»Was ist geschehen?« fragten sie ihn mit leiser Stimme.

»Ich glaube, er schläft«, erwiderte der Sträfling. »Der arme Mann! Er träumt vielleicht, daß er frei in seinem schönen Schlosse ist.«

Herr Folgat näherte sich dem Guckloch auf den Fußspitzen. Aber Jacques war erwacht. Er hatte die Schritte und Stimmen gehört und war von seinem Lager aufgesprungen.

Blangin schloß die Zellentür auf und trat zur Seite.

»Ich bringe Ihnen Verstärkung, mein Freund«, sagte Magloire zu dem Gefangenen. »Herrn Folgat, meinen Kollegen, der mit Ihrer Mutter von Paris gekommen ist.«

Kalt und stumm verbeugte sich Jacques.

»Ich bitte Sie, mir nicht böse zu sein«, fuhr Magloire fort. »Ich war gestern zu heftig, viel zu heftig ...«

Jacques schüttelte den Kopf und versetzte kalt:

»Ich bin Ihnen nicht böse, sondern ich habe ruhig darüber nachgedacht, und heute danke ich Ihnen für Ihren Freimut ... Ich kenne nun wenigstens mein Schicksal. Wenn ich als Unschuldiger vor das Geschworenengericht gestellt werde, verurteilt man mich als Mörder und Brandstifter ... Ich werde also nicht vor den Geschworenen erscheinen ...«

»Unglücklicher! Es ist noch nicht alle Hoffnung verloren!«

»Doch! Von dem Augenblick an, da Sie, der Sie mein Freund waren, mir nicht geglaubt haben, wer sollte mir da noch glauben?«

»Ich!« rief Herr Folgat. »Ich, der, ohne Sie zu kennen, an Ihre Unschuld glaubte und dies Ihnen nun erklärt, nachdem er Sie gesehen.«

Rascher als ein Gedanke ergriff Jacques von Boiscoran die Hand des jungen Anwalts und preßte sie mit krampfhafter Gewalt.

»Für dieses einzige Wort, welches Sie auszusprechen gekommen sind, meinen innigsten Dank!« rief er. »Seien Sie für das Vertrauen, das Sie in mich setzen, gesegnet!«

Es war das erste Mal seit seiner Verhaftung, daß der Angeklagte in freudiger Hoffnung erbebte. Aber nur für einen Augenblick. Sein Antlitz verfinsterte sieb alsbald wieder, und er sprach mit dumpfer Stimme:

»Unglücklicherweise ist alles gegen mich. Herr Magloire wird Ihnen meine traurige Geschichte in allen ihren Einzelheiten mitgeteilt haben ... Ich habe keine Beweise, oder ich müßte wenigstens, um solche zu liefern, mich in Einzelheiten der Art versteigen, daß das Gericht sie nicht annehmen würde, oder wenn es sie auch wirklich annähme, so würde ich mich doch selbst ewig verachten müssen. Es gibt Vertraulichkeiten, aus denen man niemals Vorteile ziehen darf; Geheimnisse, die man nie ausliefert; Schleier, die man selbst um den Preis des Lebens nicht lüften darf ... Lieber unschuldig verdammt sein, als ehrlos und erniedrigt freigesprochen werden! Meine Herren, ich verzichte auf meine Verteidigung.«

Bis zu welchem Grade der Verzweiflung mußte Jacques schon gelangt sein, um sich in dieser Weise auszudrücken! Seine Verteidiger waren davon erschüttert.

»Aber Sie haben nicht das Recht, sich in solcher Art selbst aufzugeben«, sagte Folgat.

»Warum nicht?«

»Weil Sie in dieser Sache nicht allein stehen, mein Herr, weil Sie Verwandte, Freunde haben ...«

Ein Lächeln bitteren Spottes kräuselte Jacques' Lippen.

»Bin ich«, unterbrach er ihn, »wohl denen noch etwas, die, um mich zu verleugnen, nicht einmal das Urteil erwarten können! Denen, die mit ihrem Verdammungsurteil dem Gerichtshofe vorauseilen! Ein Unbekannter ist es, Sie, mein Herr Folgat, welcher mir das erste Zeugnis der Teilnahme gibt.«

»Ah, das ist nicht wahr«, rief Folgat aus, »und Sie wissen das wohl!«

Jacques schien nicht auf ihn zu hören.

»Freunde!« fuhr er in demselben bitteren Tone fort. »Ja, es ist wahr, ich hatte Freunde in den Tagen des Glückes ... Herr Galpin-Daveline, Herr Daubigeon waren meine Freunde ... Der eine wurde mein Verfolger, der furchtbarste und unversöhnlichste Verfolger; der andere, der Staatsanwalt, hat nicht einmal den Versuch gemacht, mir zu Hilfe zu kommen ... Herr Magloire war ebenfalls mein Freund, und hundertmal hat er mir gesagt, daß ich auf ihn rechnen könne, wie er auf mich rechnen konnte, und ihn unter allen hatte ich gewählt, mir mit seinem Rat und mit seiner Erfahrung beizustehen ...und als ich es unternahm, ihm meine Unschuld zu eröffnen, hat er mir erwidert, daß ich lüge.«

Der berühmte Anwalt von Sauveterre versuchte abermals zu protestieren, aber vergeblich.

»Verwandte!« fuhr Jacques in einem Tone fort, in dem all sein Zorn vibrierte; »ja, Sie haben recht, ich habe einen Vater und eine Mutter ...Wo sind sie? Mein Vater ist in Paris geblieben, ganz mit seinen gewohnten Zerstreuungen beschäftigt; meine Mutter ist nach Sauveterre gekommen, wo sie sich in diesem Augenblicke befindet, aber vergeblich hat man sie wissen lassen, daß es nun gestattet ist, mich zu besuchen ...Ich erwartete sie gestern, aber der Unglückliche, eines Verbrechens Beschuldigte, ist nicht mehr ihr Sohn! Vergeblich habe ich aus der Tiefe des Abgrundes nach ihr gerufen, vergeblich habe ich geharrt und die Sekunden nach den Schlägen meines Herzens gezählt! Sie ist nicht gekommen ...Niemand ist gekommen. Ich bin künftig allein in der Welt, und Sie sehen also wohl, daß ich das Recht habe, über mich zu verfügen...«

Herr Folgat dachte nicht daran, zu streiten – zu welchem Zwecke auch? Läßt sich mit der Verzweiflung rechten? Er sagte einfach:

»Sie vergessen Fräulein von Chandoré, mein Herr.«

Das Blut schoß in Jacques' Wangen, und mit einem tiefen Schauer murmelte er:

»Denise!«

»Ja, Denise«, fuhr der junge Anwalt fort. »Sie vergessen ihren Mut, ihre Ergebenheit und alles das, was sie schon für Sie gewagt hat. Sagen Sie doch, ob diese Sie verlassen, ob diese Sie verachtet und verleugnet, diese, welche all ihre Schüchternheit, all ihre jungfräuliche Zurückhaltung aufgab, um Sie zu sehen und sich eine lange Nacht im Gefängnis einschließen zu lassen! Es war ihre Ehre, die sie riskierte, denn sie konnte verraten und entdeckt werden, das wußte sie. Einerlei! Sie hat nicht gezaudert...«

»Oh, Sie sind fürchterlich, mein Herr!« unterbrach ihn Jacques, und gewaltsam den Arm des Anwalts pressend, fuhr er fort:

»Begreifen Sie denn nicht, daß es die Erinnerung an Denise ist, welche mich tötet, und daß mein Unglück um so entsetzlicher erscheint, weil ich weiß, welche Treue ich verliere? Sehen Sie denn nicht, daß ich Denise liebe, wie nie ein Weib geliebt worden ist? Ach, wenn es sich nur um mich allein handelte! Mit mir ist's wenig, ich habe nur einen Schritt zu tun, um zu enden. Aber sie! O mein Gott, warum mußte ich sie auf meinem Wege finden!«

Er schwieg eine Minute, dann fuhr er fort:

»Und dennoch ist sie sowenig erschienen wie meine Mutter! Warum? Ohne Zweifel hat man ihr alles erzählt. Man hat ihr gesagt, zu welchem Zweck ich mich am Abend des Verbrechens in Valpinson befand.«

»Sie täuschen sich, Jacques«, erklärte Magloire. »Fräulein von Chandoré weiß nichts.«

»Ist das möglich!«

»Ja, Herr Magloire hat in ihrer Gegenwart nicht gesprochen«, versetzte Folgat; »und wir haben Herrn von Chandoré das Versprechen abgenommen, daß er das Geheimnis bewahren möge. Ich habe mich dafür erklärt, daß Ihnen allein das Recht zustehe, Fräulein Denise die ganze Wahrheit mitzuteilen.«

»Nun dann, wie erklärt sie sich denn, daß ich mich nicht verteidigt habe?«

»Sie erklärt es sich gar nicht.«

»Großer Gott! So glaubt sie mich schuldig?«

»Und wenn Sie selbst ihr sagen würden, daß Sie schuldig seien, sie würde Ihnen nicht glauben.«

»Und dennoch ist sie gestern nicht gekommen...«

»Sie konnte nicht, mein Herr. Wenn man auch ihr die Wahrheit vorenthalten hat, so durfte dies doch mit Ihrer Mutter nicht geschehen. Frau von Boiscoran ist durch diesen letzten Schlag niedergeschmettert worden. Länger als eine Stunde war sie ohne Bewußtsein in den Armen

Denises, und als sie wieder zu sich kam, waren Sie ihr erstes Wort, aber es war schon zu spät, um sich noch ins Gefängnis begeben zu können.«

Seitdem Herr Folgat den Namen Denise genannt, hatte er das sicherste und vielleicht einzige Mittel gefunden, Jacques' Willen zu brechen.

»Wie soll ich Ihnen danken!« sagte er leise.

»Dadurch, daß Sie mir schwören, ein für allemal die unselige Absicht aufzugeben, die Sie gefaßt hatten«, erwiderte der junge Anwalt. »Wären Sie schuldig, so wurde ich Ihnen sagen: Sei es! und ich wäre der erste, der Ihnen eine Waffe in die Hand drückte. Dann wäre der Selbstmord nur eine Sühne. Unschuldig aber, haben Sie nicht das Recht, sich zu töten, denn Ihr Selbstmord käme einem Eingeständnis gleich.«

»Was soll ich tun?«

»Sich verteidigen! Kämpfen!«

»Ohne Hoffnung?«

»Ja, selbst ohne Hoffnung. Haben Sie jemals im Angesicht des Feindes den Kopf verloren? Nein. Sie wußten vielleicht, daß die Preußen weit in der Übermacht waren und wahrscheinlich Sieger sein würden ...gleichviel! ...Wohlan, auch jetzt befinden Sie sich vorm Feind, und hätten Sie auch die Gewißheit, unterliegen zu müssen, das heißt verurteilt zu werden, so würde ich Ihnen doch sagen: ›Es ist nötig, sich zu schlagen!‹ Und wären Sie verurteilt und müßten am andern Morgen das Schafott besteigen, so würde ich Ihnen noch immer zurufen: ›Sie müssen kämpfen bis zum letzten Atemzuge, denn noch da kann der Schuldige entdeckt werden und die Rettung Ihrer harren.‹ Sollte aber ein so glückliches Ereignis nicht eintreten, so würde ich Ihnen trotzdem wiederholen: ›Es ist nötig, den Henker zu erwarten, um von der Höhe des Schafotts herab gegen den Irrtum der Justiz zu protestieren, dessen Opfer Sie wären, und ein letztes Mal Ihre Unschuld zu beteuern.‹«

Während dieser Worte Folgats hatte Jacques sich allmählich mehr gefaßt.

»Mein Herr«, sagte er jetzt, »ich schwöre Ihnen bei meiner Ehre, daß ich Mut haben will bis zum Ende!«

»Gut«, sagte Magloire. »Sehr gut!«

»Aber was haben wir jetzt zu unternehmen?« fragte Jacques.

»Vor allem«, erwiderte Folgat, »werde ich beantragen, daß die von Herrn Galpin-Daveline so unvollständig geleitete Untersuchung zu Ihren Gunsten wiederaufgenommen werde. Noch heute abend reise ich mit Ihrer Mutter nach Paris zurück. Ich bin gekommen, von Ihnen die erforderlichen Informationen zu erbitten ebenso die Mittel, um Ihr Haus in der Rue de la Vigne zu durchsuchen und den Freund, dessen Namen Sie geführt, sowie die Dienerin, welche Sie in Passy hatten, wieder aufzufinden...«

Ein Klirren der Riegel unterbrach ihn. Die Klappe am Guckloch der Zellentür öffnete sich, und am Gitter erschien das gerötete Gesicht Blangins.

»Mein Herr«, sagte er, »Frau von Boiscoran ist im Sprechzimmer und läßt Sie bitten, hinunterzukommen, wenn Ihre Unterredung mit diesen Herren zu Ende ist.«

Jacques wurde sehr bleich.

»Meine Mutter!« flüsterte er.

Aber sofort fügte er hinzu, gegen den Wärter gewendet: »Bleiben Sie hier! Wir sind gleich zu Ende.« Seine Bewegung war so groß, daß er sie nicht zu bemeistern vermochte.

»Meine Herren«, fuhr er fort, »an diesem Punkte müssen wir für heute stehenbleiben. Ich habe meine Gedanken nicht mehr beieinander.«

Aber Herr Folgat hatte, wie er bereits gesagt, den Entschluß gefaßt, noch an demselben Tage nach Paris zurückzureisen.

»Der Erfolg hängt von der Schnelligkeit unserer Bewegungen ab«, erklärte er. »Gestatten Sie mir also, darauf zu bestehen, daß ich sogleich die gewünschten Informationen erhalte.«

Traurig schüttelte Jacques den Kopf.

»Was Sie unternehmen wollen, ist ein vergeblicher Versuch«, sagte er.

»Tun Sie, was mein Kollege verlangt«, versetzte Magloire.

Und ohne weiter zu widerstehen, vielleicht auch von der geheimen Hoffnung getrieben, daß sich eine Entdeckung bewirken lasse, gab Herr von Boiscoran dem Pariser Anwalt die genauesten Umstände seiner Verbindung mit Frau von Claudieuse an. Er teilte ihm mit, zu welchen Stunden sie in die Rue de la Vigne zu kommen pflegte, welchen Weg sie nahm und wie sie meist gekleidet war.

Die Schlüssel des Hauses befanden sich zu Boiscoran in einem Schubfach, welches Jacques näher bezeichnete. Es war deshalb nur nötig, sich an Antoine zu wenden.

Er sagte ferner, wie es vielleicht möglich wäre, jenen Engländer, seinen Freund, dessen Namen er entlehnt hatte, zu finden. Sir Francis Burnett hatte in London einen Bruder. Jacques kannte zwar nicht genau dessen Adresse, aber er wußte, daß er bedeutende Geschäfte mit Indien machte und daß er früher Erster Kassier des berühmten Bankhauses Gilmore und Benson gewesen war.

Was die englische Dienstmagd anlangte, so war sie drei Jahre seine Wirtschafterin in der Rue de la Vigne gewesen, Jacques hatte sie gleichsam mit geschlossenen Augen eingestellt, lediglich auf die Empfehlung eines Gesindevermittlungsbüros in der Rue du Faubourg Saint-Honoré hin, und nie hatte er sich weiter mit ihr beschäftigt, als ihr den Lohn zu zahlen oder von Zeit zu Zeit ein Geschenk zu machen. Alles, was er außerdem zu sagen wußte und was er rein zufällig erfahren hatte, war, daß das Mädchen sich Suky Wood nannte, daß sie in Folkestone geboren war, wo ihre Eltern eine Matrosenherberge unterhielten, und daß sie, bevor sie nach Frankreich gekommen war, in Liverpool gewohnt hatte, wo sie Kammermädchen im Hotel Adelphi gewesen war.

Herr Folgat notierte sich sorgfältig alle diese Mitteilungen.

»Und mehr bedarf es nicht, um den Feldzug zu beginnen«, sagte er. »Ich habe von Ihnen nun nichts mehr zu erbitten als Namen und Adressen Ihrer Lieferanten in der Rue de la Vigne.«

»Sie finden diese in einem kleinen Notizbuch verzeichnet, welches in demselben Schubfach liegt, wo die Hausschlüssel sich befinden. Dort sind auch alle das Haus betreffenden Dokumente und Papiere. Sie können außerdem vielleicht den alten Antoine befragen, der ein mir sehr ergebener Mensch ist.«

»Gewiß werde ich ihn ausforschen, wenn Sie dies erlauben«, sagte der junge Anwalt.

Hierauf steckte er sorgfältig alle seine Notizen ein.

»Meine Reise«, fügte er hinzu, »dauert nur drei oder vier Tage, und nach meiner Rückkehr stellen wir den Umständen gemäß unsern Verteidigungsplan auf. Bis dahin, mein werter Klient, guten Mut!« Herr Folgat rief nunmehr den Wärter, welcher ihm die Tür öffnete. Beide Anwälte drückten Jacques von Boiscoran die Hand und verabschiedeten sich.

»Nun, steigen wir jetzt hinunter?« fragte der Wärter den Gefangenen.

Jacques antwortete nicht. Aus dem tiefsten Grunde seines Herzens hatte er den Besuch seiner Mutter ersehnt, doch nun, da sie gekommen war, in dem Moment, da er sie sehen sollte, fühlte er sich von allen möglichen unbestimmten Besorgnissen bestürmt. Das letzte Mal, als er sie umarmt hatte, war er in Paris, in dem schönen Salon ihres Palais. Er schied damals, das Herz voll Freude und Hoffnung, um seine geliebte Denise wiederzusehen, und er erinnerte sich, daß seine Mutter damals zu ihm sagte: »Ich sehe dich nun nicht eher wieder als am Tage vor deiner Hochzeit.«

Und nun war es im Sprechzimmer eines Gefängnisses; wo er als Gefangener, eines schweren Verbrechens bezichtigt, sie wiedersehen sollte.

Und vielleicht zweifelte auch sie an seiner Unschuld.

»Mein Herr, die Frau Marquise wartet auf Sie!« beharrte der Gefängniswärter.

Die Stimme dieses Mannes weckte Jacques aus seinem tiefschmerzlichen Sinnen.

»Ich bin bereit«, versetzte er, »gehen wir!«

Und indem er die Treppe hinabschritt, war er nur damit beschäftigt, seinem Gesicht den Ausdruck der Gefaßtheit zu geben und sich mit Mut und Kaltblütigkeit zu waffnen.

»Denn es ist nicht nötig«, sagte er sich, »daß sie das Schreckliche meiner Lage ahnt.«

Am Fuße der Treppe sagte Blangin, eine Tür öffnend:

»Hier ist das Sprechzimmer. Wenn die Frau Marquise sich wieder entfernen will, rufen Sie mich.«

Auf der Schwelle blieb Jacques stehen.

Das Sprechzimmer des Gefängnisses zu Sauveterre ist ein weiter leerer Saal, von zwei kleinen Fenstern erhellt, die mit doppelten Gittern von starken Eisenstäben verwahrt sind. Außer einer langen, an der Wand befestigten Bank kein einziges Möbel. Die Wände sind feucht und schmutzig.

Auf der Bank saß in der vollen Helligkeit des Fensters die Marquise, oder vielmehr sie war darauf hingesunken und schien in Sinnen verloren. Jacques vermochte kaum einen Schrei des Schmerzes zu unterdrücken.

War diese alte abgezehrte Frau mit dem bleifarbenen Gesicht, mit den geröteten Augen und zitternden Händen seine Mutter?

»O mein Gott!« murmelte er.

Sie hörte es, denn sie richtete den Kopf empor, und ihren Sohn erkennend, versuchte sie aufzustehen: aber ihre Kräfte verließen sie, und sie fiel schwer auf die Bank zurück.

»Jacques, mein Sohn!« rief sie aus.

Sie war ebenfalls betroffen, als sie sah, was zwei Monate der Ängste und Schlaflosigkeit aus Jacques gemacht hatten.

Er kniete zu ihren Füßen nieder auf die schmutzigen Steinplatten und sagte mit kaum hörbarer Stimme, fast stammelnd:

»Verzeihst du mir die furchtbaren Leiden, die ich dir verursache?«

Sie betrachtete ihn einige Momente mit irrem Ausdruck, dann faßte sie seinen Kopf mit beiden Händen und preßte ihn mit leidenschaftlicher Gewalt an sich.

»Ob ich dir verzeihe!« rief sie ...»Oh, ich habe dir nichts zu verzeihen. Selbst wenn du schuldig wärst, würde ich dich doch immer lieben, und du bist unschuldig!...«

Jacques atmete frei auf. Er fand in dem Ausdruck seiner Mutter, daß sie nicht an ihm zweifelte.

»Und mein Vater?« fragte er forschend.

Ein flüchtiges Rot färbte die bleichen Wangen der Marquise.

»Ich sehe ihn morgen«, erwiderte sie ausweichend; »denn ich reise heute abend mit Herrn Folgat nach Paris.«

»Wie, du willst in deinem angegriffenen Zustand reisen?«

»Es muß sein.«

»Kann mein Vater nicht auf acht Tage seine Sammelliebhaberei verlassen? Warum ist er nicht hier? Hält er mich für schuldig?«

»Eben weil er dich bestimmt für unschuldig hält, ist er in Paris geblieben. Er glaubt dich nicht in Gefahr, und er setzt voraus, daß das Gericht sich nicht irren könne.«

»Das hoffe ich auch!« versetzte Jacques mit gezwungenem Lächeln, und rasch den Ton wechselnd, setzte er hinzu:

»Und wie befindet sich Denise? Warum hat sie dich nicht hierherbegleitet?«

»Weil ich es nicht wollte. Sie weiß von nichts. Es ist ausgemacht worden, daß vor ihr der Name der Gräfin von Claudieuse nicht genannt werde, und doch wollte ich mit dir über diese Frau sprechen! ...Jacques, mein armes Kind, sieh, wohin dich eine schuldhafte Leidenschaft geführt hat!«

Er erwiderte nichts.

»Liebtest du sie?« fragte Frau von Boiscoran.

»Ich habe geglaubt, sie zu lieben.«

»Und sie?«

»Oh! Sie! ...Gott allein kennt das Geheimnis dieser verstörten Seele.«

»Es scheint von ihr nichts zu erwarten zu sein, kein Mitleid, keine Reue...«

»Nichts! Ich habe alle Hoffnung aufgegeben. Sie rächt sich. Sie hat mich überlistet.«

Die Marquise seufzte.

»Das ist's, was ich ebenfalls denke«, sagte sie. »Am letzten Sonntag, als ich noch von nichts wußte, befand ich mich neben ihr in der Kirche, und unwillkürlich bewunderte ich ihre ruhige Sammlung, die Reinheit ihres Blickes, die edle Einfachheit ihrer Haltung. Gestern, als ich die Wahrheit erfuhr, hat's mich durchschauert. Ich habe begriffen, wie schwer eine Frau anzugreifen ist, die eine solche Ruhe erheucheln kann, während ihr Liebhaber wegen eines Verbrechens im Gefängnis ist, das sie selbst begangen hat.«

»Nichts in der Welt vermag diese Frau außer Fassung zu bringen, liebe Mutter.«

»Und doch mag sie im geheimen zittern, mein Sohn, denn sie kann sich wohl vorstellen, daß du uns alles mitgeteilt hast. Welche Maßregeln werden ergriffen werden müssen, um sie endlich zu entlarven?«

Das Erscheinen Blangins unterbrach diese Unterredung. Er kam, um anzuzeigen, daß die Zeit abgelaufen sei und daß die Frau Marquise den Besuch beenden müsse.

Diese zog sich zurück, nachdem sie ein letztes Mal ihren Sohn umarmt hatte.

Und noch an demselben Abend reiste sie, wie verabredet worden war, in Begleitung Folgats und des alten Antoine nach Paris ab.

# Kapitel 27

Alle Beteiligten in Sauveterre, der Herr von Chandoré ebenso wie Jacques, verkannten den Marquis von Boiscoran. Allerdings hatte er sich in den Kopf gesetzt, in Paris zu bleiben, aber das geschah gewiß nicht aus Gleichgültigkeit, sondern er starb fast vor Angst und Sorge.

Er hatte seine Tür fest verschlossen gegen alle Besucher, selbst gegen seine alten Freunde und gegen die Antiquitätenhändler. Er sichtete und beschaute seine Sammlungen nicht mehr. Nichts konnte ihn aus seiner trüben Niedergeschlagenheit emporreißen als die Ankunft eines Briefes aus Sauveterre.

Auf diese Weise konnte er auch aus der Ferne alle Stufen des Prozesses bis in die geringsten Einzelheiten verfolgen. Allein vergebens drang man in ihn, selbst nach Sauveterre zu kommen, vergebens beschwor man ihn sogar im Interesse seines Sohnes. Er wich nicht von seinem Platze.

Natürlich machte die Dienerschaft darüber im stillen ihre Bemerkungen.

»Es muß etwas Ungewöhnliches in dem Herrn Marquis vorgehen!« sagte der Kammerdiener zu den andern Dienstleuten im Vertrauen.

In der Tat verbrachte der alte Edelmann seine Tage und einen Teil der Nächte in seinem Arbeitsgemach in einen Lehnstuhl gesunken, kaum etwas genießend, schlaflos, unaufmerksam gegen alles, was um ihn vorging. Auf seinem Tische lagen in wohlgeordneter Reihenfolge alle seine Briefe aus Sauveterre, und er las sie ohne Unterlaß wieder und wieder, verglich ihren Inhalt miteinander, erläuterte sich, so gut er konnte, alle Ausdrücke und versuchte, aber ohne allen Erfolg, den Kern der Wahrheit aus dieser Masse von Einzelheiten und Auskünften herauszuschälen.

Eins aber stand fest: Er war bereits vollständig herausgeschleudert aus der angenehmen Sicherheit, in der er sich anfangs gewiegt hatte.

Eines Morgens befand er sich denn auch zu sehr früher Stunde bereits in seinem Arbeitszimmer. Seine Besorgnisse waren noch unerträglicher als gewöhnlich, denn Herr Folgat hatte ihm am Tage zuvor geschrieben:

»Morgen nimmt alle unsere Ungewißheit ein Ende, morgen wird sich die Decke des Geheimnisses heben, denn morgen darf Jacques seinen gewählten Verteidiger, Herrn Magloire, empfangen. Sie werden dann Neues erfahren.«

Diese Neuigkeiten erwartete der Marquis, und schon zweimal hatte er geklingelt, um zu fragen, ob der Briefträger noch nicht erschienen sei, als plötzlich der Kammerdiener eintrat und mit bestürzter Miene meldete:

»Die Frau Marquise, Herr, ist soeben mit Antoine, dem Kammerdiener des Herrn Jacques, eingetroffen.«

Er hatte kaum geendet, als die Marquise selbst erschien, noch kraftloser als am Tage zuvor im Sprechzimmer des Gefängnisses, weil die Anstrengungen einer Nachtfahrt auf der Eisenbahn sie ermattet hatten.

Der Marquis war sofort aufgesprungen.

Kaum hatte der Kammerdiener sich zurückgezogen, so fragte er seine Gemahlin mit einer Stimme, die gleichzeitig der Ausdruck der Erwartung und Befürchtung war:

»Ist etwas Ungewöhnliches geschehen?«

»Ja«, antwortete die Marquise.

»Gutes oder Schlimmes?«

»Etwas Trauriges.«

»Mein Gott! Hat Jacques gestanden?«

»Was soll er gestehen, da er unschuldig ist?«

»Nun, dann hat er sich gerechtfertigt?«

»Gegen mich, gegen Herrn Folgat, gegen Doktor Seignebos, gegen uns alle, die ihn kennen und lieben, ja. Aber nicht vor der öffentlichen Meinung, nicht vor seinen Feinden und der Justiz. Er erklärt alles, aber die Beweise fehlen ihm.«

Das schon so düstere Antlitz des Marquis verfinsterte sich noch mehr.

»Mit anderen Worten, man soll seiner bloßen Versicherung glauben«, sagt er.

»Nun, glaubst du ihr denn nicht?«

»Ach, es handelt sich hier nicht um mich, sondern um die Richter!«

»Für sie sind wir Beweise zu finden bemüht. Herr Folgat, der mit mir zugleich eingetroffen ist und noch heute zu dir kommen wird, hofft diese Beweise zu schaffen.«

»Beweise worüber?«

Vielleicht hatte die Marquise diese Frage befürchtet und sich auf deren Beantwortung vorbereitet, und dennoch fühlte sie sich jetzt durch sie verwirrt.

»Jacques«, begann sie zögernd, »war der Liebhaber der Gräfin von Claudieuse.«

»Ah!« unterbrach sie der Marquis, und in einem Tone beleidigenden Spottes fügte er hinzu: »Also eine Ehebruchsgeschichte!«

Die Marquise schwieg einige Sekunden, dann entgegnete sie: »Als die Gräfin erfuhr, daß Jacques sich verheiraten wolle und sie verlasse, beschloß sie, sich zu rächen.«

»Und um sich zu rächen, versuchte sie, ihren Mann zu töten...«

»Sie wollte frei sein...«

Der Marquis unterbrach seine Frau mit einem heftigen Fluch.

»Und das ist alles, was Jacques gefunden hat?« fragte er. »Um mit dieser Geschichte hervorzukommen, hat er während der Untersuchung geschwiegen?«

»Du läßt mich ja gar nicht zu Worte kommen! Unser Sohn ist das Opfer unerhörter Zufälligkeiten...«

»Natürlich, natürlich! ... Unerhörte Zufälligkeiten sind der ewige Refrain dieser Tausende von Schuften, welche alljährlich verurteilt werden. Glaubst du denn, daß diese die Wahrheit eingestehen? Niemals! Frage sie nur, sie werden dir samt und sonders sagen, daß sie die Opfer des Verhängnisses sind, oder irgendeiner finstern Intrige, oder gar eines Irrtums der Justiz. Wie kann es nur in unserer Zeit noch Justizirrtümer geben, wo die Beweisaufnahmen der Anklagekammern stets die Ermittlungen der Untersuchungsrichter genau nachprüfen!«

»Du wirst Herrn Folgat sehen, der dir seine Hoffnungen mitteilen wird...«

»Und wenn diese fehlschlagen?«

Frau von Boiscoran senkte den Kopf.

»Was geschieht dann?« beharrte der Marquis.

»Es ist noch nicht alles verloren, mein Freund; nur werden wir den schrecklichen Schmerz haben, unsern Sohn vor die Geschworenen gestellt zu sehen.«

Der alte Edelmann richtete sich hoch auf, sein Gesicht wurde purpurrot, seine Nasenflügel erweiterten sich, der wildeste Zorn funkelte in seinen Augen.

»Jacques vor die Geschworenen!« schrie er mit donnernder Stimme; »und das wagst du mir zu sagen, so kalt, als handelte es sich um etwas ganz Natürliches, um etwas Selbstverständliches, um etwas nur Mögliches! Und wohin kommt er, wenn er das Geschworenengericht passiert? Er wird verurteilt, und man sieht einen Boiscoran im Zuchthause! Doch nein, das ist nicht wahr! ... Ich behaupte nicht, daß ein Boiscoran kein Verbrechen begehen könne, die Leidenschaft kann bis zum Wahnsinn fortreißen ... aber ein Boiscoran weiß sich dann selbst zu richten. Blut wäscht alles ab. Jacques aber zieht den Henker vor, er wartet, er greift zur Waffe der List, er will sich vor Gericht verantworten ... er ist zufrieden, wenn er nur seinen Kopf retten kann; er schätzt sich glücklich, wenn er mit einigen Jahren Strafarbeit wegkommt ... Und dieser Feigling wäre ein Boiscoran, in seinen Adern flösse mein Blut? Nein, Madame!« setzte er in einem anderen Tone hinzu, »Jacques ist nicht mein Sohn!«

So niedergedrückt auch die Marquise war, unter dieser schweren Beleidigung richtete sie sich stolz auf.

»Ich weiß, was ich sage«, fuhr er fort. »Ich erinnere mich an alles, wenn auch Sie alles vergessen haben ... Denken Sie an die Vergangenheit ... erinnern Sie sich an den Tag der Geburt Jacques und sagen Sie mir, in welchem Jahr es war, daß Herr von Margeril sich mit mir nicht schlagen wollte!«

»Und dies sagen Sie mir heute nach dreißig Jahren und unter solchen Umständen? O mein Gott!«

»Ja, nach dreißig Jahren! ...Dergleichen Erinnerungen löscht keine Ewigkeit aus. Und ohne diese Umstände, von denen Sie reden, hätte ich Ihnen nie etwas gesagt ...Wir haben in gutem Einverständnis miteinander gelebt, doch zwischen uns stand stets wie eine eiserne Mauer der Verdacht ...Ich zweifelte und schwieg. Aber heute, wo die Tatsachen meine Zweifel rechtfertigen, wiederhole ich Ihnen: Jacques ist nicht mein Sohn!«

Im Grunde der meisten Wesen, die äußerlich friedlich und glücklich erscheinen, ruht, wie ein feines Gift in einem Becher klaren Wassers, ein bösartiges Mißtrauen, das bei der geringsten Erschütterung an die Oberfläche kommt.

Außer sich vor Schmerz, Zorn und Schmach, rang die Marquise die Hände.

»Welche Kränkung!« rief sie. »Was Sie sagen, ist fürchterlich. Es ist unwürdig, diese infame Verdächtigung noch den Martern hinzuzufügen, welche ich bereits erdulde!«

Herr von Boiscoran brach in ein krampfhaftes Lachen aus.

»So bin ich es wohl, der diese Lage geschaffen hat!« rief er.

»Nun denn! Ja, es ist wahr, ich bin einstmals unvorsichtig und unüberlegt gewesen. Ich war jung, ich kannte das Leben nicht, die Welt war mir nur ein Fest, und Sie, mein Herr, der mir ein Führer sein sollte, schienen mich zu vernachlässigen ...Ich war nicht fähig, die Folgen einer nicht bös gemeinten Koketterie vorauszusehen ...«

»Sie sehen aber doch nun diese Folgen! Nach dreißig Jahren verleugne ich das Kind, welches meinen Namen trägt, und ich sage, daß es, wenn es unschuldig ist, den Fehler seiner Mutter büßt. Unglücklicherweise vergaß sich Ihr Sohn so weit, daß er das Weib eines andern, nach dem ihn gelüstete, abwendig machte, und nachdem er ergriffen worden ist, erscheint es nur gerecht, daß er als Ehebrecher bestraft wird ...«

»Aber Sie wissen wohl, daß ich meine Pflichten gegen Sie nicht verletzt habe!«

»Ich weiß nichts!«

»Sie haben es indessen anerkannt, indem Sie eine Erklärung zurückwiesen, die mich gerechtfertigt haben würde.«

»Es ist wahr, ich bin vor einer Erklärung zurückgeschreckt, welche bei Ihrem unerträglichen Hochmut notwendigerweise mit einem Bruche, also mit einem abscheulichen Skandal geendet hätte.«

Die Marquise hätte entgegnen können, daß ihr Gemahl, indem er eine Rechtfertigung zurückwies, auf das Recht verzichtet habe, jemals wieder einen Vorwurf zu erheben, aber wozu hätte das genützt?

»Alles, was ich weiß«, fuhr er fort, »war, daß es in der Welt einen Menschen gab, den ich töten wollte. Das Gespräch zweier Gecken hatte mir seinen Namen verraten. Ich suchte ihn auf und sagte ihm, daß ich Genugtuung fordere und daß ich von seiner Ehre verlange, den eigentlichen Grund unseres Zusammentreffens selbst unseren Zeugen gegenüber zu verschweigen. Er verweigerte mir diese Genugtuung unter dem Vorgeben, daß er mir keine schulde, daß Sie verleumdet seien und daß er sich mit mir nicht eher schlagen werde, als bis ich ihn öffentlich beleidigte ...«

»Und dann ...«

»Was sollte ich danach tun? Eine Untersuchung beginnen? Ihre Vorsicht hätte sie gewiß ergebnislos gemacht. Sie ausspionieren? Das hätte mich unnütz entwürdigt, da Sie sich in acht nahmen. Oder hätte ich auf Scheidung klagen sollen? Das Gesetz bot mir allerdings dieses Hilfsmittel. Ich konnte Sie vor die Richter bringen, Sie den beißenden Spöttereien meines Anwalts und mich den Späßen des Ihrigen aussetzen ...Ich hatte das Recht, uns zu erniedrigen, meinen Namen zu entehren ...Ah, lieber tausendmal ein Betrogener!«

Frau von Boiscoran schien niedergeschmettert.

»Darin also«, murmelte sie, »liegt die Erklärung Ihres Benehmens seit vielen Jahren.«

»Ja. Daher kam es, daß ich sofort auf jede amtliche Laufbahn verzichtete, was Sie Stolz nannten. Daher kam es, daß ich mich von der Gesellschaft zurückzog, weil ich immer die lächelnden

Gesichter der Spötter zu sehen glaubte ... Daher kam es, daß ich Ihnen die Erziehung Ihres Sohnes und die Leitung unseres Hauswesens überließ, während ich selbst der leidenschaftliche Sammler, der verstockte Egoist wurde, als den man mich kennt.«

Es war mehr Bedauern als Vorwurf in den Blicken der Marquise.

»Sie haben mir nun Ihren ungerechten Verdacht ausgesprochen, mein Herr«, erwiderte sie, »aber ich war ruhig und befestigt im Gefühl meiner Unschuld, und ich hoffe, daß die Zeit und mein Betragen Ihren Verdacht ausgerottet haben.«

»Das einmal verlorene Vertrauen kehrt nicht wieder.«

»Aber mir ist nie die schreckliche Idee gekommen, daß Sie an Ihrer Vaterschaft zweifeln könnten.«

Der Marquis schüttelte den Kopf.

»Und doch war es so«, versetzte er. »Ich habe entsetzlich gelitten. Ich liebte Jacques. Ja, trotz allem und mir selbst zum Trotz, ich liebte ihn! Denn besaß er nicht alle Eigenschaften, welche die Freude und den Stolz einer Familie ausmachen? War er nicht freigebig und stolz, offen für alle edlen Eindrücke, anhänglich und stets geneigt, mir gefällig zu sein? Nie habe ich Ursache gehabt, mich über ihn zu beklagen. Aber leider! wenn man mich als den glücklichsten Vater bezeichnete, war ich der unglücklichste Mensch.«

Der Zorn des Marquis war geschwunden, aufgezehrt durch sein eigenes Übermaß. Er hatte sich selbst in Rührung hineingeredet; er ließ sich in einen Sessel fallen und verbarg sein Gesicht in den Händen.

»Wenn er nun aber mein Sohn wäre!« murmelte er. »Wenn er doch wohl unschuldig wäre! Oh, dieser Zweifel ist unerträglich! Und ich habe mir in den Kopf gesetzt, mich nicht von der Stelle zu rühren! Ich habe nichts für ihn getan, obwohl ich alles gekonnt hätte! Es wäre mir so leicht gewesen, zu erlangen, daß diese Untersuchung einem andern übertragen würde als diesem Galpin-Daveline, der erst sein Freund war und nun sein Todfeind geworden ist!«

Herr von Boiscoran hatte gesagt, daß der Hochmut der Marquise unerträglich sei. Und dennoch kämpfte sie, die beleidigt worden war, wie nur je ein Weib beleidigt werden konnte, alle Empörung ihres innersten Wesens nieder. Sie dachte nur an ihren Sohn, und darum blieb sie gelassen.

Sie zog einen Brief aus ihrer Tasche, den ihr Jacques noch am Abend ihrer Abreise zugesandt hatte, und überreichte ihn ihrem Gatten.

»Lies«, sagte sie bewegt, »was dir unser Sohn schrieb.«

Mit zitternder Hand nahm der Marquis das Schreiben, riß das Kuvert auf und las:

»Wollen Sie mich auch verlassen, lieber Vater, wenn alle Welt mich verläßt? Nie war mir Eure Zuneigung notwendiger als jetzt. Die Gefahr ist groß. Alles hat sich gegen mich gewendet. Vielleicht wird es mir unmöglich gemacht, meine Unschuld darzulegen. Aber Sie, sollten Sie Ihren Sohn eines albernen und feigen Verbrechens fähig halten? ... O nein, nicht wahr? Mein Entschluß ist gefaßt, ich kämpfe bis zum äußersten. Bis zum letzten Atemzuge werde ich nicht mein Leben, sondern meine Ehre verteidigen ... Ach, wenn Sie wüßten! ... Aber es gibt Dinge, die sich nicht schreiben lassen, die man nur Aug' in Aug' seinem Vater sagen kann ... Ich beschwöre Sie, kommen Sie, damit ich Sie sehe, damit Ihre Hand die meine drücke! Entziehen Sie nicht diesen unschätzbaren Trost Ihrem unglücklichen Sohne!«

Der Marquis war aufgesprungen.

»O ja, wohl bist du unglücklich!« rief er.

Und sich halb seiner Frau zuneigend, fuhr er fort:

»Ich unterbrach dich vorhin ... Ich bitte dich jetzt, mir alles mitzuteilen.«

Die Mutterliebe erstickte den letzten Groll der Frau. Ohne einen Schatten des Zögerns und als ob nichts geschehen wäre, wiederholte die Marquise die ganze Geschichte, welche Jacques dem Anwalt Magloire erzählt hatte.

Der Marquis schien wie vernichtet.

»Es ist unerhört!« rief er wiederholt. »Das also war es«, fuhr er fort, als seine Gemahlin geendet hatte, »warum Jacques sich stets so verstört zeigte, wenn von der Gräfin Claudieuse die

Rede war, und warum er dir sagte, daß er immer zur andern Tür hinausgehe, wenn die Gräfin zu der einen hereintrete ... Wir vermochten diese Abneigung nicht zu begreifen...«

»Leider war es keine Abneigung. Jacques wollte damit nur der klugen Verstellung der Frau von Claudieuse zu Hilfe kommen.«

Der Marquis zögerte unschlüssig; in weniger als einer Minute drückten sich in seinem Gesicht die entgegengesetztesten Empfindungen aus. Endlich sprach er:

»Alles, was noch möglich ist, um meine bisherige Untätigkeit wiedergutzumachen, werde ich tun. Ich gehe nach Sauveterre. Jacques soll gerettet werden. Herr von Margeril ist allmächtig, geh zu ihm, ich gestatte es dir, ich verlange es sogar...«

Zwei Tränen glänzten in den Augen der Marquise.

»Begreifst du denn nicht«, sagte sie, »daß das, was du verlangst, nun unmöglich ist? Alles in der Welt, alles ... nur dieses nicht! Aber Jacques ist unschuldig, wie ich; Gott wird uns gnädig sein, Herr Folgat wird unsern Sohn retten.«

# Kapitel 28

Herr Folgat war bereits in Tätigkeit. Vertrauen in seine Sache, die Überzeugung von Jacques' Schuldlosigkeit, der Reiz des Geheimnisvollen, Kampflust, die Ungewißheit des Erfolgs und zugleich die Begier danach, Neigung, Interesse, Leidenschaft, alles vereinigte sich, um die Fähigkeiten des Anwalts anzuregen und ihn anzuspornen.

Und über all dem schwebte noch, geheimnisvoll und nicht mit Worten zu erklären, die tiefe Empfindung, welche dem Vertreter des Rechts Fräulein von Chandoré unbewußt in die Seele gepflanzt hatte. Er war dem Zauber unterlegen wie alle andern, die mit Denise in Berührung kamen. Es war nicht Liebe im gewöhnlichen Sinne des Wortes, und es war nicht Hoffnung auf Besitz, denn er wußte wohl, daß, wie auch die Würfel fallen würden, Denise doch für immer Jacques angehöre; es war aber eine nicht minder mächtige und zarte Empfindung, die ihm den Wunsch einflößte, sich ihr zu widmen und in ihrem Leben, ihrem Glücke einen Wert und eine Erinnerung zu bilden.

Um ihretwillen hatte er alle seine sonstigen Geschäfte und Klienten vernachlässigt und war in Sauveterre geblieben. Um ihretwillen namentlich wollte er Jacques von Boiscoran retten.

Kaum war der Bahnhof in Paris erreicht, als er die Marquise von Boiscoran dem Schutze des alten Antoine überließ und in einem Wagen nach seiner Wohnung eilte. Er hatte bereits am Abend vorher telegraphiert, sein Diener war also bereit. In wenigen Augenblicken war er umgekleidet, und wieder in den Wagen steigend, fuhr er aus, um den Mann zu finden, der nach seiner Meinung am geeignetsten und fähigsten war, die finstern Ränke zu durchdringen und zu lichten.

Dieser Mann war ein gewisser Goudar, welcher bei der Pariser Polizeipräfektur jene Funktionen bekleidete, die zwar schlecht erklärbar sind, aber so gut bezahlt werden, daß sie ein behagliches Leben gestatten.

Es war einer jener Agenten für alles, welche die Polizei zu den schwierigsten und feinsten Unternehmungen und für die gefahrvollsten Ausforschungen an allen Punkten der Welt verwendet, da wo es gilt, gleichzeitig Scharfblick und Takt, beispiellose Unerschrockenheit und unerschütterliche Kaltblütigkeit zu beweisen.

Herr Folgat hatte Gelegenheit gehabt, ihn in einer Angelegenheit der »Diskontogesellschaft auf Gegenseitigkeit« kennen- und schätzen zu lernen. Der Unternehmer dieser Gesellschaft war mit einem Defizit von mehreren Millionen entflohen, Goudar wurde auf seine Spur gesetzt und fand und verhaftete ihn endlich in Kanada, nachdem er drei Monate lang Amerika nach allen Richtungen durchkreuzt hatte. Schon damals hatte Folgat sich vorgenommen, bei der nächsten sich bietenden Gelegenheit sich an diesen geschickten Mann zu wenden.

Goudar war verheiratet und Familienvater und wohnte an der Straße nach Versailles, ganz nahe den Befestigungen. Er besaß ein eigenes kleines Haus, das sehr versteckt lag, mit einem Gärtchen an der Straße und einem großen Garten an der Rückseite, wo er die prächtigsten Pflanzen und Früchte kultivierte und allerlei Tiere hielt.

Es ist nämlich eine bemerkenswerte Tatsache, daß alle diese Polizeimenschen, welche sich den Tag über in der gesellschaftlichen Luft bewegen müssen, das Landleben lieben und, vermutlich abgestoßen von so viel zu ihrer Kenntnis kommender menschlicher Bosheit und Gemeinheit, Tiere und Pflanzen mit ihrer Neigung begünstigen.

Als Herr Folgat vor Goudars hübschem Besitztum den Wagen verließ, sah er eine junge schöne Frau von fünfundzwanzig bis sechsundzwanzig Jahren mit einem sehr niedlichen kleinen, blonden Mädchen von drei bis vier Jahren in dem Vorgärtchen spielen.

»Ist Herr Goudar anwesend?« fragte Folgat, nachdem er sie begrüßt hatte.

Die junge Frau errötete leicht, und bescheiden, aber nicht verlegen, erwiderte sie mit einer glockenreinen Stimme:

»Mein Mann ist im Garten, und Sie finden ihn leicht, wenn Sie den Gartenweg weitergehen, der ums Haus herumführt.«

Der bezeichneten Richtung folgend, traf Folgat alsbald auf den Gesuchten. Einen alten Stroh-hut auf dem Kopfe, in Pantoffeln und Hemdsärmeln, mit einer blauen Latzschürze und einer Tasche, wie sie die Gärtner zu tragen pflegen, stand Goudar auf einer Leiter und war beschäftigt, die köstlichen Gutedeltrauben seines dichtberankten Spaliers mit Stricknetzen zu bedecken. Als er den Sand der Gartenwege unter Folgats Füßen knirschen hörte, wendete er sich um.

»Ah, sieh da, Herr Folgat bei mir!« rief er. »Guten Tag, Herr Anwalt!«

Herr Folgat war beim ersten Anblick Goudars förmlich überrascht. Er hätte kaum in ihm seinen Polizeimann wiedererkannt.

Es waren freilich über drei Jahre verflossen, seit er ihn nicht gesehen hatte. Zudem gehörte Goudar zu denjenigen Erscheinungen, die man schwer im Gedächtnis behält; von mittlerer Ge-stalt, weder stark noch mager, weder braun noch blond, weder jung noch alt ... ein Paßbeamter hätte gewiß in seine Personenbeschreibung gesetzt: »Gesicht: gewöhnlich; Nase: gewöhnlich; Mund: gewöhnlich; Augen: von unbestimmter Farbe. Besondere Kennzeichen: fehlen.«

Es ließ sich nicht gerade sagen, daß Goudar einfältig aussehe, er hatte aber auch keinen intelli-genten Gesichtsausdruck. In seinem Äußern war alles durchschnittlich und unbestimmt. Nicht ein hervorstechender Zug. Man konnte ihn sehen, ohne ihn zu beachten, und ihn vergessen, sobald er vorüber war.

»Sie sehen mich meine Ernte für den Herbst vorbereiten«, sagte er dem Anwalt. »Es ist ein angenehmes Geschäft. Ich stehe indessen sogleich zu Ihrer Verfügung. Nur noch diese drei Trauben, dann komme ich.«

In wenigen Augenblicken war es geschehen, und er stieg von der Leiter.

»Nun, was sagen Sie zu meinem Garten?« fragte er.

Und sofort war er daran, dem Besucher sein Besitztum zu zeigen, und mit der Freude des Besitzers rühmte er die Saftigkeit seiner Kaiserbirnen, die brennenden Farben seiner Dahlien, die Einrichtung seines Hühnerhofes, die Kaninchenställe, ein Bassin für seine Enten von allen Arten und Farben...

Herr Folgat verwünschte im Grunde seines Herzens diesen Enthusiasmus. Es wurde dabei Zeit verloren – aber wenn man die Dienste eines Menschen beansprucht, ist es nötig, seinen Eigenheiten zu schmeicheln. Der Anwalt ging scheinbar auf alle seine Lobsprüche ein, und immer mit dem geheimen Gedanken, sich die Geneigtheit des Polizeimannes zu gewinnen, zog er ein Zigarrenetui hervor und präsentierte es ihm geöffnet.

»Darf ich Ihnen eine Zigarre anbieten?« fragte er verbindlich.

»Ich danke, ich rauche nie«, erwiderte Goudar, und die Überraschung des Anwalts bemerkend, setzte er hinzu:

»Wenigstens rauche ich nie daheim; ich glaube bemerkt zu haben, daß der Tabakrauch meine Frau stört...«

Hätte Folgat seinen Mann nicht bereits besser gekannt, er würde in ihm das Urbild eines gutmütigen, schlichten und derben Grundstücksbesitzers oder kleinen Rentiers gesehen haben, von dem man, nachdem man ihm Höflichkeit bezeigt hat, sich zurückzieht. Aber Folgat hatte ihn in seiner polizeilichen Tätigkeit gesehen, und daraufhin lobte er seinen dicken Spargel, seine Melonen, sein Treibhaus. Endlich führte Goudar ihn in eine Laube am Ende des Gartens.

»Nun, mein lieber Gast, setzen wir uns und reden wir von der Veranlassung Ihres Kommens«, sagte Goudar; »denn daß Sie mich nicht zum bloßen Vergnügen besuchen, ist leicht erklärlich.«

Goudar war eine Persönlichkeit, der man im Leben schon mehr anvertraut hatte als zehn Gelehrten, zehn Anwälten und zehn Ärzten zusammen genommen. Man konnte ihm getrost alles sagen; ohne das mindeste Zögern erzählte ihm daher der Anwalt in einem Zuge die Ge-schichte Jacques' und der Gräfin Claudieuse.

Goudar hörte ihn an ohne ein Wort der Unterbrechung, ohne eine Bewegung, ohne daß eine Muskel seines Gesichts gezuckt hätte.

»Und was weiter?« fragte er, als Folgat geendet hatte.

»Vor allem möchte ich Ihre Ansicht hören. Finden Sie die Erklärungen des Herrn von Bois-coran stichhaltig?«

»Warum nicht? Ich habe wahrhaftig in meinem Leben noch ganz andere vernommen.«

»Und meinen Sie, daß sie, trotz der gegen ihn angehäuften Beschuldigungen, hinreichen, um seine Unschuld glaubhaft zu machen?«

»Erlauben Sie gütigst! Ich meine gar nichts. Solch eine Geschichte will geprüft sein, bevor man sein Urteil abgibt.«

Er beobachtete den Anwalt lächelnd.

»Wozu die lange Vorrede?« sagte er. »Sie erwarten etwas von mir.«

»Ja, Ihren Beistand, um die Wahrheit ans Licht zu bringen.«

Der Mann der Präfektur erwartete einen Antrag dieser Art. Nach einer Minute Nachdenkens fuhr er, den Anwalt fest ansehend, fort:

»Wenn ich Sie recht verstanden habe, so wollen Sie eine Gegenuntersuchung zugunsten der Verteidigung in Gang bringen.«

»Gewiß.«

»Und zwar ohne Vorwissen der Anklagepartei.«

»Ganz richtig.«

»Gut. Mir ist es aber unmöglich, Ihnen dabei zu dienen.«

Der junge Anwalt war mit Geschäften dieser Art zu vertraut, um nicht mit einem gewissen Widerstand zu rechnen.

»Dies ist nicht Ihr letztes Wort, mein lieber Goudar«, sagte er.

»Verzeihen Sie! Ich gehöre nicht mir selbst an, ich habe eine Anstellung und tägliche Pflichten.«

»Sie könnten ja einen Monat Urlaub verlangen, der Ihnen gewiß nicht verweigert werden wird.«

»Das ist wahr, aber man wird sich trotzdem auf der Polizeipräfektur wegen dieses Urlaubs besondere Gedanken machen. Man würde mich ohne Zweifel überwachen, und wenn man fände, daß ich mich auf eigene Faust in polizeiliche Angelegenheiten mische, würde man mir tüchtig den Kopf waschen und mich meiner Dienste entheben.«

»Oh!...«

»Da gibt's kein ›Oh‹! Man würde tun, wie ich sagte, und mit Recht. Denn wohin gelangten wir zuletzt und was würde aus der persönlichen Freiheit und Sicherheit, wenn der erste beste das Recht hätte, einen Beamten der Polizeiverwaltung anzuwerben und nach seinem Gutdünken zu beschäftigen? Und wo bleibe ich, wenn ich meinen Posten verliere?«

»Die Familie des Herrn von Boiscoran ist reich und würde ihre Erkenntlichkeit für die Rettung eines der Ihrigen großzügig beweisen.«

»Und wenn ich ihn nicht rettete? Wenn ich bei der Bemühung, seine Unschuld klarzulegen, nur neue Beweise seiner Schuld entdeckte?«

Dieser Einwand war so schwerwiegend, daß Herr Folgat nicht einmal den Versuch machte, ihn zu bestreiten.

»Ich bin in der Lage«, erwiderte er, »Ihnen beim Beginn Ihrer Tätigkeit eine bestimmte Summe zu überweisen, die Ihnen bleibt, möge der Erfolg sein, welcher er wolle.«

»Welche Summe? Hundert Louis vielleicht? Gewiß sind hundert Louisdor nicht zu verachten, aber was tue ich damit, wenn ich abgesetzt werde? An mich persönlich denke ich nicht, aber ich habe Weib und Kind, und dieses Nestchen ist mir um alles Glück der Welt nicht feil. Meine Frau, welche weder Vater noch Mutter hat, besitzt nichts außer ihrem Kram von Spitzen und Schals. Meine Stellung ist nicht glänzend, aber sie wirft mir mit den besonderen Belohnungen jährlich etwa sieben- bis achttausend Francs ab, von denen ich zwei- bis dreitausend erspare.«

Der Anwalt unterbrach ihn mit einer freundschaftlichen Bewegung. »Wenn ich Ihnen nun zehntausend Francs anbiete?«

»Ungefähr das Einkommen eines Jahres.«

»Oder wenn ich Ihnen fünfzehntausend zahle?«

Goudar schwieg, aber sein blitzendes Auge sprach mehr als Worte.

»Die Sache des Herrn von Boiscoran ist interessant«, fuhr Folgat fort; »ein derartiger Fall kommt nicht oft vor. Derjenige, welchem es gelingt, die Anklage zu entkräften, würde seinen Ruf gewaltig vergrößern.«

»Auch sich zum Freunde des Gerichts machen?«

»Ich muß gestehen, daß ich daran noch nicht dachte.«

Goudar schüttelte den Kopf.

»Mit mir ist's anders«, versetzte er. »Ich gestehe offen, daß ich weder aus Ehrsucht noch aus Liebe zur Sache arbeite. Ich weiß wohl, daß die Eitelkeit ein starker Beweggrund bei vielen meiner Berufsgenossen ist; ich habe den Vater Tabaret gekannt, ich kannte Lecoq. Aber ich für meine Person bin positiver. Mein Geschäft hat mir nie gefallen, und wenn ich es fortsetze, so geschieht es nur, weil mir das Geld fehlt, um ein anderes zu ergreifen. Es setzt überdies noch meine Frau in Verzweiflung, die nicht eher frei atmen zu können glaubt, als bis ich es aufgegeben habe, weil sie immer befürchtet, daß man mich eines schönen Morgens mit durchgeschnittener Kehle oder einem gehörigen Stich zwischen den Schultern nach Hause bringt.«

Herr Folgat hatte, ohne seine Aufmerksamkeit von Goudars Rede abzulenken, inzwischen eine prall gefüllte Brieftasche hervorgezogen und auf den Tisch gelegt.

»Mit fünfzehntausend Francs«, sagte er, »kann man schon etwas anfangen.«

»Das ist wahr ... Es stößt da ein Grundstück an meinen Garten ... Der Blumenhandel wirft in Paris etwas ab und gefällt meiner Frau sehr ... Auch mit Früchten läßt sich etwas verdienen.«

Der Anwalt sah, daß er seinen Mann gewonnen hatte.

»Vergessen Sie nicht, mein lieber Goudar«, sagte er, »daß diese fünfzehntausend Francs im Falle des Erfolgs nur eine Abschlagszahlung sind. Vielleicht verdoppelt man sie Ihnen. Herr von Boiscoran ist der freigebigste Mann der Welt, und es wird ihm eine Freude sein, den Mann, der ihn rettete, königlich zu belohnen.«

Mit diesen Worten öffnete er seine Brieftasche und entnahm ihr fünfzehn Scheine zu je tausend Francs, welche er auf dem Tisch ausbreitete.

»Bei jedem andern als bei Ihnen«, fuhr er fort, »würde ich zögern, eine solche Summe vorauszuzahlen; denn ein anderer würde sich vielleicht nach Empfang des Geldes wenig mehr um meine Aufträge bekümmern. Dagegen kenne ich Ihre Zuverlässigkeit und bin beruhigt, wenn ich gegen meine Geldscheine Ihr Wort erhalte. Also ... habe ich Ihr Wort?«

Die Aufregung des Polizisten war groß, er war etwas blaß geworden, so sehr er sich auch sonst zu beherrschen wußte. Er zögerte, indem er die Banknoten mit leise zitternder Hand berührte. Dann erhob er sich plötzlich.

»Warten Sie zwei Minuten auf mich«, sagte er und eilte dem Hause zu.

»Ob er wohl seine Frau um Rat fragt?« dachte der Anwalt.

Dies war auch wirklich der Fall, denn einige Augenblicke später sah er Goudar am Ende der Allee in lebhaftem Gespräch mit seiner Frau erscheinen. Die Unterredung war aber nur kurz. Goudar kehrte rasch in die Laube zurück.

»Es ist abgemacht, ich stehe zu Ihrer Verfügung«, erklärte der Geheimagent.

Folgat reichte ihm erfreut die Hand.

»Haben Sie Dank!« sagte er ihm; »denn von Ihnen unterstützt, bin ich des Erfolges so gut wie gewiß ... Unglücklicherweise drängt die Zeit. Wann gehen wir ans Werk?«

»Augenblicklich. Gestatten Sie mir nur, mich umzuziehen, und dann bin ich bereit. Es ist indes nötig, daß Sie mir die Schlüssel zu dem Hause in der Rue de la Vigne verschaffen.«

»Ich trage sie bei mir.«

»In diesem Falle gehen wir sofort. Ich muß vor allem das Terrain kennenlernen. Und Sie sollen nicht sagen, daß ich lange Toilette mache.«

Wirklich kehrte Goudar in weniger als einer Viertelstunde umgekleidet zurück; er trug einen langen schwarzen Überrock und Handschuhe, so daß er aussah wie einer jener ehrsamen Kaufleute, die, vom Glück begünstigt, sich vom Geschäft zurückgezogen haben und welchen man oft innerhalb der Bannmeile von Paris begegnet, wo sie sich in der Langeweile ihres Nichtstuns sonnen und an unheilbarer Sehnsucht nach ihrem Kramladen leiden.

»Gehen wir!« sagte er zu dem Anwalt. Und begrüßt von Frau Goudar, welche sie mit ihrem heitersten Lächeln begleitete, stiegen sie in den Wagen und bezeichneten dem Kutscher »Rue de la Vigne Nr. 23« als Ziel.

Es ist eine eigentümliche Straße, diese Rue de la Vigne, wenig bekannt und so wenig besucht, daß Gras auf dem Fahrdamm wächst. Sie ist sehr lang und bildet einen weiten Bogen, dessen Sehne die Straße nach Boulainvilliers ist. Uneben, holperig, nur teilweise gepflastert und festgestampft, gleicht sie weit eher einer Dorfstraße als einer Straße von Paris. Es gibt dort keine Läden, wenig Häuser, aber rechts und links fortlaufende Gartenmauern, über welche hohe Bäume emporragen.

»Ah«, murmelte Goudar, »der Ort ist gut gewählt für heimliche Zusammenkünfte; zu gut, möchte man sagen, denn es wird schwer sein, hier Nachweise zu erhalten.«

Der Wagen hielt vor einer kleinen Tür in einer alten, viele Male ausgebesserten Mauer, der man die Spuren von zwei Belagerungen deutlich ansah.

»Hier ist Nummer 23«, sagte der Kutscher. »Ich kann aber kein Haus sehen.«

Es war wirklich von außen keines sichtbar; als aber Goudar und Folgat durch die Gartentür eingetreten waren, bemerkten sie es mitten in einem großen Garten, einfach und gefällig mit einer doppelten Freitreppe, Schieferdach und frisch gestrichenen Fensterläden.

»Wahrhaftig!« rief der Polizeimann, »wie müßte sich hier ein Gärtner wohl fühlen!«

Der Anwalt merkte wohl, was in ihm vorging.

»Wenn wir Herrn von Boiscoran retten«, sagte er, »so bin ich überzeugt, daß es ihm auf diese Besitzung nicht ankommen wird.«

»Untersuchen wir sie!« versetzte der Agent in einem Tone, der die größte Begier nach Erfolg erraten ließ.

Unglücklicherweise hatte Jacques nur zu sehr recht gehabt. Möbel, Tapeten, Teppiche, alles war neu, und vergebens durchforschten die beiden Besucher die vier Zimmer des Parterres und die vier Zimmer des oberen Stocks, sowie die unteren Räume, wo sich Küche und Vorratsgewölbe befanden, endlich die Dachkammern.

»Wir finden in diesem Hause nicht den geringsten Hinweis«, erklärte Goudar. »Ich werde, um nichts unversucht zu lassen, noch einen Nachmittag opfern, für heute aber ist nichts mehr zu tun. Besser, wir besuchen die Leute der nächsten Nachbarschaft.«

Die Bewohnerschaft der Rue de la Vigne ist, wie schon angedeutet, nicht sehr zahlreich: der Direktor einer Unterrichtsanstalt, ein Viehhändler, ein Bauschlosser, ein Wagenvermieter, fünf oder sechs Grundbesitzer und der unvermeidliche Weinhändler bildeten die gesamte Bevölkerung der Straße.

»Unser Rundgang wird nicht lange dauern«, sagte Goudar, nachdem er den Kutscher angewiesen hatte, an der Straßenecke zu halten.

Weder der Institutsdirektor noch seine Angestellten wußten irgend etwas. Der Viehhändler hatte wohl erfahren, daß das Haus Nr. 23 einem Engländer gehöre, aber er hatte ihn nie gesehen und kannte nicht einmal seinen Namen. Der Schlosser wußte, daß der Besitzer sich Francis Burnett nannte; er hatte für ihn verschiedene Arbeiten geliefert und sie gut bezahlt bekommen. Aber wenn er bei diesen Gelegenheiten auch den Engländer gesehen hatte, so war dies doch nur so flüchtig gewesen, daß er meinte, er werde nicht imstande sein, ihn wiederzuerkennen.

»Wir spielen unglücklich«, sagte der Anwalt nach diesem dritten Besuche.

Besser war die Erinnerung des Wagenvermieters. Er erklärte, daß er den Engländer von Nr. 23 sehr gut kenne, denn er habe ihn zwei- oder dreimal gefahren, und die Personenbeschreibung, die er von ihm gab, paßte genau auf Jacques von Boiscoran. Er erinnerte sich noch, daß eines Abends bei sehr schlechtem Wetter der Engländer mit einer Dame gekommen sei und einen Wagen verlangt habe. Die Dame sei allein eingestiegen, und er habe sie nach dem Place de la Madeleine fahren müssen. Sie sei aber tief verschleiert, und es sei so dunkel gewesen, daß er ihre Gesichtszüge nicht habe sehen können. Das einzige, was er von ihr sagen könne, sei, daß sie mehr als mittelgroß gewesen.

»Immer dasselbe, nichts!« bemerkte Goudar, als sie den Wagenvermieter verlassen hatten. »Die beste Auskunft dürfte vielleicht der Weinhändler geben können. Wenn ich allein wäre, würde ich etwas bei ihm genießen.«

»Ich bin dabei«, entgegnete Folgat.

So geschah es, und zwar zum Glück. Der Weinhändler selbst wußte nicht viel, aber sein Kellner, der bereits fünf bis sechs Jahre in diesem Geschäft aufwartete, kannte Sir Francis Burnett von Ansehen und war mit seiner Wirtschafterin Suky Wood ziemlich vertraut gewesen. Ganz in Dienstbotenmanier gab er eine Menge Einzelheiten.

Suky, erzählte er, war eine sehr große Person, rot im Gesicht wie ihre Hutbänder und graziös wie ein Kürassier in Weiberröcken. Er hatte sich oft und lange mit ihr unterhalten, wenn sie kam, um sich Mittagessen zu holen oder Bier zu kaufen, welches sie sehr gern trank. Sie hatte geäußert, daß sie mit ihrer Stelle sehr zufrieden sei, da sie gut bezahlt werde und fast nichts zu tun habe, sondern dreiviertel des Jahres allein im Hause sei.

Von ihr hatte der Kellner auch gehört, daß ihr Herr noch eine andere Wohnung habe und nur in die Rue de la Vigne komme, um eine Dame zu empfangen. Diese Dame selbst verursachte Suky viel Mißvergnügen, denn sie hatte nicht einmal ihre Nasenspitze gesehen, so klug hatte die Dame stets ihre Vorsichtsmaßregeln getroffen. Aber Suky hatte einen Schwur getan, nicht zu ruhen, bis sie das Gesicht der Dame gesehen habe.

»Und sie hat sicher ihren Zweck früher oder später erreicht!« flüsterte Goudar dem Anwalt ins Ohr.

Endlich erfuhren sie noch durch den Kellner, daß Suky Wood sehr gut mit der Dienstmagd eines alten unverheirateten Rentiers in Nr. 17 befreundet gewesen sei.

»Dort müssen wir hingehn!« entschied Goudar.

Sie trafen das Dienstmädchen allein im Hause, und Goudar wußte sie durch listige Schmeicheleien so gesprächig zu machen, daß ihre Zunge in die geläufigste Bewegung kam und sie alle Angaben des Kellners bestätigte. Suky, deren ganzes Vertrauen sie genoß, hatte sich nicht geniert, ihr mitzuteilen, daß Herr Burnett gar kein Engländer sei und eigentlich nicht Burnett heiße; daß er nur in der Rue de la Vigne diesen falschen Namen zu dem Zwecke angenommen habe, unerkannt seine Geliebte zu empfangen, die eine Dame aus der großen Welt und wunderbar schön sei.

Beim Ausbruch des Kriegs, als sie Paris verlassen wollte, habe Suky ihr gesagt, daß sie nach England zu ihrer Familie zurückkehren wolle.

Hierauf verließen Folgat und Goudar das Haus des Rentiers.

»Was wir erfahren haben, ist allerdings nicht viel«, sagte Goudar im Hinausgehen; »die Geschworenen würden damit nicht zufrieden sein, aber es genügt, um wenigstens teilweise Herrn von Boiscorans Erzählung zu bestätigen. Es ist uns damit bewiesen, daß er hier mit einer Dame zusammentraf, welche zu verbergen er ein großes Interesse hatte. War diese Dame, wie er versichert, Frau von Claudieuse? Das wird Suky uns mitteilen, denn diese hat sie bestimmt noch gesehen. Wir müssen also Suky ausfindig machen ... Und nun besteigen wir wieder unsern Wagen, um uns zur Polizeipräfektur zu begeben. Sie erwarten mich dann im Café des Justizpalastes. Ich werde nicht länger als eine Viertelstunde ausbleiben.«

Es vergingen aber gut eineinhalb Stunden, und Folgat begann schon unruhig zu werden, als endlich Goudar mit befriedigtem Gesicht wieder erschien. Er bestellte beim Kellner ein Glas Bier und ließ sich neben dem Anwalt nieder.

»Ich bin lange ausgeblieben«, begann er, »aber meine Zeit ist nicht verloren gewesen. Ich habe für einen Monat Urlaub erhalten. Ferner habe ich einen tüchtigen Menschen, der für uns in England nach Burnett und Suky forschen kann. Es ist ein mutiger Junge namens Barousse, fein und gerieben, und spricht Englisch wie ein geborener Londoner. Er fordert außer den Reisekosten täglich fünfundzwanzig Francs und fünfzehnhundert Francs, wenn sein Unternehmen erfolgreich ist. Ich habe eine Zusammenkunft mit ihm um sechs Uhr, um ihm eine endgültige Antwort zu bringen. Wenn seine Bedingungen Ihnen genehm sind, so reist er, von mir mit reichlichen Instruktionen versehen, noch heute abend nach England ab.«

Statt aller Erwiderung zog der Anwalt einen Tausendfrancsschein hervor und reichte ihn dem Polizisten.

»Dies für die ersten Kosten«, sagte er.

Goudar erhielt sein Bier.

»Gut, mein Herr«, entgegnete er. »Ich werde Sie nun verlassen, um in die Rue de la Ferme-des-Mathurins zu eilen und das Haus des Herrn Tassar von Bruc, des Vaters der Frau von Claudieuse, zu umschleichen. Vielleicht springt irgend etwas dabei heraus. Morgen verbringe ich den Tag damit, das Haus in der Rue de la Vigne mit der Lupe zu untersuchen und die Lieferanten auszufragen, deren Verzeichnis Sie mir gegeben haben. In vier oder fünf Tagen werden Sie in Sauveterre ein Individuum eintreffen sehen, welches ich bin.«

Und sich erhebend, fuhr er fort:

»Denn es ist nötig, daß ich Herrn von Boiscoran rette; es ist nötig, und ich will es … Es ist ein zu schönes Haus … Also, auf Wiedersehen in Sauveterre!«

Es schlug vier Uhr. Folgat verließ das Café gleich nach Goudar, ging den Kai hinab, um die Rue de l'Université zu erreichen und möglichst schnell Herrn und Frau von Boiscoran zu sehen.

»Die Frau Marquise schläft«, sagte ihm der Diener, an den er sich wendete, »aber der Herr Marquis befindet sich in seinem Arbeitszimmer.«

Hier begrüßte ihn der junge Anwalt; der Marquis war noch ganz verstört von der aufregenden Szene am Morgen. Er hatte seiner Gemahlin nur das gesagt, was er längst gedacht hatte, aber er war in Verzweiflung, daß er es unter den vorliegenden Umständen gesagt hatte. Und trotzdem empfand er eine große Erleichterung, denn es war ihm doch ein bedeutender Teil der Zweifel vom Herzen genommen worden, die er so lange insgeheim mit sich herumgetragen hatte.

»Nun?« fragte er den eintretenden Anwalt mit einer sehr veränderten Stimme.

Herr Folgat wiederholte ihm bis ins kleinste die Erzählung der Marquise, seiner Gemahlin; aber er fügte auch, was die Marquise nicht gekonnt und nicht gewußt hatte, noch hinzu, was er von den verzweifelten Absichten Jacques' persönlich wußte. Bei dieser Mitteilung machte der Marquis eine trostlose Gebärde.

»Der Unglückliche!« rief er. »Und ich habe ihn beschuldigt! … Er wollte sich töten!«

»Ja«, erwiderte Folgat, »und ich sowie Herr Magloire haben die größte Mühe gehabt, seinen unseligen Entschluß zu überwinden und ihm begreiflich zu machen, daß niemals, was auch geschehen möge, ein Unschuldiger das Recht habe, Hand an sich selbst zu legen.«

Eine Träne rollte über die Wange des alten Edelmannes.

»Ach, so bin ich furchtbar ungerecht gewesen!« murmelte er … »Armes, unglückseliges Kind!« Und dann fügte er laut hinzu:

»Ich werde ihn sehen, ich bin entschlossen, Frau von Boiscoran nach Sauveterre zu begleiten. Wann reisen Sie wieder?«

»Mich hält in Paris nichts mehr zurück; was ich tun konnte, ist geschehen, und ich könnte noch heute abend abreisen … Aber ich bin wirklich entsetzlich müde. Ich fahre morgen um zehn Uhr fünfundvierzig.«

»Gut; wir reisen miteinander. Es bleibt dabei, nicht wahr? Morgen, um zehn Uhr auf dem Bahnhof. Um Mitternacht sind wir dann in Sauveterre.«

## Kapitel 29

Als die Marquise am Tage ihrer Abreise von Sauveterre ihren Sohn im Kerker besuchte, hatte Fräulein von Chandoré sie zu begleiten gewünscht.

Zurückgewiesen, hatte das junge Mädchen nicht auf seinem Entschlusse beharrt.

»Ich weiß wohl«, hatte sie gesagt, »daß man etwas vor mir verbirgt; aber es tut nichts.«

Sie war im Salon geblieben, und hier, auf demselben Platze, wo sie sonst in glücklichen Tagen, wenn Jacques seine Abende bei ihr zubrachte, zu sitzen pflegte, saß sie lange Stunden unbeweglich, mit finstern Brauen, und schien sonderbare Bilder, die andern unsichtbar waren, an ihrem Blicke vorüberziehen zu lassen. Darüber war die Unruhe des Großvaters Chandoré und der Tanten Lavarande grenzenlos. Sie kannten Denise, ihr vergöttertes Kind, ihre teuerste und vielleicht einzige Sorge seit fast zwanzig Jahren, besser vielleicht, als diese sich selbst kannte. Sie verstanden jeden Ausdruck in ihrem Gesicht, diesem treuen Spiegel der reinsten Seele. In jedem leisen Zucken dieses Antlitzes, in jeder Geste, in jeder besonderen Betonung der Stimme waren sie längst gewohnt, die Gedanken des jungen Mädchens zu lesen.

»Denise brütet ganz entschieden über irgendeiner ernsten Sache«, sagten die Tanten zu Herrn von Chandoré. »Sie erwägt, sie berechnet, sie steht im Begriff, einen Entschluß zu fassen.«

Dies war eine Warnung für den alten Edelmann, und wiederholt fragte er Denise:

»Worüber denkst du nach, liebe Tochter?«

»Über nichts, mein guter Papa«, antwortete sie.

»Aber du bist noch betrübter als sonst! Warum?«

»Leider weiß ich es selbst nicht. Weiß man denn immer, warum man das Herz voll Sonnenschein oder voll Wolken hat?«

Am folgenden Morgen wollte sie aber durchaus zu ihren Schneiderinnen begleitet sein, und als sie da den Gerichtsschreiber Méchinet fand, hatte sie mit diesem eine geheime Unterredung über eine halbe Stunde lang. Dann am Abend, als Doktor Seignebos von einem ihrem Hause gemachten Besuche wieder aufbrach, ging sie in den Vorsaal und sprach lange mit ihm ganz leise. Als der nächste Morgen kam, wünschte sie die Erlaubnis, Jacques zu besuchen.

Man konnte ihr diese traurige Bitte nicht abschlagen, und es ward ausgemacht, daß die ältere der Tanten Lavarande sie ins Gefängnis begleiten sollte.

Zwei Stunden später klopften beide an die Pforte des Gefängnisses und verlangten von dem ihnen öffnenden Wärter, daß er Jacques rufen möge.

»Ich werde ihn sogleich in Kenntnis setzen, mein Fräulein«, sagte der Wärter; »aber treten Sie doch einstweilen bei mir ein, denn das Sprechzimmer ist so feucht, daß ich Ihnen nicht raten möchte, allzulange darin zu bleiben.«

Dies tat denn auch Denise, doch nein, sie tat mehr: Sie ließ Tante Lavarande allein im unteren Zimmer und führte Frau Blangin in deren oberes unter dem Vorgeben, sie habe ihr etwas zu sagen.

Als beide dann wieder herabkamen, war Blangin wieder anwesend und meldete, daß Herr von Boiscoran warte.

»Gehen wir!« sagte das junge Mädchen und nahm die Tante beim Arm.

Kaum aber hatten sie einige Schritte in dem langen schmalen Gange zurückgelegt, der zu dem Sprechzimmer führte, so blieb Denise stehen. Ergriffen von der Feuchtigkeit, welche die Wölbung wie ein glitzerndes Leichentuch bedeckte, erschüttert vom Übermaß der schrecklichsten inneren Bewegungen, wankte sie und mußte an der ganz mit Salpeter überzogenen Mauer eine Stütze suchen.

»Mein Gott!« rief Fräulein Adélaïde; »dir ist übel!«

Denise legte ihr durch eine Handbewegung Schweigen auf.

»Es ist nichts, flüsterte sie. »Sei still!«

Und alle ihre Kräfte zusammenraffend, legte sie ihre kleine Hand zutraulich auf die Schulter ihrer Begleiterin.

»Meine gute Tante«, fuhr sie fort, »du mußt uns einen großen Dienst leisten ... Es ist von großer Wichtigkeit, daß niemand meine Unterredung mit Jacques belauscht, denn was ich ihm zu sagen habe, ist sehr gefährlich, sobald es Zeugen findet. Ich weiß, daß man die Gespräche der Gefangenen auszuspionieren sucht. Darum bitte ich dich, im Gange vor dem Sprechzimmer zu bleiben und uns zu unterrichten, sobald jemand kommt.«

»Was denkst du, gutes Kind! Würde sich das schicken?«

»Als ich hier eine ganze Nacht zubrachte, war das etwa schicklich? Leider muß in unserer Lage jeder Schritt schicklich sein, wenn er uns nützt.«

Denise erkannte am Schweigen der Tante deren vollkommene Fügsamkeit und ging auf das Sprechzimmer zu.

»Denise!« rief Jacques, sobald sie auf der Schwelle erschien ... »Denise!«

Er stand mitten in diesem weiten düstern Saal, der Unglückliche, und sah bleicher aus als der Kalk an der Wand, aber er war anscheinend ruhig und fast lächelnd. Die Gewalt, welche er sich antat, war entsetzlich. Durfte er aber seiner Braut den Schrecken seiner Verzweiflung sichtbar werden lassen? Mußte er nicht vielmehr alles aufbieten, um sie sicher zu machen?

Er ging auf sie zu und ergriff ihre Hände.

»Ach«, rief er, »du bist so gut, daß du kommst; zu gut! Und doch – wie habe ich dich erwartet! Seit dem Morgen habe ich gehorcht und gezittert, sobald die Riegel meiner Zellentür rasselten. Wirst du mir aber jemals verzeihen können, daß du, um mich sehen zu können, gezwungen bist, einen so abscheulichen Ort zu besuchen, der nicht einmal die finstere Poesie des Schreckens für sich hat?«

Sie betrachtete ihn mit so hartnäckiger Festigkeit, daß ihm die Worte auf den Lippen erstarben.

»Warum mich belügen, Jacques?« sagte sie traurig.

»Ich belüge dich, ich?«

»Ja. Warum diese verstellte Ruhe, die deiner Seele doch fremd ist, und diese Heiterkeit, welche dir schlecht steht? Hast du kein Vertrauen zu mir? Hältst du mich für so kindisch, daß es erforderlich scheint, mir die Wahrheit zu verbergen, oder für so schwach und matt, daß ich nicht mein Teil von unserem gemeinschaftlichen Kummer tragen könnte? Gib das Lachen auf, Jacques, denn du hast keine Hoffnung mehr.«

»Du täuscht dich, Denise, ich schwöre es dir ...«

»Nein, Jacques. Ich habe wohl bemerkt, daß man mir etwas verhehlt, und ich frage dich nicht, was es ist. Was ich aber weiß, ist genug. Du wirst vor das Geschworenengericht gestellt.«

»Das ist noch nicht ausgemacht! Die Anklagekammer hat ihren Spruch noch nicht gefällt.«

»Sie wird ihn aber fällen, und er wird verhängnisvoll sein.«

Dies war allerdings auch die Meinung und Befürchtung Jacques'. Es graute ihm, und doch beharrte er noch bei der Rolle, die er sich auferlegt hatte.

»Ach, was!« rief er leichthin; »wenn ich auch vor die Geschworenen kommen sollte, so werde ich doch sicher freigesprochen.«

»Bist du dessen so sicher?«

»Ich habe neunundneunzig Chancen von hundert für mich.«

»Also doch eine gegen dich!« rief das junge Mädchen, und indem es seine Hand dabei mit einer Kraft drückte, deren er sie nie fähig gehalten hätte, fügte sie hinzu:

»Dieser einzigen Chance kannst du nicht entgehen.«

Jacques erzitterte am ganzen Körper. War's möglich? Verstand er sie richtig? Kam sie, um ihm jene äußerste Verzweiflungstat anzuraten, auf die zu verzichten er seinen Verteidigern gelobt hatte?

»Was willst du damit sagen?« fragte er mit stockender Stimme.

»Ich sage, daß es nötig ist, zu fliehen.«

»Fliehen!«

»Nichts ist leichter. Ich habe alles überlegt, alles vorbereitet. Der Wärter ist gewonnen. Ich habe mich soeben mit seiner Frau verständigt. In einer dunklen Nacht öffnet man uns die Türen, außerhalb der Stadt wartet ein gesatteltes Pferd, es sind auch Ersatzpferde besorgt, binnen vier Stunden bist du in La Rochelle – dort findest du eins jener Schiffe, die dem stürmischsten Wetter Trotz bieten können, es nimmt dich an Bord und bringt dich wohlbehalten nach England.«

Jacques schüttelte den Kopf.

»Das ist unmöglich«, murmelte er. »Ich bin unschuldig und kann hier nicht alles im Stich lassen, was mir wert und teuer ist, dich, Denise, dich!«

Ein flüchtiges Rot schoß in des jungen Mädchens Gesicht.

»Ich habe mich wohl schlecht ausgedrückt, Jacques«, stammelte sie. »Du brauchst hier nichts im Stich zu lassen, denn du solltest nicht allein reisen.«

Jacques erhob mit einer heftigen Gebärde seine Hände zum Himmel.

»Gerechter Gott!« rief er erschüttert; »diese Genugtuung warst du mir schuldig.«

Mit fester Stimme fuhr Denise fort:

»Du hieltest mich wohl für so feig, den Freund zu verlassen, den alles verrät! ... Nein! Nein! ... Großpapa und die Tanten Lavarande begleiten mich, und wir treffen mit dir in England zusammen – du nimmst einen andern Namen an, wir reisen nach Amerika und suchen uns im tiefsten Innern, fern von Städten und Menschen, eine neue Heimat, wo wir uns ansiedeln ... Es ist freilich nicht Frankreich, das ist wahr ... aber das Vaterland, Jacques, ist überall da, wo man frei ist, wo man geliebt wird und glücklich leben kann!«

Jacques, der durch diesen Vorschlag bis in die innersten, feinsten Nervenfasern bewegt war, ließ jetzt seine Maske kalter Sorglosigkeit fallen. Konnte es wohl irgendwo in der Welt einen Menschen geben, der einen stärkeren Beweis liebevoller Hingebung erhielt? Und von wem empfing er ihn! Von einem jungen Mädchen, welches alle jene Eigenschaften in sich vereinigte, von denen eine einzige schon andere junge Mädchen stolz gemacht hätte: Seele, Grazie, Edelmut, Glück des Reichtums, Schönheit; genug, welches die höchste Verwirklichung dessen war, was man von Engelhaftigkeit und Reinheit sich vorzustellen vermag.

Diese berechnete nicht wie die andere, welcher er sein Unglück verdankte! Diese dachte nicht daran, sich abzusichern, bevor sie ihre Lippe zum ersten Kusse darreichte. Ganz und voll, ohne Hintergedanken, war sie bereit, sich zu ergeben oder zu opfern.

Und dies geschah in einem Augenblicke, da Jacques alles um sich her stürzen sah, da er am dunkelsten Abgrunde der Verzweiflung schwankte; in einem solchen Augenblick erschien ihm das Glück so groß, so unverhofft, daß seine Seele unter dessen Schwere sich beugte.

Eine kurze Weile war er unbeweglich, wie betäubt, wie erstarrt. Plötzlich aber zog er mit krampfhafter Gewalt seine Braut an die Brust und bedeckte ihr halbgelöstes Haar mit Küssen.

»Sei gesegnet, du Vielgeliebte!« rief er, entzückt und schmerzvoll zugleich; »sei gesegnet für deine Treue im Unglück! Ich habe kein Recht mehr, zu klagen, nun da mir inmitten des tiefsten Leids Glückseligkeit beschert wird.«

Denise glaubte, Jacques gehe auf ihren Vorschlag ein. Bebend wie ein kleiner Vogel in der Hand eines Kindes, machte sie sich los und senkte den Blick ihrer schönen Augen in die Augen ihres Geliebten.

»Laß uns den Tag bestimmen«, flüsterte sie.

»Welchen Tag?«

»Nun, den unserer Flucht.«

Dieses einzige Wort rief dem jungen Manne mit einem Schlage das Schreckliche seiner Lage zurück. Er schwebte in des Himmels Höhe und wurde jäh in die Wirklichkeit zurückgerissen. Sein Gesicht verfinsterte sich wieder.

»Der Traum war zu schön«, sagte er mit heiserer Stimme. »Was du mir vorschlägst, ist nicht ausführbar.«

Das junge Mädchen war nicht imstande, den Gedanken, in welchen es sich so fest hineingelebt und der es mit so unsäglichem Glück erfüllte, so leicht wieder aus seiner Seele zu reißen.

»Was sagst du?« stammelte sie.

»Ich kann, ich darf und will nicht fliehen!«

»So schlägst du mir's ab, Jacques?«

Er blieb stumm.

»Du weisest mich ab«, fuhr sie fort, »obschon ich dir schwöre, daß ich in der Fremde mit dir zusammentreffen und deine Verbannung mit dir teilen will? Zweifelst du noch an meiner Versicherung? Fürchtest du, daß mein Großvater und meine Tanten Lavarande mich hier trotz meines Willens zurückhalten könnten?«

Beim Ausdrucke dieser flehenden Stimme war Jacques nahe daran, seine Kraft und die Festigkeit seines Willens zu verlieren.

»Ich beschwöre dich. Denise«, erwiderte er ihr, »beharre nicht auf deinem Plane, nimm mir nicht all meinen Mut!« – Sie litt furchtbar. Ihre Augen leuchteten in fiebrigem Glanz, ihre trockenen Lippen bebten.

»Und du bist bereit«, fragte sie, »das Geschworenengericht über dich ergehen zu lassen?«

»Ja.«

»Wenn du aber verurteilt wirst?«

»Dies kann geschehen, ich weiß es.«

»Das ist Wahnsinn!« rief Denise.

Sie rang verzweifelt die Hände, und die Worte flossen zusammenhanglos von ihren Lippen.

»Mein Gott!« rief sie, »stärke du mich! Wo find' ich Worte, ihn zu bewegen? ...Liebst du mich nicht mehr, Jacques? Willst du nicht um deinetwillen, so flehe ich dich an um meinetwillen ... fliehe! Laß uns fliehen! Es ist, um der Schande zu entgehen, es ist die Freiheit, es ist das Glück! Kann nichts dich rühren? Was verlangst du? Soll ich mich dir zu Füßen werfen?«

Sie sank vor Jacques zu Boden.

»Fliehen!« wiederholte sie. »Fliehen!«

Gleich allen wirklich energischen Menschen erlangte Jacques durch das Übermaß der inneren Bewegung all seine Kaltblütigkeit wieder. Er hob Denise auf und trug die völlig Kraftlose bis zu der hölzernen Bank. Hier kniete er selbst vor ihr nieder und nahm ihre Hände in die seinen.

»Denise«, bat er, »um der Barmherzigkeit willen, komm zu dir und höre mich! Ich bin unschuldig, aber wenn ich flüchtete, würde das einem Schuldbekenntnis gleich geachtet werden...«

»Was macht das aus?«

»Glaubst du denn, daß meine Flucht den Prozeß aufhalten würde? Nein. Ich würde abwesend nicht weniger gerichtet werden, und ohne Verteidigung schuldig befunden, würde ich verurteilt, entehrt, unwiederbringlich vernichtet.«

»Was täte das?«

Jacques sah nun ein, daß dergleichen Einwände nicht hinreichend waren, sie wieder zur Vernunft zu bringen. Er erhob sich und fuhr mit fester Stimme fort:

»Laß dir doch begreiflich machen, was du nicht verstehst. Ich gebe zu, daß es leicht ist, mich zu entfernen. Ich glaube mit dir, daß wir sicher England erreichen, ja, daß wir uns sogar ohne Störung einschiffen könnten. Aber nachher? Der Telegraph ist schneller als das schnellste Schiff; sobald ich den Fuß auf amerikanischen Boden setzte, träfe ich ohne allen Zweifel Polizeibeamte an, die den Auftrag hätten, mich zu verhaften ...Glaubst du denn, daß es in der Welt irgendeinen sichern Ort für Mordbrenner gibt? ...Nein, es gibt keinen. An den äußersten Grenzen der Zivilisation träfe ich noch immer auf Polizeibeamte und Soldaten, die mich den Gerichten meines Vaterlands ausliefern würden. Wäre ich allein, so vermöchte ich vielleicht allen Verfolgungen zu entschlüpfen, aber niemals im Verein mit dir, deinem Großvater und den Tanten Lavarande.«

Denise schwieg betroffen.

»Ich will indessen annehmen«, fuhr Jacques fort, »daß wir allen Gefahren entgehen ...Welches wäre unser Leben? Du kannst dir vorstellen, was es heißt, immer auf der Flucht, immer genötigt, sich zu verstecken, immer auf der Lauer, immer in Furcht, den Blicken eines Fremden zu begegnen, immer vor der Entdeckung zitternd ...Dieses Dasein ist so entsetzlich, Denise, daß sich, um ihm zu entgehen, um eine Nacht ruhig schlafen zu können, die größten Schurken freiwillig den Behörden gestellt und ihren Kopf dem Henker dargeboten haben.«

Wie Perlen einer aufgelösten Schnur rollten große Tränen unaufhaltsam über die Wangen des schweigenden Mädchens.

»Vielleicht hast du recht, Jacques«, sagte sie nach einer Weile, »aber wenn du das Unglück haben solltest, verurteilt zu werden?«

»Gut, dann habe ich wenigstens meine Schuldigkeit getan. Ich habe meinen Kopf auf der rechten Stelle behalten und meine Ehre verteidigt. Und wie auch mein Urteil lauten möge, es wird mich nicht niederschmettern; solange mein Herz schlägt, werde ich kämpfen. Sollte ich aber sterben, bevor meine Unschuld erwiesen ist, so sind es meine Freunde, meine Eltern, so bist du es. Denise, denen ich das Vermächtnis hinterlasse, meine Ehre wiederherzustellen.«

Das junge Mädchen war würdig, solche Empfindungen zu erfassen und zu teilen.

»Ich habe geirrt, Jacques«, sagte sie, ihm die Hand reichend. »Du wirst mir verzeihen.«

Sie hatte sich aufgerichtet und war im Begriff, sich zurückzuziehen, als Jacques sie aufhielt.

»Ich mag nicht fliehen«, sagte er; »aber sollten die Leute, welche bereit sind, mich fliehen zu lassen, nicht zu bestimmen sein, mir die Mittel an die Hand zu geben, eines Abends einige Stunden außerhalb des Gefängnisses zuzubringen?«

»Ich glaube es«, erwiderte Denise, »und wenn du willst, so erkundige ich mich genau.«

»Ja, tue es. Vielleicht wäre das ein außerordentliches Hilfsmittel.«

Hierauf trennten sich beide, indem sie einander Mut zusprachen und sich verabredeten, die nächsten Tage wieder zusammenzutreffen.

Denise fand die arme Tante Lavarande noch auf ihrem Beobachtungsposten, obwohl sehr ermüdet, und sie beeilte sich, mit ihr wieder die Rue de la Montagne zu erreichen.

»Wie du blaß aussiehst, mein Gott!« rief Herr von Chandoré beim Anblick seiner Enkelin. »Und du hast gerötete Augen! Was ist geschehen?«

Denise erzählte alles, und der alte Edelmann fühlte sich bis ins innerste Mark durchschauert, als er erfuhr, wie nahe es gelegen hatte, daß Jacques ihm sein geliebtes Kind entziehe. Er hatte es aber nicht getan.

»Ah, er ist ein Ehrenmann!« rief er.

Und indem er mit seinen Lippen des Mädchens Stirn berührte, murmelte er:

»Du liebst ihn wohl mehr als je?«

»So ist es!« flüsterte sie. »Ist er denn nicht namenlos unglücklich?«

# Kapitel 30

»Wissen Sie schon das Neueste?«

»Das Neueste? Nein!«

»Fräulein von Chandoré hat Herrn von Boiscoran im Gefängnis besucht.«

»Ist's möglich?«

»Sie können darauf schwören. Zwanzig Personen haben sie am Arme des älteren Fräuleins Lavarande die Rue du Château hinaufgehen sehen. Um zwei Uhr zehn Minuten hat sie das Gefängnis betreten, und erst Viertel nach drei ist sie wieder herausgekommen.«

»Ah! Das junge Ding ist närrisch.«

»Und die Tante! Was sagen Sie zu der Tante?«

»Die ist noch verrückter als ihre Nichte.«

»Das sage ich auch. Aber der Herr von Chandoré, der Großvater!«

»Er muß den Kopf verloren haben!«

In dieser Weise wurde die Neuigkeit besprochen, daß Fräulein Denise den Herrn von Boiscoran besucht habe. Die »Damen der Gesellschaft« konnten gar nicht darüber hinwegkommen. Man ist nämlich in Sauveterre außerordentlich tugendsam und glaubt deshalb das Recht zu haben, strenger zu sein als sonst gewöhnlich die Leute; namentlich versteht man in bezug auf das Kapitel des Schicklichen keinen Spaß.

Der öffentlichen Meinung Trotz zu bieten ist ein unverzeihliches Verbrechen. Und diese Meinung erklärte sich von Tag zu Tag entschiedener gegen Herrn von Boiscoran. Er lag am Boden, und man stritt sich um den Ruhm, ihm einen Schlag zu versetzen.

Aber niemand legte sich die Frage vor: »Ist er schuldlos?«

Die Beredsamkeit des Doktor Seignebos, der Einfluß des Herrn Sénéchal, die geschickten Bemühungen Méchinets blieben völlig fruchtlos.

»Ah, wir werden eine sehr interessante Schwurgerichtssitzung haben«, sagten die Leute.

Von Tag zu Tag interessierte man sich leidenschaftlicher für den Prozeß und für diejenigen, welche mittelbar oder unmittelbar daran beteiligt waren. Man wunderte sich über das lange Dableiben des Herrn Folgat, der wegen seiner großen Zurückhaltung allgemein mißfiel und von dem man sagte, er habe einen maßlosen, ganz falsch angebrachten Stolz.

»Er muß doch in Paris nichts zu tun haben«, hieß es, »daß er sich schon über einen Monat in Sauveterre aufhält.«

Natürlicherweise beutete der Redakteur der »Indépendance de Sauveterre« diese Mine unverhofften Interesses mit einer Zähigkeit ohnegleichen aus. Er vergaß darüber sogar seinen großen Streit mit dem Redakteur des »Impartial de la Seudre«, den er des Bonapartismus beschuldigt hatte und der ihm dafür den Schimpfnamen eines »Kommunarden« zurückgegeben hatte. Jeden Tag brachte die »Indépendance« an der Spitze ihrer Lokalchronik einen Artikel über die »Affäre Boiscoran«. Sie schrieb zum Beispiel, indem er viel Mißbrauch mit den Anfangsbuchstaben der Namen trieb:

»Die Gesundheit des Grafen von C., weit entfernt, sich zu bessern, nimmt sichtlich ab. Er vermochte bei seiner Übersiedelung nach Sauveterre noch aufzustehen und verläßt nun das Bett nicht mehr. Gestern schien uns Herr Doktor S. sehr beunruhigt.

Und weil ein Unglück nie allein kommt, ist auch die jüngere Tochter des Herrn Grafen jetzt sehr leidend. Sie hatte während des Brandes in Valpinson die Masern, und der Schrecken, die Kälte und der Umzug haben einen Rückfall herbeigeführt, welcher möglicherweise gefahrbringend werden könnte.

Inmitten dieser furchtbaren Prüfungen zeigt die Frau Gräfin von C. Mut und Hingebung in bewundernswürdiger Weise. Sobald sie auf einige Augenblicke ihre teuren Leidenden verläßt, um in der Kirche für sie zu beten, erhält sie auf ihrem Wege seitens des Publikums die deutlichsten Beweise der achtungsvollsten Teilnahme und aufrichtigsten Bewunderung.«

»O dieser elende Boiscoran!« riefen die Leute von Sauveterre, wenn sie einen solchen Artikel gelesen hatten.

Am folgenden Morgen lasen sie dann:

»Wir haben uns in das Hospital begeben, und die Frau Oberin hat die Güte gehabt, uns Neues über C. mitzuteilen, jenen armen Schwachsinnigen, welcher in dem blutigen Drama von Valpinson eine so entscheidende Rolle spielt. Der geistige Zustand C.s hat sich nicht geändert, seitdem er von den Gerichtsärzten wissenschaftlich untersucht worden ist. Der Funken von Verstand, welchen der Schrecken des Verbrechens in seinem Gehirn entzündet, scheint für immer und gänzlich erloschen zu sein. Vergeblich sucht man ihm ein Wort zu entreißen. Nur mit Mühe erkennt er diejenigen wieder, welche für ihn Sorge getragen haben. Er ist indessen nicht mehr eingeschlossen. Harmlos und sanft, gleich einem armen Tier, welches seinen Herrn verloren hat, irrt er betrübt in den Höfen und Gärten des Hospitals umher.

Herr Doktor S., welcher sich so viel mit ihm beschäftigte, hat es fast ganz aufgegeben, ihn noch zu sehen.

Einige Personen glauben, C. werde als Zeuge aufgerufen werden. Sichere Nachrichten, die wir an maßgebendster Stelle eingezogen haben, ermächtigen uns, das Gegenteil anzunehmen und zu glauben, daß C. nicht vor den Geschworenen erscheint, die Debatten demnach dieses Element von so hohem dramatischem Interesse einbüßen werden.«

Und wenn dann die Leute, welche überall Wunder zu sehen glaubten, dies lasen, so schüttelten sie den Kopf und sagten weise: »Die Aussage Cocoleus war ganz gewiß ein Fingerzeig und Eingriff der Vorsehung!«

Einen Tag später beschäftigte sich dann die »Indépendance« mit Herrn Galpin-Daveline:

»Herr G.-D.«, schrieb sie, »der Untersuchungsrichter, ist in diesem Augenblicke sehr leidend, was man nach einer so mühevollen Untersuchung, wie die Affäre Boiscoran sie erforderte, sehr begreiflich finden muß. Man versichert uns, daß er nur den Verweisungsbeschluß der Anklagekammer erwartet, um einen Urlaub zu nehmen, den er in einem Pyrenäenbade zu verbringen gedenkt.«

Und in dieser Weise erschienen von Tag zu Tag kleine Neuigkeiten:

»Das Geheimnis des Herrn J. von B. beginnt sich zu lichten.«

Oder:

»Herr von B. hatte heute morgen eine Unterredung mit seinen Verteidigern, Herrn M., dem bedeutendsten Manne unserer hiesigen Anwaltschaft, und Herrn F., einem jungen und bereits berühmten Anwalt aus Paris. Diese Unterredung dauerte mehrere Stunden.«

Ferner:

»Herr von B. empfing heute den Besuch seiner Mutter.«

Und endlich:

»Wir hören in diesem Augenblicke von der Abreise der Frau Marquise von B. und des Herrn F. Unser Korrespondent in Poitiers schreibt uns, daß die Entscheidung der Anklagekammer nicht mehr lange auf sich warten lassen wird.«

Niemals hatte die »Indépendance« von Sauveterre so viele eifrige Leser wie zu dieser Zeit. Die Mehrzahl ihrer Enthüllungen lieferten diejenigen, welche die Freunde Jacques' ausspionierten und ihre Zeit damit zubrachten, daß sie zu erfahren suchten, was bei Herrn von Chandoré vorging.

So kam es, daß am Abend des Tages, an welchem Denise ihrem Bräutigam einen Besuch im Gefängnis gemacht hatte, verschiedene Leute in der Rue de la Montagne auf- und niederschlenderten. Gegen halb elf Uhr sahen sie den Wagen des Herrn von Chandoré vor der Tür des Hauses halten. Um elf Uhr nahmen Herr von Chandoré und Doktor Seignebos darin Platz, und der Kutscher setzte das Pferd in scharfen Trab.

»Wohin mögen sie wohl fahren?« fragten sich die Neugierigen.

Und sie liefen dem Wagen nach. Dieser schlug den Weg zum Bahnhof ein.

Herr von Chandoré war durch eine Depesche benachrichtigt worden, daß in dieser Nacht der Marquis und die Marquise von Boiscoran sowie Herr Folgat von Paris eintreffen würden. Die beiden Herren kamen viel zu früh auf den Bahnhof. Das Lokalinteresse der Eisenbahn zeichnet sich in bezug auf Sauveterre nicht durch besondere Pünktlichkeit aus und hat in seinem

Dienste noch gewisse altväterische Gewohnheiten jener Landkutschen bewahrt, deren Führer im Augenblick der Abfahrt immer noch irgend etwas vergessen haben.

Der Zug, welcher um elf Uhr fünfundfünfzig Minuten da sein sollte, war ein Viertel nach zwölf Uhr noch immer nicht signalisiert. Wenn man durch die Fenster des Dienstzimmers blickte, konnte man den Stationsvorsteher in seinem großen Ledersessel schlafen sehen, und die anderen Angestellten schliefen, auf den Bänken des Wartesaals ausgestreckt, ebenfalls. Die Umgebung des Bahnhofs war still und verödet.

Man hatte sich jedoch in Sauveterre an diesen Zustand bereits gewöhnt; Herr von Chandoré und Doktor Seignebos waren also weder überrascht noch ungeduldig, sondern spazierten auf dem Bahnhofe ruhig hin und her. Sie würden, da sie ihre Stadt kannten, auch kaum verwundert gewesen sein, wenn ihnen in diesem Augenblicke jemand gesagt hätte, daß sie beobachtet würden, was in der Tat der Fall war. Zwei Neugierige, beharrlicher als die übrigen, hatten in der Kutsche Platz genommen, die alle Züge erwartet, und lagen, in die Ecke gedrückt, auf der Lauer.

»Wen mögen sie nur erwarten?« sagte der eine zum andern.

Endlich gegen dreiviertel eins läutete eine Glocke, und auf dem Bahnhof wurde es lebendig. Der Vorsteher öffnete sein Zimmer, die Schaffner und Gepäckträger erhoben sich und rieben sich die Augen, die Türen gingen geräuschvoll auf, und der Sand knirschte unter den Rädern der Schubkarren. In einiger Entfernung wurde das dumpfe Rollen des Zugs hörbar, und fast gleichzeitig sah man, wie einen Feuerball, das rote Licht der Lokomotive durch die Nacht leuchten. Herr von Chandoré und Doktor Seignebos begaben sich in den Wartesaal. Der Zug hielt. Eine Wagentür öffnete sich, und Frau von Boiscoran stieg aus, unterstützt von Herrn Folgat. Der Marquis von Boiscoran folgte, mit einer Reisetasche in der Hand.

»Nun wissen wir's!« sagte einer der beiden Aufpasser. Da der Zug keine andern Fremden brachte, so veranlaßten sie den Kutscher, sogleich abzufahren, völlig besessen von der Gier, die Ankunft des Vaters Jacques' von Boiscoran ihren Bekannten so schnell als möglich anzukündigen. Die Zeit hierzu war allerdings wenig geeignet, denn die Stadt lag im tiefen Schlafe, aber die freiwilligen Spione verzweifelten dennoch nicht, weil sie noch einige Kneipbrüder im Literarischen Zirkel anzutreffen hofften. Seit Einführung des Glücksspiels gab es nämlich in diesem Zirkel in der Regel Leben bis tief in die Nacht, ja bis zum grauenden Morgen.

So fanden die unermüdlichen Neugierigen noch Gelegenheit, ihre Neuigkeit anzubringen. Wären sie weniger darauf erpicht gewesen, diese noch zu verbreiten, so würden sie noch Zeugen der ersten Begegnung des Marquis von Boiscoran und des Herrn von Chandoré gewesen und vielleicht nicht ohne Rührung geblieben sein.

Der Marquis und Herr von Chandoré waren, als sie einander erblickten, wie von einem Gedanken beseelt aufeinander zugeeilt und hatten sich in tiefernster Stimmung die Hände gedrückt. Sie hatten Tränen in den Augen, und obwohl sie beide sprechen wollten, vermochten sie es doch nicht; es war, als ob die Klagen, welche beiden auf die Lippen kamen, wieder in die Tiefe ihres Herzens hinabsanken. Sie hatten übrigens auch beide kein Bedürfnis nach Worten. Das gedrückte Schweigen des Großvaters Denises sagte dem Vater Jacques' mehr, als Worte vermochten.

Sie blieben unbeweglich Auge in Auge, bis der Doktor Seignebos, welcher sich wie immer viel zu schaffen machte, erschien und ankündigte, daß das Gepäck in den Wagen gebracht sei. Sie gingen hinaus.

Die Nacht war klar, aus der dunklen Masse der stillen Stadt erhoben sich die beiden Türme des alten Schlosses, welches in ein Gefängnis umgewandelt war, scharf abgegrenzt gegen den Nachthimmel.

»Dort ist Jacques!« murmelte Herr von Boiscoran. »Dort ist mein Sohn eingekerkert, eines widerwärtigen Verbrechens angeklagt.«

»Wir werden ihn schon herausholen, so gewiß die Wahrheit lebt!« versetzte Seignebos, indem er dem Marquis in den Wagen half.

Aber vergeblich suchte der Arzt während der Fahrt den Mut seiner Begleiter aufzurichten. Seine Hoffnungen fanden keinen Widerhall in ihren trostlosen Seelen.

Herr Folgat fragte nach Fräulein Denise, welche er, wie er meinte, zu seiner Überraschung nicht mit am Bahnhof getroffen habe. Herr von Chandoré erwiderte ihm, daß Denise mit den Tanten Lavarande zu Haus geblieben sei, um Herrn Magloire Gesellschaft zu leisten. Damit war das Gespräch wieder abgebrochen.

Es war eine jener Situationen, in denen Reden eine Qual ist. Der Marquis von Boiscoran brauchte alle seine Willenskraft, um seine Erregung zu meistern. Die Entfernung, sagt man, mildert die Empfindungen. Der Händedruck des Herrn von Chandoré hatte ihn stärker ergriffen als alle Briefe, die er seit Wochen empfangen; und als er in der Ferne Jacques' Gefängnis erblickte, ergriff ihn mit voller Gewalt das Mitgefühl mit dem Unglücklichen, der darum kämpfte, seine Unschuld zu beweisen.

Frau von Boiscoran schien seit der erschütternden Szene des vorigen Morgens wie mit einem Schlage alle Spannkraft ihrer Seele verloren zu haben, und Herr von Chandoré konnte sie in diesem Zustande nicht ohne Grauen ansehen. Wenn Jacques' Eltern verzweifelten, was blieb ihm zu hoffen, der Denises Geschick unauflöslich an das Los Jacques' angeknüpft sah?

Inzwischen hielt der Wagen in der Rue de la Montagne. Die Tür des Hauses wurde geöffnet, und Frau von Boiscoran fand sich von Denise umarmt, welche sie bis zu einem Ruhepolster des Salons geleitete.

Die übrigen waren gefolgt. Es war bereits nach zwei Uhr nachts. Doktor Seignebos machte den Anfang, indem er seine Brille zurechtrückte.

»Ich schlage vor«, sagte er, »daß wir sogleich unsere Informationen austauschen. Ich bin hier freilich noch immer auf demselben Punkte, aber Sie kennen meine Überzeugungen. Ich gebe sie nicht auf. Cocoleu ist ein Heuchler, und ich werde ihn entlarven. Man meint, ich kümmere mich nicht mehr um ihn, aber in Wirklichkeit beobachte ich ihn genauer als jemals.«

Denise unterbrach ihn, indem sie um Gehör bat, und bleich, weil es ihr schrecklich war, das Geheimnis ihres Herzens zu offenbaren, aber im Auge das Feuer des Mutes, erzählte sie dann mit bebender Stimme, was sie schon ihrem Großvater gebeichtet hatte, nämlich, daß sie zu Jacques ins Gefängnis gegangen sei und ihm zur Flucht geraten habe, daß sie aber bei ihm auf eine entschiedene Zurückweisung gestoßen sei.

»Gut gemacht, junges Mädchen!« rief Seignebos enthusiastisch. »Sehr gut! … So unglücklich Jacques immer sein mag, ist sein Los doch noch beneidenswert.«

Denise schloß ihre Mitteilung, indem sie auf Herrn Magloire einen triumphierenden Blick warf.

»Nach diesem Vorkommnis«, sagte sie, »wird wohl niemand mehr Jacques für einen feigen Selbstmörder halten.«

Der berühmte Anwalt von Sauveterre gehörte nicht zu denen, welche ihr Ohr der Wahrheit und Gerechtigkeit verschließen.

»Ich muß gestehen«, sagte er, »daß, wenn ich Jacques morgen zum ersten Male sähe, ich anders mit ihm sprechen würde, als ich es getan habe.«

»Und ich«, versetzte der Marquis von Boiscoran, »ich erkläre, daß ich für meinen Sohn einstehe wie für mich selbst, und ich werde ihm dies morgen selbst sagen …«

Hierauf beugte er sich zu seiner Gemahlin nieder und fügte leise, daß nur sie ihn hören konnte, hinzu:

»Ich hoffe, du vergibst mir den gegen dich ausgesprochenen Verdacht, der mir nun so viel Reue verursacht.«

Aber die Kräfte der Marquise waren erschöpft; sie sank müde zurück und mußte sich zu Bett begeben. Denise und die Tanten Lavarande begleiteten sie.

Kaum waren sie hinaus, so eilte Seignebos nach der Tür, schloß sie ab, stellte sich dann mit dem Rücken gegen den Kamin und nahm seine Brille ab, um sie zu putzen.

»Nunmehr, Herr Folgat«, sagte er, »können wir uns ungestört aussprechen. Was haben Sie Neues mitgebracht?«

# Kapitel 31

Es war gegen elf Uhr, als der Wärter Blangin ganz erschrocken in die Zelle Jacques' von Boiscoran eintrat.

»Mein Herr«, sagte er atemlos, »Ihr Vater ist unten.«

Mit einem Satze war Jacques auf den Füßen. Herr von Chandoré hatte ihn am Abend vorher von der bevorstehenden Ankunft des Marquis unterrichtet, und seitdem hatte er all seine Zeit damit zugebracht, sich auf dieses erste Wiedersehen vorzubereiten. Welchen Ausgang würde es nehmen? Es war nicht vorauszusehen. Jacques nahm sich vor, eine reservierte Haltung zu bewahren, und während er Blangin folgte und die endlosen Gänge entlang und die tiefen Treppen hinabschritt, suchte er sich ein möglichst unbewegliches Gesicht anzueignen und bereitete eine sehr respektvolle Anrede vor.

Kaum aber war das erste Wort über seine Lippen, so lag er in den Armen seines Vaters, der ihn fest an seine Brust drückte und stammelte:

»Jacques, mein armer Sohn, unglückliches Kind!«

Nie in seinem doch so langen und vielgeprüften Leben war der Marquis so furchtbar erschüttert worden wie in diesem Augenblick. Er zog Jacques unter ein Fenster des Sprechzimmers, und selbst zurücktretend, um ihn besser betrachten zu können, begriff er die Zweifel nicht, die ihn so lange Zeit gefoltert hatten. Er schien sich selbst in der Jugenderscheinung Jacques' wiederzufinden; er erkannte in ihm seine Haltung und sein Gesicht, seine Züge, den freimütigen und etwas stolzen Ausdruck seiner Mienen, seinen geraden und hellen Blick...

Plötzlich aber beunruhigte ihn, als er seine Betrachtung auf die Einzelheiten richtete, die ungewöhnliche Abmagerung Jacques, seine Blässe, und er bemerkte mit Schrecken unter den dunklen Haarbüschen an den Schläfen einzelne weiße Haare...

»Unglückseliger!« rief er. »Wie schwer hast du schon leiden müssen!«

»Ich habe allerdings gefürchtet, daß ich wahnsinnig werden müsse«, erwiderte Jacques. Doch mit leisem Zittern seiner Stimme fügte er hinzu:

»Aber Sie, mein Vater, warum haben Sie kein Lebenszeichen von sich gegeben? Warum haben Sie so lange gezögert?«

Der Marquis von Boiscoran hatte diese Frage wohl erwarten können, aber was sollte er darauf erwidern? Konnte er seinem Sohne das traurige Geheimnis seiner absichtlichen Zurückhaltung offenbaren?

Er wandte das Gesicht halb ab und entgegnete befangen:

»Ich glaubte, dir nützlicher sein zu können, wenn ich in Paris bliebe.«

Seine Verlegenheit war aber allzu sichtbar, als daß sie Jacques hätte entgehen können.

»Lieber Vater«, sagte dieser betrübt, »haben Sie an Ihrem Sohne gezweifelt?«

»Niemals!« rief der Marquis lebhaft. »Niemals habe ich auch nur eine Minute gezweifelt. Frage deine Mutter, sie wird dir sagen, daß es die stolze Gewißheit deiner Schuldlosigkeit war, die mich zurückhielt, mit ihr zu reisen. Als ich hörte, wessen man dich anklagte, habe ich gesagt, es sei lächerlich.«

Jacques schüttelte den Kopf.

»Die Anklage ist allerdings lächerlich«, erwiderte er, »aber Sie sehen, wohin sie mich trotzdem gebracht hat.«

Zwei große, lange zurückgehaltene Tränen flimmerten in den Augen des Marquis.

»Du hast nach mir verlangt, Jacques, mein Sohn«, murmelte der Marquis.

Es gibt wohl kaum einen Menschen, dem, wenn er seinen Vater weinen sieht, das Herz nicht bräche. Alle Entschlüsse Jacques' gingen bei diesem Anblick in Rauch auf. Er nahm die Hände des alten Edelmanns in die seinen und rief bewegt:

»Nein, mein Vater, ich habe nicht verlangt, daß Sie kommen, nein! Und dennoch gibt es keine Worte, Ihnen all den Schmerz zu schildern, den Ihr Ausbleiben meinen tödlichen Ängsten hinzugefügt hat. Ich glaubte mich verlassen und verstoßen, und machte mir darüber die schmerzlichsten Gedanken.«

Zum ersten Male seit seiner Einkerkerung fand der Unglückliche ein Herz, um alle Bitterkeiten aussprechen zu können, von welchen ihm das eigene Herz überfloß. Vor seiner Mutter und vor Denise gebot ihm die Ehre, seine Verzweiflung zu verhehlen. Die Ungläubigkeit Magloires hatte ihm gleichfalls Zurückhaltung auferlegt, und Folgat war ihm, trotz aller seiner Teilnahme und seines lebhaften Mitgefühls, doch nur ein Fremder.

In diesem Augenblicke aber und vor dem teuersten und treuesten Freunde, den ein Mensch auf Erden nur besitzen kann, vor seinem Vater, konnte er ohne Bedenken sein Inneres erschließen.

»Kann es wohl«, rief er, »in der Welt ein Beispiel von unerwarteterem Unheil geben? Schuldlos sein und doch sich nicht rechtfertigen zu können! Den Schuldigen kennen und ihn nicht zu nennen wagen! Oh, ich habe zu Anfang das Furchtbare dieser Lage gar nicht fassen können. Ich war wohl einen Augenblick entsetzt, als ich das Gewicht der gegen mich erhobenen Beschuldigungen erkannte, aber ich zögerte nicht, mich selbst zu beruhigen, indem ich mir sagte, daß die Justiz wohl die Wahrheit zu erforschen wissen werde. Die Justiz! Es war mein Freund Galpin-Daveline, welcher sie vertrat, und er kümmerte sich nicht viel um die Wahrheit, wenn er nur den Beweis zu erbringen vermochte, daß sein Angeklagter wirklich der Schuldige sei. Und warum hätte er diesen Beweis nicht erbringen sollen? Lesen Sie nur die Untersuchungsprotokolle, mein Vater, und Sie werden mit Staunen das Zusammentreffen höllischer Umstände sehen, deren Opfer ich bin. Nicht ein einziger Umstand, der nicht zur Erschwerung meiner Lage beitrüge. Niemals hat sich jene geheimnisvolle, blinde und lächerliche Macht, die so oft mit uns spielt und die man Verhängnis zu nennen pflegt, in so nichtswürdiger Weise dargestellt wie in meinem Falle!«

Fast beängstigt von der Heftigkeit seines Sohnes, verhielt der Marquis sich schweigend, und Jacques fuhr fort:

»Anfangs war es die Ehre und später die Vorsicht, welche auf meinen Lippen den Namen der Frau von Claudieuse zurückhielt. Am ersten Tage, da ich mich endlich aussprechen konnte, sagte mir Herr Magloire, daß ich lüge. Da schien es mir, als ob alles verloren sei, und weil ich keinen anderen Ausweg sah als das Geschworenengericht, das heißt Zuchthaus oder Schafott, war ich entschlossen, mich zu töten. Ich wollte mich einer Bürde entziehen, die für meine Kräfte zu schwer zu werden drohte. Meine Freunde machten mir begreiflich, daß ich mir nicht allein mehr angehöre und daß, solange mir noch ein Schimmer von Verstand und ein Funke von Mut bleibe, ich nicht das Recht hätte, über mein Leben zu verfügen...«

»Unglücklicher!« unterbrach ihn der Marquis. »Nein, du hattest nicht das Recht!«

»Gestern«, fuhr Jacques fort, »kam Denise ... Wissen Sie, was sie mir anbot? ... Ich solle die Flucht ergreifen; nicht allein, sondern mit ihr. Die Versuchung war groß, lieber Vater ... Frei sein, Denise mit mir, was kümmerte mich die Meinung der Welt! Und sie war beharrlich, diese unvergleichliche Freundin, und siehe, hier, auf dieser selben Stelle, wo Sie sind, lag sie vor mir auf den Knien! Ich bin trotzdem geblieben. Ich verschmähte die Rettung und beschloß auszuharren.«

Er setzte sich nieder auf die elende Holzbank des Sprechzimmers und barg sein Gesicht in den Händen, um seine Tränen nicht sehen zu lassen. Plötzlich aber hatte er, wie schon mehrmals seit seiner Inhaftierung, einen Zornanfall.

»Was habe ich getan«, rief er, »was habe ich denn getan, um eine solche Züchtigung zu verdienen?«

Da verfinsterte sich die Stirn des Marquis.

»Mein Sohn«, sagte er ernst und streng, »du hast das Weib eines andern geliebt.«

Jacques zuckte die Achseln.

»Ich liebte Frau von Claudieuse«, erwiderte er, »und sie liebte mich.«

»Der Ehebruch ist ein Verbrechen, Jacques.«

»Ein Verbrechen! ... Dasselbe sagte mir Herr Magloire. Aber Sie, mein Vater, glauben Sie das wirklich? Dann ist es wenigstens ein angenehmes Verbrechen, bei welchem alles anregt und ermutigt, dessen man sich ungezwungen rühmt und an welchem sich alle Welt beteiligt und vergnügt! Das Gesetz, es ist wahr, gibt dem Ehemann das Recht über Leben und Tod, aber wenn man sich an das Gesetz selbst wendet, so bestraft es die Schuldigen mit sechs Monaten Gefängnis, welche sie in einem Krankenhaus verbüßen.«

»Jacques«, unterbrach ihn der Marquis, »die Frau von Claudieuse behauptet, nach dem, was du gesagt hast, daß ihre jüngere Tochter dein Kind sei.«

»Es ist wohl möglich…«

Dem Marquis von Boiscoran schauderte.

»Das ist möglich?« rief er. »Und du sprichst dies in einem so leichten Tone aus? Unglücklicher! Ist dir denn nie eingefallen, mit welchem Schmerze Herr von Claudieuse die Wahrheit vernehmen würde? Und wenn er die Wahrheit auch nur vermutete! Du hast gewiß keine Vorstellung davon, wie ein bloßer Verdacht ausreichen würde, sein ganzes Leben zu vergiften und wahrscheinlich ihm auch den Besitz jener Tochter zu vergällen, welche dir zugeschrieben wird. Du hast dir wohl niemals gesagt, daß ein so gräßlicher Zweifel dem Betreffenden mehr Leiden verursachen kann, als du selbst als Opfer eines Irrtums erduldest.«

Zwanzig Worte mehr, und der Marquis hätte vielleicht sein eigenes Geheimnis preisgegeben, aber es gelang ihm durch eine heroische Anstrengung, sich zu bemeistern.

»Doch genug davon«, sagte er gemäßigter. »Ich bin nicht gekommen, um mit dir zu streiten, sondern um dir zu sagen, daß dein Vater von nun an dich nicht mehr verlassen wird und daß, wenn es gilt, den Schimpf einer Schwurgerichtsverhandlung zu ertragen, du ihn an deiner Seite finden wirst.«

So groß auch die geistige Verstörung Jacques' war, fühlte er sich doch betroffen von der Aufregung und dem schneidenden Ausdrucke der plötzlichen Heftigkeit seines Vaters. Es war ihm einen Augenblick, als trete die unbestimmte Vorstellung der betrübenden Wahrheit vor seine Seele, aber sie entschwand noch im Aufgehen wieder vor dem Versprechen, welches ihm soeben sein Vater gegeben hatte, daß er seinerseits der unvermeidlichen Demütigung eines gerichtlichen Urteils Trotz bieten wolle; ein bewegendes Versprechen väterlicher Zuneigung. Fortgerissen vom Gefühl der Dankbarkeit, rief er:

»Ich empfinde es nur zu tief, mein Vater, daß ich, der an Ihrer Güte zweifelte, Sie um Verzeihung zu bitten habe.«

Der Marquis tat sein möglichstes, die Wirkung der tiefen Gemütserschütterung von sich abzuschütteln.

»Ja, ich liebe dich, mein Sohn, sagte er ernst, »aber ich bin dennoch von Natur kein Held, und ich hoffe also noch, daß uns das Schwurgericht erspart bleiben möge.«

»Hat sich irgend etwas von Bedeutung ereignet?«

»Nun, wenn auch die Ermittlungen des Herrn Folgat bis jetzt nicht gerade von entscheidenden Erfolgen gewesen sind, so haben sie doch gewisse Anzeichen ergeben, auf welche sich berechtigte Hoffnungen gründen lassen.«

»Ach, nur Anzeichen!« murmelte Jacques entmutigt.

»Warte es ab, mein Sohn! Ich gebe zu, daß diese Indizien nur schwach und von der Art sind, daß es unsinnig wäre, sie vor den Geschworenen geltend machen zu wollen, aber sie versprechen von Tag zu Tage entscheidender zu werden und sind bereits von solchem Werte, daß sie dir Magloire zurückgewonnen haben.«

»Herr des Himmels! Wenn ich doch gerettet würde!«

»Ich will Herrn Folgat das Verdienst lassen, dir selbst den Erfolg seiner Schritte mitzuteilen. Er wird dir besser als ich ihre Tragweite erklären können. Und du wirst nicht lange auf ihn zu warten haben, da er gestern abend oder vielmehr heute in der Frühe, als wir uns trennten, mit Magloire verabredet hat, dir nach zwei Stunden einen gemeinsamen Besuch zu machen.«

In der Tat vernahm man einige Augenblicke später rasche Schritte im Gange, und Frumence Cheminot erschien. Es war derselbe Häftling, den Blangin zu seinem Gehilfen gemacht und den Méchinet als Vermittler der Korrespondenz zwischen Jacques und Denise benutzt hatte.

»Was ist, Cheminot?« fragte ihn Jacques.

»Gnädiger Herr«, erwiderte der Vagabund, »Herr Blangin läßt Ihnen sagen, daß die Herren Anwälte Sie in Ihrer Zelle sprechen wollen.«

Der Marquis von Boiscoran umarmte seinen Sohn ein letztes Mal.

»Laß sie nicht warten«, sagte er ihm. »Ich sehe dich wieder – habe guten Mut!«

# Kapitel 32

Der Marquis von Boiscoran hatte die Wahrheit gesagt: Bereits durch Denises Mitteilung stark erschüttert, war Herr Magloire vollständig überwunden worden durch die von Herrn Folgat aus Paris gebrachten Neuigkeiten, und er erschien im Gefängnisse mit der festen Überzeugung von Jacques' Schuldlosigkeit.

»Ich bezweifle jedoch sehr, daß er mir meine Ungläubigkeit verzeihen wird«, sagte er zu seinem Kollegen, während sie den Gefangenen in seiner Zelle erwarteten.

Jacques trat bei diesen Worten ein und war noch ganz ergriffen von der letzten Umarmung seines Vaters.

Magloire trat ihm entgegen.

»Jacques«, begann er, »ich pflege niemals meine Gedanken zu verhehlen. Indem ich Sie schuldig glaubte und mir einredete, daß Sie die Gräfin Claudieuse fälschlich beschuldigten, habe ich Ihnen dies freimütig, sogar in grober Weise gesagt. Überzeugt von der Wahrheit Ihrer Behauptungen, komme ich nun, um Ihnen nicht weniger aufrichtig zu gestehen: »Ich habe geirrt, indem ich dem Rufe einer Frau mehr glaubte als dem Worte eines Freundes. Wollen Sie mir die Hand geben?«

Jacques nahm die ihm dargebotene Hand und drückte sie mit einem Ausbruch von Freude.

»Wenn Sie an meine Schuldlosigkeit glauben«, rief er, »werden auch andere daran glauben, und die Stunde meiner Rettung ist nahe!«

Aber als er die traurig ernsten Gesichter seiner Verteidiger sah, mußte er sich wohl sagen, daß er zu früh frohlockt hatte. Seine Züge verfinsterten sich; dennoch sprach er mit fester Stimme:

»Wohlan, ich sehe, daß der Kampf sich noch verlängern wird und der Erfolg noch ungewiß ist … gleichviel! Seien Sie versichert, daß ich nicht ermatten werde.«

Herr Folgat hatte inzwischen bereits alle seine Papiere, die von Méchinet erhaltenen Abschriften und die flüchtigen Notizen seiner Reise, auf dem Tische ausgebreitet.

»Vor allem«, begann er, »möchte ich Sie von meinen Schritten in Kenntnis setzen.«

Er gab nun dem Gefangenen ein vollständiges und genaues Bild seiner gemeinschaftlich mit Goudar unternommenen Nachforschungen.

»Fassen wir die Lage der Dinge zusammen«, sagte er dann. »Wir sind bis jetzt imstande, dreierlei zu beweisen: Erstens, daß das Haus in der Rue de la Vigne Ihnen gehört und daß jener Sir Francis Burnett, welchen man dort kennt, kein anderer war als Sie. Zweitens, daß Sie in diesem Hause den Besuch einer Dame empfingen, welche nach den Vorsichtsmaßregeln, die sie nahm, darauf schließen ließ, daß sie ein großes Interesse hatte, sich nicht erkannt zu sehen. Drittens, daß diese Besuche nur in einer gewissen Zeit jedes Jahres vorkamen, die genau mit den Reisen und dem Aufenthalt der Gräfin von Claudieuse in Paris zusammenfiel.«

Der Anwalt von Sauveterre gab seine Zustimmung durch Kopfnicken zu erkennen.

»Jawohl«, sagte er, »alles dies ist ein entschiedener Gewinn für den Prozeß.«

»Für uns selbst«, fuhr sein junger Kollege fort, »haben wir noch eine gewisse Neuigkeit, nämlich die, daß die Wirtschafterin des falschen Sir Francis Burnett, Suky Wood, die geheimnisvolle Besucherin in der Rue de la Vigne dennoch beobachtet und gesehen hat, daß sie demnach zu gegebener Zeit sie wiedererkennen wird.«

»Sehr richtig. Dies geht aus der Aussage von Sukys Freundin hervor.«

»Sobald wir daher diese Suky Wood wiederfinden, wird die Gräfin Claudieuse entlarvt werden.«

»*Wenn* wir sie wiederfinden!« betonte Magloire. »Damit kommen wir unglücklicherweise ins Gebiet der Hypothesen.«

»Gut, seien es Voraussetzungen«, versetzte Folgat; »aber sie gründen sich auf bestimmte Tatsachen, und ihre Wahrscheinlichkeit läßt sich an hundert Beispielen erweisen. Warum sollten wir Suky nicht wiederfinden, da wir ihren Geburtsort und ihre Familie kennen und sie keinerlei Ursache hat, sich verborgen zu halten?«

Und indem er in demselben Maße lebhafter wurde, in welchem die Zahl der dem Angeklagten günstigen Umstände sich mehrte, fuhr er fort:

»Goudar hat schon andere Leute aufgefunden, die schwerer aufzufinden waren, und Goudar ist unser. Sie können überzeugt sein, daß er nicht rasten wird, denn ich habe ihm etwas angedeutet, das Wunder wirkt, die Hoffnung nämlich auf das Haus in der Rue de la Vigne als Lohn für die Rettung des Herrn von Boiscoran. Das Spiel ist zu hoch, als daß er die Partie nicht gewinnen sollte, namentlich da er selbst dabei so viel gewinnt. Wer weiß, was er schon entdeckt hat, seit ich ihn verlassen habe! Und wer vermag zu sagen, was er hier nicht noch entdeckt! Hat er doch schon am ersten Tage Erstaunliches geleistet.«

»Es ist wirklich erstaunlich!« rief Jacques, beglückt über die ihm völlig unerwarteten, fast wunderbaren Resultate.

Der berühmte Anwalt von Sauveterre war älter als Folgat und Jacques und weniger rasch mit seinem Enthusiasmus.

»Ja, es ist erstaunlich«, wiederholte er, »und wenn uns Zeit genug bleibt, so sage ich mit Ihnen: ›Wir setzen es durch.‹ Aber für die Nachforschungen Goudars fehlt es an Zeit, die Schwurgerichtssession ist nahe, und einen Aufschub des Prozesses zu beantragen, scheint mir sehr bedenklich.«

»Überdies will ich keinen Aufschub!« unterbrach ihn Jacques.

»Indessen…«

»Um keinen Preis, Magloire! Niemals! Was! Ich sollte mich noch weitere drei Monate quälen lassen? Ich kann nicht mehr, meine Kräfte gehen zu Ende. Weg mit allen Ungewißheiten! Es muß der Sache ein Ende gemacht werden.«

Herr Folgat machte eine abwehrende Bewegung.

»Ereifern Sie sich nicht«, sagte er; »einen Aufschub zu erlangen ist unmöglich. Welcher Vorwand könnte uns berechtigen, ihn zu fordern? Etwa die Unzulänglichkeit der Untersuchung? Die Beweisaufnahme ist im jetzigen Zustand unangreifbar. Wir müßten aber in die Sache ein ganz neues Element einführen, das heißt den Namen der Gräfin von Claudieuse nennen.«

Eine außerordentliche Überraschung malte sich in Jacques' Gesicht.

»Wollen Sie sie denn nicht ohnedies nennen?« fragte er.

»Das hängt von den Umständen ab.«

»Aber ich begreife Sie nicht.«

»Es ist dennoch sehr einfach. Wenn es noch vor Beginn der Verhandlung Goudar gelingt, gegen sie hinreichende Schuldmomente beizubringen, dann nenne ich sie, und dann ändert sich die Sache bedenklich; es beginnt eine neue Untersuchung, in welcher Sie wahrscheinlicherweise nur als Zeuge erscheinen. Wenn aber bis vor dem Tage der Verhandlung keine weiteren Beweise erlangt werden als die, welche wir schon besitzen, dann nenne ich sie nicht, denn dies würde, wie auch Herr Magloire meint, Ihre Sache unwiederbringlich zu einer verlorenen machen.«

»Ja, dies ist auch meine Ansicht«, bemerkte der alte Anwalt.

Die Bestürzung Jacques' war ohne Grenzen.

»Indessen«, warf er ein, »wenn ich vor den Geschworenen erscheinen muß, wird meine Verteidigung es doch wohl nötig machen, meine Beziehungen zu Frau von Claudieuse zu erwähnen.«

»Nein.«

»Diese erklären doch alles!«

»Wie man's nimmt.«

»Aber glauben Sie denn, mich zu verteidigen und mich retten zu können, ohne die Wahrheit zu sagen?«

Der Pariser Anwalt schüttelte den Kopf.

»Beim Schwurgericht, mein Herr von Boiscoran, ist die Wahrheit von sehr geringer Bedeutung.«

»Oh!«

»Werden denn die Geschworenen diejenigen Ihrer Ausführungen als überzeugend aufnehmen, die sogar Ihr Freund Magloire anfangs zurückgewiesen hat? Nein! Sprechen wir nicht mehr davon, sondern suchen wir eine Erklärung auszudenken, welche die gegen Sie erhobenen Beschuldigungen zu entkräften geeignet ist. Glauben Sie etwa, daß wir die ersten sind, die nach einem solchen Plane arbeiten? Keineswegs. Es gibt wenig Gerichtsfälle, in denen der öffentliche Ankläger alles sagt, was er sagen sollte, und noch weniger, in welchen der Verteidiger alles anführt, was er anführen könnte. Was ist denn die gegen Sie erhobene Anklage anderes als die Aufstellung eines vom Untersuchungsrichter erfundenen Romans, in welchem er Sie als Schuldigen darstellt? Stellen wir ihm einen andern Roman entgegen, in welchem Sie schuldlos sind!«

»Aber die Wahrheit...«

»Wird durch die Wahrscheinlichkeit ausgestochen, mein verehrter Klient. Fragen Sie hierüber Herrn Magloire. Die Anklage läßt sich nur durch die Wahrscheinlichkeit beunruhigen, folglich kann nur die Wahrscheinlichkeit die einzige Sorge der Verteidigung sein. Die menschliche Gerechtigkeit, schwach und begrenzt in ihren Mitteln, steigt nicht bis zum tiefsten Grund der Dinge hinab, um die Beweggründe zu erkennen und die Gewissen zu prüfen, sondern sie entscheidet nach den Wahrscheinlichkeiten, nach den Erscheinungen; und es kommen vor Gericht nicht oft Sachen vor, die nicht ihre geheimnisvollen und unaufgeklärten Seiten behielten. Die Wahrheit! rufen Sie. Bilden Sie sich ein, daß Herr Galpin-Daveline sie gesucht hat? Wenn dies der Fall wäre, warum läßt er Cocoleu nicht wieder auftreten? Die Wahrheit! ...Wer von uns kennt sie denn? Ihre Angelegenheit, Herr von Boiscoran, ist von der Art, daß weder die Anklage noch die Verteidigung noch der Beschuldigte selbst das Geheimnis besitzt.«

Ein langes Schweigen folgte dieser Rede, ein Schweigen so tief, daß man den eintönigen Schritt des Wachtpostens unter den Fenstern des Gefängnisses hören konnte. Folgat hatte alles gesagt, was er für erforderlich erachtete. Er fürchtete, wenn er mehr sagte, eine zu schwere Verantwortung auf sich zu laden. Jacques' Ehre und Leben stand auf dem Spiel, er selbst hatte also über das von der Verteidigung zu befolgende System zu entscheiden.

Gestützt auf seine Entscheidung – setzte man für den Fall des möglichen, wenn nicht sogar wahrscheinlichen Mißerfolgs sich nicht der Gefahr aus, ihn ausrufen zu hören: »Warum habt ihr mir nicht meinen freien Willen gelassen? Es wäre dann nicht so weit gekommen!«

Um diese Richtung genauer anzudeuten, sagte Folgat: »Der Rat, den ich Ihnen gebe, mein verehrter Klient, ist nach meiner Meinung der beste, und ich habe ihn auch meinem Herrn Kollegen mitgeteilt. Leider vermag ich nicht zu behaupten, daß er unfehlbar sei. Ihnen steht die Wahl frei. Welches aber auch Ihre Entscheidung sein möge, ich bleibe Ihnen zur Verfügung.«

Jacques schwieg. Er blieb, die Ellenbogen auf den Tisch gestützt, das Gesicht zwischen den Händen, regungslos wie eine Statue, in Gedanken verloren.

Was beschließen? Seiner ersten Eingebung folgen, alle Schleier zerreißen, die Wahrheit ausrufen – das war gewagt. Aber welcher Triumph, wenn es glückte!

Den Plan seiner Anwälte annehmen, allerhand Scheinbewegungen machen, erlisten, klügeln, lügen ...das war sicherer, aber wenn die Sache in dieser Weise gelang, war das ein Sieg zu nennen?

Jacques fühlte sich entsetzlich verlegen und befangen. Nur das eine stand ihm klar vor der Seele: wie er auch entschied, sein künftiges Schicksal hing davon ab.

Rasch hob er jetzt den Kopf.

»Welches ist Ihr Rat, Magloire?« fragte er.

Der berühmte Anwalt von Sauveterre zog die Brauen zusammen und sagte in scharfem Tone: »Alles, was Ihnen mein junger Kollege sagte, habe ich bereits Ihrer Frau Mutter vorzutragen die Ehre gehabt. Herr Folgat hat nur den einen Fehler gemacht, daß er in seiner Darlegung zu viele Rücksichten nahm. Der Mediziner fragt, wenn er seine Arznei verschreibt, nicht danach, was der Kranke dazu meint. Möglich, daß unsere Rezepte nicht zu Ihrer Rettung führen, aber wenn Sie sie nicht befolgen, sind Sie sicher verloren.«

Jacques zögerte noch einige Minuten. Die Rezepte, wie Magloire sich ausdrückte, widerstrebten seinem ritterlichen und geraden Charakter von Grund auf.

» *So* freigesprochen werden«, murmelte er, »welch ein Dasein! Bin ich dann wirklich und für alle schuldfrei? Wird nicht vielmehr dann meine ganze Existenz für immer von unbestimmtem

Verdacht verdunkelt sein? Ich würde nicht erhobenen Hauptes aus der Verhandlung hervorgehen, ich würde mich in gewissem Sinne auf einer geheimen Treppe und durch eine Hintertür davonschleichen.«

»Immer noch besser, als durch die Haupttür ins Zuchthaus wandern!« versetzte Magloire schroff.

Bei dem Worte »Zuchthaus« sprang Jacques wie von einem elektrischen Schlage getroffen empor. Er schritt einige Male in seiner Zelle auf und nieder und stellte sich dann seinen Verteidigern gerade gegenüber.

»Ich ergebe mich Ihnen, meine Herren«, sagte er. »Schreiben Sie mir meinen Weg vor, ich werde gehorchen.«

Jacques besaß unter allen Umständen die Eigenschaft, daß, wenn er einmal einen Entschluß gefaßt hatte, er nicht mehr hin und her schwankte, sondern die festgesetzte Richtung einhielt. Ruhig und kaltblütig ließ er sich wieder nieder und fuhr mit traurigem Lächeln fort:

»Gut denn, machen wir den Schlachtplan!«

Dieser Plan hatte seit einem Monat die fortwährende und fast einzige Beschäftigung des Herrn Folgat gebildet. Alles, was er an Geist, Scharfsinn und Erfahrung besaß, hatte er angewendet, um diesen Rechtsfall, der durch das ihm innewohnende leidenschaftliche Interesse in gewissem Sinne der seinige geworden war, kunstvoll zu zerlegen. Er kannte das Verfahren der Anklage so genau wie Galpin-Daveline selbst, und besser noch als dieser deren starke Seiten und deren Schwächen.

»Wir werden also«, begann er, »vorgehen, als ob eine Frau von Claudieuse gar nicht vorhanden wäre. Wir kennen sie nicht mehr. Es gibt für uns kein Zusammentreffen mit ihr in Valpinson und keine verbrannten Briefe.«

»Angenommen!«

»Wir haben weiter zu suchen, nicht wie wir unsere Zeit zugebracht haben, sondern wie wir unsern Ausgang am Abend des Verbrechens erklären. Wenn wir eine möglichst glaubwürdige, möglichst wahrscheinliche Erklärung erfinden können, so bin ich des Erfolgs fast ganz sicher, aber wir dürfen uns hierin nicht vergreifen, es ist der Knoten der ganzen Sache und der Punkt, um welchen sich im wesentlichen die Verhandlung drehen wird.«

In dieser Beziehung schien Jacques nicht vollkommen überzeugt.

»Ist dies denn möglich?« fragte er.

»Es ist unglücklicherweise nur zu gewiß«, erwiderte Folgat. »Wenn ich sage ›unglücklicherweise‹, so geschieht es, weil wir in diesem Punkte eine schwere Anschuldigung gegen uns haben, sicher die entscheidendste, wenn sie wieder erhoben werden sollte, auf die aber Herr Galpin-Daveline nicht das gehörige Gewicht gelegt hat – er war dazu wohl zu fein! –, die aber in den Händen des öffentlichen Anklägers leicht zur Waffe des Gnadenstoßes werden könnte.«

»Ich muß gestehen«, versetzte Jacques, »daß ich nicht recht weiß, wie...«

»Erinnern Sie sich nicht an den Brief, den Sie am Tage des Verbrechens an Fräulein Denise geschrieben haben?«

Jacques blickte seine Verteidiger einen um den andern fragend an. »Was tut denn dieser Brief zur Sache?«

»Er belastet uns, mein verehrter Klient. Ist er Ihnen nicht mehr gegenwärtig? Sie sagten darin Ihrer Braut, daß Sie durch eine Sache von größter Wichtigkeit, die keinen Aufschub erleiden könne, von dem Vergnügen abgehalten würden, den Abend bei ihr zuzubringen. Hiermit also sprachen Sie nach reiflicher Überlegung die Absicht aus, Ihren Abend irgendwo anders in einer gewissen Angelegenheit zuzubringen. Und in welcher Angelegenheit? Die Anklage behauptet, es sei die Ermordung des Grafen Claudieuse gewesen. Was entgegnen wir darauf?«

»Aber, entschuldigen Sie! Diesen Brief hat doch Fräulein Denise nicht bekanntgegeben.«

»Dennoch kennt die Anklage sein Vorhandensein. Herr von Chandoré und Herr Sénéchal haben wiederholt, in dem Glauben, Sie zu entlasten, den Inhalt angegeben. Herr Galpin-Daveline wußte so genau davon, daß er bei mehreren Vernehmungen Ihnen gegenüber davon gesprochen hat, und Sie selbst haben eingestanden, was er wissen wollte.«

Der junge Anwalt suchte unter den auf dem Tisch ausgebreiteten Papieren, und bald hatte er das Protokoll gefunden.

»Hören Sie«, fuhr er fort, »was Sie in Ihrer dritten Vernehmung ausgesagt haben:

Frage: Sie beabsichtigen, nächstens Fräulein von Chandoré zu heiraten?

Antwort: Ja.

Frage: Sie brachten seit langer Zeit alle Ihre Abende bei ihr zu?

Antwort: Alle.

Frage: Ausgenommen indessen den Abend des Verbrechens?

Antwort: Unglücklicherweise.

Frage: Mußte hierüber Ihre Braut nicht überrascht sein?

Antwort: Nein, denn ich hatte ihr geschrieben.«

»Hören Sie es, Jacques?« rief Magloire. »Und bemerken Sie wohl, daß Herr Daveline sich in acht nahm, bei diesem Punkte zu beharren. Er fürchtete, Sie stutzig zu machen. Als er Ihr Eingeständnis hatte, war er zufrieden.«

Schon hatte indes Herr Folgat eine andere Abschrift gesucht und gefunden.

»In Ihrem sechsten Verhör«, fuhr er fort, »ist folgendes vorgekommen:

Frage: Ferner ist noch der Zweck nicht festgestellt, weshalb Sie am Abend des Verbrechens mit einem Gewehr ausgegangen sind.

Antwort: Ich werde mich hierüber erst nach einer Besprechung mit meinem Verteidiger erklären.

Frage: Man hat nicht erst Beratung nötig, um die Wahrheit zu sagen.

Antwort: Nichts wird meinen Entschluß wankend machen.

Frage: Ferner verweigern Sie nicht weniger beharrlich die Angabe darüber, wo Sie sich von acht Uhr abends bis Mitternacht befunden haben.

Antwort: Ich werde diese Frage erst gleichzeitig mit der andern beantworten.

Frage: Sie müssen für Ihr Wegbleiben an diesem Abend doch einen sehr ernsten Grund gehabt haben, da Sie doch wohl wußten, daß Ihre Braut, Fräulein von Chandoré, Sie erwartete.

Antwort: Ich hatte ihr geschrieben, daß sie mich nicht erwarten solle.«

»Ah, Galpin-Daveline ist ein gewandter Spürhund!« murmelte Magloire.

»Weiter ist hier«, fuhr Folgat fort, »ein Auszug aus Ihrem vorletzten Verhör:

Frage: Wenn Sie für Sauveterre einen Auftrag hatten, wen pflegten Sie damit zu betrauen?

Antwort: Den Sohn meines Pächters, Michel.

Frage: So war es dieser, welcher am Abend des Verbrechens den Brief, worin Sie Ihrer Verlobten schrieben, sie solle nicht auf Sie warten, nach Sauveterre trug?

Antwort: Ja.

Frage: Sie gaben an. durch eine sehr wichtige Angelegenheit abgehalten zu werden?

Antwort: Dies ist der übliche Vorwand.

Frage: Aber Ihrerseits war es kein Vorwand. Wohin wollten Sie gehen? Wohin sind Sie gegangen?

Antwort: Solange ich meinen Anwalt nicht habe sprechen können, werde ich darüber schweigen.

Frage: Hüten Sie sich! Das System des Ableugnens und Verschweigens ist gefährlich!

Antwort: Ich kenne die Gefahr und scheue sie nicht.«

Jacques war wie niedergedonnert. Unglücklicherweise ging es ihm wie allen Angeklagten, denen man die Protokolle ihrer Verhöre vorlegt. Nicht einer, der da nicht riefe: »Was! Dies habe ich gesagt, ich?«

Er hatte es gesagt, und es war nicht wegzuleugnen, es stand geschrieben und war unterzeichnet. Aber wie hatte er nur so etwas sagen können?

Man muß das erlebt haben, man muß Angeklagter oder Richter gewesen sein, um vollständig zu beurteilen, wie ungleich die Partie ist; um zu begreifen, daß die Anordnungen des Gesetzes nur billig sind, wenn der Angeklagte schuldig ist, daß es aber traurig ist, wenn die Unschuld nicht denselben Schutz findet wie das Verbrechen.

Das war es, was Jacques erkennen mußte. Die Fragen, welche ihm vorgelegt worden waren, erschienen ihm so gewöhnlich und wurden in so langen Zwischenräumen gestellt, daß er sie rein vergessen hatte, und als er sich jetzt wieder an seine Antworten erinnert sah, fand er, daß er in ganz bestimmter Weise eingestanden hatte, am Abend des Verbrechens ein sehr wichtiges Unternehmen vorgehabt zu haben.

»Es ist entsetzlich!« rief er.

Und ergriffen von der erschreckenden Wirklichkeit der Besorgnisse Folgats, fügte er hinzu: »Wie kann ich dem entgehen?«

Vielleicht waren die Verteidiger, insbesondere Magloire, mit diesem Entsetzen ihres Klienten nicht unzufrieden, weil es ihnen seine Fügsamkeit verbürgte.

»Ich habe es Ihnen schon gesagt«, erwiderte Folgat. »Es ist nötig, eine glaubhafte Erklärung auszudenken.«

»Dazu muß ich mich als rein unfähig bekennen.«

Der junge Anwalt schien seine Gedanken zu sammeln.

»Herr von Boiscoran«, sagte er dann, »Sie sind Gefangener, und ich war frei. Ich denke seit einem Monat über einen Verteidigungsplan nach und habe mich demgemäß auch anhaltend mit diesem Angelpunkte beschäftigt.«

»Ah! Nun?«

»Wo sollte Ihre Vermählung gefeiert werden?«

»Bei mir in Boiscoran.«

»Und wo sollte die religiöse Zeremonie stattfinden?«

»In der Kirche zu Bréchy.«

»Haben Sie darüber mit dem Pfarrer gesprochen?«

»Mehrmals. Er selbst sagte mir eines Tages über diesen Gegenstand halb scherzend: ›Ich werde Sie nun wohl bald in meinem Beichtstuhl sehen.‹«

Herr Folgat ließ etwas wie freudiges Erbeben erkennen, was Jacques nicht entging.

»Demnach war«, versetzte er, »der Pfarrer von Bréchy Ihr Freund.«

»Ganz intim, jawohl. Er hat mich einige Male ohne alle Förmlichkeiten zum Mittagessen eingeladen, und ich bin nie in die Nähe seiner Wohnung gekommen, ohne bei ihm vorzusprechen und ihm die Hand zu drücken.«

Die Genugtuung des jungen Anwalts wurde immer sichtbarer.

»Meine Erklärung ist ganz entschieden nicht unwahrscheinlich!« rief er. »Hören Sie mich an und glauben Sie mir, daß ich in bezug auf meine Erkundigungen vollkommen sicher bin. Zwischen neun und elf Uhr am Abend des Verbrechens war in der Pfarrwohnung zu Bréchy kein Mensch anwesend. Der Pfarrer speiste im Schlosse zu Bresson, und die Haushälterin war ihm mit einer Laterne entgegengegangen.«

»Verstanden!« murmelte Magloire.

»Warum, mein verehrter Klient«, fuhr Folgat fort, »warum sollten Sie nicht an jenem Abend zum Pfarrer nach Bréchy gegangen sein? Erstlich haben Sie mit ihm die Einzelheiten Ihrer kirchlichen Trauung besprechen wollen, sodann haben Sie, da er Ihr Freund, ein Mann von Erfahrung und Priester ist, im Augenblick Ihrer Verheiratung seinen Rat einholen wollen, und endlich haben Sie die Absicht gehabt, sich der religiösen Pflicht zu entledigen, an die er Sie gemahnt hat und die Ihnen ein wenig zuwider gewesen ist.«

»Sehr gut!« bestätigte der berühmte Anwalt von Sauveterre.

»Aus dem Grunde also, mein verehrter Klient«, sprach Folgat weiter, »wurden Sie von dem Vergnügen zurückgehalten, jenen Abend bei Ihrer Verlobten zuzubringen. Sie sehen, daß dieser Vorwand den betreffenden Teil Ihrer Anklage widerlegt. Man wird Sie vor allem fragen, warum Sie durch die Sümpfe gegangen sind. Ja, warum? Weil es der kürzeste Weg ist, und weil Sie befürchteten, bei späterem Erscheinen in Bréchy den Pfarrer schon zu Bett zu finden. Nichts ist natürlicher, da es gar wohl bekannt ist, daß dieser ausgezeichnete Gottesmann sonst die Gewohnheit hat, um neun Uhr zu Bett zu gehen. Indes haben Sie sich umsonst beeilt, denn als Sie an die Tür der Pfarrwohnung klopften, kam niemand, um Ihnen zu öffnen.«

Herr Magloire unterbrach seinen jungen Kollegen mit einer Gebärde.

»Bis hierher«, sagte er, »ist alles sehr gelungen ...da aber zeigt sich eine Unwahrscheinlichkeit. Niemand wird es hier, um von Bréchy nach Boiscoran zurückzukehren, angezeigt finden, durch den Wald von Rodiepommier zu gehen. Wenn Sie das Land hier kennten...«

»Ich kenne es durch ganz sorgfältige Nachforschungen«, versetzte Folgat. »Und zum Beweise dessen bin ich, einen Einwand wie den Ihrigen voraussehend, auf eine Auskunft bedacht gewesen. Während Herr von Boiscoran an die Pfarrwohnung zu Bréchy klopfte, ging ein kleines Bauernmädchen, das er weiter nicht kennt, vorüber und sagte ihm, daß es den Herrn Pfarrer auf seinem Wege getroffen, und zwar nahe am Carrefour des Maréchaux. Die Lage des Pfarrhauses, isoliert und am Eingang des Dorfes, macht einen solchen Zufall durchaus annehmbar. Wer dieser von dem kleinen Mädchen gesehene Pfarrer war, hat mir ein Zufall übermittelt. Genau um die Zeit, zu welcher Herr von Boiscoran in Bréchy sein konnte, passierte in der Tat ein Geistlicher die Stelle nahe am Carrefour des Maréchaux, und dieser Geistliche, welcher ebenfalls im Schlosse zu Bresson speiste, ist der Seelsorger einer benachbarten Gemeinde und wurde abgerufen, um einer sterbenden Frau die Letzte Tröstung zu reichen. Das kleine Bauernmädchen log also nicht, sondern täuschte sich nur über die Person.«

»Erstaunlich!« rief Magloire.

»Und was tat der so unterrichtete Herr von Boiscoran?« fuhr Folgat fort. »Er ging in der Richtung des Carrefour fort, und in dem Glauben, den Pfarrer von Bréchy zu treffen, gelangte er bis zum Walde von Rochepommier. Endlich, freiwillig oder nicht, erkannte er, daß das kleine Mädchen ihn zu einem Irrtum verleitet hatte, und er entschloß sich, durch den Wald nach Boiscoran zu gehen. Er war aber, da er auf diese Weise einen ganzen Abend, den er an der Seite seiner Braut hätte verleben können, nutzlos verloren sah, sehr schlechter Laune, und daher kam es, daß er, wie der Zeuge Gaudry ausgesagt hat, vor sich hin Flüche und Verwünschungen ausstieß.«

Der berühmte Anwalt von Sauveterre schüttelte den Kopf.

»Das alles ist meisterlich«, sagte er, »ich erkenne es vollständig an, und ich gestehe in aller Demütigkeit, daß ich nie etwas Ähnliches zustande gebracht hätte; allein Ihre Erzählung erweckt Zweifel durch ihre bewunderungswürdige Einfachheit. Die Anklage wird Ihnen erwidern: ›Wenn dies die Wahrheit ist, warum hat Herr von Boiscoran sie nicht sogleich gesagt? Warum hatte er, um sie zu sagen, erst den Rat seiner Verteidiger nötig?‹«

Man konnte es am Zusammenziehen der Gesichtsmuskeln Folgats sehen, daß er seine Gedanken anstrengte.

»Ich sehe wohl ein«, sagte er, »daß hier der Hauptfehler meiner Erfindung liegt, denn es ist nur zu klar, daß, wenn Herr von Boiscoran gleich am Tage seiner Verhaftung diese Angaben gemacht hätte, er sofort freigelassen worden wäre. Aber wie etwas Besseres finden? Wie nur überhaupt etwas anderes? Was ich gab, ist indessen nur der erste Wurf meiner Idee, und es ist das erste Mal, daß ich ihm Gestalt gegeben ...Mit Ihrer Hilfe, Herr Magloire, mit Hilfe Méchinets, der mir die wertvollsten Mitteilungen gemacht, und mit Hilfe aller unserer Freunde verzweifle ich noch nicht daran, meiner Erzählung irgendeine geheimnisvolle Besonderheit hinzufügen zu können, welche das systematische Schweigen des Herrn von Boiscoran hinreichend erklärt. Ich habe daran gedacht, die Politik hineinzuziehen und vorzugeben, Herr von Boiscoran habe, um seine ihm auch von andern zugeschriebenen republikanischen Gesinnungen nicht verdächtig zu machen, sich gescheut, seine vertraulichen Beziehungen zum Pfarrer von Bréchy kundzutun.«

»Oh, dies würde die allerschlimmste Wirkung hervorrufen!« unterbrach ihn Magloire. »Wir sind in Sauveterre nicht besonders religiös, aber wir sind Frömmler, lieber Kollege, außerordentliche Frömmler.«

»Deswegen habe ich meine Idee auch gleich wieder aufgegeben.«

Bis hierher war Jacques schweigsam und unbeweglich gewesen, jetzt erhob er sich plötzlich.

»Ist es nicht wunderlich«, rief er mit verhaltener Wut, »ist es nicht unerhört, daß wir uns abquälen, eine Lüge zusammenzusetzen? Und ich bin doch unschuldig! Was könnten wir denn mehr tun, wenn ich wirklich ein Mörder wäre?«

Jacques hatte tausendmal recht; es lag etwas Ungeheuerliches in der Notwendigkeit, in der er sich befand, die Wahrheit zurückzuhalten. Aber seine Verteidiger ließen sich, vertieft in die genaueste Prüfung des Verteidigungsplans, durch seine Ausrufe nicht beirren.

»Gehen wir zu den andern Anklagepunkten über«, sagte Magloire.

»Wenn meine Darstellung annehmbar wäre«, überlegte Folgat, »so wären es die übrigen Punkte von selbst. Aber ist sie es denn? Am Tage seiner Verhaftung hat Herr von Boiscoran als Vorwand seines Ausganges am Abend vorher angegeben, er sei zu seinem Holzhändler nach Bréchy gegangen. Unselige Unklugheit! Darin liegt die Gefahr! Was das übrige anlangt, was hat dies auf sich? Da ist die Rede von dem Wasser, in welchem sich Herr von Boiscoran nach seiner Rückkehr die Hände gewaschen und worin Reste verkohlten Papiers gefunden worden sind. Wir haben, um dafür eine Erklärung zu finden, die Wahrheit nur geringfügig zu ändern. Wir haben nur zu sagen, was Herr von Boiscoran bereits gesagt hat, aber einen andern Beweggrund unterzulegen. Herr von Boiscoran ist ein leidenschaftlicher Raucher, nicht wahr? Nun gut, er war auf seinem Wege nach Bréchy allerdings mit einer Schachtel Zigarren versehen, aber er hatte keine Streichhölzchen. Und dies ist keineswegs eine aus der Luft gegriffene Angabe. Wir liefern dafür Beweise und Zeugen. Wenn wir keine Streichhölzchen hatten, so kam dies daher, daß wir am Abend vorher das Streichholzetui, welches wir, wie alle Welt weiß, gewöhnlich bei uns zu tragen pflegten, bei Herrn von Chandoré hatten liegenlassen, wo es heute noch auf dem Kaminsims im kleinen Salon des Fräuleins Denise liegt. Wir hatten also keine Streichhölzchen und waren schon weit von Boiscoran entfernt, als wir dies bemerkten. Sollten wir nun weitergehen, ohne zu rauchen, oder wieder umkehren? Keins von beiden. Wir tragen ja unser Gewehr bei uns, und wir kennen das Verfahren, welches in solchen Fällen die Jäger anzuwenden gewohnt sind, um sich Feuer zu verschaffen. Wir haben aus einer unserer Patronen die Bleiladung herausgenommen und dann, das Pulver losbrennend, ein Stück Papier in Brand gesetzt. Dieses Verfahren ist nicht ausführbar, ohne daß man sich die Hände schwärzt, und weil wir es mehrfach wiederholten, haben wir uns die Hände stark geschwärzt und uns zwischen den Fingern mit verkohlten Papierresten beschmutzt.«

»Ah, diesmal bravo!« rief der berühmte Anwalt von Sauveterre. Sein junger Kollege, von dem Beifall angefeuert, fuhr lebhaft fort:

»Dieses Wasser also, welches Sie uns so sehr zum Vorwurf machen, ist der glänzendste Beweis für unsere Schuldlosigkeit. Wären wir Brandstifter, wir hätten dies Wasser weggeschüttet, wie der Mörder den Niederschlag von den aus seinen Kleidern ausgewaschenen Blutflecken, der ihn verraten könnte.«

»Abermals sehr gut!« bestätigte Magloire.

»Und Ihre andern Beschuldigungen«, fuhr Folgat fort, als wenn er im Schwurgerichtstermin sich an den öffentlichen Ankläger wendete, »sind von demselben Werte. Warum haben Sie denn unsern Brief an Fräulein Denise in die Sache hineingezogen? Doch nur, weil er, nach Ihrer Behauptung, bei uns den Vorsatz beweisen soll. Ah – hier sind Sie geschlagen. Sind wir denn so einfältig und allen gesunden Menschenverstandes bar? Ich glaube, in diesem Rufe stehen wir nicht. Was! wir hätten ein Verbrechen vorbereitet, ohne uns zu sagen, daß wir entdeckt werden könnten und daß wir auf ein Alibi bedacht sein müßten? Was! wir wären mit dem bestimmten Zwecke ausgegangen, einen Menschen zu töten, und hätten unser Gewehr mit Hasenschrot und Vogeldunst geladen? Sie haben uns die Verteidigung wirklich leicht gemacht, denn Ihre Anklage hält gar keiner Prüfung stand.«

Jacques drückte durch eine lebhafte Bewegung seinen Beifall aus.

»Dasselbe«, unterbrach er, »habe ich Herrn Daveline ohne Aufhören gesagt, und darauf fand er nie eine Erwiderung. Auf diesem Punkte müssen wir recht gründlich verweilen.«

Herr Folgat zog seine Notizen zu Rate.

»Ich komme nun«, sprach er, »zu einem Hauptumstand, aus dem ich, wenn er Ihnen günstig scheint, in der Verhandlung einen entscheidenden Zwischenfall machen werde. Ihr alter Kammerdiener, mein verehrter Klient, Ihr alter Antoine hat mir gesagt, daß er am Vorabend des Verbrechens Ihr ›Klebb‹-Gewehr gründlich gereinigt habe…«

»Mein Gott!« rief Jacques.

»Gut. Ich sehe, daß Sie die Tragweite dieser Tatsache erkennen. Haben Sie seit dieser Reinigung und bis zu dem Augenblicke, da Sie eine Patrone entzündeten, um die Briefe der Frau von Claudieuse und Ihre eigenen zu verbrennen, das Gewehr abgefeuert? Bejahendenfalls sprechen wir nicht weiter davon. Verneinendenfalls aber ist es klar, daß ein Lauf Ihres Gewehres rein geblieben ist, und das wäre Ihre Rettung...«

Jacques schwieg eine Minute nachdenklich.

»Es scheint mir«, sagte er endlich, »ich möchte fast behaupten, daß ich am Morgen des Verbrechens ein Kaninchen geschossen habe.«

»Das ist schlimm!« rief Folgat mit dem Ausdrucke der Entmutigung.

»O warten Sie!« erwiderte Jacques. »Auf alle Fälle bin ich sicher, daß ich das Kaninchen auf den ersten Schuß getroffen habe. Ich habe also nur einen Lauf meines Gewehrs schmutzig gemacht. Wenn ich nun in Valpinson mich desselben Laufs bedient hätte, um die Patrone abzubrennen, so wäre ich gerettet. Und dies ist wahrscheinlich. Bei einer Doppelflinte pflegt man automatisch zuerst immer den Drücker rechts zu berühren.«

Herr Magloire zog die Brauen zusammen.

»Es tut nichts«, sagte er. »Auf eine so unsichere Angabe hin können wir unmöglich einen Grund für uns geltend machen, der im Falle des Irrtums gegen uns gekehrt werden könnte. Aber im Verhandlungstermine, wenn man Ihnen Ihr Gewehr vorlegt, untersuchen Sie den Lauf und sagen Sie uns dann, in welchem Zustande es sich befindet.«

Der Verteidigungsplan war nunmehr in seinen allgemeinen Zügen entworfen. Es blieben nur noch Einzelheiten zu vervollkommnen, und die beiden Anwälte wollten sich eben damit beschäftigen, als Blangin, der Wärter, vor der Zellentür erschien und rief, daß die Pforte des Gefängnisses nun geschlossen würde.

»Nur noch fünf Minuten, mein guter Blangin!« rief Jacques, und indem er seine beiden Verteidiger so weit als möglich von dem Guckloch hinwegzog, sagte er mit gedämpfter und unsicherer Stimme:

»Meine Herren, mir ist eine Idee gekommen, welche ich Ihnen mitteilen muß. Es ist unmöglich, daß Frau von Claudieuse seit meiner Verhaftung nicht selbst Qualen erlitte. So gewiß, als sie sich selbst auch nicht durch das geringste Zeichen verraten wird, so gewiß wird sie davor zittern, daß ich zu meiner Verteidigung die Wahrheit an den Tag bringen könnte ... Sie würde leugnen, ich weiß es, und sie ist ihres täuschenden Zaubers so sicher, daß sie nicht zu fürchten braucht, ihr wunderbarer Ruf werde durch meine Beschuldigungen befleckt werden ... Gleichviel! Es ist unmöglich, daß sie das üble Aufsehen nicht scheuen sollte. Wer weiß, ob sie, um das zu vermeiden, uns nicht ein Rettungsmittel an die Hand gibt. Warum, meine Herren, sollte nicht einer von Ihnen bei ihr einen darauf bezüglichen Schritt versuchen?«

Herr Folgat war der Mann der raschen Entschlüsse.

»Ich werde ihn versuchen«, erklärte er, »wenn Sie mir ein Wort der Einführung geben.«

Jacques ergriff statt aller Antwort eine Feder und schrieb:

»Ich habe meinem Verteidiger, Herrn Folgat, alles gesagt. Retten Sie mich, und ich schwöre Ihnen, ewiges Schweigen zu bewahren. Lassen Sie mich nicht untergehen, Geneviève, denn Sie wissen nur zu gut, daß ich schuldlos bin!

Jacques.«

»Ist dies ausreichend?« fragte er, dem jungen Anwalt das Billett überreichend.

»Ja, und ich verspreche Ihnen, daß ich vor Ablauf von achtundvierzig Stunden Frau von Claudieuse aufsuchen werde.«

# Kapitel 33

Blangin wurde indessen unruhig, die Anwälte mußten sich zurückziehen, und das Gefängnis verlassend, überschritten sie den Neumarkt, als sie plötzlich nach wenigen Schritten einen Wandermusikanten bemerkten, dem einige Straßenjungen folgten.

Es war eine Art Straßenfiedler, gekleidet in ein Gewand, welches zwischen Überrock und Jacke die Mitte hielt. Auf einer schlechten Geige herumraspelnd, sang er mit dem reinsten Ausdrucke des in der Gegend landesüblichen Dialektes ein Lied.

»Frau Elster baut, wenn's Frühling kaum,

Ihr Nest auf einem Pappelbaum…

Aha! La la!

Ihr Nest auf einem Pappelbaum…

La la!«

Mechanisch griff Folgat in die Tasche und zog einige Sousstücke hervor, als der Sänger, der sich ihm näherte und seinen Hut zog, wie um die Gabe in Empfang zu nehmen, ihm zuflüsterte:

»Sie kennen mich wohl gar nicht mehr, Herr Anwalt?«

Folgat betrachtete den Musikanten mit Staunen.

»Sie hier!« sagte er dann.

»Ja, ich selbst, in Sauveterre seit heute morgen. Ich habe Sie erwartet, denn ich muß Sie sprechen, öffnen Sie mir heute abend um neun Uhr die kleine Hintertür im Garten des Herrn von Chandoré.«

Dann nahm er seine Geige wieder auf, zog sich zurück und sang mit munterer Stimme:

»Und als fünf Wochen dann vorbei,

Ein Elsterchen kroch aus dem Ei…

Aha! La la! —«

Damit verschwand er in der Seitenstraße.

Noch vielmehr als Folgat war der berühmte Anwalt von Sauveterre von dem unerwarteten Zusammentreffen und der seltsamen Erscheinung des Fiedlers überrascht. Kaum hatte dieser sich entfernt, so fragte er:

»Kennen Sie denn dieses Individuum?«

»Dieses Individuum«, erwiderte Folgat, »ist niemand anders als der Agent, von dem ich Ihnen gesprochen und den ich für unsere Zwecke gewonnen habe.«

»Goudar!«

»Jawohl, es ist Goudar.«

»Und Sie erkannten ihn nicht wieder?«

Der junge Anwalt lächelte.

»Bevor er sprach, nein«, entgegnete er. »Der Goudar, den ich kenne, ist viel größer, magerer, bartlos und hat bürstenartig kurz geschnittenes Haar. Dieser Straßenmusikant ist klein, dickbäuchig, bärtig und hat langes, glattes Haar, das ihm bis über den Nacken fällt. Wie konnte ich meinen Mann in seinem Vagabundenkostüm erkennen, eine alte Geige in der Hand und einen saintonesischen Rundgesang kauderwelschend?«

Herr Magloire lächelte nun ebenfalls.

»Was sind die Schauspieler von Profession gegen solche Leute!« sagte er. »Hier ist einer, der erst heute morgen ankommt und das Land schon so genau zu kennen scheint wie Cheminot selbst. Es sind kaum zwölf Stunden her, daß er sich in Sauveterre befindet, und doch weiß er schon von der kleinen Hintertüre in dem Garten des Herrn von Chandoré.«

»Ah, jetzt erkläre ich mir diesen Umstand, der mich anfangs ebenfalls überraschte!« versetzte Folgat. »Indem ich Herrn Goudar alles haarklein erzählte, mußte ich notwendigerweise auch von der kleinen Tür sprechen, welche Méchinet zu passieren hatte, als er mit Denise eine Unterredung haben sollte.«

Unter diesen Worten hatten sie das Ende der Rue nationale erreicht. Sie blieben stehen.

»Noch eins, bevor wir uns trennen«, sagte Magloire. »Sind Sie fest entschlossen, die Frau von Claudieuse aufzusuchen?«

»Ich habe es versprochen.«

»Was wollen Sie ihr sagen?«

»Das hängt von den Umständen ab. Jetzt weiß ich es noch nicht.«

»Soweit ich den Charakter der Gräfin kenne, wird sie beim ersten Anblick von Jacques' Brief Ihnen befehlen, sich zu entfernen.«

»Wer weiß! ... Ich bin übrigens noch nie vor einem Schritte zurückgeschreckt, den mein Gefühl und mein Gewissen für notwendig erachteten.«

»Was auch geschehen möge, seien Sie vorsichtig, lassen Sie sich nicht fortreißen ... Bedenken Sie, daß ein unangenehmes Aufsehen uns zwingen würde, unser Verteidigungssystem zu ändern, obschon es das einzige ist, welches einigen Erfolg verheißt.«

»Oh, seien Sie unbesorgt, Herr Kollege!«

Hierauf wechselten die Anwälte einen Händedruck und trennten sich. Magloire begab sich nach seiner Wohnung, Folgat in die Rue de la Montagne.

Es hatte bereits halb sechs Uhr geschlagen, der junge Anwalt beeilte sich, weil er fürchtete, erwartet zu werden. Und in der Tat wartete man auf ihn, um sich zu Tische zu setzen, aber als er in den Salon eintrat, dachte er nicht mehr daran, sich zu entschuldigen, so sehr war er betroffen von der Niedergedrücktheit und dem traurigen Aussehen der Verwandten und Freunde des Gefangenen.

»Haben Sie denn eine schlimme Neuigkeit erfahren?« fragte er zögernd.

»Die schlimmste, welche wir zu fürchten hatten, ja, mein Herr«, erwiderte der Marquis von Boiscoran. »Sie konnte von uns allen vorausgesehen werden, und doch hat sie uns getroffen wie ein Donnerschlag.«

Der junge Anwalt schlug sich vor die Stirn.

»Die Anklagekammer hat ihren Beschluß gefaßt!« rief er.

Der Marquis nickte bloß bejahend, da ihm die Stimme versagte.

»Es ist noch ein großes Geheimnis«, fügte Denise hinzu; »und wenn wir es kennen, so verdanken wir es lediglich unserem guten, unserem ergebenen Méchinet. Jacques ist vor das Geschworenengericht verwiesen.«

Sie wurde durch den Eintritt eines Dieners unterbrochen, welcher meldete, daß der Tisch gedeckt sei. Man begab sich in den Speisesaal, aber das Mahl war unter dem Eindrucke des neuesten Ereignisses so traurig als möglich. Denise allein, deren erstaunliche Energie einen fast fieberhaften Charakter angenommen hatte, stand Herrn Folgat bei, damit die Unterhaltung im Flusse blieb. Durch ihren Mund erfuhr der Anwalt, daß der Graf von Claudieuse entschieden gefährlich krank sei und daß er, gegen den Rat des Doktor Seignebos, der erklärt habe, die geringste Aufregung könne seinen Kranken töten, im Laufe des Tages die Letzte Kommunion empfangen solle.

»Und wenn er stirbt«, sagte Herr von Chandoré, »dann ist das für uns der letzte Schlag. Die ohnehin schon gegen Jacques sehr gereizte öffentliche Meinung würde nicht mehr zu versöhnen sein.«

Als das Mahl beendet war, trat Folgat an Denise heran.

»Ich habe Sie zu bitten, mein Fräulein«, sagte er, »mir den Schlüssel zu der kleinen Gartentür anzuvertrauen ...«

Sie blickte ihn verwundert an.

»Ich habe«, fuhr er fort, »im geheimen den Polizeiagenten zu sprechen, der mir seine Mitwirkung zugesichert hat.«

»Ist er hier?«

»Seit heute morgen.«

Als Denise ihm den Schlüssel übergeben hatte, eilte Folgat in den hinteren Teil des Gartens, und beim dritten Schlag der neunten Stunde öffnete sich die kleine Tür, und der Straßenfiedler vom Neumarkt, Goudar, trat mit seiner Geige unter dem Arm in den Garten.

»Ein verlorener Tag!« begann er, ohne an einen Gruß zu denken. »Ein ganzer Tag, an dem ich nichts unternehmen konnte, bevor ich Sie gesprochen hatte.«

Er schien so voll Ärger, daß Folgat es unternahm, ihn zu beschwichtigen.

»Vor allem«, sagte er, »lassen Sie mich Ihnen ein Kompliment über Ihre ausgezeichnete Maskierung machen.«

Aber Goudar war gegen Lobsprüche vollkommen unempfindlich.

»Was wäre das für ein Detektiv, der sich nicht geschickt maskieren könnte!« versetzte er. »Ein schönes Verdienst, meiner Seele! ...Und Sie können glauben, daß mir keins so zuwider ist wie dieses. Aber konnte ich denn in Sauveterre mit meiner wahren Persönlichkeit einfallen? Ein Detektiv! Brr! Alle Welt würde mich gemieden haben wie die Pest und meine Fragen nur mit Lügen beantwortet haben. Darum habe ich mich oft in diese abscheuliche Kutte gesteckt, die mir schon ganz vertraut geworden ist, und früher sechs Monate Violinunterricht genommen. Ein wandernder Musikus kann tun, was er will, ohne Verdacht zu erregen, er läuft in den Straßen umher oder die Landstraßen entlang, tritt in die Höfe, schleicht in die Häuser, besucht die Restaurants und Kneipen; er kann unter dem Vorwand, um Almosen zu bitten, die Leute anreden, sich ihnen nähern, ihnen folgen. Und daß ich das Kauderwelsch der Leute hier herum kenne, können Sie sich darauf erklären, daß ich sechs Monate in der Charente zugebracht habe, um die Spuren der falschen Banknoten des berüchtigten Gatebourse zu verfolgen. Wenn man in sechs Monaten nicht versteht; den Dialekt einer Provinz vollständig in sich aufzunehmen, taugt man nie zu einem Polizisten. Ich aber, ich bin einer, ich bin zu diesem abscheulichen Gewerbe verdammt, das meine Frau noch zur Verzweiflung bringt...«

»Nun, wenn«, versetzte Folgat, »Ihr Ehrgeiz wirklich der ist, mein lieber Goudar, von dem Sie mir sagten, so können Sie vielleicht sehr bald das Polizeigewerbe aufgeben, nämlich wenn Sie in der Angelegenheit des Herrn von Boiscoran zum Ziel gelangen.«

»Gibt er mir das Haus in der Rue de la Vigne?«

»Von ganzem Herzen.«

Der Mann der Präfektur erhob seine Hände zum Himmel.

»Das Haus in der Rue de la Vigne!« wiederholte er. »Dieses Paradies in dieser irdischen Welt. Einen ungeheuren Garten, einen Boden erster Qualität; und welche Lage, mein verehrter Herr!«

»Haben Sie auch irgendeinen neuen Beweisgegenstand gefunden?« fragte Folgat.

So rauh an die Wirklichkeit gemahnt, verfinsterte sich Goudar.

»Keinen«, erwiderte er. »Vergeblich habe ich alle Lieferanten ausgeforscht. Ich bin nicht weiter gekommen, als ich am ersten Tage war.«

»Nun, hoffen wir, daß Sie hier mehr Glück haben.«

»Ich hoffe es; aber um meine Tätigkeit beginnen zu können, bedarf ich Ihres Beistands. Ich muß den Doktor Seignebos und den Gerichtsschreiber Méchinet sehen. Bitten Sie diese, sich zu der Besprechung einzufinden, welche eine Nachricht von mir ihnen bezeichnet...«

»Sie sind schon vorbereitet.«

»Ferner bedarf ich, um mein Inkognito aufrechterhalten zu können, eine Aufenthaltserlaubnis des Bürgermeisters auf den Namen Goudar, reisender Musikant, lautend. Ich kann meinen Namen schon führen, weil mich hier niemand kennt. Aber ich muß diesen Erlaubnisschein noch heute abend erhalten, denn wo ich ein Obdach in Anspruch nehme, verlangt man meine Papiere zu sehen...«

»Erwarten Sie mich in einer Viertelstunde auf dieser Bank; ich werde sogleich zum Bürgermeister gehen...«

Eine Viertelstunde später hatte Goudar seinen Schein in der Tasche und ging damit in die Herberge zum »Roten Hammel«, der verrufensten in Sauveterre.

Angesichts einer peinlichen und unvermeidlichen Aufgabe verraten sich die Temperamente. Die einen bescheiden sich, soviel sie können, suchen Ausflüchte, zaudern, gleich den Frömmlern, welche ihre größte Sünde mit dem Ende ihrer Beichte abgetan glauben; die andern hingegen beeilen sich, ihre Beklemmungen von sich zu werfen und damit ein Ende zu machen so rasch als möglich.

Der Anwalt Folgat war von der zweiten Art. Am andern Morgen kaum erwacht, nahm er sich vor, noch am selben Vormittage die Frau von Claudieuse aufzusuchen, und gleich nach acht Uhr ging er, sorgfältiger als gewöhnlich gekleidet, aus dem Hause, indem er einem Diener sagte, daß man ihn nicht erwarten solle, wenn er zur Zeit des Frühstücks noch nicht wieder zurück sei.

Zunächst begab er sich ins Gerichtsgebäude in der Hoffnung, Méchinet zu treffen. Seine Hoffnung täuschte ihn nicht. Der Wartesaal war noch leer, aber der Gerichtsschreiber befand sich bereits in seiner Kanzlei, in jener fieberhaften Tätigkeit, welche der immerwährende Gedanke an ein noch nicht bezahltes Grundstück antreibt. Er erhob sich bei Folgats Eintritt sogleich.

»Sie wissen schon von der Entscheidung der Anklagekammer?« sagte er.

»Ja, dank Ihrer Gefälligkeit! Und ich kann Ihnen gestehen, daß ich davon nicht überrascht worden bin. Was denkt man im Gericht davon?«

»Jedermann hält eine Verurteilung für wahrscheinlich.«

»Nun, wir werden ja sehen!« versetzte der junge Anwalt, und mit gedämpfter Stimme fuhr er fort:

»Ich komme jetzt in einer andern Angelegenheit. Der geheime Agent, den ich erwartete, ist angelangt und wünscht Sie zu sehen. Er schreibt Ihnen, um Ihnen eine Zusammenkunft vorzuschlagen, und ich bitte Sie, im Einverständnis mit ihm, darauf einzugehen.«

»Gewiß, von ganzem Herzen!« erwiderte der Gerichtsschreiber; »und Gott gebe, daß es ihm gelingt, Herrn von Boiscoran schuldfrei zu machen, selbst wenn es sich nur darum handelte, die Prahlerei meines werten Prinzipals ein wenig zu demütigen.«

»Ah, Herr Galpin-Daveline triumphiert!«

»Ohne die geringste Scham. Er sieht seinen ehemaligen Freund bereits im Zuchthause. Der Oberstaatsanwalt hat ihm ein Glückwunschschreiben zugehen lassen, und gestern kam er, zu Ende des Audienztermines, um seinen Brief lesen zu lassen. Alle Herren machten ihm Komplimente, ausgenommen der Präsident, welcher ihm den Rücken kehrte, und der Staatsanwalt, der ihm auf lateinisch sagte, er möge doch das Fell des Bären nicht eher verkaufen, als bis er ihn erlegt hätte.«

Man hörte seit einigen Augenblicken bereits Schritte im Vorsaale.

»Rasch noch eine letzte Empfehlung!« sagte Folgat. »Goudar tritt in einer maskierten Gestalt auf. Sprechen Sie darüber mit keiner lebenden Seele. Und vor allem, zeigen Sie keine Überraschung über das Kostüm, in welchem er erscheint.«

Ein Geräusch vor der Tür schnitt ihm das Wort ab. Es trat ein Gerichtsrat ein, welcher nach höflicher Begrüßung des Anwalts sich an den Gerichtsschreiber wendete, um in einer Sache, die noch denselben Tag erledigt werden sollte, eine Menge Auskünfte zu verlangen.

»Auf Wiedersehen, Herr Méchinet!« sagte Folgat.

Hierauf ging er weiter, um an der Wohnung des Doktor Seignebos anzuklopfen.

»Der Herr Doktor sind ausgegangen«, sagte ihm der Diener; »aber er wird bald wieder kommen und hat mir aufgetragen, ich möchte den Herrn bitten, einstweilen in sein Zimmer einzutreten.«

Ein unerwarteter Beweis von Vertrauen, welches Seignebos dem Anwalt gab, indem er ihm gestattete, allein in dem Heiligtum seiner Grübeleien zu verweilen. Es war dies ein weiter Raum, ganz mit wüst durcheinander stehenden und liegenden Gegenständen der verschiedensten Art angefüllt, die auf den ersten Blick die Ideen, Meinungen, den Geschmack und die gesamte Lebensrichtung des Arztes verrieten.

Gleich, beim Eintritt traf das Auge auf die über dem Kamin stehende, bewundernswert ausgeführte Büste Bichats, an deren Seite rechts und links kleinere Büsten von Robespierre und Rousseau standen. Eine zwischen den beiden Fenstern aufgehängte Uhr aus der Zeit Ludwigs XIV. schlug den Sekundentakt. Alle Seiten des Gemachs waren mit Büchergestellen von geschwärztem, vielfach zersprungenem Holze versehen, auf denen Bücher aller Art, broschiert oder in Einbänden, welche Herrn Daubigeon in Entzücken versetzt hätten, aufgeschichtet waren. Einer jener Schränke, in denen man getrocknete Pflanzen zu ordnen pflegt, erinnerte an die beiläufige Liebhaberei des Doktors für die Flora von Sauveterre. Eine Elektrisiermaschine erinnerte an die Zeit, als der Doktor für die Elektrotherapie eingenommen war ...Berge von Scharteken, welche den Tisch in buntem Durcheinander bedeckten, erzählten von den neuesten Studien des Mediziners.

Folgat hatte seine Umschau eben beendet, als Doktor Seignebos eintrat, gleich einer Windsbraut, wie gewöhnlich, aber weit heiterer als sonst.

»Ich wußte es wohl, hol mich dieser und jener«, rief er »daß ich Sie hier treffen würde! Sie kommen, um mit mir über eine Zusammenkunft mit Goudar zu sprechen...»

Der Anwalt stutzte.

»Wer hat Ihnen dies gesagt?« fragte er betroffen.

»Goudar selbst! Dieser Bursche gefällt mir! Man wird mich gewiß nicht der Zärtlichkeit gegen irgend etwas, was näher oder entfernt zur Polizei gehört, verdächtigen, mich, der mit Polizeispitzeln auf den Fersen das Leben durchschritten hat, aber dieser Mensch hat mich mit der Polizei fast versöhnt.«

»Wann haben Sie ihn gesehen?«

»Heute morgen um sieben Uhr. Er ärgerte sich in seiner schlechten Kammer im ›Roten Hammel‹ so ungeheuer über den unnützen Zeitverlust, daß ihm die Idee kam, ein Unwohlsein zu erheucheln und mich rufen zu lassen ...Ich ging hin und fand eine Art Straßenfiedler, der wie ein Zigeuner aussah. Aber kaum waren wir allein beieinander, so erzählte er mir seine ganze Angelegenheit, fragte mich um meine Meinung und teilte mir seine Ideen mit...Herr Folgat, dieser Goudar ist ausgezeichnet, das habe ich ihm gesagt, und wir haben uns vollkommen verständigt.«

»Hat er Ihnen erklärt, was er zu tun gedenkt?«

»Annähernd ...aber er hat mich nicht ermächtigt, es weiterzusagen ...Geduld, lassen Sie ihn machen, und Sie werden sehen, daß der alte Seignebos noch eine ganz feine Nase hat.«

Indem er dies mit einem Anstrich reizender Einfältigkeit sagte, ging er rückwärts wie ein Krebs, putzte seine goldene Brille und setzte sie wieder auf.

»Ich werde also abwarten«, versetzte der Anwalt; »und da nun dieser Auftrag erledigt ist, bitte ich um Erlaubnis, Ihnen von etwas anderem zu sprechen ...Ich bin von Herrn von Boiscoran beauftragt worden, die Gräfin Claudieuse aufzusuchen...«

»Alle Wetter!«

»Und zu versuchen, von ihr ein Mittel zum Niederschlagen der Anklage zu erlangen.«

»Wollen Sie denn diesen Versuch unter allen Umständen unternehmen?«

Der Anwalt vermochte kaum eine Bewegung der Ungeduld zu unterdrücken.

»Ich habe diesen Auftrag angenommen«, erwiderte er in trockenem Tone, »und werde ihn auszuführen versuchen.«

»Das sehe ich wohl ein, mein verehrter Herr, allein Sie werden nicht bis zur Gräfin gelangen. Der Graf befindet sich sehr schlecht, sie verläßt sein Bett nicht und empfängt niemanden, nicht einmal Personen ihrer vertrautesten Bekanntschaft.«

»Ich muß dennoch bis zu ihr gelangen, denn um jeden Preis werde ich den Brief, welchen mir mein Klient anvertraut hat, in ihre eigenen Hände übergeben ...Und hören Sie, Doktor, ich werde offen gegen Sie sein. Weil ich die Schwierigkeiten wohl voraussehe, bin ich gekommen, um von Ihnen ein Mittel, sie zu überwinden, zu erlangen...«

»Von mir!«

»Sind Sie nicht der Arzt des Herrn von Claudieuse?«

»Zehntausend Teufel!« rief Seignebos aus. »Ihr achtet nichts, ihr Anwälte!« Und indem er sich mehr gegen die Einwände seines Geistes als gegen Folgat wendete, fuhr er vor sich hin murmelnd fort:

»Allerdings behandle ich Herrn von Claudieuse, obschon ich einschalten muß, daß die Krankheit alle meine Vermutungen zunichte macht, und eben deswegen bin ich gegen sie vollkommen machtlos … Unser Beruf hat seine Regeln, die man nicht verletzen darf, ohne die Würde des gesamten medizinischen Standes zu beeinträchtigen.«

»Aber es handelt sich um Ehre und Leben des Herrn von Boiscoran, eines Freundes, lieber Doktor!«

»Und eines politischen Gesinnungsgenossen, es ist wahr! Doch kann ich Ihnen dennoch nicht Beistand leisten, ohne das Vertrauen der Frau von Claudieuse zu täuschen.«

»Aber hat diese Frau nicht ein Verbrechen begangen, um dessentwillen Herr von Boiscoran unschuldig vor den Geschworenen erscheinen muß?«

»Ich glaube es, aber nichtsdestowenigern …«

Er unterbrach seinen Satz, überlegte und griff dann plötzlich nach seinem breitrandigen Hut, den er mit dem Ausdrucke trockener Herausforderung auf den Kopf stülpte.

»Wohlan, es wird getan, mag das Schlimmste kommen!« rief er. »Es handelt sich um heilige Interessen, die allem vorgehen. Kommen Sie!«

# Kapitel 34

Nach dem Brande in Valpinson hatte die gräfliche Familie Claudieuse vorläufig in der Rue Mautrec zu Sauveterre Wohnung genommen. Das für sie durch den Bürgermeister Sénéchal gemietete Haus, welches länger als ein Jahrhundert im Besitz der Familie von Juliac gewesen war, galt als eins der ältesten und großartigsten der Stadt.

In weniger als zehn Minuten hatten Doktor Seignebos und Folgat es erreicht. Von der Straße aus sieht man nichts als eine hohe Mauer, die ganz mit Schmarotzerpflanzen, Levkojen und Löwenmaul überwuchert ist. In dieser Mauer befindet sich eine schwere Türe mit zwei Flügeln. Den Tag über wird einer dieser Flügel zurückgeschlagen und durch eine Glastür ersetzt, bei deren Öffnung eine Glocke ertönt.

Beim Eintreten hat man zunächst einen großen Garten zu durchschreiten, in welchem sich im Schatten alter Linden etwa ein Dutzend moosbewachsene Statuen auf ihren Piedestalen erheben.

Das Haus hat nur zwei Stockwerke. Ein breiter Flur durchschneidet das Parterre, im Hintergrunde bemerkt man eine Steintreppe mit durchbrochenem Eisengeländer.

Als beide in diesem Flur angelangt waren, öffnete Doktor Seignebos rechter Hand eine Tür.

»Treten Sie hier ein und warten Sie«, sagte er zu Folgat. »Ich gehe zum Grafen hinauf, dessen Gemach sich im ersten Stock befindet, und werde Ihnen die Gräfin heruntersenden.«

Der junge Anwalt tat wie ihm geheißen und befand sich in einem weiten, durch zwei Glastüren stark erhellten Saal, aus welchem man unmittelbar in den Garten treten konnte. Dieser Saal war in früheren Zeiten prachtvoll gewesen. Die Wände waren mit weißgestrichenem Holzgetäfel bedeckt, auf welchem Bildwerk und Arabesken in erhabener Arbeit und vergoldet einen besonderen Schmuck bildeten. An der Decke stellte eine riesige allegorische Komposition pausbäckige Liebesgötter dar, die in einem besternten Himmel schäkerten.

Aber die Zeit hatte die Malerei halb verwischt, die goldenen Arabesken getrübt, den blauen Himmel des Plafonds verdunkelt und die Liebesgötter zerbröckelt. An den Fenstertüren waren keine Vorhänge, auf dem Kaminsims befanden sich eine Uhr und Armleuchter, die halb zerbrochen waren, und ringsumher standen, bunt durcheinander, Möbel, die man dem Brande zu Valpinson entrissen, Lehnsessel, Kanapees, Fauteuils und ein großer runder Tisch, alles beschädigt und geschwärzt durch die zerstörenden Flammen.

Aber was kümmerten den Wartenden diese Einzelheiten! Er dachte nur an den Schritt, den er wagte und dessen Kühnheit und Seltsamkeit ihm nun erst vollständig vor Augen traten. Er bedurfte all seiner Willenskraft, um seine innere Unruhe zu bemeistern.

Endlich vernahm er einen leichten und raschen Schritt im Flur, und gleich darauf trat die Gräfin ein, ganz wie Jacques sie ihm geschildert hatte, ruhig, ernst und heiter, als wenn ihre Seele vollkommen über alle menschlichen Leidenschaften erhaben sei. Ihre außerordentliche Schönheit war nicht verändert, die furchtbaren Ereignisse des letzten Monats hatten ihrem Antlitz einen gewissen Heiligenschein verliehen. Sie war indes etwas magerer geworden, und die dunklen Ringe um ihre Augen, sowie die Unordnung ihres bewundernswerten Haares verrieten die Anstrengungen und Ängste der langen Nächte, die sie am Bett ihres Gatten zugebracht hatte.

Folgat verbeugte sich.

»Sie sind der Verteidiger des Herrn von Boiscoran, mein Herr?« fragte sie.

»Ja, Madame«, erwiderte der junge Anwalt.

»Und Sie wünschen mich zu sprechen, wie mir der Doktor sagt ...«

»Ja, Madame.«

Mit der Bewegung einer Königin deutete sie auf einen Sessel, und indem sie sich selbst niederließ, sagte sie:

»Ich bin bereit zu hören, mein Herr.«

Nicht ohne ein stärkeres Herzklopfen, begann der Anwalt:

»Ich möchte Ihnen, Madame, vor allem eine Darstellung der Lage meines Klienten geben.«

»Dies ist unnötig, mein Herr; ich kenne sie bereits...«

»So wissen Sie also auch, Madame, daß er vor die Geschworenen gestellt und vielleicht verurteilt wird?«

Sie schüttelte mit einer schmerzlichen Bewegung den Kopf und erwiderte sanft:

»Ich weiß, mein Herr, daß der Graf von Claudieuse das Opfer eines der feigsten Angriffe geworden ist, daß sein Leben in Gefahr ist und daß binnen kurzem, wenn sich nicht ein Wunder Gottes ereignet, ich keinen Gatten mehr habe und meine Kinder keinen Vater mehr.«

»Aber Herr von Boiscoran ist schuldlos, Madame!«

Eine tiefe Überraschung malte sich in den Zügen der Gräfin, und den Anwalt scharf ansehend, fragte sie:

»Wer ist denn dann der Mörder?«

Nicht ohne Mühe vermochte der Anwalt das eine Wörtchen »Sie!«, welches sich aus dem Grunde seiner empörten Seele erhob, auf den Lippen festzuhalten. Er dachte jedoch an den Erfolg seines Auftrages und beherrschte sich.

»Madame«, fuhr er fort, »einem Angeklagten und so tief Unglücklichen gegenüber, der am Vorabend seines Urteils steht, ist der Verteidiger ein Beichtvater, dem er nichts verbirgt ...Ich füge hinzu, daß der Verteidiger auch die Verschwiegenheit eines Priesters besitzt und daß er Geheimnisse, die ihm anvertraut werden, zu bewahren weiß.«

Die Gräfin machte eine Bewegung der Ungeduld.

»Meine Zeit ist knapp, mein Herr«, versetzte sie. »Wollen Sie sich gefälligst deutlicher erklären.«

Der Anwalt war so weit als möglich gegangen.

»Ich bin«, sagte er, »von Herrn von Boiscoran beauftragt, Ihnen einen Brief zu übergeben.«

Die Überraschung der Frau von Claudieuse schien sich in Bestürzung zu verwandeln.

»Mir?« erwiderte sie. »Unter welchem Vorwande, mit welchem Anspruch?«

Ohne ein Wort zu sagen, zog der Anwalt aus seiner Brieftasche Jacques' Brief hervor und überreichte ihn der Gräfin.

»Hier ist er, Madame!«

Sie nahm ihn, ihre Hand zitterte nicht. Sie öffnete langsam das Billett, aber kaum hatte sie gelesen, so erhob sie sich, errötete, und ihre Augen schossen Blitze.

»Wissen Sie, was dieser Brief enthält, mein Herr?« rief sie.

»Ja.«

»Sie wissen, daß Herr von Boiscoran mich bei meinem Mädchennamen Geneviève zu nennen wagt, wie mein Mann, wie mein Vater!«

Im entscheidenden Momente hatte Folgat seine Kaltblütigkeit vollständig wiedergewonnen.

»Herr von Boiscoran, Madame, behauptet, daß er Sie früher so genannt hat ...in der Rue de la Vigne ...zur Zeit, als Sie ihn ›Jacques‹ nannten...«

Die Gräfin schien zu Boden sinken zu wollen.

»Aber das ist ja schändlich, mein Herr«, stammelte sie, »was Sie mir da sagen. Wie! Herr von Boiscoran hat Ihnen mitzuteilen sich erdreistet, daß ich, die Gräfin Claudieuse, seine ... Geliebte gewesen sei?«

»Das hat er mir gesagt, ja, Madame, und er hat mir versichert, daß er wenige Minuten vor dem Brande bei Ihnen war und daß seine geschwärzten Hände davon herrührten, daß er Ihre gegenseitige Korrespondenz verbrennen mußte.«

Sie hatte sich indessen wieder gefaßt, nur ihre Stimme bebte noch.

»Und Sie haben so etwas glauben können?« rief sie. »Oh, das erste Verbrechen des Herrn von Boiscoran ist nichts im Vergleich mit diesem! Es genügte ihm nicht, unser Haus in Brand gesetzt und uns ruiniert zu haben, er will uns auch entehren. Es ist ihm nicht genug, das Leben des Mannes genommen zu haben, er will auch die Ehre der Frau vernichten!«

Die Gräfin sprach so laut daß man den Schall ihrer Stimme bis in den Hausflur hören konnte.

»Leiser, Madame, leiser, um der Barmherzigkeit willen!« sagte Folgat.

Sie warf einen Blick souveräner Verachtung auf ihn und sprach noch lauter.

»Ja«, fuhr sie fort, »ich begreife, daß Sie Furcht davor haben, gehört zu werden. Aber ich, was habe ich zu fürchten? Ich wollte, das ganze Weltall könnte uns hören und richten. ›Leiser‹, sagen Sie … weshalb leiser? Glauben Sie denn, daß, wenn Herr von Claudieuse nicht ein sterbender Mann wäre, dieser Brief nicht in diesem Augenblicke schon in seinen Händen sich befände? Oh, er würde mir für diesen schändlichen Brief Gerechtigkeit verschaffen! Besser als ich, eine Frau, es vermag; und nie habe ich es so entsetzlich empfunden, daß jedermann meinen Gatten für verloren hält und daß ich allein in der Welt stehen werde, ohne Beschützer, ohne Freund …«

»Aber, Madame, Herr von Boiscoran schwört Ihnen, das Geheimnis unbedingt bewahren zu wollen.«

»Das Geheimnis von was? Von Ihren feigen Beleidigungen, von der abscheulichen Intrige, deren Vorspiel vermutlich ich soeben vernommen habe …«

Folgat erbleichte vor dieser Beschimpfung.

»Nehmen Sie sich in acht, Madame«, sagte er mit gedämpfter Stimme, »wir haben überzeugende, unumstößliche Beweise …«

Die Gräfin unterbrach ihn mit einer gebieterischen Bewegung und zeigte in ihrem Ausdruck Schmerz, Zorn und Verachtung zugleich.

»Nun denn«, rief sie, »bringen Sie diese Beweise! Gehen Sie hin, handeln Sie, sprechen Sie! Wir werden ja sehen, ob die boshafte Verleumdung eines Verbrechers den tadellosen Ruf einer ehrbaren Frau zu beflecken vermag! Wir werden sehen, ob von diesem Schmutze, dessen Sie sich entledigen, ein einziges Stäubchen bis zu mir spritzt!«

Sie warf dem Anwalt Jacques' Brief zu Füßen und ging nach der Tür.

»Madame!« rief Folgat, »Madame!«

Sie würdigte ihn nicht einmal einer Wendung ihres Kopfes, sondern verschwand und ließ ihn allein im Saal, so niedergeschlagen vor Bestürzung, daß er die Fähigkeit des Nachdenkens verloren zu haben schien.

Glücklicherweise kehrte Doktor Seignebos wieder.

»Bei meiner Seele!« sagte er, »ich hätte nicht geglaubt, daß Frau von Claudieuse meinen Verrat so wohl aufnehmen würde … Sie war ganz wie gewöhnlich, als sie von Ihnen zurückkam und mich fragte, wie ich heute morgen ihren Gatten gefunden habe und was nun zu tun sei … Ich habe ihr geantwortet …«

Der Rest des Satzes blieb ihm in der Kehle stecken; jetzt erst bemerkte er das verdutzte Aussehen des Anwalts.

»Was ist? Was haben Sie?« fragte er.

Der junge Anwalt blickte ihn an wie ein vom Schwindel Ergriffener.

»Ich habe«, erwiderte er, »daß ich mich frage, ob ich wache oder träume! Ich habe, daß diese Frau schuldig ist und daß ihre Dreistigkeit allen Glauben übersteigt.«

»Warum? Wieso? Haben Sie denn vorher an ihrer Schuld gezweifelt?«

Der Anwalt zeigte in seinem ganzen Wesen die schrecklichste Niedergeschlagenheit.

»Ach, weiß ich es denn selbst!« erwiderte er. »Sehen Sie denn nicht, daß ich meinen Kopf nicht mehr beisammen habe, daß ich nicht weiß, was ich denken und glauben soll. Es ist aber wirklich so! Und doch, Doktor, bin ich kein Neuling, sondern bin in den fünf Jahren, seit ich beim Strafgericht verteidige, in die tiefsten Abgründe der gesellschaftlichen Schichten hinabgestiegen, habe seltsame Dinge entdeckt, die unerwartetsten Charaktere getroffen und die schauerlichsten Geheimnisse vernommen.«

Der Doktor war nun seinerseits so betroffen, daß er sogar seine Brille zu putzen vergaß.

»Nun, was hat Ihnen denn die Frau von Claudieuse gesagt?« fragte er.

»Wenn ich es Ihnen wiederholte, würden Sie nicht viel weiter sein als jetzt. Sie hätten da sein sollen, sie sehen und hören müssen … Was für eine Frau! … Nicht ein Muskel ihres Gesichts zuckte, ihr Auge blieb hell und klar, und nicht die geringste Bewegung trübte den Klang ihrer Stimme! … Und mit welcher Stirn sie mir trotzte! … Aber kommen Sie, Doktor, ich bitte Sie, wir wollen gehen.«

Sie entfernten sich und waren bereits weit in der langen Allee des Gartens vorgeschritten, als sie die ältere Tochter der Gräfin mit ihrer Gouvernante von einem Spaziergang zurückkehren sahen. Doktor Seignebos blieb stehen, und den Anwalt am Arm fassend, flüsterte er ihm ins Ohr:

»Passen Sie auf! Die Wahrheit spricht aus dem Munde der Kinder, nicht wahr?«

»Was hoffen Sie?« flüsterte der Anwalt.

»Einen zweifelhaften Punkt aufzuklären ... Still! Lassen Sie mich gewähren.«

In wenigen Augenblicken war das kleine Mädchen bis zu ihnen gelangt. Es war ein zierliches Kind von acht bis neun Jahren, blond, mit schönen blauen Augen, groß für sein Alter, und fast mit dem Verstand eines jungen Mädchens begabt, doch ohne dessen Schüchternheit.

»Guten Tag, meine kleine Marthe!« sagte der Doktor zu ihr in seinem sanftesten Tone, der ihm keineswegs schwerfiel.

»Guten Tag, meine Herren!« erwiderte das Kind in heiterer, anziehender Weise.

Doktor Seignebos beugte sich zu ihr nieder und küßte sie auf die rote Wange, wobei er sie teilnehmend betrachtete.

»Aber du siehst ja betrübt aus, Kind!« fuhr er fort.

»Ja, weil Papa und meine kleine Schwester sehr krank sind«, erwiderte sie mit einem tiefen Seufzer.

»Und vielleicht auch, weil es dir um Valpinson leid tut.«

»O ja!«

»Es ist aber doch hier auch hübsch, du hast einen großen Garten zum Spielen...«

Sie schüttelte den Kopf und sagte leise:

»Ja, es ist hier wohl hübsch, aber ich fürchte mich so.«

»Vor was denn, mein gutes Kind?«

Sie deutete nach den Statuen und erwiderte schaudernd:

»Abends, in der Dämmerung, kommt es mir immer vor, als ob sie sich bewegten, und dann glaube ich Leute zu sehen, die sich hinter den Bäumen verbergen, gerade wie der Mann, der unsern Papa töten wollte.«

»Man muß diese schlimmen Gedanken verscheuchen, mein Fräulein«, sagte Folgat.

Aber Seignebos ließ ihn nicht fortfahren.

»Wie ist's nur möglich, liebe Marthe«, fragte er gegen das Kind gewendet, »daß du dich davor so sehr fürchten kannst? Ich kenne dich doch im Gegenteil als sehr mutig ... Dein Papa hat mir versichert, daß du dich in der Nacht des Brandes zu Valpinson gar nicht gefürchtet hast.«

»Das ist auch wahr.«

»Und doch muß es entsetzlich gewesen sein, als du von den Flammen geweckt wurdest.«

»Ach, ich bin ja nicht durch die Flammen geweckt worden, Doktor.«

»So war es der Knall des abgefeuerten Schusses.«

»Da schlief ich ja nicht mehr, Doktor, weil ich schon vorher durch einen großen Lärm an der Tür geweckt wurde, die von der Mama, als sie wieder hereinkam, fest verschlossen worden war.«

Eine schreckliche Ahnung ließ zu gleicher Zeit den Arzt und den Anwalt erbeben.

»Du wirst dich darüber wohl täuschen, Marthe«, entgegnete Seignebos. »Deine Mama ist im Augenblick des Brandes nicht wiedergekommen.«

»Bitte um Entschuldigung, doch!«

»Nein, du täuschst dich.«

Das Mädchen trat mit jener ernsten Miene zurück, welche Kinder anzunehmen pflegen, wenn sie sehen, daß man ihre Worte bezweifelt.

»Ich weiß das ganz gewiß«, sagte sie mit festem und empfindlichem Tone, »und ich kann mich noch an alles genau erinnern ... Man hatte mich zur gewöhnlichen Stunde zu Bett gebracht, ich war müde und schlief sogleich ein. Während ich schlief, ist Mama fortgegangen, und als sie wiederkam, hat sie mich geweckt. Sobald sie zurück war, beugte sie sich über das Bett meiner kleinen Schwester, blickte sie lange traurig an, und ich habe sie weinen sehen. Nachher setzte sie sich ans Fenster, und von meinem Bette aus konnte ich sehen, wie ihr die hellen Tränen herabrollten, als plötzlich ein Schuß fiel...«

Folgat und Seignebos wechselten einen heimlichen Blick.

»Also, mein Liebling«, fuhr der Arzt fort, »bist du dessen gewiß, daß deine Mama im Zimmer war, als der erste Schuß ertönte?«

»Ganz gewiß, Doktor. Mama sprang gleich vor Schrecken auf und horchte. Und als dann der zweite Schuß krachte, da hob Mama ihre Hände gen Himmel und rief: ›O mein Gott!‹ Dann ist sie sogleich hinausgegangen.«

Der Doktor zwang in diesem schrecklichen Augenblick ein Lächeln auf seine Lippen.

»Du hast das geträumt, Marthe«, sagte er.

Jetzt antwortete statt des Kindes die bis dahin schweigsame Gouvernante.

»Mademoiselle träumte nicht«, sagte sie. »Ich selbst habe die Schüsse gehört und die Tür meiner Kammer geöffnet, um zu sehen, was es gäbe. Da sah ich die gnädige Frau mit großen Schritten durch die Diele eilen und die Treppe hinabstürzen.«

»Oh, ich streite nicht mehr«, versetzte der Doktor mit einem so gleichgültigen Tone, als er ihm in einem solchen Augenblicke möglich war.

Das Kind beendete seine Erzählung:

»Als Mama fort war, quälte mich die größte Unruhe, ich setzte mich in meinem Bett auf und horchte. Ich hörte Lärm, Krachen und Knistern und aus der Ferne Geschrei. Die Furcht ergriff mich, ich sprang aus dem Bett und lief nach der Tür. Da drangen mir Rauch und Funken entgegen. Ich blieb aber doch bei Besinnung, weckte meine kleine Schwester, nahm sie in meine Arme und versuchte zur Treppe zu kommen, als Cocoleu wie ein Verrückter herbeistürzte, uns beide ergriff und hinabtrug.«

»Marthe!« rief eine Stimme vom Hause her … »Marthe!«

Das Kind brach seine Erzählung kurz ab.

»Mama ruft mich«, sagte sie, »Adieu, meine Herren!«

Sie machte eine zierliche Verbeugung und ging. Der Doktor und Folgat standen wie versteinert und blickten einander mit dem Ausdrucke der Angst an.

»Wir haben hier nichts mehr zu tun, Doktor«, sagte endlich der Anwalt.

»Ja, wahrhaftig, wir wollen gehen … eilen sogar, denn man erwartet uns vielleicht … Sie frühstücken bei mir.«

Beide zogen sich zurück, aber mit gebeugtem Haupte und so tief in ihre Gedanken verloren, daß sie die Grüße der ihnen auf der Straße Begegnenden zu erwidern vergaßen, was von mehreren Bürgern übel vermerkt ward. Sie begaben sich beide in des Doktors Wohnung.

»Zwei Gedecke«, sagte der Doktor zu seinem Diener, »und bring dazu eine Flasche Médoc.«

Dann führte er den Anwalt in sein Arbeitszimmer.

»Nun, was halten Sie von diesem Abenteuer?« fragte er.

Folgat machte eine Gebärde tiefer Niedergeschlagenheit.

»Ich kenne mich selbst nicht wieder!« entgegnete er.

»Kann man annehmen, daß Frau von Claudieuse ihre Tochter abgerichtet hat?«

»Nein.«

»Oder daß sie es mit der Gouvernante getan?«

»Noch weniger. Eine Frau von dieser Standhaftigkeit und Schlauheit vertraut sich niemandem an; sie kämpft, siegt oder fällt allein.«

»Folglich haben Kind und Gouvernante die Wahrheit gesagt.«

»Das glaube ich entschieden.«

»Es ist auch meine Überzeugung … Sie hat also nichts mit dem Mordversuch auf ihren Gatten zu tun.«

»Leider!«

Folgat bemerkte das triumphierende Lächeln nicht, welches über Seignebos' Antlitz flog.

Der Doktor hatte seine Brille abgenommen und putzte sie mit ungewöhnlicher Kraftanstrengung.

»Wenn die Gräfin unschuldig ist«, fuhr er fort, »so muß Jacques schuldig sein. Er müßte uns demnach an der Nase herumgeführt haben.«

Folgat schüttelte den Kopf.

»Barmherzigkeit, Doktor«, erwiderte er mit Anstrengung. »Drängen Sie mich nicht in dieser Weise; lassen Sie mir Zeit, mich zu sammeln, meine Gedanken wieder zu ordnen. Ich fühle mich entsetzt vor meinen eigenen Vermutungen ... Nein, Herr von Boiscoran hat uns nicht belogen, und Frau von Claudieuse ist ganz gewiß seine Geliebte gewesen. Nein, er hat uns nicht getäuscht und hat sicher am Abend des Verbrechens mit der Gräfin eine Zusammenkunft gehabt. Sagte Marthe uns nicht, ihre Mutter sei fort gewesen? Wo hätte sie anders gewesen sein können als beim Rendezvous? Allein ...«

Er zögerte.

»Weiter, weiter!« sagte der Arzt. »Sie haben bei mir nichts zu fürchten.«

»Nun, es könnte wohl sein, daß, nachdem Frau von Claudieuse sich von Herrn von Boiscoran entfernt hatte, sich der Zufall einmischte. Herr von Boiscoran sagte uns doch, daß, als er die Briefe verbrannte, eine so helle Flamme entstand, daß er entsetzt gewesen sei ... Wer kann nun wissen, ob nicht ein Feuerfunke, vom Winde fortgetrieben, Stroh in Brand gesetzt hat? Ziehen Sie die Folgerungen! Im Augenblicke seines Rückzugs bemerkt Herr von Boiscoran den Brand, er versucht ihn zu ersticken, seine Bemühungen sind vergeblich, die Flamme springt weiter, sie wächst und beleuchtet schon die Fassade des Schlosses ... In diesem Augenblicke erscheint der Graf von Claudieuse, Herr von Boiscoran glaubt sich entdeckt, er sieht seine Liebschaft enthüllt, seine bevorstehende Verheiratung unmöglich gemacht, seine Zukunft vernichtet, sein Glück zerstört ... Er verliert den Kopf, er legt auf den Grafen an und schießt, um dann zu entfliehen ... Damit erklärt sich auch die schlechte Richtung der Schüsse und der bis jetzt unenträtselte Umstand, daß der Mord mit Schrot versucht worden ist.«

»Unseliger«, unterbrach ihn der Doktor.

»Weshalb? Was habe ich gesagt?«

»Nehmen Sie sich in acht, dies je zu wiederholen! Es ist eine so schauerliche Wahrscheinlichkeit in Ihrer Vermutung, daß, wenn diese laut würde, Sie keinen Menschen fänden, der Ihnen noch glaubte, wenn der Tag käme, an dem Sie die Wahrheit sagten.«

»Die Wahrheit! Denken Sie denn, daß ich mich noch täusche?«

»Ganz zuversichtlich!« antwortete Seignebos, indem er seine Brille zurechtrückte. »Allerdings«, fuhr er fort, »konnte man nicht annehmen, daß Frau von Claudieuse mit eigener Hand auf ihren Gatten geschossen hat ... Ich hatte recht ... Sie hat das Verbrechen materiell nicht verübt, aber sie hat es befohlen.«

»Oh!«

»Wäre sie denn die erste, die so etwas täte? Meine Vermutung ist folgende: Nachdem Frau von Claudieuse Jacques gesprochen hatte, faßte sie ihren Entschluß und ergriff ihre Maßregeln. Der Mörder war auf seinem Posten. Hätte sie Jacques zurückgewonnen, so wäre der Gedungene wieder entwaffnet worden und still in seinen Winkel zurückgekehrt. Da sie aber nicht erreichte, daß Jacques auf seine Verheiratung verzichtete, so entschloß sie sich, frei zu werden, um ihm auf diese Weise in den Weg zu treten, und gab dem Verbrechensgenossen das Zeichen, das Schloß in Brand zu stecken und auf ihren Gemahl zu schießen.«

Der junge Anwalt schien nicht ganz überzeugt.

»In diesem Falle«, versetzte er, würde die Gräfin mit Vorbedacht gehandelt haben; warum aber war denn das Gewehr mit Schrot geladen?«

»Weil dem Mitschuldigen dazu der nötige Verstand fehlte.«

Der Anwalt erhob sich lebhaft.

»Immer wieder Cocoleu!« rief er.

Seignebos tippte mit der Fingerspitze an seine Stirn.

»Wenn eine Idee hier Eingang gefunden«, sagte er, »dann sitzt sie fest ... Ja, Frau von Claudieuse hat einen Mitschuldigen, und dieser ist Cocoleu ... Und wenn auch sein Verstand mangelhaft ist, so können Sie doch sehen, wie weit dieser erbärmliche Schwachsinnige seine Unterwürfigkeit und Verschwiegenheit getrieben hat.«

»Wenn Sie recht hätten, Doktor, so würden wir, ohne daß Cocoleu zum Sprechen zu bringen ist, nie den Schlüssel zu dieser Geschichte erlangen.«

»Wir wollen noch abwarten. Man hat mir ein Hilfsmittel vorgeschlagen...«

Er wurde durch den Eintritt seines Dieners unterbrochen.

»Herr Doktor«, sagte dieser wackere Bursche, »es ist ein Gendarm unten mit einem Menschen, welcher dringend ins Krankenhaus aufzunehmen wäre.«

»Sie mögen heraufkommen«, erwiderte der Arzt. Und während der Diener eilte, seinen Auftrag auszurichten, fuhr er fort: »Das ist mein Hilfsmittel, Herr Folgat. Geben Sie acht!«

Ein schwerer Schritt wurde auf der Treppe hörbar, und gleich darauf erschien ein Gendarm, der in der einen Hand eine Geige trug, mit der andern einem armen Teufel gehen half.

»Goudar!« hätte Folgat fast laut gerufen.

Es war wirklich Goudar, aber in welchem Zustande! Die Kleider zerrissen und mit Schmutz befleckt, blaß, hohläugig, Bart und Lippen mit weißem Schaum bedeckt.

»Die Sache ist so zugegangen«, erklärte der Gendarm. »Dieser Mensch spielte Geige im Hofe der Kaserne, und mehrere von uns standen an den Fenstern, als wir ihn plötzlich auf die Erde fallen sahen; er wälzte und renkte sich hin und her und heulte und schäumte wie ein wütender Wolf... Wir haben ihn aufgehoben und gepflegt, und nun bringe ich ihn, um zu erfahren...«

»Lassen Sie uns allein mit ihm«, erwiderte der Mediziner.

Der Gendarm ging hinaus und machte die Türe zu.

»Welch ein Gewerbe!« rief Goudar mit einem Ausdruck unüberwindlichen Widerwillens ... »Sehen Sie mich ein wenig genauer an! ... Welche Schmach, wenn mich meine Frau so sehen könnte ... puh!«

Er zog ein Tuch aus seiner Tasche, wischte sich das Gesicht ab und zog ein Stück Seife aus dem Munde hervor.

»Das Wichtigste ist«, versetzte der Doktor, »daß Sie die Rolle eines Epileptikers vor den Gendarmen vortrefflich gespielt haben...«

»Eine schöne List, wahrhaftig, und sehr ehrenvoll für mich«, sagte Goudar.

»Aber die List ist zweckentsprechend, denn Sie werden sich, dank ihrer, binnen einer Stunde im Hospital befinden. Man wird Sie in einen und denselben Raum mit Cocoleu tun, und ich werde Sie jeden Morgen besuchen. An Ihnen ist es nun, zu handeln...«

»Sie können ruhig sein«, versetzte der Polizist, »ich habe meinen Plan.« Und indem er sich an Folgat wendete, fuhr er fort: »Ich bin nun, wie Sie sehen, ebenfalls Gefangener, aber meine Vorsichtsmaßregeln sind getroffen. Der Agent, den ich nach England sandte, wird seine Mitteilungen an Sie adressieren. Ich habe Sie außerdem um eine Gefälligkeit zu bitten: Ich schrieb nämlich an meine Frau, sie möge ihre für mich bestimmten Briefe an Sie richten ... Sie werden mir diese durch den Doktor zukommen lassen ... Somit bin ich bereit, der Gesellschafter Cocoleus zu werden, und fest entschlossen, das Haus in der Rue de la Vigne zu gewinnen.«

Doktor Seignebos hatte inzwischen den Aufnahmeschein geschrieben. Er rief den Gendarmen, und nachdem er seine Menschlichkeit gelobt, bat er ihn, den armen Teufel ins Krankenhaus zu bringen.

Wieder allein mit Folgat, sagte er:

»Wir wollen uns. verehrter Anwalt, über unsere Handlungsweise verständigen. Dürfen wir von der Erzählung Marthes und den Plänen Goudars reden? Nein, denn Galpin-Daveline wacht, und es genügt, daß der geringste Argwohn bei ihm erregt wird, um uns alles zunichte zu machen. Begnügen wir uns daher, Jacques das Ergebnis Ihrer Unterredung mit Frau von Claudieuse zu berichten, und lassen Sie uns über alles übrige Stillschweigen bewahren!«

# Viertes Buch


## Kapitel 35

Gleich den meisten überaus klugen Leuten hatte Doktor Seignebos die Schwäche, auch bei andern einen Teil seiner Scharfsichtigkeit vorauszusetzen.

Herr Galpin-Daveline wachte zwar sicher, aber nicht mit jener durchdringenden Aufmerksamkeit, welche man von einem so Ehrgeizigen hätte erwarten sollen. Nachdem er, und zwar vor allen andern zuerst, von der Entscheidung der Anklagekammer in Kenntnis gesetzt war, fühlte er sich von allen quälenden Sorgen befreit. Er atmete auf ... Von Selbstvorwürfen war bei ihm keine Spur. Er hatte nicht einmal ein Bedauern.

Er dachte kaum daran, daß dieser Untersuchungsgefangene, welchen die Anklagekammer vor die Geschworenen verwiesen hatte, früher sein Freund gewesen war, und zwar ein Freund, auf den er stolz gewesen, dessen Gastfreiheit ihn entzückte und den er um die Gunst einer engeren Verbindung gebeten hatte ... Nein! Er sagte sich nur, daß, nachdem er eine sehr kühne Partie gewagt, wobei seine ganze Zukunft auf dem Spiele stand, er nahe daran war, den Gewinn einzustreichen.

Seine Verantwortlichkeit war offenbar noch nicht gelöst, aber seine Rolle als Untersuchungsbeamter war beendet. Er hatte bei den Schwurgerichtsverhandlungen nicht zu erscheinen. Was sich bei diesen ereignete, ging ihn nichts an, er selbst war, dachte er, dem Vorwurfe nicht ausgesetzt, der ihn getroffen haben würde, wenn seine Beweisaufnahme mit einer Untersuchungseinstellung geendet hätte.

Er verhehlte sich nicht, daß er in Sauveterre niemals in gutem Ansehen gestanden hatte, daß seine Beziehungen oberflächlich geblieben waren und nie eine andere Hand aus freiem Antrieb die seinige gedrückt hatte. Doch das verschlug ihm wenig ... Sauveterre war eine elende Unterpräfektur von fünftausend Seelen! Er hoffte, nicht lange mehr dort bleiben zu müssen, sondern daß eine glänzende Beförderung seine Schlauheit und seine Kühnheit belohnen und ihn den widerwärtigen Beschuldigungen entziehen werde.

Er setzte voraus, daß er durch eine neue Ernennung in eine große Stadt geführt werde, die Entfernung schwächte dann auch den Eindruck dessen ab, was sein Betragen widerwärtig gemacht hatte, wenn sie es nicht vollkommen verwischte. Es blieb ihm von der Vergangenheit nichts als der Ruf eines Beamten von außerordentlicher Begabung, welcher der heiligen Sache der Justiz alle seine Interessen opferte ... Er sah sich bereits hoch oben auf der gefahrvollen Leiter der hohen Stellungen ... er sah sich in Bordeaux, in Lyon, in Paris ...

Von diesen rosigen Wolken des ersten Erfolgs umhüllt, entschlummerte er an diesem Abend ... Am folgenden Morgen, als er steifer und hochmütiger als sonst, mit zusammengekniffenen Lippen, mit kaltem, hartem Blick die Straßen durchschritt, merkten die ihn beobachtenden Bürger es ihm wohl an, daß etwas Neues geschehen sein müsse.

»Die Sache des Herrn von Boiscoran muß wohl schlecht stehen«, sagten sie, »daß der Herr Galpin-Daveline so stolz einhergeht.«

Er begab sich zum Staatsanwalt. Der Vorwand seines Besuchs war, einige Unterschriften zu erhalten, die er indessen leicht durch seinen Schreiber hätte einholen können. In Wahrheit hatte er noch die strengen Vorwürfe des Herrn Daubigeon auf dem Herzen, an dem er jetzt nun süße Rache zu nehmen gedachte.

Er fand den alten Sammler inmitten seiner kostbaren Scharteken, wie immer und mehr als je in niederschmetternder Laune.

Gleichviel! Er unterbreitete ihm die betreffenden Schriftstücke zur Unterzeichnung, und nachdem diese Angelegenheit erledigt war, ergriff er, die Papiere in seine Mappe zurückschiebend, die Gelegenheit, sein Herz zu erleichtern.

»Nun, mein lieber Daubigeon«, fragte er mit einem gleichmütigen Tone, »Sie kennen den Beschluß der Anklagekammer? Welcher von uns beiden hat nun recht?«

Herr Daubigeon zuckte die Achseln.

»Es ist ausgemacht«, knurrte er, »ich bin nur noch ein alter Narr, ein Sonderling, ich gestehe das zu, ich füge mich der Tatsache und spreche mit dem Mann des Horaz:

›Stultum me fateor, liceat concedere veris,

Atqe etiam insanum ...‹«

»Sie scherzen ... Wohin wäre es aber gekommen, wenn ich auf Sie gehört hätte?«

»Ich bin nicht so anmaßend, das wissen zu wollen.«

»Herr von Boiscoran wäre nichtsdestoweniger vor die Geschworenen verwiesen worden.«

»Vielleicht.«

»Andere hätten ebenso gut wie ich die Beweise gesammelt, die seine Schuld unumstößlich feststellen.«

»Das ist die Frage.«

»Und ich hätte meine Beamtenlaufbahn durchkreuzt, indem ich mich in den Ruf eines jener Beamten gebracht, dessen Furchtsamkeit sich durch ein Nichts aufhalten läßt.«

»Vielleicht ist dies nicht der schlechteste Ruf«, warf der Staatsanwalt hin.

Er hatte sich vorgenommen, nur einsilbige Erwiderungen zu machen, aber der Zorn stieß seinen Entschluß über den Haufen.

»Ein anderer als Sie«, fuhr er in bitterem Tone fort, »würde sich nicht lediglich darauf beschränkt haben, zu beweisen, daß Herr von Boiscoran schuldig ist.«

»Das habe ich allerdings bewiesen, es ist wahr.«

»Ein anderer als Sie hätte die ganze Lösung des Rätsels gesucht.«

»Nun, mir scheint, ich hätte dies getan!«

»Ich mache Ihnen mein Kompliment!« versetzte Daubigeon mit einer spöttischen Verbeugung. » Felix qui potuit rerum cognoscere causas. Aber Sie sind vielleicht doch im Irrtum. Sie sind zwar ein großer Untersuchungsrichter, aber ich bin in diesem Beruf älter als Sie. Je mehr ich nun über diese Geschichte nachdenke, desto weniger scheint sie mir bis jetzt aufgeklärt zu sein. Wenn Sie alles so genau wissen, so erklären Sie mir doch gefälligst den Beweggrund des Verbrechens, denn man riskiert doch nicht das Schafott oder Zuchthaus, ohne ein sehr bedeutendes Interesse zu haben, ein bestimmtes, offenbares Interesse! Worin besteht nun aber das Interesse Jacques'? Sie werden mir entgegnen, daß er Herrn von Claudieuse hasse. Ist dies aber ein Erklärungsgrund? Kommen Sie, blättern Sie ein wenig in Ihrem Gewissen ... aber still! es liebt niemand, bei sich selbst einzukehren ...

› Nemo in sese tentat descendere ...‹«

Herr Daveline war nahe daran, sein Erscheinen zu bereuen.

»Die Anklagekammer hat demnach Ihre Zweifel nicht beseitigt«, sagte er trocken.

»Nein, aber die Geschworenen dürften es tun. Man findet immer einige verständige Leute darunter.«

»Die Geschworenen werden Herrn von Boiscoran ohne alle Bedenken verurteilen.«

»Darauf möchte ich doch nicht gerade Gift nehmen.«

»Sie würden es, wenn Sie wüßten, wer die Anklage vertritt.«

»Oh!«

»Es ist Herr Du Lopt de la Gransière selbst.«

»Pestilenz!«

»Sie werden dessen Talent nicht bestreiten wollen.«

Der Untersuchungsrichter erschien sichtlich gereizt, seine Ohren wurden rot, wogegen Daubigeon all seine frohe Laune wiederzugewinnen schien.

»Gott bewahre mich«, rief er, »die Beredsamkeit des Herrn Du Lopt de la Gransière bestreiten zu wollen; er ist ein großer Held, der selten seinen Mann verfehlt ...Allein, Sie wissen, es ist mit der Anklage wie mit den Büchern, sie haben ihr Schicksal, habent sua fata ...Jacques wird gut verteidigt werden.«

»Ich fürchte Magloire nicht.«

»Aber den andern, Herrn Folgat...«

»Das ist ein junger Mann ohne Einfluß ...Ich habe schon einem Lachaud getrotzt!«

»Kennen Sie denn ihr Verteidigungssystem?«

Das war die wunde Stelle in Herrn Galpin-Daveline, er ließ sich aber nichts davon anmerken.

»Nicht ein Jota kenne ich«, erwiderte er, »aber was tut das? Die Freunde des Herrn von Boiscoran haben anfänglich aus Cocoleu Vorteil zu ziehen gewähnt, sind aber, wie ich genau weiß, davon abgekommen. Der Polizeikommissar, welchen ich beauftragt habe, in dieser Richtung Beobachtungen zu machen, hat mir versichert, daß Doktor Seignebos selbst sich mit diesem armen Wahnsinnigen gar nicht mehr beschäftigt.«

Daubigeon lächelte spöttisch und sagte, wohl mehr um Herrn Daveline zu hänseln, als weil er wirklich so dachte:

»Nehmen Sie sich in acht, daß Sie dem Schein nicht zu viel trauen! Sie haben mit pfiffigen Leuten zu tun. Ich habe Ihnen stets gesagt, daß Cocoleu vielleicht den Knoten der ganzen Sache abgibt ...Und gerade weil Herr de la Gransiere das Wort führt, dürften Sie zittern ...Wenn er scheiterte, würde er Ihnen seine Schlappe zuschreiben und es Ihnen in seinem ganzen Leben nicht vergessen. Und er könnte doch scheitern, und ich bin der Meinung meines alten Villon: daß nichts bedenklicher ist als eine unsichere Sache.«

Herr Daveline merkte an dem Ausdrucke des Staatsanwalts nur zu deutlich, daß er bei weiteren Diskussionen nichts gewinne.

»Die Zukunft wird es zeigen«, sagte er. »Mir genügt die Anerkennung meines Gewissens.«

Er beeilte sich, aus Furcht vor einer spitzen Entgegnung, die nötigen Höflichkeitsformeln zu erledigen, und entfernte sich.

Seine stolze Sicherheit war dahin.

Herr Daubigeon hatte ihm eine Gefahr gezeigt, die er nicht vorausgesehen. Und welch eine Gefahr! Der Groll einer der einflußreichsten Persönlichkeiten des Beamtentums, eines gallsüchtigen und herzlosen Mannes, der nie etwas verzieh. Zwar hatte Daveline an die Möglichkeit einer Niederlage gedacht, also an eine Freisprechung, aber er hatte die Folgen einer solchen Niederlage noch nicht erwogen. Wer wurde dadurch verletzt? Vor allem der öffentliche Ankläger, denn in Frankreich macht der Vertreter der Anklage diese zu einer persönlichen Angelegenheit und fühlt sich getroffen und gedemütigt, wenn er seinen Mann verfehlt.

Und was geschah in diesem Fall? Herr Du Lopt de la Gransière hielt sich an den Untersuchungsrichter.

»Es ist Ihre Arbeit«, würde er sagen, »auf welche ich die Bestandteile meiner Anklage stützte. Wenn ich keine Verurteilung erreicht habe, so geschah es, weil Ihre Arbeit unvollständig ist. Man setzt einen Mann wie mich nicht der Demütigung eines Freispruchs aus, besonders in einer Untersuchungssache, die so ungeheuren Widerhall findet. Sie kennen Ihren Beruf nicht.«

Und ein solcher Ausspruch war tatsächliche Ungnade, er war, statt der erträumten Beförderung, Verbannung auf Lebenszeit, nach Algier oder Korsika.

Herr Galpin-Daveline schauerte zusammen, er sah sich bereits unter den Trümmern seiner Luftschlösser begraben. Unwillkürlich ging er nochmals alle Einzelheiten der Untersuchung durch, zergliederte alle Beweise, die er geliefert hatte, ungefähr wie ein Soldat am Vorabend einer Schlacht den Zustand seiner Waffen untersucht. Und wirklich entdeckte er nur einen einzigen Einwand: den, welchen der Staatsanwalt gemacht hatte.

Worin bestand für Jacques von Boiscoran der Grund, ein so großes Verbrechen zu begehen? In dieser Frage lag offenbar die Blöße der Rüstung, das war die Achillesferse. »Und ich handle weise«, dachte er, »wenn ich Herrn de la Gransière darauf vorbereite ...Die Verteidiger Jacques' sind imstande, aus dieser Blöße den Stützpunkt ihrer Verteidigung zu machen.« Und, wie sehr er dies auch Herrn Daubigeon gegenüber geleugnet hatte, er fürchtete diese Verteidiger. Er konnte nicht übersehen, daß der große Einfluß Magloires in der fleckenlosen Reinheit und Uneigennützigkeit seines Lebens beruhte. Er wußte nur zu gut, daß eine Sache für gerecht angesehen wurde, wenn Magloire sich ihrer nur annahm. Man pflegte von diesem Manne zu sagen: »Er kann sich täuschen, aber was er verteidigt, glaubt er.«

Welche Einwirkung konnte ein solcher Mann ausüben, nicht etwa auf die Beamten, welche im Verhandlungstermin mit einer unabänderlichen Meinung erschienen, sondern auf die Geschworenen, die von dem Eindruck des Augenblicks abhingen und sich durch eine Rede, durch ein Wortgefecht fortreißen ließen!

Magloire hatte allerdings nicht die dramatische Beredsamkeit, welche die Herzen der Menge erbeben macht, aber Folgat hatte sie.

Hierüber hatte Galpin-Daveline seine Erkundigungen eingezogen, und einer seiner Pariser Freunde hatte ihm geschrieben: »Folgat ist nicht zu trauen. Ein in vieler Beziehung gefährlicherer Logiker als Lachaud, besitzt er in gleichem Grade die Kunst, das Gewissen der Geschworenen zu beunruhigen, sie zu bewegen, ihnen Tränen zu entlocken und ein freisprechendes Verdikt zu entreißen. Vor allem sind bei ihm die Zwischenfälle der Verhandlung zu fürchten, denn er hat immer eine Überraschung in Reserve.«

»Das sind also meine Gegner«, dachte Daveline. »Welche Überraschung können sie in Reserve haben? Haben sie wirklich darauf verzichtet, sich Cocoleus zu bedienen?«

Er hatte keinen Grund, seinem Polizeikommissar zu mißtrauen, und dennoch, wurde seine Unruhe so groß, daß er von seinem Wege abwich, um einen Besuch im Hospital zu machen.

Selbstverständlich empfing ihn die Schwester Oberin mit allen Zeichen der tiefsten Ergebenheit. Er erkundigte sich nach Cocoleu.

»Wollen Sie ihn sehen?« fragte die Oberin.

»Ich muß gestehen, hebe Schwester, daß mir dies angenehm wäre.«

»Dann kommen Sie bitte mit mir.«

Sie führte ihn in den Garten, wo sie sich an den Gärtner wandte. »Wo ist der Schwachsinnige?« fragte sie.

Der Mann stieß seinen Spaten in den Boden, und mit der süßlichen Unterwürfigkeit, welche ein bestimmter Zug bei allen in religiösen Häusern Angestellten ist, erwiderte er:

»Der Schwachsinnige ist in der Allee im hinteren Teil des Gartens, ehrwürdige Mutter.«

Dort bemerkten ihn Herr Daveline und die Oberin denn auch bald. Man hatte ihm die Lumpen abgenommen, die er bei seiner Ankunft trug, und ihm die Kleidung des Spitals angezogen, einen großen grauen Mantelrock und eine baumwollene Mütze. Sein Gesichtsausdruck war nicht intelligenter geworden, aber er war nicht mehr so widerlich. Auf der Erde sitzend, spielte er mit Kieselsteinen.

»Nun, mein Junge«, sagte Galpin-Daveline, »wie geht's dir jetzt?«

Cocoleu erhob den klotzigen Kopf und richtete sein düsteres Auge auf die Oberin, erwiderte jedoch nichts.

»Möchtest du nach Valpinson zurückkehren?« fuhr der Richter fort.

Cocoleu erbebte, aber er brachte die Zähne nicht auseinander.

»Komm, mein Junge«, sagte Daveline, »antworte mir, und ich schenke dir ein Zehnsousstück.«

Cocoleu spielte ruhig weiter.

»So ist er immer, mein Herr«, erklärte die Oberin. »Seit er hier ist, hat ihm kein Mensch ein Wort entlocken können. Weder Versprechungen noch Drohungen haben etwas ausgerichtet. Eines Tags sagte ich ihm, als er eben sein Frühstück erhalten sollte, um ihn auf die Probe zu stellen: ›Du bekommst nichts zu essen, bis du mir gesagt hast: Ich habe Hunger.‹ Und vierundzwanzig Stunden lang habe ich ihm die Nahrung vorenthalten, ohne daß er auch nur eine Silbe geäußert hätte.«

»Was denkt Doktor Seignebos über ihn?«

»Der Doktor hat es ganz aufgegeben, ihn zum Sprechen zu bringen.«

Und indem die Oberin ihre Augen zum Himmel erhob, fuhr sie fort:

»Es ist unumstößlich, daß ohne den Eingriff der Vorsehung dieser Unglückliche niemals das Verbrechen angezeigt hätte, von dem er Zeuge war.«

Dann zu den irdischen Dingen zurückkehrend:

»Aber warum befreit man uns nicht von diesem armen Schwachsinnigen, der eine so schwere Last für unser Hospital ist? Unsere Kranken und Alten sind zahlreich, und wir haben wenig Platz.«

»Es ist nötig, das Ende des Prozesses Boiscoran abzuwarten, liebe Schwester«, erwiderte der Untersuchungsrichter.

Die Oberin beschied sich mit einer Gebärde.

»Dasselbe hat mir bereits der Bürgermeister erklärt«, sagte sie, »aber es ist verdrießlich. Ich kann übrigens sagen, daß man mir gestattet hat, ihn aus dem Raume, in dem er anfangs eingesperrt war, zu entfernen. Ich habe ihn deshalb in die Irren-Abteilung getan: so nennen wir vier kleine, von einer Mauer umgebene Räume, wo wir die bedauernswerten Geistesgestörten unterbringen, die man uns zeitweise überantwortet...«

Sie hielt inne, weil der Pförtner des Hospitals, Herr Baudevin, sich grüßend näherte.

»Was gibt es?« fragte sie.

Baudevin überreichte ihr einen Zettel.

»Ein Gendarm bringt Ihnen einen Menschen«, sagte er. »Dringliche Aufnahme.«

Die Oberin überflog diesen von Seignebos unterzeichneten Zettel.

»Epileptisch«, sagte sie, »und ein wenig schwachsinnig – nun, der fehlte uns noch! ... Dazu fremd obendrein! Wirklich, Herr Seignebos ist rasch bei der Hand mit dergleichen. Warum werden solche Leute nicht in ihren Gemeinden versorgt?«

Und mit für ihr Alter sehr flinken Schritten begab sie sich, gefolgt vom Pförtner und Herrn Daveline, nach dem Sprechzimmer.

In dieses war der neuangelangte Kranke gebracht worden, und hier bot er, auf eine Bank zusammengekauert, ein Bild vollkommener Vertierung. Die Oberin betrachtete ihn eine Minute lang.

»Man schaffe ihn in die Irren-Abteilung«, befahl sie; »dort kann er Cocoleu Gesellschaft leisten. Auch verständige man die Schwester Apothekerin. Doch nein, ich werde selbst zu ihr gehen! Der Herr Richter werden mich entschuldigen...«

Sie empfahl sich und ließ Herrn Daveline etwas beruhigter zurück.

»Hier liegt die Gefahr nicht«, dachte er, sich entfernend; »und wenn Folgat auf einen Zwischenfall in der Verhandlung zählt, so gibt Cocoleu dazu keinen Anlaß.«

# Kapitel 36

Zu derselben Zeit, in welcher der Untersuchungsrichter das Hospital verließ, trennten sich Doktor Seignebos und Folgat nach einem einfachen Frühstück, um, der eine zu seinen Kranken, der andere ins Gefängnis zu gehen.

Der junge Anwalt schritt in sich gekehrt, gesenkten Hauptes durch die Straßen, und die Diplomaten unter den Bürgern von Sauveterre, die ihm begegneten, verglichen seine düstere Miene mit dem triumphierenden Blick Davelines und waren überzeugt, daß Jacques von Boiscoran bestimmt verloren sei.

Dies war in demselben Augenblicke fast die Meinung Folgats selbst. Er durchlebte soeben eine jener Phasen düsterer Entmutigung, deren sich auch die tatkräftigsten Menschen nicht erwehren können. Die Mitteilungen der kleinen Marthe und ihrer Gouvernante hatten ihm sozusagen Arme und Beine gebrochen. Er hatte geglaubt, alle Fäden der Sache in Händen zu haben, und plötzlich rissen sie ab, wie noch nie vorher. Und dies war erst der Anfang! Bei jedem seiner Versuche, die Finsternis zu zerstreuen, verdichtete sie sich noch mehr.

Nicht etwa, daß er nun weniger als sonst von Jacques' Unschuld überzeugt gewesen wäre, nein, der Verdacht, der einen Augenblick seine Gedanken gekreuzt hatte, war wie ein Blitz wieder verschwunden. Er nahm, wie Doktor Seignebos, die Wahrscheinlichkeit an, daß ein Mitschuldiger vorhanden sei, der das Verbrechen tatsächlich vollzogen hatte. Welchen Gebrauch sollte aber die Verteidigung von dieser Wahrscheinlichkeit machen? Keinen!

Goudar war ein sehr gewandter Mann; daß er sich ohne weiteres ins Hospital und zu Cocoleu einzuschmuggeln gewußt hatte, war ein Meisterstreich; aber so schlau er auch, ausgerüstet mit allen Listen seines Gewerbes, verfuhr, war es doch noch keineswegs gewiß, daß er den Schwachsinnigen, der sich unerschütterlich hinter der Maske der Blödheit versteckte, zu einem Geständnis bringen werde.

Hätte er noch viel Zeit für sich gehabt! Aber die Tage waren gezählt, und er war genötigt, seine Unternehmungen abzukürzen.

Inzwischen war der junge Anwalt beim Gefängnis angelangt. Er empfand die Notwendigkeit, alle seine Beklemmungen zurücktreten zu lassen. Als daher Blangin ihm voran mit den rasselnden Schlüsseln durch die langen Gefängnisgänge schritt, hatte er seinem Gesicht bereits den Ausdruck der Zuversicht verliehen.

»Endlich sind Sie da!« rief ihm Jacques entgegen.

Er hatte seit dem Tag vorher augenscheinlich entsetzlich gelitten. Das Fieber der Unruhe hatte seine Züge aufgeschwemmt und das Blut in seine Augen getrieben. Ein nervöses Zittern schüttelte ihn. Kaum konnte er es erwarten, daß der Gefängniswärter die Tür wieder schloß.

»Nun, was hat sie gesagt?« fragte er mit heiserer Stimme.

Der Anwalt gab aufs genaueste von seinem vollführten Auftrage Rechenschaft, indem er die Worte der Frau von Claudieuse möglichst vollständig wiederholte.

»Daran erkenne ich sie!« rief der Gefangene. »Es ist, als ob ich sie hörte ... Was für eine Frau! ... Mir so Trotz zu bieten!«

Er preßte in seinem Zorn die Hände so stark zusammen, daß die Nägel in das Fleisch eindrangen.

»Sie sehen«, erwiderte Folgat, »daß es nicht versucht werden kann, den Kreis unseres Verteidigungsplans zu überschreiten. Jeder neue Schritt ist nutzlos!«

»Nein!« unterbrach ihn Jacques; »nein, ich bleibe nicht dabei stehen!«

Und nach einigen Augenblicken Nachdenkens fuhr er fort:

»Verzeihen Sie mir, mein werter Herr, daß ich Sie einem solchen Ärgernisse ausgesetzt habe! Ich hätte es voraussehen können, oder vielmehr, ich habe es vorausgesehen ... Ich wußte wohl, daß ich nicht in dieser Weise den Kampf beginnen durfte. Aber ich war feig, ich hatte Furcht, ich schreckte zurück! ... Unsinnig! Als wenn ich nicht hätte empfinden können, daß es allezeit erforderlich ist, sogleich die drastischsten Mittel anzuwenden! ... Gut denn, ich weiß es nun, weiß es nun, und mein Weg ist entschieden ...«

»Was wollen Sie damit sagen?«

»Ich werde die Gräfin selbst sehen und sprechen.«

»Oh!«

»Vielleicht schweigt sie mir gegenüber nicht! Unter meinen Augen wird sie wohl das Verbrechen eingestehen, dessen ich beschuldigt bin.«

Folgat hatte dem Doktor Seignebos versprochen, über die Mitteilungen Marthes und der Gouvernante zu schweigen, aber es war ihm nicht versagt, sich ihrer zu bedienen.

»Wenn aber«, sagte er, »Frau von Claudieuse nicht schuldig wäre?«

»Wer dann?«

»Wenn sie einen Mitschuldigen hätte?«

»Gut! Dann nenne sie mir ihn, ich bestehe darauf, es ist unbedingt nötig! Ich will nicht entehrt werden, ich bin schuldlos, ich will nicht ins Zuchthaus.«

Wer in dieser Stimmung Jacques zur Vernunft hätte bringen wollen, müßte so unsinnig gewesen sein wie er selbst.

»Sehen Sie sich vor«, sagte der Anwalt einfach; »unsere Verteidigung ist jetzt schon erschwert, machen Sie sie nicht unmöglich!«

»Ich werde vorsichtig sein.«

»Ein Skandal würde uns gänzlich ruinieren.«

»Seien Sie ohne Besorgnis!«

Folgat schwieg. Wie Jacques das Gefängnis zu verlassen gedachte, ahnte er, und wenn er ihn darüber nicht näher ausforschte, so geschah es, weil seine Stellung als Verteidiger ihm ein Gesetz daraus machte, diese Absicht zu übersehen oder wenigstens so zu *scheinen*, als wenn er gewisse Dinge nicht sähe.

»Mein verehrter Herr«, ergriff Jacques wieder das Wort, »ich bitte Sie um einen Dienst.«

»Sprechen Sie!«

»Ich möchte so genau wie möglich die Lage der Wohnung der Frau von Claudieuse kennen.«

Ohne ein Wort zu sprechen, nahm Folgat ein Blatt Papier und zeichnete darauf einen Plan von allem, was er von dem Hause in der Rue Mautrec kannte, den Garten, die Diele, den Salon...

»Und wo befindet sich das Zimmer des Grafen?«

»Im ersten Stock.«

»Wissen Sie genau, daß er nicht aufstehen kann?«

»Doktor Seignebos sagte es.«

Der Gefangene zeigte eine freudige Bewegung.

»Dann wird alles gut gehen«, sagte er, »und es bleibt mir nur übrig, mein werter Herr Verteidiger, Sie zu bitten, Fräulein von Chandoré sagen zu wollen, ich müsse sie heute sehen, sobald als möglich. Sie möge sich nur von einer ihrer Tanten Lavarande begleiten lassen. Ich beschwöre Sie, sich zu beeilen!«

Der Anwalt beeilte sich in der Tat so, daß er zwanzig Minuten später in der Rue de la Montagne eintraf.

Denise war in ihrem Zimmer. Er ließ sie bitten, herunterzukommen, und teilte ihr den Auftrag Jacques' mit.

»Ich werde zu ihm gehen«, sagte sie einfach.

Dann rief sie eines der Fräulein Lavarande.

»Geschwind, Tante Elisabeth«, befahl sie, »nimm deinen Schal und Hut, ich will ausgehen, und du sollst mich begleiten.«

Der Gefangene rechnete so sicher auf die Eile seiner Braut, daß er sich bereits ins Sprechzimmer hatte führen lassen, als sie eintraf, atemlos vom raschen Gange.

Er nahm ihre Hände und drückte sie an seine Lippen.

»O meine geliebte Freundin«, stammelte er, »wie kann ich dir jemals deine Treue im Unglück genügend danken! Mein ganzes Leben lang, wenn ich gerettet werde, will ich dir meine Dankbarkeit beweisen!«

Er schüttelte jedoch die Rührung von sich ab, die ihn zu ergreifen drohte, und wendete sich gegen die Tante Elisabeth:

»Verzeihen Sie mir«, sagte er, »daß ich Sie um eine Gefälligkeit bitte, welche Sie uns schon einmal erwiesen haben ... Es ist sehr wichtig, daß niemand höre, was ich Denise anzuvertrauen habe, und ich fürchte, belauscht zu werden...«

Gewöhnt, blindlings zu gehorchen, entfernte sich das wackere Fräulein, ohne sich nur einen Gedanken darüber zu gestatten, und begab sich auf ihren Wachtposten im Korridor...

Die Überraschung Denis es war groß, doch ließ ihr Jacques keine Zeit, ein Wort zu sprechen.

»Du hast mir«, begann er, »an dieser selben Stelle gesagt, daß, wenn ich mich entfernen wolle, Blangin mir die Gelegenheit dazu geben werde.«

Das junge Mädchen prallte zurück.

»Also willst du dennoch fliehen?« stammelte sie bestürzt.

»Nie und um keinen Preis ... Allein du wirst dich erinnern, daß ich zwar deinen Bitten widerstand, dir aber sagte, ich könne vielleicht eines Tages die Notwendigkeit haben, einige Stunden auf freiem Fuße zu sein.«.

»Ich erinnere mich...«

»Ich bitte dich jetzt, den Wärter über diese Angelegenheit auszuforschen.«

»Es ist geschehen. Für Geld ist er jederzeit zu unserer Verfügung.«

Jacques atmete freier auf.

»Nun«, sagte er, »der Augenblick ist jetzt gekommen. Es ist nötig, daß ich morgen abend einige Stunden außerhalb des Gefängnisses zubringe. Ich möchte mich gegen neun Uhr entfernen und würde gegen Mitternacht wieder zurück sein.«

Denise unterbrach ihn.

»Warte!« sagte sie. »Ich werde Frau Blangin rufen.«

Diese erschien im Sprechzimmer, den Mund voll erheuchelter Ergebenheitsversicherungen, indem sie beteuerte, daß sie ganz dem gnädigen Fräulein zu Befehl sei, indem sie sich der Zeit erinnere, da sie im Hause des Herrn von Chandoré gedient habe, der einzigen Zeit ihres armseligen Lebens, an welche sie stets mit Sehnsucht zurückdenke.

»Ich weiß«, unterbrach sie Denise, »daß Sie mir ergeben sind; aber hören Sie, um was sich's handelt.«

Und mit Lebhaftigkeit legte sie die Angelegenheit dar, während Jacques, etwas in den Schatten zurückgezogen, die Reaktion der Frau des Wärters beobachtete.

»Ja, ja, ich sehe das alles recht gut ein«, sagte sie, als Denise geendet hatte, »und wenn ich Herrin im Hause wäre, würde ich sagen: abgemacht! Aber es ist Blangin, welcher Herr über das Gefängnis ist ... Oh, er ist nicht gerade bösartig, aber er tut seine Pflicht ... Wir haben ja nur unsern Posten, um zu leben.«

»Habe ich Sie nicht schon bezahlt?«

»O ich weiß, daß das gnädige Fräulein nicht geizt.«

»Und haben Sie mir nicht versprochen, darüber mit Ihrem Manne zu sprechen?«

»Ich hab's auch getan, aber...«

»Ich zahle Ihnen eine gleiche Summe wie die frühere...«

»In Gold?«

»Sei es, in Gold.«

Ein Blitz der Begierde leuchtete unter den gesenkten Wimpern der Frau auf; gleichwohl verlor sie ihre Selbstbeherrschung nicht.

»Damit ist mein Mann vielleicht zu gewinnen«, sagte sie. »Ich will ihn überreden und ihn dann hierherschicken.«

Sie eilte hinweg.

»Wieviel hast du Blangin bereits gegeben?« fragte Jacques.

»Siebzehntausend Francs.«

»Diese Leute beuten uns auf die schamloseste Weise aus.«

»Ach! Was bedeutet das Geld! Mögen wir selbst alle insgesamt ruiniert werden, wenn du nur frei wirst!«

Frau Blangin brauchte nicht viel Zeit, ihren Mann zu überreden. Schon wurde der schwere Schritt des Wärters im Gange hörbar, und gleich darauf trat er ein, seine wollene Mütze in der Hand, mit einer Leichenbittermiene und unstetem Blick...

»Meine Frau hat mir alles gesagt«, erklärte er, »und ich bin einverstanden. Aber wir müssen uns weiter verständigen. Es ist nichts Geringes, was Sie von mir verlangen.«

Jacques unterbrach ihn mit einer Bewegung.

»Übertreiben wir nichts!« sagte er. »Ich gedenke nicht zu entfliehen, sondern nur einmal hinauszugehen. Ich kehre Ihnen wieder, darauf gebe ich mein Wort.«

»Ja Sapperlot, das ist's eben, was mich beunruhigt! Wenn sich's darum handelte, Ihnen ein für allemal die Freiheit zu verschaffen, dann machte ich Ihnen die Tür auf, und Sie gebrauchten die Füße! ... Ein Gefangener, der die Flucht ergreift, findet sich alle Tage. Sie wollen aber nur hinausgehen, umherspazieren, wiederkommen ... Teufel noch einmal! Und wenn man Sie in der Stadt träfe? Wenn man Sie fragte, wie Sie hinausgekommen sind? Wenn man Sie zurückbrächte? Was soll ich denn da antworten? Ich will wohl wegen Nachlässigkeit abgesetzt werden, denn ich bin bezahlt und kann lachen. Aber der Mitschuld angeklagt und ins Gefängnis gesperrt werden, halt da! Das mag ich doch nicht.«

Offenbar war dies nur eine Vorrede.

»Wir wollen doch nicht so viele Worte verlieren«, sagte Denise daher. »Erklären wir uns deutlich.«

»Gut! Es ist unmöglich, daß der gnädige Herr durch die Tür hinausgeht. Beim Zapfenstreich, das heißt abends um acht Uhr, beziehen die Wachtposten das Innere des Gefängnisses und bleiben da bis zum Morgen, etwa fünf Uhr morgens. Während dieser Zeit kann ich ohne den Unteroffizier, der den Posten kommandiert, weder öffnen noch schließen.«

Wollte Blangin den Preis steigern? Machte er die Schwierigkeiten ernster, als sie wirklich waren?

»Genug«, versetzte Jacques, »wenn Sie Ihre Einwilligung geben, so gibt es auch ein Mittel zur Ausführung.«

»Ich kenne eins«, erwiderte der Wärter, und viel zu plump, als daß er einen langen Vorbedacht hätte bemänteln können, fuhr er fort:

»Wenn die Sache sich machen soll, so muß der gnädige Herr das Gefängnis gerade so verlassen, wie er's fluchtweise tun würde. Die Mauer, welche die zwei Türme verbindet, ist an einer gewissen Stelle, die ich untersucht habe, nicht über zwei Fuß dick, und man stellt auf der Rückseite, wo sich Schuttboden, von alten Festungswällen herrührend, befindet, keine Wachtposten auf. Ich liefere dem gnädigen Herrn einen Spitzhammer und einen Meißel, und er macht sich ein Loch in diese Mauer.«

Jacques zuckte die Achseln.

»Und am andern Tage, wenn ich zurückgekommen bin, wie wollen Sie dann das Loch erklären?«

Blangin lächelte.

»Natürlich«, antwortete er, »werde ich nicht sagen, daß es die Ratten gemacht haben. Ich habe das alles bedacht. Zu derselben Zeit, wie der gnädige Herr, verschwindet durch das Loch ein Gefangener, welcher nicht wiederkommt.«

»Welcher Gefangene?«

»Frumence Cheminot, Sapperlot! Der fragt nicht viel, wohin er fliegt, und der kann Ihnen selbst das Loch machen helfen, sobald sich der gnädige Herr mit ihm verständigt, aber ohne ihm etwa zu sagen, daß ich bei der Sache beteiligt sei; auf diese Weise werde ich, was auch geschehen möge, nicht bloßgestellt.«

Dieser Plan war wirklich vortrefflich, allein Blangin schrieb sich mit Unrecht die Ehre seiner Erfindung zu. Die Idee kam von seiner Frau.

»Nun gut«, sagte Jacques; »die Sache ist abgemacht. Verschaffen Sie mir den Spitzhammer und den Meißel, zeigen Sie mir die Stelle, wo die Mauer durchbrochen werden soll, und ich werde Cheminot auf mich nehmen. Morgen erhalten Sie das Geld.«

Er schickte sich an, mit dem Gefängniswärter abzugehen, als Denise ihn noch zurückhielt.

»Du siehst, Jacques«, flüsterte sie, indem sie ihre schönen feuchten Augen zu ihm erhob, »ich habe nicht gezaudert, alles zu wagen, um dir diese Stunden der Freiheit zu verschaffen, die du so dringend verlangtest ...Darf ich dich jetzt fragen, was du vorzunehmen gedenkst?«

Jacques schwieg betreten.

»Wohin willst du gehen?« fuhr sie fort.

Der Unglückliche wurde blutrot im Gesicht und sprach mit unsicherer Stimme:

»Ich beschwöre dich, Denise, bestehe nicht darauf, daß ich dir antworte! Gestatte mir, dies Geheimnis zu bewahren, das einzige, das ich jemals vor dir gehabt habe!«

Zwei große Tränen lösten sich zitternd von den langen Wimpern des jungen Mädchens.

»Ich verstehe dich«, stammelte sie; »ich verstehe dich nur zu gut! ...Seitdem ich entdecken mußte, daß man mir irgend etwas verbarg, habe ich mich einer Ahnung nicht erwehren können ...künftig vermag ich nicht mehr zu zweifeln ...Es ist eine Frau, zu welcher du morgen abend gehen willst.«

»Denise!« flehte Jacques mit zusammengefalteten Händen ...»Denise, hab Erbarmen!«

Sie hörte nicht darauf, sondern leise den Kopf schüttelnd, fuhr sie fort:

»Zu einer Frau, die du ohne Zweifel geliebt hast, oder die du noch liebst, zu deren Füßen du vielleicht dieselben zärtlichen Worte geflüstert hast, die du zu den meinigen geflüstert! Wie war es möglich, daß du inmitten deiner Bekümmernisse dich ihrer erinnertest? Sie liebt dich doch gewiß nicht! Warum wäre sie sonst nicht erschienen, da sie dich gefangen und fälschlich eines abscheulichen Verbrechens angeklagt weiß?«

Jacques konnte dies nicht mehr ertragen.

»Großer Gott!« rief er, »lieber tausendmal alles sagen, als daß ein schlimmer Verdacht sich in dein Herz schliche! Höre mich daher und verzeihe mir!«

Aber sie hielt ihn auf, indem sie die Hand auf seine Lippen legte.

»Nein«, erwiderte sie zitternd, »nein, ich will nichts wissen, nichts! ...Ich setze Vertrauen in dich! Vergiß jedoch nicht, daß du mir alles bist: Hoffnung, Zukunft, Leben ...Wenn du mich getäuscht hättest, so würde ich Unglückliche – das fühle ich nur zu wohl – dich dennoch lieben, aber ich weiß auch, daß ich dann nicht mehr lange zu leiden haben würde.«

»Denise«, wiederholte Jacques, vor Schmerz und Liebe außer sich, »meine angebetete Geliebte, laß mich dir gestehen, daß diese Frau, welche ich dringend sehen muß...«

»Nein!« unterbrach sie ihn, »nein! Schweige und tue, was dein Gewissen dir vorschreibt. Ich glaube dir.«

Und indem sie ihm ihre Stirn wie gewöhnlich entgegen neigte, schlüpfte sie so eilig aus dem Sprechzimmer und zog die Tante Elisabeth so rasch mit sich fort, daß er nachschreitend nur noch einen dahingleitenden Schatten am Ende des Ganges wahrnehmen konnte.

Niemals noch bis zu diesem Tage hatte Jacques die Gräfin Claudieuse wahrhaft hassen können, mit jenem blinden und wilden Hasse, welcher nur auf Rache sinnt. Er hatte sie in der Einsamkeit seines Gefängnisses ohne Zweifel mehr als einmal verwünscht, aber stets, selbst im äußersten Zorne, erhob sich vom Grunde seiner Seele das Gefühl des Mitleids und Erbarmens für dieses Weib, das er so heiß geliebt hatte. Er hatte sie ja, das verhehlte er sich nicht, wahnsinnig angebetet. Es waren die ersten Berauschungen des Jünglingsalters, diese köstlichen oder herben Empfindungen, die sich nie vergessen lassen. Selbst in seiner stillen Zelle erbebte er in der Erinnerung an verlebte köstliche Stunden, sah er im Geiste noch ihre schönen Augen in begehrender Sehnsucht schwimmen, vernahm er den süßen Klang ihrer Stimme und atmete den Wohlgeruch, den sie gewöhnlich an sich trug.

Stellung, Zukunft, Ehre hatte sie damals aufs Spiel gesetzt, so daß er sich noch immer versucht fühlte, ihr zu verzeihen ...Aber ihm das Herz seiner Verlobten zu entziehen, ihm diese edle und himmlische Liebe zu entreißen, die der Reinheit des Feuers glich oh, das brachte das Maß zum Überlaufen!

»Und ich schone sie noch!« sagte er sich in trunkener Wut. »Ich zögere noch, sie zu verlieren! Ich habe dazu kein Recht mehr, ich habe das Dasein Denises zu verteidigen.«

Er war fest entschlossen, sie am andern Tage aufzusuchen, und fühlte, daß ihm der Mut dazu nicht fehlen werde.

Blangin richtete es so ein, daß Cheminot ihn in seine Zelle zurückgeleitete. Jacques hieß ihn eintreten und legte ihm dar, was er von ihm erwarte.

Nachdem Blangin ihm den Vagabunden empfohlen hatte, durfte er sich der Meinung hingeben, Frumence Cheminot werde bei der bloßen Idee, zu fliehen, vor Freude deckenhoch springen. Es war nicht so. Das lächelnde Gesicht des Vagabunden verfinsterte sich, er kratzte sich verblüfft hinterm Ohr.

»Na, heißt das, nehmen Sie's nicht übel«, sagte er, »aber Lust habe ich gerade nicht, fortzugehen.«

Jacques fuhr vor Erstaunen von seinem Stuhl in die Höhe. Wenn Cheminot ihm seine Mithilfe versagte, so war sein Ausgang wenn nicht ganz unmöglich, doch sehr in Frage gestellt.

»Sprechen Sie im Ernst, Frumence?« fragte er.

»Ja, verdammt ernst, mein lieber Herr! Sehen Sie, hier befinde ich mich gar nicht schlecht, ich habe ein gutes Lager, esse alle Tage zweimal, arbeite nichts und kriege mitunter bei dem und jenem ein paar Sous, um mir Wein und Tabak kaufen zu können...«

»Aber die Freiheit, mein Lieber...«

»Die müssen sie mir doch früher oder später wiedergeben. Ich habe kein Verbrechen begangen, nicht wahr? Ich bin über ein Stückchen Mauer bei einem Obstgärtner weggeklettert, das kostet nicht den Hals. Ich habe Herrn Magloire gefragt, und der hat mir meine ganze Geschichte klargemacht. Ich komme vors Polizeigericht und erhalte drei oder sechs Monate. Davon holt einen der Teufel nicht ... Wenn ich aber durchbrenne, setzt man die Gendarmen auf meine Fersen, ich werde wieder eingefangen, zurückgebracht, und wie wird man mich nachher behandeln! Nicht zu rechnen, daß es eine sehr ernste Sache ist, aus einem Gefängnis auszubrechen!«

Jacques wurde fast unruhig. Wie sollte er eine so kluge und wohlbegründete Meinung bekämpfen?

»Warum aber sollten die Gendarmen Sie wieder einfangen, mein Lieber?« fragte er.

»Weil's eben Gendarmen sind, guter Herr ... Aber das ist noch nicht alles. Hätten wir jetzt Frühling, so wollt' ich sagen: Ich bin dabei! Aber wir sind im Herbst, die schlechteste Zeit kommt heran, ich finde keine Arbeit.«

Der unverbesserliche Faulenzer Cheminot bekümmerte sich viel um Arbeit!

»Die Weinlese wird dann ohne Sie vor sich gehen!« bemerkte Jacques.

Der Vagabund machte eine Gebärde des Bedauerns.

»'s ist wahr«, versetzte er, »die Weinlese macht viel Spaß.«

»Nun also...«

»Das dauert aber nur vierzehn Tage. Nachher kommt der böse Winter. Der Winter ist mein Feind. Ich hab' ihn durchgemacht, als es Stein und Bein fror und der Schnee in Massen fiel ... Kein Brot, nicht wissend, wo ich unterkriechen sollte ... Brrr! ... Hier gibt's warmes Obdach, warme Kost, warme Schuhe...«

»Ja, aber es gibt hier keine Abendstunden ... gelt, Frumence, so schöne Abendstunden, wo man Branntwein trinkt und Schwänke erzählt, wenn die hübschen Mädchen Bohnen aushülsen oder Mais abkörnen.«

»O ich weiß ... ich habe bei solchen Gelegenheiten viel Spaß gehabt ... Aber die Kälte, die Kälte! Wohin gehen ohne einen Sou in der Tasche?«

Auf diesen Punkt wollte Jacques ihn haben.

»Ich habe Geld genug, Frumence.«

»Das weiß ich wohl.«

»Denken Sie denn, ich würde Sie mit leeren Taschen laufenlassen? Ich gebe Ihnen, was Sie verlangen.«

»Wahrhaftig?« rief der Vagabund, und indem er auf Jacques einen Blick heftete, in welchem sich Überraschung, Hoffnung und Freude vermischten, fuhr er fort:

»Ich brauchte viel! Der Winter ist lang … ich müßte … oh, mindestens fünfzig Pistolen müßte ich haben!«

Fünfzig Pistolen sind fünfhundert Francs.

»Ich gebe Ihnen hundert Pistolen«, sagte Jacques.

Cheminots Augen funkelten. Er glaubte im Geiste schon eine jener unwiderstehlichen Kneipen von Rochefort zu sehen, wo er ein so fröhliches Leben geführt hatte. Aber er vermochte noch nicht völlig an sein Glück zu glauben.

»Der Herr macht sich wohl einen Spaß mit mir?« fragte er demütig.

»Wollen Sie das Geld sofort haben?« erwiderte Jacques. »Warten Sie …!«

Er nahm aus der Tischschublade einen Tausendfrancsschein. Aber beim Anblick dieser Note zog der Vagabund die bereits ausgestreckte Hand rasch zurück.

»Oh«, rief er, »solch ein Ding nie! Ich weiß wohl, was dies Papier wert ist, denn ich habe in besseren Zeiten dergleichen gehabt. Aber was sollte ich jetzt damit machen? In meiner Tasche wäre es nicht mehr wert als ein Baumblatt, denn beim ersten Versuch, es zu wechseln, würde man mich beim Kragen nehmen.«

»Ah, dabei ist keine Schwierigkeit. Morgen früh werde ich mich mit Gold versehen, oder mit Hundert-Sous-Stücken, oder kleinen Banknoten, ganz nach Ihrer Wahl.«

Cheminot klatschte fröhlich in die Hände.

»Nehmen Sie von jedem etwas«, rief er, »und ich bin ganz der Ihrige … Es lebe die Freiheit!… Wo ist die Mauer, die ich durchbrechen soll?«

»Morgen werde ich sie Ihnen zeigen … Und von jetzt an, Cheminot, absolutes Stillschweigen!«

Am andern Tage führte Blangin Herrn von Boiscoran zu der Stelle, wo die Mauer des Gefängnisses die geringste Stärke hatte. Es war in einer Art Speisegewölbe, welches nie jemand betrat und in welchem abgenützte Hausgeräte aufgespeichert waren. Hier fand Jacques bereits Hammer und Meißel.

»Und damit uns nichts stört«, sagte der Wärter, »habe ich heut abend zwei Kameraden zum Essen und werde auch den Korporal der Wache dazu einladen … Man unterhält sich da, man lacht und denkt nicht an die Gefangenen. Meine Frau paßt auf, und wenn etwa eine Runde naht, so wird sie Ihnen gleich Nachricht geben, und wie der Wind ziehen Sie sich zurück.«

Nachdem alles vorbereitet und die Nacht hereingebrochen war, huschten Jacques und Cheminot, mit einer Kerze versehen, in das Gewölbe und begannen die Arbeit. Es war ein hartes Stück, die alte Mauer zu durchbrechen, und Jacques allein würde nie zum Ziele gekommen sein. Die Stärke erreichte zwar kaum das von Blangin angegebene Maß, aber die Festigkeit überstieg alle Erwartung. Unsere Vorfahren pflegten solid zu bauen. Die Zeit tat das Ihrige, der Mörtel verbündete sich mit dem Stein und erhöhte die Dauerhaftigkeit. Es war, als wenn man einen Granitblock zu durchbrechen hätte.

Der Vagabund hatte glücklicherweise eine feste Hand, so daß er trotz der Vorsicht, die er anwandte, um nicht durch zu starkes Geräusch das Unternehmen zu verraten, in weniger als einer Stunde ein Loch hergestellt hatte, durch das ein Mensch kriechen konnte. Er guckte hinaus und sah forschend umher, und nach kurzer Beobachtung sagte er leise:

»Alles geht gut! Die Nacht ist finster und die Gegend öde … Meiner Seel', ich wag's!«

Er kroch hindurch, Jacques folgte und eilte unwillkürlich nach einer Stelle, wo Bäume die Dunkelheit noch dichter machten.

»Nehmen Sie«, sagte er. dort angelangt, indem er Cheminot ein Päckchen Fünffrancsnoten übergab; »fügen Sie diese zu den hundert Pistolen, die ich Ihnen bereits gegeben. Haben Sie Dank, Sie sind ein braver Bursche, und wenn ich mich aus der bösen Geschichte ziehe, werde ich ferner an Sie denken ... Und nun, trennen wir uns! Brauchen Sie Ihre Beine, seien Sie vorsichtig und ... auf gut Glück!«

Hierauf entfernte sich Jacques eilig; aber Cheminot schlug nicht, wie ausgemacht war, eine andere Richtung ein.

»'s ist ganz egal«, murmelte er, ohne Jacques aus den Augen zu lassen. »Eine merkwürdige Geschichte ist's doch mit dem armen Herrn! Wo er nur hingehen mag?«

Und die Neugier war stärker als die Vorsicht ... Er folgte ihm nach.

# Kapitel 37

Jacques von Boiscoran begab sich nach der Rue Mautrec. Aber um nicht auf einer belebten Straße erkannt und verhaftet zu werden, zog er einen weiten Umweg vor und verlor sich in dem Labyrinth der winkligen Gäßchen der alten Stadt.

Es war bereits halb zehn Uhr, als er das Haus erreichte, welches der Graf von Claudieuse mit seiner Familie bewohnte. Die Pforte war bereits geschlossen.

Gleichviel, Jacques hatte seinen Plan. Er zog die Glocke. Eine Kammerfrau, die ihn nicht kannte, öffnete.

»Die Frau Gräfin von Claudieuse?« fragte er.

»Die gnädige Frau kann niemanden empfangen«, erwiderte die Kammerfrau. »Sie ist bei dem gnädigen Herrn, welcher sich heute abend sehr schlecht befindet.«

»Ich muß sie dennoch sprechen.«

»Unmöglich!«

»Gehen Sie, ihr zu sagen, daß ein Herr, den der Untersuchungsrichter abgesandt habe, sie einen Augenblick ersuchen lasse. Es sei wegen der Affäre Boiscoran.«

»Warum sagten Sie dies nicht gleich?« erwiderte die Kammerfrau. »Treten Sie ein!«

Sie vergaß in der Hast, die Pforte wieder zu schließen, und schritt Jacques voran durch den Garten. In der Diele öffnete sie den unteren Salon.

»Wollen der Herr hier eintreten und sich niederlassen, während ich die Frau Gräfin unterrichte ...«

Nachdem sie die Kerzen eines der auf dem Kamin stehenden Kandelaber angezündet hatte, entfernte sie sich.

Bis zu diesem Augenblick war alles zugunsten Jacques' abgelaufen, sogar besser, als er erwartet hatte. Es blieb ihm noch, zu verhindern, daß die Gräfin, wenn sie ihn bemerke, ihm entwischte.

Glücklicherweise öffneten sich die Flügeltüren des Salons nach innen. Er stellte sich hinter den offen gebliebenen Flügel und wartete.

Seit vierundzwanzig Stunden hatte er sich auf dieses Zusammentreffen vorbereitet und in seinem Kopfe zurechtgelegt, was er sprechen wollte, aber im letzten Augenblicke zerstreuten sich alle seine Ideen wie welke Blätter im Wehen des Windes ... Sein Herz schlug mit solcher Heftigkeit, daß er die Schläge in dem weiten getäfelten Salon widerhallen zu hören meinte.

Schon begann er sich über das lange Warten zu wundern, als endlich leichte Schritte und das Rauschen eines Kleides ihm das Nahen der Gräfin ankündigten. Sie trat ein, gekleidet in einen langen Hausrock von dunkler Farbe, und machte einige Schritte in dem Salon, erstaunt, den nicht zu sehen, der sie verlangt hatte.

Das war es, was Jacques vorausberechnet hatte. Er stieß heftig den offenen Türflügel zu und stellte sich davor.

»Wir sind allein!« sagte er.

Beim ersten Geräusch wandte sie sich um.

»Jacques!« schrie sie auf, und erschreckt, wie vor einem Gespenst, blickte sie umher, um einen Ausgang zur Flucht zu finden. Eine der nach dem Garten führenden Glastüren war offen, sie eilte darauf zu. Jacques vertrat ihr den Weg.

»Versuche nicht, mir zu entfliehen«, sagte er, »denn ich schwöre dir, daß ich dir folgen werde bis ins Gemach deines Gatten und bis zum Fuß seines Bettes!«

Sie betrachtete ihn, als wenn sie noch nichts begreifen könne.

»Du ... hier!« stammelte sie.

»Ja«, entgegnete er, »ich! ... Das überrascht dich, nicht wahr? Du sagtest dir: Er ist Gefangener, wohl verwahrt durch Riegel und Wärter, ich kann ruhig schlafen ... Er hat keine Beweise und schweigt ... Ich habe ein Verbrechen begangen, und er wird dafür verurteilt ... Ich, die Schuldige, bin gerettet, er, der Schuldlose, ist verloren! ... Du glaubtest, daß bereits alles fertig sei? Nein! Und hier bin ich, wie du siehst.«

Der Ausdruck des offenbaren Entsetzens zog die schönen Gesichtszüge der Gräfin zusammen.

»Es ist ungeheuerlich!« sagte sie.

»Ungeheuerlich, in der Tat!«

»Mörder und Brandstifter!...«

Er brach in ein lautes, schneidendes, krampfhaftes, fürchterliches Lachen aus.

»Und du bist es«, rief er, »die mich so nennt!«

Die Frau von Claudieuse gewann mit einer außerordentlichen Anstrengung all ihre Kraft wieder.

»Ja«, erwiderte sie, »ja! ...Mir gegenüber kannst du dein Verbrechen nicht leugnen. Ich kenne den Beweggrund, den die Richter nicht verstehen ...Du glaubtest, ich werde meine Drohungen wahr machen, und hattest Furcht ...Als ich dich rasch verließ, sagtest du dir: Es ist aus, sie geht, um alles ihrem Gatten mitzuteilen. Und du legtest Feuer an unser Haus, um meinen Gatten hinauszulocken ...Brandstifter! Dann feuertest du das Gewehr auf ihn ab ...Mörder!«

Er lachte noch immer.

»Also das hast du erfunden!« unterbrach er sie ...»Wem willst du denn diese lächerliche Auslegung glauben machen? Unsere Briefe sind verbrannt, und so wie du leugnetest, meine Geliebte gewesen zu sein, so könnte ich leugnen, daß ich jemals dein Liebhaber war ...Bin ich es übrigens, den ein Aufsehen träfe? Du weißt, daß dies nicht der Fall ist, und du vergißt, daß das, was eine Frau ehrlos macht, dem Manne einen neuen Glanz verleiht ...So sind eben unsere Sitten! Und was die Furcht vor Herrn von Claudieuse betrifft, so weiß man, daß ich niemanden fürchte ...Zu jener Zeit, als wir unsere Liebschaft in der Heimlichkeit der Rue de la Vigne verbargen, ja, damals konnte ich deinen Gatten fürchten, denn er hätte uns eines Tages überraschen können, das Gesetzbuch in der einen, den Revolver in der andern Hand, und gestützt auf jenes Gesetz, welches bei uns den Ehemann zum Richter und Vollstrecker seines Urteils in eigener Sache macht ...Außer diesem aber, außer dem Falle der Entdeckung auf frischer Tat, welche dem Gatten gestattet, einen andern wie einen Hund niederzuschießen, wenn er sich nicht verteidigen kann oder will ...was brauchte man sich aus dem Grafen Claudieuse zu machen! Was kümmerten mich deine Drohungen oder sein Haß!«

Er sagte dies mit Kälte und mit einem bittern, schneidenden Ausdruck, mit jener Sicherheit, die bis in die innerste Seele dringt. Die Gräfin wankte.

»Ist's möglich?« stammelte sie. »Ist's möglich!«

Und plötzlich den Kopf in die Höhe werfend, fuhr sie fort:

»Aber ich werde wahnsinnig! ...Wenn du nicht der Schuldige bist, wer ist es denn?«

Jacques ergriff in einer rasenden Aufregung ihre Handknöchel, drückte sie, als ob er sie zermalmen wollte, und trat ihr so nahe, daß sie seinen Hauch wie Feuer in ihrem Gesicht fühlte:

»Du! verworfene Kreatur! – Du!« knirschte er.

Und er stieß sie mit einer so wilden Gewalt zurück, daß sie auf ein Polster fiel.

»Du«, fuhr er fort, »wolltest dich zur Witwe machen, um mich zu hindern, meine Ketten zu zerbrechen! Ich hatte bei unserem letzten Zusammensein, weil ich dich in Schmerz und Tränen vergehen wähnte, die unwürdige Schwäche, die alberne Feigheit, dir zu sagen, daß ich Denise nur heirate, weil du nicht frei bist, und da riefst: ›0 mein Gott, glücklicherweise ist mir diese schreckliche Idee noch nicht gekommen!‹ ...Welche Idee war das, Geneviève? ...Antworte mir und gestehe, daß sie dir dennoch kam und daß du sie ausgeführt hast!«

Und die von Frau von Claudieuse gestellte Frage mit vernichtendem Spott wiederholend, sagte er:

»Wer ist denn schuldig, wenn du es nicht bist?«

Sie fuhr außer sich von ihrem Sitze empor und senkte in Jacques' Augen einen jener Blicke, die bis in die innerste Seele zu dringen vermögen.

»Wär's möglich«, fragte sie, »daß du das entsetzliche Verbrechen nicht verübt hättest?«

Er zuckte die Achseln...

»Und dann«, fuhr sie keuchend fort, »glaubst du wirklich und wahrhaftig, daß ich es verübt habe?«

»Vielleicht hast du es nur befohlen!«

Sie erhob mit einer wahnsinnigen Gebärde ihre gefalteten Hände zum Himmel und rief mit herzzerreißender Stimme:

»O allmächtiger Gott! Er glaubt es! ... Er glaubt es wirklich!«

Ein langes, unheilvolles, furchtbares Schweigen folgte, wie nach dem Rollen des Donners. Auge in Auge beobachteten sich Jacques und Frau von Claudieuse, beide sich bewußt, daß die ernste Stunde ihres Schicksals schlug ... In jedem von ihnen kam in diesem Momente die Überzeugung von der Unschuld des andern zum Durchbruch ... Es bedurfte keiner Erklärungen.

Und so tief war für sie beide der Schrecken dieser Entdeckung, daß ihnen gar nicht der Gedanke kam, zu erforschen, wer der Schuldige sein könnte.

»Was ist nun zu tun?« fragte endlich die Gräfin.

»Die Wahrheit zu sagen«, erwiderte Jacques.

»Welche Wahrheit denn?«

»Daß ich dein Liebhaber war ... daß ich nach Valpinson kam, weil du mit mir eine Zusammenkunft haben wolltest ... daß, wenn man die Hülse einer meiner Patronen fand, diese davon herrührte, daß ich sie in Brand setzte, um Feuer zu erhalten, und daß ich geschwärzte Hände hatte, weil ich die verglimmenden Reste unserer Briefschaften zerrieb, um sie in alle Winde zu zerstreuen ...«

»Niemals!« rief die Gräfin.

Das Blut schoß in einem Strome in Jacques Gesicht, und er sagte mit dem Ausdruck unerbittlicher Strenge:

»Du wirst es tun, ich will es, und es muß sein!«

»Niemals! ... Niemals!« wiederholte die Gräfin mit verschränkten Armen, und mit krampfhafter Hast fuhr sie fort:

»Begreifst du denn nicht, daß die Wahrheit sich unmöglich sagen läßt? Denn man würde nicht an unsere beiderseitige Schuldlosigkeit, sondern an unsere gemeinschaftliche Schuld glauben.«

»Gleichviel! Ich will nicht umkommen.«

»Sag lieber, du willst nicht allein umkommen!«

»Sei es!«

»Die ganze Wahrheit verraten, hieße nicht, dich retten, sondern mich unweigerlich in den Untergang mit hineinziehen. Willst du das? Erscheint dir die Vernichtung weniger fürchterlich, wenn zwei Opfer statt eines fallen?«

Er unterbrach sie mit einer drohenden Gebärde.

»Immer dieselbe!« rief er ... »Ich gehe unter, ich ertrinke, und sie klügelt, sie berechnet, sie sträubt sich. Und sie sagt, daß sie mich liebt!«

»Jacques!« rief Frau von Claudieuse flehend. Und indem sie sich ihm näherte:

»Ah, ich berechne, ich klügele! Wohlan, höre mich! ... Ja, es ist wahr, ich achte meinen tadellosen Ruf als ehrenhafte Frau tausendmal höher als das Leben, aber über mein Leben und meine Ehre gehst du! Du gehst unter, sagst du ... Wohlan, gehen wir zusammen! Ein Wort von deinen Lippen, und ich verlasse alles: Ehre, Vaterland, Familie, Gatten, Kinder. Sprich, und ich bin dein, ohne den Kopf zurückzuwenden, ohne Klage, ohne Gewissensbisse ...«

Schauer durchrieselten ihren Körper, ihre Brust wogte, ihre Augen glühten in einem unerträglichen Feuer ... Durch ihre heftigen Bewegungen löste sich ihr Nachtrock, und auf Schultern und Busen, die weiß wie Marmor waren, fielen ihre aufgelösten Haare in blonden Fluten herab ... Und mit einer vor Leidenschaft bebenden Stimme, sanft und weich wie eine Schmeichelei und dann wieder klangvoll wie eine Glocke, fuhr sie fort:

»Was hält uns zurück? Da du aus dem Gefängnisse kommen konntest, ist das Schwierigste getan. Ich dachte erst daran, unsere Tochter mitzunehmen, deine Tochter, Jacques, aber sie ist ernstlich krank, und ein Kind würde uns überdies verraten ... Sind wir allein, so erreicht man uns niemals ... Das Geld fehlt uns ja nicht ... nicht wahr? ... Wir fliehen in jene fernabliegenden Gegenden, die man aus den Reisebeschreibungen kennt ... Dort, allen unbekannt, vergessen, ungesehen, wird unser Leben ein ewiges Zaubermärchen, eine unendliche Wonne sein! ... Du brauchst nicht mehr zu sagen, daß ich mich sträube, ich bin dir alles und bin ganz dein, mit Leib und Seele, dein Weib, deine Geliebte, deine Freundin, deine Sklavin...«

Sie hatte den Kopf zurückgebogen, die Augenlider halb geschlossen; die Lippen wölbten sich mit dem stummen Ausdrucke des Verlangens und kraftloser Hingebung.

»Sprich!« hauchte sie. »Willst du, Jacques?«

Er wies sie mit einer zurückstoßenden Bewegung ab ...Es schien ihm eine Entweihung, daß sie, wie Denise, ihm die Flucht anzutragen wagte.

»Lieber das Zuchthaus!« stieß er hervor.

Sie erbleichte, ein Wutanfall zog ihr Gesicht zusammen, sie richtete sich kalt und stolz auf.

»Was willst du dann?« fragte sie.

»Daß du zu meiner Rettung beiträgst«, erwiderte er.

»Indem ich mich selbst opfere?«

Er schwieg.

Einen Augenblick vorher noch so demütig, nahm sie jetzt ihre hochmütige Haltung wieder an und sprach im Tone gehässigen Spotts:

»Mit andern Worten, du kommst, von mir zu fordern, daß ich nicht nur mich selbst, sondern auch die Meinigen zugrunde richte. Für wen? Für dich? Gern. Aber wohl mehr noch für Fräulein von Chandoré. Und das erscheint dir ganz einfach! ...Ich bin das Vergangene, die Übersättigung, der Überdruß ...sie ist das Zukünftige, das Verlangen, der Traum ...Und du findest es ganz natürlich, daß die alte Geliebte aus ihrer Liebe und ihrem Glück eine Sänfte für die neue Braut macht. Es gilt dir wenig, daß ich der Verachtung anheimfalle, während sie geehrt wird, daß ich weine, während sie lacht ...Ich aber sage: Nein!«

»Elende!« stieß Jacques hervor.

Sie betrachtete ihn hohnlächelnd, und in ihren Augen funkelte eine teuflische Verwegenheit.

»Kanntest du mich denn nicht?« fragte sie eindringlich ...»Gehe hin, plaudere, verrate, zeige an! ...Herr Folgat wird dir gesagt haben, wie ich zu leugnen und mich zu verteidigen weiß!«

Rasend vor Zorn, trat Jacques von Boiscoran mit erhobener Hand auf Frau von Claudieuse zu ...

»Schlagen Sie diese Frau nicht!« sagte da plötzlich eine Stimme.

Jacques und die Gräfin wandten sich um, und beide stießen gleichzeitig einen weithin dringenden, gellenden, entsetzensvollen Schrei aus.

Im Rahmen der Tür lehnte der Graf von Claudieuse, den gespannten Revolver in der erhobenen Hand ...

Er war blaß wie ein Gespenst, ein Nachtgewand von weißem Flanell hing wie ein Leichentuch von seinen Schultern über seine abgezehrten Glieder herab ...Der erste von der Gräfin ausgestoßene Schrei war bis an sein Bett gedrungen, auf dem er sterbend lag. Eine fürchterliche Ahnung hatte sein Herz durchzuckt. Er hatte sich erhoben und war halb kriechend, sich am Treppengeländer fortschleppend, erschienen ...

»Ich habe alles gehört«, sagte er mit einem vernichtenden, unversöhnlichen Blick auf die Schuldigen.

Die Gräfin sank mit leisem Stöhnen auf ein Polster, aber Jacques richtete sich fest auf.

»Mein Herr«, sagte er, »die Beschimpfung ist offenbar, rächen Sie sich!«

Der Graf zuckte die Achseln.

»Der Schwurgerichtshof wird mich rächen«, sagte er.

»Gerechter Gott! ...Wollen Sie mich für ein Verbrechen verurteilen lassen, das ich nicht begangen habe? Das wäre eine unwürdige Gemeinheit!«

Herr von Claudieuse war so schwach, daß er sich am Türgriff festhalten mußte.

»Also dies wäre eine Gemeinheit?« erwiderte er. »Wie nennen Sie denn die Handlungsweise des Elenden, der auf schändliche Weise die Frau eines andern stiehlt und diesen mit seinen Bastarden belastet? Sie sind freilich weder ein Brandstifter noch Mörder, aber was ist der Brand meines Hauses gegen die Vernichtung all meines Glaubens und Vertrauens! ...Was sind die

Wunden des Körpers im Vergleich zu den Verletzungen der Seele, die nichts zu heilen vermag! Ihnen gebührt der Schwurgerichtshof, mein Herr!«

»Lieber den Tod! Lieber den Tod!«

Er riß sein Gewand auf:

»Schießen Sie doch, Herr! Schießen Sie!« rief er herausfordernd. »Fürchten Sie sich vor Blut? Schießen Sie! Ich war der Geliebte Ihrer Frau, Ihre jüngste Tochter ist die meine...«

Der Graf ließ indessen seine Waffe sinken.

»Der Schwurgerichtshof ist sicherer«, entgegnete er ...»Sie haben mir meine Ehre geraubt. Ich will die Ihrige. Und wenn es, um Sie verurteilt zu sehen, nötig ist, werde ich erklären und beschwören, daß ich Sie als den Mörder erkannt habe ...Sie werden ins Zuchthaus kommen, Herr von Boiscoran.«

Er wollte vorwärts schreiten, aber seine Kräfte verließen ihn; er stürzte im Vorwärtsgehen nieder, die Arme gekreuzt, das Gesicht dem Boden zugekehrt. Von Entsetzen ergriffen, außer sich, wahnsinnig, entfloh Jacques.

# Kapitel 38

Der Anwalt Folgat war soeben aufgestanden. Er hatte sich am Fenster vor einen Spiegel gestellt und war im Begriff, sich zu rasieren, als die Tür heftig aufgerissen wurde. Blaß und bestürzt trat der alte Antoine herein.

»O mein Herr, welch ein Unglück!«

»Nun, was?«

»Fort ist er! Entflohen! Verschwunden!«

»Wer?«

»Herr Jacques.«

Die Überraschung des Anwalts war so groß, daß ihm fast das Rasiermesser aus der Hand gefallen wäre; dennoch rief er:

»Das ist nicht wahr!«

»Leider ist es wahr, mein Herr! Jedermann in der Stadt erzählt es. Man kennt sogar Einzelheiten. Jemand sagte mir, er habe Herrn Jacques gestern abend gegen elf Uhr wie einen Wahnsinnigen die Rue nationale entlangeilen sehen.«

»Das ist lächerlich!«

»Ich habe noch niemand als Fräulein Denise verständigt, und diese schickt mich zu Ihnen, um es Ihnen zu sagen … Sie dürften wohl Erkundigungen einholen …«

Dieser Rat war überflüssig. Der Anwalt eilte, sich zu rasieren und anzukleiden. In wenigen Minuten war er fertig und sprang mit großen Schritten die Treppe hinab, als er, durch den Vorsaal schreitend, sich gerufen hörte. Er wandte sich um. Denise winkte ihm in den kleinen Salon, wo sie sich gewöhnlich aufhielt. Er gehorchte. – Sie und er waren die einzigen, welche von dem verzweifelten Unternehmen Jacques' am vorhergegangenen Abend wußten; denn obwohl sie kein Wort über diese Angelegenheit miteinander gewechselt hatten, konnten sie doch ihrer beiderseitigen Haltung die Sorge um den gewagten Schritt anmerken. Folgat hatte den ganzen Abend über kaum zehn Worte gesprochen, und Denise war nach der Abendmahlzeit sogleich auf ihr Zimmer gegangen.

»Nun, wie steht es?« fragte sie.

»Das umlaufende Gerücht ist falsch«, erwiderte Folgat.

»Wer weiß!«

»Eine fluchtweise Entfernung wäre ein Geständnis. Nur die Schuldigen fliehen, und Herr von Boiscoran ist unschuldig. Beruhigen Sie sich also, mein Fräulein! Lassen Sie sich, um der Barmherzigkeit willen, nicht durch dieses unselige Gerücht beunruhigen!«

Wer hätte nicht, gleich ihm, das arme junge Mädchen bemitleidet! Sie war bleich wie ihre Halskrause und zitterte heftig; aus ihren Augen drangen die Tränen hervor, und mit jedem ihrer Worte stieg ein Seufzer aus der Brust.

»Wissen Sie, wohin Jacques gestern abend gegangen ist?«

»Ja.«

Sie wandte sich halb ab und sagte mit kaum vernehmlicher Stimme:

»Er hat eine … eine Person wiedersehen wollen, deren Einfluß auf ihn vielleicht sehr mächtig ist … Möglich, daß sie ihn umgestimmt, zu einer Unbesonnenheit fortgerissen hat. Oder warum könnte sie sich nicht entschlossen haben, ihn der Schmach der Schwurgerichtsverhandlung zu entziehen?«

»Nein, Fräulein, nein!«

»Diese Person ist Jacques' böser Geist. Sie liebte ihn ohne Zweifel. Sie war vielleicht untröstlich darüber, daß er mein Gemahl werden sollte. Vielleicht ist sie, um ihn zur Flucht zu bestimmen, mit ihm entflohen.«

»O fürchten Sie nichts. Fräulein, Frau von Claudieuse ist einer solchen Hingebung unfähig.«

Fräulein von Chandoré prallte zurück, und ihre Augen, weit aufgerissen, zeigten ihre Bestürzung.

»Frau von Claudieuse?« stammelte sie.

Der Anwalt übersah mit einem Blicke seine ganze Unvorsichtigkeit. Er glaubte annehmen zu dürfen, daß Jacques seiner Braut alles mitgeteilt habe, und die Form, in welcher sie zu ihm sprach, hatte ihn in seinem Irrtum bestärkt.

»Ach, also Frau von Claudieuse ist es«, fuhr das junge Mädchen fort; »diese Frau, welche von allen mit einer Heiligen verglichen wird! ...Und ich selbst habe neulich in der Kirche die Inbrunst ihres Gebetes bewundert, ich habe sie beklagt von ganzer Seele ...Jetzt, ja, jetzt fange ich an zu begreifen, was man mir verhehlte...«

Der junge Anwalt war aufs äußerste niedergeschlagen über seinen begangenen Fehler.

»Niemals«, sagte er, »niemals, mein Fräulein, verzeihe ich mir, diesen Namen vor Ihnen ausgesprochen zu haben.«

Sie lächelte traurig.

»Vielleicht haben Sie mir damit einen großen Dienst geleistet«, versetzte sie. »Aber ich bitte Sie um Gottes willen, erkundigen Sie sich, was geschehen ist!«

Der Anwalt ging sogleich, und er hatte nur wenige Schritte zu tun, um sich zu überzeugen, daß wirklich etwas Ungewöhnliches geschehen sein müsse ...Die ganze Stadt war in Bewegung. Die Bewohner standen schwatzend an ihren Türen. Menschengruppen besprachen sich mit überraschender Lebhaftigkeit.

Der Anwalt beschleunigte seinen Gang und traf an der Ecke der Rue nationale auf drei oder vier Leute, deren Bekanntschaft er bei seinem verlängerten Aufenthalte in Sauveterre absolut nicht hatte umgehen können.

»Nun, Herr Anwalt«, sprach einer von diesen ihn höflich an, »Ihre Verteidigung scheint ja sehr kurz abgeschnitten worden zu sein.«

»Ich verstehe Sie nicht«, erwiderte Folgat mit kaltem Tone.

»Weil Ihr Klient sich dünngemacht hat.«

»Wissen Sie das so genau?«

»Gewiß! Ich weiß es von der Frau eines meiner Arbeiter, die die Flucht zuerst entdeckt hat. Sie ging zum Mähen hinter die alten Mauern des Schlosses, als sie auf einmal ein großes Loch in der Gefängnismauer entdeckte. Gleich machte sie Lärm, der Posten kam herbeigelaufen, und man verständigte den Staatsanwalt.«

Für Herrn Folgat lag in diesem Vorkommnis noch kein Beweis.

»Nun, und Herr von Boiscoran?« fragte er.

»Ist nicht mehr zu finden!« versetzte der Bürger eifrig. »Es ist, wie ich Ihnen sage. Ich hab's außerdem von einem Freunde, der es selber von einem Angestellten der Unterpräfektur gehört hat ...Blangin, der Wärter, ist, wie es scheint, stark im Verdacht...«

»Ich habe die Ehre, mein Herr!« unterbrach ihn der Anwalt, ließ den Bürger stehen und schoß wie ein Pfeil über den Neumarkt, Die Unruhe hatte ihn völlig ergriffen. Zwar glaubte er nicht an eine Flucht, aber er hielt ein unvorhergesehenes Ereignis dennoch für möglich.

Vor dem Gefängnis hatten sich wenigstens hundert Personen, die von den Wachtposten mit Mühe zurückgehalten wurden, mit emporgerecktem Halse und aufgesperrtem Munde versammelt. Der Anwalt durchbrach die Menge und trat ein. Im Hofe, vor der Wärterloge, waren der Staatsanwalt, der Polizeikommissar, der Gendarmeriehauptmann, Herr Sénéchal und endlich Herr Galpin-Daveline in lebhafter Unterhaltung begriffen.

Der Untersuchungsrichter sah noch bleicher aus als gewöhnlich und hatte, wie man in Sauveterre sagt, eine Hundelaune. Nicht ohne Grund. Er war ebenso plötzlich wie Folgat von dem Geschehenen unterrichtet worden und nicht weniger eilig gekommen. Aber seinen ganzen Weg entlang hatte er unzweideutige Beweise dafür erhalten, daß, wenn die öffentliche Meinung Jacques von Boiscoran nicht günstig gewesen, sie es ebensowenig dem Untersuchungsrichter war. Von allen Seiten hatte er spöttische Begrüßungen, Witzeleien oder sehr fragwürdige Beileidsbezeigungen vernommen. Zwei Individuen, die er der Verbindung mit dem roten Doktor Seignebos verdächtigte, hatten sogar, ihn mit den Ellenbogen anstoßend, gemurmelt: »Nieder mit den Verbrecherfabrikanten!«

Er bemerkte den Anwalt Folgat zuerst.

»Sie kommen wohl, um Informationen einzuholen?« fragte er ihn.

Folgat war indes nicht der Mann, der sich an einem und demselben Tage zweimal überraschen ließ. Er wußte seine Besorgnisse hinter einer steifen Begrüßung zu verbergen und erwiderte:

»Es sind gewisse Schwätzereien zu mir gedrungen, die mich aber nicht in die geringste Bewegung gesetzt haben. Herr von Boiscoran hat ein zu starkes Vertrauen zu seiner Sache und zu der Justiz seines Landes, als daß er den Gedanken zur Flucht fassen könnte ... Ich bin einfach nur gekommen, um mit ihm zu beratschlagen.«

»Und Sie haben sehr recht gehabt!« rief Daubigeon. »Herr von Boiscoran befindet sich ruhig in seiner Zelle und macht sich wenig aus den umlaufenden Gerüchten ... Niemand anders als Frumence Cheminot hat die Flucht ergriffen. Frumence ist ein Springinsfeld; man ließ ihm im Gefängnisse gewisse Freiheiten, machte ihn sogar zu einer Art von Hilfswärter; er hat dies benützt, ein Loch in die Mauer zu brechen und sich davonzumachen.«

Im Hintergrunde stand mit einer zerknirschten Duckmäusermiene der Wärter Blangin.

»Führen Sie den Herrn Verteidiger zu Herrn von Boiscoran«, sagte ihm trocken Herr Galpin-Daveline, der vielleicht fürchtete, Daubigeon werde eine öffentliche Vorlesung bitterer Epigramme zum besten geben, deren er sich im besonderen so oft zu erfreuen hatte.

Der Wärter verneigte sich tief und gehorchte. Aber kaum befand er sich mit Herrn Folgat allein in der Vorhalle des Gefängnisses, so blies er eine seiner Backen auf und klopfte mit der geschlossenen Hand daran.

»Schön angeführt!« sagte er und brach in ein Gelächter aus.

Der Anwalt tat, als verstehe er ihn nicht. Es paßte ihm nicht, sich das Ansehen zu geben, als sei er von den Ereignissen der letzten Nacht unterrichtet oder als habe er gar daran teilgenommen, was doch auch nicht geschehen war.

»Aber es ist noch nicht alles vorüber«, fuhr Blangin fort. »Die Gendarmen sind in Bewegung. Wenn sie meinen Cheminot ertappten! Der Kerl ist so dumm, daß der dümmste Untersuchungsrichter ihm sofort die Würmer aus der Nase ziehen könnte. Und das wäre eine nette Geschichte, wenn sie der Sache auf den Grund kämen.«

Der Anwalt erwiderte noch immer nichts, Folgat, den die Ungeduld quälte, drängte zum Weitergehen.

Er fand Jacques angekleidet auf seinem Bett ausgestreckt und konnte auf den ersten Blick erraten, daß ein großes Unglück geschehen war.

»Wieder eine Hoffnung entschwunden, nicht wahr?« rief er ihm zu.

Der Gefangene richtete sich mühsam auf und setzte sich auf den Bettrand.

»Ich bin verloren, und diesmal rettungslos!« erwiderte er mit dem Ausdruck der tiefsten Niedergeschlagenheit.

»Unmöglich!«

»Hören Sie, was geschehen ist!«

Der Anwalt vernahm erbebend die in der Wiedergabe doch immerhin sehr abgeschwächte Erzählung der Ereignisse des letzten Abends.

»Nur zu wahr!« rief er, als Jacques geendet hatte. »Wenn Herr von Claudieuse seine Drohung ausführt, ist die Verurteilung sehr wahrscheinlich.«

»Sagen Sie lieber: sie ist gewiß; zweifeln Sie nicht daran, daß er die Drohung wahr macht! ... Und das Schrecklichste ist, daß ich ihn deswegen nicht einmal tadeln kann. Die Eifersucht der Männer ist in den meisten Fällen nichts als eine Frage der Eigenliebe. Wenn sie betrogen werden, so werden sie nicht ins Herz getroffen, sondern in ihrer Eitelkeit verletzt. Anders ist es mit dem Grafen von Claudieuse ... Er liebte seine Frau, er betete sie an, sie war sein Glück und sein Leben, und indem man sie ihm entzog, nahm man ihm alles, ja alles! Indem ich ihn sah in dem Übermaß des Schmerzes und der Wut, habe ich erst recht begriffen, was Verletzung ehelicher Pflichten heißt ... Er hat auf einmal alles verloren. Seine Frau hatte einen Liebhaber, sein von ihm am meisten geliebtes Kind ist nicht sein! ... Ich leide fürchterlich, aber was er erduldet, ist namenlose Marter! ... Die Rache ist feig und unedel, aber ebenso war es die Verletzung. Ich würde an seiner Stelle ebenso handeln!«

Folgat war geschlagen.

»Und nachher, als Sie das Haus verließen?« fragte er.

Jacques strich sich mit der Hand mehrmals mechanisch über das Gesicht, als ob er seine Gedanken sammeln wolle.

»Nachher«, erwiderte er, »bin ich entflohen, wie ein Mensch, der eben ein großes Verbrechen begangen hat. Die Gartentür war offen, ich rannte hinaus. Welche Richtung ich genommen, welche Straßen ich durchschritten habe, bin ich mit einiger Gewißheit zu sagen unfähig. Ich hatte nur die eine Idee: mich von diesem verfluchten Hause so rasch und so weit als möglich zu entfernen. Ich war nicht mehr bei Besinnung, ich lief und lief. Als ich wieder zu überlegen begann, fand ich mich im freien Felde, eine Meile von Sauveterre, auf dem Wege nach Boiscoran. Der tierische Instinkt, widerstandsfähiger als der Geist, hatte mich auf den gewohnten Weg und in die Nähe meines Hauses geführt ... Im ersten Augenblick hatte ich Mühe, zu begreifen, warum ich mich da befand. Es war mir wie einem Betrunkenen zumute, der, erwachend, den Kopf noch voll Alkoholdunst, sich zu erinnern sucht, was während der Zeit seiner Trunkenheit geschehen ist ... Leider wurde ich dadurch nur zu der entsetzlichsten Wirklichkeit zurückgeführt. Ich mußte mich unbedingt ins Gefängnis zurückbegeben. Blangin erwartete mich von Angst gepeinigt, denn es war zwei Uhr morgens ... Er führte mich hierher, ich warf mich angekleidet auf mein Lager und schlief einen fürchterlichen Schlaf voll finsterer Träume; ich sah mich mit Ketten belastet im Zuchthause, ich sah mich am Arme eines Priesters das Schafott besteigen. Und jetzt noch fragte ich mich, ob ich wach bin oder ob der abscheuliche Alpdruck noch fortdauert.«

Herr Folgat wandte sich ab und zerdrückte eine Träne im Auge.

»Unglücklicher!« murmelte er.

»Oh! Ja, ich bin sehr unglücklich, in der Tat!« erwiderte Jacques ... »Ich hätte der ersten Eingebung dieser Nacht folgen sollen, als ich mich auf offener Straße befand ... nach Boiscoran gehen, in meine Wohnung treten und mir das Gehirn ausblasen ... dann wäre jetzt alle Qual vorüber.«

So war er denn aufs neue zu diesen verhängnisvollen Selbstmordgedanken gelangt.

»Und Ihre Eltern?« fragte Folgat.

»Meine Eltern! ... Glauben Sie denn, daß diese die Schmach meiner Verurteilung überleben werden?«

»Und Fräulein von Chandoré?«

Jacques erbebte und rief lebhaft:

»Gerade um ihretwillen sollte ich ein Ende machen! Arme Denise! Gewiß würde ihr Schmerz fürchterlich sein, wenn sie von meinem Selbstmord vernähme ... Aber sie ist noch nicht zwanzig Jahre alt; die Erinnerung an mich würde in ihrer Seele erlöschen, mein Bild unbestimmter in ihr werden, aus Wochen würden Monate, aus Monaten Jahre, und sie würde sich endlich trösten ... Ist leben denn nicht vergessen?«

»Nein!« versetzte der Anwalt. »Sie denken das nicht, was Sie sprechen. Sie wissen nur zu gut, daß Denise nicht vergessen kann.«

In den Augen des Unglücklichen schimmerten Tränen.

»Es ist wahr«, sagte er mit bewegter Stimme, »ich glaube, daß ich, mich vernichtend, auch Denise träfe. Erwägen Sie aber, was ihr Leben nach meiner Verurteilung wäre. Vergegenwärtigen Sie sich die Empfindungen, mit denen sie sich dann jeden Augenblick des Tages sagen würde: ›Der, welchen ich einzig liebte, ist im Zuchthause, verdammt, in Gemeinschaft der ärgsten Verbrecher zu leben, auf immer besudelt, entehrt, gebrandmarkt! ... Ach, tausendmal lieber doch den Tod!‹«

»Jacques! ... Herr von Boiscoran, vergessen Sie, daß ich Dir Wort habe?«

»Der Beweis, daß ich es nicht vergessen habe, liegt darin, daß ich hier bin. Allein, lassen Sie es gehen, wie es will, der Tag wird nicht fern sein, an dem Sie mich so elend sehen, daß Sie der erste sind, der mir eine Waffe in die Hand gibt.«

Der junge Anwalt gehörte jedoch zu denjenigen Charakteren, welche durch Hindernisse nicht entmutigt, sondern leidenschaftlich angeregt werden. Schon hatte er sich von der heftigen Erschütterung erholt.

»Bevor wir die Karten wegwerfen«, sagte er, »warten wir wenigstens, bis die Partie verloren ist. Sind Sie verurteilt? Noch nicht! Sie sind unschuldig, und es gibt noch eine göttliche Gerechtigkeit, um die Mißgriffe der menschlichen Gerechtigkeit wiedergutzumachen. Noch niemand hat uns gesagt, daß Herr von Claudieuse sprechen wird. Wir wissen nicht einmal, ob er in diesem Augenblicke nicht bereits seinen letzten Seufzer ausgehaucht hat.«

Mit einem Sprunge war Jacques auf seinen Füßen und wurde noch bleicher.

»Ah, still!« rief er. »Diese schlimme Idee, daß er vielleicht nicht wieder werde aufstehen können, kam mir schon gestern abend. Gebe Gott, daß es anders sei, denn ich wäre dann sicherlich sein Mörder. Es war bei meinem Erwachen mein erster Gedanke. Ich hätte gern Erkundigung über sein Befinden eingezogen, doch wagte ich's nicht.«

Nicht minder als der Gefangene, fühlte sich der Anwalt von einer peinlichen Angst befallen.

»Wir können in dieser Ungewißheit nicht mehr bleiben«, sagte er. »Was könnten wir uns noch sagen, ohne das Schicksal des Grafen Claudieuse zu kennen, von welchem das Ihrige abhängt? Gestatten Sie mir daher, daß ich Sie jetzt verlasse … Sobald ich etwas Sicheres weiß, setze ich Sie in Kenntnis. Aber vor allem … keine Schwäche, was auch kommen möge! …«

Er empfahl sich. Bei Doktor Seignebos fand er sicher die gewünschte Auskunft. Er eilte zu ihm.

»Kommen Sie endlich?« rief ihm der Mediziner entgegen. »Ich lasse zwanzig Kranke verderben, um auf Sie zu warten; denn ich war fest überzeugt, daß Sie kommen würden … Was ist denn gestern abend bei den Claudieuse passiert?«

»Nun, Sie wissen jedenfalls …«

»Nichts weiß ich. Die Wirkung habe ich gesehen, aber die Ursache kann ich nur vermuten. Die Wirkung ist folgende: Gestern abend, gegen zwölf Uhr, war ich, von Anstrengungen gebrochen, eben im Begriff mich niederzulegen, als plötzlich an meiner Klingel gerissen wurde … Ich liebe es nicht, daß man bei mir so arg lärmt, und stand auf, um dem Lärmmacher tüchtig den Kopf zu waschen, da drang der Diener des Grafen Claudieuse, indem er meinen Diener, der ihn zurückhalten wollte, beiseite schob, wie ein Verrückter bei mir ein und rief, ich möchte eilen, sein Herr liege im Sterben.«

»Allmächtiger Gott!«

»Das rief ich auch, denn wenn auch der Graf sehr krank war, glaubte ich doch sein Ende nicht gar so nahe …«

»So ist er also tot?«

»Keineswegs! … aber wenn Sie mich unaufhörlich unterbrechen, kommen wir zu keinem Ende.« Und indem der Doktor rückwärts laufend seine Brille putzte und wieder zurechtsetzte, fuhr er fort:

»Im Handumdrehen war ich angekleidet, und mit drei Sätzen war ich in der Rue Mautrec. Man ließ mich in den Parterresaal eintreten. Da sah ich zu meinem Erstaunen den Grafen auf dem Sofa ausgestreckt. Er war bleich und kalt, seine Züge waren fürchterlich entstellt, und an der Stirn hatte er eine leichte Wunde, aus welcher ein schmaler Blutstreifen hervorgedrungen war. Ich glaubte wahrhaftig, es sei alles vorbei …«

»Und die Gräfin?«

»Frau von Claudieuse kniete neben ihrem Gatten und versuchte mit Hilfe ihrer Frauen ihn durch Reiben und heiße Tücher auf der Brust wieder ins Leben zu rufen. Ohne diese kluge Fürsorge wäre sie in dieser Stunde Witwe, während sie es nun im Gegenteil vielleicht noch lange nicht sein wird … Dieser unglückliche Graf hat eine eisenfeste Seele in seinem Leibe … Wir trugen ihn zu viert in sein Zimmer und legten ihn, nachdem er vorher noch stark erwärmt worden war, in sein Bett. Bald darauf schlug er die Augen auf, und eine Viertelstunde später hatte er sein volles Bewußtsein wieder und sprach ganz frei, wenn auch mit noch schwacher Stimme … Ich fragte, was geschehen sei, und zum ersten Male vermißte ich in dem Augenblicke bei der Gräfin die Kaltblütigkeit. Sie stotterte und sah mit einem ängstlichen Ausdruck auf ihren Gatten, als ob sie in seinen Augen lesen wolle, was sie mir antworten dürfe ...Statt ihrer antwortete er selbst, aber mit unverkennbarer Verlegenheit. Er erzählte mir, daß er sich allein befunden habe, und da er sich besser als gewöhnlich zu fühlen geglaubt, sei ihm der Gedanke gekommen, seine Kräfte zu versuchen. Er habe sich erhoben, einen Morgenrock angelegt und sei hinuntergestiegen. Aber in den Parterresaal eintretend, habe ihn eine Ohnmacht erfaßt, und er sei unglücklicherweise mit dem Kopfe gegen die Ecke eines Möbelstücks gefallen.

Ich merkte wohl, daß man mich täuschte, und sagte ihm bloß, er habe sehr unvorsichtig gehandelt, was er hoffentlich nicht wiederholen werde.

›Oh, seien Sie ruhig‹, erwiderte er, seine Frau eigentümlich ansehend, ›ich begehe keine Unvorsichtigkeit mehr, ich habe große Lust, gesund zu werden, und habe des Lebens nie mehr bedurft als jetzt.‹«

Der Anwalt öffnete die Lippen, um etwas zu bemerken, aber der Doktor schloß ihm mit einer Handbewegung den Mund.

»Warten Sie«, sagte er, »ich bin noch nicht fertig«, und immer noch seine Brille eifrig putzend, fuhr er fort:

»Ich wollte mich nun entfernen, als plötzlich eine Kammerfrau eintrat und mit sehr angstvollem Gesicht der Gräfin sagte, daß die ältere ihrer Töchter, die kleine Marthe, welche Sie kennen, von schrecklichen Krämpfen ergriffen worden sei. Natürlich begab ich mich zu ihr und fand sie in einer nervösen Krisis von sehr bedenklichem Charakter. Mit größter Mühe nur konnte ich sie beruhigen, und als ich sie, einen Zusammenhang ihres Unwohlseins mit dem Unfälle des Vaters vermutend, in der Lage zu sehen glaubte, daß ein Gespräch möglich sei, sagte ich ihr in väterlichem Tone:

›Nun, mein Kind, sage mir, was dir zugestoßen ist.‹

›Ich fürchte mich‹, erwiderte sie zögernd.

›Vor was denn, mein Liebling?‹

Sie erhob sich in ihrem Bette und suchte den Blick ihrer Mutter; ich stellte mich aber so, daß sie diese nicht sehen konnte, und wiederholte meine Frage.

›Es war so, Doktor‹, erklärte sie. ›Man brachte mich eben zu Bett, als es schellte. Ich stand auf und ging ans Fenster, um zu sehen, wer so spät noch komme. Ich sah, daß die Kammerfrau öffnete, mit einem Licht in der Hand, und dann, gefolgt von einem Herrn, den ich nicht kannte, nach dem Hause zurückging.‹

Die Gräfin unterbrach sie lebhaft.

›Es war ein Beamter des Gerichts, der einen dringenden Auftrag auszurichten hatte‹, sagte sie.

Ich tat aber, als hörte ich sie nicht, und wandte mich wieder an Marthe.

›War es denn dieser Herr, der dir so große Furcht erregte?‹

›0 nein!‹

›Nun, was dann?‹ fragte ich weiter, mit einem verstohlenen Blick auf die Gräfin, die wie auf Kohlen stand und doch ihrer Tochter nicht Schweigen zu befehlen wagte.

›Der Herr war kaum ins Haus getreten‹, fuhr Marthe fort, ›als ich sah, wie sich zwischen den Bäumen eine Statue bewegte und ganz leise die Lindenallee entlanghuschte.‹«

Folgat erbebte.

»Sie erinnern sich wohl, Doktor, daß Marthe uns bereits früher sagte, eine Statue im Garten habe ihr einen unüberwindlichen Schrecken eingeflößt.«

»Allerdings; aber hören Sie weiter! Die Gräfin unterbrach, indem sie näher trat, ihre Tochter.

›Verbieten Sie ihr doch, sich solche Gedanken in den Kopf zu setzen, lieber Doktor‹, sagte sie. ›Während das Kind in Valpinson vor nichts Furcht hatte und ohne Licht abends durchs ganze Schloß ging, erschrickt sie hier vor allem, und wenn der Abend kommt, glaubt sie, daß unser Garten sich mit Schatten bevölkere ...Du bist doch schon zu groß, Marthe, um dir einbilden zu können, daß Statuen von Stein sich beleben und bewegen können.‹

Das Kind erschauerte.

›Ja früher, Mama, habe ich auch nicht so etwas geglaubt. Aber diesmal bin ich gewiß ...
Ich wollte vom Fenster weggehen, aber ich konnte nicht, es war zu deutlich, ich habe genau
hingesehen ... Die Statue stellte sich gegen die letzte Linde, ganz nahe am Fenster des Salons ...
Dann hörte ich einen lauten Schrei, weiter nichts. Der Schatten war noch immer unterm Baume,
ich konnte jede seiner Bewegungen sehen, er bog sich hinüber und herüber, richtete sich höher
oder bückte sich zur Erde ... Plötzlich wieder zwei Schreie ... oh, so entsetzlich! Da hob der
Schatten unterm Baum den Arm in die Luft ... so – und dann entfloh er. Aber gleich darauf
trat ein anderer hervor und verschwand ebenso schnell.‹«

Herr Folgat war vor Überraschung wie versteinert.

»Ja, diese Schatten!« sagte er.

»Sind sehr verdächtig, nicht wahr? Sie haben mich ebenso beunruhigt wie Sie. Ich gab mir
allerdings den Anschein, als ob ich Marthes Erzählung scherzhaft aufnähme, und suchte ihr
erklärlich zu machen, wie man im Finstern oft den seltsamsten optischen Täuschungen ausgesetzt sei. Und als ich mich dann entfernte, wobei der Diener, der mich vorher gerufen hatte, mir
leuchtete, war die Gräfin sicher der Meinung, daß ich nicht den mindesten Argwohn habe ...
Gleichwohl hatte ich noch etwas Besseres als Argwohn, denn sowie ich den Fuß in den Garten
setzte, ließ ich ein Geldstück fallen, welches ich zu diesem Zwecke schon bereit gehalten hatte.
Natürlich hatte ich mir die Linde ausgewählt, die dem Salon am nächsten stand, um nach dem
Geldstück zu suchen, wobei der Diener mir leuchtete ... Nun, Herr Folgat, ich garantiere Ihnen,
daß es kein Schatten war, welcher den Boden um die Linde herum zertreten hatte. Und wenn
die Fußspuren, die ich bemerkte, von einer Statue herrührten, so hatte diese Statue allerliebste
Nagelschuhe an ...«

Dies hatte der junge Anwalt erwartet.

»Es ist nicht zu bezweifeln«, rief er, »daß die Szene einen Zeugen gehabt hat.«

# Kapitel 39

»Welche Szene? Welchen Zeugen? ...Eben deswegen habe ich auf Sie gewartet, daß Sie mir dies erklären werden«, sagte Doktor Seignebos ungeduldig zu Folgat. »Ich habe die Wirkung festgestellt; teilen Sie mir nun die Ursache mit.«

Er schien jedoch nicht im mindesten von dem überrascht, was ihm der junge Anwalt über den verzweifelten Schritt Jacques' und dessen tragischen Schluß mitteilte.

»Ich habe dies vermutet«, sagte er sogar. »Ja, auf mein Wort, indem ich mir den Kopf zerbrach, bin ich der Wahrheit ziemlich nahegekommen! Wer an Jacques' Stelle hätte auch nicht das Äußerste versuchen sollen? Aber das Schicksal ist gegen ihn...«

»Wer weiß!« unterbrach ihn Folgat, und ohne dem Arzte Zeit zu einer Erwiderung zu lassen, fuhr er fort:

»Sind unsere Aussichten durch diesen Zwischenfall verringert worden? ...Nein. Ganz ebenso wie gestern können wir jeden Augenblick unsere Hand an die bestehenden Beweise legen, die wir kennen und die uns retten. Wer sagt uns denn, daß in dem Augenblicke, da wir sprechen, nicht Sir Francis Burnett und Suky Wood bereits gefunden worden sind? Ist unser Vertrauen in Goudar minder groß als vorher?«

»Oh, was das anlangt, nein. Ich habe ihn heute früh im Spital gesehen, und er fand Gelegenheit, mir mitzuteilen, daß er seinem Ziele ein wenig näher gekommen sei.«

»Gut.«

»Ich glaube danach, daß es gelingen wird, Cocoleu zum Sprechen zu bringen. Wird er aber zur rechten Zeit, wird er bald sprechen? Das ist die Frage! Ach, wenn wir nur noch einen Monat Zeit für uns hätten, so würde ich sagen: Jacques ist gerettet. Aber die Stunden sind gezählt. Kommende Woche sollen die Schwurgerichtssitzungen eröffnet werden. Schon ist, wie man mir versicherte, der Präsident des Schwurgerichts eingetroffen, und Herr Du Lopt de la Gransière hat im Gasthaus zur Post Quartier bestellt. Was tun wir, wenn bis zum Tage der Sitzungseröffnung nichts Entscheidendes eingetreten ist?«

»Dann werde ich mich mit Herrn Magloire fest an das gemeinschaftlich verabredete Verteidigungssystem halten.«

»Und wenn Graf von Claudieuse seine Drohung ausführt und erklärt, er habe Jacques erkannt, als er auf ihn schoß?«

»So sagen wir, daß er sich getäuscht habe.«

»Und Jacques wird verurteilt!«

»Sei es!« erwiderte der Anwalt, und mit gedämpfter Stimme, gleich als ob er fürchte, gehört zu werden, fügte er hinzu:

»Die Verurteilung wird dann keine unumstößliche sein ...Unterbrechen Sie mich nicht, Doktor, und, bei Ihrem Leben, bei der Rettung unseres Schützlings! Lassen Sie kein Wort laut werden. Wenn nur der mindeste Argwohn in Galpin-Daveline rege würde, könnte unsere letzte Hoffnung unwiederbringlich zerstört werden; denn er würde Zeit finden, den begangenen Irrtum zu berichtigen, der mich instand setzt, Ihnen zu sagen: Selbst wenn der Graf aussagt, und selbst nach der Verurteilung sind wir nicht verloren.«

Folgat wurde lebhafter, und es war an seinem Ausdruck und an seinen Bewegungen zu bemerken, daß er sich seiner Sache sicher fühlte.

»Nein, nichts wäre verloren«, fuhr er fort, »und wir hätten dann Zeit für uns, während einer zweiten Beweisaufnahme unsere Zeugen wiederzufinden und Cocoleu die Wahrheit zu entlocken ...Wenn der Graf spräche, wäre es mir gewissermaßen lieb, denn er würde mir die letzten Bedenken entziehen. Die Gräfin verraten, erscheint mir widerwärtig, denn die allerärgste Strafe würde dabei immer den Grafen treffen. Greift dieser uns aber an, so verteidigen wir uns nur, und die öffentliche Meinung wäre uns dann günstig. Noch mehr: man würde uns bewundern, daß wir unsere eigene Ehre der einer Frau opferten und uns, obwohl schuldlos, lieber verurteilen ließen, als den Namen derjenigen zu nennen, die in unsere Hand gegeben war...«

Der Doktor schien nicht überzeugt, Folgat aber achtete nicht darauf.

»Der glückliche Erfolg einer zweiten Beweisaufnahme wäre unzweifelhaft«, fuhr er fort. »Die Szene in der Rue Mautrec hat einen Zeugen gehabt; war es nicht der, welcher die Eindrücke seiner nagelbeschlagenen Stiefel im Sande unter der Linde nahe am Salon zurückgelassen und dessen Bewegungen die kleine Marthe beobachtet hat? Wer anders könnte dieser Zeuge sein als Cheminot? Gut, wir werden ihn wiederfinden. Er hatte sich so postiert, daß er alles sehen konnte und kein Wort verlor. Er wird aussagen, was er vernommen hat. Ja, er sagt vielleicht, daß der Graf von Claudieuse Herrn von Boiscoran zurief: ›Nein, ich werde Sie nicht töten, ich habe eine weit sicherere Rache: ich sehe Sie ins Zuchthaus gehen.‹«

Doktor Seignebos schüttelte traurig den Kopf.

»Möchten Ihre Erwartungen sich erfüllen, mein Freund!« sagte er.

Aber bereits zum dritten Male seit einer Stunde suchte man den Arzt. Beide Männer schieden also mit einem Händedruck, und Folgat beeilte sich, nach einem kurzen Besuch bei Magloire, um diesen auf dem laufenden zu halten, nach der Rue de la Montagne zurückzukehren.

Beim ersten Anblicke Denises sah er, daß er ihr nichts Neues mitteilen konnte, sondern daß sie das wirklich Geschehene bereits kannte.

»Was habe ich Ihnen gesagt, mein Fräulein!« bemerkte er einfach.

Sie errötete beschämt, weil sie das Geheimnis ihres Zweifels verraten hatte, und statt zu antworten, lenkte sie ab:

»Es sind Briefe für Sie angelangt, Herr Folgat«, sagte sie, »und man hat sie in Ihr Zimmer gelegt.«

Wirklich fand der Anwalt zwei Briefe vor, einen für Goudar von seiner Frau, den andern von dem nach England gesandten Agenten. Letzterer war von hohem Interesse.

Der Agent schrieb: »Nicht ohne große Schwierigkeiten und vor allem nicht ohne große Kosten ist es mir gelungen, in London den Bruder von Sir Francis Burnett, den ehemaligen Kassier des Hauses Gilmore und Benson, zu ermitteln. Unser Sir Francis ist nicht tot. Von seinem Vater nach Madras entsandt, um dort ein sehr wichtiges Bankgeschäft zu regeln, wird er mit dem nächsten Paketboot zurückerwartet. Am Tage seiner Rückkehr werden Sie sofort unterrichtet werden. Weniger Mühe hatte ich, die Eltern der Suky Wood auszukundschaften, welche in Folkestone leben und dort ein sehr stark besuchtes Gasthaus führen. Sie konnten mir nicht genau sagen, wo Suky sich im Augenblick befand; alles, was sie wußten, bestand darin, daß Suky vielleicht Dienstmagd in irgendeinem Wirtshaus auf der Insel Jersey sei.

Aber dies genügte mir schon. Die Insel ist nicht groß. Suky ist demnach als gefunden zu betrachten. Wenn Sie diesen Brief erhalten, bin ich auf dem Wege nach Jersey. Senden Sie mir Geld nach dem Gasthause zum goldenen Apfel...«

In dieser Richtung also wenigstens ging alles gut. Ganz glücklich über diesen ersten Erfolg, schloß Folgat einen Geldschein von tausend Francs in ein Kuvert, welches er mit der angegebenen Adresse versah und zur Post bringen ließ.

Hierauf erbat er sich von Herrn von Chandoré dessen Wagen und Pferd und ließ sich nach Boiscoran fahren. Er wollte Michel, den Sohn des Pächters, sehen, diesen braven Burschen, welcher Cocoleu so rasch wieder aufgefunden hatte. Gerade bei seinem Eintreffen kam Michel mit einem Wagen Stroh nach der Pächterei zurück. Folgat nahm ihn beiseite.

»Wollen Sie Herrn von Boiscoran einen großen Dienst leisten?« fragte er ihn.

»Was soll ich machen?« erwiderte der Bursche in einem Tone, der mehr als alle Versicherungen für seine Bereitwilligkeit sprach.

»Kennen Sie Frumence Cheminot?«

»Den ehemaligen Salzsieder aus Tremblade?«

»Ja, den.«

»Na, ob ich den kenne! Hat mir oft Äpfel stibitzt, der Gauner ... Aber ich mag ihm deswegen doch nichts am Zeuge flicken, denn er ist immer dabei ein guter Kerl.«

»Er war im Gefängnis von Sauveterre.«

»Davon weiß ich. Er hatte bei Bréchy eine Zauntür aufgestoßen.«

»Aber jetzt ist er geflüchtet.«

»Sieh an, der Schlaukopf!«

»Und es ist unbedingt nötig, ihn wieder zu finden. Man hat ihm Gendarmen nachgesendet, aber werden die ihn erwischen?«

Michel lachte laut auf.

»Im Leben nicht!« rief er. »Cheminot wird nach der Insel Oléron entwischt sein, wo er Freunde hat ... Die Gendarmen können lange laufen.«

Der Anwalt klopfte Michel vertraulich auf die Schulter.

»Aber Sie«, sagte er; »Sie werden ihn finden ... Nein, runzeln Sie nicht die Stirn, es handelt sich nicht darum, ihn festnehmen zu lassen ... Ich bitte Sie nur, ihm diesen Brief zu übergeben und mir Antwort darauf zu bringen.«

»Wenn's nur das ist, bin ich bereit. Ich will mich nur anders anziehen und es meinem Vater sagen, dann mache ich mich auf.«

Folgat konnte befriedigt zurückfahren, er bereitete nun Künftiges vor, indem er den schlauen Umtrieben der Anklage alle diejenigen Gedankenverbindungen entgegenstellte, welche ihm Erfahrung und Geist nur einzugeben vermochten.

War sein Vertrauen auf einen entscheidenden glücklichen Erfolg aber so fest, wie er es gegen diejenigen aussprach, deren er am sichersten war, den Doktor Seignebos zum Beispiel, oder Magloire, oder den braven Gerichtsschreiber Méchinet? ... Nein. Besser als irgendeiner wußte er, daß ein Nichts hinreichte, seine Hoffnungen zu vernichten, und daß das Schicksal Jacques' von dem allergewöhnlichsten Zufalle abhing.

Doch gleich einem General vor der Schlacht bemeisterte er seine innere Bewegung und trug, um andere günstig zu beeinflussen, eine Sicherheit zur Schau, die er in Wahrheit nicht besaß. Nichts auf seinem Antlitz verriet das Geheimnis seiner bangen Sorgen, die nur zu oft seinen Schlaf beeinträchtigten.

Um unempfindlich und entschlossen zu bleiben, hatte er einen Charakter von außerordentlicher Festigkeit nötig. Rings um ihn her verzagte man, gab man einen Halt nach dem andern auf. Großvater Chandoré war innerhalb zwei Monaten zum hinfälligen Greise geworden. Sein Gang war wankend, seine Hände zitterten.

Noch stärker war der Marquis von Boiscoran geschlagen worden. Er aß und schlief nicht mehr, wenn man sich so ausdrücken will. Seine Abmagerung wurde bedrohlich. Es kostete ihn Mühe, zu sprechen.

Was die Marquise, seine Gemahlin, betraf, so war sie im Innersten ihres Lebens selbst verletzt. Hatte ihr doch Magloire erklärt, daß die so fragliche Rettung Jacques' gesichert sei, wenn man einen Aufschub des Prozesses bis zur nächsten Sitzungsperiode erlangen könne, und war sie es doch selbst gewesen, die einen darauf gerichteten Versuch verhindert hatte. Dieser Gedanke raubte ihr alle Ruhe.

Die Tanten Lavarande endlich gingen nur noch auf Zehenspitzen umher wie in einem Totenhaus.

Nur Denise behielt ihren Mut auf der Höhe ihres Unglücks, obschon sie sich durchaus keinen Illusionen überließ.

»Ich fühle, daß Jacques verurteilt werden wird«, hatte sie zu Folgat gesagt.

Aber sie hatte hinzugefügt, daß es strafbar sein würde, sich der Niedergeschlagenheit und Verzweiflung zu überlassen, und daß der entsetzliche Irrtum, dessen Opfer Jacques sei, seine Freunde nur zum Zorn und zu dem Verlangen nach Vergeltung antreiben dürfe.

Und während Großvater Chandoré und der Marquis von Boiscoran möglichst wenig ausgingen, ergriff sie die Gelegenheiten, sich in der Stadt zu zeigen, beim Schopfe und überraschte die »Damen der Gesellschaft« durch die Unbefangenheit, mit welcher sie deren heuchlerische Lobsprüche und Beileidsbezeigungen entgegennahm. Es war aber für jeden genauen Beobachter offenbar, daß nur das Fieber sie aufrecht hielt, ihre Wangen rötete und ihre Augen strahlen ließ, ihrer Stimme den eigentümlich vibrierenden Klang verlieh.

Um ihretwillen vor allem sehnte der Anwalt Folgat das Ende dieser Ungewißheit herbei, die schmerzlicher wirkte als das ärgste Unglück. Die Zeit rückte näher. Wie Doktor Seignebos schon mitgeteilt, traf der Schwurgerichtspräsident Domini ein, um in Sauveterre Quartier zu nehmen. Er gehörte zu den Männern, deren Charakter zur Ehre des Beamtentums gereicht, durchdrungen von der Erhabenheit seiner Aufgabe, ohne sich jedoch für unfehlbar zu halten, fest, ohne unnütze Strenge, kalt und doch wohlwollend, ohne irgendeine Leidenschaft außer dem Gerechtigkeitsgefühl, ohne einen andern Anspruch als den, die Wahrheit ans Licht zu bringen.

Er hatte Jacques verhört, aber dieses Verhör war nur eine Formalität ohne allen Einfluß. Er hatte die besten Erfahrungen und das größte Geschick in der Bildung des Geschworenengerichts.

Die durchs Los gewählten Geschworenen kamen aus allen Richtungen des Departements; sie stiegen sämtlich im »Hotel de France« ab.

Herr Du Lopt de la Gransière war gleichfalls eingetroffen, doch hielt er sich streng im Gasthaus zur Post abgeschlossen, wo jeden Tag Herr Galpin-Daveline lange Stunden bei ihm zubrachte.

»Es scheint«, sagte Méchinet vertraulich zu Herrn Folgat, »es scheint, daß er eine donnernde Rede vorbereitet.«

Am folgenden Morgen konnte Denise, die »Indépendance de Sauveterre« aufschlagend, die Reihenfolge der Verhandlungen lesen:

Montag: Betrügerischer Bankrott, Beiseiteschaffung, Fälschung.
Dienstag: Mord und Diebstahl.
Mittwoch: Kindesmord. – Hausdiebstähle.
Donnerstag: Brandstiftung und Mordversuch.
(Prozeß Boiscoran.)

Für diesen Donnerstag versprachen sich die Bewohner von Sauveterre sensationelle Unterhaltung. Zu diesem Zwecke galt es, sich eine Eintrittskarte in den Schwurgerichtshof zu verschaffen. Die Herren Domini, Du Lopt de la Gransière, Daubigeon und sogar Méchinet wurden mit darauf gerichteten Gesuchen bestürmt. Es wurden sogar – ein Vorgang ohne Beispiel – Eintrittskarten für Geld gehandelt.

Aber den Gipfel alles Unerhörten bildete das Ereignis, daß plötzlich in der Stadt eine Spendenliste zugunsten der Hinterbliebenen jener unglücklichen Feuerwehrleute zirkulierte, die beim Brande von Valpinson ihr Leben eingebüßt hatten. Wer brachte diese Liste in Umlauf? Vergebens suchte der Bürgermeister Sénéchal die Hand zu entdecken, von welcher der Streich ausging. Das Geheimnis dieser Hinterlist blieb wohlbewahrt. Und es war eine gemeine Hinterlist, am Vorabend der Verhandlungen düstere Erinnerungen zu wecken und den Haß wieder zu beleben.

»Da wird wohl Galpin dahinterstecken«, sagte mit den Zähnen knirschend Doktor Seignebos. »Und zu denken, daß er's vielleicht doch durchsetzt! ...Ach, warum hat Goudar seine Geschicklichkeit nicht früher angewandt!«

Wirklich war es Goudar, der, um Erfolg erzielen zu können, Zeit verlangte. Das argwöhnische Mißtrauen Cocoleus zu beschwichtigen, konnte nicht das Werk eines Tages sein. Goudar erklärte, daß, wenn er die Entlarvung überstürze, er ein für allemal alles verliere.

Auch sonst gab es nichts Neues. Graf Claudieuse befand sich eher besser als schlechter. Der Agent hatte von Jersey telegraphiert, daß er Suky auf der Spur sei, daß er sie sicher erreichen werde aber noch nicht wisse, wann. Michel endlich hatte vergeblich den ganzen Bezirk und die Insel Oléron durchforscht, niemand hatte ihm über Cheminots Aufenthalt Auskunft geben können.

So wurde denn in einer Beratung, an welcher alle Freunde Jacques' teilnahmen, am Verhandlungstage beschlossen, daß die Verteidiger den Namen der Gräfin von Claudieuse nicht nennen sollten, sondern, was auch der Graf aussage, sich auf das von Herrn Folgat erdachte Verteidigungssystem zu beschränken hätten. Leider hatte es keine besonderen Aussichten auf Erfolg, da die Geschworenen ungewöhnlicherweise mit außerordentlicher Strenge vorgingen.

Der Bankrotteur wurde zu zwanzig Jahren Zwangsarbeit verurteilt. Der des Mordes Angeklagte erlangte keine mildernden Umstände, sondern wurde zum Tode verurteilt. Die Mittwochsverhandlung schwebte.

Es wurde bestimmt, daß der Marquis und die Marquise von Boiscoran und Herr von Chandoré der Verhandlung beiwohnen sollten. Fräulein Denise wollte man diese schreckliche Erschütterung ersparen, aber sie erklärte, daß sie dann ohne Begleitung zur Sitzung gehen werde, und man unterwarf sich ihrem Willen.

Dank der Ermächtigung des Herrn Domini brachten die beiden Verteidiger den Abend bei Jacques zu und legten die letzten Einzelheiten ihres Planes sowie gewisse Antworten fest. Jacques war außerordentlich bleich, aber sehr ruhig. Als seine Verteidiger ihn verließen und ihm sagten:

»Gute Hoffnung und frischen Mut!« da erwiderte er:

»Hoffnung habe ich nicht mehr, aber Mut werde ich zeigen, darüber seien Sie ruhig!«

# Kapitel 40

Endlich sah Jacques von Boiscoran in der Tiefe seines Kerkers den Tag sich nahen, welcher über sein Geschick entscheiden sollte.

Er sollte gerichtet werden!

Die Gelegenheit war zu kostbar, als daß die ›Indépendance de Sauveterre‹ sie sich hätte entgehen lassen. Sonst nur am Morgen erscheinend, veröffentlichte er diesmal »angesichts des Ernstes der Umstände« eine Abendausgabe, welche bis Mitternacht in den Straßen von einem Dutzend Gassenjungen ausgerufen wurde. Der Inhalt war folgender:

**Schwurgericht zu Sauveterre.**

**Sitzung: Donnerstag, 23….**

**Vorsitzender: Herr Domini.**

**Mord – Brandstiftung.**

**(Sonderbericht der »Indépendance«.)**

…Warum in unserer sonst so stillen Stadt diese ungewöhnliche Bewegung, dieser Tumult, diese Erregung? …Warum diese Ansammlungen auf unsern öffentlichen Plätzen, diese Gruppen vor den Häusern? …Warum auf allen Gesichtern Unruhe, in allen Augen Bangigkeit?…

Es geschieht, weil heute der Tag gekommen ist, da vor dem Gerichtshofe jene düstere Geschichte von Valpinson erscheint, welche seit Wochen unsere Bevölkerung bewegt …Es geschieht, weil heute der Mann, der dieses großen Verbrechens angeklagt ist, gerichtet wird.

Lange vor Eröffnung der Sitzung ist alles übervoll. Es könnte keine Nadel zu Boden. Nicht ein Zoll Raum ist unbesetzt. Rings die Wände entlang drängen sich stehend die Männer. Auf beiden Seiten der Estrade haben auf reservierten Stühlen zahlreiche Damen der Gesellschaft aus Sauveterre und Umgegend, ja sogar aus benachbarten Städten Platz genommen. Einige erscheinen in wahrhaft entzückender Garderobe.

Tausend Sachdarstellungen zirkulieren, tausend Vermutungen, tausend Unterstellungen, die mitzuteilen wir uns hüten …Wozu auch?

Sagen wir vor allem, daß der Angeklagte von dem ihm zustehenden Rechte, eine gewisse Anzahl Geschworene zurückzuweisen, keinen Gebrauch gemacht, sondern alle Namen angenommen hat, die aus der Urne gezogen wurden und die der öffentliche Ankläger nicht ablehnte. Ein Anwalt, der zu unsern Freunden gehört, teilte uns diese Besonderheit mit, und gerade als er damit endete, erhob sich an der Haupttür ein großes Geräusch, gefolgt von einem heftigen Rücken der Stühle und unterdrückten Ausrufen. Soeben trat die Familie des Angeklagten ein und nahm Besitz von reservierten Plätzen ganz nahe an den Schranken. Der Marquis von Boiscoran führte Fräulein von Chandoré, die dunkelgraue Kleidung von ausgesuchter Eleganz trug. Herr Baron von Chandoré stützte die Frau Marquise von Boiscoran.

Bald aber gibt man es auf, sich mit ihnen zu beschäftigen. Die ganze Aufmerksamkeit wird durch einen inmitten des Gerichtssaals aufgestellten Tisch angezogen, auf welchem sich eine Anzahl Gegenstände befinden, die man noch nicht sehen kann, weil sie mit einem großen roten Tuch bedeckt sind …Es sind die Beweisstücke.

Indessen schlägt es elf Uhr. Die Diener des Palastes gehen umher und halten eine letzte Überschau. Links öffnet sich eine kleine Tür, durch welche die Verteidiger eintreten. Unsere Leser kennen sie. Der eine ist Herr Magloire-Mergis, die Koryphäe unserer Anwaltschaft, der andere ein Anwalt aus der Hauptstadt, Herr Folgat, noch jung und schon berühmt.

Herr Magloire sieht heiter aus und knüpft ein lächelndes Gespräch mit dem Bürgermeister von Sauveterre, Herrn Sénéchal, an, während Herr Folgat seine Mappe öffnet und seine Schriftstücke durchsieht.

Elf und ein halb Uhr. Ein Gerichtsdiener kündigt den Gerichtshof an.

Herr Domini nimmt auf dem Präsidentensessel Platz. Herr Du Lopt de la Gransière begibt sich zum Stuhle des öffentlichen Anklägers.

Hinter ihnen ordnen sich schweigend und ernst die Herren Geschworenen.

Plötzlich großer Tumult. Jeder erhebt sich, jeder regt sich und stellt sich auf die Fußspitzen. Im Hintergrunde steigen einige sogar auf ihre Stühle.

Der Präsident gibt Befehl, den Angeklagten hereinzuführen.

Dieser erscheint...Er ist ganz schwarz und mit seltener Eleganz gekleidet. Es wird besonders beachtet, daß er an seinem Knopfloch das rote Band der Ehrenlegion trägt...Er ist blaß, aber sein Blick ist frei und klar, sicher, ohne Trotz. Seine Haltung ist traurig, aber mutvoll.

Kaum hat er sich niedergelassen, als einer der Beisitzenden drei Reihen Stühle durchbricht und trotz der Gerichtsdiener ihm die Hand drückt. Es ist der Doktor Seignebos.

Der Präsident befiehlt den Gerichtsdienern, Ruhe herzustellen, und nachdem er noch daran erinnert hat, daß alle Zeichen des Beifalls oder Mißfallens streng untersagt seien, wendet er sich an den Angeklagten:

»Nennen Sie mir Ihren Vornamen, Ihren Namen, Ihr Alter, Ihren Stand, Ihren Wohnsitz...«

Der Angeklagte erwidert: »Louis Trivulce Jacques von Boiscoran, siebenundzwanzig Jahre alt, Gutsbesitzer, wohnhaft zu Boiscoran, Bezirk Sauveterre.«

»Setzen Sie sich und hören Sie die Darlegung des Tatbestandes, dessen Sie angeklagt sind.«

Der Gerichtsschreiber Méchinet hatte die Anklageakte vorzulesen, deren schreckliche Einfachheit die Zuhörerschaft durchschauerte.

Wir verzichten darauf, sie hier mitzuteilen, da alle Einzelheiten unsern Lesern nur zu wohl bekannt sind.

## Vernehmung des Angeklagten

Präsident: »Angeklagter, erheben Sie sich und antworten Sie mit Bestimmtheit! Sie haben während der Untersuchung abgelehnt, auf eine Menge Fragen Antwort zu geben. Hier aber ist es nötig, daß Licht werde, und ich darf Ihnen sagen, daß es in Ihrem Interesse liegt, offen zu sein.«

Angeklagter: »Niemand kann mehr als ich wünschen, daß die Wahrheit bekanntwerde. Ich bin bereit zu antworten.«

Präsident: »Warum verweigerten Sie Ihre Antworten während der Untersuchung?«

Angeklagter: »Ich hielt es für in meinem Interesse liegend, erst an dieser Stelle zu antworten.«

Präsident: »Sie haben jedenfalls vernommen, welcher Verbrechen Sie beschuldigt sind?«

Angeklagter: »Ich bin unschuldig ...Und vor allem, Herr Präsident, gestatten Sie mir eine Bemerkung. Das Verbrechen von Valpinson ist abscheulich, feig, gemein ...aber es ist zugleich auch so albern und dumm, daß es mir scheint, als habe es ein Schwachsinniger oder ein Verrückter verübt. Mir aber hat man niemals einen gewissen Verstand streitig gemacht...«

Präsident: »Das gehört zur späteren Erörterung...«

Angeklagter: »Indessen, Herr Präsident...«

Präsident: »Später haben Sie die volle Freiheit, Ihre Gründe geltend zu machen. Für den Augenblick beschränken Sie sich darauf, die Fragen zu beantworten, die ich an Sie richte.«

Angeklagter: »Ich füge mich, mein Herr.«

Präsident: »Wollten Sie sich nicht in nächster Zeit vermählen?«

Bei dieser Frage wendeten sich alle Blicke nach Fräulein von Chandoré, die tief errötete, ohne jedoch die Augen niederzuschlagen.

Angeklagter, mit leiser Stimme: »Ja.«

Präsident: »Haben Sie am Abend des Verbrechens, nur wenige Stunden ehe es geschah, an Ihre Braut geschrieben?«

Angeklagter: »Ja, mein Herr, und ich habe meinen Brief durch Michel, den Sohn meines Pächters, zu ihr tragen lassen.«

Präsident: »Was teilten Sie ihr mit?«

Angeklagter: »Daß eine wichtige Angelegenheit mich verhindere, den Abend bei ihr zuzubringen.«

Präsident: »Worin bestand diese Angelegenheit?«

In dem Augenblicke, da der Angeklagte den Mund zum Sprechen öffnet, hält ihn der Präsident mit einer Gebärde auf.

Präsident: »Sehen Sie sich vor!...Diese Frage ist Ihnen während der Untersuchung vorgelegt worden, und Sie haben geantwortet, daß Sie in Bréchy gewesen seien, um Ihren Holzhändler zu sprechen.«

Angeklagter: »Dies habe ich im ersten Moment erklärt ...es ist aber nicht richtig.«

Präsident: »Warum haben Sie eine Unwahrheit gesagt?«

Angeklagter, mit einer Bewegung des Zornes, die niemandem entgeht: »Ich konnte nicht an die Gefahr meiner Lage glauben. Ich vermochte nicht anzunehmen, daß ich durch die Staatsanwaltschaft ernstlich bloßgestellt werden könne, während sie mich nun doch auf diese Bank gebracht hat ...und in jenem Zweifel am völligen Ernste sah ich die Notwendigkeit nicht ein, die Geheimnisse meiner Privatangelegenheiten preiszugeben.«

Präsident: »Sie haben aber nicht gesäumt, die Gefahr Ihrer Lage zu erkennen.«

Angeklagter: »Allerdings.«

Präsident: »Warum haben Sie dann später nicht die Wahrheit gesagt?«

Angeklagter: »Weil der Beamte, welcher mit der Untersuchung beauftragt war, früher auf einem zu vertraulichen Fuße mit mir stand, als daß er mir volles Vertrauen hätte einflößen können.«

Präsident: »Erklären Sie sich deutlicher.«

Angeklagter: »Ich bitte Sie um die Erlaubnis, darüber schweigen zu dürfen, Herr Präsident. Es würde mir möglicherweise an Mäßigung fehlen, wenn ich von Herrn Galpin-Daveline spräche.«

Ein dumpfes Gemurmel im Zuhörerraume bekräftigte diese Erwiderung Jacques'.

Präsident: »Dieses Gemurmel ist nicht statthaft. Ich ermahne die Zuhörerschaft an die Achtung vor der Justiz.«

Der Oberstaatsanwalt Du Lopt de la Gransière, sich erhebend:

»Wir werden diese Gegenbeschuldigungen gegen einen Beamten, welcher nobel gehandelt und, soviel es ihn auch gekostet hat, seine Pflicht erfüllte, nicht dulden. Wenn der Angeklagte gegen den Untersuchungsrichter Gründe gesetzmäßigen Verdachts hatte, warum machte er sie früher nicht geltend? ...Er kann keine Unwissenheit für sich anführen, er kannte das Gesetz, und er wird verteidigt. Seine Verteidiger sind erfahrene Männer.«

Anwalt Magloire, von seinem Platze: »Wir sind allerdings der Ansicht gewesen, daß Herr von Boiscoran dem Gerichtshofe einen Antrag auf Aufschub des Prozesses einreichen solle. Er hat es indes abgelehnt, unsern Rat zu befolgen, indem er, wie er uns sagte, auf die Gerechtigkeit seiner Sache vertraute.«

Du Lopt de la Gransiére, sich niedersetzend: »Die Herren Geschworenen werden dieses System richtig einzuschätzen wissen.«

Präsident, gegen den Angeklagten: »Sind Sie nun gesonnen, die Wahrheit über jene Angelegenheit zu sagen, welche Sie abhielt, den Abend bei Ihrer Braut zuzubringen?«

Angeklagter: »Ja, mein Herr; meine Vermählung sollte in der Kirche zu Bréchy stattfinden, und ich hatte mich mit dem Pfarrer über die Einzelheiten der Zeremonie zu verständigen. Außerdem hatte ich religiöse Pflichten zu erfüllen. Der Herr Pfarrer von Bréchy, der mein Freund ist, wird Ihnen sagen, daß ich im Einverständnis mit ihm an einem beliebigen Abende der Woche ihm beichten sollte.«

Die Versammelten hatten eine aufregende Mitteilung erwartet und schienen nun sehr enttäuscht, es wurde spöttisches Lachen von verschiedenen Seiten hörbar.

Präsident, mit strenger Stimme: »Diese Verhöhnungen sind zweideutig und gehässig. Gerichtsdiener, entfernen Sie die Personen, welche sich zu lachen erlauben! Und ein letztes Mal bemerke ich, daß bei der ersten Äußerung im Zuhörerraum der Saal geräumt werden wird.«

Präsident, zum Angeklagten: »Fahren Sie fort.«

Angeklagter: »Ich wollte mich also am Abend des Verbrechens zum Pfarrer von Bréchy begeben. Unglücklicherweise war in der Pfarre bei meinem Eintreffen niemand anwesend. Ich klingelte vergeblich drei- oder viermal, als ein kleines Bauernmädchen vorüberging, das mir sagte, es sei dem Pfarrer nahe am Carrefour des Maréchaux begegnet. In der Meinung, ihn zu treffen, machte ich mich sofort dahin auf den Weg, aber vergebens ging ich bis zu dessen Ende, und indem ich annehmen mußte, daß das kleine Mädchen entweder mich oder sich selbst getäuscht hatte, kehrte ich nach Hause zurück.«

Präsident: »Ist dies Ihre Erklärung?«

Angeklagter: »Ja.«

Präsident: »Und finden Sie dieselbe wahrscheinlich?«

Angeklagter: »Ich habe mich nicht verpflichtet, etwas Wahrscheinliches, sondern nur die Wahrheit zu sagen, und ich kann überdies hinzufügen, daß gerade weil die Erklärung so sehr einfach ist, ich früher zögerte, sie zu geben, nachdem ich mich nicht gleich anfangs getrieben gefühlt hatte, alles zu sagen. Und dennoch würde ohne das Vorkommen eines Verbrechens jedermann es ganz natürlich gefunden haben, wenn ich am andern Morgen gesagt hätte: »Ich bin gestern abend in Bréchy gewesen, um den Pfarrer zu sprechen, habe ihn aber nicht angetroffen.«

Präsident: »Und um eine so natürliche Verpflichtung zu erledigen, schlugen Sie an jenem Abend einen so abgelegenen, schwierigen, ja fast gefahrvollen Weg ein, durch die Sümpfe?«

Angeklagter: »Ich wählte eben den kürzesten Weg.«

Präsident: »Warum aber dann Ihr Erschrecken, als Sie dem jungen Ribot an der Krümmung der Seille begegneten?«

Angeklagter: »Ich war nicht erschrocken, sondern überrascht, wie man es stets ist, wenn man jemanden da trifft, wo man niemanden zu finden glaubt. Und wenn ich überrascht war, so war es Ribot nicht weniger als ich.«

Präsident: »Sie geben also zu, daß Sie hofften, niemandem zu begegnen?«

Angeklagter: »Um Vergebung, mein Herr, ich habe nichts Derartiges gesagt. Annehmen oder Voraussetzen ist nicht Hoffen.«

Präsident: »Warum versuchten Sie aber in diesem Falle Ihre Anwesenheit an der abgelegenen Stelle zu erklären?«

Angeklagter: »Ich habe keine Erklärungen gegeben. Der junge Ribot fing zuerst an, indem er lachend sagte, wo er hingehe, und ich habe ihm erwidert, daß ich nach Bréchy wolle.«

Präsident: »Ebenso aber sagten Sie ihm, Sie seien nach den Sümpfen gekommen, um Wasservögel zu schießen. Gleichzeitig zeigten Sie ihm Ihr Gewehr.«

Angeklagter: »Das ist wohl möglich. Aber ist dies denn ein Beweis gegen mich? Ich glaube ganz das Gegenteil. Wenn ich verbrecherische Absichten hatte, wie die Anklage mir unterstellt, und ich sah mich ertappt, das heißt in großer Gefahr, entdeckt zu werden, so würde ich umgekehrt und nach Hause gegangen sein ... Ich aber ging zu meinem Freund, dem Pfarrer.«

Präsident: »Und zu diesem Besuche nahmen Sie ein Gewehr mit?«

Angeklagter: »Mein Grundbesitz liegt zwischen dem Wald und den Sümpfen, und es vergeht kein Tag, ohne daß ich die Gelegenheit wahrnähme, ein Kaninchen oder einen Wasservogel zu erlegen. Alle Landleute werden bestätigen, daß ich nie ohne mein Gewehr ausgehe.«

Präsident: »Warum gingen Sie dann, um nach Hause zu kommen, durch den Wald von Rochepommier?«

Angeklagter: »Weil dies von der Richtung her, in welcher ich mich befand, wahrscheinlich der kürzeste Weg nach Boiscoran ist. Ich sage: wahrscheinlich, weil dies im Augenblick für mich nicht Gegenstand näherer Erwägungen ist. Ein Mensch, welcher spazierengeht, würde neunmal unter zehn Malen in Verlegenheit kommen, wenn man ihn nach dem Grunde fragt, warum er diesen oder jenen Weg eingeschlagen habe.«

Präsident: »Sie wurden im Walde von einem Holzhauer namens Gaudry gesehen.«

Angeklagter: »Dies sagte mir der Untersuchungsrichter.«

Präsident: »Dieser Zeuge bekundete, daß Sie in heftiger Aufregung gewesen seien. Sie rissen Zweige ab, sprachen sehr laut ...«

Angeklagter: »Gewiß war ich sehr verdrießlich darüber, nutzlos einen Abend verloren zu haben, vor allem auch darüber, daß mich das kleine Mädchen getäuscht hatte, und es ist sehr möglich, daß mir im Gehen Worte entschlüpft sind, wie zum Beispiel: ›Hole der Geier meinen Freund, den Pfarrer, der nach der Stadt speisen geht!‹ oder etwas Ähnliches.«

Man lächelt im Zuhörerraum, aber nicht so offen, daß der Präsident Anlaß zu einer Zurechtweisung gehabt hätte.

Präsident: »Es ist Ihnen also bekannt gewesen, daß der Herr Pfarrer von Bréchy am Abend des Verbrechens auswärts speiste?«

Anwalt Magloire sich erhebend: »Durch uns, Herr Präsident, kennt Herr von Boiscoran diesen Umstand. Nachdem er uns mitgeteilt hatte, wo er an jenem Abend gewesen sei, haben wir uns zu dem Herrn Pfarrer von Bréchy begeben, und er hat uns erklärt, wie es kam, daß weder er noch seine alte Haushälterin anwesend war. Der Herr Pfarrer von Bréchy ist auf unsern Antrag vorgeladen. Ebenso sind wir unterrichtet worden, daß ein anderer Geistlicher zu derselben Stunde nahe am Carrefour des Maréchaux vorüberkam und daß es dieser war, welchen das kleine Bauernmädchen sah.«

Nachdem der Präsident dem Verteidiger ein Zeichen gab, daß er sich niederlassen möge, wendete er sich aufs neue an den Angeklagten.

Präsident: »Die Frau Courtois, welche Ihnen begegnet ist, hat erklärt, daß Sie ganz ungewöhnlich ausgesehen und nicht gesprochen, sondern Eile gehabt hätten, sie zu verlassen.«

Angeklagter: »Die Nacht war viel zu finster, als daß diese Frau meinen Gesichtsausdruck hätte sehen können. Sie bat mich um einen leichten Dienst, und ich habe ihn erwiesen. Ich habe nicht zu ihr gesprochen, weil ich ihr nichts mitzuteilen hatte. Ich habe sie auch nicht plötzlich verlassen, sondern ließ sie nur zurück, weil ihr Esel sehr langsam ging.«

Auf ein Zeichen des Präsidenten nehmen die Gerichtsdiener die Decke vom Tische mit den Beweisstücken. Eine lebhafte Neugier bekundet sich ringsum, man steht auf und reckt den Hals, um besser sehen zu können. Auf dem Tische sind Kleider ausgebreitet, eine Hose von hellgrauem Samt, ein kurzer Rock von kastanienbraunem Samt, ein alter Strohhut und falblederne Stiefel. Zur Seite liegt eine Doppelflinte, daneben befinden sich Patronenschachteln, zwei Schalen voll Schrot und endlich ein großes englisches Fayencebecken, auf dessen Boden man etwas wie schwärzlichen Schmutz bemerkt.

Präsident, dem Angeklagten die Kleidungsstücke zeigend: »Sind dies die Kleider, die Sie am Abend des Verbrechens trugen?«

Angeklagter: »Ja, mein Herr.«

Präsident: »Ein seltsamer Anzug, um einem würdigen Geistlichen einen Besuch zu machen und ernste religiöse Pflichten zu erfüllen.«

Angeklagter: »Der Pfarrer von Bréchy war, wie ich schon bemerkte, mein Freund. Unsere Vertraulichkeit erklärt dieses Sichgehenlassen, wenn sie es nicht rechtfertigt.«

Präsident: »Erkennen Sie ebenso dies Waschbecken wieder? Man hat das Wasser mit der größten Behutsamkeit verdampfen lassen, nur der Rückstand ist auf dem Boden geblieben.«

Angeklagter: »Es ist richtig, daß der Untersuchungsrichter dieses Becken mit schwärzlichem Wasser gefüllt bei mir vorfand. Ich hatte keinen Grund, ihm nicht zu gestehen, daß ich mir nach meiner Heimkehr die Hände gewaschen habe. Ist es nicht ganz einleuchtend, daß, wenn ich der Täter gewesen wäre, es mein erstes Bestreben gewesen wäre, die Spuren meines Verbrechens zu beseitigen? ... Dennoch wurde dieser Umstand als ein überzeugender Beweis meiner Schuld angesehen und ist heute die stärkste Belastung, welche die Anklage gegen mich aufzubringen vermocht hat.«

Präsident: »Es ist in der Tat eine starke Belastung.«

Angeklagter: »Nun, mir ist nichts leichter, als diesen Umstand zu erklären ...Ich bin Raucher. Als ich am Abend des Verbrechens von meinem Hause wegging, hatte ich mich zwar mit

Zigarren versehen, aber als ich mir unterwegs eine davon anzünden wollte, bemerkte ich, daß ich keine Zündhölzer bei mir trug.«

Anwalt Magloire erhebt sich: »Und ich weise darauf hin, daß dies nicht etwa eine nachträglich erfundene Erklärung für das Bedürfnis einer zweifelhaften Sache ist. Sie verlangen den Beweis? Wir haben ihn, bündig und unumstößlich. Wenn Herr von Boiscoran nicht das Streichholzetui bei sich hatte, das er gewöhnlich trug, so kam dies daher, daß er es am Abend zuvor bei Herrn von Chandoré zurückgelassen, wo es blieb, wo ich es gesehen habe und wo es sich noch befindet ...«

Präsident: »Es genügt, Herr Magloire. Lassen Sie den Angeklagten fortfahren.«

Angeklagter: »Wenn ich also rauchen wollte, mußte ich jenes Hilfsmittel anwenden, welches alle Jäger in ähnlichen Fällen gebrauchen. Ich nahm eine meiner Patronen, ersetzte die Bleiladung durch ein Stück Papier und schoß dieses in Brand.«

Präsident: »Auf diese Weise erhält man Feuer?«

Angeklagter: »Nicht jedesmal, aber gewiß einmal unter dreien.«

Präsident: »Und bei dieser Prozedur schwärzt man sich die Hände?«

Angeklagter: »Bei der Ausführung selbst nicht, aber konnte ich, sobald ich meine Zigarre in Brand gesetzt, das benutzte Papier brennend fortwerfen? Ich hätte möglicherweise einen Brand entzündet.«

Präsident: »In den Sümpfen?«

Angeklagter: »Aber, mein Herr, ich habe während des Abends fünf oder sechs Zigarren geraucht, das heißt also, ich habe acht bis zehn Patronen an verschiedenen Stellen, auf freier Straße und selbst im Walde verwendet. Und jedesmal habe ich das brennende Papier zwischen meinen Fingern zerdrückt, was in Verbindung mit dem Pulverrückstand ausreicht, sich die Hände wie ein Kohlenbrenner schwarz zu machen.«

Die Einfachheit und eine gewisse Wärme des Tones, womit diese Erklärung vorgetragen wird, scheinen auf die Zuhörer einen überwältigenden Eindruck zu machen.

Präsident: »Wir kommen nun zu Ihrem Gewehr. Erkennen Sie das vorliegende als dieses an?«

Angeklagter: »Ja, Herr Präsident. Ist es mir gestattet, es in die Hand zu nehmen?«

Präsident: »Tun Sie es.«

Mit einer fieberhaften Bewegung bemächtigt sich der Angeklagte der Waffe, läßt die Hähne schnappen und führt seinen Finger in die Läufe ein. Er wird sehr rot und flüstert, zu seinen Verteidigern hingebeugt, diesen einige Worte zu, die von anderen nicht verstanden werden.

Präsident: »Was gibt es?«

Magloire, sich erhebend: »Es zeigt sich ein Umstand, welcher die Schuldlosigkeit des Herrn von Boiscoran ans Licht stellen dürfte. Durch einen glücklichen Zufall hatte sein Diener Antoine zwei Tage vor dem des Verbrechens das Gewehr gereinigt, und der eine Lauf ist noch heute sauber. Es kann demnach nicht Herr von Boiscoran gewesen sein, der zwei Schüsse abgefeuert hat, welche Herrn von Claudieuse getroffen haben.«

Während dieser Zeit ist der Angeklagte an den Tisch mit den Beweisstücken herangetreten. Er wickelt sein Taschentuch um den Ladestock des Gewehrs, wischt damit in einem der Läufe, zieht es wieder heraus und zeigt, daß es kaum geschwärzt ist.

Die heftigste Aufregung erfaßt die atemlose Zuhörerschaft.

Präsident, zum Angeklagten: »Wiederholen Sie diese Probe mit dem andern Laufe.«

Der Angeklagte gehorcht. Sein Taschentuch bleibt weiß.

Präsident: »Sehen Sie! Und dennoch wollen Sie uns sagen, daß Sie, um Ihre Zigarren anzuzünden, acht bis zehn Patronen abgebrannt haben. Aber die Anklage hatte Ihren Einwand vorausgesehen und befindet sich in der Lage, Ihnen darauf zu erwidern ... Gerichtsdiener, lassen Sie den Zeugen Maucroy eintreten!«

Alle unsere Leser kennen diesen Zeugen, dessen schöne Waffen-, Jagd- und Fischereigeräte-Handlung einer der Zierden unseres Neumarktes bildet.

Präsident: »Wiederholen Sie Ihre Aussage in bezug auf das vorliegende Gewehr.«

Zeuge: »Es ist eine ausgezeichnete Waffe von großem Wert, wie sie in Frankreich nicht mehr gefertigt werden, weil man sich bei uns viel zu sehr von dem Wohlfeilen einnehmen läßt.«

Bei dieser Antwort ertönt Lachen durch den ganzen Saal. Herr Maucroy steht nicht gerade in dem Rufe, seine Ware zu verschenken. Selbst einige Geschworene haben Mühe, ernst zu bleiben.

Präsident: »Ersparen Sie uns Ihre Betrachtungen und teilen Sie uns lediglich mit, was Sie von den Eigenschaften dieses Gewehrs wissen.«

Zeuge: »Gut. Also, dank einer besonderen Beschaffenheit der Patronenhülse und ebenso dank der besonderen Eigenschaft der Treibladung werden die Läufe dieses Gewehrs beim Schießen fast gar nicht verunreinigt.«

Angeklagter, lebhaft: »Sie täuschen sich, mein Herr. Ich selbst habe mein Gewehr mehrmals gereinigt und im Gegenteil die Läufe sehr schmutzig gefunden.«

Zeuge: »Weil Sie dann dasselbe viel gebraucht hatten. Ich behaupte aber, daß man eine oder zwei Patronen abfeuern kann, ohne daß die Läufe Spuren davon zeigen.«

Angeklagter: »Das bestreite ich in aller Form.«

Präsident, zum Zeugen: »Und wenn man acht oder zehn Patronen abfeuert?«

Zeuge: »Oh, dann werden die Läufe stark verunreinigt.«

Präsident: »Untersuchen Sie die Läufe und sagen Sie uns Ihre Meinung.«

Zeuge, nach genauester Prüfung: »Ich erkläre, daß seit der letzten Reinigung keine zwei Patronen abgefeuert worden sind.«

Präsident, zum Angeklagten: »Wohlan, wie ist es mit den zehn Patronen, die Sie abfeuerten, um Ihre Zigarren anzuzünden und womit Sie sich die Hände so sehr schwärzten?«

Der Angeklagte, welcher seit dem Beginn der Verhandlung bewunderungswürdige Beweise von Kaltblütigkeit und seltener Entschlossenheit gegeben hat, erbleicht sichtlich und erwidert nichts.

Magloire: »Die Frage ist viel zu ernst, als daß man sie der Meinung eines einzigen Zeugen anvertrauen könnte.«

Der Oberstaatsanwalt: »Wir suchen nichts als die Wahrheit. Ein Versuch ist leicht gemacht.«

Zeuge: »Oh, gewiß.«

Präsident: »Machen Sie ihn.«

Der Zeuge steckt eine Patrone in jeden Lauf und feuert sie durch das hinter den Schranken liegende Fenster ab. Das Krachen der Schüsse entreißt mehreren Damen einen Schrei des Schreckens.

Der Zeuge stößt in die Läufe und zeigt, daß sie nicht schmutziger sind als vor dem Versuch: »Nun, hatte ich recht?«

Präsident zum Angeklagten: »Sie sehen, daß dieser von Ihnen als so bedeutend vorgebrachte Umstand, weit entfernt, Ihnen günstig zu sein, darlegt daß Sie uns eine unwahre Erklärung des Zustandes Ihrer Hände gegeben haben.«

Auf Anordnung des Präsidenten zieht der Zeuge sich zurück, und das Verhör des Angeklagten wird fortgesetzt.

Präsident: »Welches waren Ihre Beziehungen zu Herrn von Claudieuse?«

Angeklagter: »Wir hatten gar keine.«

Präsident: »Bitte um Entschuldigung! Es ist weit und breit bekannt, daß Sie ihn haßten.«

Angeklagter: »Das ist ein Irrtum. Ich versichere es bei meiner Ehre, daß ich ihn für den besten und ehrenhaftesten Mann halte.«

Präsident: »In diesem Punkte wenigstens gehen Sie mit allen einig, die ihn kennen. Sie hatten indes mit ihm einen Prozeß...«

Angeklagter: »Mein Onkel hat mir mit seinem Vermögen auch diesen Prozeß vererbt. Ich setzte ihn fort, aber ohne Leidenschaft. Ich verlangte nichts als einen Vergleich...«

Präsident: »Und da Herr von Claudieuse ihn zurückwies, wollten Sie ihn tot haben.«

Angeklagter: »Nein.«

Präsident: »Sie wollten es bis zu dem Punkte, da Sie einmal auf ihn anlegten; bis zu dem Punkte, da Sie ein anderes Mal äußerten: ›Er wird mich nicht eher in Frieden lassen, bis ich ihm eine Kugel durch den Kopf gejagt habe.‹ ...Leugnen Sie nicht! Sie können Zeugen darüber hören.«

Mit stolz erhobenem Haupt und festem Blicke nimmt der Angeklagte, nach Aufforderung des Präsidenten, seinen Platz wieder ein und knüpft in der ruhigsten Haltung mit seinen Verteidigern ein Gespräch an.

Unbestreitbar ist die öffentliche Meinung in diesem Augenblicke ihm günstig. Er hat sich die Teilnahme selbst derer gewonnen, die mit den stärksten Vorurteilen gekommen waren. Es ist niemand, der nicht ergriffen wurde von seiner zugleich so mutig stolzen und traurigen Haltung, niemand, der sich nicht angezogen fühlte durch die äußerste Einfachheit seiner Antworten.

Mag auch die Diskussion in Sachen des Gewehrs sich nicht zu seinen Gunsten gewendet haben, so hat sie ihm doch auch in keiner Weise geschadet. Die Frage der Verunreinigung der Gewehrläufe ist lebhaft bestritten.

Die Sitzung ist nicht eigentlich aufgehoben, aber es ist eine Pause geboten durch das Kommen und Gehen der Gerichtsdiener, welche wieder ein Tuch über die Beweisgegenstande breiten und dann einen Lehnsessel an den Fuß der Schranken rucken.

Endlich erscheint ein Gerichtsdiener, beugt sich zum Ohr des Präsidenten und spricht einen Augenblick zu ihm mit gedämpfter Stimme.

Der Präsident nickt mit dem Kopfe: »Ja.«

Der Gerichtsdiener entfernt sich.

Präsident: »Wir gehen nun zur Vernehmung der Zeugen über und beginnen mit Herrn von Claudieuse. Obschon sehr schwer krank, ist er doch bereit, vor Gericht zu erscheinen.«

Wir sehen bei den letzten Worten den Doktor Seignebos sich erheben, als ob er das Wort ergreifen wolle, aber einer seiner Freunde, der neben ihm sitzt, zieht ihn am Rockschoß zurück, und Herr Folgat macht ihm ein verständliches Zeichen, worauf er sich wieder setzt.

Präsident: »Gerichtsdiener, führen Sie den Herrn Grafen von Claudieuse herein!«

## Zeugenvernehmung

Die kleine Tür, durch welche der Büchsenmacher Maucroy eingetreten war, tut sich von neuem auf, und der Graf von Claudieuse erscheint, gestützt, fast getragen von seinem Kammerdiener. Ein Gemurmel des Mitleids empfängt um. Seine Abgezehrtheit ist schaudererregend, seine Züge sind so entstellt, daß er aussieht, als wolle er eben seinen letzten Seufzer aushauchen. Alles in ihm noch übrige Leben scheint in seinen Augen sich zu befinden, die ungewöhnlich leuchten.

Mit schwacher Stimme leistet er den Eid. Aber die Stille ist so tief, daß auf die vom Präsidenten ausgesprochene Formel: »Schwören Sie, die ganze Wahrheit sagen zu wollen?« man bis zu den äußersten Winkeln des Saales deutlich die Antwort: »Ich schwöre es!« vernimmt.

Präsident, mit Güte: »Wir sind Ihnen dankbar, mein Herr, für die Anstrengung, der Sie sich unterziehen ...Für Sie ist dieser Lehnsessel bereitgestellt worden; lassen Sie sich nieder.«

Graf von Claudieuse: »Ich danke Ihnen, mein Herr, es bleibt mir noch so viel Kraft, um stehend sprechen zu können.«

Präsident: »Wollen Sie uns sagen, mein Herr, was Sie über das Attentat wissen, dessen Opfer Sie geworden sind.«

Zeuge: »Es mochte elf Uhr sein ...Ich hatte mich einen Augenblick zuvor niedergelegt, hatte mein Licht gelöscht und war im Begriff einzuschlafen, als sich mein Schlafzimmer mit blendender Helle erleuchtete. Sofort begreifend, daß dies Feuer sei, sprang ich aus meinem Bett und eilte, kaum bekleidet, nach der Treppe. Es kostete mich einige Mühe, die äußere Tür zu öffnen, die ich selbst verschlossen hatte ...Indessen, es gelang mir. Kaum aber hatte ich den Fuß auf den Sandboden gesetzt, als ich in der rechten Seite einen Schmerz fühlte und fast im selben Augenblick dicht neben mir das Krachen eines Schusses vernahm ...Instinktiv eilte ich der Stelle zu, von woher der Schuß fiel, aber ich hatte noch nicht drei Schritte gemacht, als ich, aufs neue in die Schulter getroffen, bewußtlos niederstürzte.«

Präsident: »Wieviel Zeit verging zwischen dem ersten und dem zweiten Schuß?«

Zeuge: »Höchstens drei oder vier Sekunden.«

Präsident: »Also ausreichend, um den Angreifer zu bemerken.«

Zeuge: »Und ich habe ihn auch bemerkt, wie er hinter dem Reisighaufen, wo er sich verborgen gehalten hatte, hervorsprang und entfloh.«

Präsident: »Dann können Sie uns sagen, wie er gekleidet war?«

Zeuge: »Gewiß. Er trug hellgraue Beinkleider, schwarzen Rock und einen breiten Strohhut.«

Auf eine Handbewegung des Präsidenten hin und unter tiefster Stille nehmen die Gerichtsdiener die Decke vom Tische mit den Beweisgegenständen.

Präsident, auf die Kleider des Angeklagten deutend: »Entsprach die von Ihnen bemerkte Kleidung dieser hier?«

Zeuge: »Notwendigerweise, denn es ist dieselbe.«

Präsident: »Dann haben Sie, mein Herr, wohl den Mörder selbst erkannt?«

Zeuge: »Die Flammen waren bereits so gewaltig, daß man sehen konnte wie am hellen Tage. Ich habe Herrn Jacques von Boiscoran erkannt.«

Es war in dem ganzen weiten Saale niemand mehr, der nicht mit dem Gefühl des unbeschreiblichsten Bangens diese niederschmetternde Antwort erwartet hätte. Wir selbst erwarteten sie so sicher, daß wir unsere Augen fest auf den Angeklagten gerichtet hielten.

Nicht ein Muskel seines Gesichts zuckte. Seine Verteidiger blieben ebenso gelassen wie er. Gleich wie wir, beobachteten der Herr Präsident und der Herr Oberstaatsanwalt den Angeklagten und seine Verteidiger. Erwarteten sie einen Protest, eine Entgegnung, ein Wort? Es ist wahrscheinlich.

Da nichts erfolgte, wendete sich der Herr Präsident wieder an den Zeugen.

Präsident: »Ihre Aussage ist von furchtbarer Tragweite.«

Zeuge: »Ich werde sie verantworten.«

Präsident: »Sie weicht ganz entschieden von Ihrer ersten Aussage vor dem Untersuchungsrichter ab.«

Zeuge: »Dies ist in der Tat der Fall.«

Präsident: »Wenige Stunden nach verübtem Verbrechen befragt, haben Sie erklärt, den Mörder nicht erkannt zu haben. Noch mehr, als der Name des Herrn von Boiscoran ausgesprochen wurde, schienen Sie empört, daß man es wagte, ihn zu verdächtigen, und wollten für seine Schuldlosigkeit fast die Bürgschaft übernehmen.«

Zeuge: »Damals sprach ich entgegen der Wahrheit. Damals versuchte ich, in einem leicht begreiflichen Gefühl des Mitleids, ein entehrendes Urteil von einem Manne abzuwenden, der einer hochangesehenen Familie angehört.«

Präsident: »Und heute?«

Zeuge: »Heute erkenne ich, daß ich unrecht gehandelt habe und daß die Gerechtigkeit ihren Lauf nehmen muß. Und heute komme ich, getroffen von einem Unheil, welches nie verziehen werden kann, und nahe daran, vor Gott zu erscheinen, um Ihnen zu sagen: Herr von Boiscoran ist schuldig, ich habe ihn erkannt.«

Präsident, zum Angeklagten: »Sie hören es?«

Angeklagter, sich erhebend: »Bei allem, was mir heilig und teuer in der Welt ist. schwöre ich, daß ich schuldlos bin. Der Herr Graf von Claudieuse wird, wie er sagt, bald vor Gott erscheinen, und es ist die göttliche Gerechtigkeit, die ich anrufe ...«

Schluchzen erstickt die Stimme des Angeklagten. Die Frau Marquise wird von einem sehr schweren Nervenanfalle ergriffen. Man trägt sie kalt und leblos weg, gefolgt von Doktor Seignebos und Fräulein von Chandoré.

Angeklagter, zu Herrn von Claudieuse: »Es ist meine sterbende Mutter, mein Herr!«

Gewiß sind diejenigen, welche sensationelle Enthüllungen erwarteten, nicht enttäuscht worden. Alle Gesichter erscheinen bestürzt. Tränen schimmern in den Augen aller Frauen. Ist es uns erlaubt zu sagen, daß uns selbst der Herr Präsident und der Herr Oberstaatsanwalt einen Augenblick bestürzt erschienen? Aber schon fährt der Präsident fort.

Präsident: »Erst vor wenigen Augenblicken, Herr Graf, habe ich den Angeklagten befragt, ob zwischen Ihnen irgendein schwererer Grund zum Haß bestand.«

Zeuge, mit immer schwächer werdender Stimme: »Ich kenne keinen andern als unseren Prozeß wegen eines Wasserlaufes…«

Präsident: »Hat der Angeklagte Sie nicht eines Tages mit seinem Gewehr bedroht?«

Zeuge: »Ja, aber ich habe die Drohung nicht ernst genommen, und ich habe deswegen keinen Groll gegen ihn gehegt.«

Präsident: »Beharren Sie bei Ihrer Erklärung?«

Zeuge: »Ich beharre. Und abermals versichere ich auf meinen Eid, daß ich in einer Weise, die keine Täuschung zuließ, Herrn von Boiscoran erkannt habe.«

Es war Zeit, daß der Herr Graf von Claudieuse seine Aussage beendete. Er wankte, seine Augen umschleierten sich, sein Kopf zitterte auf seinen Schultern, und er bedurfte, um sich zu entfernen, der Unterstützung zweier Gerichtsdiener, welche mit Hilfe des Kammerdieners ihn mehr hinaustrugen als führten.

Würde die Frau von Claudieuse nach ihm auftreten? Wir dachten es, und die Anwesenden glaubten es mit uns. Aber es war nicht so. Zurückgehalten am Bett ihrer äußerst kranken jüngeren Tochter, ist die Gräfin nicht erschienen, und der Gerichtsschreiber verliest nur ihre Aussage. Diese enthält keine neuen Tatsachen und ist ohne Einfluß auf den Verlauf der Verhandlung.

Nunmehr wird der Zeuge Ribot hereingeführt. Er ist ein hübscher Bursche, ein wahrer Hahn des Dorfes, mit einer blau und roten Krawatte um den Hals, während eine glänzende Uhrkette aus der Hosentasche heraushängt. Er scheint stolz auf seine Rolle zu sein.

Mit einem sehr wichtigtuerischen Ausdruck schildert er sein Zusammentreffen mit dem Angeklagten. Er tut, als ob er alles wisse, alles erklären könne. Es fehlt wenig, daß er versichert, der Angeklagte habe ihm seine Mord- und Brandstiftungspläne anvertraut. Seine Antworten werden mit steigender Heiterkeit aufgenommen, welche der Zuhörerschaft eine neue Verwarnung des Präsidenten zuzieht.

Der Zeuge Gaudry, welcher ihm folgt, ist ein kleiner, elender, blasser Mensch mit tückischer Miene und falschem, scheuem Blick, der sich in Höflichkeiten erschöpft. Im Gegensatz zu Ribot scheint er alles vergessen zu haben. Man sieht ihm an, daß er sich bloßzustellen fürchtet. Er verehrt den Herrn von Claudieuse, nicht weniger aber Herrn von Boiscoran. Er beteuert ebenso seinen tiefen Respekt vor den lieben Richtern wie vor diesen Herren und Damen und vor der ganzen verehrten anwesenden Gesellschaft.

Die Frau Courtois, welche nach Gaudry aussagt, wünscht offenbar lieber hundert Klafter tief unter der Erde als hier zu sein. Nur mit unsäglichen Anstrengungen vermag der Präsident ihr Wort für Wort ihre Aussage zu entlocken, und diese ist völlig bedeutungslos.

Hierauf erscheinen zwei Pächter von Bréchy, welche dem heftigen Wortwechsel beigewohnt hatten, in dessen Folge Herr von Boiscoran auf den Grafen von Claudieuse das Gewehr anlegte. Ihr jeden Augenblick mit Abschweifungen versehener Bericht ist wenig klar. Sie versuchen es, nach einer Bemerkung der Verteidiger, deutlicher zu werden, und man versteht noch weniger, was sie sagen wollen.

Überdies widersprechen sie sich. Der eine hat in der Gebärde des Angeklagten nur einen Scherz gesehen, der andere sie dermaßen ernst genommen, daß er, wie er sagt, sich auf Herrn von Boiscoran geworfen habe, um diesen am Schießen zu hindern, und daß ohne sein Dazwischentreten das Verbrechen bereits an jenem Tage verübt worden wäre.

Der Angeklagte protestiert dagegen mit seltener Energie. Er habe den Herrn von Claudieuse nicht gehaßt und keinen Grund gehabt, ihn zu hassen.

Noch sechs weitere Aussagen ohne Interesse, und die Liste der Belastungszeugen ist zu Ende.

Es erscheinen nun die auf Antrag der Verteidigung bestellten Zeugen.

Der erste ist der würdige Pfarrer von Bréchy. Er bestätigt die von dem Angeklagten in bezug auf ihn gemachten Aussagen. Am Abend des Verbrechens speiste er im Schlosse von Bresson, seine Haushälterin war gekommen, um ihn abzuholen, und die Pfarrei war leer. Er sagt, es sei Tatsache, daß er mit Herrn von Boiscoran übereingekommen sei, daß dieser eines Abends komme, um seine religiösen Pflichten zu erfüllen. Er kennt Jacques von Boiscoran seit dessen Kindheit und hat nie einen ehrenhafteren und besseren Menschen gesehen. Seiner Meinung nach hat der vom Präsidenten erwähnte Haß nie bestanden. Er kann nicht glauben und glaubt nicht, daß der Angeklagte schuldig ist.

Der zweite Zeuge ist der Pfarrverweser einer benachbarten Gemeinde. Er erklärt, daß er am Abend des Verbrechens zwischen neun und zehn Uhr in der Nähe des Carrefour des Maréchaux unterwegs war. Die Nacht war sehr dunkel; er ist von derselben Gestalt wie der Pfarrer von Bréchy, es ist leicht möglich, daß ein kleines Landmädchen ihn mit diesem verwechseln und Herrn von Boiscoran täuschen konnte.

Nachdem noch drei weitere Zeugen gehört worden sind und weder der Angeklagte noch seine Verteidiger etwas hinzuzufügen haben, wird das Wort dem öffentlichen Ankläger erteilt.

## Die Rede des Staatsanwalts

Die Beredsamkeit des Herrn Du Lopt de la Gransière ist zu Recht viel zu berühmt, als daß wir hier davon zu sprechen nötig hätten. Wir erwähnen nur, daß er sich in dieser Rede, die länger als eine Stunde währte, selbst übertraf und eine atemlose und von den stärksten Empfindungen bewegte Zuhörerschaft mit seinen Worten zu fesseln wußte.

Er begann mit einer Schilderung von Valpinson, »von diesem Daheim, poetisch und bezaubernd wie sein Name, wo der wundervolle Hochwald von Rochepommier sich mit dem Kristall der Seille vermählt«.

»Dort«, fuhr er fort, »lebten der Graf und die Gräfin von Claudieuse in der vollkommensten Harmonie. Der Himmel hatte ihre Verbindung gesegnet und ihnen zwei Töchter geschenkt, die sie anbeteten. Der Reichtum lächelte ihren geistvollen Bestrebungen. Geachtet, gefeiert, geliebt von allen, lebten sie glücklich und hatten das Recht, noch viele Jahre des Wohlbefindens zu erwarten ...

Aber nein, der Haß wachte.

Eines Abends wurde der Graf durch einen unheilverkündenden Schein geweckt. Er eilte nach draußen, zwei Schüsse wurden auf ihn abgefeuert, und er stürzte blutüberströmt ... Angezogen durch das Krachen der Schüsse, stürzte die Gräfin herbei. Sie stieß gegen den wie leblosen Körper ihres Gatten, und erstarrt vor Schrecken, sank sie besinnungslos nieder ...

Und die Kinder? Sollten sie zugrunde gehen? Nein. Die Vorsehung wachte. Sie entzündete einen Funken von Verstand im Gehirn eines Schwachsinnigen, der, sich in den Rauch stürzend, die Kinder den Flammen entriß, welche bereits ihre Wiege umzingelten ...

Die Familie ist gerettet, aber der Brand verdoppelt sein Rasen.

Auf das Läuten der Sturmglocken eilen alle Bewohner der umliegenden Dörfer herbei; aber ohne geordnetes Kommando, ohne das nötige Gerät, erschöpfen sie sich in fruchtlosen Bemühungen.

Indessen belebt ein ferner kommendes Rollen in ihrer Seele die schon verlöschende Hoffnung. Dieses Rollen verkündet die Ankunft von Spritzen ... Sie treffen ein, sie sind da. Alles, was menschenmöglich ist, wird versucht ... Aber, allmächtiger Gott! Was bedeutet das Geschrei des Schreckens und Entsetzens, welches bis zu ihnen dringt? ... Das Dach des Schlosses stürzt ein und begräbt unter seinen brennenden Trümmern zwei Männer, die eifrigsten und unerschrockensten von allen so eifrigen und unerschrockenen Männern, Bolton, den Trommler, der einen Augenblick vorher noch den Generalmarsch geschlagen hatte, und Guillebault, den Vater von fünf Kindern ...

Unterm Prasseln der Flammen erhob sich ihr herzzerreißender Schrei ... Konnte man sie zugrunde gehen lassen? ... Ein Gendarm dringt vor und mit ihm ein Bauer von Bréchy ... Vergeblicher Heldenmut! Das wütende Element will seine Opfer behalten ...«

Der Oberstaatsanwalt malte dieses Bild der Zerstörung von Valpinson mit den düstersten Farben seiner Beredsamkeit, indem er die Gräfin am Bett ihres sterbenden Gatten kniend darstellte, während die Menge sich um die Verletzten drängte und den Flammen die verkohlten Überreste Boltons und Guillebaults streitig machte.

Dann, seine Stimme erhebend, fuhr er fort: »Und was tat der Urheber aller dieser Frevel während dieser Zeit? …Da sein Haß nun gesättigt war, entfloh er durch den Wald und gelangte zu seiner Behausung …Er hatte keine Gewissensbisse …Sobald er heimgekehrt war, aß, trank er, rauchte eine Zigarre. Seine Stellung im Lande ist derart, und er hat alle seine Maßnahmen so gut getroffen, daß er sich über jeden Verdacht erhaben glaubt. Er ist ruhig, so ruhig, daß er die gewöhnlichsten Vorsichtsmaßregeln vernachlässigt, daß er sich nicht einmal die Mühe nimmt, das Wasser wegzuschütten, in welchem er sich seine von der Brandstiftung geschwärzten Hände gewaschen hat.

Doch eine Macht vergaß er, die Vorsehung, deren Blitz in solchen entscheidenden Fällen die menschliche Gerechtigkeit erleuchtet und führt …Wie hätte in der Tat ohne ein Eingreifen der Vorsehung die Justiz den Schuldigen in einem der prächtigsten Schlösser der Umgegend suchen sollen?

Da aber befand er sich, der Mörder, der Brandstifter …Und wenn man uns nur nicht sagen wollte, daß die Vergangenheit Jacques von Boiscorans ihn gegen die ungeheure Anklage schütze, die sich überwältigend gegen ihn erhoben hat! …Wir kennen diese Vergangenheit. Ein vollendetes Muster jener müßigen Jugend, welche das von ihren Vätern zusammengeraffte Vermögen in alle Winde ihrer Launen verstreut, hatte Jacques von Boiscoran keinerlei Beschäftigung. Unnütz in der Gesellschaft, sich selbst genug, stürzte er sich ohne alle Führung und Richtschnur ins Leben …Indessen war er ehrsüchtig, von jenem gefährlichen und schlechten Ehrgeiz erfüllt, der nicht von der Arbeit, sondern von der Intrige Sättigung fordert.

So sehen wir ihn eifrig in die fruchtlosen und schuldvollen Kämpfe unserer unruhevollen Zeit verwickelt, in welchen er gewaltige Streiche hohler Phrasen gegen alles, was verantwortlich und geheiligt ist, führt und den Schlachtruf der verwerflichsten Leidenschaften ausstößt …«

Anwalt Magloire: »Wenn dies ein politischer Prozeß sein soll, so ist es nötig, uns davon zu unterrichten.«

Der Oberstaatsanwalt: »Es handelt sich hier nicht um Politik, sondern um die Umtriebe eines Menschen, der ein Apostel der Zwietracht war.«

Magloire: »Glaubt vielleicht die Staatsanwaltschaft, daß sie Eintracht predigt?«

Präsident: »Ich ersuche die Verteidigung, nicht zu unterbrechen.«

Oberstaatsanwalt: »Und in diesem Ehrgeize des Angeklagten muß man vor allem den Ursprung des wilden Hasses suchen, der ihn zum Verbrechen führen konnte. Jacques von Boiscoran bereitete seine Kandidatur für die nächsten Wahlen vor …«

Angeklagter: »Ich habe niemals daran gedacht!«

Oberstaatsanwalt, ohne auf diesen Einwurf zu achten: »Er selbst sagte dies nicht, aber seine Freunde sagten es für ihn, indem sie stets und überall wiederholten, daß er vermöge seiner Stellung, seines Vermögens und seiner Gesinnung der geeignetste Kandidat der Republikanischen Partei sei. Und er hätte in der Tat gute Aussichten gehabt, wenn zwischen ihm und dem Ziel seiner Wünsche sich nicht ein Mann erhoben hätte, der Graf von Claudieuse, an dessen Einfluß bereits andere gescheitert sind …»

Magloire, lebhaft: »Ist diese Anspielung auf mich gemünzt?«

Oberstaatsanwalt: »Ich habe niemanden bezeichnet.«

Magloire: »Warum nicht lieber gleich geradeheraus sagen, daß ich und meine Freunde die Mitschuldigen des Herrn von Boiscoran sind, die ihn gedungen haben, einen politischen Gegner niederzumachen!«

Oberstaatsanwalt, fortfahrend: »Meine Herren! Darin liegt der wahre Beweggrund des Verbrechens. Daher stammt jener Haß, dessen Geheimnis der Angeklagte nicht hinreichend zu verbergen wußte, der sich in Beleidigungen und Todesandrohungen äußerte, bis zum Anlegen des Gewehrs auf den Grafen von Claudieuse …«

Der Herr Oberstaatsanwalt ging nun zu einer Prüfung des Schuldbeweises über, den er als entscheidend und unumstößlich bezeichnete. Dann fuhr er fort:

»Aber wozu bedarf es dieser Prüfung nach der niederschmetternden Aussage des Grafen von Claudieuse? ...Haben Sie ihn nicht selbst gehört? Ihn, der bereit ist, vor Gott zu treten!

Im ersten Augenblick verzieh er, mißleitet von dem Edelmut seiner Seele, er wollte den Mann retten, der ihn zu ermorden versucht hatte ...Aber angesichts des nahen Todes hat er eingesehen, daß er nicht das Recht besitzt, der Gerechtigkeit einen Schuldigen zu entziehen, er hat sich erinnert, daß es außer ihm noch andere Opfer gibt ...Und nun ist er, sich von seinem Schmerzensbett erhebend, mühsam bis hierhergekommen, um Ihnen zu sagen: ›Er ist's. Beim Lichte des von ihm angestifteten Brandes habe ich ihn gesehen, ihn erkannt ...er ist es!‹

Und nach all diesem sollten Sie zögern, ihn zu verurteilen? Nein, ich kann dies nicht glauben. Nach solchen Freveln erwartet die menschliche Gesellschaft, daß Gerechtigkeit geschehe! Gerechtigkeit im Namen des sterbenden Grafen von Claudieuse! Gerechtigkeit im Namen der Toten! Gerechtigkeit im Namen der Mutter Boltons, im Namen der Witwe und der fünf Kinder Guillebaults!«

Noch lange nach den letzten Worten des Herrn du Lopt de la Gransière pflanzte sich im Saal ein Gemurmel der Anerkennung fort.

Präsident: »Der Verteidiger hat das Wort.«

## Die Verteidigungsrede

Weil Herr Magloire bis zu diesem Augenblicke von Seiten der Verteidigung allein das Wort ergriffen hatte, glaubte man, daß er auch jetzt die Verteidigung vertrete. Man täuschte sich. Statt seiner erhebt sich Herr Folgat.

Unser Gerichtsgebäude hat manchen großen Meister des Wortes gesehen: Berryer, Dufaure, Jules Favre, Lachaud ...Aber selbst nach diesen gefeierten Rednern fand Herr Folgat das Geheimnis, uns zu Bewunderung hinzureißen und uns zu erschüttern.

Auf Hügeln der Stenographie halten wir einige von seinen Äußerungen fest; was uns aber darzustellen unmöglich ist, das ist seine vorzügliche Haltung voll Stolz und Geringschätzung, sein leuchtender Blick, seine gebieterische Gebärde, und vor allem seine klare und klangvolle Stimme, deren metallischer Ton in allen Herzen widerhallte...

»Gewisse Männer gegen gewisse Beschuldigungen verteidigen«, beginnt er, »hieße sie erniedrigen. Dem von der Staatsanwaltschaft gezeichneten Porträt des Herrn von Boiscoran stelle ich einfach die Antwort des würdigen Pfarrers von Bréchy entgegen. Was sagte er Ihnen? ›Herr von Boiscoran ist der beste und ehrenhafteste Mensch, den ich je gesehen habe.‹ Dies ist die Wahrheit. Man hat ihn zu einem ehrgeizigen Intriganten stempeln wollen. In Wirklichkeit hat er nur den Ehrgeiz, sich seinem Lande nützlich zu machen ...Er wünschte die Macht, sagten Sie; nein, er erträumte das Glück. Sie sprachen von einem Briefe, den er einige Stunden vor dem Verbrechen an seine Verlobte schrieb. Ich fordere Sie auf, ihn zu lesen ...Er enthält vier Seiten, und schon bei der zweiten angelangt, würden Sie sich gezwungen sehen, die Anklage fallenzulassen.«

Weiter nahm der junge Anwalt mit unerbittlicher Folgerichtigkeit das System des Angeklagten wieder auf, und unter den Streichen seiner Beredsamkeit scheint die Anklage wahrhaft in Staub zu zerfallen. Man ist bezaubert, geblendet...

»Und nun«, fährt er fort, »was bleibt von Beweisen übrig? Die Aussage des Herrn von Claudieuse. ›Sie ist vernichtend‹, sagen Sie. Ich sage, sie ist befremdlich. Wie! Da ist ein Zeuge, welcher die letzte Stunde, die letzte Minute erwartet, um zu sprechen, und dies erscheint Ihnen natürlich! ›Aus Edelsinn‹, sagen Sie, ›hat er geschwiegen.‹ Ich aber frage Sie, wie dann unser grausamster Feind handeln sollte.

›Niemals sei eine Sache klarer gemacht worden‹, behauptet die Staatsanwaltschaft. Ich bemerke dagegen, daß niemals eine Sache unklarer geblieben ist und daß, weit entfernt, uns das Geheimnis zu lösen, die Untersuchung nicht einmal das erste Wort der Lösung erbracht hat.«

Herr Folgat setzt sich nieder, und es bedarf des Einschreitens der Gerichtsdiener, um die Beifallszeichen aufzuhalten. Wenn man in diesem Augenblicke die Stimmen zählte, wäre Herr von Boiscoran sicherlich freigesprochen.

Aber die Verhandlung wird auf eine Viertelstunde unterbrochen, und man benutzt diese Zeit, um die Lampen anzuzünden, da die Dunkelheit einbricht.

Nachdem der Präsident wieder in seinem Lehnsessel Platz genommen, erteilt er der Staatsanwaltschaft das Wort.

Der Oberstaatsanwalt: »Ich verzichte auf eine Entgegnung, welche ich mir vorher vorgenommen hatte. Der Herr Graf von Claudieuse ist im Begriff, mit seinem Leben die Anstrengung zu bezahlen, die er gemacht hat, um vor Ihnen Zeugnis abzulegen. Man hat ihn nicht in seine Wohnung zurücktragen können. Vielleicht haucht er schon in diesem Augenblicke in dem benachbarten Saale seinen letzten Seufzer aus.«

Die Verteidiger verlangen das Wort nicht weiter, der Angeklagte erklärt, daß er nichts hinzuzufügen habe. Der Herr Präsident faßt die Verhandlung zusammen, und die Geschworenen ziehen sich in den Beratungssaal zurück.

Die Hitze ist erstickend, die Spannung unerträglich, und dennoch denkt niemand daran, sich zu entfernen. Tausend einander widersprechende Gerüchte machen die Runde. Die einen sagen, der Herr von Claudieuse sei tot, andere, im Gegenteil, er befinde sich besser und habe soeben den Pfarrer von Bréchy rufen lassen...

Endlich, einige Minuten nach neun Uhr, kehrten die Herren Geschworenen in den Sitzungssaal zurück.

Jacques von Boiscoran ist schuldig befunden, unter Annahme mildernder Umstände.

Der Gerichtshof verurteilt ihn zu zwanzig Jahren Zwangsarbeit.

# Kapitel 41

Herr Galpin-Daveline hatte es also durchgesetzt, und Herr Du Lopt de la Gransière hatte Ursache, auf seine Beredsamkeit stolz zu sein. Jacques von Boiscoran war schuldig erklärt worden. Aber er vernahm mit stolz erhobenem Haupte und festem Blicke die von dem Präsidenten Domini ausgesprochene schreckliche Formel, obschon dazu weit mehr Mut gehörte, als wenn der zum Tode Verurteilte angesichts des Erschießungskommandos es ablehnt, sich die Augen verbinden zu lassen, und selbst mit fester Stimme »Feuer«! kommandiert.

Er hatte an demselben Morgen, einige Augenblicke vor Eröffnung der Verhandlung, zu Fräulein von Chandoré gesagt:

»Ich weiß, was meiner wartet, aber ich bin schuldlos, und man soll nicht sehen, daß ich erbleiche oder um Gnade bitte.«

Und indem er wirklich mit einer übermenschlichen Anstrengung alles, was eine Menschenseele an Kraft aufzubieten vermag, zusammenraffte, hatte er Wort gehalten. Doch in dem Augenblick, da die letzten Worte des Präsidenten in dem ausbrechenden Beifallstoben des Publikums verhallten, beugte er sich zu seinen Verteidigern hinüber und raunte ihnen zu:

»Habe ich Ihnen nicht gesagt, daß ein Tag kommen würde, wo Sie die ersten wären, die mir eine Waffe in die Hand geben?«

Herr Folgat erhob sich lebhaft. Er zeigte weder den Zorn noch die Entmutigung des Anwalts, der eine Sache verliert, die er für gerecht hält.

»Dieser Tag«, erwiderte er, »ist noch nicht gekommen. Sie kennen Ihr Gelübde. Solange uns noch ein Schatten von Hoffnung bleibt, kämpfen wir. In dieser Stunde haben wir jedoch noch etwas Besseres als Hoffnung. Vor Ablauf eines Monats, einer Woche vielleicht, kommt unsere Genugtuung.«

Der Unglückliche schüttelte den Kopf.

»Ich bin deswegen nicht weniger der Schmach einer Verurteilung ausgesetzt«, flüsterte er. Er nahm das Band der Ehrenlegion aus seinem Knopfloch und reichte es Folgat.

»Bewahren Sie dies als eine Erinnerung an mich, wenn ich das Recht, es zu tragen, nicht zurückgewinnen sollte.«

Schon hatten sich indessen die zu seiner Bewachung bestimmten Gendarmen genähert.

»Wir müssen gehen, mein Herr«, sagte der Wachtmeister zu ihm. »Wohlan, gehen wir! Aber man darf nicht verzweifeln, zum Teufel! Man darf den Mut nicht sinken lassen. Es ist noch nicht alles verloren. Sie haben noch die Möglichkeit der Wiederaufnahme des Verfahrens und des Gnadengesuchs, ohne das zu rechnen, was kommen kann und was sich noch nicht voraussehen läßt.«

Folgat wollte seinen Klienten begleiten und zeigte sich dazu bereit. Jacques wehrte ihn aber mit schmerzlicher Gebärde ab.

»Lassen Sie mich allein gehen, mein Freund«, sagte er. »Es gibt andere, die Ihrer Ermutigung bedürfen ... Denise, meine arme Mutter, mein Vater ... Gehen Sie zu diesen und sagen Sie ihnen, daß ihr teures Andenken mir meine Verurteilung schrecklich erscheinen lasse und daß sie mir den Kummer verzeihen möchten, dessen Ursache ich geworden bin, und die Schande, mich zum Sohne, zum Verlobten zu haben.

Und Sie, meine Freunde«, fuhr er fort, die Hände seiner Verteidiger drückend, »Sie bitte ich, meiner unauslöschlichen Dankbarkeit versichert zu sein ... Hätte zu meiner Rettung unvergleichliches Talent und bewundernswürdige Hingebung ausgereicht, dann wäre ich jetzt frei ... Statt dessen ...«

Er deutete auf die kleine Tür, durch welche er sich zu entfernen hatte, und sagte mit erschütterndem Ausdruck:

»Dies ist die Pforte zum Zuchthaus! Sie führt zu meiner Zukunft ...«

Ein unterdrücktes Schluchzen schnitt ihm das Wort ab. Seine Kräfte waren erschöpft, denn wenn es auch gewissermaßen keine Grenzen gibt für die Qualen, welche die Seele zu ertragen vermag, so reicht doch die physische Kraft an solche Unendlichkeit nicht heran.

Er lehnte den Arm ab, den der Gendarmeriewachtmeister ihm anbot, und schritt hinaus.

Magloire war vor Schmerz wie wahnsinnig.

»Ihn nicht retten zu können!« sagte er zu seinem jüngeren Kollegen. »Man komme mir noch damit, von der Macht der Überzeugung zu sprechen! Aber bleiben wir hier nicht länger, gehen wir!«

Sie begaben sich in die Menge, die langsam hinausdrängte, noch erregt von den Erschütterungen des Tages. Aber schon jetzt zeigte sich in dieser Menge eine seltsame, nicht folgerichtige und dennoch erklärliche, bei ähnlichen Vorkommnissen stets beobachtete Wendung. Solange Jacques von Boiscoran noch Angeklagter war, wurde er von allen verwünscht; als Verurteilter hatte er die Teilnahme aller wiedererlangt. Es war, als ob das verhängnisvolle Urteil das Schrecknis des Verbrechens ausgelöscht hätte. Man beklagte ihn, man war betrübt über sein Los, und indem man an seine Familie, seine Mutter, seine Braut dachte, verurteilte man die Strenge der Richter.

Die wenigen Klarsehenden unter den Zuhörern waren von dem seltsamen Gang der Verhandlung betroffen, und kaum einen gab es, der nicht geahnt hätte, daß in dieser Prozeßsache eine ganz geheimnisvolle und unerforschte Seite weder durch die Anklage noch durch die Verteidigung berührt worden war. Warum hatte man den so bedeutungsvollen Vorfall mit Cocoleu nicht vorgebracht? Er war ein Schwachsinniger, das wußte jedermann, aber nichtsdestoweniger war er es allein, der das Gericht auf die Spur des Herrn von Boiscoran gelenkt hatte. Warum hatte weder die Staatsanwaltschaft noch die Verteidigung ihn vorladen lassen?

Die Aussage des Herrn von Claudieuse, die für den ersten Augenblick so entscheidend erschienen war, wurde nun sehr scharf beurteilt.

»Was er getan, ist schlecht«, sagten die Nachsichtigsten. »Es ist ein Meisterstreich. Warum tat er den Mund nicht früher auf? Man erwartet nicht, daß ein sterbender Mann noch die Hand zum Schlage erhebt.«

»Und haben Sie gesehen«, erwiderten andere, »mit welchen Blicken sich der Graf und Herr von Boiscoran maßen? Haben Sie auf die Worte geachtet, die sie wechselten? Sollte man nicht darauf schwören, daß zwischen ihnen noch etwas ganz anderes besteht als die Prozeßsache?«

»Gleichviel«, hieß es von allen Seiten. »Herr Folgat hatte recht, diese Geschichte ist noch weit entfernt von der Entscheidung ... Die Geschworenen zögerten. Vielleicht wäre Herr von Boiscoran freigesprochen worden, wenn im letzten Augenblick Herr Du Lopt de la Gransière nicht die Äußerung getan hätte, daß der Graf von Claudieuse im benachbarten Zimmer im Todeskampf liege.«

Mit lebhafter Freude hörten die Anwälte Magloire und Folgat diese Reaktionen der Menge. Denn die Staatsanwaltschaft hatte gut versichern, daß kein äußerliches Gelärm in das Heiligtum der Justiz eindringe und daß es immer die öffentliche Meinung sei, welche den Spruch der Geschworenen diktiere.

»Und von nun an«, flüsterte Magloire seinem Kollegen ins Ohr, »seien Sie ohne Besorgnis. Ich kenne mein Sauveterre von Grund aus – die öffentliche Meinung ist für uns.«

Mit Hilfe der Ellenbogen erreichten sie endlich die Haupttür des Sitzungssaales, als ein Gerichtsdiener sie aufhielt.

»Man verlangt nach Ihnen, meine Herren!« sagte er ihnen.

»Wer?«

»Die Verwandten des Verurteilten ... o die Bedauernswerten! ... Sie sind alle im Zimmer des Herrn Méchinet, welches wir auf Befehl des Herrn Daubigeon ihnen eingeräumt haben. Dahin hat man auch die Frau Marquise von Boiscoran getragen, als sie im Sitzungssaal ohnmächtig wurde.«

Indem er dies sagte, führte er die Verteidiger bis ans äußerste Ende des Saals. Hier öffnete er ihnen eine Tür und ließ sie mit einer höflichen Verbeugung eintreten.

Und hier lag mit geschlossenen Lidern und halbgeöffnetem Munde die Mutter Jacques' in einem Lehnsessel. Nach ihrer Leichenblässe und der Starrheit ihrer Haltung hätte man sie für tot halten können, aber die Krämpfe, die alle Augenblicke ihren ganzen Körper schüttelten, bekundeten das noch in ihr gefesselte Leben. Zu beiden Seiten des Sessels standen regungslos, mit düsterem Blick ohne Ausdruck und Wärme, der Herr von Chandoré und der Marquis von Boiscoran. Sie waren wie vom Blitz getroffen und hatten, seit der verhängnisvolle Urteilsspruch in ihren Ohren widerhallte, kein Wort gewechselt.

Fräulein Denise allein schien sich die Fähigkeit, zu urteilen und sich zu bewegen, bewahrt zu haben; aber ihr Antlitz war purpurrot, ihre Augen leuchteten in dem trockenen Feuer des Fiebers, und ihr ganzer Körper bebte.

»Das heißt also menschliche Gerechtigkeit!« rief sie den eintretenden Verteidigern entgegen. Und als diese schweigsam blieben, fuhr sie fort:

»So ist nun Jacques zum Zuchthaus verurteilt, das heißt, durch die Justiz entehrt, gebrandmarkt, vernichtet, ausgestrichen aus der Gesellschaft der ehrlichen Leute … Es tut nichts, daß er unschuldig ist, seine einflußreichen Freunde haben ihn verleugnet, sich von ihm abgewendet, keine Hand sucht mehr die seinige; selbst diejenigen, welche am stolzesten auf seine Zuneigung waren, stellten sich, als ob sie seinen Namen vergessen hätten.«

»Ich begreife Ihren Schmerz nur zu wohl, mein Fräulein«, entgegnete Magloire.

»Mein Schmerz ist nicht so groß wie mein Zorn«, unterbrach sie ihn. »Jacques muß gerächt werden, und er wird es. Ich zähle erst zwanzig Jahre und er noch nicht dreißig, es bleibt uns noch ein langes Leben, um es dem Werke der Wiederaufrichtung seiner Ehre zu widmen. Denn ich, ich werde ihn nicht verlassen! Sein Unglück macht ihn mir tausendmal teurer, und wie geheiligt ist meine Treue für ihn … Heute früh war ich noch seine Braut, heute abend bin ich sein Weib … Die Verurteilung war unser Hochzeitssegen; und wenn es wahr ist, was mir mein Großvater sagt, daß das Gesetz dem Sträfling verbietet, die Frau, die er liebt, zu heiraten, so bin ich seine unangetraute Gattin!«

Denise sprach mit lauter Stimme, gleichsam als solle alle Welt es hören, daß sie stolz auf ihren Willen und auf den Gegenstand ihres Entschlusses war.

»Gestatten Sie mir, Sie nur mit einem Worte zu beruhigen, mein Fräulein!« sagte Folgat. »Wir sind noch nicht da, wo Sie uns zu sehen glauben. Die Verurteilung ist nicht unwiderruflich.«

Der Marquis von Boiscoran und Großvater Chandoré richteten sich rasch empor.

»Was wollen Sie damit sagen?«

»Eine Nachlässigkeit des Herrn Galpin-Daveline macht den ganzen Prozeß unwirksam. Wie konnte ein so zuverlässiger, methodischer, formalistischer Mensch einen solchen Fehler begehen? Aller Wahrscheinlichkeit nach hat ihn die Leidenschaft geblendet. Und auch sonst hat niemand das Versehen bemerkt. Es ist, als hätte die Vorsehung uns diese Genugtuung aufgespart. Der Fall ist völlig klar. Es handelt sich um formale Verstöße, und am Wortlaut der Vorschrift ist in diesem Punkte nicht zu deuten. Das Urteil wird aufgehoben, und wir werden vor andere Richter gestellt …«

»Und Sie haben uns dies nicht gesagt!« rief Denise verwundert.

»Wir haben es kaum zu denken gewagt«, versetzte Magloire. »Es handelte sich da um eines jener Geheimnisse, die man seinen eigenen Ohren nicht anvertrauen mag … Stellen Sie sich vor, daß der Fehler noch im Laufe der Verhandlung hätte gutgemacht werden können … Jetzt ist es dazu zu spät. Wir haben Zeit vor uns, und die Handlungsweise des Herrn von Claudieuse enthebt uns aller zarten Rücksichten … Alle Schleier werden nun zerrissen werden …«

Das plötzliche Aufreißen der Tür schnitt dem Sprecher das Wort ab. Doktor Seignebos trat ein, er war rot vor Zorn, und seine Augen funkelten hinter der goldenen Brille.

»Herr von Claudieuse?« fragte Folgat lebhaft.

»Ist abgetan«, erwiderte der Doktor. »Man hat ihn auf eine Matratze gelegt, und seine Frau ist neben ihm … Was ist das doch für ein Beruf, der des Arztes! Da ist ein Mensch, ein Elender, den ich mit Vergnügen mit meinen Händen erdrosseln möchte, und nichtsdestoweniger muß ich ihn ins Leben zurückrufen, ihm meine Sorge widmen, ein Mittel suchen, seine Leiden zu mildern …«

»Befindet er sich besser?«

»Ohne ein solches Wunder, wie man sie im ›Leben der Heiligen‹ liest, verläßt er das Gerichtsgebäude lebend nicht mehr, er stirbt noch vor Ablauf von vierundzwanzig Stunden. Ich habe dies der Gräfin in keiner Weise verhehlt und ihr gesagt, daß, wenn sie wünsche, ihren Gatten noch seine Rechnung mit dem Himmel machen zu sehen, sie gerade noch Zeit habe, einen Priester rufen zu lassen...«

»Und sie hat einen rufen lassen?«

»Keineswegs. Sie erwiderte mir, daß der Anblick eines Priestergewandes das Ende ihres Gatten nur beschleunigen werde. Selbst als der wackere Pfarrer von Bréchy sich ihr vorstellte, wies sie ihn entschieden ab.«

»O die Elende!« rief Denise.

Und nach einer Sekunde Nachdenkens fuhr sie fort:

»Und doch wäre dies die Rettung! – Ja, die Gewißheit der Rettung. Warum also zögern? Erwarten Sie mich ... ich kehre bald zurück.«

Sie schritt eilends hinaus. Ihr Großvater wollte ihr rasch folgen, doch Herr Folgat hielt ihn zurück.

»Lassen Sie sie gewähren, Herr Baron«, sagte er. »Lassen Sie sie!«

Es schlug zehn Uhr. Das Gerichtsgebäude, so voll Lärm den Tag über, lag nun in düsterer Stille. In dem weiten, durch eine qualmende Spiegellampe nur matt erhellten Saale der Gerichtsverhandlung befanden sich nur zwei Menschen, der Pfarrer von Bréchy, welcher neben einer Tür kniend betete, und der diensttuende Wächter, der mit großen Schritten auf und ab ging und dessen Tritte wie in einer Kirche widerhallten.

Denise ging auf diesen Wächter zu.

»Wo ist der Graf von Claudieuse?« fragte sie.

»Dort«, erwiderte der Mann, nach der Tür deutend, neben welcher der Priester kniete; »dort, im Zimmer des Herrn Staatsanwalts.«

»Wer ist bei ihm?«

»Seine Gemahlin und eine Kammerfrau.«

»Gut. Gehen Sie hinein und sagen Sie der Frau von Claudieuse, ohne daß ihr Gemahl es hört, daß Fräulein von Chandoré sie zu sprechen verlange.«

Der Wächter gehorchte ohne Entgegnung und kehrte sehr schnell zurück.

»Mein Fräulein«, sagte er, »die Gräfin läßt Ihnen erwidern, daß sie ihren Mann, mit dem es zu Ende gehe, nicht verlassen könne...«

Sie unterbrach ihn mit einer gebieterischen Handbewegung.

»Genug«, sagte sie. »Gehen Sie nochmals zu Frau von Claudieuse und sagen Sie ihr, daß, wenn sie nicht komme, ich ohne weiteres und nötigenfalls mit Gewalt eindringen würde, ich würde um Hilfe rufen, und nichts würde mich zurückhalten. Ich wolle sie unter allen Umständen sprechen...«

»Ja, aber mein Fräulein...«

»Genug, genug! Sehen Sie denn nicht, daß es sich um Leben und Tod handelt?«

Ihre Haltung war so entschlossen, daß der Wächter nicht mehr zögerte. Er verschwand aufs neue und ließ, als er wiederkam, Denise eintreten.

Sie trat ein und befand sich nun in dem Vorzimmer des Staatsanwalts. Eine riesige kupferne Lampe beleuchtete es mit grellem Lichte. Die Tür zu dem Zimmer, in welchem der Sterbende lag, war geschlossen.

Mitten im Zimmer stand die Gräfin aufrecht. Alle Schläge, die sie in rascher Aufeinanderfolge getroffen hatten, waren nicht imstande gewesen, ihre unbezähmbare Kraft zu brechen. Sie war entsetzlich blaß, aber ruhig.

»Mein Fräulein«, begann sie, »ich kann nur wiederholen, was ich Ihnen schon sagen ließ, daß ich keinen Augenblick Zeit erübrigen kann. Vergessen Sie denn, daß ich zwischen zwei offenen Gräbern stehe, dem meiner Tochter, die in meiner Wohnung mit dem Tode ringt, und dem meines Gatten, welcher hier sterbend liegt?«

Sie wollte sich zurückziehen, aber Denise hielt sie mit drohender Gebärde auf und sagte mit bebender Stimme:

»Wenn Sie in das Zimmer treten, in dem Ihr Mann liegt, trete ich mit Ihnen ein und werde vor ihm selbst mit Ihnen sprechen. Vor ihm selbst werde ich Sie fragen, warum Sie dem Priester den Zutritt zu seinem Lager verweigern und ihn, nachdem Sie ihm sein irdisches Glück genommen haben, auch noch in der Ewigkeit berauben wollen.«

Die Gräfin prallte unwillkürlich zurück.

»Ich verstehe Sie nicht!« sagte sie.

»Doch, Sie verstehen mich, Madame! Warum noch leugnen? Können Sie sich durchaus nicht denken, daß ich alles weiß und daß ich erraten habe, was man mir verschwieg. Jacques war Ihr Geliebter, und Ihr Mann hat sich gerächt.«

»Ah, das ist stark! Das ist stark!« riet die Gräfin wiederholt.

»Und Sie haben es zugelassen«, fuhr Denise atemlos fort. »Sie sind nicht gekommen, um vor dem gesamten Gericht es herauszuschreien, daß Ihr Mann ein falscher Zeuge ist! Welch eine Frau sind Sie! Es macht Ihnen wenig aus, daß Ihre Liebe einen Unglücklichen ins Zuchthaus bringt! Sie können leben mit dem Gedanken, daß der Mann, der Sie liebt, schuldlos auf immer vernichtet und unter die niedrigsten Bösewichte geschleudert wird! Ein Priester würde Herrn von Claudieuse bald dahin bringen, daß er seine schändliche Aussage zurücknimmt, das wissen Sie wohl, und dennoch verschließen Sie dem Pfarrer von Bréchy die Tür … Und warum so viele Verbrechen? Um Ihren lügenhaften Ruf als ehrbare Frau zu retten! … Ah, das ist erbärmlich, das ist feig, das ist gemein!«

Die Gräfin empörte sich endlich. Was die Gewandtheit Folgats nicht erreicht hatte, das erlangte Denises Leidenschaftlichkeit: ihre Gegnerin warf die Maske weg.

»Wohlan denn!« rief sie mit schrecklichem Ungestüm. »Nein, nicht um meines Rufes willen habe ich den Dingen ihren Lauf gelassen … Mein Ruf! … Ach, was mache ich mir daraus! Es ist noch keine Woche her, daß ich Jacques an dem Abend, als er sich aus dem Gefängnis entfernt hatte, anbot, mit ihm zu fliehen. Er hätte nur ein Wort zu sagen brauchen, und ich hätte um seinetwillen Heimat, Familie, Kinder, alles verlassen. Er aber erwiderte: ›Lieber das Zuchthaus!‹«

Bei dieser Mitteilung erfüllte, trotz aller Bedrängnisse, eine unermeßliche Freude das Herz des Fräuleins von Chandoré … In dieser Stunde hätte sie an Jacques nicht mehr zweifeln können.

»Er hat sich also selbst verurteilt«, fuhr Frau von Claudieuse fort … »Für ihn wollte ich mich gern opfern, für eine andere nie.«

»Und diese andere bin ich, ohne Zweifel.«

»Ja, Sie, um derentwillen er mich verlassen, Sie, welche er heiraten wollte, Sie, mit welcher er sich lange Jahre des Glückes versprach, nicht eines verstohlenen Glückes voll Schande, wie es das unsere war, sondern eines anerkannten und geachteten Glückes …«

In den Augen Denises zitterten Tränen. Sie wurde geliebt, und sie hatte eine Vorstellung von den Leiden einer andern, die nicht mehr geliebt wurde …

»Ich würde indes edelmütiger gewesen sein«, sagte sie mit gedämpfter Stimme.

Die Gräfin lachte wild auf.

»Und zum Beweise«, fuhr das junge Mädchen beharrlich fort, »bin ich gekommen, Ihnen einen Ausweg vorzuschlagen.«

»Einen Ausweg!«

»Ja. Retten Sie Jacques, und bei allem, was mir in der Welt heilig ist, schwöre ich Ihnen, daß ich in ein Kloster gehen, daß ich verschwinden will und daß Sie nie wieder meinen Namen vernehmen sollen.«

Eine unermeßliche Bestürzung bannte die Gräfin an die Stelle, wo sie sich befand; sie heftete einen prüfenden Blick voll Zweifel und Argwohn auf Fräulein von Chandoré. Ein solcher Opfermut erschien ihr zu erhaben, um nicht eine Falle zu verbergen.

»Das täten Sie wirklich?« fragte sie endlich.

»Ja, ohne zu zaudern.«

»Sie würden mir damit ein großes Opfer bringen.«

»Ihnen, Madame? Nein! Ich brächte es Jacques.«

»Sie lieben ihn also sehr!«

»So sehr, daß ich, wenn mir die Wahl freistünde, tausendmal sein Glück dem meinigen vorziehen würde. In einem Kloster begraben zu sein, würde mir noch wie ein Trost erscheinen, wenn ich mir sagen könnte, daß ich dadurch seine Befreiung erreicht hätte, und ich würde weniger leiden, wenn ich ihn in den Armen einer andern, als schuldlos verurteilt wüßte!«

In demselben Maße jedoch, wie das junge Mädchen seine Aufrichtigkeit darlegte, verfinsterte sich die Stirn der Gräfin, und flüchtiges Erröten überzog ihre blassen Wangen.

»Es ist bewundernswürdig!« sagte sie mit hochmütigem Spott.

»Madame!«

»Sie könnten immerhin um meinetwillen auf Herrn von Boiscoran verzichten … Würde er mich deswegen lieben? … Sie wissen nur zu wohl, daß dies nicht der Fall wäre und daß er dennoch nur Sie allein lieben würde. Unter solchen Umstanden ist es leicht, die Edelmütige zu spielen! Was hätten Sie zu fürchten? Er würde, wenn Sie in einem Kloster verborgen wären, Sie nur um so heftiger lieben und mich nicht weniger verwünschen als vorher.«

»Er sollte ja nichts von unserem Übereinkommen erfahren.«

»Ach, das würde nichts nützen. Er erriete, was Sie ihm verschwiegen … Nein, nein, ich kenne meine Zukunft. Seit zwei Jahren trage ich nun die namenlose Qual, ihn mehr und mehr von mir sich entfernen zu sehen. Was habe ich nicht versucht, ihn wieder zu fesseln! Welche Niederträchtigkeiten und Entwürdigungen hat es mich gekostet, ihn einen Tag, eine Stunde länger zu halten! Alles war fruchtlos. Ich wurde ihm eine Last. Er liebte mich nicht mehr, und meine Liebe schien ihm schwerer als die Kugel an seiner Sträflingskette.«

Denise schauderte.

»Es ist fürchterlich!« stieß sie hervor.

»Fürchterlich, ja, und wahr. Sie scheinen betroffen? Weil Sie bis jetzt erst die lächelnde Morgenröte Ihrer Liebe kennen. Lassen Sie aber den düstern Abend kommen, und Sie werden mich verstehen lernen. Ist unsere Geschichte denn nicht in allem sich gleich? Ich habe Jacques zu meinen Füßen gesehen, wie er vor den Ihrigen liegt, die Schwüre, die er Ihnen geleistet, hat er auch mir mit derselben leidenschaftlich bebenden Stimme und mit demselben glühenden Blicke zugeflüstert … Aber ich war nur seine Geliebte, denken Sie, und Sie sind seine Braut. Was tut das! Was sagte er Ihnen? Daß er Sie ewig liebe, weil diese Liebe derart sei, daß Gott und Menschen sie schirmen! … Und mir sagte er nur, daß gerade weil wir uns über Gesetz und öffentliche Meinung stellten, wir durch Bande vereinigt seien, die über alle Erreichbarkeit und Löslichkeit erhaben seien! Sie haben Glauben an ihn. Ich hatte ihn auch, und der Beweis liegt darin, daß ich ihm alles gegeben habe, meine Ehre und die Ehre der Meinigen, und daß ich ihm noch mehr gegeben haben würde, daß ich mich mehr als einmal gefragt habe, durch welches unermeßliche, unerhörte, noch von keinem Weib gebrachte Opfer ich ihm unumstößlich beweisen könne, daß ich ihm ganz und völlig gehöre. Und dafür verraten, verlassen, verachtet zu sein, hinuntergestürzt von Abgrund zu Abgrund bis zu der Tiefe des Elends, um Gegenstand Ihres Mitleids zu werden! … So tief gefallen zu sein, daß Sie es wagen dürfen, mir zu meinen Gunsten den Verzicht auf Jacques anzubieten … Oh, das ist, um vor Zorn rasend zu werden! Und ich sollte die Rache fallenlassen, die ich in der Hand halte, ich sollte so blödsinnig, so feig, so schwach sein, mich durch Ihre heuchlerischen Tränen rühren zu lassen! Ich sollte Ihr Glück auf Kosten meines Rufes sichern! … Hoffen Sie das nie!«

Die Stimme erstarb in ihrer Kehle zu einem Röcheln. Sie tat einige Schritte, dann trat sie wieder Denise gegenüber, ganz nahe, Auge in Auge mit dem jungen Mädchen.

»Wer hat Ihnen«, fragte sie, »diesen Vertrag angeraten, der für mich der äußersten Beschimpfung gleichkommt?«

Von einem ungeheuren Schrecken erstarrt, hatte Denise Mühe zu antworten.

»Niemand«, murmelte sie.

»Herr Folgat vielleicht?«

»Er weiß von nichts.«

»Oder Jacques?«

»Ich habe es ihn nicht einmal ahnen lassen. Die Idee ist mir vorhin plötzlich gekommen, wie eine Eingebung des Himmels. Als ich von Doktor Seignebos vernahm, daß Sie den Pfarrer von Bréchy zurückgewiesen hätten, sagte ich mir: Das ist das letzte und größte Unglück für uns ... Wenn Herr von Claudieuse stirbt, ohne zurückgenommen zu haben, so wird, was auch kommen möge, selbst dann, wenn Jacques wieder zu Ehren gelangte, doch immer ein Verdacht gegen ihn bestehen ... Darauf habe ich mich entschlossen, zu Ihnen zu gehen ... Oh, es hat mich entsetzlich viel gekostet, aber ich hoffte, Sie bewegen zu können, Sie zu rühren durch die Größe des Opfers ...«

Frau von Claudieuse war wirklich gerührt; sie fühlte vor den bittenden Worten Denises ihre Entschlüsse wanken.

»Das Opfer wäre so groß!« sagte sie.

Die Tränen quollen unaufhaltsam aus den Augen des jungen Mädchens.

»Leider ist es mein Leben selbst, was ich Ihnen anbiete«, erwiderte sie. »Ich fühle nur zu wohl, daß Sie nicht lange eifersüchtig auf mich zu sein brauchten ...«

Sie wurde durch ein aus dem Nebenzimmer hervordringendes Stöhnen unterbrochen. Die Gräfin eilte, die Tür halb zu öffnen.

»Geneviève!« rief eine matte und doch noch gebieterische Stimme.

»Geneviève!«

»Ich bin im Augenblick bei dir, mein Freund«, erwiderte die Gräfin darauf.

Sie schloß die Tür wieder und wendete sich zu Denise zurück.

»Wer bürgt mir dafür«, sagte sie mit kurzem und hartem Ausdruck, »wer gibt mir die Sicherheit, daß, wenn Jacques als schuldlos erkannt und in den vorigen Stand wiedereingesetzt würde, Sie sich Ihres Versprechens erinnern werden? ...«

»O Madame«, entgegnete das junge Mädchen, »auf was soll ich Ihnen schwören, daß ich verschwinden will? ... Bezeichnen Sie selbst Bürgschaften; welche Sie auch zur Bedingung machen mögen, ich werde sie Ihnen geben.«

Sie sank vor der Gräfin auf die Knie.

»Sehen Sie mich zu Ihren Füßen«, fuhr sie fort, »flehend, gedemütigt, mich, die Sie beschuldigen, daß ich Sie hätte beschimpfen wollen ... Haben Sie Mitleid mit Jacques! Oh, wenn Sie ihn so liebten wie ich, Sie würden nicht mehr zögern!«

Frau von Claudieuse hob sie mit einer raschen Bewegung auf und betrachtete sie, ihre Hände zwischen die ihrigen pressend, wohl eine Minute lang, ohne zu sprechen, das Auge verschleiert, die Lippen bebend, der Busen heftig bewegt ... Und endlich fragte sie mit so tief veränderter Stimme, daß man sie kaum vernehmen konnte:

»Was soll ich tun?«

»Vom Grafen die Zurücknahme seiner falschen Aussage verlangen.«

Die Gräfin schüttelte den Kopf.

»Das würde ich vergeblich versuchen«, erwiderte sie. »Sie kennen den Grafen nicht. Er ist von Eisen. Eher könnten Sie ihm das Fleisch stückweise mit glühenden Zangen abreißen, ehe er ein einziges seiner Worte zurücknähme. Sie vermögen nicht zu fassen, was er gelitten hat und wie groß in seiner Seele die Gewalt des Hasses und Rachedurstes ist ... Nur um mich zu foltern, hat er mich hierher neben sich gerufen ... Es ist kaum fünf Minuten her, daß er mir sagte, er sterbe zufrieden, weil er, und zwar auf seine Aussage hin, Jacques für schuldig befunden wisse.«

Die Gräfin war überwunden, ihre Kraft war gebrochen, Tränen traten in ihre Augen.

»Er ist so grausam geprüft worden«, fuhr sie fort. »Er liebte mich bis zur Anbetung, er liebte nur mich auf der Welt, und ich ... ich betrog ihn dennoch! Ach, wenn man vorherwissen, vorhersehen könnte! Nein, ich verlange niemals von ihm, daß er zurücknimmt.«

Denise vergaß fast ihren eigenen Schmerz.

»Es ist ja nicht an Ihnen, den Schritt zu tun, Madame«, sagte sie sanft.

»An wem dann?«

»An dem Pfarrer von Bréchy. Er wird die geeigneten Worte finden, die stärksten Entschlüsse zu erschüttern. Er spricht im Namen Gottes des Erlösers, der am Kreuz sterbend seinen Henkern verzieh.«

Einen Augenblick noch zögerte die Gräfin, dann waren die letzten Reste der Empörung ihres Stolzes besiegt.

»Es sei!« sagte sie. »Ich werde den Priester rufen.«

»Und ich, Madame, schwöre Ihnen, daß ich mein Versprechen...«

Die Gräfin hemmte Denises Worte.

»Nein«, rief sie mit einer außerordentlichen Anstrengung; »ich werde ohne Bedingungen Jacques' Rettung versuchen ... Möge er Ihnen gehören ... Geliebt, werden Sie ihm Ihr Leben weihen; verlassen, opfere ich ihm meine Ehre! ... Adieu!«

Sie eilte, während Denise ihre Freunde wieder aufsuchte, zur Tür und rief den Pfarrer von Bréchy ins Sterbezimmer.

# Kapitel 42

Durch seinen Stellvertreter erfuhr am folgenden Morgen, gegen neun Uhr, der Staatsanwalt Herr Daubigeon, was geschehen war und wie Formmängel unabweislich zu einer Aufhebung des Urteils gegen Jacques von Boiscoran führen würden.

Schon kamen die Verteidiger, um die während der Nacht ausgearbeitete Revisionsbegründung zu überreichen. Herr Daubigeon nahm sich nicht die Mühe, seine Genugtuung zu verbergen.

»Da ist's«, rief er, »was unserem werten Daveline ganz einfach die Flügel stutzen wird. Ich habe ihm, mit Horaz, vergeblich das Beispiel des Phaëton angeführt:

>Terret ambustus Phaeton avaras

Spes...<

Er hat mich nicht hören wollen, indem er vergaß, daß die Gewalt ohne Vorsicht eine Gefahr ist:

>Vis consilii expers mole ruit sua...<,

und nun steckt er in einer grausamen Verlegenheit...«

Er kleidete sich sofort an, um Herrn Daveline zu besuchen; gegenüber seinem Stellvertreter gab er vor, er wolle die genauen Einzelheiten erfahren, in Wirklichkeit aber wollte er das köstliche Schauspiel genießen, den stolzen Untersuchungsrichter von seinem Unstern erreicht zu sehen. Er fand ihn, wie er blaß vor Wut sich die Haare raufte.

»Ich bin ein entehrter Mensch«, schrie er, »verloren, ruiniert! Um meine Zukunft ist's geschehen. Nie wird man mir diesen Dilettantismus verzeihen.«

Herr Daubigeon machte ein betrübtes Gesicht.

»So ist es also begründet, was man mir sagte«, begann er im Tone erheuchelten Mitleids, »daß diese unglückseligen Formfehler von Ihnen herrühren?«

»Von mir allein! Ich habe Formalitäten vergessen, die ein Student der Rechte im ersten Jahre seines Studiums nicht übersehen würde. Begreifen Sie dies? Und sich sagen zu müssen, daß niemand meine bespiellose Unbesonnenheit bemerkt hat! Weder die Anklagekammer noch die Staatsanwaltschaft, weder der Schwurgerichtspräsident noch sonst jemand hat sie gefunden. Jeder sagt sich: >Daveline hat die Untersuchung geführt, bei ihm wird alles wie am Schnürchen laufen.< Und nun alles umsonst ... Man möchte mit dem Kopf gegen die Wand rennen!«

»Um so mehr, als gestern die Freisprechung Jacques' von Boiscorans nur an einem Faden hing«, bemerkte Daubigeon.

Daveline knirschte vor Wut mit den Zähnen.

»Ja, an einem Faden«, versetzte er; »und zwar war dies der Fehler des Herrn Domini, dessen Schwäche unbegreiflich ist, die Grundzüge des Prozesses nicht anzusehen und nicht davon Gebrauch machen zu wollen. Es war ebenso der Fehler von Du Lopt de la Gransière, der sich nicht enthalten konnte, die Politik in seine Rede zu mischen. Und auf wen zielte er, wenn ich bitten darf? Auf Magloire, den geschätztesten Mann des ganzen Bezirks und den persönlichen Freund von drei Geschworenen. Ich sah das vorher und habe ihn auf diese Klippe aufmerksam gemacht. Aber er zählt zu den Leuten, die nichts hören wollen! Herr de la Gransière möchte ebenfalls gern Abgeordneter sein, es ist eine Wut, eine Sucht, daß alle Welt Abgeordneter sein will! Der Himmel möge die Ehrgeizigen zerschmettern!«

Zum ersten Male in seinem Leben, und ohne Zweifel auch zum letzten Male, freute sich der Staatsanwalt über das Unglück eines andern. Er machte sich ein Vergnügen daraus, den Dolch in der Wunde des armen Richters herumzudrehen.

»Die Rede des Herrn Folgat war etwas wert«, sagte so Herr Daubigeon.

»Nichts war sie wert«, eiferte Daveline.

»Er erntete aber doch großen Erfolg.«

»Das war nur ein Überraschungserfolg, wie man ihn in Frankreich mit wohlklingenden Sätzen und Schlagworten stets erzielt.«

»Dennoch...«

»Was hat er denn im ganzen gesagt? Daß die Anklage das erste Wort der Sache des Herrn von Boiscoran nicht gefunden habe. Es ist albern...«

»Vielleicht ist die Ansicht der neuen Richter eine andere.«

»Wir werden sehen.«

»Herr von Boiscoran wird sich diesmal furchtbar verteidigen. Er schont nichts, er steht auf festem Boden und hat, wenn er sich wehrt, keinen Sturz mehr zu fürchten.

›Qui jacet in terra non habet unde cadat.‹«

»Sei es! Er riskiert auch, noch strengere Richter zu finden, die ihn nicht mit zwanzig Jahren loslassen.«

»Was sagen denn seine Verteidiger?«

»Ich weiß es nicht; ich habe jedoch meinen Aktuar auf Erkundigung ausgesandt, und wenn Sie warten wollen...«

Daubigeon wartete und tat wohl daran, denn Méchinet säumte nicht, zu erscheinen, äußerlich kühl, aber innerlich entzückt.

»Nun?« fragte Daveline lebhaft.

Méchinet schüttelte den Kopf und sagte:

»Es ist unbegreiflich, wie wandelbar die öffentliche Meinung ist. Gestern hätte Herr von Boiscoran nicht durch Sauveterre gehen können, ohne zusammengehauen zu werden, und wenn er sich heute zeigte, würde man ihn im Triumph dahintragen. Er ist verurteilt und gilt nun als Märtyrer. Man weiß, daß das Urteil aufgehoben werden wird, und reibt sich die Hände. Ich weiß durch meine Schwestern, daß die vornehmen Damen sich verabredet haben, um der Marquise von Boiscoran und Fräulein von Chandoré einen öffentlichen Beweis ihrer Teilnahme zu geben. Die Anwaltskammer will für Herrn Folgat ein Diner veranstalten.«

»Es ist beispiellos!« rief der Untersuchungsrichter.

»Basta!« versetzte Daubigeon. »Die Ansichten der Menschen sind unsicherer und wechselvoller als die Wellen des Meeres, sagt der Dichter.«

»Und weiter?« fragte Daveline seinen Gerichtsschreiber.

»Ich habe mich sogleich zu Herrn Du Lopt de la Gransière begeben, um Ihren Brief zu überreichen.«

»Was antwortete er?«

»Er hatte gerade eine Besprechung mit dem Herrn Präsidenten Domini. Er nahm den Brief, las ihn flüchtig und sagte mir mit eisig kaltem Tone: ›Es ist gut!‹ Um die Wahrheit zu sprechen, muß ich gestehen, daß er trotz seiner kalten und ruhigen Miene voller Wut zu sein schien.«

Der Richter machte eine Gebärde vollständigster Entmutigung.

»Er ruiniert mich!« stöhnte er. »Leute, die in ihren Adern kein Blut, sondern Galle haben, sind unversöhnlich.«

»Vorgestern sangen Sie noch Loblieder auf ihn!« warf Daubigeon hin.

»Ja, vorgestern hatte ich ihm auch noch nicht Gelegenheit zu einem lächerlichen Mißgriff gegeben.«

Méchinet fuhr in seinen Mitteilungen fort:

»Nachdem ich Herrn Du Lopt de la Gransière verlassen hatte, ging ich nach dem Gerichtsgebäude, wo ich die große Neuigkeit erfuhr, die jetzt die ganze Stadt in Bewegung setzt: daß der Graf von Claudieuse tot sei.«

Daveline und Daubigeon stießen gleichzeitig einen Ruf aus.

»Großer Gott! So ist es also gewiß?«

»Heute morgen um zehn Uhr weniger zwei oder drei Minuten hat er den letzten Seufzer ausgehaucht...Ich habe seinen Leichnam im Zimmer des Herrn Staatsanwalts gesehen, wo der Pfarrer von Bréchy und zwei Priester der Diözese ihn bewachen. Man erwartete eine Bahre, um ihn nach seiner Wohnung zu tragen.«

»Unglücklicher Mann!« murmelte Daubigeon.

»Ich habe aber noch ganz andere Dinge vernommen«, fuhr Méchinet fort. »Der Nachtwächter des Tribunals sagte mir, daß gestern abend, nach dem Ende der Verhandlungen, als der Graf dem

Tode nahe war, der Pfarrer von Bréchy erschien, um ihm die letzten Tröstungen des Glaubens zu gewähren. Die Gräfin verweigerte ihm den Eintritt zu ihrem Gatten. Plötzlich kam Fräulein von Chandoré und ersuchte den Wächter, für sie die Gräfin von Claudieuse um eine kurze Unterredung zu bitten.«

»Ist's möglich!«

»Es ist genau, wie ich sagte. Beide Frauen blieben eine gute Viertelstunde beisammen. Als sie sich trennten, sahen beide sehr verstört aus. Frau von Claudieuse ließ dann aber sogleich den Priester eintreten, und dieser blieb bei dem Grafen bis zum letzten Augenblicke.«

Daubigeon und Daveline hatten sich von dem tiefen Erstaunen, in welches diese Mitteilungen sie versetzten, noch nicht erholt, als bescheiden an die Tür geklopft wurde.

»Herein!« rief Méchinet.

Die Tür ging auf, und der Gendarmeriewachtmeister trat ein.

»Ich suchte den Herrn Staatsanwalt«, sagte er, »und man sagte mir, daß ich ihn hier träfe ... Wir haben Frumence Cheminot verhaftet.«

»Den Häftling, welcher die Flucht ergriffen hatte?«

»Denselben. Wir wollten ihn ins Gefängnis bringen; er sagte aber, daß er sehr wichtige und sehr dringende Mitteilungen in bezug auf den verurteilten Boiscoran zu machen habe...«

»Cheminot!...«

»Eilen Sie, ihm zu sagen, daß ich ihn vernehmen werde!« rief Daubigeon. »Eilen Sie, ich stehe zur Verfügung!«

Das vollendete Muster des strengen Gehorsams, hatte der Wachtmeister kaum das Ende des Satzes abgewartet, um davonzueilen.

»Ich verlasse Sie jetzt, Daveline, in der äußersten Bewegung«, sagte der Staatsanwalt. »Sie haben gehört ... es ist nötig, zu erfahren, was das bedeutet.«

Aber der Untersuchungsrichter war nicht weniger unruhig und gespannt.

»Sie erlauben mir wohl, Sie zu begleiten«, sagte er.

Dies war sein Recht.

»Gut, aber beeilen Sie sich«, erwiderte der Staatsanwalt.

Die beiden Herren sprachen unterwegs kein Wort. Am Gerichtsgebäude angekommen, fanden sie den Hof von vier- bis fünfhundert Neugierigen gefüllt, die sich auf dem Treppenabsatze drängten und die Türen verstopften.

Aber plötzlich entstand tiefe Stille, alle Häupter entblößten sich, und es wurde ein Weg durch die Menge frei gemacht. Auf der Höhe der Treppe erschien, aus dem Gebäude tretend, der Pfarrer von Bréchy mit zwei anderen Geistlichen; hinter ihnen die Träger des Hospitals mit einer Bahre, auf welcher man die mit einem schwarzen Tuche bedeckten steifen Formen eines Leichnams wahrnehmen konnte.

Die Frauen bekreuzigten sich, und diejenigen von ihnen, welche Platz hatten, knieten nieder.

»Arme Frau von Claudieuse!« murmelte eine von ihnen. »Nun bringt man ihr den toten Mann, und wie es heißt, liegt auch eine ihrer Töchter im Sterben.«

Aber Daubigeon, Daveline und Méchinet waren von etwas anderem viel zu sehr eingenommen, um diese letzte Neuigkeit näher zu erforschen. Da der Eingang frei war, traten sie in das Gerichtsgebäude und gingen eilig zu dem Dienstzimmer, wohin die Gendarmen ihren Gefangenen geführt hatten.

Dieser erhob sich beim Eintreten der Beamten und nahm eine achtungsvolle Haltung an. Es war wirklich der bekannte Cheminot, aber der sorglose Vagabund hatte seine heitere Physiognomie nicht mehr; er war etwas blaß und sichtlich ergriffen.

»Seht da!« sagte Daubigeon, »habt Ihr Euch doch wieder erwischen lassen?«

»Bitte um Entschuldigung, Herr Richter«, erwiderte Cheminot, »ich bin nicht aufgegriffen worden, sondern habe mich selbst gestellt.«

»Unfreiwillig wohl...«

»Nein, im Gegenteil, ganz nach meinem eigenen Willen. Fragen Sie den Wachtmeister.«

»Es ist die reine Wahrheit«, sagte der Wachtmeister, einen Schritt vortretend und sich kurz verbeugend. »Cheminot selber kam nach der Kaserne, um mich aufzusuchen, und erklärte: ›Ich stelle mich wieder als Gefangener, weil ich dem Herrn Staatsanwalt wichtige Mitteilungen zu machen habe.‹«

Der Vagabund richtete sich stolz auf.

»Der Herr Richter sehen, daß ich nicht lüge«, sprach er. »Während diese Herren Gendarmen auf allen Straßen nach mir Jagd machten, hockte ich ganz ruhig in einem Dachstübchen des ›Roten Hammels‹ hier und hatte mir vorgenommen, erst dann das Weite zu suchen, wenn man mich vergessen hätte.«

»Ja, aber um im ›Roten Hammel‹ leben zu können, muß man Geld haben, und Ihr hattet doch keins.«

Cheminot zog gelassen aus seiner Tasche eine Handvoll Goldstücke und Banknoten von fünf und von zwanzig Francs hervor.

»Die Herren sehen, daß ich genug hatte, um meine Unterkunft zu bezahlen«, sagte er. »Indem ich mich wieder stelle, zeige ich, daß ich trotz alledem ein ehrlicher Mensch bin. Ich will lieber ein bißchen Haft erleiden, als einen Unglücklichen, der unschuldig ist, ins Zuchthaus wandern sehen ...«

»Herrn von Boiscoran?«

»Ja, ihn! Er ist ohne Schuld ... ich weiß es, ich bin meiner Sache gewiß und habe Beweise ... Hat er selber auch sich geweigert zu sprechen, so werde ich doch alles sagen, ja ich!«

Die Herren Daubigeon und Daveline waren höchlichst erstaunt.

»Sprecht deutlicher!« riefen sie gleichzeitig.

Der Vagabund schüttelte jedoch den Kopf und deutete auf die Gendarmen mit der Miene eines Menschen, der die gerichtlichen Formen kennt.

»Es handelt sich um ein großes Geheimnis«, sagte er, »und wenn man beichten will, möchte man doch nur von seinem Priester gehört werden ... Auch wünschte ich, daß meine Aussage gleich zu Protokoll genommen würde ...«

Auf ein Zeichen Davelines entfernten sich die Gendarmen, während Méchinet sich an seinen Schreibtisch setzte und einen Stoß Schreibpapier zurechtlegte.

»Da ich nun reden kann, so ist hier die Erklärung!« fuhr Cheminot fort. »Der Gedanke, zu fliehen, ist nicht von mir ausgegangen. Ich hatte es im Gefängnis nicht schlecht, überdies war der Winter vor der Tür, und ich hatte keinen Sou in der Tasche. Ich wußte nur zu gut, daß, wenn man mich wieder ergriff, meine Lage weit schlimmer wurde. Aber Herr von Boiscoran hatte Lust, einen Abend außerhalb des Gefängnisses zuzubringen ...«

»Bedenkt wohl, was Ihr sagt!« unterbrach ihn Galpin-Daveline streng.

»Die Justiz läßt nicht ungestraft mit sich scherzen.«

»Ich will sterben, wenn ich nicht die Wahrheit sage!« rief der Vagabund. »Herr Jacques hat einen ganzen Abend in der Freiheit zugebracht.«

Der Untersuchungsrichter erbebte.

»Was für ein Märchen erzählt Ihr da!« sagte er.

»Ich habe Beweise und werde sie geben«, erwiderte Cheminot kalt. »Als Herr Jacques heraus wollte, wendete er sich an mich, und es wurde zwischen uns verabredet, daß ich für eine gewisse Summe, von der ich hier den Rest übergebe, ein Loch in die Mauer brechen und dann die Flucht ergreifen solle, indes er nach Erledigung seiner Geschäfte freiwillig ins Gefängnis zurückkehren würde.«

»Und der Gefängniswärter?« fragte Daubigeon.

Als richtiger saintonesischer Landmann war Cheminot viel zu gewiegt, als daß er Blangin unnützerweise in Gefahr gebracht hätte. Er nahm daher die ganze Verantwortung für den Fluchtplan auf sich.

»Der Gefängniswärter wußte soviel wie ein neugeborenes Kind«, erklärte er. »Wir brauchten ihn gar nicht. War ich nicht gleichsam Unter-Gefangenenwärter? Hatte mich der Herr Untersuchungsrichter nicht selbst mit der speziellen Überwachung des Herrn von Boiscoran beauftragt? War ich es nicht, der seine Zelle öffnete und schloß, ihn ins Sprechzimmer und von da zurückführte?«

»Weiter!« sagte Daveline mit hartem Tone.

»Was ausgemacht war, wurde getan«, fuhr Cheminot fort. »Ich durchbrach eines Abends gegen neun Uhr die Mauer, und wir, Herr Jacques und ich, befanden uns auf dem alten Walle. Er drückte mir noch ein Päckchen Banknoten in die Hand und befahl mir zu laufen, während er sich an seine Geschäfte begeben wolle ... Da aber packte mich die Neugier, als ich ihn davongehen sah, und ich ging ihm nach.«

So geübt der Staatsanwalt und der Untersuchungsrichter durch ihren Beruf selbst auch waren, ihre Gefühle zu verbergen, gelang es ihnen dennoch schlecht. Der Vagabund fuhr fort:

»Herr Jacques mußte wohl fürchten, erkannt zu werden, denn er schlug Schleichwege ein, hinter den Mauern entlang und durch finstere Gäßchen ... Glücklicherweise habe ich gute Beine ... Er durchlief ganz Sauveterre in einem Atem und kam in die Rue Mautrec, an eine endlose Mauer, wo er an einem großen Tor stehenblieb und klingelte ...«

»Bei Herrn von Claudieuse ...«

»Das weiß ich nun, aber damals wußte ich's noch nicht ... Also, er klingelte. Ein Frauenzimmer kam, ihm zu öffnen. Er sprach mit ihr, und sie ließ ihn sogleich eintreten, war auch so in Eile, daß sie das Tor wieder zu schließen vergaß.«

Hier unterbrach ihn Daubigeon mit einer Handbewegung.

»Warten Sie!« sagte er und schrieb einige Worte auf einen Zettel, den er einem herbeigerufenen Gerichtsdiener übergab.

»Besorgen Sie dies sofort«, sagte er diesem. »Beeilen Sie sich ... und kein Wort davon!«

Sobald der Diener sich entfernt hatte, forderte er Cheminot auf, fortzufahren.

»Da stand ich denn«, erzählte der Vagabund weiter, »völlig ratlos mitten in der Rue Mautrec. Das sicherste war, daß ich mich auf und davon machte; aber dieses nur angelehnte Tor in der Mauer reizte mich. Freilich sagte ich mir: Wenn du hineingehst und wirst ertappt, so wird es heißen: ein Dieb! Aber die Neugier war stärker als meine Furcht. Ich machte das Tor so weit auf, daß ich hindurchschlüpfen konnte, und befand mich nun in einem großen Garten. Es war dunkel wie in einer Esse, aber unten im Hause waren drei Fenster hell erleuchtet. Ich war schon zu weit, um noch zurückzuweichen, schlich also näher, stellte mich an einen Baum und konnte so ganz bequem in einen schönen Saal hineinsehen. Und wen erblickte ich darin? Meinen Herrn von Boiscoran. Die Fenster hatten keine Vorhänge, ich konnte sehen, was ich wollte. Er hatte ein schreckliches Gesicht. Schon wurde ich ängstlich, da trat eine Frau herein, sah ihn und schrie laut auf ... Diese Frau war die Gräfin von Claudieuse.«

Er hielt inne, um die Wirkung seiner Mitteilungen zu beobachten, aber so groß war die Ungeduld Méchinets, daß er seine untergeordnete Stellung vergaß und »Weiter, weiter!« rief.

»Ein Fenster war halb offen«, erzählte der Vagabund, »so daß ich fast ebenso gut hören wie sehen konnte. Es war fürchterlich. Gleich aus den ersten Worten konnte ich entnehmen, daß Herr Jacques und Frau von Claudieuse eine Liebschaft miteinander gehabt hatten: Sie nannten sich ›du‹.«

»Das ist unsinnig!« rief Daveline.

»Ich war auch ganz erschrocken darüber«, versetzte der Vagabund. »Frau von Claudieuse, eine so verehrte Frau! Aber ich habe doch Ohren, nicht wahr? Herr Jacques erinnerte sie, daß beide am Abend des Verbrechens, einige Augenblicke vor dem Brande, eine Zusammenkunft gehabt hatten, wobei sie ihre Liebesbriefe verbrannten und Herr Jacques sich die Hände schwarz machte.«

»Das habt Ihr wirklich gehört?« unterbrach ihn Daubigeon.

»So gewiß, wie Sie es jetzt hören, mein Herr Richter!« versicherte Cheminot.

»Schreiben Sie, Mechinet«, sagte lebhaft der Staatsanwalt. »Schreiben Sie es wörtlich ...«

Der Gerichtsschreiber bedurfte dieser Mahnung nicht.

»Was mich am meisten überraschte«, fuhr Cheminot fort, »war, daß Frau von Claudieuse und Herr Jacques einander gegenseitig für schuldig hielten. Jeder klagte den andern des Verbrechens an. ›Du hast meinen Gatten zu töten versucht, weil du Furcht hattest!‹ sagte sie. ›Du hast ihn morden wollen, um frei zu werden und meine Verheiratung zu hintertreiben!‹ sagte er.«

Galpin-Daveline ließ sich in einen Sessel fallen.

»Es ist unerhört!« stammelte er; »unerhört!«

»Aber sie erklärten es einander und kamen endlich dahin, daß sie sich beide für schuldlos erkannten ... Nachher bat Herr Jacques die Gräfin, sie möge ihn retten, und sie entgegnete, daß sie ihn sicher nicht auf Kosten ihres guten Rufes und zu dem Zwecke retten werde, damit er nachher Fräulein von Chandoré heirate. ›Gut‹, sagte er, ›so werde ich alles erzählen!‹ — ›Tu es‹, sagte sie dagegen; ›man wird dir nicht glauben, ich leugne, und du hast keine Beweise!‹ Verzweifelt warf er ihr vor, daß sie ihn nie geliebt habe. Sie aber schwur, daß sie ihn anbete, mehr als je, und da er doch einmal aus dem Gefängnis heraus sei, so sei sie bereit, alles im Stich zu lassen und mit ihm ins Ausland zu fliehen. Aber er widerstand und rief voll Zorn: ›Lieber will ich ins Zuchthaus!‹ Sie lachte höhnisch und sagte: ›Gut, sei es, du gehst ins Zuchthaus!‹«

Niemand wagte den Vagabunden zu unterbrechen.

»Doch das war alles noch nichts!« fuhr Cheminot fort. »Während Frau von Claudieuse und Herr Jacques sich in solcher Weise stritten, sah ich die Tür des Saals ganz leise aufgehen, und wie einen Schatten, der in ein Leichentuch gehüllt ist, ... den Grafen von Claudieuse erscheinen. Sein Gesicht sah schrecklich aus, er hatte einen Revolver in der Hand; an den Türpfosten gelehnt, horchte er, indes seine Frau und der andere von ihren früheren Liebesangelegenheiten sprachen. Bei gewissen Worten hob er seine Waffe, als ob er schießen wollte, doch ließ er den Arm stets wieder sinken und hörte weiter zu. Es war so schrecklich, daß ich keinen trockenen Faden am Leibe hatte. Ich mußte mir die größte Mühe geben, um nicht Herrn Jacques und der Frau von Claudieuse laut zuzurufen: ›Unglückliche! Seht ihr denn nicht, daß der Mann da ist!...‹ Nein, sie sahen nichts, denn sie waren wie Wahnsinnige vor Verzweiflung und Wut, und Herr Jacques hob sogar seine Hand gegen Frau von Claudieuse auf.

Da sagte der Graf: ›Ich verbiete Ihnen, meine Frau zu schlagen!‹ Sie wendeten sich um, sahen ihn und stießen einen furchtbaren Schrei aus. Die Gräfin fiel wie ein Sack Blei auf einen Sessel ... Aber Herr Jacques riß seinen Paletot auf und rief: ›Schießen Sie, es ist Ihr Recht! Rächen Sie sich!‹ Herr von Claudieuse antwortete höhnisch: ›Das Gericht wird mich rächen.‹ — ›Sie wissen, daß ich das Verbrechen nicht begangen habe!‹ — ›Desto besser!‹ — ›Mich verurteilen zu lassen, das wäre gemein!‹ — ›Ich werde noch mehr tun: um Ihrer Verurteilung desto sicherer zu sein, werde ich vor Gericht sagen, daß ich Sie erkannt hätte.‹ Als der Graf dies gesagt hatte, wollte er gehen, stürzte aber der Länge nach zu Boden ... Jetzt packte mich die Furcht, und ich entfloh...«

Dem Staatsanwalt gelang es, dank einer gewaltigen Willensanstrengung, seine Bewegung zu bemeistern.

»Warum seid Ihr aber nicht sogleich gekommen«, fragte er mit stark veränderter Stimme, »um dies alles anzuzeigen?«

Der Vagabund schüttelte den Kopf.

»Lust hatte ich wohl«, antwortete er, »ich hab's aber nicht gewagt. Der Herr Richter werden mich verstehen. Ich fürchtete, daß ich meinen Ausbruch aus dem Gefängnis teuer würde bezahlen müssen.«

»Euer Stillschweigen setzte das Gericht einem beklagenswerten Irrtum aus.«

»Ich konnte nicht glauben, daß Herr Jacques verurteilt werden würde ... Übrigens konnte ich auch gar nicht denken, daß der Herr Graf von Claudieuse seine Drohung ausführen werde. Durch seine Frau betrogen werden, ist freilich hart, aber deswegen einen Unschuldigen ins Zuchthaus bringen ...«

»Ihr seht indes, daß es geschehen ist.«

»Ja, wer alles vorauswissen könnte! ... Meine Absichten waren gut, und wenn ich nicht sogleich erschienen bin, um die Sache anzuzeigen, hatte ich mir doch geschworen, daß ich mich melden würde, wenn Herrn Jacques ein Unglück zustieße. Beweis dafür ist, daß ich im ›Roten Hammel‹ geblieben bin und das Urteil abgewartet habe.«

Seine niederschmetternde Betäubung überwindend, hatte sich Daveline erhoben.

»Dieser Mensch ist ein Betrüger!« rief er aus. »Das Geld, welches er vorzeigt, ist der Preis seines falschen Zeugnisses. Warum sollten wir seine Erzählung für wahr gelten lassen?«

»Wir werden sie prüfen«, entgegnete Daubigeon.

Er klingelte, es trat ein Gerichtsdiener ein.

»Sind meine Befehle ausgeführt?« fragte er.

»Jawohl, Herr Staatsanwalt. Der Herr von Boiscoran und die Kammerjungfer der Frau von Claudieuse sind bereits hier.«

»Führen Sie jetzt zunächst die letztere herein. Wenn ich dann läute, lassen Sie auch Herrn von Boiscoran eintreten.«

Die Kammerjungfer war ein robustes Mädchen. Sie erschien sehr bestürzt und war hochrot im Gesicht.

»Sie erinnern sich wohl«, sagte Daubigeon zu ihr, »daß vor einiger Zeit eines Abends ein Mann sich bei Ihrer Herrschaft einstellte?«

»Oh, sehr genau!« erwiderte das Mädchen. »Ich wollte ihn nicht einlassen; als er mir aber sagte, er sei vom Gericht abgesandt, ließ ich ihn sogleich eintreten.«

»Würden Sie ihn wiedererkennen?«

»Ganz gewiß.«

Der Staatsanwalt klingelte, die Tür ging auf, und Jacques erschien. Erstaunen malte sich in seinem Gesicht ...

»Der ist es!« rief das Mädchen.

»Darf ich wissen?« fragte der Unglückliche.

»In diesem Augenblicke nichts«, erwiderte Daubigeon. »Ziehen Sie sich zurück und ... gute Hoffnung!«

Aber gleich einem Geblendeten blieb Jacques wie an den Boden gewurzelt und blickte in dumpfer Betäubung um sich. Was sollte er denken? Man hatte ihn völlig unvorbereitet in rauher Weise aus dem Gefängnis geholt, nach dem Gerichtsgebäude befördert, und hier fand er sich plötzlich in Gegenwart des Frumence Cheminot, den er in weiter Ferne glaubte, und einer Kammerjungfer des Herrn von Claudieuse.

Galpin-Daveline erschien bestürzt; Daubigeon dagegen, dessen Antlitz leuchtete, schien ihm Hoffnung machen zu wollen. Hoffnung auf was? Aus welchem Grunde? In welcher Richtung? Méchinet machte ihm verstohlen Zeichen. Der Gerichtsdiener mußte erst an ihn herantreten und ihn zum Mitgehen auffordern. Er zog sich zurück.

»Und nun, mein gutes Mädchen«, fuhr der Staatsanwalt fort, »sagen Sie uns, ob Sie nicht während des Besuches dieses Herrn, den Sie soeben wiedererkannt haben, etwas Besonderes bemerkt haben.«

»Es ist zwischen ihm und meiner Herrschaft ein sehr heftiger Auftritt vorgefallen.«

»Haben Sie diesem beigewohnt?«

»Nein, aber ich bin mir über das gewiß, was ich sage.«

»Wie ging es zu?«

»Als ich der Frau Gräfin sagte, es warte ein Herr vom Gericht im Salon, eilte sie hinunter und befahl mir, bei dem Herrn Grafen zu bleiben. Aber Madame war kaum die Treppe hinunter, als ich einen lauten Schrei hörte. Der Herr, so fest er auch zu schlafen schien, hörte ihn ebenfalls, denn er richtete sich auf und fragte, wo Madame sei. Ich sagte es ihm, und schon tönten laute Stimmen bis zu uns herauf ... ›Das ist doch ganz ungewöhnlich!‹ sagte der Herr. Ich erbot mich, nachzusehen, was es sei, aber er verbot mir rauh, von der Stelle zu weichen. Und als die Stimmen noch lauter wurden, sagte er: ›Ich werde selbst hinuntergehen. Gib mir meinen Schlafrock!‹

Ich tat, was er verlangte ... Armer Mann! Er ging oder vielmehr schleppte sich die Wände entlang, und ich blieb allein im Zimmer, am ganzen Leibe zitternd, und die Angst schnürte mir den Magen zusammen, als wenn ich ein großes Unglück geahnt hätte. Als ich aber nichts weiter hörte und die Minuten verstrichen, sagte ich mir selbst, daß es töricht sei, mir solche Gedanken zu machen. Da ertönten zwei Schreie, so schneidend und so entsetzlich, daß ich bis ins Mark erzitterte.

Ich wagte nicht hinauszugehen, legte aber das Ohr an die Tür und konnte sehr deutlich die Stimme des Herrn Grafen hören, der sich mit einem andern stritt. Unmöglich, wie es mir war, ein einziges Wort zu verstehen, begriff ich, daß es sich um sehr ernste Dinge handelte.

Plötzlich entstand ein großer Lärm, wie von einem fallenden Körper, und wieder ein Schreckensruf. Nun hatten auch die andern Dienstboten in ihren Schlafkammern etwas gehört und kamen zum Vorschein, um die Treppe hinabzugehen. Da wagte ich die Tür zu öffnen und schloß mich den andern an. Wir fanden in dem Salon Madame ohnmächtig auf einem Lehnsessel und den Herrn auf den Boden gestreckt, wie tot.«

»Was habe ich gesagt!« rief Cheminot.

Der Staatsanwalt bedeutete ihm durch ein Zeichen, stillzuschweigen, und wendete sich wieder zur Kammerjungfer:

»Und wo war der Besucher?«

»Fort, mein Herr, entflohen, verschwunden.«

»Was haben Sie hernach getan?«

»Wir haben den Herrn Grafen ins Leben zurückgerufen und in sein Zimmer getragen. Wir haben ebenso Madame wieder zum Bewußtsein gebracht, und der Kammerdiener hat den Doktor Seignebos geholt.«

»Was sagte Frau von Claudieuse, als sie wieder zum Bewußtsein kam?«

»Nichts. Sie war wie jemand, der einen Keulenschlag vor den Kopf erhalten hat.«

»Sonst ereignete sich nichts?«

»O doch, mein Herr.«

»Das ältere von unsern Fräulein, Marthe, bekam fürchterliche Krämpfe.«

»Wie ging das zu?«

»Ich weiß weiter nichts, als was das Fräulein selbst erzählte.«

»Wiederholen Sie es mir?«

»Es klingt seltsam genug. Als der Herr, den ich soeben wieder erkannt habe, an unserem Gartentor läutete, hatte sich Fräulein Marthe, die bereits zu Bett gebracht war, erhoben und ans Fenster gestellt, um zu sehen, was es gäbe. Sie hatte mich mit einem Lichte in der Hand zur Tür gehen und mit einem Herrn nach dem Hause zurückkehren sehen. Sie wollte nun wieder zu Bett, als sie plötzlich zu bemerken glaubte, daß eine der Statuen des Gartens sich bewegte und zu gehen begann. Alles, was man ihr nachher auch vorzuhalten versuchte, war vergeblich. Sie glaubte fest daran und versicherte, sie habe sich nicht getäuscht, die Statue sei leise die Allee entlanggegangen und habe sich unter den Baum gestellt, der den Fenstern des Salons am nächsten steht.«

»Das war ich!« rief Cheminot triumphierend.

Die Kammerjungfer sah ihn an und sagte, ohne besonders überrascht zu sein:

»Das ist wohl möglich.«

»Und was wissen Sie noch darüber?« fragte Daubigeon.

»Ich weiß, daß es ein Mensch gewesen sein muß, der sich in den Garten geschlichen hatte und vor dem Fräulein Marthe sich fürchtete, und zwar aus diesem Grunde: Herr Seignebos ließ, als er wieder fortging, eine Geldmünze fallen, die gerade unter den Baum rollte, unter welchem Fräulein Marthe die Statue gesehen hatte. Der Kammerdiener, welcher den Doktor geleitete, half ihm das Geldstück suchen, und als er unter dem Baum den Boden beleuchtete, konnte er sehr deutlich die Eindrücke von Nagelschuhen erkennen...«

»Das waren die Eindrücke von meinen Schuhen«, unterbrach sie Cheminot, und er setzte sich nieder und zeigte seine Schuhsohlen vor.

Daubigeon hatte sich indessen seine Meinung schon gebildet.

»Es ist gut«, bemerkte er. »Ich glaube Euch ...Und Sie, liebes Kind«, wendete er sich zur Kammer Jungfer, »könnten Sie uns wohl mitteilen, ob nach allen diesen Szenen zwischen dem Herrn Grafen und der Frau Gräfin Auseinandersetzungen erfolgt sind?«

»Ich weiß es nicht, allein Madame und der Herr waren seitdem nicht mehr zueinander wie vorher.«

Mehr konnte sie nicht angeben. Der Staatsanwalt entließ sie nach Unterzeichnung des Protokolls. Dann sagte er einige beruhigende Worte zu Cheminot:

»Man wird Euch ins Gefängnis zurückbringen, aber Ihr seid ein braver Kerl und braucht keine Angst zu haben. Geht!«

Der Staatsanwalt und der Untersuchungsrichter konnten sich nun gegenseitig aussprechen. Es war, als ob der Gerichtsschreiber gar nicht mehr anwesend wäre.

»Nun, was sagen Sie zu alledem?« fragte Daubigeon.

Der Untersuchungsrichter war niedergeschmettert.

»Man möchte sich den Gehirnkasten einschlagen!« murmelte er.

»Fangen Sie nun an zu glauben, daß Folgat recht hatte, zu sagen, der Fall sei durchaus nicht so klar, wie Sie behaupteten?«

»Ach, wer wäre auch jemals so getäuscht worden wie ich! ... Sie selbst waren ja auf ein Haar meiner Meinung ... Indessen, wenn Jacques von Boiscoran und Frau von Claudieuse nicht schuldig sind, wer ist dann der Schuldige?«

»Das haben wir nun zu erforschen; denn ich bin fest entschlossen, nicht zu ruhen, bis ich die Wahrheit an den Tag gebracht habe ... Welch ein Glück, daß Formfehler das Urteil nichtig gemacht haben!«

Er war so bewegt, daß er sogar seine ewigen Zitate vergaß. Zum Schlusse wendete er sich an den Gerichtsschreiber:

»Aber es ist keine Minute zu verlieren«, sagte er. »Nehmen Sie die Beine in die Hand, mein lieber Méchinet, und eilen Sie zu Herrn Folgat, um ihn hierherzubitten. Ich erwarte ihn.«

# Kapitel 43

Als Fräulein von Chandoré von der Unterredung mit Frau von Claudieuse zu ihren Freunden und Verwandten zurückkam, sagte sie mit hoffnungstrahlendem Antlitz:

»Nun, ja nun kommen wir zu einem guten Ziele!«

Ihr Großvater und der Marquis von Boiscoran drängten sie, sich deutlicher zu erklären, sie weigerte sich aber, und erst viel später, am Abend, eröffnete sie Herrn Folgat, was sie erlangt hatte und weshalb es nun wahrscheinlich sei, daß der Graf vor seinem Tode seine Aussage zurücknähme.

»Das allein würde hinreichen, Jacques zu retten«, erklärte der Anwalt.

Aber diese Hoffnung bildete für ihn eine neue Anregung, seine Anstrengungen zu verdoppeln, und obschon ermattet von den Erschütterungen und Kämpfen der Verhandlung, brachte er dennoch die Nacht im Zimmer des Herrn von Chandoré damit zu, in Übereinstimmung mit Magloire ein Schriftstück auszuarbeiten, in welchem er die Revisionseinlegung begründete.

Darüber ward es heller Tag, und da er nun nicht mehr zu Bett gehen wollte, setzte er sich in einen Lehnstuhl, um einige Stunden zu ruhen. Er schlief aber kaum eine Stunde, als er durch den alten Antoine wieder geweckt wurde, welcher ihm anzeigte, daß ein Mann unten sei, der ihn sogleich zu sprechen wünsche. Sich die Augen reibend, stieg er hinunter und sah sich im Vorsaal einem etwa fünfzigjährigen Mann von ziemlich verdächtigem Äußeren gegenüber, der einen Schnurr- und Zwickelbart, weite Beinkleider und einen jener engen Überröcke trug, wie alte Militärs sie lieben.

»Sie sind Herr Folgat?« fragte der Fremde.

»Ja.«

»Sehr wohl. Und ich bin der Agent, welchen Freund Goudar nach England sandte.«

Der Anwalt zuckte zusammen.

»Seit wann sind Sie hier?«

»Seit heute morgen, mit dem Schnellzuge. Ich weiß, daß ich vierundzwanzig Stunden zu spät komme, denn ich habe von der Verhandlung in einer Zeitung gelesen, die ich auf dem Bahnhof kaufte. Herr von Boiscoran ist verurteilt. Aber ich schwöre Ihnen, daß ich keine Minute meiner Zeit verschwendete und daß ich die Belohnung wohl verdient habe, die mir für den Fall des Gelingens versprochen ist.«

»Es ist Ihnen also gelungen?«

»Natürlich. Schrieb ich Ihnen nicht in meinem letzten Briefe von Jersey, daß ich meiner Sache gewiß sei?«

»Sie haben Suky wiedergefunden?«

»Vierundzwanzig Stunden, nachdem ich Ihnen geschrieben, fand ich sie in einem Wirtshause von Bouly-Bay … Der Dickkopf wollte gar nicht mitgehen …«

»Sie haben sie mitgebracht?«

»Selbstverständlich! Sie befindet sich im ›Hotel de France‹, wo ich sie, bevor ich zu Ihnen ging, einquartiert habe.«

»Und weiß sie etwas?«

»Alles.«

»Holen Sie sie sogleich hierher!«

Der Agent eilte hinweg … Seitdem Folgat auf Erfolg hoffte, hatte er sich darauf vorbereitet, aus den Aussagen von Suky den größtmöglichen Vorteil zu ziehen. Er hatte in einem Album Denises unter etwa dreißig Photographien auch das Porträt der Frau von Claudieuse gefunden. Dieses Album holte er herbei und legte es eben auf den Tisch des Salons, als der Polizeiagent mit Suky erschien.

Der Kellner in der Pariser Rue de la Vigne hatte das Mädchen richtig geschildert. Sie war eine große Person von etwa vierzig Jahren, mit harten, männlichen Zügen, und so komisch anspruchsvoll gekleidet wie fast alle Engländerinnen der niederen Klassen, wenn sie über etwas Geld verfügen.

Von Folgat befragt, erklärte sie:

»Ich war vier Jahre in der Rue de la Vigne und würde wohl noch da sein, wenn nicht der Krieg ausgebrochen wäre. Seit dem ersten Tage meines Dienstes erkannte ich, daß ich ein Haus zu betreuen hatte, in dem sich zwei Verliebte trafen. Das paßte mir nicht gerade, denn sehen Sie, man hält doch auch etwas auf sich, aber die Stelle war gut. Was sollte ich weiter tun? Ich blieb. Daß meine Herrschaften ein Geheimnis vor mir hatten, merkte ich wohl, denn jedesmal, wenn mein Herr seine Dame erwartete, schickte er mich fort nach Versailles, nach Saint-Germain, sogar nach Orleans. Das verdroß mich so sehr, daß ich entschlossen war, zu entdecken, was mir verborgen wurde. Es kostete mich nicht viel Mühe, schon in der zweiten Woche zu wissen, daß mein Herr sich den Namen Sir Francis Burnett nur beigelegt hatte, um seinen wahren Namen zu verbergen.«

»Wie bekamen Sie das heraus?«

»Oh, auf die einfachste Weise. Eines Tages, als der Herr ausging, folgte ich ihm und sah ihn in ein Haus in der Rue de l'Université eintreten. Vor der Tür plauderte die Dienerschaft miteinander, ich fragte, wer der Herr sei, und sie sagten mir, das sei der Sohn des Marquis von Boiscoran.«

»Das war also Dir Herr … Aber die besuchende Dame?«

Suky Wood lächelte.

»Bei der Dame«, sagte sie, »machte ich's ebenso; aber es kostete mich viel Zeit und Geduld, denn sie traf unglaubliche Vorsichtsmaßregeln, und ich verlor manchen Nachmittag damit, sie zu beobachten. Je mehr sie sich aber verbarg, desto größer wurde meine Neugier … Endlich eines Abends, als sie das Haus im Wagen verließ, nahm ich ebenfalls eine Droschke und folgte ihr nach. Sie ließ sich in die Rue de la Ferme-des-Mathurins fahren … Am andern Morgen erkundigte ich mich dort unter dem Vorwande, eine Stelle zu suchen, bei den Hausmeistern und erfuhr, daß die betreffende Dame in der Provinz verheiratet sei, jedes Jahr einen Monat in Paris bei ihren Verwandten zubringe und Gräfin von Claudieuse heiße.«

Und Jacques hatte so fest behauptet, daß Suky von nichts wisse, nichts wissen könne!

»Haben Sie die Dame gesehen?« fragte der Anwalt.

»So wie ich Sie jetzt sehe.«

»Würden Sie sie wiedererkennen?«

»Unter tausend.«

»Auch wenn man Ihnen nur ihr Bild zeigte?«

»Ich würde mich nicht täuschen.«

Folgat gab ihr das Album.

»Nun, suchen Sie es«, sagte er.

Dies war das Werk einer Minute.

»Das ist sie!« rief Suky und deutete mit dem Finger auf die Photographie der Frau von Claudieuse.

Es gab keinen Zweifel mehr.

»Es ist aber notwendig, Miß Suky«, sagte der junge Anwalt, »daß Sie vor Gericht alles wiederholen, was Sie mir mitgeteilt haben.«

»Das kann und werde ich, denn es ist die reine Wahrheit.«

»Einstweilen wird man Ihnen eine Unterkunft anweisen, und Sie bleiben hier zu unserer Verfügung. Seien 'Sie ohne Sorge, man wird Ihnen den Lohn gerade so zahlen, als ob Sie im Dienste wären.«

Der Anwalt fand nicht Zeit, mehr zu sagen, denn Doktor Seignebos stürzte wie eine Windsbraut herein und rief mit lauter Stimme:

»Sieg! Diesmal vollständiger Sieg!«

Er konnte jedoch vor Suky und dem Agenten nicht sprechen. Diese wurden daher ohne viele Förmlichkeiten weggeschickt, und Seignebos berichtete nun.

»Ich komme soeben aus dem Hospital«, sagte er, »dort habe ich Goudar gesehen. Es ist ihm gelungen, Cocoleu zum Sprechen zu bringen.«

»Nun, was hat er gesagt?«

»Ich weiß nur, daß er gesprochen hat, daß es geglückt ist, ihm die Zunge zu lösen … Aber Sie werden ihn selbst hören, denn es genügt ja nicht, daß er Goudar alles gestanden hat, es ist nötig, daß das Geständnis dieses Elenden vor Zeugen wiederholt wird.«

»Vor Zeugen wird er nicht sprechen.«

»Er darf sie nicht sehen, sie müssen verborgen werden. Die Örtlichkeit ist zum heimlichen Belauschen wie geschaffen.«

»Und wenn, bei verborgenen Zeugen, Cocoleu wieder verstockt ist und schweigt?«

»Das wird er nicht, Goudar hat das Geheimnis entdeckt, ihn zum Reden zu bringen, wenn er will. Ah, das ist ein schlauer Patron, der sein Handwerk versteht! Haben Sie Vertrauen zu ihm?«

»Vollkommen.«

»Und mit Recht. ›Kommen Sie heute selbst‹, sagte er mir, ›und zwar zwischen eins und zwei, mit Herrn Folgat, dem Staatsanwalt und Herrn Daveline. Stellen Sie sich an den Ort, den ich Ihnen bezeichne, und lassen Sie mich machen.‹ Er hat mir diesen Platz angewiesen und mir das Zeichen mitgeteilt, durch welches wir ihm unsere Anwesenheit zu erkennen geben sollen.«

Folgat zögerte nicht mehr.

»Wir haben keinen Augenblick zu verlieren«, sagte er. »Begeben wir uns zum Gerichtsgebäude.«

Beide waren indes kaum ins Vorzimmer gelangt, als sie auf Méchinet trafen, der vor Freude außer sich war.

»Herr Daubigeon sendet mich nach Ihnen«, sagte er atemlos. »Hören Sie, was geschehen ist …«

Und in groben Umrissen berichtete er von den Ereignissen des Morgens, von der Erzählung Cheminots und der Aussage der Kammerjungfer der Frau von Claudieuse.

»Das ist die Rettung!« rief Seignebos.

Der Anwalt Folgat war bleich vor innerer Bewegung.

»Bevor wir gehen«, schlug er vor, »wollen wir den Marquis von Boiscoran und Fräulein Denise unterrichten.«

»Nein«, unterbrach ihn Seignebos, »warten wir erst die volle Gewißheit ab. Jetzt erst recht, meine Herren, rasch!«

Sie hatten Grund, sich zu beeilen. Der Staatsanwalt und der Untersuchungsrichter erwarteten sie mit namenloser Ungeduld.

»Sie wissen, meine Herren … Méchinet wird Ihnen alles mitgeteilt haben!« rief Daubigeon, als sie in die Gerichtskanzlei eintraten.

»Jawohl«, erwiderte Folgat; »wir kennen aber noch etwas anderes, von dem Sie nichts wissen.«

Er erzählte von der Ankunft der Suky Wood und ihrer Aussage.

Vernichtet von der Wucht aller Beweise seines Irrtums, war Galpin-Daveline stumm und regungslos auf einen Sessel gesunken. Nur Herr Daubigeon strahlte vor Vergnügen.

»Jacques ist entschieden unschuldig!« rief er.

»Er ist es«, versetzte Seignebos, »und ich kenne den Schuldigen.«

»Wer?«

»Und Sie«, fuhr er fort, »sollen ihn ebenfalls kennenlernen, wenn Sie mit dem Herrn Untersuchungsrichter sich die Mühe nehmen wollen, uns nach dem Hospital zu folgen.«

Es schlug ein Uhr. Keiner von den Herren hatte noch an diesem Tage etwas genossen, aber dies war nicht der Augenblick, an Speise und Trank zu denken. Der Staatsanwalt zögerte nicht.

»Kommen Sie mit?« fragte er den Untersuchungsrichter.

Mechanisch, mit den Bewegungen eines Automaten, erhob sich Daveline.

Herr Daubigeon wendete sich zunächst an die Oberin des Hospitals und teilte ihr mit, worum es sich handelte. Sie hob ihren Blick ergeben zum Himmel.

»Handeln Sie, meine Herren«, sagte sie salbungsvoll, »handeln Sie, und möge der Erfolg Ihre Bemühungen krönen, denn diese unaufhörlichen Besuche der Justiz sind ein schweres Kreuz für unser so friedliches Haus.«

»Folgen Sie mir also nach der Irren-Abteilung, meine Herren!« forderte der Doktor auf.

»Irren-Abteilung« nennt man im Hospital zu Sauveterre ein kleines und niedriges Gebäude, vor welchem ein mit Sand bestreuter Hof liegt, von einer hohen Mauer umgeben. Das Gebäude ist in sechs Zellen eingeteilt, deren jede zwei Türen hat, eine nach dem Hofe zum Gebrauche der Schwachsinnigen, die andere nach außen für das Pflegepersonal bestimmt. Eine der letzteren öffnete Doktor Seignebos. Er empfahl sämtlichen Herren das tiefste Schweigen, weil das mindeste Geräusch den Argwohn Cocoleus erwecken könne, und ließ sie in die Zelle treten, deren Hoftür geschlossen war. Letztere Tür hatte jedoch in ihrer Mitte ein großes Guckloch, durch welches man, ohne gesehen zu werden, alles wahrnehmen konnte, was im Hofe vorging oder gesprochen wurde. Kaum zwei Meter von diesem Guckloch saßen auf einer hölzernen Bank Goudar und Cocoleu in der Sonne.

Kraft seiner Übung und seines Willens hatte Goudar seinem Gesicht einen entsetzlichen Ausdruck von Stumpfheit und Dummheit gegeben, und zwar so vollendet, daß die Leute des Hospitals ihn für noch schwachsinniger hielten als Cocoleu selbst. Er hatte seine Geige bei sich, die ihm auf Anordnung des Arztes gelassen worden war, und wiederholte, unter ihrer Begleitung, fort und fort den Rundgesang, den er an jenem Tage auf dem Neumarkt sang, als er Folgat zum ersten Male traf:

    »Und als Jung-Elster flügge war,

    Da flog sie auf die Häuser da...

    Aha, lala!

    Da flog sie auf die Häuser da...

    Lala!«

Cocoleu hatte ein großes Stück Brot in der einen und ein Messer in der andern Hand und verzehrte sein Frühstück; aber die Musik reizte ihn so sehr, daß er zu essen vergaß und, die Lippe herabhängend, die Augen halb geschlossen, mit dem Kopfe hin und her wackelnd, den Takt angab.

»Schauderhaft!« konnte sich Folgat nicht enthalten zu murmeln.

Goudar, durch das verabredete Zeichen unterrichtet, beendete seinen Vortrag. Er bückte sich, holte unter der Bank eine große Flasche hervor und gab sich das Ansehen, als ob er einen tiefen Schluck daraus nehme. Dann reichte er Cocoleu die Flasche, der seinerseits wirklich einen langen Zug tat mit dem Ausdruck eines gräßlichen Behagens. Hierauf strich er sich mit der Hand über die Magengegend.

»Schmeckt – schmeckt – gut!« gurgelte er heraus.

Daubigeon beugte sich zum Ohr des Doktor Seignebos.

»Ah, nun begreife ich«, flüsterte er, »und ich sehe es an Cocoleus Augen, daß dieses Zutrinken schon lange gedauert hat ...Der Schwachsinnige ist betrunken.«

Goudar nahm wieder seine Geige und sang:

    »Sie flog auf eine Kirche schon,

    Es war die Kirche von Avallon...

    Aha, lala!

    Es war die Kirche von Avallon...

    Lala!«

»Trinken!« unterbrach ihn Cocoleu.

Nachdem Goudar sich erst ein wenig hatte bitten lassen, reichte er ihm wieder die Flasche, und Cocoleu trank mit zurückgebeugtem Kopfe, bis ihm der Atem ausging.

»In Valpinson hast du wohl keinen so guten Wein bekommen, was?« fragte ihn Goudar.

»Oh, und ob!« erwiderte Cocoleu.

»Aber nicht soviel du wolltest?«

»Und ob! Viel ... viel ... mein' Seel'!«

Er lachte vergnügt.

»Ich ... ich ... kroch in den Keller durch ein Fenster ... ich ... ich ... trank durch einen Strohhalm.«

»Hei! An die schöne Zeit wirst du denken!«

»O ja!«

»Aber wenn du's in Valpinson so gut gehabt hast, warum hast du's dann angesteckt?«

Um das Guckloch der Tür gedrängt, lauschten die Zeugen dieser Szene mit angehaltenem Atem.

»Ich ... ich wollte nur das Reisig verbrennen, daß der Graf herauskommen sollte«, erwiderte Cocoleu ... »aber das Feuer fraß alles...«

»Na, warum wolltest du denn den Grafen tot machen?«

»Daß ... daß die Dame den Boiscoran heiraten könnte.«

»Da hat sie dir es wohl aufgetragen?«

»Oh, das nicht! Aber sie sagte, sie würde glücklich sein, wenn ihr Mann tot wär', und weinte dazu ... und weil sie so gut war mit Cocoleu und der Graf schlecht, so hab' ich geschossen.«

»Das war gut. Aber warum hast du gesagt, Boiscoran hätt's getan?«

»Hi, hi! Die Leute fingen an zu sagen, ich wär's gewesen, und da hätten sie mir den Hals abgeschnitten ... Hu!«

Er schüttelte sich, während Goudar, um nicht zu rasch vorzugehen, seinen Gesang wiederaufnahm:

> »Ein Dominus der Pfarrer sprach,
> Vobiscum kräht Jung-Elster nach...
>
> Aha, lala!
> Vobiscum kräht Jung-Elster nach...
>
> Lala!«

Goudar raspelte noch einige Zeit auf seiner Geige herum, und Cocoleu liebkoste wieder die Flasche.

»Wo hast du denn die Flinte hergenommen?« fragte der Polizist.

»Ich ... ich ... habe sie vom Grafen zum Vögelschießen, und ich ... ich ... ich habe sie noch ... in dem Loche, wo Michel mich hat gefunden.«

Mehr konnte der vor Wut und Ungeduld kochende Doktor Seignebos nicht ertragen; er riß hastig die Tür auf und schoß in den Hof hinaus.

»Bravo, Goudar!« jubelte er.

Infolge des Lärms war Cocoleu aufgesprungen ... Der Schrecken machte ihn nüchtern und entstellte seine häßlichen Züge.

Er begriff...

»Wart, du Schuft!« gurgelte er, warf sich wie ein wildes Tier auf Goudar und versetzte ihm zwei Messerstiche.

Diese Bewegung kam so plötzlich und unerwartet, daß sie von niemandem verhindert werden konnte. Cocoleu schleuderte Folgat, der ihn entwaffnen wollte, wütend von sich, sprang nach einer Ecke des Hofs, und von diesem Rückhalte aus bedrohte er mit fletschenden Zähnen, schäumendem Munde und blutunterlaufenen Augen, gleich einem reißenden Tiere, jeden, der sich ihm zu nähern suchte.

Auf die Rufe Daubigeons und Davelines eilten die Krankenpfleger herbei, und es würde sich wahrscheinlich ein blutiger Kampf entsponnen haben, wenn nicht ein Pfleger die Geistesgegenwart gehabt hätte, von außen auf die Mauer zu steigen und den Arm Cocoleus mit einer Schlinge zu fesseln. In wenigen Augenblicken war er entwaffnet.

»Ich – ich – ich sage kein Wort mehr!« knirschte der Elende.

Während dieser Zeit hatte sich der unfreiwillige und betroffene Urheber dieses Auftrittes, Doktor Seignebos, mit dem Verwundeten beschäftigt. Die beiden Verletzungen Goudars waren schwer, aber nicht tödlich, nicht einmal sehr gefährlich, da das Messer seitlich abgeglitten war.

In ein besonderes Krankenzimmer gebracht, kam Goudar bald wieder zu sich, und als er Daubigeon, Daveline, Folgat und den Arzt über sein Lager gebeugt sah, da murmelte er mit einem traurigen Lächeln:

»Hatte ich nicht recht zu sagen, daß ich ein hundsföttisches Gewerbe habe?«

»Nun hält Sie nichts mehr ab, es aufzugeben«, erwiderte Folgat, »so gewiß als das Haus in der Rue de la Vigne Ihren liebsten Wünschen genügt.«

Da leuchtete das blasse Gesicht des Polizisten in heller Freude auf.

»Bekomme ich es wirklich?« rief er.

»Haben Sie nicht den Schuldigen entdeckt und dem Gericht in die Hände geliefert?«

»In diesem Falle sollen die Messerstiche gesegnet sein! Ich fühle, daß ich binnen vierzehn Tagen wieder auf den Beinen bin. Geschwind Feder und Papier, daß ich meine Entlassung einreichen und meiner Frau die gute Nachricht mitteilen kann!«

Er wurde durch den Eintritt eines Gerichtsdieners unterbrochen. Dieser näherte sich dem Staatsanwalt.

»Herr Staatsanwalt«, sagte er respektvoll, »der Herr Pfarrer von Bréchy ist im Gerichtsgebäude und wartet auf Sie.«

Ich bin im Augenblick bei ihm«, erwiderte Daubigeon. »Kommen Sie, meine Herren, kommen Sie!«

Wirklich fanden sie den Pfarrer noch wartend; er erhob sich lebhaft von dem Sessel, in dem er sich niedergelassen hatte, als er den Staatsanwalt mit Herrn Daveline, Folgat und Doktor Seignebos eintreten sah.

»Vielleicht wünschen Sie mich allein zu sprechen, Herr Pfarrer?« fragte Daubigeon.

»Nein, mein Herr«, erwiderte der alte Priester, »nein … das Werk der Ehrenerklärung, womit ich beauftragt bin, muß öffentlich geschehen.«

Er überreichte dem Staatsanwalt ein Schreiben.

»Lesen Sie, bitte«, fügte er hinzu, »lesen Sie mit lauter Stimme!«

Der Staatsanwalt brach mit zitternder Hand das Wappensiegel des Kuverts und las:

»In dem Augenblicke, da ich als Christ sterbe, bin ich es mir selbst, bin ich es Gott, den ich beleidigt, und den Menschen schuldig, zu verkündigen, was die Wahrheit ist: Durch Haß verleitet, habe ich mich eines falschen Zeugnisses schuldig gemacht, indem ich aussagte, daß ich in dem Menschen, der auf mich geschossen hat, Herrn von Boiscoran erkannt hätte. Ich habe diesen nicht nur nicht erkannt, sondern ich weiß auch und bin davon überzeugt, daß er schuldlos ist, und schwöre dies bei allem, was mir heilig ist in dieser Welt, die ich verlasse, und in der andern Welt, wo ich meinen höchsten Richter finden werde. Möge Herr von Boiscoran mir verzeihen, wie ich selbst verzeihe!

Trivulce von Claudieuse.«

»Unglücklicher Mann!« murmelte Herr Folgat.

Der Pfarrer ergriff jetzt das Wort.

»Sie sehen, meine Herren«, sprach er, daß Herr von Claudieuse an seine Zurücknahme keine Bedingung geknüpft hat. Er verlangt nichts, als daß die Wahrheit an den Tag komme. Dennoch bin ich der Interpret des letzten Wunsches eines Sterbenden, indem ich Sie bitte, im Laufe eines neuen Prozesses den Namen der Gräfin von Claudieuse nicht zu nennen.«

In diesem Augenblick gab es keinen, der nicht mit den Tränen kämpfte.

»Seien Sie ohne Besorgnis, Herr Pfarrer«, erwiderte Daubigeon; »der letzte Wunsch des Herrn von Claudieuse soll erfüllt werden, es ist nicht nötig, den Namen der Gräfin zu nennen. Das Geheimnis ihres Fehltritts werde von denen, die es kennen, tief bewahrt.«

Es war vier Uhr. Eine Stunde später trafen beim Gericht ein Gendarm und der Pächterssohn Michel ein, welche die Erklärung Cocoleus bestätigten. Sie brachten das Gewehr, dessen der Elende sich bediente und das sie in dem Tannendickicht im Walde von Rochepommier gefunden hatten, in welchem Michel den Schwachsinnigen am Tage nach dem Verbrechen entdeckte.

Nunmehr war die Unschuld Jacques' klar wie der Tag, und wenn er auch bis zur Umwandlung des Richterspruchs faktisch verurteilt bleiben mußte, so wurde doch unter Hinzuziehung des Präsidenten Domini und des Herrn Du Lopt de la Gransière beschlossen, den fälschlich Verurteilten noch an demselben Abend einstweilen in Freiheit zu setzen.

Die Anwälte Folgat und Magloire hatten die angenehme Aufgabe, dem Gefangenen die glückliche Nachricht zu überbringen.

Sie fanden ihn, gleich einem Wahnsinnigen, in seiner Zelle auf und ab schreitend und von der peinlichsten Ungewißheit gefoltert, seitdem Daubigeon Worte der Hoffnung an ihn gerichtet hatte.

Ja, er hoffte, und dennoch sank er, als er vernahm, daß er gerettet, daß er frei sei, wie betäubt auf einen Sessel, weniger gerüstet gegen die Freude als gegen den Schmerz. Aber man erholt sich rasch von derlei Erschütterungen. Einige Augenblicke später verließ Jacques von Boiscoran an den Armen seiner Verteidiger das Gefängnis, in welchem er so bitter gebüßt hatte für etwas, was so viele Menschen in unserer Zeit kaum ein leichtes Vergehen nennen.

Als sie in der Rue de la Montagne angelangt waren, hielt ihn Folgat einen Moment an.

»Man erwartet Sie sicher nicht, Herr von Boiscoran«, sagte er. »Gehen Sie langsamer; während ich vorauseile und auf Ihr Eintreffen vorbereite.«

Er fand die Eltern und Freunde Jacques' im Salon vereinigt, von Ängsten und Sorgen gepeinigt, denn sie wußten noch nicht, was an den bis zu ihnen gedrungenen unbestimmten Gerüchten Wahres sei. Folgat unternahm es, sie mit der äußersten Vorsicht auf die Wahrheit vorzubereiten; aber Denise unterbrach ihn.

»Wo ist Jacques?« rief sie.

Jacques lag zu ihren Füßen, im Überschwang des Dankgefühls und der Liebe.

# Kapitel 44

Am folgenden Tage wurde der Graf von Claudieuse vereint mit seiner jüngeren Tochter bestattet, und noch an demselben Abend verließ die Gräfin Sauveterre, um bei ihrem Vater in Paris Wohnung zu nehmen.

Wie nicht anders zu erwarten war, wurde das Urteil, welches Jacques getroffen hatte, aufgehoben und Cocoleu des Verbrechens von Valpinson schuldig befunden und zu lebenslänglicher Zwangsarbeit verurteilt.

Vier Wochen später feierte Jacques von Boiscoran mit Fräulein Denise von Chandoré in der Kirche zu Bréchy seine Vermählung. Zeugen des Bräutigams waren Magliore und Doktor Seignebos, Zeugen der Braut Folgat und Daubigeon. Selbst der vortreffliche Staatsanwalt vergaß an diesem Tage ein wenig den Ernst seines Amtes. Er wiederholte unaufhörlich das

»Nunc est bibendum, nunc pede libero Pulsanda tettus.«

Und er trank wirklich brav, eröffnete auch den Ball mit der Neuvermählten.

Herr Galpin-Daveline wohnte diesen Festlichkeiten nicht bei. Er wurde nach Afrika versetzt. Aber Méchinet glänzte durch seine Anwesenheit und war fortan, dank der zarten Rücksicht Jacques', von seinen drückenden Geldverlegenheiten befreit...

Meister Blangin hat heute bereits fast alles Geld, das er von Fräulein Denise erpreßte, durchgebracht ...Cheminot, in Boiscoran als Haus- und Hofwächter angestellt, ist der Schrecken aller Vagabunden geworden, und Goudar, jetzt Obstgärtner auf eigenem Grund und Boden, züchtet die schönsten Pfirsiche von ganz Paris.